Jakob Wassermann

Laudin und die Seinen

Roman

Mit einem Nachwort
von Stephan Koranyi

Deutscher Taschenbuch Verlag

Von Jakob Wassermann
sind im Deutschen Taschenbuch Verlag erschienen:
Caspar Hauser (10192)
Der Fall Maurizius (10839)
Etzel Andergast (10945)
Joseph Kerkhovens dritte Existenz (10995)
Christian Wahnschaffe (11104)
Der Aufruhr um den Junker Ernst (12080)
Die Juden von Zirndorf (12163)

Ungekürzte Neuausgabe
Juli 1987
2. Auflage August 1996
Deutscher Taschenbuch Verlag GmbH & Co. KG,
München

Erstveröffentlichung: 1925
Gestaltungskonzept: Max Bartholl, Christoph Krämer
Umschlagbild: ›Erinnerung an Norderney‹ (1929)
von Felix Nussbaum
Gesamtherstellung: C. H. Beck'sche Buchdruckerei,
Nördlingen
Printed in Germany · ISBN 3-423-10767-7

Im Leben des Wiener Rechtsanwaltes Laudin ist alles auf das Beste eingerichtet. Seine Kanzlei geht glänzend. Die Kundschaft besteht aus großbürgerlichem Publikum, das ihn hauptsächlich in Scheidungsangelegenheiten bemüht. Seine reizende, ihm sehr ergebene Gattin ist eine perfekte Hausfrau und liebevolle Mutter der beiden heranwachsenden Töchter, die ihm ebenfalls nur Freude machen. Eines Tages jedoch begeht der Sohn seines Freundes Selbstmord. Wie sich herausstellt, wegen einer Frau. Laudin wird beauftragt, der Sache nachzugehen. So lernt er die attraktive und selbstbewußte Schauspielerin Luise Dercum kennen. Eine andere Welt tut sich ihm auf, eine Welt, in der es die Lügen, die Heuchelei, die Oberflächlichkeit und Geldgier der verklemmten bürgerlichen Gesellschaft nicht zu geben scheint. Laudin ist fasziniert. – Wassermanns Roman ist ein leidenschaftliches Plädoyer für eine neue, freiere Form der Ehe und damit für eine neue Definition der Rolle der Frau in der Gesellschaft. Kaum ein Autor seiner Zeit hat die bürgerlichen Lebensformen so kritisch beobachtet und so radikale Folgerungen aus seinen Beobachtungen gezogen.

Jakob Wassermann wurde am 10. März 1873 in Fürth als Sohn eines Gemischtwarenhändlers geboren und starb am 1. Januar 1934 in Altaussee in der Steiermark. Der gelernte Kaufmann wurde später freier Schriftsteller und arbeitete auch als Redakteur beim ›Simplicissimus‹. Mit seinen spannenden, psychologisch-realistischen Romanen und Novellen hatte er eine breite internationale Wirkung. Werke u. a.: ›Caspar Hauser oder Die Trägheit des Herzens‹ (1908), ›Der Fall Maurizius‹ (1928), ›Etzel Andergast‹ (1931), ›Joseph Kerkhovens dritte Existenz‹ (1934), Romane.

Erster Teil

1

Der junge Mann kam schon zum zweitenmal an diesem Abend. Er bat das Mädchen, seine Karte der gnädigen Frau zu bringen und sie zu fragen, ob er auf den Herrn Doktor warten dürfe. Es war eine nicht besonders saubere Karte, auf welcher zu lesen war: Konrad Lanz stud. chem.

Pia Laudin ging gerade über den Korridor. Sie warf einen flüchtigen Blick auf die Karte, einen ebenso flüchtigen auf den armselig gekleideten, etwa vierundzwanzig Jahre alten Menschen, der mit schmutzigen Schuhen, nassen Beinkleidern und nassem Havelock vor ihr stand, und sagte: »Mein Mann wird wahrscheinlich spät nach Hause kommen«, und mit einem mißtrauischen Nebenton: »Wollen Sie ihn als Anwalt sprechen?«

»Ja, als Anwalt, gnädige Frau«, war die zögernde, von einem bittenden Ausdruck unterstützte Antwort.

»Dann müssen Sie sich in die Kanzlei bemühen. Mein Mann ist tagsüber so anstrengend beschäftigt, daß er am Abend in seinem Hause unmöglich Klienten empfangen kann.«

»Gnädige Frau, auch ich«, stotterte der Besucher, »auch ich habe nur die Abendstunden frei. Ich gebe Unterricht ... ich würde Schüler verlieren ... es ist eine so dringende Angelegenheit ... überdies kenne ich Herrn Doktor Laudin von früher her ... in der Kanzlei würde ich kaum bis zu ihm vordringen ... und einem der Herren dort meine Sache auseinandersetzen ... ich habe nur zu Herrn Doktor Laudin Vertrauen. Erlauben Sie mir zu warten, gnädige Frau.«

Pia Laudin überlegte. Der junge Mann flößte ihr Mitleid ein. Sie wandte sich zu dem Mädchen, das neugierig vor der Küchentür stehen geblieben war, und sagte: »Führen Sie den Herrn in die Bibliothek.«

Sie selbst ging ins Wohnzimmer, wo ihre Töchter Marlene und Relly, fünfzehn- und dreizehnjährig, am Tisch saßen und ihre Schularbeiten verfertigten. Wenn Pia nicht bisweilen Nachschau hielt, verloren sie sich in endlose Unterhaltung und konnten ihrem Vater nicht bei seiner verspäteten Mahlzeit Gesellschaft leisten. Er legte Wert darauf.

»Denkt euch, Kinder, die Äpfel sind gekommen«, rief sie den Mädchen zu, »ein ganzer Sack rotbackige Äpfel. Ihr könnt sie morgen in die Speisekammer schaffen.«

»Das wird lustig sein«, sagte Relly und warf den Federhalter weg, »darf man's nicht schon heut abend tun? Ich brauch eine Auffrischung nach der blöden Geometrie da. Wo steht der Sack? Im Flur?«

»Du bleibst, wo du bist«, erwiderte Pia und verbiß sich das Lachen. Alle Äußerungen Rellys waren wie aus der Pistole geschossen; oft konnte man kaum verstehen, was sie sagte, so groß war ihre Zungengeschwindigkeit. »Ich will nicht, daß ihr hin- und herlauft, wenn der Vater heimkommt, und er kann jeden Augenblick kommen. Er mag das nicht. Wart ihr übrigens schon bei der Großmutter oben? Ihr müßt ihr noch eine halbe Stunde Gesellschaft leisten. Aber eine nach der andern. Zwei auf einmal ist zuviel.«

Marlene blickte von ihrem Heft empor. »Dieser Cato, Mutter, ist das unleidlichste Ekel unter der Sonne«, sagte sie. »Ich kann ihn nicht ausstehen mit seiner Tugend. Streng! Ein Heuchler ist er in meinen Augen. Solche Leute hat es doch nur gegeben, um die Anständigkeit in Verruf zu bringen.«

»Ich weiß nicht, was du immer redest«, mischte sich Relly beleidigt und kampflustig ein; »er ist doch eine geschichtliche Person. Man muß Respekt haben vor geschichtlichen Personen.«

»Warum?« fragte Marlene. »Warum muß man? Das ist ein Vorurteil. Alles, was man muß, ist Vorurteil.«

Relly wollte sich ereifern, aber ihre Mutter wies sie zur Ruhe.»Kein Streit über Cato jetzt«, sagte sie; »seht zu, daß ihr mit euern Lektionen zu Ende kommt. Und solche gewagten Sätze, Marlene, behalte lieber für dich.«

Man hörte, durch Türen und weitentfernt klingend, das

Schreien eines Babys. »Aha, der Zwerg Uistiti macht sich unangenehm bemerkbar«, sagte Marlene naserümpfend. Zwerg Uistiti nannten die Schwestern unter sich halb zärtlich, halb abschätzig ihr vierzehn Monate altes Brüderchen Hubert.

Pia schaute auf die Armbanduhr. »Es ist acht«, murmelte sie, »ich muß zu seinem Bad. Also nichts mehr von Cato, bitte, und vergeßt die Großmutter nicht.«

»Mutter kann schon nicht mehr stehen vor Müdigkeit«, sagte Relly, als Pia das Zimmer verlassen hatte. »Ich möchte keine Hausfrau sein. Ich könnte mich auch nicht so heldenhaft betragen wie die Mutter. Andere seufzen und sind schlecht gelaunt. Sie wollen immer, daß man staunt über das, was sie leisten; daß man sagt: Arme Frau, wie sie sich plagen muß. Die Mutter ist von früh bis abends heiter, läßt es nie jemand entgelten, wenn ihr was schief geht, und wenn sie mal Kopfweh hat, sperrt sie sich in ihrem Zimmer ein und verschweigt es sogar dem Vater. Das find ich heldenhaft. Du nicht?«

Marlene wiegte bedächtig den Kopf. »Ja«, antwortete sie, »aber wenn du so viel schwatzst, wirst du nicht fertig werden.«

Doch Relly, die leidenschaftlich an der Mutter hing, ließ sich nicht stören. Sie beugte sich über den Tisch und fuhr mit blitzenden Augen und roten Wangen fort: »Am Morgen fängt's an. Da kommt die Köchin wegen dem Speisezettel. Dann kommt der Kaufmann mit der Rechnung. Dann klingelt das Telephon. Dann wird die Wäsche abgezählt. Dann kommt der Installateur. Dann klingelt das Telephon. Dann brüllt der Zwerg Uistiti. Dann kommt der Chauffeur und will was wissen. Dann muß sie nachsehen, ob das Silber geputzt wird. Dann kommt das Fräulein und fragt, ob sie mit dem Zwerg Uistiti ausgehen soll. Dann wird darüber lang und breit beraten. Dann kommt die Schneiderin, weil Kleider für uns genäht werden. Dann schickt Großmutter herunter, Mutter soll eine Partie Domino mit ihr spielen. Dann klingelt das Telephon. Dann kommen Wohltätigkeitsdamen. Dann –«

»Um Gottes willen, Schluß!« rief Marlene lachend und hielt sich die Ohren zu.

Aber wenn Relly einmal im Zuge war, konnte nichts so

leicht den Strom ihrer Rede hemmen. Mit erstaunlicher Geläufigkeit spann sie ihren Faden weiter. »Das geht so Tag für Tag und Jahr für Jahr. Kochen, backen, waschen, braten, flicken, kehren, bürsten, alles soll sie beaufsichtigen, an alles soll sie denken. Und macht der Vater die Haustür auf, so muß die Wohnung aussehen wie frischgewalzter Sand; freundliche Gesichter, kein Stäubchen; der Tisch gedeckt, das Essen fein, der Ofen warm, alles am richtigen Platz, und was es für Mühe gekostet hat, das ahnt er nicht. Mich wundert, daß es die Mutter aushält. Und wie noch dazu! Sie ist doch sechsunddreißig Jahre alt, aber wenn man sie so anschaut, könnte sie ganz gut dreiundzwanzig sein. Sie braucht sich nicht herauszuputzen wie die Frau Professorin Arndt und nicht zu schminken wie die Doktorin Kadelka. Mutter ist von selber schön.«

Relly straffte sich und hatte ein stolzes Gesicht.

»Ja, sie ist eine schöne Frau«, pflichtete Marlene etwas zurückhaltend bei.

2

Als Pia aus dem Zimmer ihres Jüngsten trat, vernahm sie vom unteren Flur her schallendes Gelächter. Über die Ursache blieb sie nicht lange im unklaren. Relly hatte sich's nicht versagen können, den Sack mit den Äpfeln einer Prüfung zu unterziehen. Die Äpfel waren ein Geschenk von Freunden, die auf dem Land wohnten; Relly war häufig und gern dort zu Besuch gewesen, und die Früchte waren ihr wie eine Botschaft. Vorsichtig löste sie den schon halb gelockerten Strick, der Sack öffnete sich und knickte; sie konnte nicht mehr Einhalt tun, und eine große Menge Äpfel kollerte auf den Boden. Sie schrie auf, Marlene kam hinzu, das Mädchen stürzte aus der Küche, und alle drei begannen, auf der Erde kniend, eine lustige Jagd nach den Äpfeln.

Die Verwirrung war auf dem Höhepunkt, da öffnete sich die Flurtür, und Doktor Laudin erschien. »Nun, nun«, gurrte er gutmütig-verwundert, »was treibt ihr denn da?«

Die übermütigen Geister beruhigten sich. Pia begrüßte den Gatten, begleitete ihn ins Badezimmer, läutete dem Mädchen, gebot zu servieren, brachte den seidengefütterten Hausrock herbei, erstattete flüchtigen Bericht über die Ereignisse des Tages (denn Laudin war seit dem Morgen vom Hause abwesend) und bemühte sich, das Erfreuliche zu betonen, das Unerfreuliche zu verkleinern. Es war nicht eben Belangvolles, doch Sachliches, mütterlich und hausfraulich Summierendes.

Sie hatte eine leise, gleichsam vorsichtige Stimme, die jedesmal den Satz in einer tiefen Lage begann und darauf melodiös in die Höhe schwebte. Sie gebrauchte ausschließlich Alltagsworte in trockener Fassung. Doch ihr Gesicht hatte dabei einen Ausdruck gewinnender Freundlichkeit, der durch das eigentümliche Leuchten der großen grauen Augen und die sozusagen wolkenlose Glätte der Stirn gehoben wurde.

Sie setzte sich mit ihm zu Tisch, als er seine Mahlzeit einnahm. Sie hatte mit den Kindern bereits gegessen; das war die Regel, da man nie wußte, wann Laudin nach Hause kam. Manchmal wurde es zehn Uhr und noch später. Ebenso ruhig wie sie sprach, so ruhig saß sie da, fast bescheiden, und so als hätte sie den ganzen Tag gefeiert und den ganzen Abend auf Laudin gewartet. Die Hände waren im Schoß gefaltet, der Kopf war leicht nach links geneigt; das weizenblonde Haar war im Nacken in einen Knoten gesammelt. Es war von ungewöhnlicher Fülle.

Marlene saß zur Rechten der Mutter, Relly zu ihrer Linken. Beide sahen schweigend den Vater an, die jüngere mit der treuherzigen Miene, hinter der sich etwas Pfiffiges und Gassenjungenhaftes verbarg; die ältere mit klaren, aufmerksamen Augen, denen nichts entging. Sie verfolgte ein gewisses Faltenspiel auf seiner domartig auf- und vorgebauten Stirn, das sie schon häufig wahrgenommen hatte und das sie mehr als sonst zu beschäftigen schien. Alles war ihr vertraut in dem Gesicht, die verschleierten Augen, die es wie aus Scham vermieden, die Menschen länger als eine Sekunde anzublicken; die breite fleischige Nase; der vom Schnurrbart dickumbuschte Mund, das runde gutmütige Kinn, der braune Haarwald, in dem sich noch kein grauer Faden zeigte. Es war ein in allen Teilen großgeformtes Gesicht, blaß von Arbeit, ausgestanzt von Gedanken, und die Teile traten zu fesselnder Harmonie zusammen.

Auf Marlenes Lippen war eine Bewegung, als wolle sie sagen: Wüßt ich nur, was in dir vorgeht; ich gäb was drum, wenn ich wüßte, was du verheimlichst. Und so war es seit Wochen mit ihr; aber niemand bemerkte es.

Laudin sagte: »Am Sonntag will Fraundorfer zu Tisch kommen. Da er es mir nahegelegt hat, habe ich ihn natürlich eingeladen. Ich hoffe, Pia, es ist dir recht. Er hatte übrigens die Absicht, dich telephonisch zu fragen.«

»Bis jetzt hat er nicht angerufen«, erwiderte Pia. Sie lächelte und wies auf Marlene. »Mir ist es recht, aber Marlene da, die scheint sich nicht viel draus zu machen.«

»Der Vater weiß doch, daß ich den Doktor Fraundorfer nicht besonders leiden mag«, beeilte sich Marlene zu erklären und wurde rot. »Er ist ein sehr gescheiter Mann und sehr gebildet, das erkenn ich an, aber nichts auf der Welt ist ihm heilig. Auch ist es gräßlich, daß er soviel trinkt. Neulich, am Allerseelentag, wie er bei uns zu Tisch war, hat er eine ganze Flasche Rotwein allein ausgetrunken, und es war ihm nicht genug; er hat noch Kognak verlangt.«

Relly hatte Stielaugen. Sie bewunderte die Kühnheit der Schwester, oder mißbilligte sie, das war nicht genau zu unterscheiden.

»Ach, ihr Kinder«, antwortete Laudin, »ihr urteilt so. Was wißt ihr von so einem Mann wie Egyd Fraundorfer. Der hat seine Reserven; da könnt ihr nicht hin. Und heilig, was heißt denn heilig? Trägt man das Heilige auf der flachen Hand? Denkt bloß einmal an das Verhältnis zu seinem Sohn, dem Nikolaus; was da für eine Liebe drin steckt, heimliche Liebe geradezu, romantische heimliche Liebe; da muß man sich nicht an die Worte halten.«

Marlene senkte beschämt den Kopf. Relly lächelte triumphierend.

Auch Laudin lächelte jetzt. »Freilich, wenn ich dir den Nikolaus brächte, das würde dir wohl besser passen, Marlenchen«, sagte er neckend.

Marlene nickte, daß ihre Zöpfe hüpften, und sah den

Vater strahlend an. »Der gefällt mir, das ist wahr«, sagte sie. Auch Relly schien diesen Geschmack zu teilen, denn sie wurde purpurrot.

»Hoffentlich nicht allzusehr«, versetzte Laudin; »auch fürcht ich, daß du da der Konkurrenz nicht gewachsen bist. Der lebt und webt ganz in seiner Musik. Nächste Woche wird er zum erstenmal im Chorverein dirigieren, las ich gestern in der Zeitung. Immerhin, mit achtzehn Jahren eine respektable Karriere.«

Er hatte seine Mahlzeit beendigt, legte Messer und Gabel hin und zog schmunzelnd ein Eselchen aus Gummi aus seiner Rocktasche. »Das ist für Freund Hubert«, sagte er; »das hab ich ihm heute gekauft, um mich zu ergötzen.« Er stellte das Spielzeug auf den Tisch.

»Schon wieder!« rief Pia freundlich tadelnd aus; »du hast ihm doch erst das Glockenspiel geschenkt. Geh doch, Friedrich, du verwöhnst ihn, du verziehst ihn.«

»Verziehn?« fragte Laudin und wiegte das mächtige Haupt; »wegen des Gummi-Eselchens? Ach Gott. Sieh mal, Pia, wenn der Bursche fünfzehn ist, also wenn man die Resultate der Er- oder Verziehung ungefähr überblikken kann, bin ich dreiundsechzig. Oder wäre dreiundsechzig, sagen wir mal. Denn es ist natürlich ungewiß, ob ich's erlebe. Also laß den Gummi-Esel noch in die Waagschale der bösen Möglichkeiten fallen, meine liebe Pia.« Er küßte ihr die Hand.

Die Worte klangen scherzhaft, aber es lag etwas Dunkles in ihrem Grund, und alle schienen es zu spüren. »So war es nicht gemeint«, begütigte Pia. Dann fügte sie hinzu: »Ich habe leider noch eine unangenehme Überraschung für dich. Seit halb acht Uhr wartet jemand in der Bibliothek, ein junger Mann, Konrad Lanz nennt er sich. Er ließ sich nicht abweisen, wollte dich um jeden Preis sehen. Du weißt ja, ich hab das Herz nicht, die Leute fortzuschicken; es ist ein Fehler, und ich sehe dir an, daß ich's doch hätte tun sollen; verzeih mir.«

»Gewiß, Pia, irgendwo muß ich meine Festung haben«, entgegnete Laudin mit leisem Vorwurf, »indes, das Malheur ist geschehen, so will ich den Mann auch gleich abfertigen.« Er erhob sich, nickte Pia und den Mädchen zu und ging hinaus.

Konrad Lanz saß in sich zusammengesunken in einer Ecke des großen, nur mit einer einzigen Glühbirne beleuchteten Bibliotheksraumes. Er stand hastig auf, als Laudin eintrat, ging auf ihn zu und sagte: »Ich bitte sehr um Nachsicht wegen meiner Zudringlichkeit, Herr Doktor. Ich weiß, wie kostbar Ihre Zeit ist, in jedem Sinn. Ich wußte mir aber nicht zu helfen, ich –«

»Nicht einzusehen, Herr Lanz, weshalb Sie nicht den üblichen Weg gehen konnten«, unterbrach ihn Laudin trocken, »ich habe wie jeder Arbeiter Anspruch auf Ruhestunden.«

Der junge Mensch verbeugte sich befangen. »Ich habe es bereits der gnädigen Frau gegenüber zu entschuldigen versucht«, erwiderte er. »Ich kann mein Studium nur fortsetzen durch den Unterricht, den ich erteile. Von morgens sieben Uhr bis abends sieben Uhr kann ich über meine Zeit nicht ohne schwere Einbuße frei verfügen. Ich bin mittellos, völlig mittellos; meine Schwester Karoline, für die ich jetzt noch sorgen muß, ist ebenso mittellos wie ich. So dacht ich: Erscheinst du bei dem berühmten Doktor Laudin in der Kanzlei, so sieht es aus, als ob ich ein zahlungsfähiger Klient wäre. Und dort meine Armut erklären, das wäre mir unverschämter vorgekommen, als wenn ich sozusagen auf privatem Weg bittstellig werde. Ich dachte, es ist offener gehandelt. Ich mußte auch fürchten, daß man mich nicht vorläßt, und aus allen diesen Gründen und weil ich Sie, Herr Doktor, schon so lange kenne und nur zu Ihnen Vertrauen habe, aus allen diesen Gründen hab ich es gewagt –«

»Wirklich? Sollten wir uns schon so lange kennen? Wie das?« unterbrach Laudin abermals den nervösen Redefluß des Studenten. Er wies auf einen Stuhl, doch Lanz übersah die Geste und fuhr atemholend und etwas gefaßter fort: »Vor elf Jahren wohnte ich mit meinen Eltern in der Wasagasse in demselben Haus wie Sie, Herr Doktor. Ich sah Sie fast täglich, wenn ich morgens in die Schule ging. Sie kamen mit einer Aktentasche die Stiege herunter. Die Aktentasche flößte mir die größte Hochachtung ein, einen Schauder sogar. Sie war für mich der Inbegriff des Geheimnisvollen. Es kam oft vor, daß ich am Haustor auf Sie wartete, auf die Gefahr hin, den Schulbeginn zu versäumen, nur damit ich einen Blick auf die Aktentasche werfen konnte. Aber das ist nicht alles, nicht die Hauptsache ...« Er stockte.

Laudin musterte ihn plötzlich scharf. »Ich entsinne mich«, sagte er und legte den Zeigefinger quer über das Kinn. »Lanz ... Lanz ... war Ihr Vater nicht Buchhalter? Angestellter bei einer Firma in Margarethen? Die Firma ging zugrund ... Ihr Vater hatte seine Ersparnisse in dem Geschäft ... es war ein betrügerischer Bankrott ...«

»Es ist sehr freundlich von Ihnen, sich daran zu erinnern«, sagte Konrad Lanz. »Sie haben sich ja der Umstände in so großmütiger Weise angenommen, und es ist Ihnen gelungen, die Gläubiger dazu zu verhalten, daß sie meinem Vater den größten Teil seines Geldes aus der Konkursmasse zurückerstattet haben. Die Dankbarkeit meines Vaters war grenzenlos, und ich, ohne Ihre Hilfe hätte ich nicht auf dem Gymnasium bleiben können. Auch meiner Schwester, die damals schon zwanzig Jahre alt war, haben Sie geholfen, haben ihr eine Stellung verschafft. Den Eltern ging es freilich immer schlechter, und sie sind zwei Jahre nachher beide fast zu gleicher Zeit gestorben.«

Laudins Züge hatten den kühl ablehnenden Ausdruck nicht mehr. »Nehmen Sie Platz«, forderte er Konrad Lanz auf, »und erzählen Sie mir, was Sie zu mir führt.«

3

»Es handelt sich um meine Schwester Karoline«, begann Lanz; »aber ich will der Reihe nach erzählen, und da muß ich mit dem Hartmannshof und mit dem Ehepaar Hartmann anfangen.

Draußen in Kottingbrunn, nicht im Ort selbst, sondern an der Straße ins Gebirge, liegt ein Anwesen, ein Landhaus mit etwas Grund und Boden, das einem gewissen Hartmann gehört hat und der Hartmannshof heißt. Es war ein Erbgut von Hartmanns Eltern. Er hatte aus dem politischen Zusammenbruch und der Geldentwertung durch einige glückliche Geschäfte auch ein mäßiges Vermögen gerettet. Vor dem Krieg war er eine Art ländlicher Baumeister gewesen; er hatte Häuserreparaturen gemacht und neue Dachstühle aufgesetzt, aber die Beschäftigung hatte er aufgegeben und bekleidete dafür mehrere Ämter bei der Gemeinde, zum Beispiel war er Brandinspektor und Sachverständiger bei Schätzungen. Er war seit Jahren kränklich.

Mit seiner Frau, sie heißt Brigitte, hatte er sich nie recht gut vertragen. Zu offenem Zwist war es aber nicht gekommen. Sie ist eine Städterin; vor ihrer Heirat war sie Gouvernante; sie hat sich immer für was Besseres gehalten als die andern dortigen Frauen. Doch scheint sie eine tüchtige Hausfrau gewesen zu sein, eine von denen, die ordentlich hinter den Sachen her sind, bei denen nichts unter den Tisch fällt. Hartmann war bereits ein Mann über die Vierzig und hatte neun Jahre mit der Frau gehaust, sie hatte auch Kinder, zwei Buben, sechs und acht Jahre alt, als eine dumpfe Unzufriedenheit, oder wie soll man's nennen, zum Ausbruch bei ihm kam. Oft trieb er sich ziellos in der Gegend herum, vernachlässigte seine Obliegenheiten und vermochte bei keiner Arbeit auszuharren. Das Alleinsein mit der Frau vermied er, und es hat sich dann gezeigt, daß er während all der Zeit einem einzigen Gedanken nachhing, der langsam zum Plan ausreifte. Eines Tages trat er vor die Frau hin und schlug ihr vor, sie sollten auseinandergehen.

Die Frau konnte nicht fassen, was in ihm vorging. Er war ein simpler Mensch nach ihrer Meinung. Das war er auch wirklich, aber nicht ganz so, wie sie es glaubte. Sie hielt ihn nebstbei für heimlich; sie schrieb ihm was Verstohlenes zu, und nach allen Schilderungen kann ich mir nichts anderes denken, als daß eine besondere Empfindlichkeit ihm angehaftet haben muß, die ihn hinterhältig scheinen ließ, wenigstens in Brigittes Augen. Sie war fest überzeugt, daß er einen bestimmten Anlaß hatte, wenn er die Scheidung verlangte, und sie verlegte sich eifrig aufs Spionieren, um ihn bei der Untreue zu erwischen, die sie nach ihrer Gesinnung voraussetzte. Aber die Mühe war umsonst. Sie gab auch schließlich die Hoffnung auf, und dadurch wurde ihr der Mann nur um so rätselhafter, ja sie erklärte ihn geradezu für verrückt. Indessen verging kein

Tag, an dem er nicht von der Trennung redete; er sagte, sein jetziges Leben sei ihm unerträglich, er wolle es ändern, er wolle die Freiheit haben.

Die Frau wollte sich Ruhe verschaffen, und weil sie dachte, er werde auf eine solche Bedingung nicht eingehen, sagte sie endlich: Gut, ich laß mich von dir scheiden, aber zuvor mußt du mir den Hartmannshof verschreiben. Er stutzt; er weiß nichts zu antworten; am Tag darauf sagt er: Ich will mir's überlegen, überlegt eine Woche lang, kommt wieder, sucht sie von der Forderung abzubringen oder eine Teilung des Besitzes zu erreichen, sie aber will sich nicht einmal damit begnügen, die Verschreibung auf dem Scheidungsakt zu erhalten, wie es doch üblich ist; nein, sie erklärt: Zuerst das Haus, hernach können wir weiterreden. Da ging Hartmann mit ihr zum Notar und aufs Grundbuchamt und ließ ihr das Haus zuschreiben.

Als das geschehen war, fährt sie in die Stadt und wendet sich an einen Advokaten. Hartmann denkt: Nun ist alles auf dem besten Weg; aber er war groß im Irrtum. Mit Hilfe des Advokaten beging die Frau ein kniffliges Spiel; lauter Hinhalterei und Vertröstung; zuletzt kommt sie mit einer neuen Forderung, sie will auch zweihundert Millionen für sich und die Kinder. Von dem Anwesen allein kann ich mit den Kindern nicht leben, sagt sie, ich brauch Geld dazu. Es ist die glatte Erpressung, und Hartmann weiß auch darauf nichts zu antworten; es graut ihm nur; die Habgier des Weibes reißt alle Bande zwischen ihm und ihr entzwei, so hat er es später selbst ausgedrückt, und es bleibt nur die Verachtung. Er hat bloß noch einen Wunsch, nämlich, die Kette loszuwerden. Besitz und Eigentum sind ihm ganz gleichgültig, wenn er dafür sein eigenes Leben wieder bekommt, und so verlegt er sich gar nicht erst auf Einspruch und Kampf und tut der Frau auch diesmal den Willen.

In der darauffolgenden Zeit machte Brigitte, genau wie nach der Hausverschreibung, dieselben heuchlerischen Anstalten, ihr Versprechen zu erfüllen; und da lernte nun Hartmann meine Schwester Karoline kennen. Wir haben da draußen eine Tante, eine Steuerdirektorswitwe, die schlecht und recht von ihrer Pension lebt; bei der war sie den Winter über zu Gast. Ihre Gesundheit war angegriffen; sie hatte ein paar Jahre in einem Nähsalon gearbeitet und war mit der Lunge nicht ganz in Ordnung. Ich will Karoline nicht rühmen; sie ist nicht eben hübsch, war auch zu der Zeit schon ein wenig verblüht, aber gut ist sie; und mitleidig; und Verstand hat sie ebenfalls. Es war noch keine Woche verflossen, seit sie einander zum erstenmal gesehen, da waren sie schon wie unzertrennlich; Hartmann faßte Vertrauen zu Karoline; sie hatte die Kraft oder die Gabe, sein niedergedrücktes Gemüt aufzurichten und ihm frische Zuversicht einzuflößen. Aber, wie gesagt, seine Natur war schon schwer erschüttert; nun kamen diese Erregungen dazu; es war auch ein feuchtkalter Winter; Hartmann wurde ernstlich krank, und zwar an einem Tag, wo Brigitte wieder einmal in die Stadt gefahren war, um mit dem Advokaten zu verhandeln. Die Buben hatte sie mitgenommen. Am selben Tag war auch die Magd weggelaufen; mit der hatte sie Streit gehabt. Hartmann war allein und lag im Fieber. Mit Mühe verständigt er einen Nachbarn und bittet ihn, das Fräulein Lanz zu benachrichtigen; da und da wohne sie. Karoline kommt. Sie ruft den Arzt. Sie pflegt ihn. Vier Tage lang verläßt sie sein Bett nicht für zehn Minuten. Es war eine Lungenentzündung. Man kann behaupten, daß sie ihn aus den Krallen des Todes gerissen hat. Die Krise war bereits vorüber, das Fieber im Sinken, da erscheint Brigitte. Mit einem Blick überschaut sie die Situation. Zunächst befiehlt sie Karoline, das Haus zu verlassen; mein Haus, sagt sie. Dann überschüttet sie Hartmann mit Hohn; aha, du Lügner, du Komödiant, schreit sie, hab ich dich endlich, bin ich dir endlich auf die Schliche gekommen, und hetzt sich in immer größere Wut hinein, weil es ihr vielleicht auch ganz angenehm ist, daß sie sich einmal gründlich austoben kann. Bis jetzt hätte sie sich von ihm an der Nase herumziehen lassen, berserkert sie, um der Kinder willen hätte sie gute Miene zum bösen Spiel gemacht, sei manchmal auch dumm genug gewesen, an seine Unschuld zu glauben; nun aber, da der Schwindel zutage gekommen, könne von Scheidung überhaupt nicht mehr die Rede sein, und das wolle sie nur gleich dem Advokaten mitteilen.

Dabei blieb es. Hartmann wußte, daß nichts mehr zu hoffen war; er kannte sie. Er wußte jetzt auch, daß ihr Sinn immer der gleiche gewesen war. Sie hatte ihn einfach betrogen. Eine Woche später, er fühlte sich schon genesen, stand er eines Nachts auf, setzte sich an den Tisch und schrieb ein Testament nieder, darin er alles Geld, das er noch besaß und das in guten Papieren in einer hiesigen Bank lag, nach Abzug des gebotenen Pflichtteils für die Kinder, seiner Freundin Karoline Lanz vermachte. Es waren im ganzen hundertfünfzig Millionen Kronen. Die Summe hat er Karoline vor seinem Tod genannt. Gut; er unterfertigt das Schriftstück, legt es in eine Lade des alten Sekretärs, sperrt zu und hat damit das Gefühl, daß er für Karoline gesorgt hat. Es gibt offenbar solche Geisteszustände, die sich bei einem Dokument beruhigen. Drei oder vier Tage danach packt er seine Habseligkeiten in einen Handkoffer, wartet, bis es Abend wird, und geht fort. Auf dem Bahnhof steht Karoline, und sie reisen zusammen ab.

Sie ließen sich in Steyr nieder. Hartmann hatte von früher her noch Beziehungen dort. Er fand eine Stellung in einer Kunsttischlerei. Er führte die Bücher und schrieb Rechnungen. Bei den Arbeitern wurde er so beliebt, daß sie ihn zum Vertrauensmann wählten. Er verdiente soviel, wie er und Karoline brauchten. Sie lebten in einer kleinen Wohnung am Rand der Stadt. Zu Ende des Jahres bekam Karoline ein Kind. Er war so glücklich mit ihr wie keinen Tag seines Lebens zuvor, aber man konnte es nur an seinem Aug und seinem Tun bemerken, denn er war noch viel schweigsamer geworden. Alle Arbeit ging ihm leicht von der Hand. Ich hab ihn in jener Zeit gesehen. Oft schaute er Karoline an, wie wenn er ihr dafür danken wollte, daß sie ihm begegnet war. Ich glaube, kein trüber Hauch wäre mehr in ihm gewesen, hätte er die Vergangenheit mit der ersten Frau ganz vergessen können. Aber das konnte er nicht. Wir machten einen Spaziergang zusammen, als ich bei ihnen draußen war, und da sagte er mir: Früher hab ich oft an den Tod gedacht, hab ihn mir sogar gewünscht manchmal; jetzt will ich bloß leben, und jeder Tag wird mir zu kurz. Das war auch leider die Ursache, daß ihm das Testament gänzlich aus dem Sinn kam, das er im Hartmannshof zurückgelassen hatte. Es ist ihm auch nicht eingefallen, es zu erneuern; leicht hätte er durch eine zweite Abfassung meine Schwester und das Kind sicherstellen können; da stünde sie jetzt anders da.

Aber damit ich nicht zu weitschweifig werde: eines Abends kommt er aus der Fabrik mit einem Schüttelfrost nach Hause, legt sich zu Bett und verliert gleich die Besinnung. Erst mitten in der Nacht erlangt er sie für einige Minuten wieder. In den paar Minuten würgt ihn die Angst, er könnte nicht Zeit genug haben, Karoline die Sache mit dem Testament zu erklären. Bis jetzt hatte er es nicht über sich gebracht, hatte es in seinem Sinn von Tag zu Tag verschoben, so widerwärtig war ihm jede Erinnerung an den vormaligen Zustand, so groß die Abneigung, an den Tod und das Ende seines Glücks zu denken. Er konnte ihr aber doch noch alles sagen, auch wie groß die ihr zugedachte Summe war, und den Schlüssel zum Sekretär gab er ihr noch, dann fiel er wieder in die Kissen, und zwölf Stunden später ist er gestorben.

Ich will nicht schildern, wie meiner Schwester zumut war. Das kann man sich ja denken. Brigitte wurde natürlich von Hartmanns Ableben benachrichtigt; sie kam in großer Eile, raffte alle Habe des Toten zusammen, Kleider, Wäsche, Schuhe, Uhr und Ring, ohne daß Karoline in ihrem Trübsinn sich dagegen wehrte, und fuhr in derselben Eile wieder weg; das Begräbnis wartete sie gar nicht ab. Als sich Karoline von der ersten Verzweiflung erholt hatte, sie war unterdes mit ihrem Kind zu mir hereingezogen, ich hatte zufällig eine Mansardenkammer frei, meine Schlafkammer, da sag ich ihr: du mußt nach Kottingbrunn und das Testament holen. Es war ein Sonntag, vor vierzehn Tagen, da fuhr sie mit ihrem Kind auf dem Arm hinaus. Ich wollte sie begleiten, aber das schlug sie aus. Ich muß allein gehn, sagte sie. Sie kommt also hin und begehrt die Frau zu sprechen. An der Haustür stehn die zwei Buben und gaffen sie an. Nach einer Weile erscheint Brigitte. Meine Schwester bringt ihr Anliegen vor. Die Frau mustert sie von oben bis unten, schaut das Kind an, das auf Karolines Arm schläft, und sagt kalt: Bitte sehr, steht Ihnen nichts im Weg, gehn Sie nur hinauf und holen Sie sich den Wisch selber; wenn er drin war in der Lade, wird er wohl noch drin sein. Karoline geht die Stiege hinauf, die Frau hüstelnd hinterher. Sie kommen in die Stube, Karoline legt das Kind aufs Bett, sucht den Schlüssel hervor und will die Schublade aufsperren. Aber es erweist sich, daß die Lade gar nicht zugesperrt ist. Es liegt ein kleiner Stapel Papiere drin; Karoline nimmt ihn heraus und wendet Blatt für Blatt um. Lauter Quittungen, ein paar Briefe, ein paar Aufrisse zu Bauarbeiten, aber kein Testament. Die andern Laden waren leer, sie hatten auch keine Schlösser.

Karoline schaut die Frau an; die schaut Karoline an. Keine spricht ein Wort. Karoline hält sich an dem alten Sekretär fest, weil ihr die Beine zittern; alles Blut strömt ihr zum Herzen, denn sie wußte, daß nun auf sie und ihr Kind das Elend wartete. Brigitte hat die nackten Arme verschränkt; sie hat vorher Teig geknetet, und die Haut ist weiß von Mehlstaub. Um ihren dünnen Mund liegt ein verkniffenes Lächeln, als ob sie sagen wollte: Beweis mir etwas; was kannst du mir beweisen?

Und so ist Karoline wieder fortgegangen. Und das ist es, was sich abgespielt hat. Und nun frag ich, Herr Doktor: Gibt es kein Mittel, die Frau zu zwingen, das Testament herauszugeben? Bedenken Sie, wie meine Schwester dran ist. Sie weiß nicht aus noch ein mit ihrem Wurm. An Körper und Seele ist sie nur noch ein Schatten ihrer selbst. Arbeiten, davon ist nicht einmal die Rede. Und ich, ich muß froh sein, wenn ich die Miete und das Brot bezahlen kann und ein bißchen Milch für das Kind. Was soll man tun? Hier ist doch ein klares Recht, Herr Doktor, und ein himmelschreiendes Unrecht. Was kann man da tun?«

4

Nach ziemlich langem Nachdenken sagte Laudin: »Vor allem möchte ich Sie vor Illusionen warnen. Das Testament hat die Frau ohne Zweifel vernichtet; sie kann es also auch nicht herausgeben.«

»Sie kann aber nicht leugnen, daß es vorhanden war«, rief der junge Mensch.

»Warum sollte sie es nicht leugnen?« entgegnete Laudin achselzuckend. »Da sie vor der Unterschlagung nicht zurückgeschreckt ist, warum sollte sie vor der Leugnung zurückschrecken? Wie wollen Sie beweisen, daß das Testament existiert hat, daß es überhaupt abgefaßt worden ist, und selbst diese Möglichkeit zugegeben, wie wollen Sie beweisen, daß sie davon Kenntnis gehabt hat? Da steht Aussage gegen Aussage, da doch Ihre Schwester keinen Zeugen hatte, als Hartmann seine letztwillige Verfügung traf.«

Konrad Lanz sah den Advokaten an wie einen Mann, von dem er Wunder erhofft hatte und der ihn nun mit nüchternen Tatsachen abspeiste. Seine Niedergeschlagenheit nötigte Laudin ein Lächeln ab. »Ich bin Jurist und muß mich an Fakten halten«, sagte er. »Wär ich als Wahrheitsfinder unfehlbar oder nur reicher begabt, so müßt ich die mühseligen Wege nicht gehn, die alle, oder doch die meisten, die ihr Recht bei mir suchen, sehr bald entmutigen. Immerhin, der Fall interessiert mich. Nicht bloß Ihrer Person wegen, sondern auch ganz allgemein. Ich werde sehen, was sich ausrichten läßt.« Er zog ein Notizbuch aus der Tasche und schrieb einige Worte hinein. »Heute haben wir Donnerstag. Können Sie sich Samstag vormittag für zwei bis drei Stunden frei machen? Schön. Es ist mir wichtig, Sie dabei zu haben. Seien Sie um zehn Uhr in meiner Kanzlei. Das Auto wird bereit stehen, wir fahren nach Kottingbrunn; daß wir zu so früher Stunde Frau Hartmann zu Hause treffen, ist ja wahrscheinlich.«

Lanz stammelte: »Wie soll ich Ihnen danken, Herr Doktor . . . ein solches Opfer . . .«

»Lassen wir das«, wehrte Laudin ab. Er erhob sich und begleitete Lanz zur Tür. »Die Frau sehe ich«, sagte er, an der Türe stehenbleibend, »die Frau kenne ich. Zug für Zug, und ihre Rede Wort für Wort, glauben Sie mir. Es ist ein Typus, der in allen Abarten vorkommt und zum Erschrecken überhand nimmt.«

»Den Typus kennen Sie gewiß, Herr Doktor, aber ich fürchte, das Exemplar wird Ihnen noch Überraschungen bereiten«, versetzte der Student schüchtern.

Laudin nickte. »Das ist die Eigenschaft der Exemplare, jawohl. Nun, gute Nacht. Samstag um zehn.«

Pia hatte sich schon in ihr Schlafzimmer zurückgezogen. Als er bei ihr eintrat, saß sie vor dem Spiegel und kämmte ihr Haar, das trotz seiner Länge und Fülle sich gehorsam jeder Bewegung der Hand anschmiegte. Sie wandte ihm die ruhig leuchtenden Augen zu, in denen eine vollkommene Abwesenheit von Neugier in bezug auf den Besucher war, und sagte: »Es hat lange gedauert.«

»Ja, es hat lange gedauert«, seufzte er und ließ sich in einem Fauteuil nieder.

»Du mußt müde sein, Friedrich. Geh zur Ruhe jetzt. Ich habe dir einen Apfel und ein Glas Milch an dein Bett gestellt.«

»Stets beschämst du mich, meine teure Pia«, sagte Laudin in einem Ton, der matter klang, als er ihn offenbar haben wollte, »ich hatte nämlich die Absicht, dir Blumen zu bringen, aber als ich die Kanzlei verließ, waren die Läden geschlossen. Das ist das Pech von Leuten, die sich damit begnügen müssen, in der Idee ritterlich zu sein.«

»Nun, dafür hast du ja deinem Sohn das Gummi-Eselchen gebracht«, antwortete Pia und blickte schelmisch zu ihm hinüber.

»Sie vergißt nichts, diese Frau«, jammerte Laudin humoristisch, »sie vergißt nichts.« Auf einmal griff er nach seinem Taschentuch und preßte es vor das Gesicht. Als er es wieder wegnahm, war es voll Blut, das aus der Nase sickerte. Er vergewisserte sich durch einen Blick, daß Pia nichts bemerkt hatte, stand auf, küßte sie mit aller Vorsicht, damit das gerötete Tuch nicht sichtbar würde, auf die Stirn und verließ mit freundlichem Gutenachtwunsch das Zimmer. Sie hörte ihn munter pfeifen, es war eine Operettenmelodie, sie nickte ihm gleichsam im Geist zu, doch ehe er sein Zimmer erreicht haben konnte, brach er mitten in der Melodie ab, und es war still.

5

Im oberen Geschoß der Villa lagen die Kinderzimmer. In dem einen war mit seiner Pflegerin der kleine Hubert untergebracht; im andern, gegenüber, hausten Marlene und Relly.

Marlene saß im weißen Nachtkleid am Tisch und schrieb in ein Heft, das die Bezeichnung »Tag- und Stundenbuch« trug. Ihr rundes hübsches Köpfchen mit den runden Wangen, dem runden Näschen, der runden, an die Stirn des Vaters gemahnenden Stirn und dem lieblich-ausdrucksvollen Mund war über das Papier gebeugt; sie schrieb mit den Augen nah am Papier wie eine Sechsjährige. Die zwei dicken aschblonden Zöpfe hingen auf beiden Seiten bis zu den Stuhlbeinen herunter.

Relly lag im Bett, den Kopf auf den verschränkten Armen, und blinzelte müde. »Bist du bald fertig mit deinem Geschmiere?« trompetete sie in ein langes Schweigen hinein, »ich möchte schlafen.«

»Wer hindert dich am Schlafen, Grobian?« fragte Marlene mit ihrer hellen, sanften Stimme. »Mußt du gleich schimpfen? Schlaf doch; ich bin still wie eine Maus.«

»Erstens sind Mäuse nicht still«, replizierte Relly kampflustig, »zweitens kratzt deine Feder, drittens ärgert mich die ganze Schreiberei. Was hast du immerfort zu schreiben? Ich versteh das nicht.«

»Und weil du's nicht verstehst, suchst du Streit«, erwiderte Marlene lächelnd und im gelassenen Gefühl ihrer Überlegenheit. »Wie oft hab ich dir erklärt, ich schulde mir Rechenschaft, und deshalb schreib ich nieder, was mich beschäftigt. Gibt mir kein andrer Mensch Aufschluß, muß ich selber die Antwort auf meine Fragen suchen. Du natürlich hältst keine Ordnung in deinen Gedanken. Sie kommen, sie gehen. Aber da unterscheidet man sich nicht sehr vom Zwerg Uistiti.«

»Das ist ... das ist ...«, rief Relly zornig, außerstande, die passende Bezeichnung zu finden, »ich weiß wahrhaftig nicht, wie das von dir ist!«

»Du meinst etwas Tantenhaftes, beruhige dich«, erwiderte Marlene spöttisch, »willst du mich durch die Methode der Oberlinge überzeugen, die statt mit Logik mit Entrüstung kämpfen?«

Oberlinge war, wie Zwerg Uistiti, ein Kunstausdruck, den übrigens Relly erfunden hatte, und er bedeutete: würdige Herren und Damen, die jungen Mädchen Lehren erteilen und moralische Vorhaltungen machen.

Relly schnellte mit einem Satz empor. Ihre ehrlichen blauen Augen schossen Blitze. Es brachte sie in Harnisch, auf eine Stufe mit den Oberlingen gestellt zu werden, deren Mangel an Aufrichtigkeit und gesunder Vernunft bei Meinungsverschiedenheiten sie so häufig empörte, daß die immer beherrschte Marlene Mühe hatte, sie zu beschwichtigen. Denn vor den Oberlingen selbst mußte man sich zusammennehmen; man hatte ihnen die vorgeschriebenen Ehren zu erweisen und sich in einem Zustand abwartend zu verhalten, der ein schmerzliches Gemisch von äußerer Aufmerksamkeit und innerem Hohn war.

Relly war die Person nicht, die einen ungerechten Vorwurf schweigend hinnahm. Sie verteidigte ihre Ansicht, man dürfe sich mit den eigenen Angelegenheiten in keiner Weise, auch nicht vor sich selber, interessant und wichtig machen. Man sammle Erfahrungen, gewiß; aber man kritisiere sie nicht fortwährend. Man sehe zu, was aus den Dingen werde. Man überhebe sich nicht; man bringe sie nicht mittels Verallgemeinerung durcheinander. Man betrachte sich alles und handle wie man müsse, nicht wie man sich's auf dem Papier zurechtgelegt habe.

Sie wurde heftig, sogar ausfällig und scheute in ihrer frischen Derbheit keine Kraftworte. Doch war sie Marlene höchstens im Tempo der Rede gewachsen, in allem übrigen schnitt sie kläglich ab. Marlene war ja so spitz und fein; sie meisterte das Wort wie ein gelernter Grammatikus. So verlor Relly beständig an Boden wie einer, der sich gegen einen geschmeidigen Florettfechter plump mit dem Knüttel wehrt. Dadurch wuchs ihre Erbitterung nur, und als sie ihre Position für aussichtslos erkannte, warf sie sich wieder in die Kissen, drehte das Gesicht zur Wand, zog die Decke über die Ohren und verstummte trotzig.

Auch Marlene war in Hitze geraten; ihre Wangen und Ohren glühten. Es schien, als bereue sie die verletzenden Bemerkungen, durch die sie die Schwester herausgefordert hatte; sie machte Anstalten, Relly zu versöhnen, aber die Anstalten gediehen nur zu mehrmaligem Räuspern.

Relly beachtete diese Friedenssignale nicht; bald regte sich nichts mehr drüben im Bett, und Marlene verzichtete auf weitere Versuche.

Die lebhafte Auseinandersetzung hatte sich nicht auf das Gebiet beschränkt, von dem sie ausgegangen war. Die Frage, ob Marlene befugt sei, sich in ihrem Tagebuch anmaßenderweise über ihre Konflikte mit der Umwelt, ihre Meinungen und Erlebnisse auszubreiten, führte mit Notwendigkeit zu den Konflikten selbst, den kleinen, innigen, feurigen, meist sehr verborgenen Erlebnissen selbst und tauchte sie in ein verräterisches Licht.

Zunächst hatte es Relly übel vermerkt, daß sich Marlene herausgenommen hatte, dem Vater ihr Urteil über Doktor Egyd Fraundorfer aufzutischen. Wie käme sie dazu? Was berechtige sie dazu? Sie habe doch sehen müssen, wie unangenehm es dem Vater gewesen sei; sie wisse doch, daß Doktor Fraundorfer Vaters bester Freund sei. Marlene hörte sich das scheinbar zerknirscht an, dann konnte sie nicht umhin, die Schwester mit gespielter Unschuld zu fragen, ob sie nicht in dem Punkt, ohne es zu wissen natürlich, denn für so abgefeimt halte sie sie nicht, ihre sittliche Empörung mit ihrer Eifersucht verwechsle, da sie doch kirschrot geworden sei, als der Vater die scherzhaften Andeutungen über Nikolaus Fraundorfer gemacht –? Relly flammte und wehrte sich mit Händen und Füßen gegen den perfiden Verdacht. »Oh!« rief sie aus und »Himmel!« Sie, Relly, eifersüchtig! Marlene möge sich gefälligst erinnern, wie unverschämt sie mit Nikolaus kokettiert habe, als er neulich unten am Flügel gesessen sei und gespielt habe. Sie, Relly, eifersüchtig! Da habe sie Besseres zu tun, wahrlich; wenn Marlene ihre Busenfreundin Laura Arndt der Eifersucht bezichtige, das wäre zu begreifen, dazu liege Grund vor; aber Relly! Oh! Marlene wurde ärgerlich, und von ihr unbarmherzig in die Enge getrieben, wußte sich Relly nur durch einige gröbliche Indiskretionen und täppische Anspielungen auf gewisse Unabhängigkeits-, ja Aufruhrgelüste der Schwester zu helfen, so daß Marlene, erschrocken, daß Dinge laut gesagt wurden, die sie im stillen kaum zu denken gewagt, sie gebieterisch hatte in die Schranken weisen müssen.

Nun saß sie da, ihren Gedanken überlassen, nagte mit

den kleinen Zähnen am Federhalter und begann mit zusammengezogenen Brauen wieder zu schreiben.

»Relly hat also erraten, daß zwischen mir und der Mutter ein Mißklang ist. Das kränkt mich. Hab ich mir's doch zur Aufgabe gemacht, mir nichts anmerken zu lassen. Aber sie hat Augen wie ein Luchs, und sie ist ja auch damals dahintergekommen, wie wenig ich von der Geburt unseres Bruders begeistert war. Wie hätte ich auch sollen? Plötzlich war ein Eindringling da, ein lächerlicher Tyrann, der von unserer kleinen Welt ein großes Stück gefräßig abgebissen hat. Am meisten war ich entsetzt, als sie das vom Vater sagte. Es ist ihr herausgerutscht, zu ihrem eigenen Entsetzen; sie ist ganz blaß geworden. Arme tapfere Relly. Bei jeder Gelegenheit läßt sie sich von ihrem Temperament hinreißen; das kann zu nichts Gutem führen. Ist es denn wahr, daß ich bereits die Autorität des Vaters anzweifle, daß ich ihm die unbedingte Achtung nicht mehr entgegenbringe, die er verlangen darf und auch verdient? Sie behauptet es. Sie sagt, sie fühlt es. Sie kennt mein Gesicht, sagt sie. Hat sie wirklich recht? Prüfe dich, Marlene. Nein, sie hat unrecht. Nur das kann ich leider nicht in Abrede stellen, daß mich seit einiger Zeit etwas im Wesen des Vaters bedrückt; sogar die besondere Art von Höflichkeit, die er hat, die Rücksicht im Umgang mit der Mutter, mit uns, mit allen Menschen, mit denen ich ihn sprechen sehe. Es ist manchmal, als wolle er jeden schonen, nur weil er von jedem etwas Häßliches weiß, oder als kämpfe er innerlich mit etwas Schwerem und finde nicht den Mut, es zu gestehen. Die Mutter ahnt gewiß nichts davon, und das ist es, was ich ihr übelnehme. Zwar weiß man bei ihr nichts mit Sicherheit. Sie hört jedem zu und läßt eigentlich jeden gelten. Und doch habe ich den Eindruck, als wenn ihr Interesse für den Vater nicht ganz das richtige wäre. Ich stelle mir's anders vor. Mein Leben muß ganz anders werden. Aber das ist vielleicht ein eitles Bemühen. Vielleicht kann man mit dem Willen nichts ausrichten. Wieviel Rätsel um einen sind! Meine schlimmste Eigenschaft ist gegenwärtig, daß ich voll Mißtrauen gegen die Menschen im allgemeinen bin und infolgedessen überall Böses wittere, namentlich Verstellung und Unterdrückung. Wenn mir nur Gott nicht zürnt deswegen und es wie Relly für sträflichen Vorwitz betrachtet.«

In dieser jungen Seele, hierdurch enthüllte sich's, herrschte ein unstillbares Verlangen nach Wahrheit, Verlangen ohne selbstisches Gepräge, ohne verkleidete Neugier, ohne den Hauch von Überspanntheit. Der Weltzustand hat die Grenzen zwischen den Lebensaltern verwischt. Zehn Jahre vor der Reife erwacht eine Generation, und wenn auf der einen Seite Kinder zu Verbrechern werden, macht sie auf der andern die Ernsthaftigkeit der Zeit zu frühen Erleuchteten.

Alle Handlungen Marlenes bezeugten das instinktive Streben, nicht faul zu sein, die Art schon, wie sie schrieb, über das zu Schreibende nachdachte, sogar wie sie schließlich das Heft zuklappte und in eine Lade sperrte.

Mit einem nachsichtig lächelnden Blick auf die schlafende Schwester schlüpfte sie ins Bett.

6

Der große Ruf Friedrich Laudins als Advokat schrieb sich von einem aufsehenerregenden Scheidungsprozeß her, den er im Jahre 1910 für den Fürsten K. geführt hatte, Magnat des Reichs, Holz- und Spirituskönig. Es hatte sich dabei um ungemein schwer zu fassende Rechtsprobleme gehandelt, Besitzfragen, Paternitätsfeststellungen, die Angelegenheit hatte diplomatische Verwicklungen und eine Interpellation im Parlament zur Folge gehabt, aber durch alle Klippen und Fährnisse hatte Laudin den Prozeß mit unvergleichlichem Takt zu steuern gewußt, und nicht bloß sein Klient, auch die gegnerische Partei hatte begründeten Anlaß, seinen juristischen Scharfsinn, sein profundes Fachwissen und vor allem seine Vornehmheit und Zurückhaltung zu rühmen.

Seitdem galt er als einer der ersten Anwälte des Landes, namentlich in Scheidungs- und allen damit zusammenhängenden Affären, Streitigkeiten wegen Vormundschaft, Alimentierungsprozessen, Erbschaftsprozessen, Vermögensprozessen, wobei es sich im Lauf der Jahre und mit der zunehmenden Ausdehnung seiner Agenden von selbst ergab, daß er persönlich nur die wichtigen und schwierigen Fälle behandelte, während er die große Menge derer von geringerem Belang den geschulten und teilweise auch von ihm erzogenen Herren seiner Kanzlei überließ und nur die Aufsicht und Kontrolle darüber behielt.

Die ihm gesellschafteten Rechtsanwälte, die Konzipienten, die Schreiber, die Stenotypistinnen, alle liebten und verehrten ihn. Kein rauhes Wort aus seinem Munde traf sie. Niemals eine Reizbarkeit, eine Ungeduld, die Angestellten zum Sündenbock machte. Genaue Kenntnis dessen, was der Einzelne zu leisten imstande war, und daher weder launenhafte Überforderung noch gelegentliches Gehenlassen oder feige Nachsicht. Nichts von vertraulicher Schwäche und übergreifender Beziehung; auch langjährig ihm Verbundene fanden an einem gewissen Punkt eine unverminderbare Distanz vor; Artigkeit hielt sie fern, wenn nicht eine verfließendere Schranke. Man wußte oft nicht seine eigentliche Meinung, aber die er äußerte, genügte, die Richtlinien seines Handelns ein für allemal festzulegen.

Er hatte nie seine Hände in anrüchigen Geschäften gehabt oder nur in zweifelhaften; er übernahm die Vertretung eines Klienten nur, wenn er dessen Sache zu der seinigen machen konnte. Er durfte wählen; seine Notorietät und sein großes Einkommen ermöglichten es ihm, sich in bedenklichen Fällen zu versagen. Wenn er nicht auch Gewissensrat sein konnte, wo er Rechtsbeistand war, verweigerte er seine Hilfe, und keine noch so große materielle Verlockung konnte ihn dann zu einer Änderung seines Entschlusses bewegen. Aber nicht immer sind die Schicksale und Verwicklungen so einfach, die Charaktere so überschaubar, daß ein Mann, selbst der erfahrenste und herzenskundigste, es nur durch die Lauterkeit seines eigenen Charakters vermeiden könnte, in Situationen zu geraten, die ihn in Zwiespalt mit seiner Überzeugung bringen. Das geschah Laudin oft genug, mit den Jahren immer häufiger und meist gerade dann, wenn er aus Vorsicht überlang gezaudert hatte. Plötzlich war er verstrickt; die Fäden konnten nicht mehr zerrissen werden; er war getäuscht worden, hatte sich selber getäuscht, wußte es nun und konnte und durfte doch nicht mehr zurück. Er legte es der Überbürdung zur Last, dem Vielzuviel an aufreibenden Verpflichtungen, dem Nachlassen seiner Kraft im allgemeinen, seiner Kombinationsgabe, seines Urteilsvermögens; aber an dem war es nicht. Möglicherweise dachte er zu wenig über den Anteil nach, den die Zeit daran hatte, und gab sich im Lärm der Geschäfte und unter dem Druck tausendfacher Obliegenheiten keine Rechenschaft über gewisse Wandlungen, die minder vom Leben Beanspruchte heftiger zu spüren pflegen als Leute seiner Art.

Für das Barreau war er ein Vorbild, Zierde des Standes. Er genoß hohe Schätzung bei den Behörden; die Richter bis hinauf zu den Spitzen des Verwaltungsgerichtshofes betrachteten eine Sache, die er vertrat, von vornherein mit günstigen Augen. Viele der hohen Gerichtsbeamten kannte er von der Schulbank her, oder sie waren Freunde aus der Universitätszeit. In den Jahren 1911 und 1913 hatte ihn die Regierung zum Haupt einer vielgliedrigen Kommission ernannt, die mit England und Amerika wegen einer Anleihe verhandeln sollte. Trotzdem die Verhandlungen beide Male im wesentlichen scheiterten, bewies er bei der ihm völlig ungewohnten Tätigkeit eine Umsicht und Geschicklichkeit, die ihm die Anerkennung seiner Auftraggeber eintrugen, abgesehen von einer Ordensauszeichnung, die er freilich am liebsten ignoriert wußte. Sieben Jahre später erinnerte man sich der Dienste, die er bei dieser Gelegenheit geleistet, und glaubte in ihm den richtigen Mann gefunden zu haben, der das Wrack des zertrümmerten Reiches in seinen wirtschaftlichen Interessen schützen und dem Ausland gegenüber für die Schiffbrüchigen als Sachwalter wirken konnte. Man wollte die Stellung eines Generalbevollmächtigten mit fast unbeschränkten Befugnissen und bedeutenden Einkünften für ihn schaffen. Er lehnte ab. Das Anerbieten wurde in dringlicher Form wiederholt. Er lehnte abermals ab. Gründe konnte er dafür angeben, soviel man wollte. Den triftigsten behielt er für sich.

Friedrich Laudin war der Sohn eines Volksschullehrers von der schlesischen Grenze. Er war in den allerengsten Verhältnissen aufgewachsen, und sein Studienweg war ein beständiger Kampf gegen die Not gewesen. Der Aufstieg, von den größten Entbehrungen begleitet, war langsam. Er hatte nichts dem Zufall zu verdanken, alles sich selbst. Er verschmähte die Machenschaften, die Bekanntschaften, die Beziehungen, die Gönnerschaften, die Protektionen; er ging, seltener Fall in einem Lande, wo fortwährend eine Hand die andere wusch und jeder sich dafür bezahlt machte, daß er den Hintermann schieben ließ, wenn er den Vordermann schob, still und zuversichtlich seinen Weg.

Im Jahre 1906 führte er einen Verlassenschaftsprozeß, den die Witwe des Hofrats Rossi, eines Beamten im militärgeographischen Institut, der in der Bukowina verunglückt war, gegen die Brüder ihres Mannes angestrengt hatte. Ein Jahr darauf heiratete er Pia Rossi, die Tochter der Hofrätin, und diese lebte seitdem im Hause des Schwiegersohnes.

7

Über dem ganzen Wesen Laudins ruhte eine solche Verschwiegenheit, daß es einen wirklich vertrauten Menschen in seiner Umgebung nicht gab. Diese Verschwiegenheit, ihm von Anfang an durch seinen Beruf aufgenötigt und durch den ehrenhaften Begriff davon zur Vollkommenheit ausgebildet, übertrug sich nach und nach auf alle Lebensverhältnisse und wurde schließlich ein Stück seiner Natur.

Niemand wußte in Wahrheit Bescheid über ihn. Man kannte seine Eigenschaften oder wenigstens die augenscheinlichen und nach außen wirkenden unter ihnen, aber man kannte den Stamm nicht, von dem sie abzweigten. Viele Menschen bezeichneten ihn als undurchdringlich, viele nannten ihn geheimnisvoll; es gab sogar einige, die etwas Geheimniskrämerisches an ihm tadelten. Auch genaue Beobachter seines Tuns und Lassens gelangten zu keinem feststehenden Urteil über ihn; im Gegenteil, sie mußten ihre Ansichten und Eindrücke bei jeder Begegnung revidieren. Das fanden die meisten mühselig und konnten sich im Umgang mit ihm einer gewissen Scheu nicht entledigen, um so weniger, als er eine mit den Jahren immer deutlicher hervortretende Neigung zur Pedanterie hatte, die sich in der peinlichsten Pünktlichkeit und Ordnungsliebe geltend machte.

Doch ging von seiner Person ein Zauber aus, den am stärksten diejenigen verspürten, die ihre Angelegenheiten in seine Hände legten. Man konnte nicht sagen, daß es Güte war; hiezu fehlte die Weichheit und Aufgeschlossenheit; auch verhielt er sich bei den sachlichen Konferenzen weit öfter in zuwartendem Ernst als in jener liebenswürdigen Bonhomie, die bei der Mehrzahl seiner Fachgenossen der Teil einer Rolle war, die sie spielten. Die ihm angeborene Verbindlichkeit war es ebenfalls nicht; sie gab nur die Formel her, die den Verkehr regelte. Die Atmosphäre des Vertrauens um ihn wirkte zweifellos anziehend und beruhigend, hatte aber das Souveräne und den Willen des andern Bezwingende nicht. Vielleicht war es die in Blick und Miene ausgeprägte Kenntnis der Seelen, der Verschlungenheit der Schicksale, des Gewichts der Schicksale; eine in unendlichen Abstufungen und Variationen erhärtete Erfahrung vom Menschen, von der Art, wie Menschen untereinander lebten; ein unaufhaltsam ins Innere, in Blut und Hirn gedrungenes Wissen um jegliche Gestalt und jeglichen Grad der Übervorteilung, der List, der Grausamkeit, des Mißverstehens, der Lüge, der Gier, der Sklaverei, der Habsucht, der Leidenschaft und des Verbrechens. Vielleicht war es das.

Denn so tief wie er hatte keiner in die Maschinerie des gesellschaftlichen Lebens geschaut. Seit mehr als anderthalb Jahrzehnten war es nahezu seine ausschließliche Beschäftigung, die Unhaltbarkeit von Verhältnissen zu erforschen und zu erweisen, die vor dem Gesetz und im Namen der Religion mit dem Anspruch auf ewige Dauer sowohl wie auch zumeist mit dem Glauben daran geschlossen worden waren. Dadurch hatte sich ihm nicht nur ein ungeheurer Aspekt auf die sozialen Zusammensetzungen überhaupt eröffnet, die Mischungen der verschiedenen Schichten der bürgerlichen Welt, ihr Nervengeflecht und ihren Blutkreislauf sozusagen, die Interessen, durch welche die einzelnen Gruppen aneinander gefesselt waren und im Kampf gegen andere standen, sondern er hatte auch einen umfassenden, in seiner Reichhaltigkeit mit keiner Geschichtschronik und keinem Memoirenwerk vergleichbaren Einblick in die privaten Existenzen aller Stände, Klassen und Berufe gewonnen, Emporkommen der einen, Sturz der andern, abenteuerliche Ereignisse und tragische Fügungen, sonderbare Wechselfälle des Glücks, verschuldetes und unverschuldetes Elend und Fülle von Lächerlichkeit, Albernheit, Verrücktheit und Schande.

Vor ihm, wie vor dem Priester im Beichtstuhl, wurden die Motive eines jeden Handelns dargelegt; er hatte die Herkunft der Entschlüsse zu erforschen und ihre Tragweite zu beurteilen. Er mußte nicht nur um das Geschehene wissen, auch Anlaß und Entwicklung durften ihm nicht verborgen bleiben. Er mußte den Verlauf kennen, das curriculum vitae der agierenden Personen, ihre tägliche Lebensweise, ihre Gesinnung, ihre Pläne, ihre Gewohnheiten, ihre Laster, ihre Krankheiten, ihren Umgang, ihre pekuniären Hilfsquellen, ihre Unbescholtenheit oder Bemakelung. Ihm gegenüber galt keine Scham, und er konnte Scham nicht schonen. Es gehörte zu seinem Amt und der Vollbringung der Aufgabe, die man ihm stellte, daß die Menschen sich vor ihm entkleideten und daß er, gleichgültig gegen ihre Verletzlichkeit, jede Hautfalte, jede Pore, jedes geheime Leiden an ihnen untersuchte.

Man könnte meinen, daß ihm dabei nach und nach das Sichwundern vergangen war; daß keine Neugierde mehr in ihm sich regte, kein Entsetzen, kein Widerwillen, nicht einmal Bedauern mehr. Doch es war nicht so. In einem Brief an Egyd Fraundorfer schrieb er eines Tages (der Brief stammte aus einem der letzten Jahre, als er in Berlin war, wo einer seiner großen Prozesse hinüberspielte): »Sicherlich gibt es eine seelische Abhärtung, wie es eine körperliche gibt. Ich kann mich ihrer nicht rühmen. War ich je mit einer inneren Hornhaut behaftet, so habe ich sie im Verlauf meiner Tätigkeit abgestreift. Es hängt das mit einer Eigenschaft zusammen, die ich nur schwer beschreiben kann, die ich aber schon als Kind an mir beobachtet habe; wenn man mich schlug, griff ich sofort nach einer Kleiderbürste und rieb eine Viertelstunde an meinem Rock herum; wenn ich auf der Straße Zeuge einer Brutalität war, eilte ich nach Hause und stellte in allen Räumen, wo eine Uhr zu finden war, die Uhrzeiger auf die gleiche Minute. Worauf diese wunderliche Sucht zurückzuführen ist, wußte ich nicht und weiß es noch heute nicht. Sie verursachte im späteren Leben jene Anfälle von Schrulligkeit, wegen deren Du mich manchmal verhöhnst. So ist es mir zum Beispiel unmöglich, ins Bett zu gehen, wenn ich nicht vorher die Gegenstände auf meinem Schreibtisch so zurechtgelegt habe, wie ich seit Jahren gewohnt bin, sie zu sehen. An einem Tag, wo ich eine aufregende Verhandlung gehabt habe, packt mich geradezu ein Fieber der Genauigkeit, und ich finde nicht eher Ruhe, als bis ich etwa die Schreibfedern im Federkästchen gezählt und ihre Anzahl auf dem Deckel vermerkt habe; oder ich radiere in einem Buch, das mir zufällig in die Hände gerät, die Schmutzflecken heraus; oder es kommt vor, daß ich mich spät in der Nacht noch rasiere. Solche Merkwürdigkeiten könnte ich Dir eine Menge noch nennen, aber wozu? Ich vermute, daß hier eine automatische Übertragung und Ablenkung innerer Vorgänge auf äußere Gewohnheiten stattfindet, die sich allmählich verkrusten, wodurch dann der Kern der Natur unverwundet bleibt oder doch minder verwundbar wird. Meinst Du nicht auch?«

Wäre er Sittenschilderer oder Gesellschaftskritiker gewesen, so hätte er den gründlichsten Traktat über die Ehe und ihre Entwicklung im zwanzigsten Jahrhundert verfassen können. Er hätte vielleicht die Motive entfaltet, die zur Schließung von Ehen führten, und diejenigen, die zu ihrer Lösung drängten. Er hätte die zahllosen Bündnisse aus Leichtsinn und Leichtgläubigkeit, wie sie ihm untergekommen waren, ebenso trocken und sachlich vermerkt wie die aus hastiger Leidenschaft und augenloser Sinnlichkeit; diejenigen, die auf Ehrgeiz, auf Eitelkeit, auf Streberei, auf Geldgier, auf gutmütiger Schwäche oder auf einer vorübergehenden gemeinsamen Liebhaberei beruhten, ebenso wie die in vollkommener Gleichgültigkeit oder trostloser Resignation geschlossenen; er hätte die Figuren von Männern umreißen können, die sich eine

Frau erlisten, wie sie sich eine Stellung oder einen Tip auf der Börse erlisten; von solchen, die sich in die Ehe begeben wie in ein Kaffeehaus und zu einer Kartenpartie; von solchen, die die Wahl hatten zwischen Heirat und Selbstmord und sich für die Heirat entschieden; von solchen, die ihre Geliebten mit dem Geld der Gattin bezahlten, und solchen, die die Gattin zur Dirne machten und vom Erträgnis den großen Herrn spielten in einer Gesellschaft, die von allem wußte und zu allem die Augen schloß, solange es nicht zum Skandal kam; von jahrelang Hintergangenen, die für die Treue der Gefährtin ihre Seligkeit verpfändet hätten; von moralischen Faulpelzen, die es bequem fanden, nichts zu sehen, um ihr Behagen nicht opfern zu müssen; von Liebesohnmächtigen, die zu Heloten der Frau wurden, und von solchen, die den Körper einer Frau zugrunde richteten, weil sie ungefähr so viel davon verstanden wie ein Schlächter vom Seidenspinnen.

Er hätte von Frauen erzählen können, denen ein Ballkleid das Wohl ihrer Kinder aufwog, und von andern, die sich zu Haustieren erniedrigten, aus Furcht vor dem Gatten bisweilen und bisweilen aus Verblendung gegen ihn; von solchen, die den Mann als einen Gott anbeteten und in ihrer Idolatrie lieber sich das Herz ausrissen, als sich überzeugen ließen, daß er ein kleiner Sterblicher mit ein wenig Neigung zur Schurkerei war; von solchen, die ihre Kraft in jährlichen Wochenbetten erschöpften, indes das Oberhaupt der Familie mit dem Gefühl erfüllter Pflicht die Nächte in Wirtshäusern, in Klubs oder bei Mätressen verbrachte; von solchen, die das schwer erarbeitete Gut des Mannes achtlos vergeudeten, und solchen, die mit jedem Heller sparten, während der Mann Hunderttausende in unsinnigen Spekulationen auf die Straße warf; von Wohltätigkeitsfurien, deren Heim unwohnlich wie ein Bahnhof war, und von geistig und seelisch Unmündigen, die zur Ehe vergewaltigt wurden, um darin zu verbluten.

Er hätte sagen und erklären können, wie alle diese Menschen, Paar um Paar, in die Ehe stürzten, frivol und unwissend, halbfremd einander oft, ohne zureichende Verantwortung und ohne Festigkeit des Gemüts; getäuscht und täuschend; wie sie Verträge unterschrieben, die zu halten sie schon nicht mehr gesonnen waren, wenn sie die Feder weglegten und die Tinte noch naß war; wie sie Kinder zeugten, denen das Leben der Eltern Beunruhigung und quälender Traum war; wie sie zu ihm kamen, Weib oder Mann, und danach lechzten, der eine oder der andre oder beide, wieder voneinander befreit zu sein; wie sie haderten; wie kurz ihr Gedächtnis war; wie schimpflich sie voneinander redeten; wie sie einander preisgaben; wie Haß, Verachtung, Überdruß und Beleidigung jede Würde, jede Erinnerung an den Austausch heilig gewesener Gelöbnisse auslöschte.

Er hätte dies alles aufzuzeigen vermocht und hätte am Ende noch das Vergnügen des Statistikers an unwiderleglichen Tatsachen und dem Gesetz der Folge haben können.

Aber es scheint, daß in seiner Brust ein Abgrund war, in den jeder einzelne Vorgang und jeder Träger und Urheber davon hinabfiel wie der Stein in einen Brunnen. Er behielt ihn in der Tiefe; er war nicht mehr zu greifen und zu sehen.

Die Wiederholung des Gleichartigen bringt oft eine lähmende Wirkung auf das Gemüt hervor. Trotzdem ist nicht anzunehmen, daß gerade dies den Druck ausmachte, der nur allzu merklich den Advokaten Laudin beschwerte und der nichts mit der bloßen Arbeitsbürde zu schaffen hatte. Vielleicht traten hier Umstände hinzu, die er selbst nicht in Berechnung ziehen konnte, und diese Umstände waren stärker, mühseliger, peinigender als jeweilige Begegnung, Verhör und Verhandlung mit den Parteien. Möglich, daß ein Protokoll mit seinen trockenen Aufzählungen und Registrierungen manchmal eine beredtere Sprache für ihn hatte als der weitschweifigste mündliche Bericht und als aller Jammer und alle Unzufriedenheit, die die Männer und Frauen selbst vor ihm dartaten. Dahinter lag so vieles; und so war auch, was sie äußerten nicht das Entscheidende, das ungeheuerlich Ernüchternde und Zerrbildhafte. Sondern was dahinter lag. Denn es ist zu bedenken, daß er von alledem wußte und wissen mußte, was dahinter lag, vielfach und düster, Labyrinthe der Freudlosigkeit, Aufsammlung von Material, geschriebenem und gedrucktem, Beleg und Beweis von Verrat und Betrug, in allerlei Papieren verhaftet, die vorgehalten und aufbewahrt wurden und später in der Aktenregistratur vergilbten. Sie waren gleichsam die Schlüssel, mit denen er ihre Behausungen öffnen konnte, Stätten des Zerwürfnisses und der Gehässigkeit, die Schlafzimmer, in denen ihre Küsse zu Gift und ihre Umarmungen zu Wutkrämpfen geworden waren. Er kannte ihre heimlichen Wege, ihre lichtscheuen Beziehungen; es war seine Aufgabe; es wimmelte in diesem Arsenal der Zwietracht von Beweisstücken; Erinnerung und Einbildungskraft waren damit gefüllt wie die Bude eines Trödlers mit wurmstichigem Kram, mit Unsauberem und Bizarrem, Kleinlichem und Widerwärtigem, vom besudelten Bett bis zur unbezahlten Modistinnenrechnung, vom Arsenikrest in einer Kaffeetasse bis zu einem im Absteigequartier gefundenen Strumpfband, vom gefälschten Meldezettel bis zum gefälschten Wechsel. Dann die Briefe, Berge von Briefen, Berge von Lügen, Gebirge von Leiden und zugefügter Kränkung und heuchlerischen Versprechungen; Briefe, in denen gefeilscht, beteuert, geschworen, beschuldigt, geschmeichelt, gehöhnt, verwünscht und gebettelt wurde; unorthographische und andere in edelstem Stil; geschäftliche: »Ich teile Ihnen ergebenst mit«, worauf eine kalte Perfidie folgte, und poetische Ergüsse; Uriasbriefe, Drohbriefe, Spionenbriefe, Erpresserbriefe, ergreifende Dokumente der Liebe, der Verzeihung und Briefe voll unversöhnlichem Haß und teuflischer Verleumdung.

Das Schweigen Laudins hatte sie alle mit einem ewigen Siegel versehen.

8

Er hatte nicht die Gewohnheit, unter seiner Last zu seufzen. Die einzige Klage, die man seit einigen Monaten von ihm hörte, war etwa: »Es ist eine beängstigende Häufung eingetreten, wohin soll das noch führen?« Er beeilte sich aber dann hinzuzufügen: »Ich sage das nicht meinetwegen; es ist mehr ein allgemeiner Gesichtspunkt.« Und er gab sich bei diesen Worten Mühe, sorglos und zufrieden auszusehen.

Wenn er erschöpft war von Besprechungen, Beratungen, Konferenzen, Diktaten, Versöhnungsversuchen, Informationen, telephonischen Anrufen und den Terminen bei Gericht, war doch stets dasselbe entgegenkommende, gewissermaßen alle Anstrengung verneinende Lächeln auf seinen Zügen. Wenigstens solange er sich unter den Augen von Menschen befand und er darauf gefaßt sein mußte, ihnen Rede zu stehen.

War er aber allein in einem Raum und gegen beobachtende Blicke geschützt, so fiel ein trüber Schleier über sein Gesicht. Die Spannung der Muskeln ließ nach, das Lächeln erstarb, zwischen die Brauen legte sich eine tiefe Kerbe, und er warf sich auf einen Stuhl, um viertelstundenlang unbeweglich vor sich hinzustarren.

Zu Beginn des letzten Herbstes hatte ihn Pia einmal so überrascht. Er hatte sie nicht kommen gehört; sie verblieb lautlos an der Schwelle und schaute ihn an, darauf verschwand sie lautlos wieder. Als sie draußen war, preßte sie die eine Hand an die Wange, und in ihren Augen lag Bestürzung. Keine Silbe ihm gegenüber verriet, daß sie ihn bei seinem Alleinsein belauscht hatte.

Da ein von einem Turm fallender Mensch innerhalb weniger Sekunden viele Jahre seines Lebens zu überschauen vermag und längst vergessene Einzelheiten in weit grellerem Licht gewahrt als zur Zeit, wo sie sich in der fließenden Gegenwart nahezu verloren haben, ist es auch möglich, daß einem Mann Gesichter, Gestalten, Gespräche und Begebenheiten in drängender Flucht durch den Sinn jagen, während er über den Flur seiner Wohnung geht, während er eine Treppe hinaufsteigt oder während er die Tür zu seiner Kanzlei öffnet und wieder schließt.

In jeder kleinen und zufälligen Verrichtung einer Person steckt wahrscheinlich das ganze Gewebe der Welt. Äußeres Tun bezieht sich auf inneres Sein, aber das Innere ist ein schwarzer Fluß, über dessen Ufern die Finsternis lagert. Bisweilen flammt eine leuchtende Kugel darüber auf; bisweilen haucht eine schreckensvolle Bewegung darüber hin, und eines mischt sich ins andere. Vielleicht entsteht nur ein Traum daraus, vielleicht auch ein Entschluß; oder sollten Entschlüsse nicht die Folge von Träumen sein können und die Furcht vor Entschlüssen die Furcht vor dem Traum, der nicht erinnerlich ist oder noch nicht ausgereift? Die Seele arbeitet oft so lange an ihren Träumen wie der Geist an seinen Ideen.

Betrachtet Laudin sein Schlafzimmer und die Dinge, die es enthält und zu denen er in einem Verhältnis von Sklaverei steht, so scheint er etwas Einsames und Mutloses zu denken, und wenn er die Lampe auslöscht, versinken die Gegenstände in eine Dunkelheit, die sich fünf- bis sechstausendmal im selben Raum zur selben Stunde aufgetan hat; aus der Entfernung von Jahren, wo vergessene Freiheit den Schritt beflügelt hat, erhebt sich ein Ruf wie gelebte Empfindung; aber bis dahin zurück ist der Weg mit Gespenstern bevölkert.

Bei einem Frage- und Antwortspiel, das seine Töchter und einige ihrer Freundinnen spielten und an dem er eine Weile teilnahm, fragte ihn die schöne Laura Arndt: »Wer möchten Sie sein, wenn Sie nicht Sie wären?« Er antwortete schmunzelnd, sehr zur Verwunderung der jungen Dame: »Ich wäre schon so zufrieden, nicht ich zu sein, daß ich gar keinen weiteren Wunsch mehr hätte.« Als ihn später Marlene über seine Worte auszuhorchen suchte, sagte er etwas verlegen: »Es ist nicht der Mühe wert, Kind; ihr müßt euch an die Vernunft halten: einem Mann in meinen Jahren soll es erlaubt sein, manchmal etwas Unvernünftiges zu äußern.« Marlene schüttelte den Kopf.

Mutlos und einsam setzt er auf der Straße Fuß vor Fuß (an sonnigen Morgen schickt er das Auto voraus und geht ein Stück Wegs); er zuckt die Achseln über ein geschmackloses Plakat, lächelt nachsichtig, wenn ihm kleine Buben vor die Füße rennen, lüpft verbindlich den Hut, wenn ihn jemand grüßt, und verliert sich währenddessen vermutlich in Grübeleien über den törichten Einfall, daß er nicht mehr er selber zu sein wünscht, als ob man den eigenen Charakter abstreifen könnte wie einen schadhaften Anzug. (Warum? fragen wir mit Marlene; warum nicht er selbst? Wer könnte er sonst sein, gerade er, und warum es ungern sein?) Er hört sich sagen: »Man könnte Egyd einmal den Traum erzählen; daran hätte er zu deuten.«

Welchen Traum? Es ist gar kein Traum; er ist noch gar nicht geträumt; er wird erst; er ist vorläufig nur ein mutloses und einsames Gefühl.

Schwer ist das Leben der tätigen und praktischen Leute in seinen unveränderlichen Linien zu erkennen. Laudin hilft den Menschen, ihre Irrungen einzusehen und ihre Ketten abzufeilen. Es hat den Anschein, als lägen soviel abgenommene Ketten um ihn herum, daß sie für ihn selber zu Gefängniswänden emporgewachsen sind.

Er präsentiert sich als ein überlegener, ruhiger, wohlwollender, wohlgelaunter und in vielen Fällen witziger Mann. Aber wie ist er wirklich? Wer ist er wirklich?

Weshalb verdrießen ihn manchmal die graubraunen Kostüme, in denen ihm seine Töchter beim Frühstück Gesellschaft leisten? Schon wieder die Diakonissinnengewänder, sagt er. Die graubraune Farbe verdrießt ihn; offenbar mahnt sie ihn daran, daß Marlene und Relly zum Schulbesuch und fernerhin zu nützlichen Tätigkeiten bestimmt sind. Haßt er denn das Nützliche? Die graubraunen Kleider machen sie allerdings den Spatzen ähnlich, die auf einem winterlichen Zaun am Weg ängstlich und frierend piepsen. Aber Marlenes klare kluge Augen sind auf ihn geheftet, so durstig und zugleich so erfahren, daß sich der Mann des praktischen Lebens schämen müßte, ihr nicht ebenbürtig zu sein. Als unzulängliche Entgegnung hat er nur den Blick, der vor der Gewalt und Wahrheit der Jugend entzweibricht.

Die Stube duftet vor Sauberkeit. Pia sitzt freundlich-gelassen am Tisch und streicht Butterbrote. Sie sagt: »Es hat zwei Grad unter Null, ihr müßt eure warmen Mäntel anziehn, Mädchen.« Die Pflegerin bringt den kleinen Hubert; er ist frisch gewaschen, und sein rosiges Gesicht glänzt wie ein mit Fett betropfter Kuchen, wenn man ihn aus der Röhre geholt hat. Das Gummi-Eselchen steht geduldig und melancholisch da, denn es weiß, daß es seinem Schicksal nicht entgehen kann, von den Händen des riesigen Zwergs Uistiti erbarmungslos malträtiert und in seiner Lebensdauer verkürzt zu werden. Laudin erhebt sich strahlend und nimmt das Söhnchen auf den Arm. Ein paar täglich sich wiederholende Scherze und kauderwelsche Zärtlichkeiten, dann verabschiedet er sich liebevoll von allen.

Wie ist er wirklich? Wer ist er wirklich? fragen wir noch einmal.

9

Am Samstag, mit dem Schlag neun Uhr, war Konrad Lanz in der Laudinschen Kanzlei. Es war ein uraltes Gebäude am Fleischmarkt, mit vielen Gängen, Treppen, Toren, Höfen und Nebenhöfen; die meisten Räume waren so finster, daß auch bei Tag das elektrische Licht brennen mußte.

Der junge Mensch saß im Wartezimmer, in dem sich außer ihm noch ein Herr und eine Dame befanden, die während der ganzen Zeit kein Wort miteinander wechselten, auch keinen Blick, obwohl sie offenbar Eheleute waren, und ein weißhaariger, schäbig aussehender Mann, der eine Zeitung las und unaufhörlich hustete.

Er hatte nicht lange zu warten. Der alte Diener rief seinen Namen. Doktor Laudin stand bereits, im Pelz und mit dicken Handschuhen, im Korridor, in den das dürre Klappern der Schreibmaschinen drang.

»Ich bitte tausendmal um Verzeihung«, sagte Laudin, als sie im Auto Platz genommen hatten, »wenn ich die Fahrt benutze, um einige Akten durchzulesen. Da ich um zwölf Uhr bei einer Verhandlung zu sein habe, würde mir sonst die Zeit fehlen.«

Konrad Lanz verbeugte sich befangen. Sichtlich bedrückt von der Gunst, die ihm durch den Beistand des berühmten Advokaten gewährt war, wußte er nichts zu entgegnen.

Laudin öffnete die Aktentasche. »Jawohl, das ist sie, die mysteriöse Tasche«, sagte er mit schalkhafter Miene, »da können Sie sich wieder mal an ihrem Anblick letzen.« Er lachte gurrend, nahm ein blaues Faszikel heraus und versenkte sich alsbald in dessen Lektüre.

Nach fünfundvierzig Minuten war der schnellaufende Wagen in Kottingbrunn. Der Chauffeur erkundigte sich bei mehreren Leuten nach dem Hartmannshof, und nach weiteren fünf Minuten waren sie dort.

Es war ein villenartiges Haus an der Landstraße. Über die Vorderfront des ersten Stockes lief ein Holzbalkon, ein zweiter, kleinerer war im zweiten Stock unter dem spitzen Giebel angebracht. Der gelbe Mauerbewurf zeigte Risse und Sprünge, besonders an der Westseite. Sie schritten durch einen Gemüsegarten, dessen Beete mit Stroh bedeckt waren. Zur Linken, gegen eine hügelige Erhebung, lagerten Bretter und entschälte Baumstämme. Vor dem Eingang des Hauses spaltete ein junger Bursche Holz. Er blickte feindselig auf die beiden Ankömmlinge. Zwei Knaben waren aufgeregt aus dem Haus gestürzt, an Laudin und Lanz vorbei, und richteten auf der Straße ihre ganze Aufmerksamkeit auf das Auto.

»Ist Frau Hartmann zu Hause?« wandte sich Laudin an den Knecht.

Der zuckte gleichmütig die eine Achsel.

Eine weibliche Gestalt trat aus dem Flur. »Was wünschen Sie?« fragte sie barsch und musterte die Besucher, die einander so ungleich waren, der eine Achtung einflößend, städtisch vornehm, hochgewachsen, der andere in einem dünnen fadenscheinigen Havelock, hager, unsicher blickend und in der Haltung mehr als bescheiden. Gewohnt, die Menschen mit einem Blick nach ihrer Erscheinung abzuschätzen, konnte sie hier zu keinem Schluß kommen.

Als Laudin seinen Namen nannte, hoben sich ihre schmalen, fast farblosen Brauen; als er, auf seinen Begleiter deutend, den Namen Lanz aussprach, verfärbte sie sich. Sie wies mit dem Arm ins Innere des Hauses, murmelte etwas von Nichtvorbereitetsein und samstägigem Räumen, und während sie in dem engen Flur zögernd umherblickte (als überlege sie, in welche Stube sie die Gäste führen sollte), schien sie darüber nachzudenken, welchen Zweck der Besuch haben konnte und worauf sie sich gefaßt zu machen hatte. Sie öffnete die Tür zu einem großen Zimmer, mit alten, massiven, wohlerhaltenen Möbeln, blütenweißen Vorhängen und einem umfänglichen grünen Kachelofen. Sie bedauerte, daß nicht geheizt sei, aber sie könne in die andern Zimmer niemand führen; hätten die Buben heute Schule gehabt, so wäre es was anderes, dann hätte sie oben ein Zimmer frei; aber die Schule sei gestern für eine Woche gesperrt worden; es hätte Blatternfälle gegeben, und es fände Impfinspektion statt. Das alles sagte sie in einem kalten, hastigen, zerstreuten Ton, der abermals ihre Gespanntheit bemänteln sollte. Sie rückte zwei Stühle vom Tisch, strich mit der flachen Hand über die Sitzpolster und machte eine trokken auffordernde Geste.

Sie trug eine graue, gestrickte, bis zum Hals geschlossene Wolljacke, einen wollenen Rock und eine blaue Stoffschürze darüber. Sie mochte vierzig Jahre alt sein, da sie aber ein volles Gesicht mit nur wenig Falten hatte und die mittelgroße, ziemlich üppige Gestalt beständig durch eine Menge fahriger und überflüssiger Bewegungen in Unruhe gehalten wurde, wirkte sie bedeutend jünger. Alles an ihr war sauber, und die Hände waren für eine Frau, die ihre Wirtschaft selbst besorgt, auffallend gepflegt. Nur die Haare, von einem unangenehmen Braunrot, standen etwas wirr um den Kopf und über der niedrigen Stirn.

Laudin setzte sich, nachdem er höflicherweise gewartet hatte, bis sich Frau Hartmann gesetzt hatte; Konrad Lanz blieb in einiger Entfernung stehen und betrachtete die Porzellantassen und -teller in einem Glasschrank mit vorgetäuschtem Interesse. »Sie werden, gnädige Frau, den Überfall entschuldigen«, begann Laudin mit gesuchter, fast ein wenig übertrieben klingender Artigkeit, »wenn ich zur Rechtfertigung anführe, daß ich im Auftrag meiner Klientin, des Fräuleins Karoline Lanz, bei Ihnen vorstellig werde. Fräulein Lanz ist leider verhindert gewesen, mich zu begleiten, daher war ihr Bruder, Herr Lanz, so liebenswürdig, mitzukommen. Es handelt sich um eine Geringfügigkeit, mit der ich Ihnen lästig fallen muß, eine einfache Feststellung. Zwei Worte, und wir sind fertig. Es liegt mir daran zu erfahren, wo das Testament Ihres verstorbenen Gatten deponiert ist, und ich möchte Sie daher ersuchen, mir darüber Auskunft zu geben. Das ist alles.«

Frau Hartmann saß kerzengerade auf ihrem Stuhl. Ihr Blick wich nicht eine Sekunde lang von Laudins Gesicht, während sie zuhörte, und ihre Miene veränderte sich nicht. Da ihr Wesen die äußerste Wachsamkeit verriet, ließ sie sich von der einnehmenden Rede des Advokaten offenbar nicht täuschen. Mit etwas rauher Stimme erwiderte sie: »Ich weiß von keinem Testament. Was kommt man mir schon wieder damit? Die Lanz war ja selber oben in seinem Zimmer. Sie hat sich ja überzeugen können. Ich habe ihr gesagt: Bitte, suchen Sie. Sie hat gesucht und nichts gefunden. Was will man also von mir?«

Laudin nickte scheinbar zustimmend. »Gewiß, es ist unbequem für Sie«, gab er zur Antwort; »aber das Testament war vorhanden. Darüber besteht kein Zweifel. Ihr verstorbener Gatte hat sich in unmißverständlicher Form darüber geäußert. Wir würden ja wenig Wert darauf legen, gerade in Ihrem Hause zu recherchieren, wenn nicht durch einen unglücklichen Zufall der Inhaber des Duplikats gegenwärtig nicht zu ermitteln wäre. Wir haben nämlich allen Grund anzunehmen, daß ein Duplikat oder eine spätere Fassung des Testaments vorhanden ist und von einer bestimmten Person aufbewahrt wird.«

Kein Zug in Laudins Gesicht ließ darauf schließen, daß er sich von dieser scheinbar nebensächlich hingeworfenen Bemerkung irgendwelche Wirkung versprach. Er schien es auch nicht zu gewahren, daß sich Brigitte Hartmanns rechte Hand um ihr Knie krampfte. Im übrigen sah sie so gleichmütig aus wie vorher. Um den Mund spielte sogar ein dünnes Lächeln.

»Das kann mir vollkommen egal sein«, sagte sie mit einer wegwerfenden Kopfbewegung. »Was geht's mich an? Er hat ja mit seinem Geld tun können, was ihm beliebte. Ich sehe nicht, was mir geschehen soll. Das Geld liegt ja noch auf der Bank; bitte. Die Verlassenschaftshandlung ist noch gar nicht abgeschlossen; also bitte. Meine Kinder haben ihren gerichtlich bestellten Vormund, ich selber hab meinen Advokaten: was soll mir also geschehen, bitte?«

Laudin zeigte sich verwundert. »Wie meinen Sie das, gnädige Frau?« fragte er, an der gesellschaftlichen Anrede mit einer Beharrlichkeit festhaltend, die ihm wahrscheinlich zur Erreichung ähnlicher Zwecke schon gute Dienste geleistet hatte, »wie meinen Sie das: geschehen, was Ihnen geschehen soll –? Sie verkennen durchaus die Absicht meines Besuches –«

»Ah, nein«, unterbrach ihn Brigitte Hartmann schroff, »ich kenn mich aus. Man will mir auf den Zahn fühlen. Ich bin doch kein heuriger Hase mehr. Wen hat denn Hartmann gehabt außer der Lanz? Keine Menschenseele. Er war ja viel zu verdreht im Kopf, Gott verzeih mir die Sünde, wenn es eine ist, als daß er irgend jemand Vertrauen geschenkt hätte. Mir machen Sie nichts vor, Herr Doktor, Sie entschuldigen schon, aber bei uns auf dem Land redet man, wie einem der Schnabel gewachsen ist. Ich rate Ihnen nur, schaffen Sie sich den herbei, der das Duplikat haben soll. Bitte. Bis dahin haben wir ja Zeit, die Sache zu beschlafen. Bitte.« Ihre Stimme war laut und schrill geworden, und sie blickte Laudin an wie eine Frau, die gesonnen ist, im Bewußtsein ihres guten Rechts nicht um Haaresbreite von der Stelle zu weichen.

»Das verhält sich nicht ganz so, gnädige Frau«, sagte Laudin fast schmeichelnd in seiner Höflichkeit, »da betrachten Sie die Dinge etwas zu laienhaft. Angenommen selbst, das Duplikat wäre nicht vorhanden, lassen wir das einstweilen auf sich beruhen, so wissen Sie doch nicht, ob wir nicht einen Zeugen haben, der die Angaben Ihres verstorbenen Gatten in bezug auf das erste Testament zu beschwören bereit ist. Und angenommen, auch der Zeuge wäre nicht aufzutreiben, so kann der Richter, sobald die Sache anhängig wird, und das wird sie, dessen seien Sie versichert, Ihnen den Eid zuschieben. Sie würden also Ihrerseits zu beschwören haben, daß Sie das Testament weder gesehen noch es berührt noch von ihm gewußt haben. Dann ist der Fall allerdings erledigt, das heißt so lange erledigt, bis wir den Beweis in Händen haben, daß das Testament, dem geschworenen Eid entgegen, in Ihrem Hause sich befunden hat und daß Sie davon Kenntnis gehabt haben. Eine dritte Person kann nicht in Frage kommen. In diesem Augenblick wären Sie natürlich des Meineids überführt. Auf die Folgen brauche ich Sie nicht aufmerksam zu machen. Ich bitte vielmals um Verzeihung, aber Sie haben mich selbst zu dieser juristischen Belehrung herausgefordert; ich erteile sie und tue damit nur meine Pflicht.« Er stand auf und verneigte sich.

Noch immer saß Brigitte Hartmann kerzengerade. Aber jetzt hatte auch die andere Hand das andere Knie umklammert. Eine Weile schwieg sie wie erstarrt, dann begann sie, indem sie sich langsam erhob und ebenso langsam die Arme verschränkte: »Das sind ja schöne Sachen, die Sie mir da sagen. Danke ergebenst. Danke für die Belehrung, Herr Doktor« (sie knickste zweimal spöttisch), »aber wie komm ich dazu, frag ich Sie. Bin ich vom Haus weggelaufen oder er? Hab ich meine Kinder im Stich gelassen oder er? Auf und davon und sich nicht mehr geschert, bitte. Wie ich es Ihnen hier erzähle, eines Tages auf und davon, ohne eine Silbe zu reden, und Frau und Kinder und Haus und Wirtschaft hat der Teufel holen können. Handelt so ein Mann, bitte? Handelt so ein Vater? Wo steht denn das im Gesetz geschrieben, wenn Sie mich belehren wollen, bitte? Ist das erlaubt? Gibt's denn so etwas, außer bei den Hottentotten, und ich weiß nicht, ob bei denen, daß ein Familienvater nach elfjähriger Ehe Knall und Fall davonläuft, als ob er aus dem Wirtshaus hinausginge? Das erste beste Frauenzimmer zusammenpackt, entschuldigen schon, junger Herr, und mit ihr auf Nimmerwiedersehn verschwindet? Und in der Fremde verkommt wie ein Handwerksbursch? Und sein Fleisch und Blut behandelt, als wär's ein Dreck? Wo ist da die Belehrung, wo ist da das Gesetz, bitte?«

Sie hatte sich in Wut und Wildheit geredet. Die Lippen waren plötzlich weiß und dünn. Je lauter und schneller sie sprach, je deutlicher bemerkte man im rechten Oberkiefer eine Zahnlücke. Mit flammenden Blicken maß sie die beiden Männer. Konrad Lanz hatte ihr das Gesicht zugekehrt und schaute sie finster an. Laudin zeigte die Miene aufmerksamen Lauschens und stellte sich überrascht. »Da sind Sie freilich zu beklagen, gnädige Frau, wenn es sich so verhält«, antwortete er in teilnahmsvollem Ton, »nach allem, was ich von Ihrem verstorbenen Gatten gehört habe, scheint er doch ein gewissenhafter und leichtfertigen Entschlüssen nicht geneigter Mann gewesen zu sein. Danach hätte man erwarten sollen, daß er seine Familie ausreichend versorgt hat, bevor er seine Zuflucht bei einer andern Frau suchte. Ich bin sehr erstaunt. Und vor allem hätte man meinen sollen, daß er sich mit

Ihnen wegen einer möglichen Scheidung oder Trennung verständigt hätte, daß er die Freiheit von Ihnen verlangt hätte. Das war doch das mindeste, was er Ihnen schuldig war. Hat er denn das nicht getan? Ich bin wirklich erstaunt –«

Brigitte Hartmann errötete matt. Es war ein Hauch, der gleich wieder verging. Einen Augenblick verlor sie die Fassung. Sie schaute Laudin argwöhnisch an, dann glitt ein eigentümlich düsteres Lächeln über ihre Züge. Mehrmals machte sie einen Ansatz zum Sprechen, dann verpreßte sie die Lippen wieder. Sie begann im Zimmer hin und her zu gehen, als ob sie allein wäre. Ohne ersichtlichen Grund zog sie an einer der Vorhangschnüre, und der Vorhang bauschte zurück. »Scheidung«, sagte sie plötzlich mit rauher, viel dunklerer Stimme. »Darüber könnte man allerdings was erzählen. Freiheit. Das Wort kenn ich. Hast du nicht Freiheit genug? hab ich ihn gefragt; rennst Tag und Nacht herum, wo dir's beliebt; leg ich dir vielleicht was in den Weg? Hätte er sich eine Geliebte gehalten. Bitte. Von mir aus. Tu, was du nicht lassen kannst. Aber Scheidung? Dazu hab ich das Recht nicht gehabt. Ist denn eine Ehe ein Fetzen Papier, daß man sie zerreißen kann, wenn einen die Laune ankommt? Doch da wird geredet und geredet. Gut, schön, wenn's dich glücklich macht: Scheidung, sag ich. Aber so und so, ich will meine Sicherheit. Ich brauch mein Schuldlosigkeitszeugnis vor der Welt. Schön, wird erledigt. Nachher schlägt einem das Gewissen. Man ist eine Frau. Ich bin eine Mutter. Man darf's nicht tun. Wie soll ich meinen Kindern in die Augen schauen? frag ich ihn, frag ich vor allem mich selber. Bis an mein Lebensende hätten sie mir's vorwerfen können; ihnen den Vater rauben, ich, die Mutter? Da war eine Stimme in meinem Herzen, die hat gerufen: Nein, Brigitte. (Sie klopfte sich in seltsamer Leidenschaftlichkeit mit der Faust gegen die Brust.) Im Schlaf sind mir die Buben erschienen und haben mich auf den Knien gebeten: Tu's nicht, Mutter. Wie ich am Grab meiner Eltern war, hab ich ihre Stimme gehört: Versündige dich nicht, Kind. Hab ich da nicht die Pflicht gehabt, den Mann festzuhalten, den bösen Geist in ihm zu bekämpfen? Da hätte man ja keine Religion in sich, wenn man da schwach geblieben wäre. O nein, o nein.«

Sie ging auf und ab, auf und ab, immer erregter, ganz in sich hineingewendet, oder als spräche sie zu ihm noch, der längst Schatten war. Es war verbissene Erinnerung an Worthader, Wiederaufquellen vom Gift des Redetausches und der rachsüchtigen Wollust des Einanderaufreißens. »Nie kann ich ihm verzeihen, nie; wie im Leben nicht, so im Tode nicht«, stieß sie durch die Zähne hervor, und darin war solche Aufrichtigkeit des Hasses und der ungestillten Erbitterung, daß sich Laudin dem Eindruck sichtlich nicht entziehen konnte, trotz allem, was er wußte und sah, als habe er einen Menschen vor sich, dessen Sache strittig war und der noch nicht verurteilt werden durfte.

»Die Erörterung darüber steht mir nicht zu«, sagte er abschließend, »Sie erwähnten vorhin, daß Sie einen Anwalt haben, gnädige Frau; beraten Sie sich mit ihm; andernfalls, wenn Sie vorziehen sollten, die Angelegenheit mit mir zu erledigen, bin auch ich dazu bereit. Es bedarf nur einer Nachricht. Ich werde warten, bis Sie kommen.«

»Bitte«, sagte Frau Hartmann, steif vor ihm stehend und ihn mit gefurchter Stirn und bohrendem Blick betrachtend. Es war, als wolle sie noch etwas sagen und als weigere sich die Zunge. Es hatte den Anschein, als spüre sie mit Unwillen und Widerstreben die zwingende persönliche Macht in Laudin und fürchte sein Fortgehen wie eine Gefahr, vor der sie sich noch schützen mußte. Aber sie blieb stumm.

Während der Rückfahrt in die Stadt lehnte sich Laudin mit geschlossenen Augen in die Ecke des Wagens. Konrad Lanz, obwohl er darauf brannte, seine Meinung zu hören, hütete sich, das Schweigen zu brechen.

»Da haben Sie sie«, sagte Laudin endlich leise und ohne die Lider zu erheben, »da haben Sie sie mit Haut und Haar, die Tigerin der Legitimität.«

»Und was kann man von all dem hoffen?« fragte der junge Mensch traurig.

»Wir werden sehen. Sie wird kommen, dann werden wir sehen.«

»Sie glauben wirklich, Herr Doktor, daß sie kommen wird –?« Konrad Lanz schüttelte zweifelnd den Kopf.

»Ich glaube es nicht nur, ich weiß es. Und wenn mich

nicht alles trügt, wird es dabei noch sonderbare Eröffnungen geben.«

10

Am Sonntagvormittag legte Pia, wie allwöchentlich, diejenigen Rechnungen zusammen, die sie von ihrem Wirtschaftsgeld nicht bezahlen konnte, auch nicht zu bezahlen brauchte und ging damit zu ihrem Mann. Laudin saß am Schreibtisch in der Bibliothek. Draußen hatte es zu schneien begonnen.

»Ich muß dich leider stören, Friedrich«, sagte Pia, »aber du weißt ja: die Sonntagsprüfung.«

»Freilich, mein lieber Departementschef«, bemühte sich Laudin zu scherzen. »Pflicht ist Pflicht. Was gibt es also an bösen Überraschungen? Her mit dem schrecklichen Dossier.«

Den schmiedeeisernen Gartenzaun hatte der Sturm beschädigt, und er war hergerichtet worden. Im Keller war das Wasserrohr gebrochen und erneuert worden. Gebühren für das Telephon. Maurerarbeiten in der Küche. Kauf einer Waschmaschine und eines elektrischen Ofens für die Bügelkammer. Koks für das Glashaus. In Summa fünfunddreißigeinhalb Millionen.

Während Laudin die Rechnungen durchsah, stand Pia neben ihm und stützte sich mit dem Arm auf seine Schulter.

Er erhob keinen Einwand. Er setzte in Pias Wirtschaftsführung unbedingtes Vertrauen und hätte es seiner und ihrer unwürdig gefunden, Anschaffungen, die sie machte und die sich mit der Zeit als weitblickende Sparmaßnahmen erwiesen, zu kritisieren. Er schaute ihr nach, als sie das Zimmer wieder verließ, den Gruß oder das heitere Kopfnicken erwartend, wenn sie sich an der Türe noch einmal umdrehte. Und als sie ihm mit der Hand zuwinkte, waren seine Züge schon zur freundlichen Erwiderung bereit. Dann beugte er sich wieder über den Schreibtisch, aber statt den angefangenen Brief fortzusetzen, malte er allerlei bärtige und adlernäsige Profile auf das Löschblatt.

Pia saß am Telephon. Zuerst beschwerte sie sich beim Milchhändler über die schlechte Qualität der gelieferten Milch; hierauf ließ sie sich, Sonntags halber, mit der Privatwohnung des Tapeziers verbinden und stellte ihn wegen der versäumten Reparatur des Speisezimmersofas zur Rede; der Stoff liege schon seit vierzehn Tagen in seinem Geschäft; er habe ihr versprochen, Freitag selbst zu kommen oder den Gehilfen zu schicken, und so weiter. Schließlich hängte sie verärgert auf.

Sie schaute besinnend vor sich hin. Alle diese Dinge, Zäune, Wasserrohre, Waschmaschinen, Öfen, Kohlenladungen, Milchkannen, beschädigte Küchenfliesen und neue Sofaüberzüge belagerten sie, und jedes hatte sein besonderes Anliegen an sie. Es gab kein Ruhen und kein Nachdenken, ohne daß ihr ein solches Ding, anspruchsvoll und hilfsbedürftig, vor Augen schwebte. Das Haus war vollgestopft von ihnen. In jedem Raum hingen, lagen und standen sie. Die Leute waren im allgemeinen der Ansicht, daß der Mensch die Dinge nötig habe. Diese Ansicht war entschieden töricht und verkehrt; in Wirklichkeit verhielt es sich so, daß die Dinge in unverschämter, aufdringlicher und schamloser Weise den Menschen nötig hatten und forderten und seine Kraft und seine Zeit nach ihrem Gutdünken mißbrauchten.

Bücher verlangten von Staub gereinigt zu werden. Türklinken verlangten glänzend gerieben zu werden. Teppiche verlangten ausgeklopft zu werden. Schränke verlangten geordnet zu werden. Betten verlangten überzogen zu werden. Fußböden verlangten ausgefegt zu werden. Strümpfe verlangten gestopft zu werden. Gartenwege verlangten gekiest zu werden. Blumen verlangten begossen zu werden. Es hatte nicht Geist und nicht Verstand. Es genügte nicht, ihnen einmal, ihnen zehnmal den Willen zu tun; sie kamen immer wieder und erhoben ihre frechen Ansprüche jedesmal mit derselben Unerbittlichkeit. Stellte man sich taub oder verschanzte sich hinter einer Ausflucht, so war die Folge Unreinlichkeit, Verwahrlosung, doppelte Mühe und schlechtes Gewissen.

Pia war von den Dingen beherrscht; sogar zwischen ihr und ihren Kindern erhob sich die Barrikade von Dingen. Ihr hört es: Marlene ruft nach ihren Schneeschuhen;

Relly findet ihr französisches Lehrbuch nicht; die Pflegerin requiriert das Gabelfrühstück; das Stubenmädchen jammert, weil sie den Schlüssel zum Weinkeller verlegt hat; die Köchin murrt, weil der Herd keinen Zug hat. Wenn Pia auch nicht selbst die Schneeschuhe bringen, das Lesebuch herbeischaffen, das Gabelfrühstück besorgen, die Kellerschlüssel suchen, den Herd in Funktion setzen muß, sie ist doch die Instanz, an die sich alles wendet, und das oberste Tribunal; sie muß Rat erteilen, beschwichtigen, anfeuern, Rücksicht üben, Geld hergeben, den einen loben, den andern tadeln und darf an sich selber nicht denken.

Gäste kommen nicht zu ihr; sie kommen ins Haus. Wenn sie mit Laudin ins Theater oder in Gesellschaft geht, laufen die Dinge plappernd und streitsüchtig wie in einem Märchen von Andersen hinter ihr her. Wenn ihr jemand ein Kompliment macht, etwa daß sie hübsch und anmutig sei, fällt ihr ein, daß man morgen in aller Frühe in die Apotheke schicken und Kalkpulver für den kleinen Hubert holen muß.

Wenn der Briefträger in den Flur tritt, weiß sie, daß er keine Briefe für sie hat, nichts, was nur ihre Person allein betrifft, kein Geheimnis, nicht den Schatten von etwas, das nur ihr gehörte. Denn wo ist sie? Wo ist Pia?

Gibt es denn noch eine Pia? Steckt nicht vielmehr Pia in den Dingen drin, in Zäunen, Wasserrohren, Sofabezügen, Milchkannen, Schneeschuhen, Teppichen und Türklinken? Leuchtet ein Abendrot für sie? Singt eine Sängerin noch für sie? Kann sie sich noch freuen? Kann sie trauern? Sehnt sich ihr Herz? Nimmt es teil an der Welt? Oder ist es nicht vielmehr ein bloßer Zettelkasten, auf dem Dinge verzeichnet stehen? Der Reihe nach, mit ihren Preisen und Beschädigungen?

Aber Pia weiß nichts davon. So wenig wie sie weiß, wer sie ist, so wenig spürt sie, was sie, vielleicht, entbehrt. Sie fragt nicht, sie hadert nicht, sie philosophiert nicht; sie schaut; sie wirkt; und abends ist sie müde. Sie ist nicht zu einer andern Art des Lebens aufgerufen worden, bis jetzt noch nicht; sie kennt keine andere; die ihr angewiesen ist, die scheint ihr als die einzig mögliche für sie, und sie trachtet, ihr zu genügen.

11

Unmittelbar vor Tisch hatte Fraundorfer wissen lassen, er käme nicht zum Essen, da er zu einer Mittagsvorstellung gehe, doch wolle er sich gegen zwei Uhr zum schwarzen Kaffee einfinden. Man war an derlei Unarten von ihm gewöhnt, und niemand hielt sich sonderlich darüber auf, mit Ausnahme der Hofrätin, die in ihrer mürrischen und kränklichen Manier sich über den Affront, wie sie es brummelnd nannte, nicht trösten konnte; aber da sie ein begonnenes Thema nach zwei Sätzen bereits wieder vergaß, geriet sie in ihrem monotonen Räsonieren alsbald auf Personen und Gebiete, die mit Fraundorfer längst nichts mehr zu schaffen hatten. Es war eine Ausnahme, daß sie an der gemeinsamen Mahlzeit teilnahm; sie litt an so vielen Übeln, wie der Tag Stunden hat, und in ihrem greisenhaften Egoismus betrachtete sie sich als den Mittelpunkt nicht nur des ganzen Hauses, sondern allen Lebens, von dem sie aus Zeitungen und Gesprächen wußte. So oft Laudin sich an sie wandte, mit zartester Zuvorkommenheit stets, sah sie ihn mit ihren stumpfschwarzen Augen erschreckt an, als müsse sie sich erst erinnern, wer mit ihr redete, dann nickte sie schwermütig und erwiderte etwas, das keinerlei Zusammenhang mit dem Gefragten oder Gesagten hatte. Relly und Marlene, die sie in ihren respektlosen Anwandlungen unter sich »Mutter Finsteraarhorn« nannten, sahen dabei aus wie unschuldige Engel, die dem Leiden der Welt ein schmerzliches Gedenken zollen.

Früher, als man vermutet hatte, kam Fraundorfer. Die Hofrätin sowie Marlene und Relly hatten sich eben zurückgezogen, da hörte man sein Scharren, Schnaufen und Pusten, und alsbald schob sich die riesige Fett- und Fleischmasse seines Körpers über die Schwelle.

Er war wie ein Ofen, der durch seinen Umfang unproportioniert im Raum wirkt. Wie ein Ofen gab er Wärme von sich, ununterbrochen, als würde er Tag und Nacht geheizt, Wärme und gemütlichen Lärm, bisweilen auch Qualm und Ruß, sehr oft sogar, nämlich höchst gewagte Zynismen, Zweideutigkeiten und ätzende Glossen, die das Entsetzen wohlerzogener Leute und die Ursache waren, daß man Kinder, junge Mädchen, überhaupt alle Arten von Halbwüchsigen bei seinem Erscheinen schleunigst in Sicherheit brachte. Pia hatte ihn allerdings, nur durch Blick und Haltung, nach und nach so weit gezähmt, daß er sich in ihrer Gesellschaft zusammennahm. Wenn er etwas nicht ganz Stubenreines zu äußern im Begriff war, sah sie ihn groß und liebreich an, worauf er sich den Kopf kratzte und mit einem kollernden Geräusch im Hals verlegen und ein wenig wütend aus winzig kleinen Augen um sich schaute und die ewige Zigarre von einem Mundwinkel in den andern schob.

Er war fünfundvierzig Jahre alt und sah aus wie ein mit der Elephantiasis behafteter Gymnasiast. Seine Haare waren blond und gekräuselt und sammelten sich im Nakken zu einer künstlerhaften Mähne. Er hatte fette, feuchte, aufgestülpte Lippen ohne Bart, ein tiefgespaltenes Kinn, schwammige Wangen, enorme eckige Ohren und enorme behaarte Hände. Seine Bewegungen waren derart, als müsse er seinem Körper immer erst gut zureden wie einem störrischen oder trägen Pferd, bevor er einen Ruck oder Schritt machte. Saß er einmal fest auf einem Stuhl, so hatte es den Anschein, als würde er erst wieder aufstehen, wenn das Zimmer in Flammen stand.

In Adreßbüchern und Meldezetteln stand er als Privatgelehrter verzeichnet. Aber kein Mensch wußte, wovon er eigentlich lebte. Er war halb Zigeuner, halb Eremit. Er hatte Vermögen gehabt und es während der Inflation verloren. Er besaß zwei Häuser in der Stadt, die nichts trugen; er schrieb wissenschaftliche Artikel für Journale und Revuen, die niemand las, obwohl sie oft witzig und amüsant waren, ohne geradezu populär zu sein. Er lebte vollkommen bedürfnislos, kannte den Luxus nicht, beanspruchte niemals eines Menschen Hilfe und hatte trotz der Beschränkung seiner Lebensführung für irgendeine Laune oder um einem andern aus der Verlegenheit zu helfen plötzlich große Summen übrig.

Er hatte einen winzigen weißen Hund, der sein unzertrennlicher Gefährte war. Auch heute hatte er ihn mitgebracht. Er habe ihn, wie er klagend erzählte, in der Garderobe des Theaters zur Aufbewahrung gegeben, und dort habe dem armen Tier vor den vielen Menschenmänteln und -hüten so gegraut, daß es Nervenzustände bekommen habe. Man solle nur sein Gesicht betrachten; Ekel und Kummer drücke sich darin aus. Bedenke man, wie übel für einen Hund die Menschen an sich röchen, so dürfe man sich nicht wundern, wenn ihr Schneiderzubehör solch feinorganisierter Kreatur ebenfalls unerträglich sei.

Er nannte das Hündchen Herr Schmitt. Es war ein Köter mit der Schnauze und den Beinen eines Meerschweinchens, doch, der Wahrheit die Ehre, mit einem unendlich weisen und verschwiegenen Betragen. Herr Schmitt bellte fast nie; er murrte bloß. Fraundorfer behauptete, er sei ein weitgereister Fremdling, und seine Heimat sei Odessa, von wo er durch vielfache Kriegsabenteuer nach dem Westen verschlagen worden sei, sich hier aber keineswegs gefalle. Er sagte Sie zu dem Hund, sprach stets zärtlich und achtungsvoll mit ihm und hob rühmend seine Keuschheit und seine reinen, wie er sagte, wahrhaft christlichen Sitten hervor.

Das Verhältnis zu seinem Sohn Nikolaus unterlag den verschiedensten Deutungen. Einige meinten, er könne ihn nicht ausstehen oder sei ihm wenigstens entfremdet, seit die unbezwingliche Neigung des jungen Menschen zur Musik hervorgetreten sei. Diesen gab der Anschein recht, denn Fraundorfer sprach von Nikolaus fast stets nur in abschätzigen Ausdrücken, zuckte die Achseln über ihn, nannte ihn mit hämischem Lachen und geschwollener Zornader einen unnützen Notenklopfer und aus der Art, der Fraundorferschen Art jedenfalls, geschlagenen Sentimentalisten und Lyristen; er stritt mit ihm wegen Geld, wegen der Beziehung zu irgendwelchen Personen, wegen eines Buches, wegen eines Wortes; er beschimpfte ihn, machte, namentlich vor andern, boshafte Witze über seine Schüchternheit, seinen unerschütterlichen Glauben an sich selbst und sein Talent und nahm nichts ernst, was Nikolaus tat oder sprach.

Andere Leute wieder, und zu denen gehörte Laudin, wollten in all diesem Getobe und herabsetzenden Spott nichts als eine sonderbare Flunkerei sehen, ähnlich der eines Taschenspielers, der durch Schwatzhaftigkeit den Augen der Zuschauer seinen Trick entzieht. Einem scharfen Beobachter konnten gewisse unnötige Übertreibungen nicht verborgen bleiben, gewisse Blicke und Betonungen nicht, wenn sie auch noch so sorgfältig gehütet und gleich wieder zurückgenommen und vertuscht wurden. Dennoch war nicht zu erklären, was für einen Grund die zur Schau getragene Zanksucht und Verächtlichmachung haben sollte, ob sie in einem eingefleischten Widerwillen gegen Gefühl und Gefühlsleben wurzelte oder ob sie eine bloße Schrulle war.

Nikolaus entstammte der Verbindung mit einer Frau, die nicht ganz drei Monate mit Fraundorfer gelebt hatte. Als sie von ihm fortging, hatte sie zu ihm gesagt, mit einem Narren könne man zur Not hausen, mit einem Geizhals könne man zur Not hausen und mit einem Misanthropen könne man zur Not hausen; aber mit einem närrischen und geizigen Misanthropen zu hausen gehe über die menschliche Kraft. Fraundorfer hatte das selbst jedem erzählt, der es hören wollte. Kurz nach der Entbindung hatte sie ihm das Kind gebracht, darauf war sie verschollen. Er hatte nie wieder von ihr gehört. Wenn er von ihr sprach, was sehr selten geschah, sagte er trocken, die Beziehung zu Frauen sei die »partie honteuse« seines Lebens, aber die eine, die ihn besonders angeführt, habe zur Gattung der infantilen Selbstbesessenen mit krankhaftem Verleumdungstrieb gehört; er sei leider Gottes vierundzwanzig Stunden lang von ihr geblufft worden: daher der Sohn. Wäre er in der dreiundzwanzigsten Stunde zur Vernunft gekommen, so hätte er seinen Kopf noch aus der Schlinge ziehen können.

Eines Tages, im Winter des Jahres vor dem Krieg, als Aufruhr und Unzufriedenheit gefährlich im Volke gärten, tritt Laudin aus dem Tor des Parlaments, wo er mit einem Abgeordneten konferiert hat, und gerät in eine Ansammlung streikender Arbeiter, mehr als dreitausend Menschen. Meist sind es junge Leute; je jünger, je drohender sehen sie aus; die Sechzehn- und Siebzehnjährigen üben sich im Schreien und Pfeifen und bewerfen die berittene Wache mit Steinen. Im Nu steckt Laudin im dichtesten Gewühl, und beim Versuch, sich durchzuzwängen, wird er durch eine eigentümliche Szene festgehalten. Ein ausnehmend feister Mann, durch die Menge arretiert gleich ihm selbst, ist wegen seiner Korpulenz und seines wohlgenährten Aussehens das Ziel von Insulten geworden; ein paar rabiate Burschen machen sogar Miene, sich an ihm zu vergreifen. Laudin will ihm zu Hilfe eilen, doch jener hat sich unter gewaltigem Schnauben der Zudringlichsten unter ihnen entledigt, ersteigt mit verwunderlicher Gewandtheit eine städtische Müllablagerungskiste und beginnt ungefähr wie folgt zu sprechen:

»Kameraden! Oder vielmehr Genossen! Ist es denn bewiesen, daß einer Gänselebern und Trüffeln fressen muß, um fett zu werden? Wer von euch hat mich schon in meinem Stammwirtshaus besucht und mich statt Beefsteaks, Schweinsrippchen, Rehkeule und Schokoladetorten unter Tränen und Seufzern mein mageres Rindfleisch mit Kren verzehren sehen? Er trete vor! Er trete kühnlich vor! Mein Wanst, sagt ihr? Aber wie bin ich zu ihm gekommen, wie ist seine naturgeschichtliche Entwicklung? Er ist kein Fettwanst; er ist ein Magerwanst, ein Fastenwanst, ein Kummerwanst, ein unkapitalistischer Wanst. Vielleicht, Genossen, sind Essiggurken meine Leibspeise; vielleicht hab ich zu einer Zeit, wo noch niemand hierzulande an die neuesten Errungenschaften des allgemeinen Volkselends nur im entferntesten gedacht hat, schon siegreich den Grundsatz verfochten: Hoch lebe der Hering und das Sauerkraut! Und unter uns, Genossen: sind denn sämtliche Vielfraße auf der Welt kugelrund? Haben nicht, wenn ihr der Sache auf den Grund geht, die meisten eine betrügerische Abzehrung, eine spindeldürre Unansehnlichkeit? Hättet ihr, wie ich, die Mägen und Eingeweide der Bourgeoisie studiert, die sich vom Schweiß des Volkes mästen, dann würdet ihr meinen armen Schmer höchstens bedauern, denn es ist ein unschuldiger Schmer, ein gewissenhafter Schmer.«

Er hatte etwas von einem ins Komische verzerrten Marcus Antonius, wie er mit jovialem Schmunzeln auf der Kehrichtkiste stand, die Zigarre im Mund, und mit Stentorstimme seine Falstaffsche Fülle verteidigte.

Einige Leute murrten, da sie sich zum besten gehalten fühlten. Die meisten lachten, und man ließ von ihm ab.

Laudin, den der Auftritt belustigt hatte, richtete das Wort an den Redner; sie gingen miteinander durch die

Straßen, trafen sich von dem Tag ab regelmäßig in einem Kaffeehaus, wo Fraundorfer verkehrte, später kam Fraundorfer zu Laudin, dieser hie und da auch zu Fraundorfer, und so entstand eine jener Männerfreundschaften, die viel weniger auf Mitteilung und Austausch von Ideen und Erlebnissen beruhen als auf wortkarger, sympathischer Übereinstimmung und einem gewissen animalischen Wohlbehagen des einen in der Luft des andern.

12

Trotz seiner gegenteiligen Versicherung erriet Pia, daß er noch nicht zu Mittag gegessen habe, und ließ nachservieren. Er vertilgte beträchtliche Mengen Fleisch, Gemüse, Salat, Kompott und Mehlspeise, trank eine für ihn warmgestellte Flasche Chambertin leer und reichte bisweilen unter Pias stiller Mißbilligung, die für die Sauberkeit des Teppichs fürchtete, seinem Hündchen einen Bissen hinab. Herr Schmitt kauerte bescheiden und winzig neben den ungeheuren Füßen seines Meisters.

Er berichtete, daß er einer Schauspielerin zuliebe ins Theater gegangen sei; besser gesagt, dem Niki zuliebe, der auf diese Schauspielerin große Stücke zu halten scheine; Luise Dercum heiße sie; man habe sie aus Berlin importiert; er halte zwar nicht viel von Berliner Importen, sei aber hingegangen, weil ihm der Niki keine Ruhe gelassen habe. Der Bub kenne sie schon seit dem Sommer; eine Zeitlang sei jedes dritte Wort von ihm die Dercum gewesen; die Dercum hin, die Dercum her; der Name sei ihm schon auf die Nerven gefallen; Dercum; klinge es nicht wie ein Stärkemittel oder wie ein neuer Likörersatz? Na, dann habe der Kleine wochenlang den odiosen Namen nicht weiter im Munde geführt; heute morgen habe er ihm plötzlich das Billett gebracht, es sei die erste große Rolle, in der die Dercum hier auftrete, in einem neuen französischen Stück. Zwar habe er nicht sonderlich gedrängt; wenn es dich interessiert, Vater, dann geh, habe er gesagt; diese heuchlerische Gleichgültigkeit habe ihn, Fraundorfer Vater, jedoch geärgert, auch ein wenig neugierig gemacht; er halte, Laudin wisse es ja, Neugier für eine Tugend, eine Entdeckertugend, und da er schon lange den Verdacht gehegt, zwischen dem kleinen Nikolaus und der besagten Dercum gehe etwas vor, habe er einen Anlauf genommen und sei in das Theater spaziert.

Gefallen habe ihm das Frauenzimmerchen nicht übel. Publikus allerdings habe wieder einmal in gewohnter Manier übers Ziel geschossen und einen unanständigen Begeisterungslärm vollführt. Anzuerkennen sei eine hübsche Begabung für das beliebte Fach: weiblicher Satan mit Cherubseele; süßer Kern in bitterer Schale; doch alles in schlauer moderner Aufmachung. Für ihn sei ein Schauspiel im Schauspiel der dumme kleine Niki gewesen. Bleich sei er dagesessen, die Stirn von Schweiß betropft; regelrecht gezittert habe er, und kaum daß der Vorhang zum letztenmal gefallen, sei er davongestürzt wie von Bauchgrimmen geplagt.

Fraundorfer wiegte den Schädel und zwinkerte mit weinfeuchten Augen erst Laudin, dann Pia zu, mit einem unsicheren Blick, als prüfe er heimlich, ob seine Erzählung beifallswürdig sei oder nicht. »Übrigens wollte ja der Kleine heute nachmittag herauskommen«, sagte er; er hätte Marlene versprochen, mit ihr vierhändig zu spielen . . .

»Nein, Marlene wollte ihm vorsingen«, erwiderte Pia, »eine italienische Arie. Sie hat die ganze Woche mit Feuereifer geübt. Das Kind hat ja eine reizende Stimme. Sie müßten sie mal hören.«

Fraundorfer winkte erschrocken mit der Hand ab. »Ach, ich, Frau Pia«, sagte er, »alles Singen klingt mir wie Bleistiftspitzen, was doch das ärgste Geräusch auf der Welt ist.«

Die Herren gingen in die Bibliothek. Fraundorfer setzte sich breit in einen Sessel, zündete eine Zigarre an, faltete die Hände über dem Leib und schaute behaglich vor sich hin. Herr Schmitt war ihm gefolgt und schlummerte zu seinen Füßen, die Schnauze zwischen den Pfoten.

Laudin wanderte auf und ab.

Es begann eine sonderbare Art von Gespräch. Es hörte sich an wie ein Selbstgespräch Laudins; Fraundorfer gab nur schläfrige Antworten, schenkte den Worten seines

Freundes, scheinbar wenigstens, nur geringe Beachtung, blinzelte träg in die Luft, ganz dem Verdauungsgenuß hingegeben, blies Rauch von sich und beugte sich von Zeit zu Zeit vor, um an das Hündchen eine Frage zu richten: »Was ist Ihre Meinung, Herr Schmitt?« oder: »Wir sind uns darüber noch nicht ganz klar, wie, Herr Schmitt?«

Allein wenn Laudin ihm den Rücken kehrte, spähte er unter den verdeckten Lidern aufmerksam und verwundert zu ihm hinüber, denn was er vernahm, war ihm ziemlich neu und zwang ihn offenbar zu unbequemem Nachdenken.

Was Fraundorfer, da er doch so etwas wie ein Philosoph sei, von der Identität halte? fragte Laudin und lächelte gleichsam listig hinter dem Schnurrbart hervor. Von der Selbstheit eines Menschen nämlich, von der Unveränderlichkeit seines Charakters? Oder was sei das im Grunde, was man Charakter nenne, diese oft so diffuse Zusammensetzung von Eigenschaften, die in ihrem gemeinsamen Bestand und in ihrem Auswirken ein Ich ausmachten, ein Selbst? Wie lästig und zu gleicher Zeit auch beängstigend, immerfort und ein ganzes Leben lang ein und dasselbe Individuum vorstellen zu müssen; einen Tag wie den andern auf dieselben Ursachen in derselben Weise zu reagieren! Es nehme sich wie eine Kerkerstrafe aus: Du, Friedrich Laudin, bist verurteilt, fünfzig oder fünfundfünfzig oder sechzig Jahre hindurch der und der zu sein, Friedrich Laudin eben und kein anderer, verurteilt zu der und der Stadt, zu dem und dem Haus, zu dem und dem Tun, und nicht den kleinen Finger kannst du anders rühren, als es dem Aggregatzustand, etikettiert Friedrich Laudin, entspricht.

Und doch gäbe es Augenblicke eines geheimnisvollen Aufruhrs, wo eine Flamme im Gehirn oder in der Seele hinüberzucke in ein fremdes Ichgebiet und in die Möglichkeit einer unbekannten Verselbstung. Wie, wenn einer zum Beispiel müde würde seines Ichs? Eines Tages gründlich und unheilbar müde der Despotie des eigenen Charakters? Dieses Konglomerats von Gewohnheiten, Neigungen, Geschäften, Redeformen, Denkformen? Da stehe er doch sozusagen gegen sich selber auf? Das sei doch geradezu, wie wenn ein Spiegelbild lebendig werde, um auf eigene Faust zu handeln? Man stelle sich vor: ein Arzt habe genug von den wetterwendischen Hypothesen der Wissenschaft; er habe genug davon, einen Beruf auszuüben, der ihn nötige, die Unzulänglichkeit seiner Mittel und die eigene vollkommene Skepsis mit einer irreführenden Sicherheit zu verkleben; habe genug von den um Rettung flehenden Blicken der Todgeweihten, denen er nicht helfen kann, genug von den Fragen, auf die er keine Antwort weiß und doch eine hat; genug von Rezepten, Methoden und Regeln und genug von den Standesvorurteilen, in die er durch stillschweigende Gegenseitigkeitsverträge hineingewachsen ist wie ein Kieselstein in einen Eisblock. Wolle er heraus, so halte ihn der Rahmen fest; wolle er sich einem andern Fach zuwenden, so müsse er die Entdeckung machen, daß ihm nicht einmal so viel Fertigkeit gegeben sei, wie ein Tischler besitzt, um ein Brett zu hobeln; er habe vielleicht Familie; er habe Kinder; da werde jeder freie Entschluß gezügelt, jede entscheidende Erkenntnis erstickt, und er müsse bis zu seiner letzten Stunde fortsetzen, was er in der ersten begonnen, unerbittlich, unwandelbar, und wenn er darüber wahnsinnig würde.

Kein Zug in Fraundorfers Gesicht verriet, daß ihm diese Reden des Freundes irgendwelchen Eindruck machten oder daß er irgendeinen Schluß daraus zog; am ehesten noch hätte man etwas wie Langweile wahrnehmen können, und wenn es eine gespielte Langweile war, so war sie gut gespielt. Er räkelte sich faul und warf in seiner faulen, gequetschten Mundart hin: »Ich habe es ja immer gesagt: der ganze Planet ist mißlungen. Die Institution Menschheit, wie wir sie bis dato überblicken können, ist eine lächerliche Stümperei. Man müßte eine wirksame Beschwerde einreichen. Es fragt sich nur, bei wem. Da wird einem natürlich geantwortet: Gott. Aber das einzig Gute an Gott ist ja gerade, daß er nicht existiert. Finden Sie nicht auch, Herr Schmitt?« Er lachte in kurzen, schläfrigen Stößen.

Laudin nahm ein Buch aus dem Regal, blätterte zerstreut darin und stellte es wieder an seinen Platz. Alle Weisheit der Weisen bringe einen nicht weiter, fährt er fort; nicht so weit, daß man die Berufskette zu einer anständigen Freiheit lockern könne. Wie es mit dem Arzt stehe, so stehe es mit dem Lehrer; wie mit dem Lehrer, so mit dem Priester; wie mit dem Priester, so mit dem Anwalt. Auf jedem Gebiet werde ein Ideal von Selbstlosigkeit aufgerichtet (Aha, Egyd Fraundorfer, hörst du das Wort? Merkst du, wie die Sprache für uns denkt und unsere geheimen Kümmernisse signalisiert?), ein völlig lügnerisches Ideal von Selbstlosigkeit, jawohl, denn jeder Versuch, es zu erreichen, werde mit den härtesten Strafen belegt, die die Gesellschaft ersinnen kann. Was für eine mißliche Sache zum Beispiel, Rechtsvertreter zu sein, wo es kein Recht gebe. Eine verteufelt windige und unehrliche Sache, im Namen von Gesetzen zu reden und zu handeln, die nur geschrieben seien und nie gelebt würden. Man sei gleichsam bei einem Juwelier in Dienst, der ein prunkvolles Schild und in der Auslage herrliche Perlen und Edelsteine hat, indes er in seinem Laden die schmutzigsten Wuchergeschäfte betreibt, an denen teilzunehmen man einen Eid geleistet, der einem in Unkenntnis der Verhältnisse erpreßt worden ist. Oh, die Bitterkeit! Könnte man all die Bitterkeit ausgießen, die man in sich trägt, das Pflaster einer ganzen Stadt würde überschwemmt davon.

Er ging herum und ging herum, Hände auf dem Rükken. Fraundorfer rauchte und schwieg. Auf seiner Stirn bildeten sich Faltenwülste. Er hatte offenbar die Lust an ablenkenden Sarkasmen verloren. Wenn durch ein unvermutetes Naturspiel eine Wand durchsichtig wird, ist man immerhin begierig zu erfahren, was sich hinter der Wand zuträgt.

Man vernahm aus dem Musikzimmer, sehr gedämpft, den Gesang Marlenes.

Was hätte Laudin noch sagen sollen? Was noch sagen dürfen? Er ging herum und ging herum. Er rückte ein etwas schief hängendes Bild an der Wand gerade. Er glättete mit seinem Fuß eine eingeschlagene Ecke des Teppichs. Er öffnete auf dem Lesetisch eine Mappe und betrachtete eine Radierung, ohne sie zu sehen. Dann ging er wieder, Hände auf dem Rücken, herum.

Plötzlich blieb er dicht vor Fraundorfer stehen und sagte: »Es ist mir jedesmal peinlich, mein lieber Egyd, wenn du dich, wie vorhin bei Tisch, über deinen Sohn Nikolaus mokierst. Es kommt mir vor, als wenn sich ein Mensch darüber lustig machte, daß ihm ein gottbegnadeter Maler ein reineres und schöneres Abbild seiner selbst vor Augen hält. Und warum tust du es? Weil sich in dir eine gewisse fixe Idee von deinem Charakter geformt hat, nicht von der Art, wie du wirklich bist, sondern von der, wie du zu sein glaubst und wie du glaubst, daß wir dich sehen. Aber die gefällt dir besser und schmeichelt dir mehr als die wirkliche, Gott weiß, weshalb. Laß es doch sein, Egyd. Warum den jungen Menschen überflüssigerweise in unserer guten Meinung verkürzen? Warum etwas vorläufig noch Ganzes zerstückeln? Mutwillig verkleinern? Schau einmal, diese Sechzehn- und Achtzehnjährigen sind ja unsere eigentlichen Gläubiger, und wir stehen so verzweifelt hoch in ihrer Schuld, daß es in Worten gar nicht mehr auszudrükken ist. Du weißt es ohnehin. Wer soll schließlich wissen, was die Glocke geschlagen hat, wenn nicht jemand wie du? Wenn ich solchen Sohn hätte, ich würde mich um seine Freundschaft bewerben, als wäre er ein Hochwürdenträger, und mich in seine Phantasie einschmeicheln wie ein Weib. Ein Sohn ist ja doch der Wegweiser ins Zukünftige. Wir wollen lehren, doch wir reichen denen, die fliegen können, bloß Krücken. Töchter müssen wir beschützen; mit fünfzehn sind sie fertige Menschen, wir haben keine Macht mehr über sie, eines Tages erscheint ein Quidam und maßt sich Rechte über sie an, und wenn wir gute Miene zum bösen Spiel machen, tun wir noch das Gescheiteste. Mein Hubert, der liegt ja noch in den Windeln, und wie er werden wird und ob er werden wird, steht dahin. Du aber hast einen jungen Adler in deinem Nest und führst dich auf, als wär's eine Dohle. Und das alles einer Spiegelfechterei zuliebe.«

Fraundorfer sandte einen dumpf-spöttischen Blick zu Laudin empor, schlug aber die Augen sofort wieder zu Boden. Er schmatzte befriedigt, suchte zugleich mürrisch auszusehen, und alles dies war so eigentümlich, wie wenn er einen Moment lang befürchtet hätte, durchschaut zu sein, dann aber diese Befürchtung als grundlos erkannt hätte und sich im stillen darüber amüsierte.

»Ei ja«, quäkste er breit, »Strafpredigt nach dem Mittagessen; gemildert durch die Opulenz selbigen Mittagessens. Schön, schön. Du sammelst goldene Worte auf meinem Haupte. Oder sollt ich sagen: feurige Kohlen?« Er lachte schmetternd, als Laudin sich unwillig abkehrte, und bat um Pardon. Es sei ihm interessant, wirklich interessant, die stürmische Parteinahme Laudins für die Jugend. Wenn ein Friedrich Laudin, gewissermaßen geprüfter Welt- und Menschenkenner, sich so entschieden zu den Optimisten geschlagen habe, müsse einen das stutzig machen. Spiegelfechterei? Nein. Er, Egyd Fraundorfer, wisse mit besagter Jugend nichts anzufangen. Für ihn sei sie der geometrische Ort von Verwirrungen, Verfinsterungen, törichten Eitelkeiten und falschen Prätentionen. Die durchschnittlichen jungen Leute heutzutage und wahrscheinlich aller Tage seien so blitzdumm in der Beurteilung der Lebensverhältnisse wie sie dreist in der Selbstbehauptung und unfähig zur Selbstregierung seien. Wozu ihnen einen Glorienschein spenden? In seiner Geschäftsniederlage seien überhaupt keine Glorienscheine zu haben, die habe er lang vor dem Eintritt in sein frühes Greisenalter zu billigen Preisen veräußert.

Da falle ihm ein, weil sich doch Laudin so altruistisch für Nikis Wege und Irrwege entflamme, daß er auf dem Schreibtisch des Sohnes ein Bild der Luise Dercum gefunden und zu sich gesteckt habe. Eigentlich aus Ärger; die Person schaue gar zu romantisch-verloren in die Welt, wie wenn sie nicht das harmloseste Wasser trüben könne; abends, wenn er heimkomme, werde er das Ding wieder an seinen Platz stellen, der Bursche glaube sonst an wunder was für Attentate. Laudin möge doch den unbestechlichen Seelenforscherblick dran erproben; er müsse sich aber vor Augen halten, daß er das Bild einer Komödiantin vor sich habe; also Abstriche von vornherein, sonst blamiere er sich.

Er kramte in seiner Rocktasche und brachte zuerst ein paar Geldscheine hervor, sodann ein Schokoladefragment, an dem Brotkrumen klebten; dann mehrere Zigarrenstummeln; endlich die Photographie, die er Laudin hinreichte und an der der Aufenthalt in der Tasche nicht spurlos vorübergegangen war.

Laudin blies lächelnd Staub, Asche und Tabak von dem Bildnis weg und schaute es an. Seine Miene wurde ernst. Er ließ den Arm sinken, hob ihn wieder und schaute von neuem. »Das ist nun freilich ...«, begann er stockend und sonderbar grübelnd, »das ist allerdings ein Gesicht von unbeschreiblicher, von erstaunlicher Wahrheit und Unschuld.«

Fraundorfer grunzte; offenbar machte er sich lustig über die Äußerung des Freundes. Laudin gab ihm das Bild zurück, und er verstaute es wieder in dem unsauberen Behältnis seines Rocks.

13

Als Marlene die Arie zu Ende gesungen hatte, stand sie blaß und bebend da, an den Flügel gelehnt, und schaute Nikolaus an. Der ließ seine Finger auf den Tasten ruhen und sagte kein Wort. Er blickte so geistesabwesend auf die Klaviatur, als habe er keinen Ton des Gesanges vernommen und als habe nicht er begleitet, sondern einer, an dessen Stelle er sich zufällig befand.

Marlene mußte glauben, daß sie ihm mißfallen habe. Ihre Augen füllten sich mit Tränen, die sie tapfer zu verbergen bestrebt war. Sie schritt zum Sofa hinüber, wo Relly und Laura Arndt saßen, und sagte mit gezwungener Unbekümmertheit: »Ich habe ja gewußt, daß es nichts wird. Heute ist ein schlechter Tag.«

Relly schüttelte energisch den Kopf und erklärte mit schallender Stimme, Marlene habe nie so gut gesungen wie gerade heute. Laura, die unmusikalisch war, tröstete Marlene in der Art eines Mädchens, dem der Mißerfolg der Freundin, so wohlgesinnt sie ihr ist, nicht eben Schmerz bereitet. Laura Arndt war sehr schön, hochgewachsen und für ihre Jahre außerordentlich entwickelt; doch war sie ein wenig ungeschlacht in Haltung und Bewegung und geriet über sich selbst, ihren Körper, ihre Zunge, ihr Sprechen und Schweigen beständig in eine sie quälende Verlegenheit.

Indessen hatte sich Nikolaus Fraundorfer aus seiner

unnatürlichen Erstarrung befreit. Er sprang auf, trat zu Marlene, ergriff ihre beiden Hände und sagte herzlich: »Verzeihen Sie, Marlene, ich war nicht ganz bei der Sache, aber nur im allerletzten Moment; es geht mir so viel durch den Kopf; und der Kopf tut mir manchmal weh. Relly hat wirklich recht, Sie haben sich selbst übertroffen heute. Es ist so etwas Liebliches in Ihrer Stimme, so was Echtes; wenn Sie vorsichtig sind und besonders die Höhe schonen, kann was draus werden.«

Marlene sah ihn ungläubig an; doch sein Gesicht log ihr nicht, deshalb erglühte sie sogleich in Dankbarkeit. Für Relly jedoch war Marlenes Gesang das Vollendete an sich, und das Lob des jungen Mannes, obschon es sie erfreute wie ein ihr selbst gezolltes, war ihr zu gering. Es war aus ihrem enttäuschten Gesicht zu entnehmen.

»Ich möchte nicht mehr spielen«, sagte Nikolaus und warf den Klavierdeckel zu. »Ich möchte, daß wir uns unterhalten. Ich muß übrigens bald gehen. Oder besser keine Unterhaltung, am liebsten möcht ich euch was vorlesen. Schöne Gedichte möcht ich lesen. Habt ihr nicht schöne Gedichte da?«

Die zarten und leidenschaftlichen Züge seines Gesichtes wurden ein wenig beeinträchtigt durch die Brille mit dicken Gläsern, die er trug. Die Haut war blaß, beinahe weiß; die Lippen, ohne Bartflaum, ziemlich weit in die Wangen geschnitten, lagen hart aufeinander wie bei den meisten Musikern; die dunklen Haare, über dem Scheitel glatt, fielen gegen die rechte Schläfe und einen Teil der dünnwandigen Stirn gelockt herunter. Er war groß, schlank, in den Bewegungen und Gesten bisweilen äußerst lebhaft, bisweilen gehemmt. Er hatte so wenig Ähnlichkeit mit seinem Vater, daß fremde Leute, die sie nebeneinander sahen, sie nicht einmal für verwandt halten konnten.

Seit er das Zimmer betreten hatte, war sein Blick und Wesen voller Unruhe; Marlene hatte es von Anfang an gespürt; auch sie war infolgedessen unruhig, doch konnte sie ihre Empfindung hinter einer gleichmäßigen Heiterkeit verbergen. Laura Arndt, die Marlene nicht weniger bewunderte als Relly, hatte die Augen bald auf Nikolaus, bald auf die Freundin gerichtet und schien ängstlich und fast unterwürfig zu beobachten, ob zwischen den beiden etwas vorging, wovon sie nichts wußte. Obschon sie sich an Wachsamkeit und Schärfe des Blickes mit Marlene nicht messen konnte, mußte sie doch wahrnehmen, wie verstört Nikolaus war, wie sprunghaft in seiner Laune, wie er sich oft gleichsam erschrocken oder einen Gedanken verscheuchend an die Stirn griff und nicht hörte, was man zu ihm sprach.

Später, als die Schwestern allein waren, beliebte es Marlene, die Schale ihres Spottes über das Triumvirat von Anbeterinnen auszugießen, sie fand es im höchsten Grade lächerlich, daß sie alle drei einem jungen Mann den Hof machten, dem der Sinn vermutlich nach ganz anderem stehe als nach solchem Vierteldutzend bürgerlicher Gänse. Sie schonte sich selbst nicht, wenn sie Anlaß zu haben wähnte, mit ihrem Betragen unzufrieden zu sein. Aber Relly äußerte trocken, sie fühle sich bei dem Dreibund nicht inbegriffen, was die zwei andern betreffe, sei sie derselben Meinung wie Marlene.

Jetzt aber war auch sie entzückt von Nikolaus' Vorschlag. Es lagen die ›Bunten Steine‹ von Stifter auf dem Tisch; er nahm das Buch und blätterte. Dann schlug er es wieder zu und rezitierte das Gedicht ›Burg Fragmirnichtnach‹ von Conrad Ferdinand Meyer aus dem Gedächtnis: »Ich beugte mich nach des Verschollnen Spur, / entziffernd, was des Steines Inschrift sprach. / Nicht Zahl, nicht Namen – ein Begehren nur: / Frag mir nicht nach!« endete es. Hierauf ein anderes von demselben Dichter; es lautete so: »Mir träumt, ich komm ans Himmelstor / und finde dich, die Süße! / Du saßest bei dem Quell davor / und wuschest dir die Füße. / Du wuschest, wuschest ohne Rast / den blendend weißen Schimmer, / begannst mit wunderlicher Hast / dein Werk von neuem immer. / Ich frug: Was badest du dich hier / mit tränennassen Wangen? / Du sprachst: Weil ich im Staub mit dir, / so tief im Staub gegangen.«

»Schön, aber traurig«, sagte Relly mit unerbittlicher Sachlichkeit.

Nikolaus strich ihr über das Haar, denn er behandelte sie ja noch als Kind, die beiden andern warfen ihr verächtliche Blicke zu. Nun schlug Nikolaus den Band Stifter wieder auf und las, ebenso natürlich und in sich versunken, wie er die Gedichte gesprochen hatte: »Der Turmalin ist dunkel, und was da erzählt wird, ist sehr dunkel …«

Marlene nickte; sie kannte jedes Wort der Geschichte.

Er hatte aber noch nicht drei Seiten gelesen, da verlor er die Geduld, legte das Buch weg, setzte sich an den Flügel und fing an zu phantasieren. Was er spielte, war begabt und feurig, doch ein wenig formlos; zwischenhinein sang er mit rauher Stimme, nach und nach milderte er das Toben zu elegischeren Klängen, und diese zerflossen in ein dumpf stakkatiertes Pianissimo.

Lachend sprang er auf und sagte, er müsse fort. Schade, seufzte Laura. Dummes Zeug, was er da getrieben, sagte er, dummes, schwindelhaftes Zeug. Marlene schüttelte den Kopf und reichte ihm freundlich die Hand, die er so fest drückte, daß sie aufschrie.

Als er zur Tür ging, trat Pia ins Zimmer. Sie schaute ihn verwundert an, da sein Aussehen nicht gerade unauffällig war. Nachdem er ihre hausfraulich allgemeinen Fragen artig beantwortet hatte, verabschiedete er sich auch von ihr. An der Schwelle erinnerte er sich, daß er Relly und Laura nicht die Hand gegeben, und kehrte rasch noch einmal um.

14

Am andern Morgen, Montag, wurde schon um neun Uhr, als Laudin eben in die Stadt zu fahren sich anschickte, von einer der Parteien im Hause Egyd Fraundorfers telephoniert, denn dieser selbst hatte kein Telephon, Herr Doktor Laudin möge sogleich zu Doktor Fraundorfer kommen. Aber Laudin hatte einen unaufschiebbaren Termin bei Gericht, und da er an nichts Schlimmes dachte, vielmehr der Meinung war, eine der jähen Launen Frauendorfers sei die Ursache des Anrufs, ließ er bitten, man möge ihm gegen Mittag in die Kanzlei eine Nachricht bestellen, bis dahin habe er keine Möglichkeit, sich freizumachen.

Um elf Uhr wurde er in der Kanzlei von Pia angerufen. Schon als er ihre Stimme hörte, wurde er stutzig. Friedrich solle keine Minute verlieren und zu Fraundorfer hinausfahren; sie selbst sei bei ihm in der Wohnung. Was um Gottes willen geschehen sei? erkundigte sich Laudin. Zaudern; Pause. Nikolaus habe sich in der vergangenen Nacht erschossen, war die kaum vernehmliche Antwort. Mit zitternder Hand legte Laudin den Hörer auf die Gabel.

Den Chauffeur hatte er für zwei Stunden beurlaubt. Er ließ einen Taxameter kommen. Eine Viertelstunde später stieg er die vier Treppen zu Fraundorfers Behausung empor. Es war ein in allen Teilen verwahrlostes Gebäude, eine Mietskaserne in der Sechsschimmelgasse. Im dritten Stock standen einige Leute und flüsterten. Im vierten Stock stand Pia vor der Flurtüre. Aus der Wohnung drang die wütende Stimme Fraundorfers; er hatte einen heftigen Zank mit jemand.

»Gut, daß du da bist«, sagte Pia mit farblosen Lippen, »ich bin hier hilflos und nutzlos.«

Laudin machte eine fragende Miene, da er sich das Geschrei nicht erklären konnte.

»Ich verstehe es nicht«, sagte Pia achselzuckend, mit verhaltenem Schluchzen, »er zetert mit dem Hausmeister wegen eines Winterfensters. Und daneben liegt die Leiche. Ich versteh es nicht.«

Sie drückte Laudin die Hand und stieg die Treppe hinunter, während er zu Fraundorfer hineinging. In der Mitte des Wohnzimmers, das unordentlich aussah und nicht geheizt war, stand Egyd Fraundorfer in einem fleckigen, einst braun gewesenen Kittel, mit wüst gesträubtem Haar und zornverzerrtem Gesicht, und brüllte in der Tat wie außer sich auf den Hauswart ein, der geduckt, tückisch blinzelnd, die Mütze zwischen den Fingern drehend, vor ihm stand und das Unwetter über sich herabprasseln ließ. Es handelte sich um ein schlecht befestigtes Fenster, das der Wind am vorigen Abend aus den Angeln gehoben und in den Hof geschleudert hatte. Das Hausmeisterehepaar versah zugleich die Bedienung bei Fraundorfer.

Laudin kannte den Freund gut genug, um auf den ersten Blick zu wissen, was es mit dem Ausbruch auf sich hatte. Kaum war er ins Zimmer getreten, so schwieg Fraundorfer und sah ihn an, ein wenig fremd, ein wenig verwundert, mit einem Zusammenziehen des Mundes, das für ein Lächeln genommen werden konnte. Jetzt gewahrte Laudin auch die schreckliche Verwüstung in Fraundorfers Gesicht. Das Gesicht sah aus, als hätte er eine Rauferei gehabt; an der Stirn, über der linken Braue, befand sich sogar eine blutige Schramme.

Der gescholtene Hausmeister schlich davon. Das Hündchen, das sich hinter dem Ofen versteckt gehalten, kam hervor und schickte ihm ein paar heisere Knurrlaute nach. »Recht so, Herr Schmitt!« murmelte Fraundorfer atemlos und wischte die schweißfeuchte Stirn mit dem Ärmel ab. »Lassen Sie mir diese menschliche Bestie nicht mehr über die Schwelle, Herr Schmitt.« Gleich darauf wandte er sich an Laudin und sagte mit einem höchst sonderbaren Anhub zum Lachen, das sich aber in etwas anderes, Zerstreutes, Wirres, Unartikuliertes verlor: »Warst du drinnen? Hast du ihn angesehen? Sieh ihn dir an. Die Amtspersonen waren bereits da. Arzt, Sarglieferant, polizeiliche Kommission, alle waren da. Wir haben viel Besuch gehabt, was, Herr Schmitt, unangenehmen Besuch. Nur Frau Pia, das war hübsch, daß sie kam. Leider konnten wir uns ihr nicht genügend widmen. Sieh ihn dir nur an, Laudin, geh nur hinüber ...«

Er hätte vielleicht noch lange so fort geredet, wenn Laudin ihm nicht die Hand auf die Schulter gelegt hätte. Da war er still und senkte den Kopf. Hierauf wandte er sich ab und ging mit schweren Schritten in sein Schlafzimmer nebenan.

Nikolaus' Stube befand sich auf der andern Seite, auch neben dem Wohnzimmer. Wie in diesem waren auch dort die Fenster weit geöffnet und gaben den Ausblick auf Höfe, Mauern und Fenster, grau unter einem nebelgrauen Himmel. Auf dem Bett lag die Leiche des Jünglings, bis zum Hals mit einem Linnen bedeckt. An der rechten Schläfe, über die die Locken fielen, sah Laudin einen winzigen roten runden Fleck. An dieser Stelle, durch die dünnwandige Stirn, war die Kugel eingedrungen. Das Gesicht hatte etwas gewinnend Friedliches, eine liebenswürdige und sanfte Ruhe war darüber gebreitet. Das

Weiß der Wangen hatte schon einen bläulichen Schimmer; auch die Nase zeigte Spuren von der raschen Arbeit des Todes. Aber der Umstand, daß die Brille weggenommen war, verlieh den Zügen, den schmalen, zarten, teilweise noch unreifen Formen etwas feierlich Schönes, gleichsam Unzerstörbares.

Laudin stand hochaufgerichtet da, ohne sich zu regen, den Hut in der Hand. Aus der Tiefe und dem Rund der Höfe drang das Schwatzen von Mägden herein, das Klirren von Geschirr, das Rauschen von Wasserleitungen. Laudin fragte mit lauter Stimme: »Warum?«

Dieses Warum blieb vor ihm stehen wie ein in nebelgrauer Ferne ragender Pfeiler, auf den er zuschreiten mußte ohne Willen und fast auch ohne Wissen.

15

Als er zu Fraundorfer zurückkehrte, fand er ihn auf dem Sofa liegend. Das Zimmer war genauso unordentlich, ungemütlich und kalt wie die übrigen Räume. Es war Schlaf- und Arbeitszimmer zugleich. Das breite, altmodische, mit grünem Stoff überzogene Sofa diente in der Nacht als Bettstatt. An den Wänden hingen ein paar alte Familienporträts, zwei gekreuzte Rapiere mit der studentischen Mütze, ein halbzerschlissener orientalischer Teppich, einige chinesische Masken, ein Regal mit Büchern, und auf einer Holzkonsole grinste das Skelett eines kleinen Hundeschädels. Teegeschirr, Wein- und Bierflaschen, Teller mit Speiseresten standen auf dem Schreibtisch, dem Eßtisch und teilweise auf dem Fußboden. Überall lagen Kleidungsstücke, Manuskriptblätter und leere Zigarrenkisten.

Laudin setzte sich; der Stuhl hatte ein zerrissenes Geflecht.

»Da steht im Morgenblatt«, sagte Fraundorfer mit verzogenem Mund und deutete auf eine Zeitung, von der er glauben machen wollte, er habe sie gelesen, »daß ein amerikanischer Prophet geweissagt hat, Europa wird im Jahre neunzehnhundertfünfundvierzig vom Ozean verschlungen werden. Klingt ziemlich hoffnungsvoll. Der

Mann könnte aber höheren Orts vorstellig werden, daß die Katastrophe schon ein wenig früher eintritt und uns auch noch zugute kommt. Was meinst du?«

»Laß das jetzt, Egyd«, sagte Laudin ernst. »Wozu die Farce? Wir sind allein.«

Fraundorfer schwieg und kehrte das Gesicht zur Wand. Das Schweigen dauerte lang.

»Wann ist es passiert?« fragte endlich Laudin.

Er wisse es nicht, gab Fraundorfer zurück, immer mit dem Gesicht zur Wand; um dreiviertel neun sei die Aufwärterin zu ihm ins Zimmer gestürzt; sie habe Nikolaus, wie jeden Tag, das Frühstück gebracht. Der Polizeiarzt habe konstatiert, der Tod sei bereits vor vier bis fünf Stunden eingetreten. Er, Fraundorfer, habe nichts gehört, keinen Schuß gehört. Er habe wohl fester als sonst geschlafen. Kein Mensch im Hause habe etwas gehört.

Ob Nikolaus keinen Brief geschrieben habe? forschte Laudin weiter. – Nein, keinen. – Ob Egyd keinerlei Aufzeichnungen bei ihm gefunden habe? – Nein, keine. – Ob er aus den letzten Gesprächen mit Nikolaus irgendwelchen Anhaltspunkt gewonnen, aus seinem Benehmen Verdacht geschöpft habe? – Nein; sie hätten seit gestern mittag, wo sie zusammen ins Theater gefahren seien, nicht miteinander gesprochen. – Ob Fraundorfer nicht dennoch eine bestimmte Vermutung über das Motiv zu der Tat hege? – Keine, als daß dem Buben vielleicht die Liebe zu der Komödiantin in den Kopf gestiegen sei; solche Überspanntheit wäre ihm zuzutrauen gewesen.

Abermals langes Schweigen.

Da begann Fraundorfer zu klagen, er habe seit ein paar Stunden so lästiges Reißen über der Brust, Laudin solle ihm die wollene Decke bringen, die überm Schreibtischsessel hänge. Laudin holte die Decke, und während er sie über ihn breitete und rechts und links unter seinen Körper schob, packte Fraundorfer plötzlich mit beiden Händen Laudins beide Hände, preßte sie mit furchtbarer Kraft und hielt sie wie im Schraubstock. Laudin rührte sich nicht. Er ließ es geschehen. Er sah Fraundorfer an; der hatte die Augen geschlossen, und seine Zähne klapperten aufeinander.

Eine halbe Minute darauf hatte er sein voriges morosgleichmütiges Aussehen. Doch machte er dem Freund eine sonderbare Mitteilung. Zunächst fragte er, ob Laudin die Leiche bedeckt gelassen, ob er das Linnen vielleicht ein wenig aufgehoben habe. Und als Laudin verneinte, sagte er, es befinde sich an der Schulter, zwischen Oberarm und Schlüsselbein, eine Brandwunde, eine kaum vernarbte Brandwunde im Fleisch; sie könne nicht älter sein als vier oder fünf Tage. Was wohl diese Wunde zu bedeuten hätte? Eine Wunde so groß wie ein Männerdaumen, tief eingebrannt –?

Nikolaus werde sich verletzt haben, meinte Laudin zögernd.

Nicht einzusehen, wie er zu einer Brandverletzung an der Schulter kommen solle, versetzte Fraundorfer fast zornig. Man müßte nachforschen, fügte er hinzu; am Ende könne die Dercum darüber Auskunft geben. Warum solle es die Dercum nicht wissen? Wenn er mit ihr ein Verhältnis gehabt, müsse sie es wissen, oder denke Laudin anders darüber?

Es sei nicht anzunehmen, daß er mit der Dercum ein Verhältnis gehabt, antwortete Laudin, dem ohne Zweifel in diesem Augenblick das Bild der Schauspielerin vorschwebte, dieses Gesicht »von unbeschreiblicher Wahrheit und Unschuld«, wie er es gestern charakterisiert. Nein, es sei nicht anzunehmen.

Fraundorfer schwieg; er biß an seinen Fingern. Plötzlich stieß er ein Gelächter aus, ein langes, dröhnendes, bösartiges, krampfhaftes Gelächter. Laudin erschrak. Er machte nicht den Versuch, diesem Gelächter eines halb Irrsinnigen und bis ins Mark Gepeinigten Einhalt zu tun. Seine Lippen zuckten.

Dann trat wieder Schweigen ein. Fraundorfer biß an seinen Nägeln. Laudin sah vor sich hin.

Kurz bevor er sich zum Aufbruch anschickte, mit dem Versprechen, am Abend wiederzukommen, erschien eine Frau, die Pia ausfindig gemacht hatte und die während der nächsten Zeit Fraundorfers Wirtschaft besorgen sollte. Sie hieß Pauline Blum und hatte ein angenehmes, stilles Wesen. Fraundorfer ließ sie gewähren. Es kamen dann auch noch andere Leute, Freunde und Bekannte aus der Stadt, die von dem Unglück gehört hatten.

16

Am Tag des Begräbnisses kam Marlene erst gegen sechs Uhr abends nach Hause und begab sich in ihr Zimmer, wo Relly am Tisch saß und ihre Schularbeiten schrieb. Marlene setzte sich ihr gegenüber und stützte den Kopf in die Hand. Sie war blaß, und ihre Augen waren gerötet.

»Wie geht's Laura?« erkundigte sich Relly.

»Sie weint und weint und weint«, gab Marlene zur Antwort, »seit zwei Stunden hab ich mich bemüht, sie zu trösten. Sie hört nicht zu und weint. Frau Professor Arndt hat dem Doktor telephoniert.«

Relly schneuzte sich umständlich, schüttelte den Kopf und schrieb weiter.

»Fragmirnichtnach«, flüsterte Marlene.

Und Relly sagte: »Still, still, Marlene.« Sie sah sich im Zimmer um und schauderte.

Sie aßen kaum, sie schliefen kaum. Sie unterhielten sich immer nur über das eine. Sie erblickten immer nur das schöne Gesicht in der Starrheit des Todes, und schöner noch im Tod, da sie den Tod nicht kannten. Sie erinnerten sich seiner letzten Worte und wie er an der Tür noch einmal umgekehrt war, um Relly und Laura die Hand zu reichen.

Sie kannten den Tod nicht nur nicht, sie glaubten ihn auch nicht. Es war da etwas wie Verstellung im Spiel. Oder man dachte an heimliche Flucht und heimliches Wiederkommen nach märchenhaft langer Zeit. Nicht zu verwinden war der Schmerz des Abschieds und über alles quälend das Rätsel der Tat.

Sie lauschten den Andeutungen, die im Hause fielen. Sie lasen die Notizen in den Zeitungen. Sie fragten einander bang und hatten Scheu vor dem aufklärenden Wort. In der Schule wurde von dem Ereignis gesprochen, und mehr oder weniger geheimnisvoll wurde der Name der Schauspielerin genannt. Man wollte wissen, daß sich schon andere Männer ihretwegen umgebracht hatten oder sonstwie ins Verderben geraten waren. Ein besonders erfahrenes und für derlei Dinge interessiertes junges Mädchen aus der obersten Klasse konnte sogar erzählen, ein reicher und angesehener Großindustrieller, Konsul

Altacher, ihre Eltern seien befreundet mit ihm, habe um derselben Schauspielerin willen seine Frau und seine drei Kinder verlassen.

Aber man erblickte hierin keine Schuld, in keinem Belang. Die junge Welt beugte sich, wenn auch mit leisem Grauen, vor einer heroischen Begebenheit. Es war nicht mehr die Zeit, in der die aufwachsenden Menschen die Opfer und Entäußerungen aus Leidenschaft an den Bildern einer steril gewordenen Literatur maßen. Es war eine andere Zeit. Das Lebendige hatte sein Maß in sich selbst und sprach zu den Seelen ohne schönfärbende Mittler. Sie hatten Augen, sie hatten Sinne und bedienten sich ihrer im Trotz gegen das Abgelebte.

Schweigend einig weihten sich die Schwestern dem Gedächtnis des geliebten Freundes. Wenn sie von ihm redeten, mußten sie die Gewähr des Alleinseins haben, und Relly sperrte dann auch noch die Tür zu. Sie zählten die Eigenschaften auf, die ihn von andern unterschieden, sie entsannen sich der Gespräche, die sie mit ihm geführt, gewisser wunderlicher oder komischer Gewohnheiten, die er gehabt, zum Beispiel, daß er häufig seine Fingergelenke habe knacken lassen, oder eines kleinen Sprachfehlers, Anstoßens mit der Zunge, und daß dieser Fehler an manchen Tagen stärker bemerkbar gewesen als an andern.

Es konnte sein, daß sie im Austausch solcher Erinnerungen herzlich zu lachen begannen. »Weißt du noch, wie blöd er dreinsah, wenn er die Brille herunternahm und die Gläser mit dem Taschentuch rieb?« fragte etwa Relly. Und Marlene ergänzte belustigt: »Und wie er dann statt der Brille das Taschentuch auf die Nase setzen wollte ...« Sie schüttelten sich vor Lachen.

Doch in der Nacht, wenn die Lampe ausgelöscht war, schlüpfte Relly zur Schwester ins Bett, und sie hielten einander stundenlang umschlungen, angstvoll und stumm.

Es konnte indessen nicht verborgen bleiben, daß Relly eine gesteigerte Empfindlichkeit gegen die Eindrücke des täglichen Lebens zeigte. Bei lautem Geräusch fuhr sie zusammen. Leicht wechselte sie die Farbe; oft erschrak sie schon, wenn man sie rief. Sie fürchtete sich, durch finstere Räume zu gehen und hatte grundlose Anfälle von Zorn oder von Verdrießlichkeit.

Marlene wurde sichtlich verschlossener und im Umgang mit ihresgleichen wie mit Älteren wachsamer und ablehnender. Hatte Pia schon früher Anlaß gehabt, manchen wie sie glaubte unberechtigten Selbständigkeitsgelüsten der Tochter mit sanfter Bestimmtheit zu begegnen, so mußte sie jetzt eine fortwährende innere Auflehnung in ihr bekämpfen, die keine rechten Angriffspunkte bot und für die es also auch keine rechte Abwehr gab, wenigstens keine vernünftige und heilsame. Gegen Ende der Woche kam Marlene wieder einmal zu später Stunde heim, und als Pia sie fragte, weshalb sie so lange ausgeblieben sei, erklärte sie ruhig, sie habe mit Laura Arndt einen Spaziergang gemacht und sich an die Zeit nicht halten können. Pia bedeutete ihr darauf, sie finde die Rechtfertigung schon darum ungenügend, weil es nicht gebilligt werden könne, daß sie mit der Freundin unbegleitet und in den Abend hinein sich herumtreibe. Vielleicht ein unvorsichtiges Wort, herumtreiben; vielleicht bereute es Pia auch, als sie es ausgesprochen; doch Marlenes Erwiderung war überraschend in ihrer hochmütigen Schroffheit. »Es ist gleichgültig, ob es gebilligt wird oder nicht«, sagte sie, »außerdem hat ja jede von uns die andere begleitet.«

»Marlene!« rief Relly, die dabeistand, entrüstet aus.

Marlene zuckte die Achseln, und um den lieblichen Mund lagen Eigensinn und Härte. Pia schaute sie an. Leise fragte sie: »Würdest du so auch deinem Vater antworten, wenn er dich zur Rede gestellt hätte?«

»Vorausgesetzt, daß er sich dafür interessieren würde, was ich mit meiner freien Zeit anfange: ja«, gab Marlene zurück. »Dann käme es eben darauf an, ob wir uns verständigen könnten oder nicht.«

»Forderst du denn, daß er sich mit dir verständigt, wo er ein Recht hat zu befehlen?« fragte Pia erstaunt.

»Es gibt kein Recht zu befehlen«, versetzte Marlene, ungewöhnlich bleich und mit gesenkten Lidern, »wenn er befiehlt, muß ich gehorchen, aber dann ist es ein schlechter und unbrauchbarer Gehorsam. Was weiß er von mir?«

Pia schwieg und sah sie an.
»Was weiß er von mir?« wiederholte Marlene dringender, die rechte Hand ballend, ohne die Augen aufzuschlagen.
Pia verließ das Zimmer.
»Marlene, es war die Mutter«, flüsterte Relly verletzt.
Marlene riß Mantel, Hut und Handschuhe ab, warf sich auf ihr Bett und fing an, fassungslos zu schluchzen. Relly, sehr erschrocken, beugte sich über sie, streichelte ihr den Kopf und suchte sie mit vielen zärtlichen Worten zu beruhigen. »Man kann ihnen nichts klarmachen«, stammelte Marlene schluchzend in das Kissen, »es ist, als wenn sie keine Schmerzen hätten. Es ist, als wenn sie keine Seele hätten. Sie wissen nichts, und sie begreifen nichts ...«
Dies alles hörte Pia, die vor der Türe stehengeblieben war, nicht um zu lauschen, sondern um bekümmert zu überlegen. Sie kehrte um und ging wieder ins Zimmer der Mädchen. Sie bat Relly, sie mit Marlene allein zu lassen, und Relly gehorchte mit einer Miene, die die Mutter aufmuntern und ihr danken sollte.
»Steh auf, Marlene, und komm zu mir«, sagte Pia, ohne ihre Ratlosigkeit verbergen zu wollen.
Marlene erhob sich und trat an den Tisch. »Sag mir jetzt nicht, daß ich unrecht hab, Mutter, denn ich weiß, ich hab unrecht«, flüsterte Marlene mit bekümmerter Schelmerei.
»Nun, und – Marlene? Meinst du, du hast dich schon entlastet, wenn du deinen Fehler zugibst? Das wäre ein zu billiger Preis, nicht wahr?«
Aber es zeigte sich, daß Marlene sich durchaus nicht entlasten wollte. Was sie glaubte zugestehen zu können, war ein Verstoß gegen die Form. Damit konnte Pia nicht zufrieden sein, obwohl Pia, wie die Dinge lagen, und ungeschickt, wie sie war zu jeder Art von feierlicher Inquisition, zur Nachgiebigkeit entschlossen schien.
Marlene brannte im Gegenteil darauf, sich auszusprechen, und nicht Anklagen hinnehmen wollte sie und als Schuldige zerknirscht vor der Mutter stehen, wie diese vielleicht erwartete, sondern selber Anklägerin sein und ihrem gepreßten Herzen Luft machen. Doch wie schwer war da die Sprache auch für sie; wie gefährlich die vielbe-

nutzten Worte. Sie fühle sich nicht wohl; bedrückend sei ihr oft die Atmosphäre des elterlichen Heims; konnte sie deutlicher werden? In die vorsichtigsten Wendungen gekleidet, mußte es die Mutter verwunden, und es half dann nicht, mit Blick und Gebärde zu sänftigen. Wunderlicher Fall: die ahnungslose Mutter – das ahnungsvolle Kind. Die in die Dinge eingekerkerte Frau; das junge Mädchen, das deren Unwürdigkeit und lähmendes Gewicht erkannte; das zaghaft auf den Vater wies als wie auf eine rätselhaft unkenntliche, sich selbst überlassene Figur und damit Unruhe, ja, ein erstes Aufflammen von Angst in der Gattin beschwor. So mußte Marlene gleich wieder alle Geschicklichkeit anwenden, um das Gesagte zu vertuschen. Ncin, nicht so habe sie es gemeint ... nicht so sei es aufzufassen ... und mehr derartiges. Traurig ließ sie den Kopf hängen; an der Unmöglichkeit der Mitteilung verzweifelnd, schaute sie die Wand an.

Doch gab es das andre noch: Erziehung und was gebrechlich an ihr sei, gebrechlich und veraltet. Auf dieses Wort wies sie gleichsam mit dem Finger: veraltet. Nicht gegen den Zwang lehne sie sich auf; Zwang könne förderlich sein; wohl aber gegen den überflüssigen Zwang und den, der aus Gewohnheit und Bequemlichkeit geübt werde. »Ist es denn ein Verbrechen, wenn man das Falsche und Verkehrte von sich entfernen will, um nicht überflüssig zu leiden?« fragte sie in der Haltung eines Volkstribuns. Und dann das, was sie kühn als Unredlichkeit bezeichnete: »Muß ich deshalb, weil ich Nahrung, Kleidung, Wohnung und Pflege von meinen Eltern erhalte, ihnen meine Freiheit und meine Wahrheit ausliefern? Ist das nicht ein Handelsgeschäft, bei dem auf meine Schwäche und auf meine Abhängigkeit spekuliert wird? Bin ich darum weniger ein Mensch, ein Mensch mit Willen und Erkenntnis, weil ich genötigt bin, mich einer biologischen Tatsache zu fügen?«

Es war ein Glück, daß solch tönender Tirade ein ganz klein wenig Selbstspott beigemischt war, sonst wäre Pia in heillose Verlegenheit geraten. Halb unwillig, halb ironisch blickte sie in das vor Eifer glühende Gesicht der Tochter. »Ich bin dir nicht gewachsen, Marlene«, gestand sie seufzend; »es ist ja eine Schande, aber du machst mich mundtot mit deiner Suada. Worauf willst du eigentlich hinaus? Was soll geschehen? Was soll anders sein?«

»O vieles!« rief Marlene aus; »vieles sollte anders sein, vieles müßte geschehen.« Aber darüber könne sie nicht sprechen; die Worte in ihr fräßen einander auf. Man höre immer, auch von bedeutenden Leuten: die Verhältnisse sind wie sie sind, die Menschen sind wie sie sind; man vermag sie nicht zu ändern. Dabei könne man vor Trostlosigkeit ersticken. »Wirklich nicht, Mutter? Kann man sie wirklich nicht ändern? Bist du ganz, ganz durchdrungen davon? Zum Beispiel, antworte mir, Mutter, antworte aufrichtig: Glaubst du, daß Nikolaus hat sterben *müssen*? Daß sich daran nichts hat ändern lassen? Daß es nicht einen Menschen gibt, der es hätte verhindern können?«

»Wer denn, wie denn, Marlene?« fragte Pia beklommen.

»Ich sage nichts, Mutter«, wich Marlene zurück, über sich selbst erschrocken und mit zitternden Lippen Ausflüchte suchend; »es ist nur so ... so grausam alles. Hat ihn denn sein Vater gekannt? So ein Mensch wie Nikolaus, er ist doch nicht so leicht zu lesen. Hat sich sein Vater bemüht, in ihm zu lesen? Oder hat er nichts von ihm gewußt? Vielleicht hat er nie nachgedacht über ihn. Und das ist furchtbar, Mutter, so furchtbar, daß ich's gar nicht ausdenken kann. Ob er ihn geliebt hat, wie der Vater sagt, kann ich nicht beurteilen. Was meinst du? Und wenn auch, war das wirkliche Liebe? Und war's wirkliche Liebe, dann genügt Liebe allein nicht. Dann muß mehr da sein, etwas, was den andern Menschen packt und mitnimmt, auch ein Zwang, ja, ja, aber der wunderbare Zwang, das Wirkliche eben, verstehst du mich, Mutter? Versteh mich doch!«

Das Wirkliche! Immer wieder dieses Wort: das Wirkliche! Was war es denn für ein Zauberwort im Munde einer Fünfzehnjährigen? Was schloß es auf oder was verhieß es? Pia schwieg betroffen. Der leidenschaftliche Aufruhr und Kummer in Marlenes Rede ließ sie ebensosehr verstummen wie vielleicht die Wahrheit darin, die mit ihrem eigenen dunklen Gefühl übereinstimmen mochte.

»Was ist dagegen zu tun, Kind?« fragte sie hilflos.

»Ach, Mutter«, erwiderte Marlene mit einem beinahe mitleidigen Lächeln, als hätten sie die Rollen vertauscht, die ihnen die Jahre zuerteilt. Sie schlang die Arme um Pias Hals und küßte sie auf die Wange. Und weinte wieder, doch aufatmend und gelöst.

17

Laudin erhob sich und klappte das Aktenheft zu. Es war ein neuer Akt, den er jetzt erst hatte anlegen lassen. Der Name Altacher stand darauf. Vor einer Stunde war Frau Konsul Altacher bei ihm gewesen. Sie hatte ihm ein düsteres Familienbild entrollt, aber nur ein fragmentarisches, denn sie hatte vor Scham und Schmerz kaum zu sprechen vermocht. Sie war gekommen, um seinen Rat zu hören. Doch er hütete sich zu reden, da er ihre tiefe Unentschlossenheit wahrnahm. Erfahrung hatte ihn gelehrt, daß die Menschen, wenn sie Rat heischen, vor nichts so große Angst haben als vor dem richtigen Weg, den man ihnen zeigt. Schließlich hatte sie ihm einen schriftlichen Bericht versprochen.

Auch der Name Luise Dercum war gefallen. Anstifterin? Verführerin? Schuldige? Nach den vorläufig nur scheuen Andeutungen Konstanze Altachers hätte man es glauben sollen. Aber Laudin bildete sich nie ein Urteil ohne hinlängliche Beweise.

Er war ziemlich erschöpft. Halb acht vorüber. Er erhob sich und wollte gehen. Da meldete der Diener, Frau Brigitte Hartmann bitte, noch vorgelassen zu werden. Er sah gequält vor sich hin. »Ganz unmöglich«, sagte er. Dann, nach kurzer Überlegung: »Führen Sie die Dame herein.«

Sie trug Stadtpelz und Stadthut. Ihre Hände staken in neuen grauen Handschuhen. Nur die Schuhe waren breit und ländlich. Auf die höfliche Einladung Laudins nahm sie Platz. Sie war etwas bedrückt und schien sich zu ärgern, daß sie es war. Von der ersten Sekunde an ließ sie den Advokaten nicht aus dem Auge, als wäre er ein wildes Tier, das zu zähmen sie sich vorgenommen. Ihr Blick war stechend und unstet. Sie sagte, sie habe zu ihrem

Sachwalter gehen gewollt, doch auf dem Wege habe sie beschlossen, vorher noch mit ihm, Doktor Laudin, zu reden. Mit Absicht habe sie eine Woche verstreichen lassen; alles mögliche sei ihr durch den Kopf gegangen. Seelenruhig, das könne sie behaupten, erwarte sie die gerichtliche Klage; ihr Gewissen sei rein, über ein reines Gewissen gehe ihr nichts. Indessen habe sie zu dem Anwalt, den sie zu Hartmanns Lebzeiten immer aufgesucht, die Beziehungen abgebrochen gehabt; seine Honorarforderungen seien, gelinde gesagt, übertrieben gewesen. Wie solle sie das viele Geld aufbringen; da müsse sie ja ihre Kinder berauben. Kinder kosteten so viel, namentlich, wenn man ihnen eine anständige Erziehung geben wolle, wie es ihre Mutterpflicht sei. Doktor Laudin aber sei ein gerecht denkender Mann und werde in dieser Beziehung ein Einsehen haben, zumal sie ja guten Willens und gekommen sei, sich mit der Lanz nach Tunlichkeit zu vereinbaren, falls deren Ansprüche sich in Grenzen hielten, über die man verhandeln könne.

Es war ein verworren klingendes, obschon sicherlich vorher erwogenes Drauflosreden, Mischung von allen möglichen schlau verhehlten Absichten, Widerspiel von Geiz und Vorsicht, Lüge und Furcht, Respekt vor dem unheimlichen Apparat des Rechts und Bemühung, ihm durch List zu entgehen, Bereitwilligkeit und, im selben Satz, Einschränkung der Zusagen bis zu einem Nichts, vor allem der naive Kniff, sich scheinbar dem Anwalt der Gegenpartei zur Verfügung zu stellen, um dadurch kostenlos oder wenigstens wohlfeil zu Informationen zu gelangen, vielleicht sogar seines Schutzes teilhaftig zu werden und nicht den Feind im Rücken zu haben.

Ohne Zweifel trieb sie auch eine abergläubische Vorstellung in den Machtbezirk dieses Mannes, von dem sie sich durchschaut fühlte und dem sie etwas wie Allwissenheit zuschrieb. Vermutlich war ein Bewußtsein von Schuld erst in ihr erwacht, seit er ihr gegenübergetreten war. In ihren irrlichternden Augen war ein Ausdruck, der von schlaflosen Nächten stammte, ein krankhaftes Verlangen nach Geständnissen, wenn auch nur nach halben und täuschenden, die ihr zugleich mit dem Schein der Rechtfertigung gewisse Vorteile sichern konnten. Frauen ihrer Art haben wenig Gelegenheit, von sich selbst und ihrem Leben zu sprechen; wenn sie es tun, stürzen alle Dämme ein, und sie entblößen sich unter Umständen bis zur Schamlosigkeit.

Laudin war darauf vorbereitet. Er hatte nur Ohr zu sein. Sie überhörte seine Bemerkung, er müsse erst erfahren, wie weit ihre Bereitwilligkeit im Hinblick auf eine Abfindung gehe, und sich darüber mit seiner Klientin beraten; sie schien nicht erwarten zu können, von dem zu reden, was sich in ihr angestaut, von der Unbill, die sie erlitten, dem Mißverständnis, dem sie ausgesetzt gewesen, den Opfern, die sie gebracht, von dem ganzen Martyrium der Ehe mit Hartmann.

Er habe keine Achtung vor ihr gehabt. Daran sei es schon zu Beginn gescheitert. Er habe nie gewußt, was einer Frau gebühre. Er sei ein Schwächling gewesen durch und durch. Stumm und taub sei er durchs Leben gegangen, keinen Menschen angesehen, keinem was zugetraut, alles bloß sich selber, ohne selber was zu leisten. Davon, daß man einmal heiter aufgelegt sein könne, unter die Leute gehen wolle, ein Vergnügen genießen wolle: keine Ahnung. Dösen, Brödeln und Maulen den ganzen Tag, das lange Jahr über. Da versumpfe man; da verlasse einen der Mut. In allem habe er versagt. Gebiete nicht die Religion, daß Mann und Weib sich einander nähern sollten? Stehe nicht schon in der Bibel: Vermischet euch und seid fruchtbar? Aber das sei ja nur ein Hangen und Bangen gewesen mit ihm, von Anfang an; später habe man sowieso verzichtet. Aber sie sei ja als eine junge Person in die Ehe getreten; das Blut fordere seine Rechte. Bei ihm aber? Was habe er danach gefragt. Warme Stube, warmes Essen, warmes Bett, im übrigen laß mich zufrieden. Das niste sich ins Gemüt. Es entstehe was Böses wie Geschwüre. Was ein richtiges Weib sei, bettle nicht um ihr Teil. Man habe seinen Stolz; doch der Herrgott lasse nicht mit sich spaßen, der Teufel auch nicht, der in jedem Menschen auf der Lauer sitze.

»Wissen Sie, was die Zeit ist, Herr Doktor?« fuhr sie mit wachsender Hast und Verkrampfung fort, »die Zeit ist der Dreschflegel, der uns klein schlägt. Wir kommen nicht weiter mit uns selber, wir kommen nicht weiter miteinander, einer macht dem andern das Leben sauer; die Zeit reißt einem die Seele in Fetzen. Hätt er geredet, solang die Kinder noch nicht auf der Welt waren. Wer hat's ihm verboten, bitte? Ich wär die letzte gewesen, die sich ihm aufgedrängt hätte. Ich kenne meine Würde. Mein Vater war Regierungsinspektor. Aber so? Nein. Eines schönen Tages: mit uns zweien kommt's zu nichts Gutem. Nein. Danke. Bin ich ein hergelaufenes Mensch? frag ich ihn. Als eine Jungfrau bin ich dir angetraut worden, hab all mein Sach auf dich gestellt, bin keine, die man hinauswirft. Na, das war Öl ins Feuer. Um neun Uhr früh, der Herr Gemahl verschwunden. Kommt nicht mehr heim bis neun Uhr abends. Ich, mit meiner Müdigkeit, was mußte man sich schinden auf dem Hof, gute Nacht und ins Bett. Er hat sich die Schlafkammer oben eingerichtet, was doch schon gegen die gute Sitte ist, rumpelt hinauf. Trapp, trapp, marschiert herum. Ich, wieder aus den Federn, schrei hinauf: die Kinder schlafen. Eine Weile ist Ruh. Dann wieder: trapp, trapp. Er kommt herunter. An der Tür: Brigitte! Was ist los? Will mit dir reden. Schön, reden wir. Die Augen fallen mir zu, macht nichts, reden wir. Er setzt sich auf den Stuhl, fängt an zu reden. Von Olims Zeiten beginnt's und hört auf mit seinem Elend und seinem Unglück. Wie ich das falsch gemacht und jenes verkehrt in die Hand genommen, damals beispielsweise, erinnerst du dich, wie dein seliger Schwager bei uns war? Ich kann mich nicht erinnern, wie soll man sich an jeden Dreck erinnern; er läßt nicht lokker; das und das hast du gesagt, hättest du aber so und so gesagt, wär alles anders gewesen. Mir reißt die Geduld, ich schrei ihn an, da spricht er: Jetzt sieht man ja, was für eine du bist und wie du deinem Mann die Hölle heiß machst. Und das geht so, eine Nacht wie die andere, durch alle sieben Tage der Woche und alle Wochen im Jahr. Einmal wird's elf Uhr, einmal Mitternacht, einmal zwei Uhr. Ich hab doch bloß zwei Arme und zwei Beine und einen einzigen Kopf, Herrgott im Himmel. Das Ende vom Lied jedesmal: Laß dich scheiden. Wo juckt's mich denn? Laß du dich scheiden. Bitte. Geh hin und klag. Was hab denn ich verbrochen? Wie komm ich dazu, mit dem schlechten Leumund dazustehn? Geschiedene Frau; danke. Aber nach und nach, gefoltert und gebraten wie man ist, sagt man schließlich zu allem ja und amen. Und eines Tages nimmt man die zwei Buben auf den Arm und will sich in den Bach stürzen. Und wieder eines Tages holt man sich die Jagdflinte aus seiner Stube, um alle miteinander zu erschießen und zuletzt sich selber. Aber er kommt drauf. Beständig ist er hinter einem her. Ist ja bloß Komödie, sagt er. So, Komödie, sag ich, erwisch einen Glasscherben und schneid mir die Adern auf, vor ihm, vor seinen Augen, und alles schwimmt gleich im Blut. Da hat er's, Komödie. Die Narben kann man noch sehn, hier; bitte. Er schreit: Ich geh nach Amerika, ich hab den Jammer satt, ist man denn der Sklav fürs ganze Leben, wenn man heiratet? Ei ja, mein Lieber, Ehe ist kein Kinderspiel, hättest dir's vorher überlegt. Ich, gutmütig, wie ich bin, lauf doch zum Advokaten, weil ich selber nicht Ruh und Frieden mehr hab und es in meinem Kopf aussieht wie in einer Rumpelkammer. Aber ich konnt nicht und konnt nicht. Was ist denn ein Weib? Ein armes Luder, der ganzen Welt ein Spott ohne den Mann. Unser Herrgott hat mich genug gestraft. Bin dagesessen, allein mit den Kindern, wie er dann endlich wegging mit seiner Geliebten; was das nur für Nachrede gegeben hat; wie die Leut sich die Mäuler zerrissen haben; in so einem Nest, bitte, wo jeder dem andern in die Fenster glotzt. Und das mit dem Testament, das will ich jetzt erzählen. Es ist die Wahrheit, Herr Doktor, die heilige Wahrheit. Die Augen im Kopf sollen mir verdorren, meine Kinder sollen keinen guten Tag mehr im Leben haben, wenn eine Silbe davon erlogen ist. Also, es war am siebzehnten Oktober, in der Nacht, in derselben Nacht, wo Hartmann gestorben ist. Sie sehen also schon, daß ich mich dabei nicht irren kann. Bitte. Ich wache auf; es wird so gegen drei Uhr sein. Die Stunde stimmt ebenfalls; ich hab mich nachher erkundigt. Wie ich aufwache, mit Herzklopfen bis in den Hals, rührt sich was im Zimmer. Ich frag: Ist wer da? Auf einmal steht Hartmann neben meinem Bett; Hartmann, wie er leibt und lebt. Ich will fragen: Mensch, woher kommst du, was führt dich her? Aber die Kehle ist mir wie Leder, ich bring keinen Hauch heraus, ich schicke bloß ein stummes Stoßgebet zu meinem Schutzheiligen, weil ich sehe, es ist nicht der lebendige Hartmann, es ist sein Geist. Da winkt er mir bereits, und ich steh auf aus dem Bett, und er winkt wieder, ich soll ihm folgen; da geht er voraus, in die Kammer hinauf, ich hintennach, und wie er oben ist, weist er auf den Sekretär, weist auf die Lade, die zugeschlossen war, aber wie er mit dem Finger hinrührt, ist sie schon offen. Obenauf liegt ein Papier, drauf deutet er und spricht zu mir: Räum's weg, Brigitte, ich habe gesündigt gegen dich und meine Kinder, was mein ist, ist dein, und Mann und Weib müssen sein wie Ein Leib. So ist es gewesen, Herr Doktor, und so ist es geschehen, und was es für ein Papier war, weiß ich nicht, ob's ein Testament war oder nicht, weiß ich nicht; am andern Tag war nichts dergleichen zu finden, ich hab's nicht berührt, ich hab's nicht gesehn, es war nichts da.«

Sie stürzte plötzlich auf die Knie nieder, packte, ehe er sich dessen erwehren konnte, Laudins Hand und zog sie an die Lippen. Dabei rief sie mit hoher, schriller Stimme: »Erbarmen, Herr Doktor, ich bin ein verlorenes Weib, ich hab keinen Halt mehr im Leben, an nichts bin ich schuld, alles ist über mich gekommen, Erbarmen mit mir!« Und als sie den starren Ausdruck in seinem Gesicht gewahrte, die Miene, die nichts aussagte, nichts verriet, keine der Empfindungen, die diese Szene in ihm erregen mußte, fügte sie fast winselnd hinzu, indem sie abermals nach seiner Hand haschte, sie habe, auf Ehre und Seligkeit, nie was von dem Testament gewußt, habe es nie mit Augen gesehen, aber jetzt wolle sie noch einmal das ganze Haus durchsuchen, Stuben und Kammern, Schränke und Truhen, nur möge er nichts Schlechtes von ihr denken ...

In diesem häßlichen Raum mit seinen häßlichen Möbeln und gepolsterten Türen, den Hunderten von Aktenfaszikeln und bis an die Decke ragenden Regalen voller Folianten, Gesetzbücher, Reichsgerichtsentscheidungen, hatte sich die Katharsis zahlloser Menschenschicksale abgespielt; waren zahllose düstere Berichte erklungen, Schilderungen von Leiden und Übeltaten, Geständnisse, diktiert von Haß und Liebe, Rachsucht und Reue; doch vielleicht nie zuvor hatte ein Auftritt in ihm stattgefunden, bei welchem sich entgegengesetzte Elemente der menschlichen Natur zu einem so finstern Wirrwarr vermengten, Verzweiflung und Verlogenheit, Schlauheit und Hysterie, Maßlosigkeit und provinzlerisches Kleinbürgertum, theatralischer Schmerz und wahrhaftiger, Demut und Wut, Gewissensangst und Heuchelei.

Laudin hatte ein Gläschen mit Lavendelsalz auf dem Tische stehen. Er nahm es und roch daran. »Stehen Sie auf, Frau Hartmann«, sagte er kalt. »Von alledem kann ich vorläufig nichts zur Kenntnis nehmen als die Erklärung Ihrer Bereitwilligkeit, sich gegebenenfalls, ich betone: gegebenenfalls, denn so weit sind wir ja noch nicht, sich mit der Karoline Lanz auszugleichen. Auf welche Summe beläuft sich das nachgelassene Vermögen Ihres verstorbenen Gatten?«

Brigitte Hartmann erhob sich. »Achtzig Millionen, scheint mir«, antwortete sie, enttäuscht von der sachlichen Wendung des Gesprächs.

»Das dürfte wohl zu gering veranschlagt sein«, sagte Laudin, die Flasche mit Riechsalz wieder an ihren Platz stellend, »es handelt sich meines Wissens um mehr als hundertfünfzig Millionen. Erörterungen hierüber haben jedoch keinen Zweck, da der wirkliche Bestand nicht verschleiert werden kann. Es ist also nur eine vorgreifende Frage, die ich an Sie stelle, die den Rechtsanspruch meiner Klientin unangetastet läßt; zu welcher Höhe der Abfindung würden Sie sich, gegebenenfalls, wiederhole ich, entschließen?«

Brigitte Hartmanns Miene wurde wieder verstockt. Das wisse sie nicht, erwiderte sie halblaut; das könne sie jetzt nicht sagen; das müsse überlegt werden; man müsse sehen. Zehn Millionen habe sie gedacht. Nun, wenn es dem Herrn Doktor zu wenig scheine, fügte sie rasch hinzu, als sie Laudins Achselzucken gewahrte, in Anbetracht des Kindes vielleicht etwas mehr. Ob sie wiederkommen dürfe, wenn sie sich's überlegt habe? Ob nicht lieber der Herr Doktor sie, wie neulich, besuchen wolle? Bei der Gelegenheit könne man friedlich verhandeln. Nein? Dem Herrn Doktor fehle natürlich die Zeit. Und eine so untergeordnete Person; natürlich. Bitte. Ob sie schreiben dürfe? Gut, sie werde dieser Tage schreiben. Sie empfehle sich dem Herrn Doktor. Sie danke ihm viel-vielmals für seine Geduld und Freundlichkeit. Bitte.

Damit ging sie. Laudin verbeugte sich und sah ihr nach, bis sich die Tür hinter ihr geschlossen hatte. Er zog die Finger in die Handballen. Auf seinem Gesicht lag ein Ausdruck des Ekels.

18

Er hatte Pia wissen lassen, er käme abends nicht nach Hause. In einer kleinen Kneipe, wo er schon vor zwanzig Jahren manchmal gegessen hatte, nahm er eine frugale Mahlzeit zu sich, dann fuhr er in die Vorstadt zu Fraundorfer.

Egyd Fraundorfer hatte seit dem Tage von Nikolaus' Selbstmord die Wohnung nicht mehr verlassen. Auch empfing er nur den Besuch Laudins; alle andern wurden abgewiesen. Dank der Tüchtigkeit der Frau Blum befanden sich die Zimmer in einem minder verwahrlosten Zustand. Es gab zwischen ihm und der neuen Hilfskraft nicht viele Unterredungen; Pauline Blum verrichtete schweigend ihre Geschäfte; Fraundorfer brummte hie und da, legte ihr aber keine Hindernisse in den Weg.

Er arbeitete oder gab vor zu arbeiten. Als sich Laudin einmal danach erkundigte, sagte er, es sei ein altes Projekt, ein Lieblingsplan von ihm, eine Geschichte der menschlichen Dummheit. Als Laudin ihm trocken bemerklich machte, daß dazu die ihm noch bemessene Lebensfrist nicht ausreichen dürfte, räumte er es lachend ein, wollte aber gerade in der Fülle des Materials einen Milderungsgrund für sein verwegenes Vorhaben erblikken. Ein einzelner könne des Stoffes gar nicht Herr werden, da müßten viele ans Werk gehen, ein ganzer Areopag von sublimen Geistern. Etwas Ähnliches habe ja auch dem Franzosen Flaubert vorgeschwebt; allerdings sei er nicht zu Rande damit gekommen und habe sich unverrichteter Dinge ins Grab legen müssen. Schade. Er seinerseits habe schon seit Jahrzehnten alle Gedanken auf das monströse Opus gerichtet, und seine Notizenhefte seien angeschwollen wie Frühlingsbäche.

Als Laudin eintrat, war er beschäftigt, Grog zu brauen. Er trug einen grünen, verschossenen Spenzer, der um den Leib mit einem Ledergürtel zusammengehalten war. Die Farbe seines Haares hatte sich etwas verändert. Es war nicht grau geworden; es sah aus wie Heu, graugrün. Er stieß eine seltsame kurze Begrüßungslache aus beim Anblick des Freundes und reichte ihm zwei Finger der riesigen Hand. Dann schaute er wieder, schweigend wie vorher, in den Kessel auf dem Spirituskocher. Laudin griff nach einem Buch, setzte sich auf die andere Seite des Tisches und las. Es war eine religionsphilosophische Abhandlung. An den Rändern der Seiten standen, mit Bleistift geschrieben, Fraundorfers Marginalien: Blödsinn, verworfener Narr, hirnverbrannter Schwätzer, unbeweisbarer Kohl, dumme Sau, und dergleichen Invektiven mehr.

Der Grog war fertig; vor jedem stand ein volles Glas; Fraundorfer zündete den Stummel einer Zigarre an, sah nach den Fenstern und brummte: »Es schneit Hühnerfüße, wie mir scheint.«

»Ja, es schneit«, sagte Laudin und legte das Buch weg.

Das mit der Brandnarbe müsse man eigentlich doch ergründen, fuhr Fraundorfer im gleichen Ton fort und schlürfte an seinem Glas; die Sache gehe ihm nicht aus dem Kopf, als ob einem ein Schiefer in der Haut stecke; es sei wie eine Mahnung an etwas Unerledigtes. Er hätte wohl die Dercum einmal aufsuchen sollen, sich von ihr berichten lassen sollen, doch widre ihn jeder Schritt, den er auf die Straße tun solle; schließlich hätte man auch erwarten dürfen, daß sie mal zu ihm käme; hätte sich vielleicht so gehört, wäre nett gewesen von ihr, eine anständige Geste; aber möglich, daß sie ihre Hemmungen habe; wäre nicht zu verwundern; ein bißchen böses Gewissen; wäre nicht zu verwundern; besser am Ende, daß sie nicht erschienen sei; was wäre dabei herausgekommen? Komödiespiel. Er wolle lieber nichts hören; er bemühe sich mit Erfolg, nicht mehr daran zu denken.

Laudin sagte: »Ich hatte mir vorgenommen, Fräulein Dercum zu besuchen. Ich werde ihr schreiben und sie bitten, mich zu empfangen. Freilich hatte ich gedacht, daß du selbst ... aber es wäre vielleicht keine erquickliche

Begegnung. Keine Situation für dich. Ich werde ihr morgen ein paar Zeilen schicken. Ich bin nur so sehr überhäuft. In diesen Tagen ist die ganze Hölle losgelassen.«

»Ja, geh nur hin«, erwiderte Fraundorfer und setzte eine neue Zigarre in Brand, »geh nur und erstatte mir dann Rapport, wie es mit der Wahrheit und Unschuld steht.« Er meckerte. Er zog die Tischlade auf; darin lag das Bild der Schauspielerin, das er neulich gezeigt, mitten unter Rechnungen, Briefen und Geldscheinen. Er warf es Laudin zu. »Nimm dir's«, sagte er mit mühsam verhehltem Ingrimm, »da hast du gleich eine Legitimation.«

Laudin betrachtete das Bild. Der Ausdruck seines Gesichts wurde wieder ebenso weich-sinnend wie an dem Tag, wo er es zum erstenmal gesehen. »Es liegt ja nahe, an Irreführung und Selbsttäuschung zu denken«, sprach er vor sich hin, »aber die Illusion allein bereitet einem Freude. Ein Menschengesicht, was kann das doch sein! Und mit was für Larven müssen wir uns begnügen. Jeden Abend, wenn ich aus der Kanzlei gehe, möchte ich mir mit einem scharfen Ätzmittel den Körper abreiben; möchte mir die Augen baden und die Hände schrubben.«

»Du bist ein Dyskolos geworden«, brummte Fraundorfer, »warst du nicht einmal ein Eukolos?«

»Mag sein«, gab Laudin zu, »Worte gibt es genug, um Zustände zu kennzeichnen.« Er ging zum Sofa, ließ sich dort nieder, den Kopf in die Hand stützend. Lange Zeit blickte er vor sich hin; Wangen- und Stirnmuskeln waren seltsam zusammengekrampft. »Ich will dir einen Traum erzählen«, begann er mit verdeckter Stimme, »er schließt sich eigentlich an das Gespräch an, das wir letzten Sonntag hatten. Ich hatte den Traum schon damals gehabt. Nur wußt ich nicht ... ich war mir nicht recht klar über seine Beschaffenheit. Es kommt vor, daß man sich Träume nur einbildet, daß man sie dichtet oder umlügt. Nun hat sich aber derselbe Traum wiederholt; ich glaube nicht, daß ich etwas dazuerfunden habe, wie er mir jetzt vor der Erinnerung steht. Es war so. Ich wache auf. Jemand steht an meinem Bett, ein Messer in der erhobenen Faust. Indem ich es wahrnehme, schlafe ich wieder ein, und im Schlaf entspinnt sich zwischen mir und dem Menschen eine lebhafte Debatte. Ich bemühe mich, ihm zu beweisen, daß es ihm keinen Vorteil bringt, mich zu töten; ich hätte weder Geld noch Juwelen im Haus (was doch eine Unwahrheit war), und welche Absicht könne er sonst haben? Schaden könne ich ihm nicht, auch stünd ich ihm in keiner Weise im Weg. Er schüttelt aber nur den Kopf oder zuckt höhnisch die Achseln. Sein Gesicht kann ich nicht unterscheiden, es ist zu finster im Zimmer, doch das Messer seh ich beständig auf mich gerichtet. Ich wache wieder auf und immer wieder auf; bei jedem Erwachen quält mich die Frage, erstens, ob er jetzt zustoßen wird, zweitens, ob er sich noch im Zimmer befindet, drittens, ob er überhaupt nur von mir geträumt ist. Jedesmal, wenn ich wieder einschlafe, fängt sogleich die heftige Debatte mit ihm von vorne an. Schließlich lieg ich mit offenen Augen, so dünkt mich wenigstens, und ersinne Argument um Argument gegen ihn, was ich geleistet, wie unentbehrlich ich meiner Familie bin, wie geachtet in meinem Beruf, aber da tritt er ganz nah zu mir heran, beugt sich über mich, daß ich seinen Atem spüre, und zu meinem unermeßlichen Schrecken seh ich, daß ich es selber bin. Was hat das zu bedeuten, sag mir? Was hältst du von solchem Traum? Du stöberst doch gern in den Schlupfwinkeln des menschlichen Hirns.«

Fraundorfer machte eine boshafte Grimasse. »Echter Advokatentraum«, sagte er; »Verhandlung, Plädoyer, und alles geht aus wie das Hornberger Schießen. Du solltest Urlaub nehmen. Zuviel Aktenstaub im Magen.«

Laudin wußte offenbar, daß Fraundorfer zu ernsthaften Antworten erst zu bewegen war, wenn ihm der Alkohol zu Kopf zu steigen begann. Er schien keinen Wert darauf zu legen, daß jener antwortete, was er dachte und fühlte, und nicht, was ihm die sarkastisch verzerrende Laune eingab. Deshalb wurde es ihm nur diesem Menschen gegenüber leicht, von sich und seinen Bedrängnissen zu reden. »Advokatentraum; das wäre der wüsteste Traum von der Welt«, sagte er, sich hintüberlehnend und starr zur Decke blickend, »für den wären kaum Worte vorhanden. Seit ich einmal in einer Galerie das berühmte Bild von einem Hexensabbat gesehen habe, muß ich lächeln über die Einbildungskraft der Künstler, die es noch nicht fertiggebracht haben, daß ein normaler Mensch wie ich bei ihren Erfindungen schaudert. Das als nüchtern und platt verschriene Leben kennt ganz andere Offenbarungen. Es überbietet an Frechheit und Düsterkeit die Phantasie von Wahnsinnigen und Epileptikern. Ich stelle mir vor, daß in meinem Gehirn gewisse Nervenfasern sind, auf die nur ein Erinnerungshammer zu pochen braucht, und ich bin automatisch in eine Welt versetzt, wo es keine Hoffnung mehr gibt. Advokatentraum!«

Er redete weiter, indes Fraundorfer frisches Wasser aufstellte. Er entfaltete sie ein wenig für sich, entrollte sie wie einen Bilderbogen, diese Welt, in der es keine Hoffnung mehr gab. Es mußten Erregungen von langer Herkunft sein, durch viele unterirdische Röhren geronnen, denn alles klang fertig und abgemacht, bloß endlich in den Laut übertragen. In seiner Sprache ein Resümee; eine bitter-ironische Überschau: ihr sehet, Mitbürger und Freunde, was ich treibe und wozu es frommt; einmal muß es heraus; ihr könnt euch ja abwenden und die Ohren zuhalten; es ist nicht wesentlich, daß ihr Ja oder Nein darauf sagt oder sonstwie Stellung dazu nehmt. In dieses Mannes Seele mußten Gärungen stattgefunden haben, deren Ausmaß und Tragweite ihm selber noch unbekannt waren. Das Sonderbarste war, daß er plötzlich aufstand, zu dem kleinen Rasierspiegel schritt, der neben dem Fenster hing, sein Gesicht anschaute, ein bißchen vor sich hinlachte und sich hierauf wieder in die vorige Lage auf dem Sofa begab.

Er fuhr fort, ohne von dem über seinem Grog brütenden Fraundorfer ein einziges Mal unterbrochen zu werden. Es entsteht ein al fresco hingeworfenes Gemälde, auf dem die Figuren einen unentwirrbaren Knäuel bilden. Sie haben keine Namen; sie haben dafür Betätigungen, Ämter, Missionen und unterschiedliche Schicksale. Es sind Kaufleute, Richter, Ärzte, Funktionäre, Kleinbürger, Handwerker, Literaten und Frauen aller Art, jeden Alters, jeden Standes. Gegen den Hintergrund verliert sich die Menge der Gestalten im Nebel; es bleibt dem Erratungsvermögen überlassen, was sich dort, außerhalb des Gesichtsfeldes, noch begibt.

Die Gesichter sind zerrissen von einer bestimmten Gier. Die Lippen sind schlaff von nutzlos gesprochenen

Worten. Die einen wollen nicht voneinander lassen, die andern fliehen voreinander angstvoll und feindselig. Manche schreien und können nicht verstanden werden, manche flüstern und fürchten verstanden zu werden. Diese lechzen nach ihrem Recht, jene triumphieren im Bewußtsein der Vergewaltigung des Rechts. Keinem ist genug geschehen. Die einen stürzen, die andern toben weiter. Es wird wie im Kino. Geschlechter auf Geschlechter rasen vorüber. Einanderhaschen, Einanderhalten, Voneinanderlösen und erbarmungslose Jagd, Jagd zum Zweck der Vernichtung oder zum Zweck der Beute. Wer eben noch Sieger war, gleich darauf ist er Opfer; wo eben noch Zärtlichkeit und Wollust geherrscht, jetzt gewahrt ihr Haß und Ekel. Es hat nichts weiter auf sich, oft ist es nur ein Wechsel der Beleuchtung, der den Sinn des Bildes ändert. Im Grunde weiß keiner, was ihm dient und was er soll. Wer es eine Titanenschlacht heißt, dem beliebt es, Zwerge in übernatürlichen Dimensionen zu sehen. Richterspruch ist Zufall, Entscheidung Gunst oder Formel. Kein Leben dahinter; kein Genius; keine Flamme der Erneuerung. Es ist wie eine Schusterwerkstatt, wo seit tausend Jahren auf die nämliche Manier Schuhe fabriziert werden. Arbeit ein Vorwand zum Nichtstun, Bedürfnis ein Vorwand zur Despotie des Apparats.

Was ihr hört, sind immer dieselben Worte. Sie haben fünf- bis sechshundert Vokabeln, mit denen bestreiten sie Forderung und Übergriff, Rechtfertigung und Abwehr, Reue und Bekenntnis, Vorwurf und Verdächtigung, Wahrheit und Lüge und den gesamten täglichen Umgang. Es ist unbeschreiblich lächerlich; ein Stammeln von ewig wiederkehrenden Floskeln, als ob ihre Hirnrinde aus Zeitungspapier bestünde. Ohne ihrer Armseligkeit inne zu werden, kleben sie auf das schmerzlichste, das tiefste Erlebnis die nichtssagendste Phrase; keiner kann sein Wesen ausdrücken, jeder muß ächzend die Scherben davon zusammenklauben, damit er nur notdürftig als Person erscheint und als Charakter gelten kann. Paar um Paar umfängt sich, Paar um Paar zerfleischt sich, immer mit denselben fünf- bis sechshundert Vokabeln, Exkrementen des Geistes. So wird alles ein Radebrechen von Verkrüppelten und trauriges Gestotter von Halbstummen, und wenn man den Übeltätern auf die Finger sieht, verstehen sie nicht einmal ihr Geschäft. Strafe, Sühne, Ausgleich, Gerechtigkeit: alles nur Mühle, die nicht mahlt, Feuer aus farbigem Papier, mit Redensarten ausgestopfter Popanz.

Er hat, vor kurzem erst, die Sache einer Ehefrau gegen ihren Mann geführt. Dieser, ein roher Emporkömmling, von Macht und Besitz geschwellter, schwacher und sinnlicher Provinztyrann, hat sich in eine Kokotte verliebt und Frau und Kinder einfach dem Elend überlassen. Während er mit dem Frauenzimmer sein Vermögen verpraßt, haben die Seinen nicht satt zu essen, und nicht genug damit, strengt er die Scheidungsklage gegen die Frau an, aus irgendwelchen Gründen, gleichviel welchen. Die Klage hat wenig Aussicht, die Frau verweigert die gütliche Trennung; typisches Verhalten. Er wird brutal, bedroht sie, mißhandelt sie, streut Verleumdungen gegen sie aus, kommt zu allen Stunden der Nacht lärmend und tobend ins Haus, und es gibt Auftritte, daß das Dienstmädchen zur Gendarmerie rennt und die Kinder vor dem Vater niederknien und ihn anflehen, die Mutter zu schonen. Doch das Schlimmste ist, daß die Familie Mangel leidet am Nötigsten und daß keine Gewalt der Erde den Mann dazu verhalten kann, seine Verpflichtungen zu erfüllen; mit Hilfe seines Anwalts findet er gegen jedes Verdikt eine Ausflucht. Da hat Laudin eine Zusammenkunft mit ihm in Gegenwart jenes Anwalts. Und von diesem Mann, dem Fachgenossen, spricht er. Er hat ihn vorher nicht gekannt. Es ist einer von jenen ruchlos Begabten, die den Beruf und Dienst des Advokaten zu einem Würfelspiel erniedrigt haben, bei dem der Einsatz die Verstecktheit zweideutiger und zweifelhafter Paragraphen und ihre Auffindung ist; vollkommene Meister in der Kunst des Zeitgewinnens, des Hinhaltens und der gewundenen Schriftsätze, verfechten sie vermeintliches und erschlichenes Recht mit mehr Nachdruck und Leidenschaft als der Gegner, wer er auch sei, die makelloseste Sache. Laudin begegnet ihm also, verhandelt mit ihm, und nach Verlauf einer Viertelstunde gibt er sich innerlich vollständig geschlagen. Ja, das Gefühl seiner Machtlosigkeit wendet sich in eine finstere Bewunderung; so müßte man sein, denkt er sich, so müßte man die Dinge betrachten, so die Wahrheit zur Lüge verkehren, jede Schändlichkeit mit einer früher sanktionierten Schändlichkeit decken, dann wäre man ganz, dann müßte man nicht Herzblut zusetzen und wäre gegen Himmel und Hölle gefeit. Alles andere, gesteht er sich, ist Stümperei. Was soll ihm Gewissen, Anstand, Redlichkeit, Menschengefühl und sittliches Gebot, was soll ihm das, wenn jener schließlich triumphiert? Und das wird er; vor ihm ist Laudin bloß ein trauriger Hanswurst, weil er mit Waffen kämpft, die ihm, dem andern, nicht einmal die Haut ritzen.

Und hier (schlief Egyd Fraundorfer oder war er nur vorübergehend unter die Oberfläche des Bewußtseins versunken?) an diesem Punkt wurde Laudin erregter, als er es vielleicht seit langen Jahren gewesen, und er fragte, weshalb man denn nicht der andere werden konnte? Der Widerpart seiner selbst, wenn man schon nicht die Vollendung seiner selbst oder die Erhebung über sich selbst zu erreichen vermochte? Abwerfen den alten, müden, verbrauchten Menschen, neu werden, neu sein. Aus sich selber heraus gleichsam verschwinden, sich selber gleichsam neu gebären. Auch ein Advokatentraum, Fraundorfer? Doch Fraundorfer ist stumm. Es scheint, daß er den Freund nicht mehr begreift oder ihm nicht mehr folgen will.

Laudin ist sich allein überlassen. Er steht auf und geht hin und her. Sein Auge flackert, sein Körper taumelt fast. Er hat eine gewisse Klarheit über sich erlangt. Er hat plötzlich und unter Qualen die Trägheit überwunden, die einen Mann in seinem Gleis verharren läßt und zu freiwilliger Blindheit bringt. Er spricht folgendes aus: »Wer bin ich eigentlich und was? Ein Mann, der das Gebundene löst. Ein Mann, dessen Amt und Erwerb es ist, die Reifen von einem morschen Faß zu schlagen. Zerstörer von Berufs wegen, Zertrümmerer aus Gewohnheit und Routine und unter dem Schutz der Öffentlichkeit und der Gesetze. Ich bin also schon der Widerpart von mir. Kein Wunder, daß ich der Mann mit dem Messer vor meinem eigenen Bett bin. Es hat keinen Sinn, den Selbstbetrug fortzusetzen, keinen Sinn, sich um die klipp und klare Tatsache herumzuschwindeln. Entweder Staatsbürger, Berufssklave, Zugochse, Familienvater und Gatte, oder ...«

Ja was: oder? Was für ein Oder, Friedrich Laudin? Da geht's nicht um Zollbreite weiter. Nach dem Oder stürzt der Boden unter den Füßen ein. Noch ein Schritt, und du weißt nicht mehr, was mit dir geschieht.

Bei den letzten Worten hatte Fraundorfer emporgeblickt und schielte nun mißmutig zu Laudin hinüber. »Die Entweder-Oder-Leute sind die fatalsten, die ich kenne«, murrte er, »gewöhnlich voltigieren sie auf dem Gedankenstrich dazwischen. Sag, was du willst, du bist deiner Natur nach ein verbindlicher Mensch, und das Entweder-Oder liegt dir nicht. Zugochse? Freilich, freilich; zieh nur. Wenn bloß die Honorar- und Expensennoten gesalzen sind, das andere tut nichts zur Sache. Ich wünschte, ich hätte auch solche Hörner, um die Kundschaft in Respekt zu setzen. Und was du auf dem Karren zu ziehen hast, ist immerhin eine sehr achtbare Versammlung.«

Laudin stand neben ihm und legte ihm die Hand auf die Schulter. »Halt!« sagte er. Und als Fraundorfer mürrisch fragend emporschaute: »Daran rühr mir nicht. Und nimm mich nicht beim Buchstaben. Es handelt sich da um Dinge, die außerhalb der Liebe stehen, außerhalb der gewohnten Pflicht, vielleicht außerhalb der bürgerlichen Ehre sogar –«

»Aha, um die protokollierte Firma Wahrheit und Unschuld vielleicht, Gesellschaft mit unbeschränkter Haftpflicht?« warf Fraundorfer zynisch ein, »wer weiß, ob die Leute zahlungsfähig sind.«

Doch Laudin fuhr fort: »Da die Formen unserer Existenz so unübersehbar reich sind, muß sich auch ein schematisierender Geist wie deiner eine Beziehung erdenken können, die wie gesagt so außerhalb liegt, daß es schon wie Vermessenheit klingt, an ihr zu mäkeln. Frage hundert Leute in dieser Stadt nach der Laudinschen Ehe, und sie werden dir antworten: eine bessere Ehe kennen wir nicht. Leute von Einblick und Erfahrung, hochgesinnte Leute, gerecht empfindende. Sollt ich sie Lügen strafen? Bin ich in der Lage dazu? Sind sie denn im Irrtum, diese

Leute? Nie hat es einen Zank zwischen mir und Pia gegeben; nie auch nur eine ernstliche Reibung. Sie ist schlechthin das Muster einer Gattin. Sie vergißt nicht eine Stunde, nicht einen Augenblick, was sie dem Mann an Rücksicht schuldet, an Obsorge, an aller möglichen Schonung und Ergebenheit. Aber siehst du ... nun, wie soll man das begreiflich machen. Es ist so ungeheuer delikat, so ungeheuer schmerzlich zu gleicher Zeit. So geworden; natürlich, so geworden. Natürlich ist immer alles so geworden. Man tut fast nichts dazu. Das Leben fließt in den Charakter hinein wie das Wasser in ein Becken. Ich habe Pia angebetet. Sie war mir ein höheres Wesen. Man mußte sie fernhalten von der Gewöhnlichkeit und Niedrigkeit des Alltags. Man mußte sie gleichsam über die Pfützen hinübertragen. Das bleibt. Man hat die Frau beständig auf dem Arm und trägt sie über die Pfützen hinüber. Die anbetende Haltung wird zum Petrefakt. Nimmst du dir einen Gefährten mit auf deinen Weg, dem du von Anfang an einredest, daß er sich die Schuhe um keinen Preis schmutzig machen darf, so kannst du dich auch nicht beklagen, wenn er sich auf deine Muskelkraft verläßt. Und so wird alles, was man schafft und kämpft, zur Selbstverständlichkeit. Sie merkt nicht, daß du atemlos wirst; sie ahnt nicht, daß dein Arm erlahmt; selbstverständlich, daß er sich müht; selbstverständlich, daß er das Hauswesen erhält, alle Wünsche befriedigt, allen Aufwand bestreitet; selbstverständlich seine Konflikte, seine Verstimmung; auch sie hat ja ihre Konflikte, ihre Verstimmungen; auch sie verschließt ihre Sorge vor ihm. Aber eines Tages steht man da und fragt sich: Wie soll das weitergehn? Kein Schwung mehr; kein Aufrütteln; kein Nachfolgen oder Begleiten; kein gemeinsames Wegesuchen; nur noch Selbstverständlichkeit und friedliche Arbeitsteilung. Du draußen in der Welt, ich drinnen im Haus. Wär man ein Schlosser und käme mal mit zerquetschten Fingern heim, ja dann. So entsteht das friedliche Glück einer sechzehnjährigen Ehe, und das Leben wird wie ein Topf mit geronnener Milch, sauer und dick, drin du ersäufst wie eine Fliege, ohne Rausch, ganz nüchtern.«

Fraundorfer lachte beifällig. »Ohne Rausch, das ist freilich böse«, sagte er.

Es entstand ein langes Schweigen. Auf dem Tisch lagen eine Menge Papierschnitzel von einem zerrissenen Brief. Laudin sammelte sie sorgsam, und es sah aus, als ob er sie zähle und gezählt auf einen Haufen legte. Währenddem kroch Herr Schmitt aus seinem Schlafkorb in der Ecke, trippelte zu Fraundorfers Stuhl, reckte die vier Pfoten und schaute mit einem klagenden Jaulen zu seinem Gebieter hinauf.

Fraundorfer beugte sich zu ihm. »Mein Kompliment, Herr Schmitt«, redete er ihn an, »Sie finden, daß man Sie auch einmal um Ihre Meinung fragen sollte. Ei ja. Sie haben sicher ein kompetenteres Urteil als die Zweibeinigen. Was sagen Sie? Die gewisse Stunde ist da, sagen Sie? Richtig, elf Uhr. Um elf Uhr pflegte unser junger Mann nach Hause zu kommen. Da haben wir uns immer gemeldet, da wir doch pünktlich und wachsam sind. Ei ja. Wie sollen wir uns auch das erklären, daß er nun den sechsten Tag nicht mehr erscheint? Was für eine Schlamperei, Herr Schmitt. Nun, nun, beruhigen Sie sich, beruhigen Sie sich. Wir werden eine zweibeinige Nachforschung nach seinem Verbleiben anstellen. Unser Freund da ist gewillt, sich der Sache anzunehmen, obwohl es in gewisser Hinsicht schon zu spät sein dürfte; er kennt sich in solchen Fällen aus, behauptet er. Ruhe, Herr Schmitt, Ruhe ...«

Er ließ mit ein paar unartikulierten Lauten das Kinn auf die Brust sinken. Herr Schmitt hörte auf zu jaulen, begab sich zur Tür, schnupperte dort und legte sich hierauf neben die unförmigen, in zerfransten Hausschuhen stekkenden Füße Fraundorfers.

»Ja, hier wäre noch eine Aufgabe zu lösen«, sagte Laudin erschüttert und streckte Fraundorfer die Hand über den Tisch entgegen. Der nahm sie, langsam und ohne emporzuschauen.

Dann ging Laudin. Frau Blum leuchtete ihm bis in den Hausflur. »Die ganze Nacht sitzt er und trinkt«, sagte sie. »Bisweilen krächzt er, man weiß nicht, ist's Weinen oder Lachen, bisweilen redet er mit dem Hund, und um fünf Uhr früh fängt er an zu schreiben.«

Zweiter Teil

19

Da Laudin im Schlafzimmer Pias noch Licht bemerkte, ging er hinüber. Sie lag in dem breiten Himmelbett auf dem Rücken, die Hände ruhig über der Brust gekreuzt, und lächelte ihm entgegen. Doch war sie blaß. Die Lampe neben dem Bett war stark abgedämpft.

»Bist du nicht wohl, Pia?« fragte er besorgt.

Nein, sie fühle sich nicht besonders wohl, erwiderte sie; morgen, da doch Sonntag sei, wolle sie im Bett bleiben. Sie freue sich darauf, vierundzwanzig Stunden auszuruhen.

»Das sollst du auch, Liebling«, sagte Laudin, »freilich wollt ich gerade morgen mit dir ins Theater gehn. Du weißt ja, daß ich an Wochentagen kaum dazu komme. Ich wollte mir diese junge Schauspielerin ansehn ...«

»Ach ja, die«, nickte Pia, »nun, so wirst du allein gehn, Friedrich. Ich habe keine Lust dazu. Marlene und Relly sind bei Arndts eingeladen, sonst hättest du sie ja mitnehmen können; es ist ohnehin ihr größter Wunsch, wieder einmal mit dir auszugehn. Aber das ist nun nicht mehr möglich. Marlene sagt bei Arndts bestimmt nicht ab. Und Relly; da müßte natürlich das Stück geeignet sein. Was ist es für ein Stück?«

»Käthchen von Heilbronn. Ich habe für dieses Drama keine besondere Vorliebe. Es ist eine gar zu anzweifelbare Romantik drin. Und Relly unterliegt ihren Eindrücken so heftig ... ich möchte nicht ...«

»Das ist wahr. So geh nur allein.«

Laudin nahm einen Stuhl und setzte sich ans Bett. »Du kannst dir ja denken, daß mich dieses Fräulein Dercum nicht bloß als Künstlerin interessiert, nach alledem«, sagte Laudin. »Es wird in den nächsten Tagen zu einer persönlichen Begegnung kommen müssen, und so will ich mich gewissermaßen, indem ich sie auf der Bühne sehe, darauf vorbereiten. Man weiß dann doch ungefähr, mit wem man es zu tun hat.«

»Glaubst du?« wandte Pia skeptisch ein und legte ihre Hand leicht auf seine. »Glaubst du, daß man es dann weiß? Käthchen? Das wird schwer sein. Käthchen; nein, da weiß man nichts. Mir scheint, da bist du zu naiv, Friedrich.«

Laudin lachte. »Möglich«, antwortete er, »deine schärferen, oder sagen wir unbestechlicheren Augen kämen mir bei der Gelegenheit sicher zustatten.«

»Hast du Egyd Fraundorfer nicht bewegen können, bei uns zu Mittag zu essen?« erkundigte sich Pia. »Es hatte sich doch so hübsch eingebürgert, daß er den Sonntag bei uns verbringt. Für dich war es auch angenehm. Wie fandest du ihn denn heute?«

»Keinesfalls so, daß ich raten könnte, ihn zum Familientisch zu bitten«, versetzte Laudin, »es ist sehr liebenswürdig von dir, daß du es in Betracht ziehst, aber es empfiehlt sich einstweilen noch nicht. Er ist vollständig zerstört. Ich fürchte, das Unglück hat ihn im Fundament getroffen. Er kämpft dagegen, er leugnet's vor sich selber. Er klammert sich verzweifelt an seinen Hund, an seine Arbeit, betäubt sich mit Wein und Schnaps und starken Zigarren, aber es hilft nichts, er kann sich nicht oben halten.«

Pia schaute gedankenvoll in die Luft. Es schien, als dränge es sie zu fragen. Der Selbstmord Nikolaus Fraundorfers hatte sie wahrscheinlich mehr beschäftigt, als man ihr anmerken konnte. Sie hatte Laudin nichts von dem leidenschaftlichen Ausbruch Marlenes erzählt; sie erlaubte es sich nicht, Dinge, die nach ihrem Vermeinen in den ihr zugewiesenen Bezirk gehörten, vor ihm auszubreiten und zu bereden. Sie hatte die Gerüchte, die ihr zugetragen wurden, die aufgeregten Mitteilungen ihrer Bekannten mit der Miene kühlen Interesses angehört, wie sie ja in ihren Beziehungen zur Welt selten oder niemals eine fast eingelernt wirkende konventionelle Haltung aufgab. Zu äußern, was ihr im Sinn lag oder was sie fühlte, wäre ihr vermutlich so unschicklich erschienen wie ohne Handschuhe durch die Straßen der Stadt zu gehen.

Doch hatte ihr Wesen in den letzten Tagen etwas Insichgekehrtes angenommen, das ihm sonst nicht eigen war. Mochte sein, daß Nikolaus ihr mehr als die jungen Leute seines Alters sympathisch gewesen war; sie liebte Jünglinge im allgemeinen nicht, und im besondern dienten sie ihr zur stillen Belustigung; oder daß sie den plötzlichen Entschluß zu sterben bei einem so lebensprühenden Menschen nicht fassen konnte und über die Ursache grübelte, über die verschiedenen Motive, die man vor ihr nannte, von denen ihr aber keines eine ausreichende Erklärung bot; oder daß sie schließlich Marlenes fortdauernde Ruhelosigkeit und heimliche Rebellion nachdenklich machte; wie es sich auch verhielt, sie schwieg, und schon wenn der Name Nikolaus fiel, zog sie sich innerlich vom Gespräch zurück.

So blieb sie auch jetzt stumm, trotzdem das Ungesagte sich in Aug und Mienen deutlich spiegelte.

Sie sah aber sehr anziehend aus, wie sie so lag und in verhaltener Bewegung sann. Es war, als hätte sie, die rings Umstellte, einen unerwarteten Ausblick gewonnen, als wäre durch jenes Ereignis eine Bresche in die Mauer der Dinge geschlagen worden. Vielleicht schloß sich das Loch bald wieder, durch welches sie plötzlich die umgebende Welt erschaute; vielleicht versperrten es die Dinge schon morgen wieder; auf keinen Fall war es ganz gemütlich, der kalten Zugluft ausgesetzt zu sein; man fröstelte.

Während einer Sekunde, in der Laudins Blick und ihrer einander trafen, beugte er sich vor, faßte ihre linke Hand und zog sie zwischen seine beiden. Pia überließ ihm die Hand, aber den Blick nahm sie wieder weg und sagte leise: »Ach, Friedrich, wir sind doch alte Leute.«

Er berührte mit den Lippen ihre Hand, die er noch hielt, und erhob sich sogleich. »Gute Nacht, Pia«, sagte er freundlich. Nicht ein Schatten von Verstimmung war auf seinem Gesicht zu gewahren. Pias forschendes Auge hätte es bemerkt.

Doch als er zur Tür ging, sah sie ihm mit zartem Bedauern nach.

20

Laudin schrieb an Fraundorfer:

»Da ich in den nächsten Tagen schwer abkommen kann, will ich Dir nur in Kürze melden, daß mich Luise Dercum auf meine schriftliche Anfrage schriftlich gebeten hat, Mittwoch nachmittag um fünf Uhr bei ihr vorzusprechen. Ich werde natürlich der Aufforderung Folge leisten. Übrigens habe ich die Künstlerin gestern auf der Bühne gesehen und verhehle Dir nicht, daß sie einen höchst ungewöhnlichen Eindruck auf mich gemacht hat. Ich hätte es, vorher befragt, für ausgeschlossen gehalten, daß man in dieser Rolle, es war das Kleistsche Käthchen, den Zuschauer so vollkommen in gegenwärtiges Leben versetzen könne, wie es hier geschah. Ich bin kein Kritiker von Metier, bin im Gegenteil, was das Theater betrifft, blutiger Laie und infolge meiner Überlastung in den letzten Jahren immer seltener des Genusses guter Aufführungen teilhaftig geworden, aber es scheint mir hier auch nicht angebracht, in üblicher Weise Vorzüge und Fehler gegeneinander abzuwägen, sondern da darf sich der geplagte Alltagsmensch einmal restlos dem höchsten geistigen Vergnügen überlassen. Man darf mit Fug bezweifeln, ob es auf dem heutigen Theater derartiges zum zweitenmal gibt, solche Anmut, eine so rührende Erscheinung, so seelenvolle Stimme, solche Gewalt der Leidenschaft und des Herzens, solche Natur mit einem Wort, bei solcher Kunst. Genug davon; es hat mich erfrischt und aufgerüttelt. Man muß dankbar sein, wenn einem aus dem Unrat der Welt, mit der einer wie ich zu tun hat, eine Glücksleuchte wie diese entgegentritt, obschon es bloß einen kurzen Abend währt. Zu meiner Überraschung hörte ich, daß Luise Dercum kein Mädchen ist, wie auch Du zu glauben scheinst, sondern eine verheiratete Frau. (Nichts ist unglaubhafter, wenn man sie auf der Bühne sieht.) Ihr Mann, ein Schauspieler namens Keller, soll sich in Berlin im Irrenhaus befinden. Es sind hierüber die häßlichsten Gerüchte im Umlauf, die ich aber nicht einmal andeuten mag, um nicht möglicherweise an der in unserer Welt üblichen Verleumdungssucht mitschuldig zu werden. Gott zum Gruß, mein Lieber; ich hoffe, Dich in den nächsten Tagen aufsuchen zu können.«

21

Am Mittwoch vormittag erhielt Laudin einige Zeilen von Luise Dercum, in der monumentalen Schrift, die ihm schon, als er sie das erstemal erblickt, imponiert hatte. Sie bat ihn, seinen Besuch bis zum Anfang der nächsten Woche zu verschieben; sie werde ihm den Tag noch mitteilen. Bis dahin sei sie zu sehr beschäftigt, um ihn empfangen zu können, auch müsse sie gegen Ende der Woche für zwei Tage verreisen.

Am selben Tag fand er gleichzeitig zwei Briefe von Brigitte Hartmann auf seinem Tisch in der Kanzlei. Er hatte sie kaum zu lesen begonnen, da ließ sich Konrad Lanz melden. Vorher aber mußte er noch einen jungen Anwalt empfangen, der im Auftrag der Frau Konstanze Altacher kam. Frau Altacher schien, wie viele Frauen der bürgerlichen und hochbürgerlichen Kreise, eine beinahe krankhafte Vorliebe für Advokaten und eingehende Besprechungen mit ihnen zu hegen. Es schien auch, daß sie keinem so recht traute, trotz ihres ausgeprägten Hanges, oder daß sie dem einzelnen nur so lange ihr Ohr lieh und ihr Herz ausschüttete, als er ihr zu Willen war und mit ihr übereinstimmte.

Als Laudin wieder allein war, nahm er die beiden Briefe der Frau Hartmann noch einmal zur Hand und las sie kopfschüttelnd durch. Er rief sogar seinen Sozius, den Doktor Heimeran, um dessen Ansicht über die wunderlichen Schriftstücke zu hören. Heimeran, ein magerer, großer, vergrämt aussehender Mann mit einem Schädel kahl und lang wie ein Ei, gab der Meinung Ausdruck, daß man es hier mit einer gefährlichen Querulantin mit Erscheinungen von Schwachsinn zu tun habe.

Doktor Heimeran hatte die Neigung, an der Mehrzahl aller Menschen psychische und geistige Anomalien nachzuweisen. Nach seiner Behauptung gab es unter hundert erwachsenen Individuen nicht drei, die in dieser Beziehung als gesund zu bezeichnen waren, und was die moralischen Eigenschaften anlangte, sah er nicht rosiger.

Die Briefe der Frau Hartmann waren in einem sonderbaren Stil abgefaßt; gebildete, ja verstiegene Wendungen wechselten mit bäurischen und trivialen; orthographische Fehler waren hie und da wohl korrigiert, aber damit keineswegs getilgt; so hatte sie zum Beispiel Resuldat geschrieben, das Wort dann ausgestrichen und durch Ressultat ersetzt; auf eine Zeile oder einen Absatz von fast serviler Unterwürfigkeit und Demut folgte ein frecher Anwurf, eine verhüllte Drohung, eine höhnische Herausforderung. Selbstquälereien standen neben Äußerungen der Dünkelhaftigkeit. Laudin hatte oft schon die Beobachtung gemacht, daß Frauen, denen es auf irgendeine Art gelungen ist, den Mann, dem sie angehört haben und der sie enttäuscht oder verlassen hat, ins Unglück zu bringen, einem unerträglichen Dünkel verfallen, auch dann, wenn sie selbst dabei unglücklich geworden sind. Er hatte diesen Zug auch an Konstanze Altacher bemerkt, obwohl ihm hier die Vermutung vorerst nicht erlaubt war, daß sie die Schuld am Zusammenbruch der Ehe trug. Aber die Wahrnehmung jenes Dünkels hatte jedenfalls seinen Argwohn erregt.

Brigitte Hartmann teilte ihm mit, sie könne sich nach reiflicher Erwägung der Umstände zu einer Abfindung der Karoline Lanz doch nicht entschließen. Die Lanz sei ein gemeines Weib und habe den armen Hartmann einfach beschwatzt und verführt. Sie, Brigitte, sehe sich nicht veranlaßt, die Schlechtigkeit eines Menschen zu prämieren. Außerdem habe sie selber Nahrungssorgen. Sie wolle der Lanz Kleider von sich schenken, auch etwas Wäsche. Wäre die Lanz eine anständige Person, so hätte sie sich nicht mit einem verheirateten Mann abgegeben, hätte wenigstens gewartet, bis die Scheidung erfolgt sei. Für das Kind könne sie sich nicht interessieren. Wer wolle überhaupt beweisen, daß es wirklich Hartmanns Kind sei? Solche Frauenzimmer verstünden es schlau, eine Sünde durch die andere auszuwischen. Sie betrachte die Lanz als Verderberin ihres ehelichen Friedens; sie fluche ihr; ihr und ihrem Kind. Der hochgeehrte Herr Doktor Laudin werde das Gefühl einer Mutter und eines echten weiblichen Herzens würdigen.

Laudin sagte später zu Doktor Heimeran: »Wenn der liebe Gott alle Weiber, die sich bei Begehung aller möglichen Schändlichkeiten und Unmenschlichkeiten auf ihre Mutterschaftsgefühle berufen, in seinen Schutz nehmen wollte, wäre die Tatsache, daß eine Frau Kinder hat, hinreichend, um die Hälfte aller Männer in Galeerensträflinge zu verwandeln.«

Ganz anders der andere Brief, unzusammenhängender, unheimlicher. Er war offenbar später geschrieben, denn er fing damit an, daß der Vorschlag einer Besprechung mit Karoline Lanz gemacht wurde. Sie wolle die Lanz sehen und je nach deren Benehmen ihr eigenes Verhalten einrichten. Der Dünkel in seiner strahlendsten Form demnach: als Straf- und Sittenrichter auftretend. Bedingung für diese Nachgiebigkeit Brigitte Hartmanns (kein Zugeständnis ohne Bedingung) war aber die Anwesenheit des hochverehrten Doktor Laudin. Er solle entscheiden; sein Wort solle gelten; ihm unterwerfe sie sich; erkläre er sie für sachfällig, wolle sie büßen (als ob diese Sachfälligkeit strittig gewesen wäre); in ihm erblicke sie gewissermaßen das Ideal eines Mannes und Menschen (Ideahl geschrieben); aber auch er möge sich vor ihr in acht nehmen und ihr nicht länger einen blauen Dunst mit Duplikat und so weiter vorreden; sie sei am Ende ihrer Kräfte; man habe sie so lange gehetzt, daß sie vor einem Verzweiflungsschritt nicht zurückscheue, sie nicht, nein. Sie halte nicht viel vom Leben, auf Schliche und Finten lasse sie sich nicht ein; aufrichtig müsse man mit ihr verfahren, so wie auch sie aufrichtig vorgehe; ein gutes Wort des hochgeschätzten Herrn Doktor, und sie sei zu allem Guten zu haben, wenn nicht, werde man sie von einer Seite kennenlernen, daß ihre Feinde sich erschrocken aus dem Staub machen würden. Sie habe ihren Stolz, obschon sie bereit sei, vor dem Namen Laudin sich zu beugen; für ihn alles, für Hartmanns Kebse und das Bankert nichts, nicht das Schwarze unterm Nagel; nein. In diesem Sinne erwarte sie Bescheid als des Doktor Laudin ergebene Dienerin. Und als Postskriptum: ihr Anwalt (bei dem sie also doch gewesen war) habe ihr von jeder Vereinbarung mit der Lanz abgeraten. Ein Testament habe ihres Wissens nicht existiert, sie könne ein solches daher auch nicht beseitigt haben. Den Eid scheue sie nicht. Wenn ihr der Herr Doktor Laudin dieses antun wolle: bitte; sie sehe dem Unvermeidlichen mit Ruhe entgegen. Im übrigen bemerke sie, daß sie den Hartmannshof verpachtet und sich für die nächsten Monate bei ihrer Kusine in der Josefstadt, Lange Gasse 20, eingemietet habe.

»Ein sehr zu fürchtendes Weib«, murmelte Laudin, als er zu Ende gelesen hatte; weit entfernt, derlei Schriftsätze zu verachten, in denen der ausschweifende Selbstgenuß des Schreibers mit der finstern Lust, Menschen zu beschäftigen, sich paart, mußte er in diesem besonderen die Zeichen tobender Instinkte erblicken, verwürgter Rachsucht und vergifteter Erotik, deren Folgen nicht abzusehen waren.

Er läutete dem Diener. »Herr Lanz«, befahl er.

Konrad Lanz war in seinem Äußeren ziemlich verändert. Er trug einen neuen Mantel, einen neuen Anzug, die Haare waren geschoren und das Gesicht im Gegensatz zu den früheren Malen, wo er zu Laudin gekommen, sorgfältig rasiert. Doch hatten die Züge eine eigentümliche Starrheit, Erstarrung beinahe, und eine gelbliche Blässe wie bei jemand, der sich eben erst vom Krankenbett erhoben hat. Laudin, davon betroffen, erkundigte sich nach seinem Befinden; zu Boden schauend, erwiderte Lanz, es gehe ihm gut; seine Umstände hätten sich seit einiger Zeit wesentlich verbessert; er habe neue Schüler gefunden, und seine Tätigkeit sei einträglicher geworden. Er danke Doktor Laudin für die freundliche Teilnahme.

Er hob die Augen nicht ein einziges Mal empor. Als er auf Laudins Aufforderung Platz nahm, schien es, wie wenn das Teppichmuster sein gespanntes Interesse erweckte. Laudin heftete einen forschenden Blick auf ihn, bevor er ihn anredete.

»Sie wünschen Bescheid über den Fortgang Ihrer Angelegenheit«, sagte er. »Ich kann Ihnen leider noch nichts Bestimmtes mitteilen. Das Verhalten der Frau Hartmann muß als das einer nicht ganz zurechnungsfähigen Person bezeichnet werden. Sie geht mit dem Gedanken einer mündlichen Auseinandersetzung mit Ihrer Schwester um –«

»Davon verspreche ich mir gar nichts«, fiel Lanz ein.

»Ich auch nicht. Aber es macht den Eindruck, als wäre sie in nachhaltigen Schrecken geraten, und daran können wir vielleicht einige Hoffnung knüpfen. Eine mäßige Summe wird sich auf jeden Fall von der Dame erhandeln lassen. Nur müssen Sie Geduld haben.«

»Gewiß, Herr Doktor. An Geduld soll es nicht fehlen. Was für eine klägliche Rolle würde ich auch vor Ihnen spielen, wollt ich ungeduldig sein. Nicht aus Ungeduld bin ich gekommen. Es liegt mir etwas im Sinn. Ich habe manchmal trübe Ahnungen. Stößt mir irgend etwas zu, ich bin ja mit dem Herzen nicht recht in Ordnung, so steht Karoline allein in der Welt. Ich wollte Sie innigst gebeten haben, Herr Doktor Laudin, meiner Schwester in diesem Fall Ihren Beistand nicht zu entziehen. Es ist vielleicht nur eine Hypochondrie von mir, wahrscheinlich sogar; außerdem ist es mir peinlich genug, Ihre Güte immer wieder mißbrauchen zu müssen, aber man hat ja keinen Menschen, absolut niemand, und wenn Sie mir diese Beruhigung geben könnten, wäre ich Ihnen unaussprechlich dankbar.«

Abermals traf ein forschender Blick Laudins den Studenten. »Seien Sie unbesorgt«, erwiderte er, »ich werde Ihre Schwester nicht im Stich lassen.« Und eine Bewegung des jungen Mannes abwehrend: »Sie dürfen Ihr Leben nicht durch Gewichte beschweren, die Sie selber erzeugen; es fehlt ja an den andern nicht. Kopf hoch, lieber Lanz. Übrigens erinnere ich mich: Sie waren doch als ganz junger Bursche ein vortrefflicher Zeichner; es ist nicht anzunehmen, daß Sie diese Fertigkeit verloren haben. Nun habe ich gestern zufällig erfahren, daß man im anatomischen Institut eine Hilfskraft sucht, jemand, der gewisse Präparate zeichnerisch aufnimmt, die sich zur photographischen Wiedergabe nicht eignen. Hätten Sie Lust dazu, so könnte ich Sie empfehlen.«

Lanz, der sich bei der Erwähnung seines zeichnerischen Talents verfärbt hatte, so, daß das Gelb seiner Wangen grau wurde, und mit dem Taschentuch über die Stirn gefahren war, sagte hastig: »Ich habe für die nächsten Monate nur ein einziges Ziel, Herr Doktor, nämlich mein Examen abzulegen. Ich hänge an meinem Studium, ich hänge an dieser Wissenschaft; mit Leib und Seele, darf ich wohl sagen. Ich muß fertig werden. Ich muß endlich zeigen, daß ich wer bin, daß etwas in mir steckt. Wenn ich nun neben den Unterrichtsstunden –«

»Ich verstehe«, unterbrach ihn Laudin. »So leben Sie wohl. Falls sich in der Affäre Hartmann Neues ereignet, werden Sie davon hören.« Er drückte dem Studenten die Hand, und dieser entfernte sich nach einer tiefen Verbeugung.

Nach einer Weile, als er sich vom Sessel erhob, gewahrte Laudin ein Briefkuvert auf dem Boden. Es lag unter dem Stuhl, auf dem Konrad Lanz gesessen war. Er hob es auf, und da das Kuvert nicht verklebt war, nahm er achtlos den Brief heraus, ohne vermutlich daran zu denken, daß der Student den Brief verloren haben mußte, als er das Taschentuch aus der Tasche gezogen. Zu seiner Verwunderung las er das Folgende: »Geehrte gnädige Frau, da ich mich nunmehr entschlossen habe, meine ganze Zeit dem Studium zu widmen, ist es mir nicht mehr möglich, den Nachhilfsunterricht Ihres Sohnes fernerhin zu übernehmen. Ich habe auch alle übrigen Stunden abgesagt und glaube damit einem Gebot höherer Pflicht nachgekommen zu sein. Indem ich für das mir stets bewiesene Wohlwollen danke, bin ich Ihr ergebener Konrad Lanz.«

»Wie merkwürdig«, sagte Laudin vor sich hin; »er hat doch ausdrücklich von neuen Schülern gesprochen ... ausdrücklich von seinen Unterrichtsstunden, als ich ihm das Angebot machte ... Was für Lügen? Wozu? Wie merkwürdig ...« Da der Brief mit einer Marke versehen und adressiert war, klebte er ihn zu und warf ihn auf den Tisch, zu den andern Briefen, die expediert werden sollten.

Auf der Heimfahrt ließ er das Auto vor einem Blumengeschäft halten. Im Augenblick aber, als er die Türklinke des Ladens gefaßt hatte, schüttelte er den Kopf, murmelte fast erschrocken vor sich hin: »Das geht keinesfalls«, und kehrte wieder zum Wagen zurück.

22

»Ich möchte heute abend eine Viertelstunde mit dir reden«, sagte Marlene zu ihrem Vater. »Hast du so lang Zeit für mich? Bist du nicht zu müde dazu?«

Laudin schlang den Arm um die Schultern Marlenes und ging mit ihr in die Bibliothek. Relly sah ihnen neugierig nach, rümpfte die Nase und schmiegte sich in einem Zärtlichkeitsanfall, der demonstrativ war, ohne daß man die Richtung der Demonstration erkennen konnte, an ihre Mutter.

Marlene entschuldigte sich zunächst artig, daß sie es gewagt habe, die Abendgemütlichkeit des Vaters zu stören (diesem gewichtigen Wort gab sie einen leise ironischen Nebenton), aber sie wisse nicht, wie sie sich sonst seiner bemächtigen solle, und es sei eine ernsthafte Angelegenheit, wegen welcher sie seine Meinung hören möchte.

Ebenso artig und ebenfalls mit einem Beiklang von Ironie, so daß Vater und Tochter einander bei dieser Gelegenheit außerordentlich ähnlich wurden, versicherte Laudin, daß er ihr völlig zur Verfügung stehe; was sie ihm denn vorzutragen habe?

Marlene legte mit einer damenhaften Bemühung, zwanglos zu sein, Bein über Bein, doch minder damenhaft wirkte es, daß sie in jeder ihrer kleinen Hände einen ihrer langen Zöpfe hielt.

Ob der Vater erfahren habe, daß nun auch in ihrer Schule ein Selbstmord vorgefallen sei? begann sie das Gespräch. Laudin hatte nichts dergleichen vernommen. Marlene erzählte, eine ihrer Mitschülerinnen, Maria Fellner, habe sich vor drei Tagen mit Veronal vergiftet, das sie sich auf irgendeine Weise zu verschaffen gewußt. Gestern sei sie im Sanatorium gestorben. Natürlich habe auch dieser Fall, genau wie die Geschichte mit Nikolaus Fraundorfer, viel Gerede verursacht, zum größten Teil müßiges und albernes Gerede, doch was alle Mädchen am meisten beschäftigt habe, sei die anscheinende Grundlosigkeit der Tat. Maria sei das Kind reicher Eltern gewesen, habe es zu Hause ganz besonders gut gehabt, und nie habe man an ihr Zeichen von Lebensüberdruß oder nur von Traurigkeit bemerkt. Nun habe sie jedoch eine Herzensfreundin unter den Schülerinnen gehabt, eine gewisse Berg, mit Vornamen auch Maria geheißen, und nach der habe die Selbstmörderin am letzten Tag immer wieder verlangt, so daß man sie zu ihr geführt habe. Die Maria Berg nun sei dabeigewesen, als die andere Maria, die Todkranke, zu ihrem Vater und ihrer Mutter, die weinend am Bett gestanden, folgendes gesagt habe: Ich konnte nicht weiterleben, weil ich mich zu sehr gefürchtet habe vor dem Leben; ihr habt mir nie gesagt, wie das Leben ist; ihr habt mir alles verschwiegen und alles rings um mich herum schön gemacht; ich habe aber aus den Zeitungen erfahren, wie scheußlich es in der Welt zugeht, wie grausam die Menschen gegeneinander handeln, und vieles andere, vieles, was ich gar nicht verstanden habe, was mir aber solches Herzweh gemacht hat, daß ich nicht mehr schlafen konnte; und wie meine Angst immer größer geworden ist, hab ich beschlossen zu sterben. »So hat es mir Maria Berg wörtlich berichtet«, sagte Marlene und sah dem Vater voll ins Gesicht.

»Sie war offenbar ein unglückliches Geschöpf, diese Maria Fellner«, sagte Laudin, »aber auch ein krankes. Gesunde Naturen setzen sich gegen die Welt zur Wehr wie angegriffene Tiere, ja sie finden Vergnügen am Kampf gegen Ungemach und Nachstellung. Solche Schwächlichkeit, oder wenn du willst Empfindlichkeit, wie sie das junge Mädchen bewiesen hat, ist eine häufige Erscheinung in unserer Zeit, so häufig wie Trunksucht oder Wahnsinn, so häufig auch wie Brutalität und Blutdurst, doch um so höhere Ansprüche werden an die Tüchtigen gestellt, mein Kind, um so mehr gilt es für die Starken und Mutigen, sich zu bewähren. Meinst du nicht?«

»Das ist wahr«, versetzte Marlene mit erhobener Stirn. »Es werden höhere Ansprüche an die Tüchtigen gestellt; aber wie befriedigen sie die Ansprüche? Womit? Wie bewähren sich die Starken? Wo sind die Mutigen? Ich möchte, daß du sie mir zeigst, daß du sie mir nennst. Du, Vater, ja. Ich weiß, daß du tüchtig und stark und mutig bist. Deshalb bin ich ja zu dir gekommen. Aber hast du die Überzeugung, daß du damit etwas ausrichtest? Ich meine, im ganzen, für die menschliche Gesellschaft. Ich meine, ob du das Gefühl hast, daß es besser wird dadurch, daß du so bist wie du bist?«

»Eine schwierige Frage, Kind«, sagte Laudin, beengt von Marlenes unerbittlicher Logik und innerlich vor ihr zurückweichend wie vor einer Stichflamme, »jeder von uns Berufsmenschen fährt auf einem Gleis, das er eigenmächtig nicht verlassen kann, zu einem Ziel, das er eigenmächtig nicht mehr bestimmen kann. Du berührst da eine wunde Stelle in unserer sozialen Ordnung. Wir wollen, doch das Wollen ist nur Schein. Wir sollen, aber das Sollen ist ein Muß. Wenige gelangen zu einer Höhe, wo ihr Sollen und Wollen sich verschwistert und ihr Müssen ein Herrenmüssen und nicht ein Knechtmüssen ist.«

»Das versteh ich gut, Vater, was du da gesagt hast, das versteh ich sehr gut«, antwortete Marlene freudig, vor allem deshalb freudig, weil sie einen lebendigen Widerhall ihrer Worte spürte, den zu finden sie vielleicht nicht erwartet hatte, »man kann aber doch die Dinge nicht laufen lassen; es kann sich doch nicht jeder auf seinem Gleis zufrieden geben, auf die Dauer doch nicht. Sonst wird ja alles schlimmer, und die jungen Menschen, die noch wenig vom praktischen Leben wissen, verzweifeln an den alten Menschen, die das praktische Leben regieren. Verzweiflung und Mißtrauen führen aber zu nichts, es sind negative Eigenschaften, darum hab ich mir gedacht –« Sie errötete und stockte.

»Nun, was hast du dir gedacht, Marlene?« ermutigte sie Laudin gütig, indem er sich zu ihr beugte.

Das war schwer zu formulieren. Ihre Lippen öffneten sich und schlossen sich wieder. Die Zöpfe lagen kreuzweis über der Brust. In der angenehmen Art, wie sie Satz an Satz gliedert, dringt allmählich der gärende Gedanke durch.

Sie weiß, daß es unbestimmt ist, was sie vorbringt, und noch keine festen Grenzen hat. Sie tappt herum und sucht feste Grenzen und festen Boden. Sie ist der Meinung, daß das ganze Bildungssystem, dem sie sich zu fügen hat, unergiebig ist. Sie glaubt nicht an die Schule, sie glaubt nicht an die Lehrer. Sie sagt sich allerdings, daß unter diesen Lehrern und Lehrerinnen bloß eine Persönlichkeit sein müßte, und der Glaube wäre da. Aber daran fehlt es eben. Möglicherweise, daß ihr deshalb auch das Gefühl der Genugtuung fehlt. Es ist etwas Leeres in ihr. Das Leere macht sie ungeduldig. Es ist ihr zumute, als hätte man eine Tür vor ihrer Nase zugeschlagen, durch die sie unbedingt gehen muß. Doch wie? Wer soll sie öffnen? Wer hat den Schlüssel? Der Vater beherrscht einen so ungeheuren Lebensbezirk; sie hat sich eingebildet, daß er ihr helfen könnte. Vielleicht sollte sie kleine geringe Arbeit tun, Fenster putzen, nähen, kleine unscheinbare Hausarbeit? Vielleicht sollte sie in eine Fabrik gehen und ihr Brot verdienen? Was sie jetzt treibt, ist alles so rosenrot; so sonderbar wässerig. Sie verhehlt sich natürlich nicht, daß das mit der Fabrik ein wenig phantastisch ist und daß es tausend Gründe gibt, sie davon abzuhalten; es soll ja auch nur ein Beispiel sein. Jedenfalls fürchtet sie sich nicht. Sie ist keine Maria Fellner. Sie soll einmal Frau werden, sie soll Mutter werden; sie muß die Verantwortungen kennenlernen, die sie zu übernehmen hat; dazu kann es niemals zu früh sein. Mit den meisten ihrer Altersgenossen verhält es sich nicht anders. Sie wollen etwas Neues, etwas von Grund auf Neues. Sie wollen die Welt um jeden Preis glücklicher und besser machen, wenigstens diejenigen, die denken und die Herz haben. Weiß der Vater es nicht? Glaubt er es nicht? Er sollte einmal zuhören, wenn sie sprechen. Er sollte dabei sein, wenn sie von Eltern, Brüdern, Schwestern reden, von Religion und Wissenschaft, von Staat und Politik. Wie sie alle Lügen durchschauen, alle veralteten Gesetze und alle Widersprüche zwischen dem, was gelehrt wird, und dem, was getan wird. Der Vater würde vielleicht lachen, aber wenn er nachdenkt, wird er sich überzeugen, daß es keine spaßhafte Sache ist. Im Gegenteil, es kommt ihr oft vor, als sei sie mit ihren Gesinnungs- und Geistesgenossen eine feindliche Einquartierung in der Welt der Erwachsenen, und sie hätten ihr Waffenlager an heimlichen Orten versteckt. Es bereitet ihr keine Freude, im Haus von Vater und Mutter herumzugehen wie der Soldat aus einem fremden Land; keine Freude, zu wissen oder zu spüren, daß Vater und Mutter wohl beieinander wohnen und einander gern haben und doch nicht wirklich beieinander sind (hier standen plötzlich Tränen in ihren Augen); sie verabscheut das Geheimnis; sie möchte Offenheit, Klarheit, Licht, nur nicht das Geheimnis, jedes Geheimnis ist wie eine Falltür, worunter ein Mörder lauert.

Laudin war tief bestürzt. Sein Gesicht war bleich geworden. Wenn ein hübsches Bild an der Wand, ein Menschenbild, das man Tag für Tag mit Wohlgefallen betrachtet hat, auf einmal aus seinem Rahmen tritt und zu sprechen anhebt, sonderbare Worte, in das sorglich behütete Dunkel der Existenz kühn hineingreifende Worte, kann man nicht bestürzter sein als er es war. Er mußte sich zuvörderst sammeln und seine Antwort überlegen. Doch was konnte er antworten, was nicht Ausflucht, Verlegenheit und das Bestreben, Zeit zu gewinnen, war? Er selbst hatte das traurige Axiom von den fünf- bis sechshundert Vokabeln aufgestellt, deren sich der mittlere Bürger in allen Lebenslagen bedient; nun konnte er unter ihnen wählen und zusehen, ob er ein paar mehr für sich fand. Denn er mußte wohl erkennen, daß es eine ernste Stunde war, Aug in Aug gegen diese Tochter, die ihm einen Blick in das feurige Innere ihrer Seele vergönnte und als Gesandtin einer »feindlichen Einquartierung«, wie sie sich geäußert, zu ihm kam.

Obschon er die abgegriffensten Schemata aus dem Vokabular zu vermeiden wußte und sich in acht nahm, von Unreife, Verworrenheit, fehlender Lebenskenntnis, Notwendigkeit der Führung und so weiter zu reden, lief es im Sinn schließlich eben darauf hinaus. Dies konnte keine Wirkung erzielen, und er war sich hierüber hoffnungslos klar. Noch schwieriger war es, die Kritik des ehelichen Verhältnisses zurückzuweisen und, was kindliche Mutmaßung und erschreckend scharfer fraulicher Instinkt daran schien, mit geeigneten Argumenten zu entwurzeln. Sich mit der Miene gutmütiger Nachsicht wappnend, sagte er, hier entziehe sich das Wesentliche immerhin Marlenes Kompetenz; zu zarte Brechungen seien in diesem Spiegel, als daß eine wilde Ehrlichkeitswut allein sie aufzufangen vermöchte. Jeder Strom habe seine Schnellen und Untiefen, und nur der Schiffer, der jahrelang mit dem Wasser vertraut sei, könne durch sie hindurchsteuern, nicht aber der jugendliche Spaziergänger, der nur die

Fische fangen und verspeisen wolle. Kompetenzen müßten eingehalten werden; ohne weiteres anerkenne er die Hoheitsrechte, die Marlene kraft ihrer Jugend zustünden, doch wie er für ihr stürmisches Lebensbegehren um Vertagung ersuchen müsse, in ihrem eigenen Interesse um kurzen Aufschub, so habe er, die Andeutung der elterlichen Beziehung anlangend, nichts zu entgegnen, als daß er zum Dank für seine Toleranz die ihre anrufe, da eine Verteidigung eine rechtsgültige Anklage voraussetze. Die aber statuiere er nicht.

Die gewundene Advokatensprache, durchaus Ergebnis der Ironie, enttäuschte Marlene einerseits bitter, wie ihr anzusehen war, verriet ihr aber andererseits, daß sie in ihrem Wahrheitsdrang sich zu weit hatte fortreißen lassen. Sie schien die Zurechtweisung als verdient zu empfinden, denn sie senkte schamvoll den Kopf. Zurücknehmen kann man nicht, was man im Ernst gegeben; das gesprochene Wort ist unwiderruflich. Vielleicht machte heitere Verstellung den Schaden gut; sie sagte, sie wolle warten, nichts ohne die Billigung und den Rat des Vaters tun; sie kniete vor ihm nieder, kätzchenhaft beinahe, und blickte lächelnd zu ihm auf, ihre Unterordnung gleichsam figürlich darstellend. So endete das Gespräch, wie es begonnen hatte, in Verbindlichkeit und scheinbarer Übereinstimmung, doch genauer betrachtet mit einem klaffenden Bruch des Weges zueinander.

»Gute Nacht, Vater«, sagte Marlene, küßte ihn flüchtig auf die Stirn und entfernte sich. Oben in der Stube wartete Relly auf sie, und Rellys ganzes Wesen war unruhige Wißbegier, als habe Marlene ein Attentat auf den Vater verübt, das sie, Relly, die Polizei des Hauses, hätte verhindern sollen. Da aber Marlene schwieg und sich zu Mitteilungen nicht aufgelegt zeigte, begann Relly in störender Weise vor sich hin zu singen. Sie hegte dabei die Hoffnung, daß der Gesang einen Wortwechsel hervorrufen werde, in dessen Verlauf, falls sie die Schwester gehörig zu reizen vermochte, es dann doch zu verschiedentlichen Geständnissen kommen mußte.

Aber auch diese Hoffnung trog. So bemerkte sie nur brummig: »Mutter Finsteraarhorn wandelt heute wieder.«

Die Hofrätin hatte nämlich seit einigen Tagen die wunderliche Gepflogenheit, um die Schlafenszeit durch die Korridore des oberen Stockwerks zu gehen, und zwar mit einer Miene, als suche sie einen verlorenen Gegenstand. Wenn man sie fragte, gab sie keine Antwort, schaute in alle Ecken und Winkel, murmelte unverständliches Zeug und kehrte endlich kopfschüttelnd in ihr meistens überheiztes Gemach zurück. Dieses Betragen ängstigte die Schwestern. Marlene öffnete ein wenig die Tür und horchte hinaus. Aber Mutter Finsteraarhorn war verschwunden. Der Zwerg Uistiti schrie, und seine Pflegerin hörte man mit ihm zanken.

Laudin saß noch lange so, wie ihn Marlene verlassen hatte, die Stirn in die Hand gestützt. Als er sich erhob, war es schon spät. Die Trübung in seinen Mienen hellte sich nur langsam auf. Nach einigem Hin- und Hergehen trat er zum Schreibtisch, legte Federmesser, Papierschere, Briefblock und Aschenschale zurecht, dann griff er nach der Elfenbeinschatulle, in der sich die Briefmarken befanden, schüttete sie aus, ordnete und schied die Marken nach ihrer Wertigkeit und notierte, den Bleistift zur Hand nehmend, die Anzahl auf dem Kalender.

23

Konstanze Altacher kam selbst, um Laudin den versprochenen Bericht zu überreichen. Sie machte unverkennbar eine Situation daraus. Die tragische Haltung, die sie bei dieser Gelegenheit annahm, verpflichtete den Advokaten zu einer mitfühlenden. Es war das zu beobachtende Zeremoniell. Viele Frauen verzichteten lieber auf einen Vorteil als auf das Zeremoniell.

Konstanze Altacher war von zierlicher Gestalt; sie hatte ein Katzengesicht: weit voneinanderstehende schwarze Augen, strähniges, schwarzes Haar, eine etwas gestülpte Nase; nicht unschön im ganzen. Ihre Stimme war sanft und dunkel, und sie sagte manchmal Dinge, die ohne Bedeutung waren, bedeutungsvoll. Das ermüdete den Zuhörer. Sie hielt den Partner im Gespräch so fest im Blick, als wolle sie ihn mit den Augen annageln. Das war nicht behaglich. In ihrem Wesen lag ein beständiger stummer Hinweis auf ihr schweres Geschick. Das erweckte stummen Widerspruch.

Der Bericht, mit gewandter Feder abgefaßt, lautete wie folgt:

Meine Ehe mit Edmund Altacher ist unter glücklichen Vorzeichen geschlossen worden. Edmund war schon damals vermögend und hatte eine bedeutende Stellung in der Industrie; ich war aus einem guten Haus, besaß eine stattliche Mitgift und war äußerlich nicht gerade reizlos. Auch hatte ich eine vorzügliche Bildung genossen, beherrschte mehrere Sprachen und hatte zwei, drei Winter hindurch Vorlesungen im philosophischen Seminar gehört.

Wir richteten uns standesgemäß ein, sahen häufig Gäste bei uns und gingen viel in Gesellschaft. Ich darf sagen, daß in den ersten Jahren unseres Zusammenlebens die Harmonie durch keine Wolke getrübt wurde, und wenn wir auch nicht immer Turteltauben waren, gute Kameraden waren wir stets.

Soweit ich mich entsinnen kann, ergaben sich die ersten Mißverständnisse, als die Kinder schulpflichtig wurden. Unsere drei Töchter waren in Zwischenräumen von je einem Jahr geboren worden; ihr Entwicklungsgang war also beinahe gemeinsam. Ich wünschte, daß die Kinder zu Hause unterrichtet werden sollten, und zwar aus vielen Gründen. Zunächst fürchtete ich die Gefahr, die von ansteckenden Krankheiten drohte. Ich wollte diese geliebten Wesen, die ich mit so unendlicher Pflege und Sorgfalt aufgezogen hatte, nicht mutwillig einer Schädigung preisgeben. Ich konnte es verhindern, daher mußte ich es verhindern. Außerdem wollte ich meine Kinder auch in moralischer Hinsicht nicht den Einflüssen des Schulbesuchs überliefern. Die Zuchtrute und die zopfigen Disziplinen schreckten mich ab. Ich neige in meiner Gesinnung zu einem gewissen Aristokratismus; die geistige Massenabfütterung habe ich von je verabscheut. Vielleicht überschätzte ich die Anlagen meiner Töchter ein wenig, doch durfte man es mir nicht verübeln, daß ich sie nicht in den Pferch lassen wollte, worin alle individuelle Ausbildung im Keim erstickt wird.

Edmund teilte meine Meinung nicht. Er glaubte vor allem nicht daran, daß die Mädchen von einer besonderen Art seien. Das mußte ich ihm verzeihen; was wissen Väter von ihren Töchtern? Doch leugnete er auch, daß sie sich von den Kindern anderer Eltern unterschieden. Ich könnte jedoch viele Zeugnisse anführen, und von maßgebenden Menschen, daß gerade dies der Fall war. Als Frau und Mutter sah ich auch schärfer und stand in innigerer Beziehung zu den Kindern denn er. Beruf und abziehende Sorgen erlaubten ihm ja nicht, sich wirklich mit ihnen zu beschäftigen. Es war immer wie ein Spiel. Der Berufsmensch will von seinen Kindern möglichst wenig Unbequemlichkeiten haben; verdüstert ihn die Welt, sieht er gleich alles düster im Haus. Wohin die Mädchen kamen, erregten sie Bewunderung, sei es durch ihre musikalischen Talente, sei es durch Aufgewecktheit und unbefangenen Frohsinn. Edmund aber nahm das Wohlwollen der Leute für Schmeichelei, und meinen berechtigten Stolz nannte er Verblendung. Ich hatte bestimmte pädagogische Ziele; meine Freunde billigten sie; Sachverständige holten sich Rat bei mir und sagten, ich hätte ungewöhnliche Ideen. Edmund allein vermochte ich keine Anerkennung abzuringen; für ihn war es nichts als Verschrobenheit und Blaustrümpfigkeit. Das verdroß mich bitter.

Nach und nach kam es dahin, daß er mir in allen Dingen widerstrebte, an allem nörgelte und meine Handlungsfreiheit in jeder Richtung zu verkürzen suchte. Nicht bloß, was die Kinder betraf; in allem, sage ich. Die Leute, mit denen ich umging, waren ihm nicht recht; meine Toiletten mißfielen ihm; meiner Wirtschaftsführung mißtraute er; mit der Wahl der Dienstboten war er unzufrieden; die Bücher, die ich las, ärgerten ihn; die kleinen kunsthistorischen Arbeiten, die ich in meinen spärlichen Mußestunden schrieb und die von meinen Freunden rückhaltlos gewürdigt wurden, waren bloß dilettantische Versuche in seinen Augen. Der Grundzug meines Wesens ist die Begeisterung für das Schöne und das Große in der Welt; hierin habe ich mich seit meinen Mädchenjahren nicht geändert, und es hat mir diese Eigenschaft schon über vieles Schwere hinweggeholfen; warum war Edmund bestrebt, sie herabzusetzen, war es doch zumindest eine unschädliche Eigenschaft, und nicht bloß vor mir, auch vor andern herabzusetzen?

Warum, fragte ich mich mit Kummer, warum dieser Mangel an Billigkeit? Warum greift er den friedlichen Bezirk meines Wirkens an wie eine Säure, die sich langsam immer mehr konzentriert und alles um sich her der Zerstörung unterwirft? Ich zweifelte damals noch nicht an seiner Liebe, wie ich es leider im Verlauf der Jahre tun mußte. Ich hatte keine Ursache dazu, ich meine keine tiefere. Ich verzieh ihm seine Launen und Verstöße beständig, und ich kann wohl behaupten, daß es eine so bedingungslose Ergebenheit einer Frau gegen ihren Mann zum zweitenmal nicht gibt. Ergebenheit von den geringsten bis zu den größten Angelegenheiten des Lebens, im unausrottbar verwurzelten Gefühl noch heute, nach alledem, was geschehen ist. Er und die Kinder, weiter wußte ich nichts, weiter kannte ich nichts auf Gottes Welt; sein Wohl, sein Behagen, sein Gelingen, sein Glück, das war mein einziger Gedanke.

Doch wie lohnte er mir's? Aus meinen Liebesbeweisen saugte er Gift, das Gift der Verdrossenheit, des Mißtrauens und der Einsamkeit. Jede Enttäuschung, die er von Menschen erfuhr, mich ließ er sie entgelten, ob es sich um öffentliche Interessen oder um die Unzulänglichkeit seiner Angestellten und Beamten handelte; mit der Zeit achtete er auch die gebotene Rücksicht nicht mehr und schien die verwunderten und traurigen Augen der Kinder nicht zu gewahren. Welchen Stachel senkte er in ihre Seele; wußte er es? Bedachte er, wie er ihnen das Leben entfärbte und sein eigenes Bild in ihnen verunglimpfte?

Er fing an, das Haus zu meiden. Unser gemeinsames Heim wurde ihm zu einem Quartier, in dem man nächtigt. Die Mahlzeiten nahm er im Klub oder bei Freunden, will sagen bei sogenannten Freunden. Für die nichtigsten Menschen hatte er Zeit; für mich nicht, für uns nicht; die zudringlichsten abzuwehren, besaß er nicht die Kraft; bedurften die eigenen Kinder seiner, so spürte er es nicht. Wie war das zu erklären bei einem Mann von solcher Rechtlichkeit und Klugheit, Gemüts- und Geistesbildung? Unzählige schlaflose Nächte habe ich mit schmerzlichem Grübeln verbracht, mit Tränen, Vorsätzen und Gebeten. War ich denn zu schwach, ihn zu halten? Wohin strebte er? Wonach verlangte er? Was war die Ursache seiner Entartung? Anders kann ich's nicht nennen; es war, als hätten wir ihn verloren. Ich habe ihn gefragt, oft und oft zur Rede gestellt. Er hat sich keineswegs in Schweigen gehüllt; Gründe gab es für ihn die Menge. Aber wie sollten mich diese Gründe überzeugen? Es waren Scheingründe. Er hatte sie zu seiner Rechtfertigung konstruiert. Das warf ich ihm vor. Dann endete gewöhnlich das Gespräch in Zorn bei ihm, in Ausbrüchen der Verzweiflung bei mir. So konnte man nicht weiterleben.

Ich wußte natürlich schon längst, daß er gewissen bösen Einflüssen ausgesetzt war. Ich behaupte nicht, daß der Umgang mit Ernevoldt und May Ernevoldt und später mit Luise Dercum die einzige Ursache meines Unglücks gewesen ist. Die Entfremdung zwischen mir und Edmund reichte ja viel weiter zurück und hat viele Jahre, bevor diese Leute aufgetaucht sind, ihren Anfang gehabt. Aber seit sie in sein Leben getreten sind, ist es in jeder Beziehung schlimmer geworden, so kann ich also nicht umhin, ihnen die Hauptschuld an dem rapiden Zusammenbruch unserer Ehe zuzuschreiben. Mögen sie es vor Gott verantworten.

Es ist ungefähr anderthalb Jahre her, daß Edmund zum erstenmal den Namen Ernevoldt nannte. Er brachte ihn dann öfters ins Haus, aber da ich meine Abneigung gegen den Menschen nicht verbergen konnte, mir auch Übles von der neuen Freundschaft ahnte, trafen sie sich anderwärts, meistens wohl bei Ernevoldt selbst, wo Edmund dessen Schwester May kennenlernte. Ernevoldt war zu meinem Mann durch die Empfehlung eines Geschäftsfreundes gelangt, wenn ich mich recht erinnere. Ich weiß von seinem Charakter wenig; ich weiß nur, daß er in jeder Hinsicht eine verkrachte Existenz ist. Sein Vater soll aus Schweden eingewandert sein und eine heruntergekommene Adlige geheiratet haben; er hat sich nirgends halten können und ist schließlich in Amerika gestorben, wie es heißt. Ernevoldt hat Frau und Kind; die läßt er aber darben, während er selbst in Saus und Braus lebt; er hat sich ihrer auch entledigt, so hat man mir erzählt; sie wohnen irgendwo in einem süddeutschen Nest, und die Frau muß mit erniedrigenden Arbeiten ihr Brot verdienen. Bernt Ernevoldt war Kriegskorrespondent, Unterhändler, Firmenvertreter, Filmregisseur und wohnt jetzt in Hietzing, in einer geliehenen Villa, mit seiner Mutter, zwei Tanten, einem Bruder und seiner Schwester May.

Dieser May war es beschieden, in verhängnisvoller Weise in das Leben meines unglücklichen Gatten einzugreifen; ihr zuerst und nachher der Schauspielerin Dercum, in deren und in den Händen Bernts sie vielleicht nur ein blindes Werkzeug war. Ich will es zu ihrer Ehre annehmen. Ich kann nicht dafür, wenn das, was ich nun berichte, einen Anschein von Hintertreppenromantik hat. Es ist nun einmal so, daß die Verwicklungen des Lebens alle Phantasien der Geschichtenschreiber übertreffen. Ich will mir Mühe geben, den Sachverhalt möglichst zusammengedrängt zu schildern, denn verständlich zu machen, wie da eins ins andere geht, ist nicht ganz leicht, und sollte ich mit meiner Darstellung auf Zweifel stoßen, so kann ich mit Beweisen aufwarten, die der größte Skeptiker nicht zu widerlegen vermag.

Daß Ernevoldt mit seinem sympathischen Äußeren und seinen einschmeichelnden Manieren die Freundschaft meines Mannes gewann, konnte mich, wie die Dinge standen, nicht wundern. Menschen zu erobern ist ja beinahe das Gewerbe dieses halben Abenteurers, und mit seinen fünfunddreißig Jahren sieht er noch immer aus wie ein jugendlicher Athlet. Dazu muß man bedenken, daß er in einem Moment in Edmunds Leben trat, wo der Fünfzigjährige in seinem ganzen Verhältnis zur Welt wankend geworden war, in seinem bisherigen Glauben sowohl, oder vielmehr Unglauben, als auch in seiner Arbeit und seinen Arbeitszielen. Er suchte krampfhaft neuen Boden, neuen Inhalt. Das war mir leider schon lange bekannt. Ich war dagegen ohnmächtig. Meine Stimme drang nicht mehr zu ihm.

Ernevoldt beschäftigte sich unter anderm, wahrscheinlich von seiner Schwester beeinflußt, mit Okkultismus und Theosophie, aber da er nach seiner ganzen Veranlagung ein Dilettant ist, wird auch dahinter wenig Ernst gewesen sein. Er erzählte Edmund viel von der Gemeinschaft einer Gruppe von Menschen, die sich dem niedrig Irdischen schon entzogen hätten, vor denen er nur ein unwissender Schüler sei; er erzählte ihm von seiner Schwester May, die er als Erleuchtete bezeichnete; sie habe Visionen und sei magisch erfüllt. Dieser Köder verfing. Schon bei der ersten Begegnung mit May war Edmunds Schicksal besiegelt. Vom ersten Augenblick an hat er ihr unbegrenztes Vertrauen geschenkt. Sie wurde seine Privatsekretärin; bald erstreckte sich ihr Einfluß auf alles, was er tat und dachte. Edmund begann damals schon zu kränkeln; das schwere Herzleiden, an dem er jetzt siecht und das ihn vor zwei Wochen gezwungen hat, sich in Sanatoriumspflege zu begeben, zeigte sich im ersten Stadium. Er war, wie ich schon sagte, seiner selbst nicht mehr sicher; nun geriet er auf einmal in das benebelnde, quasi religiöse, geheimnishafte Treiben; die Sekte nahm ihn auf und verstrickte ihn, und über den hypnotisierenden Gesprächen und der Lektüre verwirrender und verworrener Bücher und Schriften vergaß, vernachlässigte er alles andere. Diese May und ihr Anhang machten ihn nicht bloß von Frau und Kindern vollkommen abwendig; das mystische Gebaren, der freche Schwindel brachten ihn auch dahin, daß er, der früher so vernünftige und sparsame, in Gelddingen trotz seines Reichtums mehr als zurückhaltende Edmund Altacher die bedenklichen Unternehmungen Ernevoldts finanzierte, ihm große Summen zur Verfügung stellte und außerdem die ganze Familie aushielt. So weit hätte es aber nach meiner festen Überzeugung ohne Luise Dercum nicht kommen können, und sie betrachte ich als den eigentlichen Dämon aller dieser Menschen, Edmund inbegriffen. Es ist leicht, sich über meine sogenannten Einbildungen lustig zu machen, wie Edmund es zu verschiedenen Malen getan hat und wie mir auch über andre berichtet wurde. Sollen sie nur; ich sehe, was ich sehe, und weiß, was ich weiß.

Daß die Dercum eine skandalöse Vergangenheit hat, wird niemand leugnen, ist doch ihr Name genugsam durch allen möglichen Zeitungsklatsch geschleift worden. In Berlin flüstert man sich die unerquicklichsten Dinge über sie zu. Der Schauspieler Arnold Keller, der sie geheiratet hat, soll geistig und seelisch vollkommen durch sie ruiniert worden sein; die Internierung in der Irrenanstalt ist ihr Werk, sagt man; er war ihr einfach lästig geworden, und um sich seiner zu entledigen, da es anders nicht ging, verschaffte sie sich auf raffinierte Weise Atteste über seinen Geisteszustand, die seine Einsperrung zur Folge hatten. Es haben sich bereits Stimmen erhoben, die seine Entlassung aus der Anstalt fordern, aber sie widersetzt sich dem energisch, indem sie behauptet, Arnold Keller trachte ihr nach dem Leben. Was für Menschen, was für eine Welt; ich hätte nie geglaubt, daß der Hauch davon bis zu uns dringen könnte.

Es wurde mir erzählt, Ernevoldt habe die Dercum als siebzehnjähriges Mädchen auf einer böhmischen Provinzbühne entdeckt und sei von ihrer Genialität so hingerissen gewesen, daß er sie auf seine Kosten habe ausbilden lassen. Jedenfalls hat er sich in all den Jahren kräftig ihrer angenommen, und über das intime Verhältnis zwischen ihnen kann ein Zweifel nicht gut bestehen. Aber erst als sie vor einigen Monaten das Berliner Domizil gänzlich aufgab und hierher übersiedelte, führte Ernevoldt sie bei seiner Familie ein, und dort sah sie auch Edmund bisweilen. Ich sage »bisweilen«, denn ich weiß nicht, wie oft; man hat es da wohl mit einer Frau zu tun, die keine langen Vorbereitungen nötig hat, um ihre Netze auszuwerfen und die Beute in Sicherheit zu bringen. Das klingt vielleicht herzlos und ungerecht; aber ich kann mir nicht helfen. War man nicht auch gegen mich herzlos und ungerecht? Die Entrüstung in meiner Brust schwemmt alle milderen Gefühle hinweg.

So schrankenlos Mays Macht über meinen Gatten war oder ist, denn alles das besteht ja noch, während ich dies niederschreibe, so ungemessen ist die der Schauspielerin über May. Diese erblickt geradezu ein höheres Wesen in Luise Dercum. Sie führt widerspruchslos ihre Befehle aus, gehorcht ihren verhülltesten Andeutungen, und man braucht dabei keineswegs anzunehmen, daß sie um die selbstsüchtigen Absichten ihres Bruders und seiner Freundin weiß; sie steht offenbar unter einer Bezauberung, wie ja auch alle übrigen Menschen, die in irgendwelcher Verbindung mit der Dercum sind, obschon es natürlich nicht immer so weit geht, daß sie der Selbstbestimmung beraubt werden. Und das scheint mir bei May Ernevoldt der Fall zu sein, die ich für ein überaus reizbares, hypersensitives und willensschwaches Geschöpf halte. Ich habe sie mehrmals gesehen, allerdings nur flüchtig, und glaube in meinem Urteil nicht zu fehlen.

Ich bin überzeugt, daß zwischen May und meinem Gatten kein sträfliches Verhältnis besteht, noch je bestanden hat. Nicht bloß kann ich mich dabei auf die feierlichen Versicherungen Edmunds berufen, die in Zweifel zu ziehen für mich kein Grund vorliegt, sondern auch mein Instinkt bestätigt es mir. Aber das ist ja das Rätselhafte; um so unheimlicher muß mir und jedem Klardenkenden die ganze Verstrickung erscheinen. Edmund ist ihr mit Haut und Haar verfallen, ihr und somit Ernevoldt und der Dercum. Er ist das Opfer. Er ahnt nicht, daß er das Opfer ist. Es ist, als schlafe er, als träume er. Er fühlt sich wohl, während sie sein Blut trinken. Bis zum Ende des Herbstes hegte ich noch die Hoffnung, daß er aufwachen, seine schmähliche Lage erfassen würde; an seinem Geburtstag noch, im Oktober, habe ich ihn mit den innigsten Worten beschworen, habe an seine Ehre appelliert, von dem Kummer und der Scham unserer Töchter gesprochen, die nunmehr zu erwachsen sind, als daß man ihnen den unbegreiflichen Fehltritt des Vaters gänzlich verhehlen könnte; er hat mich finster schweigend angehört und ist dann eine Woche lang nicht nach Hause gekommen. Da, einige Tage, bevor er ins Sanatorium ging, sprach er plötzlich von Scheidung. Zum erstenmal. Ich war wie vom Donner gerührt. Scheidung nach zwanzigjähriger Ehe? Scheidung von dem Mann, den ich über alles liebte und der krank war, vielleicht unheilbar krank? Scheidung, ohne daß ich mir eines Vergehens bewußt war, und ohne daß er, eingestandenermaßen, eine neue Ehe schließen wollte? Was ging in ihm vor? Mußte man nicht an eine fluchwürdige Behexung glauben? Wie aber soll ich erst meine Empörung, meine Verzweiflung beschreiben, als ich drei Tage später von vertrauter Seite erfuhr, daß er den Plan hatte und auch im Begriff war, ihn auszuführen, May Ernevoldt den vierten Teil seines Vermögens zu schenken, damit sie noch zu seinen Lebzeiten aller Sorgen enthoben sei.

Da erst habe ich mich entschlossen zu handeln. An diesem Punkt durfte ich nicht mehr ruhig zusehen und ihn gewähren lassen. Wer war May Ernevoldt für ihn, wer war sie für mich, für meine Töchter, daß sie die Nutznießerin seiner Arbeit und des rechtmäßigen Besitzes der Familie werden sollte? Absurderes konnte nicht ausgedacht werden, und schließlich hatte ich nun der Demütigungen und Leiden genug geschluckt. Diese unsinnige und frivole Schenkung muß verhindert werden; Gott sei Dank ist sie noch zu verhindern. Sie wäre ein Schlag ins Gesicht, mir und den Kindern, eine beispiellose Bloßstellung. Ich habe einen Familienrat einberufen; alle Verwandten sind zu dem Ergebnis gelangt, daß ich in die Scheidung, falls mein Gatte weiterhin darauf bestehen sollte, nur dann willigen könne, wenn er sich rechtskräftig verpflichtet, die Schenkungsabsicht aufzugeben; weigere er sich aber, so dürfe man nicht davor zurückschrekken, und ich werde nicht davor zurückschrecken, so sehr sich alles in mir dagegen sträubt, das Entmündigungsverfahren zu beantragen. Triumphieren sollen jene nicht, die aus der körperlichen und seelischen Schwäche eines edlen Menschen ihren Vorteil ziehen wollen. Im übrigen haben die drei ältesten Mitglieder der Familie sich bereit erklärt, Edmund aufzusuchen, um den unheilvoll betörten Mann auch von dem Gedanken der Scheidung abzubringen. Sie wollen sein Gewissen aufrütteln und ihm über die Tragweite seines Vorhabens die Augen öffnen. Sobald die behandelnden Ärzte ihre Erlaubnis dazu geben, wird dieser letzte Schritt geschehen. Bleibt er fruchtlos, dann gnade uns Gott, mir und meinen Töchtern.

Mit tiefgefurchter Stirn, den bohrenden Blick auf die zu Ende gelesene Seite gerichtet, blieb Laudin unbeweglich sitzen. Das Klingeln der Telephonglocke ließ ihn zusammenfahren, als wären es Hammerschläge.

24

Luise Dercum hatte eine geräumige Atelierwohnung inne, die sich über das ganze Dachgeschoß eines Neubaues erstreckte und fast im Zentrum der Stadt lag, wennschon in einer der stilleren Gassen, zwischen verlassenen oder zu Verwaltungs- und Regierungszwecken adaptierten Rokokopalästen. Laudin fuhr mit dem Lift hinauf, und schon vor der eichenen Flurtür hörte er Gelächter und den Lärm vieler Stimmen.

Er war unangenehm berührt; nach Luise Dercums gestrigem Brief hatte er erwarten müssen, daß sie für ihn allein zu Hause sein würde. Der Anlaß, der ihn herführte, mußte ihr belangvoll genug erscheinen.

Umzukehren hatte er keine rechte Möglichkeit.

Er trat, nachdem er dem Mädchen seine Karte überreicht, in einen hohen weiten Raum, der bei Tag Oberlicht und Seitenlicht hatte; jetzt, am frühdunklen Dezembernachmittag, waren die beiden ausgedehnten Fenster wie auch die Wände gleich dem Innern einer Kapelle mit braunrotem Stoff verhängt, einer Art Samtbrokat. Mehrere Stehlampen waren verteilt, mit Schirmen, jeder so groß wie ein Zeltdach, trotzdem lag der ganze Raum in unbestimmter, wahrscheinlich auch beabsichtigter Dämmerung, in welcher das Auge Laudins zunächst nur Teppiche, Tische, Ottomanen, grelle Bilder an den Wänden und sechs oder acht Gestalten von Männern und Frauen unterscheiden konnte.

Eine der Gestalten löste sich aus dem purpurnen Hintergrund und ging mit lebhaften Schritten auf ihn zu. Gleichzeitig kehrten sich, vom Zigarettenrauch wie von Wolken verhüllt, neugierig die Gesichter der Gäste nach ihm, und das Lachen und Plaudern hörte einige Sekunden auf. Luise Dercum begrüßte ihn. Er erkannte die dunkelmetallene, eigentümlich belegte, rasche Stimme wieder. Die Züge wollten ihm fremd erscheinen, die Figur kleiner. Er umfaßte eine kühle, bewegliche, muskulöse Hand; er hörte artikulierte rasche Worte. Er verbeugte sich.

Luise Dercum stellte vor. Unter all den Namen, die ihm nichts bedeuteten, klangen zwei an sein Ohr, die ihn aufblicken ließen: Ernevoldt und May Ernevoldt. Er sah einen hochgewachsenen, ziemlich vierschrötigen, bereits einigermaßen verfetteten Mann, dessen bartloses Gesicht schön zu nennen war, mit energischen Zügen, die aber, wenn man sie näher betrachtete, plötzlich den Eindruck von Trägheit und Geistlosigkeit machten; und er sah ein schmales Figürchen mit schmalem Kopf und halblangen Haaren von seidigem Fall, die nahe den Schultern in Andeutungen von Locken endeten und von einem Blond waren, das so weiß wie gesponnenes Glas wirkte.

Luise Dercum hatte ihn schon wieder verlassen. Sie war am Teetisch beschäftigt und gab dem aufwartenden Mädchen Anweisungen. Gleich darauf wandte sie sich zu einer jungen Kollegin und sprach angelegentlich mit ihr. Zwei Herren, ein Schauspieler und ein Journalist, Laudin hatte bereits vergessen, wie sie hießen, gesellten sich dazu, und er hörte Luise lachen. Sie bog dabei den Kopf zurück, und man sah ihren braunen Hals. Das Lachen klang sonor und hatte etwas Bezwingendes wie bei jemand, der mit ganzer Seele lacht. Gleich darauf stand sie bei einer dick geschminkten Dame, die auf einem Fauteuil beim Kamin saß, und beugte sich zu ihr nieder. Der Fortunyschal, der um die Schultern hing, verlieh ihrer Erscheinung Ähnlichkeit mit einer großen, beweglichen, etwas phantastischen Blume. Es erschien ein neuer Gast, bei dessen Anblick sie einen freudigen Ruf ausstieß, ein älterer Mann, der geckenhaft gekleidet war, ein preziöses Mienenspiel hatte und den sie als Baron anredete. Er benahm sich vertraulich und flüsterte ihr etwas ins Ohr, worauf sie ihm einen Klaps auf die Hand gab. Als er Ernevoldt gewahrte, ging er mit ausgebreiteten Armen auf ihn zu. Laudin hörte, wie er sich nach dem Befinden des Konsuls Altacher erkundigte; er hörte ihn mehrmals »unser lieber armer Freund« sagen. Ernevoldt gab lächelnd Auskunft. Laudin beobachtete, daß er eine sonderbare Gewohnheit des Lächelns hatte, das heißt, er lächelte in abgemessenen Pausen, anscheinend ohne jeden Grund, ob man ihn ansprach oder nicht, ob er still vor sich hinschaute oder mit irgend etwas beschäftigt war. Es war ein gutmütig-verträumtes, gleichsam beschämtes Lächeln, das aber ein wenig einfältig wirkte.

Laudin stand abseits, halb verlegen, halb befremdet. Die Gesellschaft war ihm ungewohnt, die Situation neuartig. Man hatte ihm Tee gebracht; er stand da, hielt die Tasse in der Hand und schien zu überlegen. Er vernahm die dunkelmetallene rasche Stimme, diese Stimme, die ihn von der Bühne her entzückt und von der er den Eindruck hatte, daß sie allein sich treu geblieben war, und als ein junger Herr eine Frage an ihn richtete, in vertraulichem Ton, denn alle hier schienen sich einer seltsamen Vertraulichkeit zu befleißen, wie wenn Distanz zwischen Menschen etwas Ungehöriges wäre, antwortete er zerstreut und zog seine Uhr.

Da spürte er eine Hand auf seinem Arm. Wieder eine Vertraulichkeit, schien er zu denken, als er sich stirnrunzelnd umdrehte. Aber es war Luise. »Darf ich Sie fünf Minuten zu mir hinüberbitten?« fragte sie, und er konnte sehen, daß sie tiefbraune, feuchtglänzende Augen hatte, deren Blick heftig und ungeduldig war. Er verneigte sich. Sie führte ihn. Jemand rief: »Lu, komm doch schnell einmal her!« Sie winkte mit der Hand und sagte: »Später.«

Sie traten in ein kleines Gemach. Eine Ampel mit bunten Gläsern, rot und gelb, hing von der Decke herab. Auch hier Dämmerung. Luise schloß die Tür nicht. »Ich hatte nicht daran gedacht, daß ich Leute zum Tee haben würde«, wandte sie sich an Laudin, und der dringende, heftige Blick traf ihn wieder; »Sie müssen verzeihen. Wir werden hier reden, Herr Doktor. Um was handelt es sich? Worin kann ich Ihnen nützlich sein?«

»Ich habe versucht, es Ihnen, allerdings nur in kurzen Worten, schriftlich auseinanderzusetzen, gnädige Frau«, erwiderte Laudin artig, doch trocken. »Ich komme im Auftrag und auf die Bitte meines Freundes Egyd Fraundorfer zu Ihnen, da er selbst begreiflicherweise seelisch nicht in der Verfassung ist, eine Unterhaltung zu führen, die die schmerzlichsten Gefühle in ihm hervorrufen oder erneuern müßte.«

»Ja, Sie haben mir das geschrieben, ich erinnere mich«, sagte Luise Dercum fast unwillig, hob den Kopf und sah Laudin forschend an. »Was soll ich? Was will man von mir?«

Laudin antwortete: »Wir sind Ihnen gegenüber in einer peinlichen Situation, verehrte Frau. Wir wissen uns keine rechte Hilfe; mein Freund befindet sich in einem Wirrsal von quälenden Vermutungen, Selbstvorwürfen und düstern Grübeleien. Der einzige Mensch, an dem er mit allen Fasern hing, ist ihm auf eine jähe und entsetzliche Weise entrissen worden. Es ist vielleicht unnötig, Ihnen zu sagen, wieviel schöne Hoffnungen mit Nikolaus dahin sind, Hoffnungen nicht bloß für den Vater, sondern für uns alle. Zudem liegt der Fall so, daß Egyd Fraundorfer die Liebe zu seinem Sohn gewissermaßen sekretiert hat. Erschwernis besonderer Art. Charakter von besonderer Trotzigkeit. Scham vor dem eigenen Gefühl bis nah an die Vernichtung des Gefühls. Die Folge: wahre Delirien der Verzweiflung, stummes, nächtelanges Toben. Was jahrelang zurückgedämmt war, verschafft sich gewaltsam Luft. Wir glaubten und glauben es noch, daß Sie Aufschluß geben können; wenigstens über die Motive. Nikolaus hatte ja Ihre Freundschaft gewonnen. Er war, das konnte ja nicht verborgen bleiben, von einer hingebenden Schwärmerei für Ihre Person erfüllt. Sonach werden Sie es nicht übel aufnehmen, wenn ich Sie um Klärung und Erklärung bitte, vorausgesetzt, daß Sie dazu gewillt und imstande sind.«

Wieder ein forschender Blick Luises. Finsteres Zusammenziehen der Brauen dann. Sie hatte die Hände auf den Rücken gelegt wie ein Mann. Dadurch bekamen Schultern und Kopfhaltung etwas Entschlossenes. »Wollen Sie nicht Platz nehmen?« forderte sie den Anwalt auf. Er schickte sich dazu an, wartete aber höflich, daß sie sich zuvor setze. Sie blieb stehen; er schob den schon bereitgehaltenen Stuhl wieder weg. Sie schritt zweimal durch das Zimmer. In den kühn und heftig blickenden Augen schimmerte etwas wie Verdruß. Als sie wieder an der Tür vorbeikam, machte sie sie zu, und das Stimmengewirr erlosch. Dann stellte sie sich mit dem Rücken gegen die Tür und lehnte den Kopf mit dem dichten braunen Haarknoten daran, wodurch sich der Körper noch mehr straffte.

»Damit keine Ungewißheit herrscht, will ich Ihnen die Geschichte erzählen«, begann sie ohne jede Geste, mit dem tiefen Gesang in der Stimme, der den Zuhörer aufhorchen ließ. »Soviel ich mich erinnere, hab ich den Buben bei einer Gedenkfeier kennengelernt, bei irgendeinem Fest, das ein Kollege veranstaltete. Er spielte Klavier; durch sein Spiel wurden wir befreundet. Er besuchte mich, kam anfangs selten, dann häufiger, zuletzt täglich. Ich sah natürlich bald, daß er Feuer gefangen hatte. Eines Tages kam dann auch richtig das Geständnis. Ich machte ihm begreiflich, daß ich nicht für ihn zu haben sei. Ich sagte ihm, er sei noch ein Kind, ich aber sei eine erfahrene Frau, die Ruhe und Ordnung in ihrem Leben braucht; meine vierundzwanzig Jahre zählten in der Beziehung doppelt. Er wollte es nicht einsehen. Er war nicht zur Vernunft zu bringen. Ich hatte meine Not mit ihm, aber was sollt ich machen? Ich konnt ihm nicht meine Wohnung verbieten. Ich war nicht seine Gouvernante. Es ist nicht meine Sache, den jungen Leuten, die zu mir kommen, Philosophie beizubringen. Es kommen viele. Ich brauche Menschen. Ich liebe Gesellschaft. Ich bin ungern allein. Außerdem hatt ich viel übrig für den Jungen. Wie er jedoch immer unbändiger wurde und exigeanter, wurde es mir zu bunt, und ich sagte ihm klipp und klar: Mein guter Nikolaus, entweder bleiben wir Kameraden, oder Sie müssen zusehen, wo der Zimmermann das Loch gemacht hat. Ich habe Besseres zu tun als solchen Grashüpfern, wie Sie sind, jeden Tag den Kopf zurechtzusetzen. Ich will Sie nicht langweilen, Herr Doktor, mit dem, was sich darnach abspielte, wie er mir die Freundschaft kündigte und doch wieder kam und mir Szenen machte und Abbitte leistete und im Theater erschien und stundenlang vor meiner Garderobe stand und Kollegen und Kolleginnen aushorchte; ich will nur erzählen, was an jenem Sonntag vorging, das dürfte Sie ja hauptsächlich interessieren.«

Laudin nickte. Er sah gebannt auf den Mund der Schauspielerin, und nicht minder gebannt war sein Ohr. Es hatte alles seinen klaren Sinn, was sie sagte; jedes Wort stand an seinem richtigen Platz und war mit einer Art von Souveränität und Freiheit gewählt. Im bürgerlichen Leben ist es selten, daß Menschen sprechen können, daß sie sich des richtigen Ausdrucks mit der richtigen Betonung und im richtigen Maß bedienen; daß die Stimme angenehm fällt und steigt, ohne zu erlahmen oder faul und heiser zu werden. Laudin war ein zu erfahrener Braucher des Wortes, um dies nicht zu würdigen; vielleicht genoß er es sogar und hatte Mühe, über diesem Vergnügen nicht seine traurige Sendung zu vergessen. Unter dem Gebüsch seines Schnurrbarts schimmerte kaum merklich, als ob er das Metier grüße, ein Lächeln.

Hatte Luise Dercum bis jetzt völlige Ruhe bewahrt, so schien sie nun, in der Erinnerung an den entscheidenden Abend, innere Erregung nicht länger verbergen zu wollen. Sie schritt wieder im Zimmer auf und ab, nahm den schönen, farbigen Schal von den Schultern, um ihn gleich darauf wieder umzulegen, richtete den Blick zur Decke, strich mit der Hand über das Haar und fing endlich an: »Sonntag nachmittag, nach der Vorstellung, kam er herauf. Ich war müde; ich lag im Bett; ich konnte ihn nicht empfangen. Er redete und stritt draußen lange mit meiner Jungfer, auf einmal stürzte er fort. Abends, nach acht Uhr, erscheint er plötzlich. Ich hatte Freunde zu Tisch. Ich ging ihm ins Vorzimmer entgegen und sagte zu ihm: Wenn du vernünftig sein willst, kannst du hereinkommen und dich zu uns setzen, sonst geh lieber –«

»Sie waren also indessen per du mit ihm geworden?« unterbrach Laudin in dem Ton, in dem er Informationen zu erfragen pflegte.

Luise Dercum hob die Brauen und streifte ihn mit einem seltsamen Blick. »Ja, wir sagten uns du. Er hatte mir ein Lied gewidmet, seitdem sagten wir uns du. Er versprach also, artig zu sein, und ich brachte ihn zu den andern. Den ganzen Abend saß er da, in sich versunken, redete keine Silbe, wurde blaß und blasser. Alle brechen auf. Er bleibt. Es ist mir unangenehm, daß er bleibt; ich sehe voraus, daß es wieder zu einem Auftritt kommt. Kaum sind wir allein, so packt er meine Hände und sagt: Wir müssen heiraten, Lu. Ich mußte lachen. Heiraten? sag ich, was fällt dir denn ein, du kleiner Narr, du weißt doch, daß ich verheiratet bin; die Riesendummheit will ich nicht noch einmal machen. So laß dich scheiden, sagt er, ich kann und will nicht ohne dich leben. Mein Gott, was sollte man darauf erwidern; ein achtzehnjähriger

Frosch; ich konnte doch unmöglich im Ernst darüber mit ihm verhandeln. Ich sagte ihm: Jetzt aber schau, daß du fortkommst, adieu, Kinder gehören ins Bett, und wenn du ausgeschlafen hast, dann komm wieder zu deiner Lu. Da stellt er sich mit aufgehobenen Armen vor mich hin und bettelt und weint und droht, bis mir die Geduld reißt und ich das Zimmer verlasse. Ich legte mich nieder, mein Zimmer hatte ich zugesperrt, vorsichtigerweise; in seiner Tollheit war er zu allem fähig; einschlafen konnt ich nicht, nach einer Stunde dacht ich: Jetzt wird er wohl gegangen sein, und stehe auf, um mir im Atelier ein Buch zu holen. Wie ich hineinkomme, sitzt er am Tisch und schreibt. Was schreibst du denn da? frag ich, nicht sehr freundlich, muß ich gestehn, was sitzt du da zu nachtschlafender Zeit und schreibst? Er steht auf, sagt: Ich bin fertig, gibt mir den Brief und geht. Ich gehe wieder in mein Schlafzimmer, die ganze Geschichte ist mir auf einmal so widerwärtig, daß ich im Ärger dem Mädchen läute und ihr sage: Der junge Fraundorfer darf mir nicht mehr über die Schwelle. Am andern Morgen, vielmehr am Mittag, wie ich aufwache, bringt mir die Jungfer schon die Nachricht von dem Unglück. Einer meiner Bekannten, ein Kapellmeister, hatte telephoniert. Da kamen dann freilich ein paar Stunden, die ich im Leben nicht vergessen werde. Und es ist seit dem Tag ein Schatten über mir, ein Verhängnis auf meinem Weg.«

Sie flüsterte die letzten Worte; die Finger der schlaff herabhängenden Hände spielten nervös an dem langen Schultertuch; das Gesicht war blaß geworden; die Augen hatten sich verfinstert. Sie atmete tief auf. Die Erzählung, in immer schnellerem Tempo vorgebracht, so daß die Worte sich zum Schluß kataraktaft überstürzt hatten, ausgenommen den letzten geflüsterten Satz, hatte sie sichtlich erschöpft, und mit abgewendetem Blick stand sie da, als wolle sie nichts mehr sprechen und nichts mehr hören.

Laudin ließ rücksichtsvoll einige Minuten verstreichen, dann fragte er zaudernd: »Und der Brief? Darf ich die Indiskretion so weit treiben, Sie zu bitten, daß Sie mich von dem Inhalt des Briefes unterrichten oder gar ihn mir für kurze Zeit überlassen? Bedenken Sie, gnädige Frau: die letzte Kundgebung, das letzte Lebenszeichen ...«

Die Schauspielerin zuckte die Achseln. »Der Brief ist verschwunden«, antwortete sie. »Damals in der Nacht habe ich ihn weggelegt, seitdem ist er spurlos verschwunden. Ich habe ihn ja gar nicht gelesen. Wozu sollt ich ihn lesen? Ich habe überall gesucht; es ist, als wär ein Geist dagewesen und hätte ihn geholt.«

Laudin bedauerte dies unerklärliche Verschwinden. Die Vermutung mit dem Geist wehrte er mild ab. In der Erinnerung an das Gespräch mit einer andern Frau, von der hier allerdings so verschiedenen wie das Gemeine vom Hohen verschieden ist, berührte ihn wahrscheinlich die Doppeltheit ein wenig unangenehm und lächerlich, daß sich auch in diesem Fall ein Geist mit dem Dokumentendiebstahl befaßt haben sollte.

»Ich bin Ihnen für Ihre Mitteilungen herzlich dankbar, verehrte Frau«, sagte er mit geneigtem Haupt, »wenn auch noch einige Unklarheiten bestehen bleiben, so habe ich doch Ihnen gegenüber meine Mission als beendet zu betrachten.«

»Unklarheiten? Worüber?« fragte, ihn voll und groß ansehend, Luise Dercum.

»Eine davon ist folgende. Am Freitag vormittag hat Nikolaus die Probe des Chorwerks, das er öffentlich dirigieren sollte, mit einem Feuer und einer Hingebung geleitet, daß die ausübenden Sänger und Musiker wie von einer Elementarkraft gepackt waren. Man hat mir das von seiten der Beteiligten bestätigt. Am Samstag hingegen, bei der nächsten Probe, war er in einer Weise geistesabwesend, ja geradezu verstört, daß es jedermann auffiel. Nun war Nikolaus alles, nur nicht launenhaft. Ich selbst habe ihn als einen Menschen von ungewöhnlicher Gleichmäßigkeit kennengelernt. Man sollte also annehmen, daß der katastrophale Umschlag seiner Stimmung nicht erst in der Sonntagnacht, sondern in der Zeit zwischen Freitag und Samstag stattgefunden hat.«

»Es tut mir leid, daß ich Ihnen die fehlenden Kettenglieder nicht liefern kann«, sagte Luise Dercum, und ihre Gestalt wurde plötzlich schmal und streng. »Ich habe unter das Kapitel einen Strich gemacht. Ich kann so schweres Reisegepäck nicht brauchen. Ich habe keine Verantwortung; ich lasse mir keine aufdrängen. Was an Trauer und Andenken übrig bleibt, ist meine Sache. Wer mir eine Schuld zuschreibt, kann deshalb noch nicht verlangen, daß ich sie zahle. Es gibt keinen Befehl zur Liebe, auch dann nicht, wenn einer vor mich hintritt und den Revolver an seine Stirn hält. Und es darf da auch keine Gespenster für mich geben, sonst wär ich verloren, wenn ich bloß die Augen auftu. Ich gehöre niemand. Ich gehöre mir. Ich gehöre allen.«

Laudin senkte schweigend den Kopf. Es war ein vehementer Ausbruch von Selbstbehauptung und Stolz. Davor mußte man sich beugen. Der Hauch aus einer Welt des Unbedingten traf den bürgerlichen Advokaten und überzeugte ihn, daß hier keine Kompromisse zu schließen waren, keine konzilianten Abmachungen, keine Halbheiten weiterzuschleppen waren mit dem Vorspann der fünf- bis sechshundert Vokabeln. Das Gesprochene hatte den scharfen Schnitt des Glases, das mit dem Diamanten bearbeitet wird. Es paßte lückenlos in den Rahmen; abgemessen, fertig. Sonach blieb nur übrig, sich verehrungsvoll zurückzuziehen. Luise Dercum reichte ihm die Hand, als er sich verabschiedete, und sah ihn aus niedergekämpfter Bewegung heraus mit einem Lächeln an, das ihn fast zum Erschrecken an das Bild gemahnte, aus welchem ihm so triumphierend Wahrheit und Unschuld entgegengeleuchtet hatten.

Sie geleitete ihn zur Flurtüre, ohne daß er durch das Atelier mußte. Noch auf dem zweiten Treppenabsatz hörte er das Gelächter und Stimmengewirr der Gäste.

25

Am zweitfolgenden Nachmittag gegen vier Uhr, während er gerade der Schreiberin einen Brief an Brigitte Hartmann diktierte, von der man ihm gesagt hatte, daß sie zweimal in der Kanzlei gewesen war, ohne ihn zu treffen, und sich sehr aufgeregt gebärdet hatte, brachte der Diener eine Karte. Er las: Luise Dercum. Erstaunt brach er das Diktat ab und schickte das Schreibfräulein hinaus.

In der Türe, die der Diener weit öffnete, erschien Luise im Nerzpelz, weiß behandschuht, gerötet von der Winterluft, eigentümlich strahlend. Mit den heftigen Schritten ging sie auf ihn zu und bat, seine Zeit eine halbe Stunde in Anspruch nehmen zu dürfen. Höflich bis zur Grandezza rückte Laudin einen Stuhl herbei. Er stehe ihr mit seiner ganzen Person zu Diensten. Ob sie sich nicht des Mantels entledigen wolle; es sei heiß im Zimmer; Advokaten müßten gut geheizt haben, sie litten an Kälte mehr als andre Menschen.

Sie streifte den Mantel ab, ließ ihn hinter sich auf den Stuhl fallen. Sie trug ein dunkelgraues Straßenkleid; die Farbe verlieh ihrer Erscheinung einen neuen Reiz von Vornehmheit. Der Mund war ungeschminkt.

Trotz der Eleganz, die um eine Schattierung zu neu war, um völlig legitim zu wirken, war ein Etwas an ihr, unbezeichenbar und für einen Beobachter wie Laudin ebensowenig zu übersehen, wodurch sie eher einem verkleideten Knaben glich denn einer Dame. Es lag nicht am Kostüm, es lag am Auftreten, an der Raschheit der Bewegung, der Schmalheit der Figur und einer gewissen geistigen Unverschleiertheit des Gesichts.

Ihre Haltung war gänzlich verschieden von der, die sie Laudin gezeigt hatte, als er bei ihr gewesen war. Es ist zweierlei, ob jemand zu einem kommt und etwas begehrt oder ob man zu ihm kommt und etwas begehrt. Von diesem Unterschied hatte sie offenbar einen ganz genauen Begriff und versuchte auch nicht, ihn zu vertuschen.

Sie redete auch nicht lang herum. Der Grund ihres Kommens sei einfach. Seine Person habe ihr Vertrauen eingeflößt. Sie gehöre zu der Sorte Menschen, bei denen empfangene Eindrücke tagelang brauchten, um ins Bewußtsein zu gelangen. Sei sie auch intelligent, so sei sie doch im Urteil langsam wie eine Bäuerin. Ob er sich ihrer Sache annehmen könne; es handle sich um ihre Ehe mit dem Schauspieler Keller. Eine trübe, unerfreuliche, quälende Angelegenheit.

Laudin bemerkte, seines Wissens sei die Ehe in Berlin

geschlossen, in Berlin auch geführt worden. Diese seine Kenntnis, schaltete er entschuldigend ein, beruhe auf dem Ruhm des Namens Luise Dercum. Allenfallsige rechtliche Maßnahmen müßten daher, zumal der Gatte noch dort wohne, in jener Stadt anhängig gemacht und zum Austrag gebracht werden. So sei es also kaum vermeidlich, daß sie sich einen dortigen Advokaten bestelle.

Sie sagte hastig und schüttelte die Hand dabei: »Ich habe einen Anwalt. Ich habe drei Anwälte. Lauter Idioten. Verzeihung. Aber die Leute vom Fach bringen einen schon dadurch zur Verzweiflung, daß sie immerfort Schritt für Schritt gehn und keiner den Mut hat, mal einen Sprung zu machen. Mit solchen Menschen kann man nicht leben, und man kann auch nicht mit ihnen arbeiten. Auch in einem Buch überschlag ich die Seiten, die mich langweilen, Sie nicht?«

»Auf Langeweile ist mein Beruf gestellt. Sie sind sehr ungestüm, gnädige Frau«, sagte Laudin nachsichtig.

»Das bin ich«, gab sie zu. »Ich will mich aber nicht von Ihnen abspeisen lassen, Herr Doktor Laudin. Kann ich Ihre Hilfe nicht haben, so geben Sie mir wenigstens Ihren Rat. Setzen Sie mir meinen guten Instinkt nicht ins Unrecht, der in Ihnen einen Mann und einen Menschen gewittert hat. Ich kann dabei nicht in den Verdacht kommen zu schmeicheln. Meine Freunde nennen mich: Lu, der Widerhaken. Ebenso wahr ist, daß ich enthusiastisch anerkenne, wo ich auf Überlegenheit, Herz und Geist stoße. Aber ich muß darauf stoßen, verstehen Sie?« Sie lachte. Sie bog den Kopf zurück, und er sah den schlanken braunen Hals wie vorgestern. Es war angenehm, sie lachen zu hören. Es war wie eine reizende Überraschung.

Laudin dankte stumm, da er Grund hatte, sich als Gegenstand ihrer »enthusiastischen Anerkennung« zu fühlen. Eine Geste forderte sie auf zu erzählen. Er bot ihr eine Zigarette an. Während sie rauchte, erzählte sie. Sie hatte die Beine übereinandergeschlagen, den Körper vorgebeugt; eine zutrauliche Haltung; zutraulich und offen war der Blick.

Sie habe Arnold Keller geheiratet, um sich vor den erbitterten Nachstellungen eines andern Mannes zu schützen, der aber kurz darauf im Luftfahrzeug verunglückt sei. Sie sei damals erfahrungslos gewesen wie ein Kind. Man habe sie vor Keller gewarnt; sie habe der Warnung nicht geachtet. Er habe sie unmäßig amüsiert; er sei so beispiellos komisch gewesen, daß sie sich vorgestellt habe, mit ihm zu leben müßte ein ununterbrochenes Vergnügen sein. Außerdem habe sie nicht den leisesten Begriff von Selbstverantwortung gehabt; heiraten habe ihr nicht mehr bedeutet als eine gemeinsame Kasse für die Gage und die Möglichkeit, sich bei jemand zu beschweren, wenn der Inspizient oder der Regisseur unverschämt wurden. Mit dem Wort Leichtsinn könne das nicht erledigt werden; es sei was ganz anderes; sei erst zu verstehen, wenn man eine Jugend wie die ihre kenne; sie wolle ihm einmal bei Gelegenheit ihre Kindheit, ihre Jugend schildern; aus ungeheuer Schwerem sei Leichtes emporgestiegen; o ja; aus schmutzigem Spülicht die Seifenblase; aber die schöne Kugel spürt ihre Zerbrechlichkeit, und während sie mit Farben prunkt, wartet sie aufs Ende. So viel vom Leichtsinn.

Sie warf die Zigarette weg. Sie lächelte und hob sich elastisch aus dem Rumpf.

Arnold Keller entpuppte sich als manischer Eifersüchtiger. Es zeigte sich, daß seine ganze Veranlagung auf Wahn gestellt war, Wahn in allen möglichen Formen. Seine Komik sogar war ein Ergebnis des Nichtigkeitswahns. »Das geht so zu: Er hat derartige Angst, sich selber zu begegnen, daß er fortwährend grimassiert und sich verzerrt, damit er sich nicht erkennt.« Luise hat unsagbar Merkwürdiges beobachtet: komische Talente sind die bedauernswertesten Geschöpfe der Erde; sie dürfen sich niemals selber begegnen. Hielt sie damit nicht Gericht über den Schauspieler überhaupt? Das entging ihr jedenfalls.

Ahnt Doktor Laudin, was für ein Martyrium sie erlitten hat? Man muß, wie sie es tut, zu seinem Schicksal wie zu einem Lotteriespiel stehen, um sich davon erholen und es vergessen zu können. Nun, vergessen kann sie, Gott sei Dank. An jedem Morgen wird sie frisch geboren, vom alten Tag geboren, und der alte Tag stirbt.

Sie zündete eine andre Zigarette an. Es war fesselnd für Laudin, ihre Gebärden zu verfolgen. Es war spannend, von einem Satz auf den andern zu warten. Die deutsche Sprache war plötzlich wie ein Strauß wilder Blumen.

Ist Eifersucht eine Krankheit, so zermalmt sie den, der ihr den Vorwand liefern muß; also die Frau. So ein Individuum hat Augen und Ohren nur für seine Halluzinationen. Späht, horcht, sucht, schleicht und rast. Zärtlichkeit und Wut mischen sich ineinander. Er reißt einen aus dem Schlaf, weil er glaubt, daß man vom Nebenbuhler träumt. Er zertrümmert Fensterscheiben, weil der Briefträger einen Brief gebracht hat, und stürzt dann auf die Knie und heult, wenn man ihm zeigt, daß es eine Schusterrechnung ist. Er führt sich auf wie ein toll gewordener Hund, wenn man im Restaurant die Leute betrachtet. Tobsucht, Mißhandlung, Abbitten, Schwüre, das ist die Regel und der Ablauf der Tage. Es graut ihm zuletzt vor sich selber; er greift zum Kokain. Da aber bricht die wahre Hölle aus. Das zweite Laster paart sich mit dem ersten zu diabolischer Stattlichkeit. Wenn es so weitergeht, bleibt von Lu nichts übrig als ein wimmernder Haufen Knochen. Sie erreicht, daß man ihn in eine Anstalt bringt. Nach drei Jahren. Aber damit ist sie ihn nicht los; bewahre. Scheinbare Heilung kann ihm jeden Tag die Freiheit wiedergeben, und sie hat ihn neuerdings auf dem Hals. Sie darf also nicht einmal aufatmen, solang sie ihn hinter Schloß und Riegel weiß. Kaum daß er von ihr weg war, hatte sie die ersten großen Erfolge, wie wenn sie durch seine teuflische Nähe in Ketten gelegen wäre. Natürlich heißt es jetzt, sie hätte ihn einsperren lassen; der gelbe Neid kauft sich ein paar Zeitungsschmierer und macht eine Megäre aus ihr, weil sie einen Verrückten dort wissen will, wo er hingehört. Ist er aber dort, wo er hingehört, so kann sie sich von ihm nicht scheiden lassen, weil ein wunderbares Gesetz es nicht erlaubt. Ist er nicht mehr dort, so wird die Scheidung erst recht illusorisch, weil er sie nicht loslassen wird und niemand ihn dazu zwingen kann. Erquickliche Lage. »Was ist da zu tun, Herr Doktor Laudin?«

Laudin schweigt. Er ist gewohnt, was man ihm berichtet, in seinem Kopf zu ordnen und die Argumente sorgsam zu wägen. »Vielleicht könnte man dem Mann eine hohe Abfindung bieten«, sagte er mit zusammengelegten Fingerspitzen.

»Er macht sich nichts aus Geld. Er ist ein Spartaner.«

»Ich werde nachdenken, gnädige Frau. Ich werde mich mit einem Berliner Kollegen in Verbindung setzen.«

»Tun Sie das nicht«, sagte Luise Dercum hastig und stand auf. »Ich möchte in diesem Moment nach außen hin keinen Schritt tun. Ich möchte in den Hexenkessel dort nicht greifen. Er kocht noch zu sehr. An einer juristischen Aktion liegt mir im Augenblick nichts. Ich wollte von Ihnen erfahren, rein theoretisch, ob man in einem solchen Fall nicht Gerechtigkeit erlangen kann. Oder bin ich verurteilt, das wütende Tier bis an mein Lebensende auf meinem Rücken herumzuschleppen? Ist es das, wozu mich eure Gesetze verdammen?«

Sie blickte ihn fordernd an, voll Hohn und Verachtung. Er schlug die Augen nieder, als ob er, Friedrich Laudin selbst, vor ihr unzulänglich sei. »Gerechtigkeit«, erwiderte er achselzuckend, »die dürfen Sie bei mir nicht suchen. Ich kann Sie höchstens mit einer dürftigen Lampe durch finstere Winkelgassen führen, damit Sie unterwegs nicht in Gruben und Schächte stürzen.«

»Und das wäre alles?«

»Beinahe alles.«

»Und dabei können Sie sich beruhigen?«

»Es bleibt mir nichts anderes übrig.«

»Grauenhaft.«

»Darüber wäre manches zu sagen, gnädige Frau.«

Er half ihr in den Mantel. Sie schien nachdenklich. Schon gegen die Tür gewendet, kehrte sie sich zu ihm und fragte, wie wenn es ihr plötzlich einfiele: »Sind Sie nicht auch der Anwalt der Frau Altacher?«

Er bejahte.

»Gern hätte ich über diese Angelegenheit noch ein paar Worte mit Ihnen gesprochen. Aber ich weiß nicht, ob es schicklich ist oder ob Sie es für schicklich erachten. Außerdem fürchte ich, Sie schon zu lange behelligt zu haben ...«

»Ich bitte, gnädige Frau«, sagte Laudin etwas reserviert und bot ihr von neuem Platz.

Doch sie blieb stehen. Sie schaute ihn forschend an, und ein rätselvolles Lächeln kräuselte die ausdruckserfahrenen Lippen. »Auch hier möchte ich die Gerechtigkeit anrufen, wenn man mir meinen Vorwitz nicht bereits verwiesen hätte«, sagte sie. »Stände ich jetzt einem Freund gegenüber, Herr Doktor Laudin, wäre dieser berühmte und kluge Doktor Laudin mein Freund und nicht der unnahbare Beherrscher einer Kanzlei mit Gott weiß welchen Rücksichten und Gebundenheiten, so würde ich zu ihm sprechen: Drehn Sie einmal eine Stunde lang dem Bild, das man Ihnen vor die Augen geschoben hat, den Rücken und lassen Sie sich, unparteiisch, die andere Seite der Medaille zeigen. Das wäre doch immerhin interessant; denken Sie nicht?«

»Ich verstehe nicht ganz, gnädige Frau ...«

»Nun, um deutlich zu sein: Frau Konstanze hat ja eine Art Anklageschrift verfertigt. Ich habe mich damit keines Geheimnisses bemächtigt, denn sie hat es nicht nur selbst überall erzählt, sondern das Manuskript ist unter ihren Bekannten von Hand zu Hand gegangen. Ohne davon zu wissen, nur aus seinem Bedürfnis heraus, hat auch der Konsul ein Memorandum abgefaßt, einen kleinen Rückblick über die Ehejahre und die Erlebnisse, die mit seiner Ehe zusammenhängen. Diese Schrift besitzt mein Freund Ernevoldt. Diese Schrift wünschte ich, daß Sie sie lesen oder hören. Es ist der Mühe wert. Ernevoldt treibt selbstverständlich keine Propaganda mit ihr, aber wenn ich ihn bitte, und besonders um Ihretwillen bitte, wird er nicht zögern, sie uns zu überlassen, wird es sogar gern tun. Was halten Sie von dem Vorschlag?«

»Da es Ihr Wunsch ist, gnädige Frau, und da mich die Erfüllung vermutlich nach keiner Richtung binden oder verpflichten soll, stehe ich zu Befehl.«

»Das ist hübsch von Ihnen, obschon es vorsichtig genug formuliert ist. Nein, keine Angst; der heilige Tempelkreis wird nicht betreten. Mich lockt die Replik. In jedem Drama lockt mich die Replik. Mich verlangt zu wissen, was Sie als Mensch und als Jurist dazu sagen. Ich bin ein neugieriges Frauenzimmer; es reizt mich manchmal, die Schale zu zerbrechen und die Frucht herauszuholen. Ist es Ihnen möglich, morgen abend nach dem Theater bei mir zu sein, um halb elf etwa?«

Laudin versprach es.

Als er wieder allein war, sah er beinahe aus wie jemand, dem der Wind den Hut fortgeweht hat.

Egyd Fraundorfer saß am Pianino im Wohnzimmer, als Laudin eintrat. Mit hohem, rundem Rücken saß er auf dem Stühlchen, den Kopf über die Tastatur gebückt, und hackte mit dem Zeigefinger eine Melodie, die er mühsam von einem geschriebenen Notenblatt auf dem Ständer ablas. Der kleine Hund kauerte daneben und verfolgte das Tun des ungeheuren Menschen mit aufmerksamem Staunen.

Frau Blum hatte herausgebracht, daß das Notenblatt von Nikolaus stammte und daß es eine kurz vor seinem Tode skizzierte Komposition war. Sie hatte Laudin verraten, daß Fraundorfer Stunden und Stunden damit zubrachte, die Noten zu entziffern und sich die melodischen Motive am Instrument anzueignen.

»Kaum zu glauben, was für eine verflucht schwere Sache das Klavierspielen ist, wenn man es nicht kann«, knurrte Fraundorfer, indem er sich ächzend erhob und mit Laudin ins andere Zimmer ging. »Ich dachte, man brauchte sich nur hinzusetzen und wär ein Busoni. Aber so ist's mit allen Sachen. Nur die vollkommene Ignoranz erhält einem das Selbstbewußtsein. Begeben Sie sich in Ihre Koje, Herr Schmitt. Setz dich, Laudin.«

Er zog die Vorhänge zu, stellte Whisky und Sodawasser auf den Tisch, rückte die elektrische Lampe von der Mitte an den Rand, zündete eine Zigarre an und setzte sich paffend Laudin gegenüber. »Nun, was sagst du«, redete er den Freund an und wies mit weiter Gebärde in den Raum, »was sagst du zu der Reinlichkeit, die jetzt bei uns herrscht? Merkst du die Tyrannei des Besens, den unsere Frau Blum handhabt? Eine Furie, mein Lieber, eine Furie der Schmutzvertilgung. Sonst keine üble Dame.«

»Ja, ich sehe«, sagte Laudin lächelnd. »Aber weshalb trägst du einen Stoppelbart, Egyd? Rasierst du dich nicht mehr? Oder fühlst du dich besonders wohl mit den Borsten auf dir?«

Fraundorfer rieb sich das Kinn. »Stört dich das junge Wachstum? Du verkehrst zuviel mit glatten Leuten. Man kann nicht zwei Dinge zugleich treiben. Man kann nicht

Klavierspielen lernen und sich außerdem noch rasieren. Besonders wenn einem die Musik auf die Nerven fällt wie mir und man nur ein einziges Rasiermesser besitzt, das der Zahn der Zeit schartig genagt hat. Ich lasse jetzt das Messer eine Weile ausruhen, weißt du. Ich habe die Erfahrung gemacht, daß alle Gebrauchsgegenstände viel zu viel gebraucht werden. Sie können sich nicht genügend ausruhen. Sie gehen in sich und funktionieren wieder, wenn sie ausgeruht sind. Das gilt nicht bloß für Rasiermesser, sondern auch für Stiefel, Hemdknöpfe, Zigarrenabschneider und Schreibfedern. Probier's mal, Laudin, all die Dinge, die man törichterweise für empfindungslos hält, werden dir dankbar sein. In meiner Geschichte der menschlichen Dummheit habe ich dieser Entdeckung einen ganzen Abschnitt gewidmet. Das Kapitel heißt: Vom berechtigten Widerstand des Objekts.«

Er verbreitete sich noch weiter über das Thema und sprach auch von der Rachsucht und Rache der Dinge und wie dies in Erscheinung trete, zum Beispiel als Rost, oder, bei Büchern, als Fettflecke, oder als Riß in einem Stoffüberzug, oder als Versagen eines Türschlosses, was nichts anderes sei als eine seelische Kundgebung des Dinges; Ausdruck seiner Unzufriedenheit wegen Übergebrauch, Mißbrauch; Sklavenaufruhr. Bis endlich Laudin, wohl wissend, daß Fraundorfer nur darauf wartete, eine Wendung des Gesprächs erzwang und ohne Umschweife von seiner Unterredung mit Luise Dercum berichtete.

Er konnte, was sie ihm mitgeteilt hatte, fast Wort für Wort wiedergeben und enthielt sich jeder Seitenbemerkung.

Fraundorfer schüttelte von Zeit zu Zeit den Kopf. Als Laudin geendet hatte, sagte er, mit der vorgeschobenen Unterlippe die Worte gleichsam schaufelnd: »Ein sehr nettes Märchen. Aber ein Märchen.«

»Was für ein Anlaß wäre da für irgendwelches Märchen?« versetzte Laudin stirnrunzelnd. »Bin ich ein Mann, dem man Märchen auftischt?«

»Bah«, paffte Fraundorfer, »du wärst nicht der erste, du wirst nicht der letzte sein. In der Gegend hast du keinen Boden unter den Füßen. Das farbenprächtige

Gefieder blendet dich. Das Unwahrscheinliche liegt nicht außen. Drinnen liegt es; in der Mechanik liegt es. Man hört die Räder knirschen. Man hört die Schrauben klappern.«

»Ich stelle in Abrede, daß Luise Dercum mir die Wahrheit vorenthalten hätte«, sagte Laudin, indem er die Hand flach auf die Tischplatte breitete. »Ich stelle es strikt in Abrede. Ich kann nicht einmal zugeben, daß eine Verschleierung stattgefunden hat. Ich bin meines Eindrucks sicher. Berufst du dich auf eine Erfahrung, die in neunzig Fällen unter hundert zutreffen kann, so beruf ich mich auf ein Gefühl, das mich in keinem Fall unter hundert zu täuschen vermag. Es ist eine Welt, die uns fremd ist; richtig. Mir vielleicht fremder noch als dir. Es ist eine in manchem Betracht anrüchige Welt, eine phosphoreszierende, die ohne unsere moralischen Schwerkraftsverhältnisse konstituiert ist. Gut. Doch diese Frau ist wie ein Pfeil, der sie durchschneidet und sie nicht berührt. Alles Vorurteil in Respekt. Es stützt sich oft genug auf blutige Striemen, die der soziale Körper aufweist, und in der Niederung, in der wir hausen, ist der Mensch schließlich doch nur, was er gilt. Aber auch dem Urteil seinen Respekt. Erscheinungen haben ihr Unleugbares. Wenn ich eine Person noch nicht zu erfassen imstande bin, und das muß ich allerdings einräumen, ich erfasse diese eigentümliche Frau nicht ganz, ich komme gewissermaßen nicht um sie herum und kann sie nicht durchschauen, so ist das doch kein Grund für mich, sie deshalb zu negieren, weil sie einer Schicht angehört, der mißtraut werden muß. Man hat sich eben dann doppelt zu bemühen. Man darf nicht vergessen, daß man einer genialen Natur begegnet ist.«

Fraundorfer schaute den Freund aufmerksam an. »Hm«, sagte er nach langer Pause. Dann, wieder nach einer Pause: »Und was sagst du dazu?« Er zog das Notenblatt heraus, vor dem er am Klavier gesessen und das er zusammengerollt in die Rocktasche gesteckt hatte. Er entrollte es, reichte es Laudin hin und deutete auf eine Stelle mitten unter den geschriebenen Noten. Da waren folgende Worte zu lesen: »Ach Lu, daß du mich erhört hast, wie soll ich dir's danken?« Und ein paar Linien weiter unten: »Das ist dein herrlicher Leib, den ich umschlinge, du Herrlichste, Süßeste.«

»Nun?« fragte Fraundorfer grimmig grinsend, als Laudin schwieg.

Als ob die Haut sich schälte, war von der Stirne aus eine fahle Färbung über Laudins Gesicht herabgeglitten. »Ich hoffe nicht, daß du darin einen vollwertigen Beweis erblickst«, brachte er ziemlich mühsam hervor. »So etwas wirkt freilich im ersten Moment verblüffend. Aber es ist nichts als eine Liebesphantasmagorie, der Traum einer leidenschaftlichen Seele mit vorausgenommener Erfüllung. Junge Künstler pflegen ihre Sehnsucht im Geiste zu verwirklichen. Das ist es. So ist es.«

»Also du bestehst auf Platonik um jeden Preis, mein verwandelter Dyskolos?«

Laudin erhob sich. Fast feierlich schlank stand er vor der verkauerten Fettmasse Fraundorfers, als er sprach: »So sage mir doch, aus welchem Grund sollte die Frau lügen? Sie ist frei. Sie ist unabhängig. Sie hat nichts und niemand zu fürchten. Was wäre da zu verschweigen oder zu verbergen? Was könnte sie daran entehren oder beschämen, wenn sie es gesteht? Solche Hemmungen existieren nicht einmal mehr in der bürgerlichen Sphäre. Warum sollte sie uns ein blümerantes X für ein unerhebliches, in ihren Augen unerhebliches U vormachen? Nur um der bloßen Lüge willen? Unsinn.«

Mit verkniffenen Augen, die Zigarre zwischen den bleckenden Zähnen, rief Fraundorfer: »Herr Schmitt, kommen Sie mal her!«

Das Hündchen trippelte unmutig aus seinem Korb zu Fraundorfers Stuhl. »Passen Sie auf, Herr Schmitt«, sagte dieser und beugte sich schnaufend zu dem Tier herab, »passen Sie gut auf. Unser Freund weiß noch nichts von der wahren Beschaffenheit der Lüge. Er kennt ihre Kraft nicht! Er kennt ihren Sinn nicht! Er kennt ihre ruchlose Eigenlebigkeit und lazertenhafte Ungreifbarkeit nicht. Er kennt nur die gemeine Wald-, Feld- und Wiesenlüge, bei der die Leute auf drei Schritt Distanz zielen und treffen. Die Ätherlüge kennt er nicht, die Weltraumlüge, die Dämonenlüge, die Lügenlüge! Was sagen Sie, Herr Schmitt? Es gibt noch Kinder! Große, vielgenannte, verhärtete

Advokaten spazieren noch im Kindergarten der Begriffe; ich bin klein, mein Herz ist rein ...«

»Egyd!« sagte Laudin entsetzt und wich zurück. »Bist du betrunken?«

»Na ja, schön«, beruhigte sich Fraundorfer und warf die ausgebrannte Zigarre auf den Boden, »es war nur so ein Stoßseufzer. Phantasie auf der G-Saite. Apokalyptischer Ritt. Hast du sie übrigens nach dem Brandmal gefragt, deine geniale Natur?«

»Dazu bestand nach alledem keine Möglichkeit«, erwiderte Laudin zurückweisend. »Ihr so nahe zu treten, erlaubten mir die Umstände nicht. Du scheinst die Situation in völlig falschem Licht zu sehen. Ansonsten ist mir der Weg nicht versperrt. Frau Dercum hat sich in einer sie selbst betreffenden Angelegenheit an mich gewendet, und da ich sie gewiß noch einige Male sehen und sprechen werde, kann ich in unserer Sache noch alle Recherchen übernehmen, die auf loyale Weise zu betreiben sind, und will es auch tun.«

Fraundorfer nickte. Sein Kopf sank auf die Brust. Er schien zu schlafen. Herr Schmitt trollte sich in seinen Unterschlupf. Laudins bemächtigte sich eine tiefe Verstimmung, und er blieb nur noch kurze Zeit. Fraundorfer reichte ihm schlaff die Hand, als er sich verabschiedete.

27

Ernevoldt und May Ernevoldt waren bereits im Atelier, als Laudin kam. May wurde von Luise Dercum mit einem Buch hinausgeschickt; offenbar hatte sie es vorher selbst verlangt. Ernevoldt reichte Luise ein dünnes Heft, Laudin rückte seinen Stuhl aus dem Lichtkreis, und mit ihrer wunderbaren Stimme las die Schauspielerin das Folgende vor:

Es geschieht wohl selten, daß ein Mann mit so großen Erwartungen in die Ehe tritt, wie ich es getan habe. Ich habe in Konstanze nicht bloß die Nestbauerin und die Hegerin meines Behagens erblickt, Wunsch und Zuversicht wandten sich an höhere Sicherheit. Ich war damals, um mein dreißigstes Jahr herum, in gewisser Weise schon der Welt satt; ich hatte, als Herr über bedeutende Unternehmungen und ausgedehnte Geschäfte, schon zuviel Eigennutz, Streberei und Schlechtigkeit mitangesehen, war ihnen auch oftmals zum Opfer geworden, und so schwebte mir die Ehe als ein Burgwall vor, hinter dem ich mich glaubte verschanzen zu können, wenn mir das Getriebe zu hart an den Leib rückte. Ich mußte in dieser Beziehung meinen Irrtum bald erkennen, obschon ich in der ersten Zeit Anlaß zu ernsthafter Beklagung nicht hatte. Geben doch auch die ersten Jahre einer Ehe keineswegs den Ausschlag, höchstens die Richtung. Die Charaktere müssen sich erst aneinander entwickeln und gegeneinander schleifen; von beiden Seiten wird viel Rücksicht geboten und gefordert; das gemeinsame Leben ist noch neu, und das einzelne wird dem andern gern zugetragen; der Mann fühlt sich als Meister, und die Rolle wird ihm nicht bestritten; Seele und Geist der Frau sind mit der Entfaltung ihrer Persönlichkeit beschäftigt, und es zeigt sich nur allmählich, welchen Weg sie als fertiger Mensch gehen wird; hier versäumen Männer das Entscheidende gewöhnlich, Zugriff und Lenkung zur rechten Stunde. Eines Tages wundern sie sich, daß ein anderer Mensch vor ihnen steht als sie ihn in ihrer halbtätigen Ruhe neben sich haben werden sehen.

Ich will also sagen, daß in einer mittleren gesellschaftlichen Schicht, sofern nicht Eigenschaften und Leidenschaften grell kontrastieren, die wahre Beschaffenheit der Ehe erst nach einem gemessenen Zeitraum beurteilt werden kann, auch von den Partnern selbst. An Konstanze entdeckte ich früh eine Neigung, die ich nicht anders bezeichnen kann denn als Begehrlichkeit, sich mit Menschen zu umgeben, und zwar mit Menschen der Gesellschaft. Sie liebte es, Mittelpunkt eines Kreises und Ziel von dessen Bewunderung zu sein. Sie liebte es zu glänzen, nicht etwa durch Schmuck und Kleider, sondern durch Geist und Bildung. Sie war belesen und schätzte Belesenheit über alles, und wenn ich von Menschen der Gesellschaft gesprochen habe, die sie mit einer Art von Betriebsamkeit in ihre Nähe und in unser Haus zog, so meine ich damit eigentlich Leute eines gewissen Bildungsgrades, Gelehrte, Advokaten, Ärzte, Schriftsteller und Künstler. Ein Umgang, gegen den nicht viel einzuwenden ist, sollte man denken, und ein Ehrgeiz, der sich nicht an äußerlichem Schein genügen läßt. Aber es gibt einen Punkt, wo die geistigen Interessen nicht mehr den Kern unseres Wesens berühren und nur ein unruhiges pflichtenloses Eifern darstellen, das Bindungen schafft, wo gar keine sein dürfen, da ja ein gewisser sich selbst abgeschmeichelter Widerwille gegen die angebliche Banalität des Alltags zur Verneinung aller Regeln und zur Auflösung der gesunden Notwendigkeiten führt. Ich hatte sonach nicht bloß egoistische Pantoffelbedenken, wenn ich an vielen Abenden das Haus voller Gäste fand, während ich müde heimkam, der Sammlung oder der friedlichen Aussprache bedürftig. Einhalt zu gebieten ist schwer. Man ist gleich Tyrann und Spielverderber, will man seine wichtigsten Rechte schützen. Läßt man hinwiederum gewähren, so wächst das bloß Mißliche rasch zur Lebenslast. Die erste Mahnung enthält schon den Zank, der erste Widerspruch schon die fortnagende Uneinigkeit; sprechen Blick und Miene nicht mehr wie sie sollen, ist das Glück bereits verwirkt. Es ist eigentümlich, wie alles, was Menschen verfehlen, ihrer unbeirrbaren Einstellung zu einem Grundzug ihrer Natur entstammt. So geschah es auch hier, daß die gewollten und auf alle Weise künstlich gesteigerten Spannungen des Geistes zur Unterschätzung und in weiterer Folge Geringschätzung des täglichen Gleichlaufs führten; daß das Wirtschaftswesen knarrte wie eine ewig rostige Tür; daß die dienenden Personen die überlegene Hand vermißten und zu einer Herrin kein Vertrauen fassen konnten, die zwischen verletzendem Hochmut und launenhafter Herablassung, zwischen Starrsinn und Schwäche kein Mittleres finden konnte. Das Wohl eines Hauses beruht aber auf den Menschen, die ihm dienen; es gibt eine Atmosphäre der bloßen Verrichtungen, und eine Frau kann sich nicht einbilden, ihr Reich zu regieren, wenn sie nichts weiter tut als ihren Leuten zu befehlen oder sie zu bezahlen. Konstanze ist immer in dem behaglichen Wahn geschwommen, daß sie sich einen Menschen gekauft habe, wenn sie ihn in ihre Dienste nahm, und daß er ihr dann mit Leib und Seele gehöre. Deshalb erregte jede Aufsässigkeit und Unwilligkeit sogleich ihren unmäßigen Zorn, und es zeigte sich, daß auch gutartige Personen ihr gegenüber alsbald die schlechten Seiten ihres Charakters hervorkehrten, wie von einem bösen Zauber angerührt. Sie litt selbst darunter und konnte es sich nicht erklären; sobald ich, der ich um die Ursache wußte, sie ihr schonend beizubringen suchte, wandte sich ihr Zorn auch gegen mich. Wenn immer wieder Zwist und Rebellion herrschten und Zofe oder Köchin oder Diener oder Kinderfrau oder Gärtner oder mehrere zugleich unter greulichen Auftritten, Drohungen und Geschrei das Haus verließen, um andern Platz zu machen, die anfangs sich bewährten, um dann aus einem für Konstanze rätselhaften Grund abermals zu versagen, ging sie so weit, mich meiner schwankenden Haltung wegen des stillen Einverständnisses mit den Hausangestellten zu verdächtigen, da sie den unglücklichen Hang hatte, überall gleich Verschwörung und Komplott zu wittern, ein Zug, der übrigens vielen unsicheren und lebensfremden Menschen eigen ist und der sich, wie ich erfahren habe, bis zur Verfolgungsmanie entwickelt, wenn der Betreffende nicht imstande ist, sich selbst zu sehen, wenn er sich, auf- und einblickslos, daran gewöhnt hat, sich selbst zum Maßstab der Dinge zu machen, eben weil er sich nicht sieht. Da hilft keine Belehrung und Führung; im Gegenteil, ein derart Verblendeter wird notwendigerweise jeden als seinen Feind betrachten, auch den er liebt oder zu lieben glaubt, der ihn auf der abschüssigen Bahn anhält und ihm über die traurigen Folgen seines Tuns die Augen öffnen möchte. Nun bin ich nichts weniger als ein Lehrer und Erzieher; ich habe ein ungeduldiges Herz, obschon ein geduldiges Gemüt, wenn man diesen Unterschied verstehen und gelten lassen will. Im Lauf der Zeit freilich hat sich die Ungeduld vielfach in Resignation gewandelt, da ich doch sah, daß den Menschen nicht beizukommen ist und jeder so unveränderlich bei seinen Eigenschaften verbleibt, als müsse er ohne die geringfügigste unter ihnen sofort sterben; damals aber konnt ich mich oft nicht im Zügel halten, und namentlich wenn mein Gerechtigkeitsgefühl verletzt war, wurde ich nicht selten ungerecht. Ein Geständnis, das nicht so paradox ist, wie es klingt; der Trieb nach Gerechtigkeit setzt eine ängstliche Bemühung nach Gleichverteilung der seelischen Gewichte voraus, und die leiseste Verschiebung bringt die innere Natur in heillose Unordnung, so daß einem zumute wird, als stürze das Weltgebäude zusammen. Wir überschätzen eben unsere Maße und Befugnisse schon, wenn wir ein Ideal in uns aufrichten, und das Gute in einem selbst enthält dann den Keim des Übels.

Es kann kein zureichendes Motiv für die Niederschrift dieser Erinnerungen geben außer dem einen, daß ich die Vergangenheit revidieren will, um den oder die Fehler bloßzulegen, die den Zusammenbruch meiner Ehe und damit die Verdüsterung meiner besten Mannesjahre verschuldet haben. Geht man bei einem solchen Unternehmen ehrlich zu Werke, so muß man tief in das Wurzelgeflecht der Existenz graben, und bei genauer Prüfung entdeckt man den entscheidenden Mißgriff dort, wo einstmals die Stimme des Instinkts sich warnend hat vernehmen lassen und man diese Stimme überhört hat. Einen Augenblick lang in jedem Leben ist Gott gegenwärtig und spricht mit uns; verstehen wir seinen Wink und Einspruch nicht, so ist auch keine Gnade über unseren Entschlüssen, und wir haben das Recht nicht mehr, uns über das Schicksal zu beklagen. Jede Wahl muß sich unter dem heiligen Bewußtsein der Verantwortung vollziehen, und was heißt denn Verantwortung anderes als dem unendlichen Wesen, das uns durchdringt, Antwort geben, wenn es uns fragt und zur Rede stellt. Überflüssig, deutlicher zu sein; es stehen Wächter da, an die auch die Andeutung nicht heran darf.

Weil ich nun bei den Kindern halte, ist zu sagen, daß ich erst jetzt erkenne, wie schwer alles zu entwirren, zu beleuchten ist. In Fragen der Zucht und Erziehung gingen meine und Konstanzes Ansichten diametral auseinander. Das begann schon, als die Kinder im Säuglingsalter waren, und die Unvereinbarkeit wuchs mit den Jahren, bis sie zu offenbrüchigem Hader wurde. Allzusehr müßte ich mich ins Kleine und Kleinliche verirren, sollt ich es Mal für Mal oder nur Stufe für Stufe aufzeigen. In zerfasernde Bezichtigung würde ausarten, was doch unter ein großes Gesetz fällt, besser gesagt, unter ein großes Verhängnis. Dieses Schuld- und Ursachesuchen, wenn ein Kind unpäßlich war; der jedesmalige verzweifelte Appell an den Arzt; sich nicht genügen lassen an dem einen, der das Leiden nicht mit gewünschter Promptheit benennen konnte und hinter seinem Rücken einen zweiten, einen dritten berufend; alles Heil von der bestallten Wissenschaft erwarten und keins von der Natur und vom Stern; die Verzärtelung, die in der gesamten Welt und Menschheit ein bösartiges Element sah und alles Werden und Gelingen in die eigene Machtvollkommenheit setzte; keine Einrichtung für die Erwachsenden, die nicht von der Mutter erst zu begutachten war; kein Lehrer, keine Schule, kein Einfluß von außen, der die übertreibenden Ansprüche zu befriedigen vermochte; wo der mütterliche Schutzbezirk aufhörte, fing die Gefahr an, die Krankheit, der sittliche Verfall, die Unzulänglichkeit, die Unbill. Und wie sonderbar und traurig, daß dann dieselbe Mutter, die das Schicksal ihrer Kinder lenken zu können glaubte wie eine allesüberschauende Göttin, den Zuflüsterungen niedrigster Kreaturen ihr Ohr lieh und sich ihr starrer Wille immer denen beugte, die ihren Ideen, auch den absurdesten, zu schmeicheln und sie in den außerordentlichen Vorstellungen von ihrer eigenen Person und den verworrenen und getrübten von der übrigen Welt zu bestärken wußten. Erfuhr sie keinen Widerspruch, so konnte sie eine kindliche Treuherzigkeit an den Tag legen, wie überhaupt in der Ruhe etwas Harmloses und Gütiges über ihrem Wesen lag; die leiseste Bewegung aber störte die bösen Gedanken auf, und da mit den Jahren die Bewegung, vielfaches Sichumtun und Betreiben, mehr und mehr ihr Element wurde, so verlor und vergab sie sich auch darin, und nur sie allein war entsetzt, wenn sie beständig von Irrtum zu Irrtum stürzte, von Enttäuschung zu Enttäuschung. Versagende Kraft, versagende Autorität. Erhob sich der Selbstwille eines Kindes: Kampf und Versagen. Wo man sich höhere Beziehung vorlog, geschah Verlust der lebenswahren; wo man zu schweben wähnte, war klägliches Straucheln; kam dann der unvermeidliche Fall, so ergoß sich Vorwurf und

Schmähung über den Gatten, den Hüter, den Träger, der nicht zur rechten Zeit da war, um zu verhüten und zu tragen. Da ging es in die Jahre zurück, um Beweise zu schaffen für Anklagen, die nicht bewiesen werden können, weil Schuld nicht dort liegt, wo sie gesucht wird; das ganze Gewebe des Daseins wird aufgerissen, in wenigen schmerzlichen Stunden einer Nacht oft, um eben diese Anklagen zu stützen, die keine Verteidigung zu entkräften vermag, obwohl nichts anderes verlangt wird als Verteidigung, da sie die Anklage legitimiert. Es kommt mehr fressender Jammer durch versöhnliches, ausgleichendes, erklärendes Reden in die Welt als Unglück dadurch, daß man dem andern vielleicht das Herz bricht, indem man ihn auf immer meidet. Aber Herzen werden nicht so schnell gebrochen. Es ist eine Legende.

Wie können doch Menschen sich an der Lüge betrinken, die ihr Tun und Lassen und Unterlassen vor ihren eigenen Augen rechtfertigt, sogar mit dem Schein des Edelmuts und Opfersinns umgibt; wie können sie sich an ihr bis zur Urteils-, bis zur Besinnungslosigkeit berauschen, und wie unaufhaltsam wird diese eine Lüge zum wuchernden Krebs, Lügengeschwür auf Lügengeschwür gebärend, bis die Seele aufhört, ihre gottgegebenen Funktionen zu erfüllen! Es gibt offenbar Frauen, denen zuviel aufgebürdet wird, wenn man Kinder mit ihnen zeugt. Als Geschöpfe für sich allein könnten sie in Ehren bestehen; gerade noch für die eigene Person langen sie mit ihren schwachen Kräften aus; gerade noch für sich selbst können sie einstehen und am Ende auch, in sich selber geschlossen, eine erfreuliche Entfaltung als Mitglieder einer nicht sehr anspruchsvollen Gesellschaft gewinnen. Bringen sie aber Kinder aus ihrem Leib hervor, so erscheinen sie sich auf einmal in einer vorher nie geahnten Weise wichtig, ja es dünkt ihnen das Wunder aller Wunder, daß sie, die selber noch um wirkliches Leben ringen und in rührender Unsicherheit sich selber kaum fassen und glauben, Lebendiges geschaffen haben. Sogleich wird Betreuung Leidenschaft, natürliche Pflicht feierlicher Dienst, Wachsamkeit Angst und Zugehörigkeit Verklärung. Die Nabelschnur wird nur körperlich durchschnitten; das Los der neuen Wesen ist, der Mutter unzertrennlich beigesellt zu sein, das Los der Mutter, nicht von ihnen zu lassen, in keinem Betracht, in keinem Augenblick, oder wenigstens vor der Welt sich so zu geben und zu fühlen. Das nun ist freilich nichts anderes als Schwäche, die sich zum Herkules auftreibt und in Phantasie und Gemüt Befugnisse an sich reißt, die nur zugestanden werden könnten, wenn man aus dem Leben ein Treibhaus, aus der Ehe ein Gefängnis, aus der Familie einen umgitterten Geflügelhof will werden lassen. Matriarchat unter besonderer Entrechtung des Mannes. Ach, die Henne, die mit den Flügeln ihre Küchlein bedeckt, zum Schutz vor irgendeinem Geier in der Luft oder Iltis auf dem Acker, wie oft sind wir ihr schon begegnet in allen bürgerlichen Bezirken; wie oft haben wir ihr gellendes Gackern vernommen, wenn sie sich auf ihren eingebildeten Thron gesetzt hat, um der göttlichen Vorsehung mit kühner Selbstgerechtigkeit ins Handwerk zu pfuschen. Ihre Hingabe ist grenzenlos (nur das Gitter setzt eine Grenze); ihr Weltgefühl, ihr Kunstgefühl, ihr Gemeinsinn, ihr Idealismus: über jeden Zweifel erhaben – bis zum Gitter; am Gitter steht der Posten und fordert euch Parole und Legitimation ab. Sie hat den Clan gestiftet, und der Geist des Clans gebietet auf der ganzen Linie; nirgends giltst du als wirkender Mensch; berufe dich nur auf dein Werk, du wirst es erleben; überall wirst du nach dem Clan gefragt und mußt Parole und Legitimation geben. Welchen Blutes du auch seist, kommt nicht in Betracht; nur welcher Sippe Blut in dir fließt; erst sei Vater, Gatte, Sohn, Schwiegersohn, Oheim, Schwager, Vetter, Neffe, dann kannst du Mann, Mensch und Arbeiter sein.

Das ist der Triumph der Henne.

Die guten Frauen! Sie meinen es gut, sie versichern so oft, daß sie es gut meinen. Warum sollten wir es ihnen nicht glauben? Sie wissen im Grunde, was sie ihren Kindern verdanken, und wenn sie ihre Geburten mit Schmerzen bezahlt haben, so werden sie bis ans Lebensende dafür entschädigt, daß sie in ihnen unschuldige und um desto unzerreißbarere Bindeglieder erlangt haben, die den Mann und Gatten, sofern er auch ein Vater ist, also Herz und Gewissen besitzt, auf Gnade und Ungnade in ihre Hände geben. Sie scheinen es nicht zu wissen; sie wissen es doch. Sie scheinen es nicht zu mißbrauchen; sie mißbrauchen es doch. Poche nur einmal an die eherne Pforte und wolle, daß sie dich entläßt. Da mußt du auch eherne Arme haben, wenn sie dir nicht in Stücken von den Schultern fallen sollen, und vor allen Dingen darfst du dich nicht umdrehen wie jene Ritter im arabischen Märchen, die für ihre wehleidigen Ohren in Steine verwandelt wurden. Wir werden aber geliebt. Das ist der Anstoß, wie Hamlet sagt. Ja, wir werden geliebt. Aber geht mir doch mit diesem Begriff Liebe, der in die menschliche Sprache und Welt gesetzt ist wie eine Kulisse vor eine blühende Landschaft. Bestenfalls ist er ein prahlerischer Titel auf einem ungeheuern und geheimnisvollen Buch, das zu studieren sich wenige die Mühe nehmen. Oder wollt ihr euer Glück abhängig machen vom Vergnügen der Sinne und seinen Grad danach bemessen, so seid ihr wie der Wanderer in einer Eiswüste, der sich bei der Flamme eines Streichholzes vor dem Erfrierungstod schützen will.

Dieser Tod wäre mir sicher gewesen, und ohne Streichholz schließlich, hätt ich May Ernevoldt nicht getroffen. Es ziemt sich nicht, im einzelnen auseinanderzusetzen, wie die Rettung vor sich ging; es ist auch nicht von Belang an dieser Stelle. Es ziemt sich nur, ihr zu danken, und ich tue es täglich und stündlich. Sie hat mir unbekannte Gebiete der Seele aufgeschlossen, in jedem Sinn. Ich war an einer Wendung, einem Abschluß aller Wege; ich konnte ins Bodenlose stürzen. Sie war der freischwebende Vogel, der mir, den auf allen Seiten hoffnungabschneidend das Gitter umgab, den einzig übriggebliebenen Weg zeigte, den nach oben. Ich habe an ihr die Entdeckung gemacht, daß der sittliche und religiöse Mensch kein Gedächtnis für das erlittene Böse hat, Gedächtnis im generellen wie im individuellen Sinn. Er ist großmütig, das heißt, er ist frei von Sippe und Sippengeist, weil ihn eine tiefere Gebundenheit adelt und eine schweigsamere als die von nützlichen Gesetzen vorgeschriebene. Wenn ich es unternehme, dieses Wesen gegen alle Einflüsse äußerer Not zu sichern, so erfülle ich damit nicht einmal eine Pflicht; es ist so selbstverständlich wie daß ich meine eigene Person dagegen sichere. Nur der verstockte Geist des Clans wird darüber außer Rand und Band geraten. Was ich austeile, ist ja die Frucht meiner Arbeit und mein allereigenstes Gut. Die Hand möge verdorren, die sich ausstreckt, mir zu wehren.

Als ich Konstanze zum erstenmal, mit aller Schonung, die mir möglich war und erforderlich schien, von der Ratsamkeit der Lösung unserer Ehe sprach, verfiel sie in eine förmliche Raserei der Verzweiflung. Ich werde diese Stunde, diesen Anblick nie vergessen. Und das, sagte ich mir, nach solch unwiderruflichem Zerwürfnis, bei der vollkommenen Aussichtslosigkeit, Brücken zueinander zu schlagen, bei dem jahrelangen Hinwelken aller echten Gattenempfindung; welche schier unfaßbare Blindheit mußte da vorhanden sein und vorhanden gewesen sein! Oder war es nur die Macht eines Wortes? Des Wortes, das da heißt: Du bist mir verschrieben? War's an diesem Buchstaben, wo Phantasie und Menschlichkeit, Vernunft und Güte halt machten und durch keinen Zwang und keine Lockung weiter zu treiben waren? Ungroßmütig, unschenkend, blicklos in den Buchstaben verbissen? Wie wenn der freie Mensch nicht viel mehr gewähren könnte als der gekettete; wie wenn man den andern eher zu einem zuckenden Leichnam zertreten müßte, als daß man das eherne Tor aufriegelt, damit er wenigstens als freundlicher Gast zurückkehren kann.

Das Verhängnis liegt in der Institution. Ich glaube, ihre Formen entsprechen dem Leben nicht mehr. Und ich glaube, sie können nicht mehr lebendig gemacht und nicht mehr aufrechterhalten werden. Was aber geschehen soll, wenn sie vollends zerstört sind, auch der armselige Schein, der noch von ihnen da ist, und wie das Neue aussehen soll, das unser Dasein neu gestalten müßte, weiß ich nicht. Ich werde auch die Wandlung nicht mehr erleben.

28

Luise gab Ernevoldt das Heft zurück. Er lächelte in seiner gutmütigen und beschämten Weise und steckte es in dic Brusttasche. Die Zofe kam und meldete ihrer Herrin, jemand habe bereits zweimal angerufen. Luise befahl, es solle Tee serviert werden. Ernevoldt sprach von einem Schauspiel, bei dessen Erstaufführung er gewesen, und sagte, daß er sich an den Verfasser wegen einer Verfilmung des Stückes gewendet habe. Er sah dabei auch Laudin an, als müsse diesen die Mitteilung besonders interessieren; Laudin schien seine Worte nicht gehört zu haben. Er richtete den Blick fast gierig auf Luise, als sie zu sprechen anfing, doch war in seinen abgespannten Mienen ein Ausdruck der Enttäuschung, da sie sich an Ernevoldt wandte und eine geringschätzige Äußerung über jenen Schriftsteller machte. Sie gebrauchte dabei gewisse Fachworte, die den Laien im unklaren darüber lassen, was eigentlich gemeint sei. Während es das Bestreben Ernevoldts war, den bedrückt schweigenden Advokaten in die Unterhaltung zu ziehen, schien Luise keine solche Absicht zu haben, wenigstens klangen ihre Worte unbefangen.

May Ernevoldt trat ins Zimmer. Sie legte das Buch, in welchem sie gelesen, auf den Tisch, ging mit lautlosen Schritten zu Luisens Stuhl und lehnte sich zärtlich an die Freundin. Luise schaute lächelnd zu ihr empor und streichelte ihr die Wange. Laudin betrachtete forschend das blasse Geschöpf mit den silbrig-seidenen Haaren und der Gestalt wie Schilf. May runzelte die Stirn und schmiegte sich wie unwillkürlich noch enger an Luise.

Luise fand, daß May müde aussehe und man sie nach Hause schicken müsse. Höflich stellte Laudin sein Auto zur Verfügung. »Und Sie?« fragte Luise, wandte ihm das Gesicht zu und sah ihn auffallend fremd und kühl an. Es gebe Autos genug in der Stadt, erwiderte er. Ernevoldt erkundigte sich mit Vertraulichkeit bei Laudin, welche Automarke nach seiner Meinung die beste sei. Man habe ihm einen Daimler zu billigem Preis angeboten; es seien jetzt überall Wagen um ein Spottgeld zu kaufen. Laudin antwortete verbindlich, aber zerstreut.

Er trank die Schale Tee leer, stellte sie vorsichtig, fast zaghaft auf den Tisch und erhob sich, da sich May Ernevoldt indessen zum Gehen fertig gemacht hatte. »Ich bin Ihnen großen Dank schuldig, gnädige Frau«, sagte er gehemmt, als bereite ihm das Reden Schwierigkeit.

Luise blickte ihn erwartungsvoll an und lächelte mit verstecktem Spott. Auch May und Bernt Ernevoldt hefteten erwartungsvolle Blicke auf ihn. Sonderbarerweise schien dies den vielgewandten Mann in Verlegenheit zu setzen. Zögernd und nach jedem Satz innehaltend und zu Boden schauend fuhr er fort, es seien in dem Memoire Gedanken ausgesprochen, die sich mit seinen eigenen vielfach berührten. Man müsse nicht einmal den durch die Vorlesung erhaltenen tiefen Eindruck abziehen; es erübrige sich da jedes Lob; Bewunderung sei fast wie Anmaßung; er gestehe, daß es solcher Vermittlung bei ihm kaum bedurft hätte; was in ihm angeregt, aufgeregt sei, lasse sich nicht so eigentlich ausdrücken; er spüre wohl, daß da etwas zur Entscheidung dränge, unbedingt und mit aller Macht, etwas, woran man sich bis jetzt feig vorübergeschlichen habe, und er hoffe, sobald er einigermaßen zur Klarheit gelangt sei, darüber Rechenschaft geben zu können.

Alle begriffen zweifellos, daß dies gewichtige und weittragende Worte waren, Worte, durch die sich ein Mann wie Friedrich Laudin unweigerlich band und die in gewissem Sinn die Richtung seines Handelns bestimmen mußten. Daher das tiefe Schweigen, das ihnen folgte. Luise Dercum war die erste, die das Schweigen brach. Sie reichte Laudin die Hand und sich über die Schulter hinweg an May wendend, sagte sie: »Siehst du, May, ich habe gewußt, daß wir an Doktor Laudin einen Freund haben werden. Nun, wir warten, Doktor, wir warten auf Sie wie die Heiden auf den Apostel.«

Sie drückte seine Hand kameradschaftlich fest, und ihr Blick war heftig und kühn. Vielleicht dachte sie sich gar nichts bei diesen Worten. Laudin schien solchen Argwohn nicht zu hegen; er verneigte sich stumm. Ernevoldt lächelte gutmütig-beschämt. May sah nachdenklich vor sich hin.

29

Doktor Heimeran hatte in seinem Klub eine regelmäßige Bridgepartie, zu der der zweite Sozius der Laudinschen Kanzlei gehörte, Doktor Kappusch, ferner ein Arzt, Professor Weitbrecht, bekannter Spezialist für Hautkrankheiten, und ein Großkaufmann. Es war an einem Samstag nach Schluß der Geschäfte und Betriebe; das Spiel hatte noch nicht lang gewährt, doch Heimeran machte so ungewöhnliche und störende Fehler, daß er sich den verärgerten Vorwürfen seiner Partner aussetzte.

Plötzlich warf er unmutig die Karten hin, strich sich über den kahlen Schädel und sagte: »Es gehn mir heute andre Dinge im Kopf herum, und ich wundre mich, daß Sie, Kappusch, so kaltblütig spielen können als wäre nichts geschehen. Die Geschichte mit Laudin will und will mir nicht aus dem Sinn. Soviel ich auch schon darüber nachgedacht und geredet habe, die Unbegreiflichkeit wird immer größer.«

Die bewegliche Klage ließ erkennen, bis zu welchem Grad die Geister der Wachsamkeit bereits in Verwirrung gesetzt waren. Leitmotiv: ein solcher Mann, zeit seines Lebens von musterhafter Normalität, von tadelloser Korrektheit, legt eine Vertretung nieder, die er schon in aller Form übernommen, weist eine Klientin ab, der er sich verpflichtet hatte, eine hochangesehene Dame, ein geachtetes Mitglied der Gesellschaft.

»Die Herren wissen ja, um wen es sich handelt. Frau Konsul Altacher hat natürlich nicht verfehlt, die Sache an die große Glocke zu hängen, und das Aufsehen war unliebsam genug. Welcher Schaden für die Kanzlei, welche Einbuße an Renommee, was für müßiges, neugieriges, übelwollendes Gerede! Hat das ein Laudin nötig? Mußte das denn sein?«

Doktor Heimeran schaute fordernd und fragend in die Runde. Niemand war der Meinung, daß so Ungehöriges, allem Brauch Widerstrebendes vor sich gehen durfte. Heimeran hat dem Doktor Laudin dringliche Vorhaltungen gemacht, leider als es schon zu spät war. Er hat ihn um seine Beweggründe gefragt; was hat Laudin geantwortet? Er könne die Angelegenheit der Frau Konstanze Altacher nicht mehr mit seiner Überzeugung vereinigen; er habe seine Ansicht über den Fall geändert, sei gezwungen gewesen, sie zu ändern, und habe es der Dame mitgeteilt.

»Aber, meine Herren, das hätte er sich vorher überlegen müssen. Ein Advokat darf nicht zwischen Montag und Dienstag Ansichten wechseln. Ein Advokat ist der Leuchtturm an der stürmischen Küste; er muß an seinem Platz bleiben.«

Es hatte sich, wie sich aus der Erzählung Heimerans ergab, an den Willensumschlag des Anwalts eine ganze Reihe sensationeller Ereignisse geheftet. Zwei Tage nachher starb Konsul Altacher, wie wenn er auf den Laudinschen Theatercoup bloß gewartet hätte, um sich den ferneren Miseren seiner Existenz rasch zu entziehen. Kaum ist sein Grab zugeschaufelt, erhebt die Witwe eine Wiedererstattungsklage auf ein ganzes Vermögen gegen des Konsuls Freund Ernevoldt und dessen Schwester. Sechzigtausend Goldkronen werden zurückverlangt, welche Summe die beiden nach und nach dem Konsul entlockt haben sollen. Und Skandal über Skandal, denn wozu entschließt sich Laudin? Er übernimmt den Prozeß für diese Leute. Er klagt außerdem die Witwe auf Herausgabe eines beinahe zehnfach so hohen Betrages, nämlich einer halben Million Goldkronen, die der Verblichene den Ernevoldts versprochen haben soll.

»Versprochen, meine Herren; denn zu einem rechtsgültigen Testament ist es nicht mehr gekommen. Laudin vertritt den Standpunkt, daß unlautere Einmischungen stattgefunden haben, er beruft sich auf einen Brief, den Altacher an Fräulein Ernevoldt geschrieben hat. Aber ich bitte, das ist ja juristisch unhaltbar und menschlich anrüchig. Der ganze Fall ist anrüchig. Wie kann ein Laudin dazu seine Hand leihen? Was geht vor? Vielmehr: was ist vorgegangen?«

Allein das ist längst nicht alles. Die Beunruhigungen Heimerans erstrecken sich noch auf ein anderes Gebiet. Ein privates; ein persönliches. Doktor Kappusch wird bestätigen können (und bestätigt es), daß Heimeran ihn bei den ersten Anzeichen auf gewisse Tatsachen aufmerksam gemacht hat, die das Befremden des Menschenkenners hervorrufen mußten.

»Ein Mann hat zwanzig Jahre lang an der Gewohnheit festgehalten, seinen Rock an einen bestimmten Nagel zu hängen. Eines Tages hört er auf, es zu tun, wirft ihn achtlos auf den Sessel, auf den Tisch, in eine Schrankekke. Läßt das nicht deutlich auf gewisse Veränderungen im Seelenzustand schließen? Hier sitzt ein Arzt unter uns. Er möge urteilen. Derselbe Mann hat zwanzig Jahre hindurch seinen alten Bureaudiener mit ›Herr Rüdiger‹ angeredet; eines Tages vergißt er es und ruft ihn einfach Rüdiger, noch dazu im unfreundlichsten Ton. Der nämliche Mann hat zwanzig Jahre lang keine einzige Sprechstunde in seiner Kanzlei versäumt, keinen einzigen Termin bei Gericht, keine Verabredung verschoben, keine Konferenz abgesagt, keinen Brief unbeantwortet gelassen. Auf einmal hat die exemplarische Ordnung und Akkuratesse ein Ende; und was für ein Ende! Briefe häufen sich zu Bergen; im letzten Moment vor jeder Verhandlung muß man einen Stellvertreter nominieren; seit Wochen vorgemerkte Parteien muß man abweisen und vertrösten; von manchen will er überhaupt nichts mehr hören; eine halbe Stunde Aktenlesen, und er wirft das Faszikel beiseite; kaum hat man uns gemeldet, daß er endlich gekommen und im Sprechzimmer ist, hastet er bereits wieder weg. Sieht aus dabei: oft nicht mehr zu erkennen; ich sage zu meinen Kollegen: wie wenn man eine schöne leserliche Schrift mit lauter Krakeln überzieht. Das alles sind schwere Bedenklichkeiten, meine Herren. Es liegt immerhin eine alte Gefährtenschaft vor. Man hat in manchem Betracht die Sporen gemeinsam verdient, und Schild und Wappen des einen sind auch die des andern.«

Doktor Heimeran nahm die Karten wieder zur Hand und begann sie mit nervösen Bewegungen zu mischen.

Der Großkaufmann, ein moroser und mißgelaunter Greis, sagte: »Es ist mir zu Ohren gekommen, ich will nicht sagen, daß ich es glaube, aber es ist jedenfalls darüber gesprochen worden, hinter dem merkwürdigen Verhalten Laudins in der Sache Altacher stecke der Einfluß der Schauspielerin Dercum.«

Das sei einfältiger Klatsch, erzürnte sich Doktor Heimeran; noch niemals in seiner ganzen Praxis sei Laudin weiblichen Künsten unterlegen; davon gebe es kein Beispiel, und eine solche Annahme sei nicht erlaubt.

Doktor Kappusch bemerkte ruhig, seines Wissens gründe sich die Beziehung Doktor Laudins zur Dercum auf seine Freundschaft für Egyd Fraundorfer und hänge mit dem Selbstmord von dessen Sohn zusammen. Daß bei dieser Sache die Dercum im Spiel gewesen, sei allerdings ein öffentliches Geheimnis, doch der Schritt Laudins könne da nicht angetastet werden, sondern liefere im Gegenteil nur den Beweis seiner Selbstlosigkeit und Freundestreue.

Bei der Erwähnung des Namens Fraundorfer hatte Professor Weitbrecht emporgeblickt. »Das ist dieser junge Mensch, der Musiker«, sagte er mit ernster Miene. »Er war bei mir. Zwei Tage vor seinem Tod war er in meiner Ordination. Ein lieber Mensch. Ein bedauernswerter junger Mensch.«

Er nickte traurig vor sich hin, als spreche er von einer Erfahrung, die zu gewöhnlich und zu häufig war, als daß man sich dabei aufhalten hätte dürfen, die aber in diesem besonderen Fall doch dem Gedächtnis verwachsen geblieben war. Seine Worte wurden nur von Doktor Heimeran beachtet, der mit juristischem Scharfsinn die Eigenschaften und den Ehrgeiz eines Detektivs verband. Er zog das Notizbuch aus der Tasche und kritzelte rasch die Namen: Fraundorfer – Weitbrecht auf eine leere Seite. Dann teilte er die Karten aus.

30

Pia hatte schon mit dem Mittagessen vergebens auf Laudin gewartet. Er hatte zu kommen versprochen, doch um halb zwei Uhr war aus der Kanzlei telephoniert worden, er sei verhindert, werde aber zum Abendessen nach Hause kommen. Um dreiviertel acht Uhr abends sagte er wieder ab, diesmal selbst, und seine Stimme klang, wie schon seit einiger Zeit übrigens, verändert; rauher, trockener. Er bat Pia, sie möge keinesfalls auf ihn rechnen; es werde spät werden, bis er sich freimachen könne.

Pia antwortete freundlich, obschon im Ton des Bedauerns; mehr als freundliches Bedauern durfte es nicht sein, wenn sie nicht fürchten mußte, den abgearbeiteten Mann zu verstimmen.

So ging es nun den vierten Tag. An den Tagen vorher hatte man ihn auch nur wenig gesehen. Relly äußerte gelegentlich, sie habe beinahe vergessen, wie der Vater aussehe. Sie entwickelte Marlene einen Plan; sie wollte frühmorgens, mit dem Zwerg Uistiti auf dem Arm, vor seinem Bett erscheinen, lebendes memento familiae. Einer solchen Mahnung werde er vermutlich nicht widerstehen. Marlene war jedoch mit Wichtigerem beschäftigt und zeigte für Rellys Scherzhaftigkeiten nur geringes Verständnis. Auch Pia hörte darüber hinweg, über die Klage wie über den Anschlag; nicht einmal das gewohnte, im Verweisen bereits verzeihende Lächeln stellte sich ein, das Relly durch ihre Reden gern auf die Lippen der Mutter zauberte.

Als sie Laudin gegen Mitternacht kommen hörte, löschte Pia das Licht noch eine ganze Weile nicht aus, trotzdem sie müde war, und mehr denn in der üblichen Weise müde; vielleicht ein wenig erschöpft; ein wenig zernagt von den Pflichten und Forderungen, von den Dingen, dem beständigen hadernden anmaßenden Geplapper der Dinge. Sie mochte denken, daß er ihr noch einen Besuch abstatten, eine Viertelstunde an ihrem Bett sitzen werde. Sie hatte Grund und Recht, es zu denken, da es doch so und so oft geschehen war, an soundso vielen Tagen in soundso vielen Jahren.

Aber es geschah heute nicht, wie es gestern, vorgestern und vorvorgestern nicht geschehen war. Einige Minuten nach halb eins machte sie finster und versuchte zu schlafen. Als der Schlaf endlich kam, war es kein richtiger Schlaf. Es gibt eine Art von Schlaf, der wie ein Zimmer mit offenen Türen ist, worin es zieht und worin man sich unbehaglich fühlt.

31

Ein paar Tage danach begannen sonderbare Belästigungen für Pia. Eine Person, die ihren Namen zu nennen sich weigerte, rief vormittags, mittags, abends, ja oft noch in der Nacht an. Eine scharfe, gellende Stimme; die Stimme einer Frau. Sie verlangte, Frau Doktor Laudin zu sprechen, in einer dringlichen Sache, wie sie behauptete, einer Sache, die den Doktor Laudin betraf. Zwar wußte Pia, daß die meisten dieser angeblichen Dringlichkeiten bei Licht besehen Zudringlichkeiten waren; daß es sich dabei um Leute handelte, die Laudin aus irgendwelchen Gründen abgewiesen hatte und denen man in der Kanzlei den Weg zu ihm versperrte; doch war sie bei den ersten Anrufen der Unbekannten gutmütig genug, sich an den Apparat zitieren zu lassen. Auf ihre Frage nach dem Namen der Sprechenden erfolgte regelmäßig eine Pause; dann kam eigentümliches Gerede, halb verworren, halb unverschämt, Gemisch von Drohungen, Beschwerden und dunklen Andeutungen. Pia überließ den Verkehr mit der Lästigen dem Stubenmädchen; lehnte es das Mädchen ab, die verschiedentlichen Botschaften auszurichten, so wurde es von der Stimme mit Insulten überschüttet. Bisweilen wurde mitten im Gespräch eingehängt; bisweilen hörte man nur unartikulierte Worte. In den späten Abendstunden gab es für Pia kein Entweichen, außer sie hätte riskieren wollen, wichtige Benachrichtigungen, allenfalls eine Mitteilung von Laudin zu versäumen. Immer häufiger wählte die Stimme die späten Stunden; mindestens zweimal an jedem Abend. Bei den ersten Worten klang sie gewöhnlich verstellt, dann drang die unsympathische Schärfe durch, und sobald Pia sie erkannte, legte sie den Hörer weg. Es erfaßte sie Abscheu gegen den Mechanismus und seine bösartige Gesicht- und Gestaltlosigkeit; von einem Draht und einer Glocke konnte man gequält werden; es gab fast keine Abwehr, es war so angeschmiedet, man wurde tückisch vergewaltigt; man mußte sich einfach fügen, dem Draht und der Glocke fügen, ob es auch noch so unsinnig und beschwerlich war. Allgemach wurde es so, daß sie zusammenschreckte, wenn das Signal kam; ja, daß sie nervös in die Stille horchte, jeden Augenblick den schrillen Laut erwartend.

Eines Abends dünkte es ihr zuviel. »Nennen Sie Ihren Namen und sagen Sie, was Sie von mir wünschen, oder ich werde mich an die Polizei wenden«, rief sie mit entrüsteter Ungeduld in den schwarzen Trichter. Das Wort Polizei schien sofort zu wirken. Die Stimme bekam etwas Süßliches. Gut, sie wolle sich nennen, sagte die Unbekannte; sie habe es bisher nicht für zweckmäßig gehalten; sie habe gehofft, einmal unter den vielen Malen werde vielleicht doch der Doktor Laudin in Person am Apparat sein; sie müsse ihn sprechen, ausführlich und privat; wolle die Frau Doktor ihm gütigst sagen, wer angeläutet habe, so seien weitläufige Erklärungen nicht nötig; sie solle nur sagen, die Frau Hartmann sei es; er wisse dann schon Bescheid. Sie könne auch in die Villa hinauskommen; sie scheue den Weg nicht, man möge ihr bloß eine Stunde bezeichnen, sie werde kommen. Der Brief, den ihr der Herr Doktor habe schreiben lassen, habe sie entsetzlich aufgeregt, sie sei einen Tag lang im Bett gelegen und habe sich nicht rühren können; solche Briefe seien Gift für sie; sie werde der Frau Doktor den Brief mit der Post zuschicken, da werde sie sich überzeugen können, wie ungerecht man sie, Brigitte Hartmann, behandle. Die Ungerechtigkeit schreie zum Himmel, und das von einem Mann wie Doktor Laudin, auf dessen Ehrenhaftigkeit sie hundert Eide geschworen hätte. Die Frau Doktor möge ihr antworten, wenn sie den Brief gelesen habe; Telephonnummer sechsundfünfzig zwei dreizehn; es hänge viel davon ab, daß sie, Brigitte Hartmann, mit Frau Doktor in Verbindung bleibe; sie sei auch willens, Frau Doktor zu besuchen und mit ihr allein zu sprechen; unter Umständen natürlich; und es sei nicht zum Vorteil des Herrn Doktor Laudin, wenn er dabei beharre, sie nicht zu empfangen und anzuhören; nein, durchaus läge es nicht in seinem Interesse, Frau Doktor werde schon sehen; es seien eben Dinge zu ihrer Kenntnis gelangt, die auch für die Frau Doktor ausschlaggebend sein dürften. Sie fühle sich erleichtert, daß sie endlich der Frau Doktor ihr gepreßtes Herz habe ausschütten können; die Frau Doktor gefalle ihr nämlich sehr; sie habe vorigen Sonntag die Frau Doktor in der Stadt gesehen; ihre Kusine habe sie ihr gezeigt. »Gute Nacht, Frau Doktor.«

Alles dies sprudelte wasserfallähnlich aus der Hörmuschel in Pias Ohr; in einer Art von Betäubung ließ sie es über sich ergehen. Es kümmerte sie nicht. Es ging ihr nichts nah daran. Es waren Laudins Geschäfte, entlegener Bezirk; Laudins Menschen, verschwommene Silhouetten; die Namen hatten keine ausgeprägtere Bedeutung als Namen in einem Adreßbuch; dran haftendes Schicksal war nicht viel mehr als Geklapper von Tellern in der Küche. Trotzdem war etwas Häßliches aufgespritzt; Pia schaute unwillkürlich ihre Hände an, als seien sie beschmutzt.

Am folgenden Nachmittag erhielt sie den Brief, Zuschrift der Kanzlei an Frau Brigitte Hartmann. »Sollten Sie sich bis zum 15. Januar in der Sache Karoline Lanz nicht in einem unsere Klientin befriedigenden Sinne entschieden haben, so würden wir uns gezwungen sehen, die Strafanzeige zu erstatten. Unter Darlegung des Sachverhalts an das für die Nachlaßabhandlung zuständige Gericht müßten wir den Antrag auf Ihre Vorladung und eidliche Aussage stellen. Wir werden unterdessen namens unserer Klientin bei der Bank, wo das Hartmannsche Vermögen erliegt, nachforschen lassen, ob Sie seit Entfernung oder dem Tod Ihres Gatten irgendeine Beziehung zu diesem Depot gehabt haben, und für alle Fälle werden wir dafür Sorge tragen, daß das Depot von Amts wegen gesperrt wird, was unter Vorlage des Totenscheines jederzeit geschehen kann. Wir sind Ihrer Rückäußerung gewärtig und zeichnen« und so weiter.

Dazu hatte Brigitte Hartmann folgendes geschrieben: »Geehrte Frau Doktor sehen also, wie man mit mir umspringt. Ich bin fest entschlossen, mir einen derartigen Ton nicht gefallen zu lassen. Bin ich denn eine Hergelaufene, bitte? Nein, ich bin eine Mutter, genau so wie Sie, Frau Doktor, und als Mutter wie auch als Ehegattin habe ich mir nichts vorzuwerfen, höchstens, daß ich meine Pflichten immer viel zu ernst genommen habe. Andere dagegen treiben mit den heiligsten Gefühlen Schindluder, Leute, von denen es kein Mensch glauben sollte. So ist es, geehrte Frau Doktor. Zehnmal war ich bereits in der

Kanzlei; Herr Doktor Laudin war nicht für mich zu sprechen, einfach nicht zu sprechen, eine Kränkung, für die ich gar keinen Ausdruck habe, zumal meine Verehrung für den Herrn Doktor unendlich ist. Ich höre, daß viele Parteien sich über Vernachlässigung beklagen; die wissen eben nicht, was ich weiß, was ich mich jedoch hüten werde, Frau Doktor zu verraten. Immerhin, was nicht ist, kann noch werden, ich bin keine, die ihr Licht unter den Scheffel stellt, und meine Augen hab ich dort, wo sie hingehören, schon weil man sich umtun muß in der Welt und zusehn, ob bei den Großen oben alles so moralisch ist wie sie uns glauben machen. Ich bin ja auch nicht auf der Wassersuppe hergeschwommen, bin von guter Familie, bitte, und habe Bildung genossen, worauf aber leider wenig Rücksicht genommen wird. Hoffe, daß Frau Doktor die offene Meinung nicht verübeln Ihrer achtungsvoll zugeneigten Brigitte Hartmann.«

Pia begriff von alledem nichts, nur hatte sie wieder, wie gestern, die Empfindung, von Unreinem berührt zu werden. Am nächsten Morgen, beim Frühstück, fragte sie Laudin: »Wer ist Brigitte Hartmann?« reichte ihm den Brief und berichtete in ein paar Worten, was für seltsamen Unfug die Betreffende seit einer Woche getrieben habe.

Laudin las den Brief, behielt ihn sogar länger in der Hand, als Pia glaubte, daß es nötig gewesen wäre, und mit einer zornigen Spannung, die Pia abermals wunderte, sagte er: »Man muß auf Mittel sinnen, die Närrin unschädlich zu machen. Es ist denkbar, daß sie inzwischen die Frechheit noch weiter treibt und dich durch persönliches Erscheinen molestiert. In diesem Fall meide die Begegnung, meide den Anblick, meide sie wie die Pest. Aber ich werde nicht vergessen, sie vorher zur Ruhe zu bringen.«

Lächelnd und mit leisem Kopfschütteln sah ihn Pia an. »Ich hätte dir bestimmt nichts erzählt und dir auch den Brief nicht gezeigt, hätt ich geahnt, daß es dich erregt oder dir nur einen unangenehmen Augenblick bereitet«, anwortete sie. »Ich weiß nichts von der Frau, aber sie ist wohl ein armer Teufel, und an die Sorte wirst du gewöhnt sein. Sie scheint sich festgerannt zu haben und zappelt und winselt nach dir. Das kann dich doch nicht anfechten. Oder doch? Es beunruhigt dich etwas dabei. Willst du mir nicht sagen, was es ist?«

Man hatte sich heute mit dem Frühstück ein wenig verspätet; die Kinder waren schon zur Schule aufgebrochen, die beiden Gatten saßen allein bei Tisch. Während Pia so fragte und in das große ernste Gesicht Laudins schaute, veränderte sich der heitere, in vieljähriger Morgengewöhnung sorglose oder sorgenabhaltende Ausdruck ihrer Züge, und plötzlich lag auf ihrer schönen Fräuleinstirn gleichsam ein trüber Widerschein dessen, wovon auch seine Stirn zerfurcht und zerwühlt war, ohne daß sie jedoch wußte und aufnahm, was es war. Es äußerte sich wie ein Akt inneren Gehorsams, und durch solche Akte werden die Gesichter von Eheleuten schließlich einander ähnlich. Einige Sekunden lang trafen sich ihre Blicke, und nach ungebührlich hingedehntem Schweigen sagte Laudin ungefähr:

Vollkommen irrig die Annahme, man habe hier ein irgendwie bemitleidenswertes Geschöpf vor sich. Gänzlich fehl am Ort sei Mitleid. Die trete auf, bewähre sich und stehe in floribus: eine Repräsentantin. Was sie tue, wolle, beanspruche und worin sie lebe und atme, sei Ergebnis alles Mittleren, aller zwischen den Klassen getroffenen Übereinkünfte, aller eisernen Regel, die im Lauf der Zeiten Rost angesetzt, aller Verträge, Bullen, Paragraphen, Vorschriften und Urkunden, die seit dem Bestand von Staaten ausgegeben und fixiert worden seien, um Recht in Zwang zu verkehren, Sicherheit in Angst und Sitte in Zuchthausgeist. Man könne getrost behaupten, daß durch die langsame und fleißige Minierarbeit besagter Repräsentantin und ihrer Hintersassen alle edle Freiwilligkeit zerstört worden sei und beständig weiter zerstört werde; vor ihr und ihren Hintersassen sei die Menschheit in Bausch und Bogen ein einziger Schuldner, sie habe das Gesetz gepachtet, die Moral, die Liebe, die Treue, die Frömmigkeit, den lieben Gott, und insofern sie mit ihrem irdischen Glück und bei der Erfüllung ihrer Forderungen zu kurz gekommen sei, stehe die ganze menschliche Gesellschaft bei ihr in der Kreide. Sie trage den Schuldschein wohlverwahrt am Busen und weise ihn bei jeder Gelegenheit vor; ohne Unterlaß in ihren angestammten Rechten beleidigt, sei sie der Shylock der bürgerlichen Welt, Shylock mit dem Schein.

Fraglich, ob Pia es verstand. Sozialkritische Ausführungen dieser Art mit symbolischem Gehalt gingen über ihren Horizont. Doch ruhte ihr Blick mit inniger Aufmerksamkeit auf Laudins Gesicht, und offenbar war es mehr der Ton seiner Rede, der bittere, müde, heimlich erregte Ton, als der Sinn, der sie betroffen machte. Möglicherweise waren die Worte gar nicht an sie gerichtet, sondern an eine imaginäre Zuhörerschaft; diesen Eindruck konnte man gewinnen, wenn man ihn ansah, wie er mit gesenkten Augen sprach, das Kinn auf die aufgestützte Hand gelegt, ein eigentümlich ferner und unvertrauter Mann plötzlich.

Man kann ja täglich beobachten, mit welcher verbissenen Hartnäckigkeit er auf seine Privilegien pocht, der weibliche Shylock mit dem Schein. Pia soll sich zum Beispiel die Mühe nicht verdrießen lassen, das charakteristische Schriftstück zu studieren, das sie ihr geschickt, dieses oder auch andere von derselben Observanz; es läuft immer auf dasselbe hinaus. Dieselben Fahnen werden geschwungen, dieselben Fanfaren geblasen, mit derselben wütenden Unerbittlichkeit dasselbe Festschießen auf dieselben Trophäen veranstaltet. Pflicht, Ehre, Gewissen, Mutterschaft, Aufopferung, Glaube, Religion, Heim und Herd, alles ist zu finden, alles wird aufgezeigt, nur nicht Stolz, nicht Würde, nicht Herzensgröße. Er ist unempfindlich gegen Gründe, der Shylock im Unterrock, er hört sie nicht, er hört den andern Menschen nicht, er sieht ihn nicht, er schwenkt bloß seinen Schein und will das kontraktlich zugesicherte Pfund Lebendfleisch haben. Für alles übrige ist er taub. Er alarmiert die Polizei, beschäftigt die Gerichte, und wenn er selbst sich gegen Polizei und Gericht vergeht, entfesselt er eine ungeheuerliche Flut von Rabulistik, ruft mit wildem Schmerzensgeschrei die ganze Gemeinde zum Zeugen seiner Unschuld auf und bringt es schließlich fertig, das eigene Verbrechen mit dem Nimbus des Märtyrertums zu schmücken. Es ergötzt Laudin, es lächert ihn bis zur Schadenfreude, wenn er sich Shylocks Umtriebe am Telephon vorstellt.

Es ist so witzig, Frau Shylock am Telephon; sie macht sich alle staatlichen Vorteile und Erleichterungen zunutze, um ihrer Hauptleidenschaft zu frönen, als welche darin gipfelt, Menschen in Atem zu halten und zu Tributären ihres Unglücks zu machen. Frau Shylock will die ganze Welt um sich her dampfen sehen; sie trägt ein schmerzbewegtes Bild von sich selbst in der Brust und möchte, daß alle daran teilhaben und mit ihr um sie trauern. Gerade solche Vehikel wie das Telephon liebt Madame Shylock; auch Telegraph, Luftpost und Radio; die vergöttert sie nahezu, denn sie ermöglichen ihr eine unvergleichlich gesteigerte Betriebsamkeit gegen das schleppende Verfahren, bei dem sie groß geworden ist, eine Geschwindigkeit des Manifests, des Nachrichtendienstes, des Leutedurcheinanderbringens, die alles übertrifft, was sie sich in ihren ehemals bescheidenen Träumen hat beifallen lassen, da sie, mag sie unter Umständen äußerlich noch so hochgestiegen sein, in die Großindustrie oder gar in den Adel hinauf, im Grund ihrer Seele stets Plebejerin bleibt. Was ist Plebejertum anderes als das Pochen auf den Schein, den gestempelten Schein, in diesem wie fast in jedem Fall mit dem Hinblick auf Lebendfleisch –?

Pia hatte den Kopf gesenkt wie jemand, der in einen Steinregen geraten ist. Ihre Wangen waren blaß geworden; ihre Augen groß und rund. Es war, als überlege sie: Was ist das für ein Mann, der diese Worte spricht? Kenn ich ihn? Kenn ich ihn noch? Oder kenn ich ihn am Ende nicht mehr? Als wolle sie das Gehörte wegräumen und mit etwas Hausbackenem zudecken, sagte sie leise: »Der Schneider hat wissen lassen, du sollst zur Anprobe kommen, Friedrich. Es freut mich, daß du wieder einmal an deine Equipierung denkst. Seit zwei Jahren hast du dir keinen neuen Anzug machen lassen. Es war schon eine Schande. Obwohl mir Egyd Fraundorfer neulich sagte, als ich wegen seines skandalösen Aussehens mit ihm zankte, ein Mann in seinen Jahren gehe nicht ohne zwingende Not zum Schneider; es sei immer ein Fluchtversuch, wenn er's doch täte, oder ein Betrugsversuch. So ein Unsinn, so ein spitziger Fraundorferscher Unsinn.«

Laudin blickte empor. »Ja, es ist ein Unsinn«, sagte er. »Vielleicht, vielleicht ist auch ein Korn Wahrheit drin. Wir wollen es aber nicht untersuchen, Pia.«

Er erhob sich und küßte sie auf die Stirn. Einer ihr selbst unerklärlichen Regung nachgebend, als müsse sie ihn an diesem Tag irgendwie beschützen, fragte sie, ob sie ihn in die Stadt begleiten solle. Er schüttelte den Kopf.

32

Seit Monaten führte Laudin den Prozeß einer großen Aktiengesellschaft gegen den Staat. Es war eine verwickelte und langwierige Affäre, und bedeutende Werte standen auf dem Spiel. Jede Maßnahme mußte mit äußerster Bedachtsamkeit erwogen werden, der geringste Fehlgriff konnte verhängnisvolle Folgen nach sich ziehen.

Bei dem gerichtlichen Termin, es war bereits der vierte in der Angelegenheit, erschien Laudin um eine halbe Stunde zu spät, was mit Befremden vermerkt wurde. Der gegnerische Anwalt hatte die Zeit zu benutzen verstanden, indem er den Richter bestimmt hatte, auf die Verlesung eines Protokolls zu verzichten, das zur Kenntnis des Gerichtes zu bringen von Wichtigkeit gewesen wäre. Ein schwer gutzumachendes Versäumnis. Es entspann sich eine Debatte zwischen Laudin und dem Richter, bei welcher Laudin auf die mangelhafte Instruktion seines Stellvertreters hinwies, und im Laufe des Wortstreits wurde er in ungewöhnlicher Weise heftig. Der gegnerische Anwalt remonstrierte; Laudin fiel ihm ins Wort, und zwar mit einer Ungeduld und einem verächtlichen Hohn, die unliebsames Aufsehen erregten, da ja seine geradezu zeremoniösen Verkehrsformen gleichsam zum festen Inventar des Hauses geworden waren.

Es gelang dem Richter, einem jovialen und erfahrenen Mann, ihn zu beschwichtigen. Die Verhandlung wurde fortgesetzt. Aber den meisten Anwesenden, fast lauter Sachverständigen, schien es auf einmal, wie wenn es Laudin in der Beurteilung des Falles an der sonstigen Klarheit gebreche. Auf Unbeträchtliches legte er übertriebenen

Nachdruck; entscheidende Argumente ließ er unversehens fallen; einige Male war er sogar genötigt, das Versagen seines Gedächtnisses zu entschuldigen. Es war, als sei er des Materials nicht mehr Herr; der Schwäche seiner Führung innewerdend, wollte er gewisse Resultate durch gewaltsame Verfügungen erzwingen, die nur, wie er wohl wissen mußte, durch biegsame und sorgfältig berechnete Diplomatie zu erreichen waren.

Seine Klientenvertreter, in Schrecken gesetzt durch die Möglichkeit einer ungünstigen Wendung des Prozesses, wünschten den Abbruch der Verhandlung. Der Richter selbst, der bisweilen einen bedenklich fragenden Blick auf Laudin geworfen hatte, verkündete alsbald die Vertagung.

33

In der Kanzlei erschienen an demselben Tag drei Parteien mit Scheidungsbegehren. In allen drei Fällen lagen unheilbare Zerwürfnisse vor. Die Ehen waren angefault bis ins Mark, und schuldig waren in allen drei Fällen die Männer, was nach der Sachlage nicht bezweifelt werden konnte. Im einen Falle hatte krankhafter Geiz des notorisch reichen Mannes die Frau zur Verzweiflung getrieben; der zweite Fall betraf einen Mann mit vollkommen zerrütteten Nerven; sechzehn- bis achtzehnstündige tägliche Berufsarbeit, fortgesetzt durch Jahre, das wütende Verlangen nach Macht, Stellung, Einfluß, er war Bankier, hatte seine Gesundheit vernichtet, und er fand aus immer häufiger wiederkehrenden Gemütsdepressionen nur Befreiung, wenn er die Frau körperlich mißhandelte. Dabei hob die Frau, deren Gemüt und Geist gebrochen waren, seine sonstige Gutmütigkeit hervor.

Im dritten Fall kamen beide Eheleute. Der Mann war Ingenieur und machte zunächst einen ruhigen, verständigen Eindruck. Als aber die ehelichen Wirrnisse zur Sprache gelangten, entfaltete er einen Zynismus, der sich sowohl auf Einzelheiten wie auch auf das Allgemeine des Zusammenlebens erstreckte und um so ungeheuerlicher und schamloser wirkte, als seine Schilderung beständig von der Frau in fast anerkennender Weise bestätigt wurde. Er gab nicht nur offen zu, daß er die Frau betrogen und hintergangen, die jugendliche Schwägerin verführt, mit zwei von deren Freundinnen Verhältnisse gehabt, ein Dienstmädchen geschwängert und die Nächte in Bars und Tanzlokalen verbracht hatte, sondern er war auch stolz auf dieses Treiben, er hatte großartig klingende Rechtfertigungen dafür, indem er von dem berechtigten Wunsch des Sichauslebens redete, von der Notwendigkeit der Sinnenfreude für einen werkschaffenden Mann und von der Torheit und Schädlichkeit des monogamischen Ideals überhaupt.

Es waren Menschen, die sich nicht mehr die Mühe gaben, die Fenster ihrer Seele zu verhängen. Sie hatten die Fähigkeit verloren, sich einer über den andern zu wundern, geschweige denn, aneinander zu leiden. Man hatte sich des Leidens entledigt, man war unempfindlich dagegen, insofern waren es Schicksale der Zeit, und unerhebliche noch dazu. Sie wohnten einander bei wie die Buschneger, versäumten aber als gelehrige und fortgeschrittene Schüler der Epoche nicht, ihre Beziehungen zu analysieren und sich gegenseitig die Blößen vom Leib zu reißen. Dabei sagten sie etwa: Wir haben nicht miteinander harmoniert (eines der mißbrauchtesten Worte aus dem Vokabular), als ob ihr Gefühl und Denken von Harmonie oder dem Wissen darum jemals auch nur behaucht worden wäre. Wie ein Geologe die Wirkungen eines Erdbebens, vermochte Laudin bei dem sozialen Zusammenbruch, dessen Anfang und Ende und wahre Natur noch nicht zu erkennen waren, den Zustand der Geister zu überschauen. Es wurde immer mehr ein Spaziergang unter Trümmern daraus.

»Haben Sie Kinder?« fragte er.

Ja, sie hatten Kinder; zwei Kinder. Eines sei mitgekommen, erklärte die Frau mit munterem Eifer, es sitze draußen im Wartezimmer, sie wolle es dem Herrn Doktor zeigen. Sie holte das Kind, ein vierjähriges Mädchen.

Das Kind war ein Engelsbild.

Die Erschütterung, die Laudin durch den Anblick des herrlich schönen Kindes erfuhr, grub sich tief und schrecklich in ihn ein. Als kurz nachher Bernt Ernevoldt und May, die angesagt waren, zu ihm ins Zimmer traten, äußerte er mitten im Gespräch, als hätte ihn nur dies während der ganzen Zeit beschäftigt: »Ich muß glauben, daß Kinder von anderem Blut, ja von anderer chemischer Beschaffenheit sind als Erwachsene. Es sind Geschöpfe, so fremd unserer Art wie wir vielleicht den Tiefsee-Organismen. Mit einem Male werden sie Menschen. Was das heißt, wissen wir. Bis zum fünften, zum siebenten Lebensjahr elfenhafte, unbegreiflich hohe Kreaturen, reine, zarte, gute Wesen, wundervoll entwickelbar; auf einmal dann Menschen, ganz gewöhnliche Menschen, zwölf im Dutzend, sechzig im Schock, leer, dumm, stumm, hoffnungslos und gottverlassen. Wieso kommt das? Wieso geschieht es? Woher der Knacks? Auf welche Weise verschwindet der Kristall und wird zu Fensterglas? Wann? Mit welchem Tag beginnt es? Aus welcher Ursache? Darüber könnte man sich zu Tode denken.«

May, die tiefe Trauer trug und sich, wie meistens, so auch jetzt schweigsam verhalten hatte, hob den Schleier, und ihre mondsteingrauen Augen leuchteten den Advokaten rätselhaft an. »In den Kinderseelen stirbt, was die Väter und Mütter nicht zu leben imstande sind«, sagte sie mit leiser Stimme.

Laudin betrachtete sie forschend, als warte er auf eine deutlichere Erklärung, aber sie verfiel wieder in ihr Schweigen.

34

Ernevoldt und seine Schwester waren gekommen, um eine Vollmacht zu unterschreiben. Außerdem hatte May am Abend zuvor eine Zusammenkunft mit Konstanze Altacher gehabt (diese hatte den ausdrücklichen Wunsch geäußert, das junge Mädchen zu sehen), und sie hätte darüber berichten sollen. Aber es erwies sich, daß sie hierzu nicht fähig war. Sie hatte den Verlauf der Unterredung gleich nachher Luise Dercum mitgeteilt; sie konnte es nicht über sich bringen, es ein zweites Mal zu tun, und

Luise hatte sich bereit erklärt, Laudin von allem zu unterrichten. Nach Bernt Ernevoldts Andeutungen hatte es eine peinliche Szene gegeben, mit Tränen und Reminiszenzen, Verwünschungen und Beschwörungen, Versöhnungsangebot und Verzichtsforderungen, alles in einem und demselben Atem, und May war vollkommen krank zurückgekehrt.

Laudin hätte gern Genaueres gehört, da ihm der Charakter Konstanze Altachers nach und nach ein dunkles, in seinem ganzen Umfang ihm selbst noch nicht recht verständliches Interesse einzuflößen begann. Nicht weniger als es, in anderer Art und anderer Lebensschicht, bei Brigitte Hartmann der Fall war. Es war, als ob eine unendliche Anzahl von Frauen, die in Jahren und Jahrzehnten schattenspielhaft an ihm vorübergezogen war, sich allmählich zu diesen beiden Figuren verdichtet hätte, gleichsam zwei verschiedenen Fleischwerdungen eines Weltzustandes, und als ob er dadurch erst zu dem durch nichts wieder zu beseitigenden Bewußtsein gelangt wäre, durch diese Krönungs- oder Gipfelfiguren nämlich, daß in der Verstrickung mit ihren Geschicken unergründlich Übles an ihm geschehen war.

Er hatte durch Ernevoldt wie auch durch unmittelbare Zeugen, vornehmlich einen ihm befreundeten Notar, in Erfahrung gebracht, was sich einen oder zwei Tage vor Konsul Altachers Tod im Sanatorium zugetragen hatte. Frau Konstanze war während der Anwesenheit zweier Schwäger und eines älteren Bruders ihres Mannes an dessen Krankenbett erschienen, hatte ihn schluchzend umschlungen und mit Liebkosungen beinahe erstickt, wie überhaupt ihr Betragen beängstigend exaltiert gewesen war; zu gleicher Zeit hatte sie ihn auf den Knien und mit aufgehobenen Händen angefleht, seinen Entschluß, sich scheiden zu lassen, aufzugeben, denn dazu werde sie niemals und unter keinen Umständen ihre Einwilligung geben. Die Verwandten hatten sich vorher geeinigt, in Ruhe mit Edmund Altacher zu sprechen; sie waren auf das unangenehmste überrascht, als Konstanze plötzlich ins Zimmer stürzte, um so mehr, als sie ihnen feierlich zugesagt hatte, die Intervention, die man um ihretwillen unternahm, nicht durch ihr unvermutetes Erscheinen zu gefährden. Aber wahrscheinlich war sie von irgendeiner Seite her benachrichtigt worden, daß Altacher um dieselbe Stunde den Notar bestellt hatte, und vor nichts hatte sie so große Furcht als vor der Abfassung des Testaments. Diese zu verhindern, glaubte nur sie imstande zu sein. Deshalb war sie gekommen. Aber sie war nicht allein gekommen. Im Korridor warteten die drei Töchter, die sie gezwungen hatte, sie zu begleiten, die sonst ihren Vater wohl täglich besucht hatten, aber ohne die Mutter, da sie wußten, wie ungünstig ihre Nähe und Gegenwart auf sein Befinden wirkte. Nur mit Widerstreben hatte Altacher die Verwandtenabordnung empfangen; die Ärzte hatten nicht unterlassen, ihn auf die Folgen etwaiger Erregungen aufmerksam zu machen. Vermutlich aber sträubten sie sich nur zum Schein, weil sie ihn für verloren hielten und es andererseits seinen Zustand vielleicht wohltuend beeinflußte, wenn er seine Familienangelegenheiten ordnen konnte. Somit war es auch Konstanze möglich, zu ihrem Mann zu dringen; über seine ausdrückliche Bitte, ihm eine Zeitlang fernzubleiben, dachte sie sich bei dieser Gelegenheit hinwegsetzen zu müssen; der Gattin darf man die Tür nicht verschließen, sagte sie zu ihren Töchtern, die ihr schüchterne Vorstellungen zu machen wagten. Sie hatte eben einen unbeugsamen Willen, wenn sie sich etwas Bestimmtes vornahm, und da nach ihrer eigenen Meinung jeder ihrer Schritte Erleuchtung von oben war, gab es niemals Hemmungen für sie. Umsonst bemühte sich der Kranke, ihre Wildheit, ihren Schmerz, ihren stürmischen Appell durch Gebärden und geflüsterte Worte zu beschwichtigen; vergeblich auch das Zureden der Verwandten, die unter diesen Umständen ihre Mission als gescheitert betrachten mußten; die selbstisch fassungslosen Ausbrüche Konstanzes steigerten sich bis zu dem Augenblick, wo der Notar das Zimmer betrat; da rief sie ihre Kinder herein und sagte in einem wahren Krampf von Verzweiflung: Von euch hängt es jetzt ab, daß euch euer Vater nicht in ewige Schande stürzt und seiner Mätresse ein Vermögen zuwendet, auf das nur ihr Anspruch habt und kein Mensch sonst auf der Welt! Die Töchter brachen in Tränen aus; sie schämten sich, sie wären am liebsten geflohen, aber der eiserne

Wille der Mutter beraubte sie jedes Gedankens und Entschlusses. Das war die grandiose Macht Konstanzes, das war ihre Macht immer gewesen, namentlich wenn sie sich zur großen Leidenschaft entfaltet hatte, und dem war auch Edmund Altacher stets unterlegen. Ein der Leidenschaft und Entflammung fähiger Mensch kann den Himmel herabzaubern oder die Hölle aufreißen; Altacher, wie er selbst mit Trauer gestanden, hatte die Besessene führerlos gelassen, so war ihr das Oben und Unten, Licht und Finsternis vertauscht. Er ergab sich; auf seinen stummen Wink entfernte sich der Notar wieder; nur noch den Frieden der letzten Stunden ersehnend, gelobte er Konstanze in die Hand, auf das testamentarische Legat, das nach ihrer Überzeugung die Ehre der Familie untilgbar beflecken würde, zu verzichten; von der Scheidung könne, solang er sich schwer leidend fühle wie jetzt, ohnehin nicht die Sprache sein. Dagegen schwor Konstanze, die vor Rührung und Dankbarkeit ganz zerknirscht und hingeflossen war, seine Freundin solle, insofern sie es verhindern könne, niemals Entbehrungen oder Sorgen haben, auch leistete sie wegen des beleidigenden und, wie sie ausdrücklich betonte, unzutreffenden Ausdrucks, dessen sie sich über May Ernevoldt bedient, vor allen Anwesenden und ihren Kindern reuig Abbitte. In der zweitfolgenden Nacht war dann Edmund Altacher gestorben. Konstanze saß als treue Gattin und Pflegerin an seinem Lager; May hatte man nicht mehr zu ihm gelassen.

Laudin sagte, er habe bei alledem ein Schwindelgefühl. Gut und Böse, Unglück und Berechnung, Liebe und Geschäft, Pietät und Geldgier seien hier so unlöslich ineinander verfilzt, daß eins das andere bald verdopple, bald vernichte und dem abwägenden Urteil jede Handhabe, dem moralischen Bewußtsein jeder Anhalt fehle. Etwas Ähnliches sei ihm in seiner Praxis noch nicht begegnet. In der Tat war sein Billigkeitsempfinden durch alle diese Vorgänge aufs tiefste verletzt. Es überfalle ihn, wenn er sich mit ihnen beschäftige, ein Heißhunger nach Reinlichkeit und Menschenwürde, so äußerte er gegen May, und wenn er in der Nacht aufwache, verspüre er einen brennenden, ohnmächtigen Zorn. Wie weit er sich bei seinem Handeln im Zustand ruhiger Selbstbestimmung und sachlicher Verantwortlichkeit befand, konnte niemand in seiner Umgebung ermessen; die unmittelbaren Antriebe lagen klar genug auf der Oberfläche; was sich aber darunter abspielte und wovon sein ganzes Inneres eingenommen war, ohne daß er die sich langsam zum Gewebe verspinnenden Fäden zu regieren wagte, blieb ihm verborgen, schon deshalb, weil er in sein Inneres zu dringen nicht gewohnt war und er zu den bescheidenen Naturen gehörte, die für das eigene Seelenleben wenig Interesse haben oder die unbekannten Kräfte in ihrem Gemüt mit einer Art von Selbstrespekt sich auswirken lassen. Sicher ist, daß ihm der Tod des Konsuls nahe ging wie der Tod eines Freundes und daß er hauptsächlich unter dem Eindruck davon den verhängnisvollen Entschluß faßte, den Prozeß für die Geschwister Ernevoldt zu führen. Als Konstanze Altacher dann mit ihrer Vertretung einen der geschicktesten, geriebensten und in gewissem Sinn auch verrufensten Anwälte, den Doktor David Kerkowetz, betraute, wurde es ihm Ehrensache, den höchst zweifelhaften Fall mit seiner Autorität zu decken.

Er schien zu vergessen, daß er die Autorität damit gefährdete, am Ende vielleicht sogar die Ehre.

35

Wahrscheinlich hatte Konstanze Altacher während ihrer Zusammenkunft mit May Ernevoldt dem jungen Mädchen bestimmte Vorschläge wegen einer pekuniären Abfindung gemacht, um so das Versprechen, das sie ihrem sterbenden Gatten gegeben, dem Buchstaben nach zu erfüllen. May war aber, wie erwähnt, durchaus nicht zu bewegen, darüber zu sprechen, ob aus Verachtung oder einem Gefühl der Demütigung, das sie bei dieser Gelegenheit erlitten, war nicht zu erfahren. Als Laudin ihr vorstellte, daß er, um eingreifen zu können, von allem Geschehenen bis ins einzelne wissen müsse, berief sie sich immer wieder auf Luise, die von ihr zur Mitteilung ermächtigt worden sei.

»Ich habe Ihnen noch viel zu erzählen«, sagte sie zu Laudin in vertrauensvoller Haltung, die sie nur gegen wenige Menschen zeigte, »und ich habe mir längst vorgenommen, es zu tun. Die Ehe Edmunds und seine Erlebnisse in der Ehe, das ist etwas, wovon ich innerlich nicht loskommen kann, es ist für mich wie ein Sinnbild von schuldigem und leidendem Dasein; eine ganze Passion. Wenn ich nur die Kraft dazu habe; es ist so viel drin enthalten, das Allerschmerzlichste und -düsterste. Was er niedergeschrieben hat, gibt nur einen geringen Begriff von allem. Meine Ansichten über die Ehe sind dadurch von Grund aus geändert worden, obschon ich mit ihm selbst gerade darüber nie gesprochen habe; nur jetzt kommt es manchmal vor«, hier wurde ihre Stimme zu einem kaum verständlichen Flüstern, und ihre Augen versanken, »daß ich ihn rufe, um ihn zu fragen und mich mit ihm zu beraten. Denn für mich ist er ja nicht tot.«

Laudin wußte schon von Luise Dercum, daß sich May völlig in die Idee und den Glauben an eine geisterhafte Verbindung mit ihrem hingeschiedenen Freund eingelebt hatte. Es aus ihrem eigenen Mund bestätigt zu hören, überraschte ihn dennoch und bereitete ihm sogar, wie ihm anzumerken war, eine Sekunde lang ein widriges Gefühl der Scham, gegen das er stets anzukämpfen hatte, wenn er sah, daß sich Menschen über die natürliche Ordnung wirklich hinwegsetzten, wirklich in einer halb geträumten Überwelt existierten und daß dies nicht bloß auf einem Hörensagen beruhte, das man mit einem Kopfschütteln abtun konnte.

Man hatte ihm berichtet, daß Konstanze Altacher seit dem Tode ihres Gatten einen wahren Kultus mit seiner Gestalt treibe, alle Erinnerungen an ihn sammle, alle Briefe hervorsuche und abschreiben lasse, seine Meinungen und Aussprüche wie Orakel wiedergebe, in allen Räumen Photographien von ihm aufstelle, gerade so, als ob es Verehrungswürdigeres als seine Person nie für sie gegeben und sie nie etwas anderes getan hätte, als sein Wesen und seine Führung zum Maßstab und zur Richtschnur der ihren zu machen. Lag da der Wiederverleiblichung, dem Wiederheraufruf ins Irdische nicht ebenfalls eine das sittliche und natürliche Gesetz beleidigende Anmaßung zugrunde, obschon von anderer Weise, nicht eine weltentfremdete, sondern eine die Tatsachen verzerrende, das gewesene Leben umlügende? So mußte sich Laudin fragen, und in der Frage bereits zweifelte er vermutlich, ob er Lüge nennen dürfe, was allen Menschen für Pietät galt, ein Lügenwerk zumeist, das doch seine besondere Wahrheit in sich trug, wie sehr er auch entschlossen war, es zu verabscheuen, samt dem möglichen Wahrheitsgehalt sogar, da ihm diese Sorte Pietät nichts anderes bedeutete als eine freche Unterschlagung begangener Sünden. Es war der Dünkel, immer wieder der nämliche Dünkel, verkleidet, hinter einer Larve versteckt, kaum zu identifizieren und gleichwohl in dieser Form so hassenswert wie in jeder.

Phänomen; dies war sein Phänomen; so hieß er es; sein Cauchemar; das bürgerliche Gespenst, unter dem er litt, vor dem er schauderte und gegen das er zu Feld zu ziehen entschlossen war.

Er sprach liebreich mit May, um sie über die Erwägungen zu täuschen, die sich auf seinen Zügen malten wie Krämpfe. Er wollte sie verstehen. Aber gleich einer Pflanze, die ihre Blüten nur in der Dämmerung öffnet und deren Lebensäußerungen nur auf membranhaftes Tasten beschränkt sind, wurde sie hiervon gar nicht berührt und schien auch nicht zu ahnen, wie scharf er ihre Äußerung von dem »Erscheinen« des toten Freundes aufs Korn genommen hatte und wie ihm daran gelegen war zu erforschen, welche Haltung Luise Dercum gegen einen solchen Übergriff ins Irreale einnahm. Triste Obskurantismen, urteilte er als ein Mann, der seit jeher den Aufklärerweg gegangen war, und es lag viel von dem phantasielosen Haß des Akademikers und des Liberalen in seiner Abwehr. Von dem Punkt aus betrachtet, wo er stand, war ihm die Freundschaft zwischen Luise und May ein Rätsel. Er sagte sich zwar, daß er sich in dem gewöhnlichen männlichen Irrtum befinde, als setzte Freundschaft eine geistige Gleichartigkeit und geistige Bindung voraus und daß ein solches Erfordernis unter Frauen offenbar nicht gelte; aber hier waren die Wesensverschiedenheiten so unvereinbar, daß sich auch ein herzliches Verhältnis nicht recht erdenken ließ. Eine scheue, schreckhafte, einsamversponnene, entblutete Mimose; und ein Weib, das ganz Nerv, Bewegung, Feuer, Gegenwart, Sinnenhaftigkeit und Wirklichkeit war; keine Philosophie über die Anziehung des Gegensätzlichen konnte da hinlängliche Erklärungen schaffen.

Durch diese Gegenüberstellung, die er mit der ihm eigenen Gründlichkeit vornahm, wird klar erkennbar, in welchem Licht ihm Luise Dercum damals noch erschien. Zweifellos räumte er ihr in seinen Gedanken Rechte ein, die er jedem andern Menschen, besonders jeder andern Frau, verweigert hätte. Es war möglicherweise ihre Unabhängigkeit, die ihm vor allem imponierte. Unabhängige Charaktere waren nach seiner geprüften Erfahrung am seltensten in der Welt. Wo er ihnen begegnete, verzieh er einen gewissen Hochmut und eine stolze Härte, von denen sie, wie er auch an Luise konstatierte, meist nicht frei waren. Die spezifische weibliche Genialität, das Wandlungs- und Erhöhungswunder, das sich in der Schauspielerin verkündete, war nicht danach angetan, den Weg zu ihr zu erleichtern; es gebot dem Gefühl Laudins eine ehrfürchtige Entfernung, eine stete stille Reverenz, und dieser auserwählten Sendung sich unterzuordnen, nichts von Kritik, müßiger Vergleichung, keinen Tadel und keine Verletztheit daneben aufkommen zu lassen, dünkte ihm Pflicht zu sein. Ein paar Tage nach seinem letzten Gespräch mit Fraundorfer schrieb er an diesen, um in einer trotzigen Zusammenfassung den häßlichen Verdacht zu entkräften, den der Freund auf Luise Dercum geworfen:

»Endlich einmal eine Frau, endlich einmal ein Weib, ein freies und freischwebendes Herz endlich, und infolgedessen auch wahr, irgendwie und im tieferen Sinn schuldlos, wenn man etwas wie Schuldlosigkeit in der Kraft erblicken will, mit der ein Mensch triebhaft aus seiner Wurzel steigt. Jedenfalls ist da nichts Verzerrtes, nichts Verbogenes und Vergiertes, nicht das Klebrig-Heimliche wie bei den Sklavinnen des Geschlechts, den zu gesetzlichem Beischlaf verdammten und auf ihm bestehenden Bürgerinnen.«

Worte eines Bürgers indessen, der aus seiner Region einen Ausweg sucht und seine Vorwände nicht bemerkt oder nicht bemerken will.

36

Es wäre nötig gewesen, mit Luise zu konferieren, nicht nur Mays wegen; es hatte sich eine Menge von Angelegenheiten gehäuft. Aber sie war schwer zu treffen und festen Verabredungen außerdem abgeneigt. Laßt uns sehen. Sie hatte nicht nur einen Zwist mit ihrem jetzigen Direktor, sondern war auch von der Bühnenleitung in Berlin auf Zahlung einer Konventionalstrafe verklagt worden. Ferner hatte sie sich nun doch entschlossen, Laudins juristischen Beistand in ihrer Scheidungsaffäre in Anspruch zu nehmen, aber seit der Besprechung, bei der er ihr nach einigem Schwanken seine Hilfe zugesagt, hatte er noch nicht einmal erreicht, daß sie ihm das unentbehrliche Material und präzise Daten lieferte. Von einem Tag zum andern vergaß sie es oder wich ungeduldig aus, indem sie wichtige Abhaltungen vorschützte, ihre künstlerischen Pläne und Aufgaben, Verdrießlichkeiten beim Theater, Ärger mit Zeitungen, mit Redakteuren, mit Autoren. Es ging ihr nicht schnell genug hinauf; ihr Ehrgeiz war nicht befriedigt; was sie leistete, erfüllte ihre Erwartungen nicht; die Flamme hatte nicht die rechte Nahrung und schwelte; überall waren Hindernisse, Ränke, Neid, Wortbruch, Mißtrauen. »Man kann es nicht aushalten«, zürnte sie und lief durchs Zimmer wie eine Eingekerkerte, Hände auf dem Rücken, Schultern zurückgedreht, »man tritt auf lauter Schlamm und greift in Wind; beständig sind die Dummköpfe und Faulpelze gegen den verschworen, der etwas will und etwas tut. Ich hab keine Zeit, absolut keine Zeit; ich kann nicht herumsitzen in euern muffigen Ofenwinkeln und Maulaffen feilhalten; ich zertrümmer euch die Fensterscheiben. Das tu ich, bei Gott, das tu ich.«

Hatte sie sich derart erbittert, so konnte sie sich gleich darauf vor Lachen schütteln, mit aneinandergedrückten Händen und nach vorn geneigtem Rumpf.

Einer ihrer Pläne war, selbst ein Theater zu erwerben. Doch dazu fehlte vorläufig das Geld. »Verschaffen Sie mir Geld, liebster Doktor«, rief sie Laudin zu und sah ihn unwillig an, als wundre sie sich, daß er nicht schon unterwegs war, um es zu bringen. »Alle diese Protagonisten, denen Sie, das weiß man ja, die Kastanien aus dem Feuer holen, schnarchen auf ihren Geldsäcken; machen Sie wenigstens, daß das Geld lebendig wird; die Kerle selber können ja weiter schlafen. Lebendiges Geld will ich haben!«

»Wir haben unsre Krösusse noch nicht so weit, daß sie auf Kommando apportieren«, erwiderte Laudin, den die großartige Aufforderung verlegen machte, denn es waren andere Leute dabei, die gesichtslosen Halbbekannten und Herumsitzer, die sich bei der Schauspielerin einzufinden pflegten und ohne die man sie fast nie traf. Es war ihm lästig, wenn ihn Luise in deren Gegenwart auf- und anrief.

Ein anderer Plan, der jedoch schon Umriß gewonnen hatte und der Verwirklichung nahe schien, war die Gründung einer internationalen Filmgesellschaft mit Luise Dercum als Star. An der Spitze des Unternehmens sollte Bernt Ernevoldt stehen. Luise bezeichnete ihn als den hierzu geeigneten Mann. Er hatte die Erfahrung und den Griff. So behauptete sie. (Manchmal stellte sie mit vielem Feuer eine Behauptung auf und ließ gleichzeitig durchblicken, daß sie nicht im entferntesten daran glaubte.) Die Absicht war, ausländische Geldgeber heranzuziehen, und einige, die sich mit bedeutendem Kapital beteiligen wollten, waren bereits gewonnen worden; so versicherte Ernevoldt, und er seinerseits glaubte alles, was er versicherte.

Neben der Sache Altacher, dem von dem Berliner Theaterdirektor angestrengten Prozeß und den schwebenden Scheidungsverhandlungen war es nun diese geschäftliche Transaktion, die eine rege Beziehung zwischen Laudin und Luise Dercum aufrechterhielt, ja eine fortwährende Übermittlung von Botschaften und Nachrichten mit sich brachte. Ernevoldt erschien fast täglich mit einer Mappe voll Schriftstücken in der Kanzlei, und Doktor Heimeran bemerkte einmal bissig gegen die Kollegen, wenn es so weiter gehe, müsse man eine besondere Kanzlei für die Dercumschen Zivilrechtsfälle errichten, es sei denn, daß die Laudinsche Praxis allmählich auf die Dercumschen Händel zusammenschrumpfe, wozu alle Anstalten getroffen würden.

In der Tat stellte Ernevoldt, schwerfällig und dumpf

wie er war, die Langmut und Nachsicht Laudins auf harte Proben. Es mußte ihn betrüben, daß diese atemlos geschwinde Frau sich eines solchen Langsamgehers als Schrittmacher bediente. Viel Zeit verfloß, bis Ernevoldt einen Vertragsentwurf begriffen, bis er seine Einwendungen gegen den oder jenen Vorschlag gemacht hatte; dann kam dies Bedenken und jenes; dann mußte er mit Luise telephonieren; dann brachte er das Projekt einer Reise zur Sprache, und Laudin bewies ihm, daß es ein schädliches Projekt sei; er gab es scheinbar auf; nach einer Viertelstunde redete er abermals davon wie von etwas ganz Neuem; bei alledem sah er behaglich und menschenfreundlich aus, lächelte gutmütig und beschämt und wiegte sich selbstgefällig im Bewußtsein seiner Stattlichkeit und seines Wohlergehens. Niemals büßte er seine Zuversicht ein, niemals zweifelte er am Gelingen seiner Pläne, auch wenn sie noch so abenteuerlich waren, und bei jedem Fehlschlag hatte er sofort, ohne sich zu besinnen, eine neue noch glänzendere Aussicht, auf die er mit dem Phlegma eines Neufundländers zutrottete.

Laudin konnte nicht umhin, Luise in die Bedenken einzuweihen, die ihm Ernevoldts Unzuverlässigkeit erregte. Luise lachte. »Um den machen Sie sich keine Sorgen«, erwiderte sie; »er gehört zu den Leuten, die im Spiel gewinnen, weil sie schlecht spielen, und die aus Zerstreutheit einen nagelneuen Regenschirm mitnehmen, wenn sie ihren alten wo vergessen haben. Ich liebe mutige Sanguiniker. Einem Mann muß glücken, was er angreift.«

Die kurze Unterhaltung, Einleitung zu einer weit bedeutungsvolleren, fand am Abend nach der Vorstellung statt. Laudin war im Theater gewesen. Wenn Luise eine neue Rolle spielte, schickte sie ihm ein Billett. Aber er ging dann auch, um sie ein zweites, ein drittes Mal in derselben Rolle zu sehen, oft nur eine Stunde lang, weil er einen Akt oder eine Szene, worin sie ihm besonderen Eindruck gemacht, wieder auf sich wirken lassen wollte. Diese Theaterbesuche hielt er heimlich; je häufiger sie wurden, je heimlicher; man konnte sagen, er verheimlichte sie vor sich selbst. Er erfuhr dabei Gemütsbewegungen, die er bis dahin nicht gekannt hatte. Er mochte sie als unerwartete und um desto willkommenere Befreiung von dem Druck der Umwelt empfinden; im Verlauf regelmäßiger Gewöhnung brachten sie einen Zustand wie ein heftiges Rauschmittel hervor, dessen Gefahr darin liegt, daß in den Pausen der Entbehrung Körper und Geist erschlaffen. Als ein Mann, dem Selbstkontrolle zum Zwang geworden, gab er sich hierüber keiner Täuschung hin; gewisse rasche, stichwortartige chiffrierte Aufzeichnungen, die er seit einiger Zeit, meist in den späten Nachtstunden, vorzunehmen pflegte, waren wie flüchtige Monologe, in denen er sich Rechenschaft abzulegen versuchte, Warnungen an sich richtete, sich verwundert fragte, wohin er denn steure, und sich zugleich mit wachsendem, höchst sonderbarem Trotz in seinem Tun bestärkte. Die persönliche und private Beziehung zu Luise Dercum war bei diesem Verfahren völlig ausgeschaltet. Er wäre wahrscheinlich in erschrockene Entrüstung geraten, wenn ihm ein überlegener Geist, der den Sinn und Kern von allem durchschaute, zugeflüstert hätte, daß er gerade damit schon begonnen habe, unter falscher Flagge zu segeln, und zwar in einem tückischen Fahrwasser. Es darf nicht unbeachtet bleiben, daß die Mehrzahl der von der Praxis gehärteten und bis ins Tiefste ernüchterten Männer eine beinahe abergläubische Vorstellung mit den Bezirken verbindet, in denen eine Luise Dercum heimisch war, und daß sie deren vielleicht noch tiefere, noch traurigere Ernüchterung gar nicht abzuschätzen vermögen. Äußerlich mißtrauisch, innerlich sehnsüchtig, in jedem Fall neugierig bis zur Lüsternheit, erblicken sie dort, was sie die höhere Welt nennen, eine Vermählung von Freiheit und Schönheit, von Märchenzauber und edler Leidenschaft, von Entfesselung und Beglückung. In dieser Art wandte sich Laudins vergötternde Bewunderung an die Schauspielerin; sie war ihm, zu jener Zeit, als er sich die eigentliche Wahrheit noch vorenthielt, die Siegerin über den trostlosen Werktag, der Genius, der die gequälte Menschheit für ein paar Abendstunden ihre Not vergessen macht.

Er hat sich diese würdigen Ablenkungen von der Tag- und Jahresfron grundsätzlich versagt, das ist etwa der Schluß, den er zieht; er war zu feig, zu benommen, zu getreten dazu; Erziehung hat ihn verknöchert, ununterbrochene Kräfteverausgabung ohne ausgleichende Einnahme hat ihn desillusioniert; die Überbelastung des motorischen Apparats straft sich durch die leerlaufende Klapprigkeit des empfangenden; so hat sich ein Hunger eingestellt, in dem verderbliche Keime allerdings schlummern mögen; verderblich mag es wohl sein, nach der jenseitigen unbekannten Küste zu verlangen, aber ist er denn nicht müde und angewidert von der diesseitigen, hat er denn nicht selbst das Wagnis der Flucht und Umformung mit Worten aus Blut und Schmerz geballt verfochten? Ist es ihm da noch erlaubt, es sei denn, er wolle sich in seinen eigenen Augen zum Phrasendrescher erniedrigen, vor den Folgen zurückzuschrecken, die der Gang ins Dunkle haben kann? Kein Verlust darf gefürchtet werden, am wenigsten der der Persönlichkeit.

Doch fragt es sich, ob jemand, der entschlossen ist, unter Umständen seine Persönlichkeit dranzugeben, auch bereit ist, als kleine Anzahlung etwa, einen Teil seines Vermögens zu opfern.

Dafür sollte an diesem Abend Laudin den Beweis erbringen.

37

Sie hatte in einem russischen Stück, das ›Natascha‹ hieß, die Titelrolle dargestellt. Ein junges Mädchen verschmachtet vor Verlangen nach der wahren, großen Liebe, erlebt verschiedene Enttäuschungen, kann die letzte und schwerste nicht verwinden und erschießt sich, während im Hause ein Ball stattfindet, bei den Klängen eines Walzers. Dies der ziemlich dürftige Inhalt des elegischen Dramas. Luise Dercum hatte aber aus dem jungen Mädchen eine Gestalt von tragischer Schwermut und süßestem morbiden Liebreiz geschaffen. In jeder Geste war ihre traurige und ergreifende Geschichte enthalten gewesen, in jeder Biegung und Dehnung der Stimme das unschuldvolle Weh, das über ihrem Schicksal zitterte; das Ende hatte einem mondhaften Hinabgleiten in die Todesflut geglichen, und gewöhnliche, banale Worte hatten sich in Musik verwandelt.

Von Luise aufgefordert, kam Laudin nachher zu ihr. Sie hatte ihm am Telephon gesagt, sie wollten einmal ausführlich über die Geschäfte reden, ein Vorschlag, den er mit Vergnügen aufnahm.

Die gewaltige Erregung, die er im Theater empfunden hatte, war keineswegs verebbt, als er gegen elf Uhr das Atelier betrat. Der Raum wimmelte von Menschen. Mit gepeinigtem Lächeln blieb er an der Tür stehen; es schien, daß er in seiner naiven Erwartung auch diesmal betrogen worden war, daß er auch heute gehofft hatte, Luise, wenn nicht allein, so wenigstens in kleinem Kreis zu finden. Hätte jemand überhaupt auf ihn geachtet, so hätte man aus seiner Miene ablesen können, wie störend ihm alles war: die Helligkeit des realen Zimmers, das allgemeine Gelächter und Geschwätz, die Gläser und Teller, die von dienstbaren Geistern eilig herumgetragen wurden, die Mischung von Vertraulichkeit, Witzigkeit, Eifrigkeit und Zweckerfülltheit, die das Wesen aller dieser Leute kennzeichnete. Denn vermutlich war er der einzige unter den Gästen, der aus einer erhöhten Sphäre kam, der einzige, bei dem die Kunst der Schauspielerin erreicht hatte, was das Ziel ihres zuhöchst getriebenen Ehrgeizes sein mußte.

Vielleicht wußte es Luise. Sicherlich spürte sie es. Als sie ihm die Hand reichte und er sich langsam und stumm vor ihr verneigte, war ein stolzes Funkeln in ihren Augen. Sie umfaßte und drückte seine Hand in einer Art, die ihn sehr glücklich machte, weil Verständnis seiner Gemütsstimmung darin zu liegen schien. Es konnte jedenfalls als eine schweigende Auszeichnung betrachtet werden. Auch seinen erstaunt und beklommen fragenden Blick, der ungefähr ausdrückte: Ist es möglich, daß die, die da alltäglich und greifbar vor mir steht, nicht Natascha ist? Daß man zurückkehren kann von dort und mit Menschen umgehen, mit untergeordneten, farblosen, nichtssagenden Menschen? Auch diesen Blick deutete sie richtig und etwas spöttisch geschmeichelt.

Nach dem Gesprächsfragment über Ernevoldt verlor er sie für eine Weile aus den Augen; er hörte sie nur manchmal lachen oder mit der tiefen rauhen Stimme sprechen. Mehrere Personen redeten ihn an; er antwortete artig, ohne zu erfassen, was sie gesagt hatten. Da fiel irgendwo der Name Nikolaus Fraundorfer. Er horchte auf und näherte sich einer Gruppe, aus deren Mitte der Name aufgeflogen war. Es waren Schauspieler und Schauspielerinnen, die sich in salopper Haltung auf Ottomane und Lehnstühlen breitmachten und in lebhafter Unterhaltung begriffen waren. Sie sprachen über Luise, die kaum drei Schritte weit von ihnen entfernt saß, einem Agenten lauschend, der angelegentlich auf sie einredete, indes der geckenhaft gekleidete Baron mit dem preziösen Mienenspiel, der an ihrer andern Seite saß, ihr hie und da etwas zuflüsterte; sie sprachen von dem tristen Anfang von Luises Laufbahn, dem beispiellosen Aufstieg, den sie genommen, und wie sie nun in ebenso beispiellosem Glück von Erfolg zu Erfolg eilte. Hierbei beschwor man unter den üblichen Zeremonien den bösen Geist, pochte mit dem Knöchel unter die Tischplatte und spuckte aus. Ein feister Bonvivant, der trotz jovialllächelnder Befriedigung dies alles nicht ohne verhaltene Mißgunst schien gelten lassen zu wollen, wie wenn man, unter Kollegen, doch nicht im Zweifel darüber sein könne, wie dergleichen zustande kam, äußerte mit erhobenem Zeigefinger, noch vor einem halben Jahr habe sie dem Publikum und der Kritik nichts zu Dank bieten können; die Leute hätten bloß den Kopf über sie geschüttelt, dann sei auf einmal der Teufel in die gute Lu gefahren, und zwar, wohlgemerkt, seit sie das Verhältnis mit dem kleinen Kapellmeister, dem Fraundorfer, gehabt; der sei ihr zum Glücksschweinchen geworden, und erst recht, seit er sich eine Kugel ins Gehirn gejagt. Eine junge hübsche Person, die eine Federboa um den Hals trug, pflichtete aufgeregt bei und behauptete, ähnliche Fälle seien ihr viele bekannt; daß der Tod eines Liebhabers Erfolg bringe, habe ihr schon die verstorbene Soundso gesagt; sie nannte den Namen einer vergessenen Bühnengröße; übrigens sei sie ja dabei gewesen, als Lu den Nikolaus Fraundorfer kennengelernt; es habe was Elementares gehabt, ein richtiger coup de foudre, von beiden Seiten. »Nun, unsre Lu hat ja auch nicht lange gefackelt«, sagte der Bonvivant, nahm sein Glas und schwenkte es gegen Luise hinüber, »sie hat sich nicht bitten lassen und hat ihn mit Haut und Haar gefressen. Ist's nicht so, Lu?« rief er ihr zu, »in der Beziehung warst du von jeher mit einem großartigen Appetit gesegnet. Prosit, Lu!« Offenbar war Luise keine Silbe von dem Gespräch entgangen; Laudin, der regungslos hinter dem Stuhl der Dame mit der Boa stand, schaute stumm erwartungsvoll zu ihr hinüber, auf einen Ausbruch gefaßt, empörte Widerrede, ein aufflammendes Auge; nichts von alledem geschah; sie trank das Glas mit Wein leer, winkte nachlässig mit der Hand, und das Haupt ein wenig drehend sagte sie gelangweilt, zerstreut, doch ohne Zorn: »Ach, laßt doch die Albernheiten, Kinder.« Sonst hatte sie nichts zu entgegnen, und dabei streifte sogar ihr zerstreut lächelnder Blick Laudin, dessen Blässe und Unbeweglichkeit ihr unbedingt auffallen mußten.

Wie betäubt ging er auf die entgegengesetzte Seite des Raums. Er lehnte sich an einen der Pfeiler, die dort die Decke trugen, und da er fühlte, daß seine Stirn feucht war, zog er das Taschentuch und wischte sie ab. Er schrak leicht zusammen, als er, in ungewisser Entfernung, einen ihm bekannt erscheinenden Menschen gewahrte, einen hochgewachsenen, vornehm aussehenden Mann im Smoking.

Es war sein eigenes Bild in einem schiefhängenden Spiegel.

Eine weiche Stimme traf ihn und fragte, ob er sich nicht wohlfühle. Es war May, die ihn von einer Ecke aus, wo sie die ganze Zeit einsam und unbemerkt gesessen, beobachtet hatte. Er sah sie scharf an und blieb die Antwort schuldig; als er nach dem Wasserglas auf dem Tablett langte, das ihm der aufwartende Diener hinhielt, zitterte seine Hand. »Haben Sie gehört, was die Herren und Damen da drüben über Frau Lu reden?« fragte er mit Schüchternheit. »Sie ziehen sie geradezu in den Schmutz, und sie wehrt sich nicht einmal.«

»Wovon haben sie denn gesprochen?« erkundigte sich May mit verschlossener Miene.

»Sie sprachen von dem jungen Menschen, dem Sohn meines Freundes ...«

Mays Gesicht wurde noch verschlossener. Sie erhob sich und trat nahe an ihn heran. »Was Sie über Lu hören, müssen Sie vergessen«, sagte sie, und ihre Mondsteinaugen hatten plötzlich etwas leidvoll Umherirrendes. »Gut oder bös, das gilt nicht. Lu brennt. Feuer ist nicht gut und nicht bös. Man kann's nicht fassen, man kann's nicht formen. Manchmal wärmt es, manchmal zerstört es. Grausam oder wohltätig, lieblos oder wunderwirkend, wahr oder trügerisch, ganz egal, aber es ist, es ist da, es lebt. So ist es mit Lu. Es genügt, daß sie da ist. Wenn man sie anders nimmt, muß man verzweifeln, ich weiß es, ich weiß es.« Sie schlug die Hände vors Gesicht, und merkbar lief ein Schauer über ihre Schultern.

Erstaunt hob Laudin die Brauen. Er hatte viele Beweise einer schier sklavischen Abhängigkeit Mays von Luise Dercum, aber er hatte sich die Beziehung auf natürliche Weise zu erklären versucht, hatte ihr natürliche Vorgänge und Empfindungen zugrunde gelegt. Jetzt, seine Miene zeigte es, sah er etwas anderes darin, etwas Unheimliches fast, jener Gattung von Zuständen angehörend, die ihm stets als ungesund, lichtscheu und unziemlich erschienen waren und durch die sich ein Geschöpf aus der Reihe der gleichgestimmten und sittlich verantwortlichen ausschloß. Er stammte aus einem andern Jahrhundert. Die von 1880 herkommenden Menschen sind unbewußt in ihrem Weltgefühl familienhaft gebunden. Die Bemühung, davon frei zu werden, hebt nur das Gesetz in ihnen auf, erweitert aber ihre Form nicht.

»So ist es wohl, gewiß, gewiß, so mag es sein«, stotterte er mit der Anstrengung, höflich und zustimmend zu erwidern, »die Ausnahme müssen wir konstatieren, gewiß.« Vordem hätte er wahrscheinlich eine Erklärung wie diejenige Mays, Deutung eines widerspruchsvollen und dunklen, doch immerhin in die Gesellschaft eingefügten und sogar inbrünstig zu ihr strebenden Charakters als überspannt und überschätzend abgewiesen. Er hätte, damals, ungefähr geantwortet: sie sei begabt, sie sei erlesen, sie sei von Genie gekrönt; zugegeben; um so tiefer sei sie verpflichtet, um so strenger wollen wir die Gebiete abgrenzen, um uns nicht vom regellosen Unwesen verwirren zu lassen; zollen wir ihr Anerkennung; spenden wir den Beifall, den sie verdient und von dem sie sich nährt; aber hüten wir uns, ihr irgendwelche Sonderrechte einzuräumen, und machen wir vor allem aus der Komödiantin keine Heilige; es könnte sie sonst verlocken, unsere Andacht zu einem Possenspiel zu mißbrauchen.

Noch vor wenigen Wochen hätte seine Replik so oder ähnlich gelautet; nun aber war das Urteil in ihm unheilbar getrübt, aus der Bahn gerissen durch Natascha und alles, was von Nataschas Herkunft, Geist und Art war, so daß die gegenwärtige Luise Dercum nur ein Schattenbild darstellte und Natascha (oder Käthchen, oder Hannele, oder Ophelia) die eigentlichen Originale waren, die gebeugten, sensitiven, seelenvollen, unschuldigen und vom Schicksal verfolgten Teile, aus denen sich sozusagen die immanente Luise Dercum zusammensetzte.

»Sie könnten mir, Fräulein May, einen Dienst leisten«, fing er an, stockte aber sogleich, als er Mays wieder verschlossene Miene sah. Mit ihrem eigentümlichen Erratungsvermögen ahnte sie offenbar, was er von ihr wollte. Er biß sich auf die Lippen, drei Worte noch, und er wäre zu weit gegangen, hätte sich der Spionage schuldig gemacht in ihren Augen; in seinen war er feig. Unverständlich war dies; es war, als liefen alle Wege in einen Knäuel.

Sie wurden von Luise unterbrochen. Vertraulich schob sie ihren Arm in den Laudins und ging mit ihm auf und ab. Es kamen immer noch Gäste, doch der Raum war groß genug, daß sie sich verteilen konnten. Aus der Schauspielerecke schmetterten Lachsalven auf. Ein paar junge Leute hatten sich quer über den runden Mitteltisch gelegt, um den andere einen Kreis gebildet hatten, und einer las unter jubelndem Hallo ein Scherzgedicht vor. Neben dem großen Fenster ließ sich eine Gruppe von Pokerspielern nieder. Abermals zog Laudin das Taschentuch, um sich die Stirn abzutrocknen. An Luises Seite gehend, schien es ihm, wie wenn er über menschliche Körper hinwegsteigen müßte, und er sagte in einem bescheidenen und mühsam galanten Ton, es sei liebenswürdig von ihr, daß sie sich seiner annehme; er habe eben die Flucht ergreifen wollen.

Nichts da, antwortete sie, er habe zu bleiben; hier könnten sie beide ganz getrost und verschwiegen promenieren. Zuerst wolle sie ihm erzählen, wie der Besuch Mays bei Konstanze Altacher verlaufen sei. Sie gab sich eine gelockerte Miene; um ihren beweglichen Mund lag es wie Wortungeduld, wie Wortgenäschigkeit, als sie zu berichten anfing.

Abgesehen von dem tränen- und schmerzensreichen Brimborium, das nun einmal zum Repertoire dieser Dame zu gehören scheine, sei das Fazit folgendes gewesen: Sie wolle May auf die Dauer von zehn Jahren eine jährliche Pension aussetzen, deren Höhe noch zu bestimmen sei; dagegen habe sich May in einer notariellen Urkunde zu verpflichten: erstens keinerlei Ansprüche an die Familie Altacher mehr zu stellen; zweitens das über seine Ehe niedergeschriebene Memorandum und sämtliche Briefe, die der Verstorbene an sie geschrieben, auszuliefern; drittens habe sie in besagter Urkunde eidesstattlich zu versichern, daß zwischen ihr und Altacher niemals ein sträfliches Verhältnis bestanden habe. Soweit die Bedingungen, fuhr Luise in verächtlichem Ton fort: und nicht etwa, daß diese Monstrositäten geschäftlich kühl wären vorgebracht worden, sondern sie seien mit dem widrig schmeckenden Zucker von allerlei Reden über gemeinsames Los und gemeinsame Trauer versüßt gewesen, auch das Verlangen nach Freundschaft habe man durchblicken lassen und den Wunsch nach gegenseitiger Aussprache, da doch ein Schmerz, wie sie ihn erlitten, jedes Vorurteil breche und ein Dasein der Mißkennung und der vergeblichen Opfer, wie sie es geführt, das Herz einer Frau liebefähiger und milder stimme, wenigstens, was ihre Person betreffe. Ihr Gefühl sei nicht erkaltet, in keiner Weise, und mit Freude wolle sie sich eines Wesens annehmen, das dem unvergeßlichen Toten so nahe gestanden wie May. Und so weiter, und so weiter, Doktor Laudin werde wohl auf die wörtliche Übermittlung verzichten. Er bemerke ja: sie und immer wieder sie; ihr Gram, ihr Schicksal, ihre Großmut, ihre herrliche Gesinnung, sie und nur sie, nichts anderes. Jawohl, schaltete Laudin mit gesenktem Kopf ein, der Dünkel, der unsägliche Dünkel. Gut, sprach Luise weiter, zwei Tage nachher sei ein Brief von ihr gekommen, worin sie, nach eingehender Rücksprache mit ihrem Anwalt, die Summe fixiert, die Pension, nach ihrer geschmackvollen Bezeichnung (denn, nicht wahr, geschmackvoll sind sie, diese Damen der bürgerlichen Gesellschaft, zartsinnig und vornehm?), und was glaube Laudin, wie hoch sie sich verstiegen in ihrer Rührung und neugebackenen Freundschaft? Was glaube er? Sie geniere sich, es zu sagen, es koste einfach ein Lachen, es handle sich etwa um das Jahrgeld eines entlassenen Bahnwärters, einen richtigen Unterstützungsbeitrag.

Luise hatte sich dicht vor Laudin hingestellt, ihn an beiden Armen gepackt und schaute ihn glühend-spöttisch an, als ob sie sagen wollte: Da hast du die Deinen, da hast du deine Welt, nun sprich, Verteidiger! verteidige dich. Sie sah hinreißend aus. Es war entschieden ein glücklicher »Moment«.

Er schwieg.

»Ja, sie wollen alle zahlen«, murmelte sie mit geringschätzig herabgebogenen Lippen. »Sie wollen für ihre Fehltritte zahlen und für die ihrer Gatten und Söhne; auch für die Kränkungen, die sie ihren Kutschern, Friseurinnen und den Geliebten ihrer Männer zufügen, wollen sie zahlen; aber nicht viel, beileibe nicht viel. Ein Trinkgeld; den Unterstützungsbeitrag; und wenn sie sich begeistern und einem schwören, daß man einen neuen Menschen aus ihnen gemacht hat, das kommt ja vor, auch Blumen schicken sie einem, auch Gedichte, aber das ändert nichts, geht's ans Zahlen, so fangen sie an zu feilschen, und der Tempel wird zum Trödelmarkt.«

Laudin schwieg, als sei er wirklich ein überführter Angeklagter und als habe er gar nicht bemerkt, wie geschickt sie Mays Angelegenheiten mit ihren verkuppelt hatte; dann sagte er gleichsam tröstend, und die Erbitterung brach noch durch, er habe einen Punkt in der Korrespondenz gefunden, von dem aus er gegen die Frau werde vorgehen können.

»Ein toller Lärm dahier«, sagte Luise ärgerlich. »Die Kollegen halten schon beim Kognak, ergreifen wir die Flucht. Ich habe Ihnen noch etwas mitzuteilen, lieber Freund, kommen Sie.«

Wie bei seinem ersten Besuch führte sie ihn in das hinter dem Atelier gelegene kleine Gemach, forderte ihn zum Sitzen auf und setzte sich ihm gegenüber.

Sie verschmäht die Vorbereitungen. Sie fällt mit der Tür ins Haus. Es handelt sich um die Filmgesellschaft. Sie sieht in dem Unternehmen eine Möglichkeit zu ungeahnter Entfaltung ihres Könnens. Es ist ein Weg nicht bloß zum Weltruhm, sondern auch zum Reichtum. Sie will nicht in den Dienst einer fremden Anstalt treten, weil sie sich mit ganz bestimmten und eigentümlichen Plänen trägt, deren Ausführung bei den rein merkantilen Interessen der meisten bestehenden Gesellschaften auf Schwierigkeiten stoßen würde. Was für Pläne dies sind, wird sie ihm später einmal anvertrauen. Sie hat Ideen in Fülle; ihr Gehirn brodelt von Fabelhaftem. Das Theater liegt in den letzten Zügen; Theater wirkt nicht mehr aufs Volk; die Zukunft gehört dem Film. Gut. Sie hat ein Angebot von einem deutschen Kapitalisten. Sie kennt zwar den Mann, hält aber nicht viel von ihm; er ist einer von den Emporgekommenen, und sie hat Grund, seine Eitelkeit und Machtgier zu fürchten. Sic will das Geld lieber von einem Freund haben. Sie hat an Laudin gedacht. Nötig ist ein Betrag von dreißigtausend Goldmark. Die Sicherheit, die sie bieten kann, ist ihr Talent, ihr Stern, ihr Name. Daß Laudin reich ist, weiß sie. Daß er, wenn es um sie, ihr Gelingen, ihre Sache geht, keine kleinlichen Ängste und Bedenken haben wird, hält sie für gewiß. Er soll ihr sagen, wie er zu dem Vorschlag steht. Keine lange Überlegung; sie hat keine Zeit zu warten, sie muß morgen früh telegraphieren, er muß ihr heute noch antworten: Nein oder Ja.

Man kann einem Mann nicht kaltblütiger das Messer auf die Brust setzen. Nein oder Ja. La bourse ou la vie. Ist denn Laudin so reich, wie Luise in begnadeter Unbekümmertheit anzunehmen scheint? Schüttelt er dreißigtausend Goldmark aus dem Ärmel? Ist er nicht vielmehr ein sorgsamer Hausvater, der sein Vermögen Schritt für Schritt erarbeitet und es bedächtig verwaltet hat? Keineswegs arm. Es gebricht ihm nicht an Mitteln. Kapitalien sind festgelegt, andere sind im Fluß. Er hat gut gewirtschaftet; politische Reife und eine gewisse pessimistische Voraussicht haben auch in dieser Beziehung Früchte getragen, und die Praxis war namentlich in den letzten Jahren äußerst lohnend gewesen. Man erzählt sich, daß viele von seiner Kanzlei erlassene Expensennoten in die Hunderte von Millionen betragen haben. Man ist rangiert, man zählt zu den Oberen, zu der starken Phalanx der Gesellschaft. Aber der auf einen herkömmlichen und bedingten Bewegungsradius des Geldes eingerichtete bürgerliche Geist hat sich Beschränkungen zu unterwerfen, die ungeschriebenen Gesetzen gleichzuachten sind. Frivol und leichtfertig, ein beträchtliches Stück des Barbesitzes vom zinsentragenden Ganzen loszureißen und einem Zweck zu widmen, der fragwürdig und verlustdrohend schon deshalb ist, weil Sachkenntnis mangelt und das Ergebnis nicht berechnet werden kann. Ein Abenteurerstreich.

Andererseits: hier wird eine menschliche, persönliche, in unleugbare Verbindlichkeit geratene Haltung aufgefordert, ihre Wertigkeit zu beweisen. Hier ist Natascha (oder Käthchen oder Ophelia oder Hannele) und spricht: Zieh die Konsequenzen, Maske herunter! Zeige, was du bist: Genießer, Schwärmer, Lüstling, Enthusiast in Gefühlen, die nichts kosten, oder Bekenner und Verfechter. Ist es Spaß oder Ernst? Sind wir auf dem Trödelmarkt oder im Tempel?

Luise, die den deutlich wahrnehmbaren inneren Kampf des Advokaten mit maliziöser Ironie beobachtete, zündete eine Zigarette an und sagte kühl: »Mit den dreißigtausend ist es natürlich nicht getan. Es ist der vierte Teil von dem, was man braucht. Aber für den Anfang genügt es. Requisiten leihen wir aus, Stücke machen wir selbst, die Hauptzugkraft haben wir, die ergebenst Gefertigte nämlich, die Reklame großen Stils will Herr Max Ortelli, der draußen sitzt und mit dem ich eben Bruderschaft getrunken habe, ein gewitzter Kopf, Chef eines großen Inseratenhauses, einstweilen so übernehmen, daß man ihm ein Aktienpaket gibt; diese Formalitäten übernehmen Sie ja ohnehin, Doktor; wenn dann die Sache einmal läuft, besonders, wenn es bekannt wird, daß unser Geldgeber, Phönix wird die Gesellschaft heißen, daß der Advokat Laudin den Phönix aus der Asche hebt, fließen uns Kapitalien zu, soviel wir wollen. Na? Wie steht's? Haben Sie sich entschlossen?«

Laudin verneigte sich. »Sie sind außerordentlich expeditiv, Frau Lu«, sagte er mit ruhiger Würde, »der Betrag steht Ihnen selbstverständlich zur Verfügung.«

»Gut«, nickte Luise, »sehr gut. Ich habe es nicht anders erwartet. Sie sind der, für den ich Sie genommen habe. Sie sind ein Mann. Sie sind ein Freund. Sie kneifen nicht, Sie winden sich nicht, Sie klappern nicht mit den Zähnen, wenn's mal um einen Einsatz geht; schön; ausgezeichnet; danke.« Sie reichte ihm beide Hände und erlaubte es, daß er sie in den seinen festhielt. »Das übrige erledigen wir morgen«, fügte sie hinzu.

»Darf ich auch meinerseits eine Bitte wagen«, begann Laudin zögernd, sie an den Händen näherziehend und den ernsten, durchdringenden Blick auf sie heftend, »darf ich, sofern ich wirklich der Freund bin, als den Sie mich akzeptiert haben, darf ich Sie fragen, liebe Frau Lu, auf Herz und Gewissen fragen, was es mit dem Gerede Ihrer Kollegen und Kolleginnen da draußen, den armen Nikolaus Fraundorfer betreffend, auf sich hat? Seien Sie mir nicht böse, Kind; nicht wahr, Sie sind ja ein Kind, gegen mich und meine Jahre gehalten, ein wunderbares, anbetungswertes Kind, aber doch ein Kind. Zürnen Sie also dem unverbesserlichen Pedanten nicht, nehmen Sie ihm die Zweifelslast von der Seele: was ist vorgegangen? Was steckt hinter diesen Reden? Was ist wahr? Was ist Klatsch und bloße Zungenübung?«

Luise war außerordentlich verwundert. Welche Reden meinte er? Welches Gerede? Ach das, das von vorhin? Was die da draußen gefaselt hatten? Unsinn. Was will Laudin denn? Unsinn. Sie macht ihre Hände frei und streicht ihm mit der einen nachlässig durchs Haar, flüchtig nur, doch mit spöttischer Zärtlichkeit, die ihn emporblicken läßt, schaurig beklommen emporblicken wie ein Tier im Zwinger. Sie weiß nichts. Auf Ehre, so wahr sie eine Seele hat, sie weiß nichts. Alles ist weggeblasen. Leider. Ihr bleibt nicht viel in Kopf und Herz. Sie wird sich schon wieder erinnern. Zum Kuckuck, was verhört er sie denn immer in dieser alten faulen Sache? Wie eigen, auf einmal wird sie zornig. Ist er denn ein Untersuchungsrichter, he? Sie stampft mit dem Fuß; ihr Gesicht bekommt einen zugleich leidenden und wilden Ausdruck. Ist's vielleicht ein Verbrechen, daß sie den Buben geküßt hat? Hätte sie aufnotieren sollen, wie oft und an welchem Tag? Hätte sie ihm Gartenlaubenpoesie vordeklamieren sollen? Sie lacht. Sie schlägt die Hände zusammen, biegt den braunen Hals zurück und lacht. Sie kniet vor Laudin nieder, kauert sich auf den Boden, stützt das Kinn auf sein Knie und sieht ihn mit strahlendem Lachen an. Und er, in fassungsloser Bestürzung, sammelt Atem in seiner Brust und sucht den Sinn in diesem Spiel. Falls es ein Spiel ist. Man kann es nicht durchschauen.

Es wird an die Tür geklopft. Jemand reißt die Tür auf. Luise wirft sich rittlings auf den Teppich und lacht noch immer. Schäferstunden seien nicht gestattet, quiekt eine betrunkene Stimme. Lu soll kommen, Lu wird benötigt. Lu soll Poker spielen. Laudin erhebt sich, fordert wortlos artig, daß man ihn hinauslasse, draußen herrscht erst recht tobende Aufgebundenheit, das Gelächter Luises flattert hinter ihm her; im Vorraum stehen Leute; als er endlich im Besitz seines Pelzes und seines Hutes ist, muß er sich auch hier eine Gasse zum Ausgang bahnen; auch hier links und rechts Gelächter, seltsam grundloses, hakkendes, brummendes, klirrendes, kettenartiges Gelächter. Noch auf der Stiege, noch unten im Hausflur hört er es dröhnen, kichern und meckern.

38

Da er ein Stück Wegs zu Fuß gehen wollte, ersuchte er den Chauffeur, bis zu einer bestimmten Straße vorauszufahren und auf ihn zu warten. Beißend kalter Wind schlug ihm entgegen. Es war eine sternklare Februarnacht. Er war noch nicht bis zur nächsten Ecke gelangt, da vernahm er Schritte hinter sich. Zuerst beachtete er es nicht, aber nach und nach, als die Schritte auf der sonst völlig menschenleeren Gasse in gleichbleibender Entfernung hörbar blieben, wurde es ihm lästig; sein Kopf war lauschend vorgeneigt. Klapp, klapp, klapp, machten die Schritte. War es nicht, wie wenn das Gelächter von dort oben in der Winternacht erfroren wäre und ihn, stumm geworden, oder zum bloßen Klapp-Klapp geworden, auch da unten beharrlich verfolgte?

Er ging langsamer; die Schritte wurden gleichfalls langsamer. Er blieb stehen und sah sich um. Er gewahrte eine Frau, dem Anschein nach eine ältere Person, gut gekleidet. Unter einer Laterne blieb er wieder stehen. Der schwefelgelbe Lichtschein fiel in das Gesicht der Frau. Zwei Augen lohten ihn an. Er erkannte Brigitte Hartmann.

Er ließ sie herankommen. Sie näherte sich mit lauernder und zugleich furchtsamer Langsamkeit. »Was bedeutet das?« fragte er und maß sie von Kopf bis zu den Füßen. »Was soll die nächtliche Verfolgung, gute Frau? Sie geben sich mit wunderlichen Auffälligkeiten ab. Ich verstehe nicht. Was wünschen Sie von mir?«

Sie stand jetzt vor ihm und murmelte mit zu Boden gesenktem Blick: »Ich hab nur wissen wollen, wie lang Sie bei der Theaterurschel oben bleiben.« Sie wies mit dem Daumen zurück und zuckte die Achseln.

Laudin betrachtete sie, als hielte er sie für wahnsinnig. So klang auch seine Erwiderung gemäßigt und gleichsam sondierend: »Ich sagte Ihnen bereits, ich verstehe nicht, gute Frau. Sie haben sich wahrscheinlich irgendwie übernommen. Es ist Ihnen nicht klar, mit wem Sie sprechen. Schon vor ein paar Tagen war ich gezwungen, Ihre ungehörigen Eingriffe in mein und meiner Frau Privatleben zurückzuweisen. Ich empfehle Ihnen, den Brief genauer zu lesen. Er belehrt Sie hinlänglich darüber, daß man derartigen Überfällen keineswegs hilflos ausgeliefert ist. Merken Sie sich's also.«

Er drehte sich um und ging weiter.

Aber das Unglaubliche war, daß Brigitte Hartmann von der barschen Strafpredigt und dem Umstand, daß der sonst so gezirkelt höfliche Mann sie einfach stehen ließ, keine Notiz nahm. Nach wenigen Sekunden war sie dicht an seiner Seite. Klapp, klapp machten die Schritte. Vermutlich trug sie zu hohe Absätze, die ihr das Gehen erschwerten. Laudin ging rascher. Zorn überwältigte ihn, und außerdem verspürte er ein leises Gruseln. Auch die Schritte wurden rascher, und er hörte die Frau stärker atmen. Und er hörte alsbald, was sie sprach; er mußte es hören. Es war ein ununterbrochener Schwall, ein aufgeregter, besinnungsloser und besinnungsraubender Mischmasch.

Ja, sie habe Posten gestanden; habe sich's nicht verdrießen lassen, zwei Stunden lang in der Kälte vor dem Haus auf- und abzumarschieren; es sei nicht das erstemal heute; auch ihren Knecht habe sie schon zweimal geschickt, den vom Hartmannshof, aber der habe schlecht aufgepaßt. Es lasse ihr keine Ruhe, wenn er bei der Komödiantin sei; der Doktor Laudin und eine solche, das reime sich nicht. Wer die sei, wisse doch die ganze Welt; da brauche man bloß die Schneiderinnen und Hutmacherinnen zu fragen, bei denen sie ihre Rechnungen schuldig bleibe; die sei ja für jeden zu haben, jawohl; ein feiles Weib, eine unzüchtige und ausschweifende Person; eine Schnapssäuferin; alle Theaterbediensteten wüßten, daß sie Schnaps söffe, ganze Gläser voll Kognak, und wenn sie halb besoffen sei, spiele sie am besten Komödie. Sie, Brigitte, kenne sich aus; sie habe mal bei einer Schauspielerin im Haus gewohnt, was für einen skandalösen Wandel die geführt habe, nicht zum Sagen. Ein so verehrter Mann wie der Doktor Laudin dürfe da nicht mal hinriechen, ein so allseitig geachteter Herr. Habe er denn nicht eine Frau, und eine so liebe Frau noch dazu? Was die sich wohl denken solle. Ach Gott, warum läuft denn der Herr Doktor so schnell? Warum rennt er denn davon vor ihr? Ist sie denn ein Mist, daß er sie nicht anhören will. Sie hat keinen Atem mehr, bitte. Sie ist dem Herrn Doktor grenzenlos ergeben. Sie hat sich vorgenommen, ein neues Leben anzufangen; seit sie den Herrn Doktor kennt, ist sie ein anderer Mensch geworden. Er braucht einen bloß anzuschauen, und man hat schon bessere Gefühle. Bloß soll er solche Briefe nicht mehr schreiben lassen, das hält sie nicht aus. Sie will der Karoline Lanz fünfundzwanzig Millionen geben; er soll aber die Sperrung des Kontos aufheben, die Schande bringt sie um den Schlaf, der selige Hartmann selber könnt es nicht gutheißen. Sie war bei der Karoline Lanz draußen; aber was will denn der Herr Doktor? Die Leute leben ganz anständig, bitte. Weit und breit kein Elend. Na ja, power; Sprünge können sie nicht machen, aber von Hunger und sowas nicht die Spur. Sie hat der Lanz ein bißchen Wäsche und gestrickte Kleider für das Kind gebracht. Er, der Student, hat ihr die Tür gewiesen. Großartig. Wer ist er denn? Da hat sie ihre

Sachen wieder mitgenommen. Die Leute im Haus sagen, mit den Lanzischen ist es nicht ganz richtig, da geht was vor. Ihretwegen, was kümmert das sie. Aber der Herr Doktor sieht, daß sie einen guten Willen hat, bitte. Er soll ihr nur ihre Reden nicht übelnehmen, auch die über die Dercum nicht. Sie sei eben ein aufrichtiger Kerl, und die Sittlichkeit gehe ihr über alles. Nur weil sie den Herrn Doktor so hoch stelle und für ein gutes Wort von ihm durchs Feuer ginge, passe sie so auf ihn auf und gräme sich so über das unbarmherzige Vorgehen gegen sie. Aber das sei gar nicht er, er sei viel zu vornehm dazu, das seien seine Beamten; es werde gegen sie intrigiert, das wisse sie längst, man habe ihn gegen sie aufgehetzt, und wenn es mit den Quälereien nicht bald ein Ende nehme (eine arme schutzlose Witwe, die zwei unmündige Kinder zu versorgen habe, so zu quälen, bitte) und wenn der Herr Doktor sie wie einen Hund neben sich herlaufen lasse und es nicht für der Mühe wert halte, ihr eine Antwort zu geben, werde auch sie ihrerseits ihre Maßregeln treffen, bitte, dann sei auf ihre Anständigkeit nicht mehr zu zählen. Recht müsse Recht bleiben, und wo Treue geschworen worden, müsse Treue sein, sonst gehe die Welt unter ...

Klapp, klapp machten gespenstisch die Schritte.

Das Auto war erreicht. Laudin stieg hastig ein und warf den Schlag zu. Ein finsterer, unlaudinscher Blick streifte die Frau. Sie stand in der Mitte der Straße, als sich der Wagen in Bewegung setzte, der Mund war halboffen, und man sah die Zahnlücke.

Nach wenigen Minuten war das Auto von der Dunkelheit verschluckt. Brigitte Hartmann stand noch immer da, regungslos, wie ein Stück der Nacht, die schwer und schwarz über der Stadt lagerte, und schaute in die Richtung, wo der Wagen verschwunden war.

Der Schmerz, den eine Kreatur erleidet, ist etwas Absolutes, und mit ihm steht sie Aug in Aug mit Gott.

39

Marlene hatte einige junge Freunde und Freundinnen eingeladen, und Pia hatte zu diesem Zweck das gegen den Garten gelegene Terrassenzimmer heizen lassen. Auch Relly hatte zwei ihrer Freundinnen auffordern dürfen, Mädchen, die etwas älter waren als sie selbst und deren Gesinnung und Geistesart von Marlene gebilligt wurden. Es handelte sich um eine große Sache, um die Gründung einer Gemeinschaft, der alle jungen Menschen beitreten sollten, die entschlossen waren, neue und bessere Zustände auf Erden zu schaffen. Es sollte ein Bund sein, dessen Gesetze und Werbetätigkeit festzustellen der heutigen Beratung oblag.

Laura Arndt war früher gekommen, um noch zu einigen privaten Herzensergießungen Zeit zu haben. Sie hatte den Tod von Nikolaus nicht verwunden; ihr ganzes Sinnen hing an ihm und seinem Bild, und da Marlene in bezug auf ihre inneren Erlebnisse weit zurückhaltender war als sie, nahm sie an, die Freundin habe sich über den Verlust getröstet, und war naiv genug, ihren Schmerz immer wieder zum Gegenstand des Gesprächs mit Marlene zu machen.

Dazu kamen allerlei Beunruhigungen von der Welt her; durch ihre Schönheit und frühe Körperreife war sie vielfachen Verfolgungen ausgesetzt, auch solchen, die ihr Furcht einflößten; als Wirkung trat eine ängstliche Wachsamkeit zutage, welche sie gewisse Vorgänge im Leben der ihr bekannten Männer und Frauen verzerrt und unter Symptomen ungesunder Erregung wahrnehmen ließ. Den trüb gärenden Stoff trug sie dann zu Marlene; Marlene sollte deuten und raten.

Während die beiden Freundinnen am Fenster sitzend plauderten, deckte Relly den Teetisch. Sie tat es mit hausfraulichen Gebärden, hielt Gläser gegen das Licht, um zu prüfen, ob sie rein seien, rollte Servietten zu kunstvollen Figuren, verteilte Backwerk und belegte Brote auf die Mittelteller. In ihrer Beschäftigung wurde sie von der Hofrätin gestört, die lautlos hereinkam, brebbelnd und mit dem Kopf wackelnd zweimal durch den Raum schritt, sich hierauf an den Tisch stellte und die

Enkelin in mürrischem Ton fragte, für wen die Vorbereitungen getroffen würden. Relly gab trocken und kurz Bescheid. Ein verwundertes Zischen, eine Art Gaumenseufzer, kam aus dem Mund der Hofrätin. Es war schwer zu verstehen, was sie sagte, aber es lief ungefähr darauf hinaus, daß zu »ihrer Zeit« junge Mädchen nicht gewagt hätten, auf eigene Faust schwelgerische Gastereien zu veranstalten, noch vor zwanzig Jahren nicht; zu »ihrer Zeit«, vor dreißig oder vierzig Jahren also, sei schon ein Hausball, einmal im Fasching, etwas so Großes gewesen, daß man das ganze übrige Jahr davon gezehrt habe; von solchem Unfug, wie er heutzutage im Schwang sei, daß fünfzehnjährige Kinder Teegesellschaften gäben, als ob sie mitzählten und im Leben dreinzureden hätten, davon habe man Gott sei Dank nichts gewußt.

Relly sah die Großmutter mit aufrichtigem Bedauern an und nickte, als mißbillige auch sie den frevelhaften Übergriff, könne jedoch nichts dagegen unternehmen. Als die Hofrätin das Zimmer verlassen hatte, sagte sie zu Marlene und Laura gewandt: »Immer sprechen sie von den Jahren. Zwanzig Jahre, dreißig Jahre sagen sie, und damit wollen sie einem imponieren. Es soll was bedeuten: zwanzig Jahre, dreißig Jahre, es bedeutet aber gar nichts. Es soll einen einschüchtern; es schüchtert einen aber nicht ein. Es ist bloß unbegreiflich. Man kann sich nichts vorstellen dabei. Jahre, Jahre ... Ich kann mir auch nichts vorstellen, wenn es heißt: dreihundert vor Christi. Ihr ja?«

Die beiden, an die der Appell gerichtet war, antworteten nicht. Laura hatte Marlene die Eröffnung gemacht, sie sei jetzt überzeugt, daß die Doktorin Kadelka ihren Mann betrüge. »Er hat keine Ahnung«, erzählte sie, bleich vor Ergriffenheit. »Er liebt sie; er schenkt ihr die kostbarsten Sachen; wenn sie redet, schaut er sie bloß entzückt an; Tag und Nacht schuftet er für sie, spielt sogar an der Börse für sie; und sie hintergeht ihn; mit einem Bankbeamten, einem gewöhnlichen, ungebildeten Menschen. Ist es nicht entsetzlich?«

Marlene drehte den Ring mit der kleinen Perle, den sie trug, Konfirmationsgeschenk ihrer Mutter, bedächtig um den Finger und erwiderte mit seltsamem Lächeln: »Ich mag nicht, daß du dich um diese Dinge härmst, Laura. Es hat so was Neugieriges, weißt du, wenn es dir auch noch so nah geht, so was Krankhaftes. Wissen soll man es ja, und es ist gut, wenn man vieles weiß; aber dran leiden, was Frau Kadelka tut, das wäre ja, als nähm ich mein Herz und würf's in einen Eimer voll schmutzigem Wasser.«

»Verachtest du denn solche Frauen so?« fragte Laura betroffen.

Marlene zuckte die Achseln. »Ich verachte sie nicht; wer darf verachten? Aber ich muß weiter. Du auch. Wir müssen weiter. Woandershin. Verstehst du?«

Sie gebrauchte oft diese Wendung »verstehst du«. Sie klang zärtlich in ihrem Mund, wie eine Bitte, ihr zu glauben oder zu vertrauen. Da sich die Gäste nach und nach einstellten, erhob sie sich, begrüßte jeden, sagte jedem eine Artigkeit, ganz nach der Weise ihres Vaters. Relly brachte den Tee und schenkte ihn in die Tassen, alle nahmen in der von Marlene bestimmten Ordnung Platz, und im eifrig geführten Gespräch mischten sich die hellen Stimmen der Mädchen mit den rauhen der Jünglinge. Es waren acht Mädchen und sechs junge Männer. Marlenes Programm hatte nur fünf aufgewiesen; auf dem sechsten hatte Relly bestanden, damit nicht dreizehn bei Tisch seien. Der Dreizehnte war ein kleiner kluger, schlauer und wegen seiner Schlauheit nicht sonderlich beliebter Apothekerssohn aus der Vorstadt; die übrigen waren gesetzte und ernste Burschen, ein wenig befangen wegen der Damenüberzahl und in ihrem Wesen unentschieden, ob ein vornehmlich galantes Verhalten oder ein geistiggerichtetes von ihnen gefordert würde. Von einem unter ihnen, Helmut Scharf, galt als sicher, daß er ein Dichter war; er hatte extrem moderne Verse in einer Zeitschrift veröffentlicht; er war gewohnt, sein Wort im letzten Augenblick eines Gesprächs als abschließend in die Waagschale zu werfen. Ein zweiter, schüchtern von Aussehen, war von einem fruchtbar unruhigen Geist beseelt und hatte den Ruf eines tüchtigen Redners. Er hieß Herold, und Marlene schätzte ihn seiner reinen Gesinnung und seines hohen Gedankenfluges halber.

Als alle gegessen und getrunken hatten, gab Marlene das Zeichen zum Aufstehen; man nahm in dem vorgebauten Rondell der Terrasse Platz, und Marlene richtete einige Worte an die Versammelten. Sie erinnerte sie an den Zweck ihres Hierseins, der von jedem einzelnen gewußt wurde und die Bestrebung eines jeden durchdrang. Es handle sich dabei, sagte sie, nicht um ein Komplott, nicht um geheime Abrede, überhaupt nicht um Geheimnisvolles, sondern um etwas, wovon man offen und freudig sprechen dürfe und was keinen Lauscher zu fürchten hätte. Ihr Willen und Planen sei ja nicht, etwas Vorhandenes umzustürzen, sondern etwas Nichtvorhandenes zu schaffen; hierin seien sie alle einig, wie sie glaube, auch einig über die Schwierigkeit wie über die Neuheit des Beginnens. Das Gewöhnliche sei, daß die Jugend mit etwas Falschem aufräumen wolle und ihre ganze Kraft daran wende, es aus dem Weg zu schaffen; wenn sie aber dann das Richtige und Gute an die Stelle des Falschen setzen wolle, wisse sie sich nicht zu helfen; statt eines Fehlers, den die Alten begangen, machte sie deren drei und das Verkehrte werde immer verkehrter. Wäre es demnach nicht angemessen, gleich mit dem Richtigen und Guten anzufangen und sich nicht erst lange mit dem Fortschaffen und Zerstören aufzuhalten, besonders nicht mit dem Reden darüber; wäre das nicht geradezu das Ei des Kolumbus? Diese Weisheit sei freilich nicht auf ihrem eigenen Mist gewachsen, wenigstens nicht auf ihrem Mist allein; es habe sich im Zusammenleben mit andern, ebenso Fühlenden so ergeben und sie, Marlene, mache sich nur zum Sprachrohr, weil sie ja bekanntlich eine flüssige Zunge habe.

Sie verbeugte sich schalkhaft und schloß: »Wir rufen also nicht: nieder mit der Schule, nieder mit Eltern und Lehrern, nieder mit Regierung und Autorität, sondern wir sagen: auf mit uns selber! Wir wollen's einmal selber in die Hand nehmen; das wollen freilich alle; aber uns selber zuerst; das ist bis jetzt noch nicht probiert worden. Nicht tun: das Schlechte; nicht teilnehmen: am Bösen und Gemeinen; sich ausschließen von der Gewalt, jeder für sich und einer für alle; sich selber gehorsam sein; sich selber nicht die Treue brechen; das ist es, das, denk ich, wollen wir. Und wenn ich sage: auf mit uns, so such ich für das Auf ein Sinnbild und finde kein besseres dafür als die Flamme, die doch Inbegriff von Licht und Wärme und Bewegung nach oben ist, und ich schlage vor, daß wir die Vereinigung, die wir heute begründen, den Bund von der Flamme nennen.«

Der junge Herold erwiderte auf diese Ansprache. Er bezeichnete die Gesichtspunkte der Vorrednerin als zu allgemein, zu unbestimmt. An Beglückungsprogrammen, solchen oder halbwegs ähnlichen, fehle es nicht; wo die Verderbnis am tiefsten eingefressen sei, klängen die Heilrezepte am verführerischsten. Gegen das Wesentliche der Idee sei um so weniger einzuwenden, als sie ja eine Art Kristallisationsprodukt darstelle, Willens- und Geistesniederschlag einer Generation und allenthalben so deutlich zu spüren sei wie eine atmosphärische Katastrophe. Es sei nun eben so weit, daß bloß aus einem Mund das Wahlwort zu erschallen brauche, und schon nehme es ein bereitstehendes Heer von Kämpfern entgegen. Aber wenn der kleine und unscheinbare Kreis, der sich hier gebildet und dem symptomatische Bedeutung, wie gesagt, nicht abzusprechen sei, ins Weite wirken wolle und mit seiner Flamme, kein übles Fahnenzeichen, er seinerseits erkläre sich gern für die Flamme, wenn die Flamme die Lauen und Kalten ergreifen solle, dann seien klarere Umrisse nötig und vor allem genaue Disziplinen.

»Welche?« wurde gefragt. »Was meinst du? Meinst du Regeln? Meinst du Statuten? Sollen wir Vereinsmeierei betreiben? Konferenzen und Bierabende abhalten?«

Gelächter. Ordnungsruf Marlenes. Helmut Scharf, mit untergeschlagenen Armen richterlich dastehend, sagte: »Es schwebt ihm vielleicht ein gemischter Mönchs- und Nonnenorden vor.«

»Warum nicht?« versetzte Herold unbeirrt. »Es gibt Einrichtungen, deren ursprüngliche Heiligkeit nicht dadurch vermindert wird, daß die Zeit ihren Sinn getötet hat.« Worauf er hinaus wolle, sei dies: Gebote, an die sich die Teilnehmer zu binden hätten; Gelöbnisse, wie sie von altersher die Werbekraft und den sittlichen Einfluß aller geist- und kulturschöpferischen Verbrüderungen ausgemacht hätten; er erinnere an die hohen Ritterorden der christlichen Frühzeit oder die mächtigen Logen des achtzehnten Jahrhunderts; zu den Geboten rechne er etwa: die Wahl eines Oberhauptes für befristeten Termin, doch mit unbeschränkten Befugnissen; dann: Schweigepflicht, nicht bloß nach außen, sondern bei allem Tun und allem Entschließen (»Denn das Übel, unter dem wir am schwersten leiden, ist das Wort«, schaltete er ein, »das gesagte, läufige, leere Wort.«); sodann: Enthaltsamkeit in jedem Sinn, und ebenso Bewährung innerhalb jeden unbrechbaren Zwanges; und unbrechbar heiße er allen Zwang, der nur unter Verschwendung von Mitteln und Vergeudung lebendigen Menschentums beseitigt werden könne.

Hieraus entspann sich eine Debatte, in der sich die jungen Mädchen noch leidenschaftlicher verstrickten als ihre männlichen Partner; namentlich eine hochgewachsene Brünette, Seminaristin, Tochter eines ehemaligen Offiziers, siebzehnjährig, ereiferte sich fast bis zu Tränen, weil sie keinesfalls anzuerkennen bereit war, was andere erfüllbar fanden, die Unterordnung unter einen geistigen Regenten. Sie beschwichtigte sich erst, als Marlene, von der Unbedingtheit des kindhaften Mädchens gerührt, den Arm um sie schlang und ihr sanft zuredend versicherte, es ließe sich gar wohl eine Herrschaft denken, die, ohne angemaßte Vorrechte, auf Übereinstimmung und Liebe beruhe; eine Bemerkung, bei der übrigens der schlaue Apothekerssohn nicht umhin konnte, ein wenig zu grinsen. Auch das Prinzip scheinbarer Unterwerfung stieß auf Widerstand; man wollte Heuchelei und Schwäche darin erblicken. Aber der junge Herold bewies ihnen in Worten, die weit über seine Jahre klug und bedeutend waren, daß gerade in dieser Art von Schwäche die Stärke der Minoritäten bestehe, und mit einem sonderbaren Ausdruck bezeichnete er sie als das System der langsamen Kraftentladung.

»Sehr gut!« rief Marlene. »Sparkasse. Akkumulator.«

Herold nickte. »Gewiß«, bestätigte er, »jeder von uns stellt einen Sammelapparat dar, und es ist eine unleugbare Tatsache, daß ein Prophet, wenn er ein wirklicher ist, hundert, ja tausend Gläubige macht.«

Es ging, wie man sieht, um die allerhöchsten Fragen. Um Wohl und Weh der Menschheit, um Zukunft und Existenz. Diese jugendlichen Köpfe hatten sich heißgedacht an den Rätseln des Lebens, die heißen Herzen schlugen einem erneuerten Bild von ihm entgegen. Sie brauchten die Erfahrung nicht, sie nahmen sie voraus, und vielleicht wäre mancher von den Fertigen und Betitelten, die sich einbilden, sie dürften über Schicksal und Weltzustand richten, weil sie sie tragen und ertragen müssen, erschrocken dagestanden und von der Meinung bekehrt worden, als ob nur von grauen Haaren, müden Lippen und gebeugten Schultern das Heil abhinge. Vielleicht wären sie zu der Erkenntnis gekommen, daß es zwischen ihren Wissenserrungenschaften und diesen Herzenswallungen vor allem einen Temperaturunterschied gab, der ihre geglaubten Vorteile nichtig machte; vielleicht hätten sie sich gesagt, daß sie die Zügel aus ihren alten Händen einmal probeweise in die jungen und nervigen legen müßten, da doch, was sie in Jahrzehnten erworben, ihnen nicht die Fähigkeit verliehen hatte, den Wagen mit den ungestümen Rossen zu lenken. Jedenfalls aber wären sie erstaunt gewesen über die Sprache, über die Stirnen, die Kühnheit der Worte und deren ehrliche Gewalt; sie hätten aufgehört, mit Geringschätzung zu betrachten, was durch ein Unsehen der stumpfen Augen ihnen nie zur wahren Erscheinung geworden war, und hätten einem Irrtum abgeschworen, der fortzeugende Rache an ihnen selbst übte: daß die Jugend noch zu ihnen aufblickte, erwartungs- und vertrauensvoll, daß dies Pflicht der Jugend sei und daß man sich dabei beruhigen könne und dürfe, indem man auf die »Jahre« pochte und ein gewisses Fehlen am Maß der Jahre wie ein Fehlen an Menschensubstanz behandelte. (Auch ein Fall, bei dem der Advokat Laudin das Phänomen des Dünkels hätte feststellen können, eine bisher noch nicht untersuchte Art dieser Eigenschaft.)

Während die Meinungen am heftigsten aufeinanderprallten, verließ Relly das Zimmer. Als Laura sie an der Türe nach dem Grund ihres Weggehens fragte, erwiderte sie, sie wolle ein wenig Luft schöpfen. In einem Raum mit vielen Menschen wurde ihr immer bänglich zumute, und Lärm von Stimmen verursachte ihr Kopfschmerz. Sogar im Theater und in Konzerten kam es vor, daß sie sich erhob, um eine Weile hinauszugehen, und einmal hatte sie zu ihrer Schwester geäußert, es überfalle sie in solchen Sälen oft eine unbezwingliche Sehnsucht nach einem Baum.

Es geschah nun, wie sie über den Flur schritt, daß sie an der halboffenen Tür vom Zimmer ihrer Mutter vorüberkam und, einen Blick hineinwerfend, die Mutter gewahrte, die in wunderlicher Unbeweglichkeit vor ihrem Spiegeltisch saß, den Kopf auf die Arme gestützt, das Gesicht von den Händen bedeckt. Relly blieb stehen. Sie atmete kaum. Ein bestürzter Ausdruck trat in ihre Mienen. So hatte sie die Mutter noch nie gesehen. Aus Furcht, von ihr bemerkt zu werden, erschrocken über die Ungehörigkeit des Belauschens, die sie unwillentlich begangen, kehrte sie um, ging ein paar Schritte auf den Fußspitzen und kam, etwas blasser als sie vordem gewesen, in das Versammlungszimmer zurück.

Sie saß aufrecht auf ihrem Stuhl, studierte die Mienen, hörte den Reden zu und war sichtlich bemüht, sich etwas Ordentliches dabei zu denken.

40

Als Doktor Heimeran eines Tages in seinem Notizheft blätterte, stieß er, unter vielen andern, auf die nur aus den zwei Namen bestehende Eintragung: Weitbrecht – Fraundorfer. Er mußte ziemlich lang nachdenken, bis ihm die Szene im Klub und das mit den Spielpartnern geführte Gespräch erinnerlich wurde. Kurz darauf hatte er verschiedener Agenden halber eine Besprechung mit Laudin; er fand den Chef und Kollegen wortkarg und in den Auskünften, um die er ihn bitten mußte, unbestimmt, so daß sein Ton nicht, wie er wohl beabsichtigt, freundschaftlich teilnehmend, sondern frostig-forschend klang, als er sich bei Laudin erkundigte, ob eigentlich die näheren Umstände beim seinerzeitigen Selbstmord des jungen Fraundorfer aufgeklärt worden seien.

Laudin maß ihn mit überraschtem Blick. »Wie kommen Sie zu der Frage?« versetzte er ablehnend und mit einer Unruhe, die zu verbergen ihm nur schlecht gelang.

Er meine nur so, sagte Heimeran achselzuckend und

schaute durch das Fenster; es sei ja viel die Rede davon gewesen; überdies wisse er, daß Doktor Laudin durch das Unglück stark in Mitleidenschaft gezogen worden sei; habe er ihm doch damals selbst, unter dem ersten Eindruck des Geschehnisses, geklagt, wie ratlos sowohl er wie auch der Vater des jungen Menschen sei. Doktor Laudin entsinne sich wohl nicht mehr. Es sei ihm nur so durch den Kopf gegangen; zufällig; habe nichts weiter zu bedeuten.

Er lächelte schief, empfahl sich in schiefer Haltung. Laudin hatte nichts geantwortet und sich mit gerunzelter Stirn an das Durchlesen der Post gemacht.

Vermutlich war es ein Akt boshaften Trotzes, daß Doktor Heimeran das Thema so schnell hatte fallen lassen und die Mitteilung, zu der er bereits gerüstet gewesen, unterlassen hatte. Er war zu sehr eingenommen von seinem Talent, Verborgenes ans Licht zu ziehen und voneinander entfernt liegende Wahrnehmungen geschickt zu kombinieren, als daß er sich damit hätte aufdrängen mögen. Er hüllte sich recht gern in sein Besserwissen, um dann schadenfroh zuzusehen, wie die Leute, die er Laien nannte (wieviel Verachtung lag nicht in dem Begriff), an ihrer Plumpheit und Bockstirnigkeit scheiterten.

Von Laudin in seiner Eitelkeit verletzt, wurmte ihn aber auch dessen schroffe Zurückweisung, obwohl er eine der Ursachen, die Laudin an diesem Vormittag in üble Laune versetzten, zu kennen glaubte: eine Zuschrift aus der Kanzlei des Doktor Kerkowetz in Sachen Altacher. Plötzlich begann die Neugierde an ihm zu nagen; er vergegenwärtigte sich die Beziehung Laudins zu der Schauspielerin, die Beziehung der Schauspielerin zu dem Selbstmörder; die Figur des Vaters fügte sich in das Gewebe; es gab die Möglichkeit, in eine Finsternis einen Blendstrahl zu senden, ein Stück Geheimnis zu befühlen, ein Stück Entdeckerarbeit zu tun, und Heimeran entschloß sich, den Doktor Egyd Fraundorfer aufzusuchen.

Schon am nächsten Tage ging er hin und traf ihn auch zu Hause. »Ich hatte bereits einmal das Vergnügen«, sagte er, als er vor dem riesigen Mann stand und beinahe devot in dessen kleine, schläfrige, schläfrig-tückische Augen schaute, »wir trafen uns vorigen Winter im Haus meines hochverehrten Kollegen Laudin.«

Fraundorfer quittierte etwas brummig die Feststellung alter Bekanntschaft und lud den Gast zum Sitzen ein. Herr Schmitt schlich mißtrauisch um den Stuhl Heimerans, und sein Herr zwinkerte ihm zu, als gebe er ihm zu verstehen: Nun, wir wollen abwarten, was da wird.

»Geht's dem hochverehrten Kollegen gut?« brachte er die Unterhaltung mit einem nicht recht faßlichen düstern Hohn in Fluß. »Ich sehe ihn selten jetzt. Es geht bereits in die vierte Woche, daß er nicht bei mir war. Scheint in seinen Rechtshändeln zu ersaufen. Na, man merkt's auch an der Welt, daß die Advokaten zu tun haben. Mein Hausmeister, das Vieh, hat gestern beinahe sein Eheweib totgeschlagen. Wie sagen Sie? Sie müssen lauter sprechen, seit ein paar Tagen hör ich schlecht auf dem linken Ohr. Wie war übrigens Ihr geehrter Name?«

Heimeran nannte, in Silben zerdehnt, noch einmal seinen Namen. Fraundorfer anerkannte die Bemühung und nickte. Darauf gab er seine Wißbegier nach dem Zweck des Besuches kund. Er sei Besuche nicht mehr gewöhnt. Es wundere ihn, wenn ein Mensch seine Schwelle überschreite. Er habe verlernt, wie man sich bei solchem Ereignis zu benehmen habe. Er fürchte, daß er sich als Grobian aufführe, wo er doch nur scheuer Höhlenbär sei, obschon ein etwas mastodontischer. Hohoho. »Ins Körbchen, Herr Schmitt.«

Welche Einsamkeit in alledem, um all dies; sogar Heimeran spürte es, der nie allein war und nicht wußte, was Einsamkeit ist. Trocken berichtete er, was ihn hergeführt. Unterhaltung zwischen guten Bekannten am Spieltisch; die seitdem verflossene Zeit glaubte er verschweigen zu dürfen, um das Gewicht seiner Mitteilung, mit der er doch nur experimentierte, nicht zu verringern; unter andern Gegenständen, die berührt wurden, Gespräch über den jungen Fraundorfer; Professor Weitbrecht, einer der Teilnehmer der Gesellschaft, läßt beiläufig einfließen, der junge Mann sei kurz vor seinem Tod bei ihm gewesen, um seinen ärztlichen Rat einzuholen; Weitbrecht; Doktor Fraundorfer werde ja den Namen kennen: berühmter

Syphilidologe. Er, Heimeran, habe sich verpflichtet gefühlt, den Vater von der Tatsache in Kenntnis zu setzen, auf jeden Fall, da doch selbstverständlich auch vermutet werden könne, daß er ohnehin darum wisse. Dergleichen gelte ja heutzutage bei jungen Leuten nicht mehr als Makel, Gott sei Dank. Oder sei es für Doktor Fraundorfer ein Novum? Es scheine so.

Eine Gebärde des Riesen wie ein Kurzschluß, ein jähes Zusammenpressen der Faust gab Anlaß zu der Frage, die nicht ohne einen Ton der Befriedigung eingeschaltet wurde, Befriedigung darüber, daß der Aufklärerweg gerechtfertigt war. Wenn auch anderer Lohn nicht erfolgte, nicht einmal Dank, denn Fraundorfer fiel von dem Augenblick an in geradezu beängstigendes Schweigen, und sein verwüstetes, schwammiges Gesicht überzog sich mit aschfarbenem Grau, so war doch die Finsternis, die Laienignoranz, als solche erkannt, und der Blendstrahl hatte seinen Dienst getan. Die weiteren Wirkungen konnten allenfalls an Laudin beobachtet werden, und da er einmal hier war, dem notorischen Freund Laudins gegenüber saß, so ergab sich die Gelegenheit von selbst, auch von der beunruhigenden Wandlung im Wesen des Advokaten zu sprechen, einer Wandlung, die mehr und mehr unheimlicher Verstrickung glich. Fast alle Äußerungen Heimerans hatten seit einiger Zeit sonderbarerweise den Anschein des Übelwollens, ja der Gehässigkeit gegen den früher so bewunderten, für ihn gleichsam in nicht zu erreichender Höhe thronenden Laudin. Woher mochte dies rühren? Vom Sturz des unbefleckbar Gewähnten, von der Verdunkelung des Bildes? Die mittleren Spieler des täglichen praktischen Lebens haben oft keine andere Gottheit als den sittlich und geistig überlegenen Mann der eigenen Berufssphäre. Hört er auf, ihrer hohen Vorstellung zu genügen, durch die sie sich selbst reinigen und erhöhen, so erwacht rachsüchtige Erbitterung in ihnen.

Fraundorfer war längst wieder allein, und noch immer hatte er sich nicht bewegt. Als Frau Blum das Mittagessen brachte, rührte er es nicht an. Die Schüsseln mußten ein paar Stunden später aufgewärmt werden, auch dann nahm er nur einige Bissen zu sich, und mit Ekel. Es verblieb während des ganzen Tages eine eiserne Schwere in ihm. Bei Anbruch der Nacht entkorkte er eine Flasche starken Schnapses; am Morgen war sie leergetrunken. Danach schlief er sechzehn Stunden. Danach versuchte er zu arbeiten. Aber das Weib des Hausmeisters kam, um ihn anzuflehen, er möge bei der Polizei wegen der Enthaftung ihres Mannes intervenieren. Er habe sie zwar übel zugerichtet, wie sie durch das Aussehen ihres Leibes zu erhärten bereit war, doch könne sie ohne ihn nicht mit der Arbeit zu Rande kommen. Fraundorfer ließ den geräuschvollen Jammer eine Weile über sich ergehen, dann schrie er, sie solle sich zum Teufel scheren und verfolgte sie mit seinem Zorn bis zur Stiege. Es schien ihm angenehm zu sein, einen Vorwand gefunden zu haben, sich in Wut zu brüllen. Die Parteien im Hause liefen zusammen.

Man sollte denken, es hätte sein erster und eiligster Gang sein müssen, sich zu Professor Weitbrecht zu begeben, um sich volle Gewißheit über die Eröffnung des Advokaten Heimeran zu verschaffen. Vielleicht hatte er es erwogen; mehr noch, vielleicht trieb es ihn hiezu, und er setzte es sich Stunde für Stunde und Tag für Tag vor. Dennoch geschah es nicht. Er konnte es offenbar nicht über sich gewinnen. Vermutlich hatte er Angst vor dieser vollen Gewißheit. Es kam vor, daß er, unter Herrn Schmitts still-entzückter Erwartung, seine Schaftstiefel anzog, einen sauberen Kragen umlegte und den Mantel aus dem Schrank holte; über diese Vorbereitungen hinaus gedieh sein Entschluß nicht. Sie hatten schon Anstrengung genug gekostet. Im letzten Moment war ein Ausdruck da, als werde ihm eine Schlinge um den Hals geworfen und langsam zugezogen. Über den borstigen Brauen bildeten sich dicke, zitternde Hautwülste. Wieder und wieder preßten sich die ungeheuren Hände zu Fäusten zusammen.

Eines Abends hatte sich Herr Schmitt mit ausgestreckten Vieren auf dem Tisch niedergelassen. Es war ein besonderer Gnadenbeweis, wenn er die Erlaubnis dazu erhielt oder wenigstens nicht daran verhindert wurde, und Herr Schmitt bezeigte für diese räumliche Erhebung seiner winzigen Person Verständnis insofern, als er den in Anbetung schwimmenden Blick nicht eine Sekunde lang vom Gesicht seines Meisters abwandte. Fraundorfer, einen wahren Balken von Zigarre im Lippenwinkel, das eine Auge zugekniffen, das andere nur schläfrig, tückisch-schläfrig geöffnet, mit der Rechten das heiße Glas des eben gebrauten Punsches umklammernd, ließ folgende Rede vom Stapel:

»Wir sollten morgen zu diesem Doktor-Bonzen gehn, Herr Schmitt. Wir müßten es tun. Sagen wir übermorgen. Wir dürften es nicht länger hinausschieben. Ich sehe aber schon, daß wir uns doch wieder drücken werden. Das Uhrwerk unseres Geistesmechanismus weist einen bedenklichen Fehler auf; ich möchte es sogar eine Krankheit nennen, so was wie Retardierungskrampf. Nur keine vollendeten Tatsachen, das war ja stets unsere Devise, nicht wahr, Herr Schmitt? Das Unwiderrufliche war von jeher unser schlimmster Feind. Ich merke, Sie sind ganz meiner Meinung; bravo, Herr Schmitt, Ihre Intelligenz macht Fortschritte. Das Unwiderrufliche ist so steril wie der Tod. Jenseits des Unwiderruflichen gibt es keinen Trost mehr, nicht das schäbigste Trinkgeld von Trost, nicht den Schatten einer Möglichkeit von Selbstbeschwindelung. Das haben wir in Rechnung zu ziehen, Herr Schmitt, danach haben wir uns einzurichten. Achtung, wenn die Schranke geschlossen ist. Es ist, als ob man Ihnen sagte: Bemühen Sie sich zum Schinder, dort werden Sie ein rasches, gefälliges, schmerzloses Ende finden; es geht Ihnen zwar miserabel beim alten Fraundorfer, werden Sie sich aber deswegen mutwillig in die Unwiderruflichkeit stürzen? Und wenn Ihnen auch dieser Schindervergleich ein wenig übertrieben, ein wenig brutal erscheint, so bitte ich doch zu erwägen: was dann? Das Dann bedeutet, daß etwas geschehen muß. Weitere Unstatthaftigkeit; weiterer Fehler im Uhrwerk. Ach, Herr Schmitt, was für Fragen treten da an uns heran! Vor allem müßten wir doch unsern Freund in die neuen Umstände einweihen, unsern Dyskolos, Sie wissen. Lassen wir aber in dieser Hinsicht unsere Gedanken nicht aus dem Käfig. Seien wir froh, daß sie eingesperrt sind. Keine Täuschung, Herr Schmitt, hier wird die Sache brenzlig, schauen wir woandershin, machen wie ein harmloses Gesicht, und wenn es allenfalls klingeln sollte und er dann zur Tür hereinkommt, seien wir freundlich, ich wünsche es, Herr Schmitt, ich erwarte es von Ihrer Erziehung; blicken wir ihm fest und offen ins Auge; er soll nichts von den Unordnungen in unserem Uhrwerk merken; üben wir die schöne Tugend der Dissimulation. Verstanden?«

Herr Schmitt wedelte eifrig mit dem Schweifchen. Fraundorfer tat einen langen, gierigen Zug aus dem Glas und schmatzte. »Ich fürchte aber, er wird nicht so bald bei uns vorstellig werden«, fuhr er mit hämisch-düsterer Miene fort und einer Stimme, die sich in verschlafenen Quetschlauten verlor. »Es bleibt uns Zeit genug, unser Fell nach Flöhen zu durchsuchen. Nicht ausgeschlossen, daß wir sogar ein neues Kapitel in unserer Geschichte der menschlichen Dummheit bis dahin fertig kriegen. Obwohl, unter uns gesagt, Herr Schmitt, die ganze Bücherschreiberei keinen Pfifferling wert ist. Man schreibt immer noch einmal, was schon ein anderer besser geschrieben hat. Schön, schön, wir stehen nicht an darum. Keine Ursache, daß wir uns kränken, wenn die Eukoloi und Dyskoloi uns Stoff zu noch mehr Kapiteln liefern. Dieser da, der uns aus gewissen Gründen nicht unsympathisch ist, hat die Giftpille im Futterkasten. Er ist wie ein verrückt gewordener Kaufmann, der aus seinem Defizit einen Haben-Saldo herausbilanziert und an fallite Firmen seine Waren verschleudert. Sie haben ja gehört, was der magere Hering von Advokaten uns neulich erzählt hat. Übrigens ist es nicht sehr appetitlich, daß Sie da mitten auf dem Tisch hocken, Herr Schmitt. Ich dulde es, weil ich zu faul bin, Sie zu züchtigen. Lassen wir es dabei. Lassen wir's beim alten, Herr Schmitt, alles bis auf Widerruf beim alten ...«

Das Kinn sank ihm auf die Brust. Er stieß mit dem Fuß an den Tisch, und das leere Punschglas fiel um. Auch Herr Schmitt entschlummerte.

41

Nicht ohne Schwierigkeit gelang es Laudin, die fünfhundertfünf Millionen Kronen flüssig zu machen, die den Hauptstock des Vermögens der Filmgesellschaft bilden sollten. Schwierigkeiten ergaben sich auch aus der Erfüllung der dabei notwendigen Formalitäten, angefangen vom Notariatsakt bis zur Überweisung und Kontoerrichtung. Dreimal änderte Luise Dercum ihren Entschluß wegen der Wahl der Bank und folgte dabei ganz kindischen Gesichtspunkten. So entschied sie sich schließlich, trotz Laudins Widerspruch, für ein mittleres Institut, weil ihr die Person des betreffenden Direktors zusagte. Der Mann hatte es jedenfalls verstanden, ihr Sand in die Augen zu streuen, und sie durch Gewährung eines besonders hohen Zinssatzes geködert. Wiewohl ihr andererseits wieder an den Zinsen nichts lag, wie sie freimütig zugab, da es ja darauf ankam, das Geld auszugeben und nicht, es zu thesaurieren. Ihre Großzügigkeit in allem, was mit Geld zusammenhing, war erstaunlich; manchmal bestellte sie an einem Tag, wo sie übler Laune war, gleich vier Toiletten, ohne ans Bezahlen auch nur zu denken. In ihrem Schlafzimmer trat man förmlich auf die unbezahlten Rechnungen; in dieser Hinsicht hatte Brigitte Hartmann keineswegs übertrieben. Ungeachtet der Sorglosigkeit, mit der sie wirtschaftete, gab es Leute genug, die sie als geldgierig bezeichneten und ihr die vorgespielte Verachtung des Mammons nicht glaubten. Laudin bekam hierüber allerlei Ansichten zu hören; man trug ihm auch zu, daß sie um hohe Summen spielte. Viele Leute fanden ein Vergnügen daran, ihm ihre Meinungen und Urteile über die Schauspielerin mitzuteilen, Gott mochte wissen, warum, und es waren selten günstige Äußerungen, die er vernahm.

Nach der Natur der Dinge hätte das Bankkonto unter dem Namen der Gesellschaft errichtet werden sollen. Dagegen sträubte sich Luise. Erstens behauptete sie, durch eine solche Maßregel werde ihre Bewegungsfreiheit gehemmt; sie müsse unbeschränktes Verfügungsrecht haben, wenn die ganze Gründung einen Sinn haben solle. Dann aber wies sie darauf hin, daß bis zur Konstituierung der Gesellschaft, behördlichen Konzession, Aufstellung der Statuten, Wahl des Aufsichtsrates und uneinbringlich kostbare Zeit verstreichen würde, während der sie mit gebundenen Händen dastehe. Laudin hatte sie über alle diese gesetzlichen Pflichten belehrt; er fügte sich ihren Argumenten, wenn auch zögernd, doch bei der weiteren Erörterung mußte er die törichtesten Vorschläge abwehren. Luise selbst stak zu tief in Schulden, als daß es sich empfohlen hätte, sie zur Kontoinhaberin zu machen; auch an Ernevoldt war nicht zu denken, dessen pekuniäre Lage, wie Laudin wußte, eine verzweifelte war, ganz abgesehen von seiner praktischen Unfähigkeit.

Endlich, nachdem Laudin noch die Person des Reklamefürsten Ortelli abgelehnt hatte, den er offen und unter Luises ungeduldigem Protest als Windhund bezeichnete, verfiel man auf den Ausweg, May Ernevoldt mit dem Recht der Zeichnung und Ziehung zu betrauen. Sonderbarerweise wollte May nichts davon wissen. Sie gab keine bestimmten Gründe für ihre Weigerung an; sie sagte nur, und man mußte es ihr glauben, Geld sei für sie der Gipfel des Verabscheuenswerten; wenn man sie in Geldangelegenheiten verstricke, laufe sie auf und davon. Doch schien ihr Verhalten außerdem durch eine bestimmte Angst beeinflußt, die sie zu verhehlen trachtete und die im Augenblick, wo sie von Luise, zärtlich erst, dann zornig, zur Entscheidung gedrängt wurde, ungeachtet ihrer Ergebenheit und Liebe für die Freundin mit doppelter Macht hervorbrach. Da alle Gemütsvorgänge bei ihr sich ungewöhnlich heftig äußerten, mußte man sie, als sie endlich ihre Einwilligung gegeben hatte, wie eine Kranke behandeln und sie in einem verfinsterten Raum zu Bett bringen.

Zwei Tage später wurden siebzehntausend Mark auf eine deutsche Bankfirma überwiesen, und zwar auf den Namen Bernt Ernevoldts, der gleichzeitig abreiste, um, so schrieb er an Laudin, draußen Kräfte anzuwerben und Apparate zu kaufen. Was ihn nicht hinderte, vorher noch seine unangenehmsten Gläubiger zu befriedigen, die rückständige Miete für die Villa zu bezahlen und einen Blüthnerflügel und ein Grammophon zu kaufen. Auch Luise entschloß sich plötzlich, einige drückende Schulden zu begleichen, da man ihr mit der Pfändung ihrer Gage gedroht hatte. Es waren immerhin Beträge in der Höhe zwischen fünfzig und sechzig Millionen; doch bestritt sie, ohne daß Laudin von ihr Rechenschaft begehrt hätte, daß sie das Geld von dem Konto genommen habe. Sie habe im Bakkarat gewonnen, erzählte sie mit großen Märchenaugen und in kindlich dankbarem Ton. Nachzuforschen fiel Laudin nicht ein; er hatte unter dieses Geld, wie er zu sich selber sagte, ein Kreuz gemacht. Doch ein paar Tage darauf geschah es durch ein Versehen der Bankabteilung, daß die Nachricht von der Behebung statt an die Kontoinhaberin an seine Adresse ging; es war eben der Betrag, der zur Tilgung von Luises Schulden erforderlich gewesen war. Er schickte den Zettel an May.

Anonyme Briefe schmähenden und verleumderischen Inhalts bildeten von jeher das ständige Zubehör seiner Geschäfte. Mit derselben Post, mit der das verräterische Bankavis gekommen, war auch das folgende Skriptum eingelaufen: »Wenn Sie glauben, daß der Dercumsche Leiblakai abgefahren ist, um die Pläne auszuführen, zu denen Sie den Herrschaften das schöne Geld vor die Füße geschmissen haben, sind Sie ein bedauernswerter Hopf. Wir im Theater wissen besser Bescheid. Lassen Sie mal Erkundigungen einziehn, was der infame Winkeladvokat K. M. und der noch infamere Winkeldoktor R. Z. in Berlin dafür bekommen, daß der unglückliche Arnold Keller noch immer in der Irrenanstalt sitzt. Ein Warner.«

Der Wisch flog in den Papierkorb.

42

Der »Punkt«, den er, um seine Worte anzuwenden, in der Korrespondenz zwischen Altacher und May gefunden hatte und von welchem aus er gegen Konstanze vorgehen wollte, diente ihm in der Tat gleich zu Anfang als Stütze in der Kontroverse mit dem Advokaten David Kerkowetz. Es handelte sich um einen Vorfall, der zwei Jahre zurücklag. Edmund Altacher hatte beim Tod seiner Mutter unter andern Schmuckgegenständen eine schöne alte, mit Edelsteinen besetzte Miniatur geerbt. Das Kunstwerk gefiel ihm über die Maßen, und er beschloß, es seiner Freundin May zu schenken, der er es gezeigt hatte und die nicht weniger als er davon entzückt war. Es fehlten aber an der Diamantenumrahmung mehrere Steine, und um die ersetzen zu lassen, trug er das Bildchen zu seinem Juwelier. Konstanze hatte davon erfahren. Sie begab sich ein paar Tage später zu dem Juwelier, verlangte die indessen instandgesetzte Miniatur, als sei sie von ihrem Gatten beauftragt, und der Mann, der sie natürlich kannte, beeilte sich, ihr die Kostbarkeit auszuhändigen. Als sie sie in ihrem Besitz hatte, machte sie gegen Altacher kein Hehl mehr aus dem Gewaltstreich und weigerte sich, das Bild herzugeben. Es sei Familieneigentum und als solches ein der Pietät würdiges Symbol, hielt sie ihm entgegen; es der Familie zu entziehen, habe er kein Recht. Da er den Konflikt nicht auf die Spitze treiben wollte, mußte er sich fügen. In einem kurz darauf aus dem Ausland an May geschriebenen Brief berichtete er ihr das Geschehene, wobei er für das Eingreifen Konstanzes nur die Erklärung fand, daß es ihr, bei seiner Sorglosigkeit in derlei Dingen, wahrscheinlich gelungen war, einen seiner früheren Briefe an May zu lesen, worin von der Miniatur die Rede war. Er und May pflegten damals viel schriftlich zu verkehren.

In dieser Handlungsweise Konstanze Altachers erblickte Laudin die unrechtmäßige Aneignung einer bereits dokumentarisch fixierten Schenkung. Ohne der Tatsache selbst große Bedeutung beizumessen, was ein taktischer Fehler gewesen wäre, machte er sie doch in den vorprozessualen Auseinandersetzungen mit Kerkowetz zum psychologischen Fundament der Klage auf Herausgabe des Legats, einer Klage, die freilich nicht weniger aussichtslos war als die Gegenklage auf Wiedererstattung der Altacherschen Geldzuwendungen an die Geschwister Ernevoldt. Die ganze Angelegenheit hatte schon in ihrem Beginn den Charakter eines juristischen Eiertanzes, und obgleich Laudin dabei einen Eigensinn an den Tag legte, der seiner Beweisführung wie auch seinen Maßnahmen abträglich war, ja, sich mehr und mehr in einen hartnäkkigen Trotz wühlte, war ihm keinen Augenblick wohl in seiner Haut. Seine Haltung war nicht die eines Mannes, der in einem verworrenen Streitfall die keineswegs einwandfreien Interessen einer Partei vertritt, sondern so, als zöge er wider den Erbfeind der Gesellschaft in den Kampf und als hinge vom Ausgang des Kampfes das Schicksal und Recht von vielen ab. Offenbar war es wieder das »Phänomen«, das ihn aufstachelte und an das er sich mit Ingrimm verschwendete; das Bild der Welt verzerrte sich ihm immer mehr; das zeigte sein Blick, sein Schritt, seine Verdüsterung und der veränderte Takt seines täglichen Lebens.

Die Antwortschriften des Doktor David Kerkowetz hatten eine nicht zu überbietende Schärfe, vor allem einen in Respektsformen gehüllten Sarkasmus mit bissigen Unterstellungen und hohnvoll bescheidenen Belehrungen, der Laudin aus dem Gleichgewicht brachte. Schon nach der Lektüre der ersten dieser ebenso stilgewandten wie perfiden und schwer angreifbaren Episteln stand er da, weiß wie die Wand. Er fühlte wohl, daß er solchem Gegner nicht gewachsen war, in diesem Duell nicht bestehen konnte, in dieser Sache nicht, die mehr eine Katastrophe seines Geistes war als berufliche Pflicht und Aufgabe. Eingeblasen war sie in ihn, aufgedrückt wie ein Mal, von irgendwoher, er wußte nicht von wo, von irgendeiner Hand, und glich im Verlauf einem in den Tag fortgesetzten Traum. Und David Kerkowetz, Wappenträger der feindlichen Partei, Gegner und Gegenfigur, trat auf ihn zu, von schmutzigem Nebel halb unsichtbar gemacht, und gewann ihm Vorteil um Vorteil ab.

Der dritten Antwortschrift von Kerkowetz lag der Laudinsche Brief bei, der sie veranlaßt hatte. Der letzte Satz dieses von Laudin diktierten Schreibens war mit Rotstift dick unterstrichen, und links am Rand befanden sich zwei rote Fragezeichen. Der Satz, hart, trocken, unerhört, lautete: »Zwischen Ihnen und mir gibt es keine Verständigung, Herr Kollege; zwischen uns beiden liegt eine Welt, die zu betreten ich mich so lange weigern werde, bis Sie mich aus der meinen vertrieben haben.«

Laudin erstarrte. Er hatte das nicht gesagt; er hatte es nicht diktiert; wie hätte ihm solche Herausforderung, solche Beleidigung, solche Prahlerei einfallen können?

Seine Stimme war heiser, als er die Sekretärin rief. Er vermochte bloß mit dem Zeigefinger auf die Briefseite zu deuten. Das Fräulein verstand nicht. Da lockerte sich der Krampf in der Kehle, und er fing an zu schreien. Zum erstenmal, seit er in diesen Räumen amtierte, hörte man ihn schreien: »Wer hat das zu Papier gebracht? Wem ist der Satz beigefallen? Wer hat den Unsinn verbrochen, die Tollheit?« Doktor Kappusch, Doktor Heimeran, die Konzipienten, die Schreiber liefen herzu. Kappusch redete beruhigend auf ihn ein. Das Fräulein schaute erschrokken. »Das Stenogramm her!« schäumte er. Die Sekretärin verschwand im Hauptbureau; er ging mit großen Schritten auf und ab, von etwas Unheimlichem gefoltert. Nach wenigen Minuten kehrte das junge Madchen zurück und reichte ihm schweigend das Stenogramm.

Der Satz stand da. Er hatte ihn diktiert. Er wußte es nicht. Er hatte ihn gesprochen, ohne es zu wissen. Er blickte sich unsicher um. Die Stirn faltete sich, und mit eigentümlich tristem Selbstspott sagte er, zu Heimeran gewendet: »Mir kommt beinahe vor, als wäre hier ein Identitätsnachweis vonnöten.«

Man beriet kurze Zeit. Er suchte die Sache den Herren irgendwie zu erklären. Sie schienen die Erklärung plausibel zu finden. Es blieb nichts übrig als förmliche Abbitte. Ein Entschuldigungsschreiben wurde mit einem Boten an David Kerkowetz geschickt; darin war der Mißgriff, hochbedauert, der Zerstreutheit eines Angestellten zugeschoben, der zwei Diktatvorlagen vermengt habe.

Eine Stunde später, im Flur des Gerichtsgebäudes, befand sich Laudin plötzlich Aug in Aug mit Kerkowetz. Beide waren im Amtstalar, was der Begegnung etwas Offizielles und Geprägtes verlieh. Stumm sahen sie einander an. Dann verbeugte sich Laudin. Kerkowetz, dem Äußeren nach eine verfettete Napoleonimitation, dankte mit kalter Gemessenheit. Es hatte den Anschein, als läge etwas wie Triumph in seinen Mienen. Aber vielleicht war er mit dem Ausdruck des Triumphes geboren.

43

Ernevoldt telegraphierte aus Berlin: »Arnold Keller vor meinem Eintreffen aus der Anstalt entlassen. Derzeitiger Aufenthalt unbekannt. Unterrichtet Lu.«

Laudin fand den Alarm, weil er von dieser Seite kam, übertrieben und im Ton anmaßlich. Da ihm kaufmännische Pedanterie nun einmal anhaftete, rechnete er sich bisweilen vor, wieviel Zeit er für die Dercumschen Angelegenheiten unbelohnt opferte. Seine Freiwilligkeit, die er dabei einräumte, benahm ihm nicht das Gefühl des Ausgenütztwerdens. Doch derlei Gedanken regten sich nur in Augenblicken der Müdigkeit, und wenn er sich beklommen fragte, was da werden solle. Auch sooft er das verwunderte, bedauernde, köpfezusammensteckende Raunen der Welt zu spüren glaubte. Rief Luise, so kam er. Befahl sie, so gehorchte er. Lächelte sie, war ihm froh ums Herz. Klagte sie, wurde ihm die Luft zum Atmen schwer. Vernahm er bloß ihre Stimme, wich eine Last von der Brust. Waren ihre im braunen Glanz goldschimmernden Augen auf ihn gerichtet, so war er mit der Welt einverstanden.

Er las alle Tageszeitungen, nur um auf ihren Namen zu stoßen. Die Kritiken, die über sie erschienen, schnitt er sorgfältig aus und sammelte sie wie ein Gymnasiast, der heimlich entzückt die Lebensphasen der von ihm vergötterten und von fern angestaunten Bühnenheldin verfolgt. Die wenigen Briefe, die er von ihr besaß, flüchtige Zeilen in einer großartig turbulenten Schrift, bewahrte er auf wie Schätze. Unterhaltungen mit gleichgültigen Personen wußte er oft in ungemein schlauer Art so zu führen, daß vom Theater gesprochen wurde, und da der Name Luise Dercum in aller Munde war, dauerte es natürlich nicht lange, bis man ihn nannte. Er selbst aber schwieg dann und lauschte nur.

Wir sehen Lippen sich spöttisch kräuseln und hochweise Personen die Achseln zucken. Aber sie täuschen sich. Es ist hier nicht der Ort, mit Erfahrungen zu prunken, die billig wie Brombeeren sind. Es erhellt aus den gelegentlichen Notizen, auf die bereits hingedeutet wurde, daß ein sich selbst messender und befragender Geist wie der seine wohl befähigt ist, Meinungen vorwegzunehmen und zu entkräften, die seine innere Situation zu einer belächelns- oder bemitleidenswerten Dutzendverfassung stempeln, als wären die Laudins in allen Gassen anzutreffen und eine Frau vom Schlage Luise Dercums höchstens eine Spezialität für bürgerliche Feinschmecker.

Er machte sich in den besagten Aufzeichnungen sogar lustig über die Möglichkeit einer verliebten Entzündung, späten Leidenschaft des alternden Mannes, und obschon dies ein gültiger Beweis für die Abwesenheit derartiger Gefühle nicht zu sein braucht, da hierin der Selbsttäuschung keine Grenze gezogen ist, so lassen doch sein Redlichkeitsstolz und seine Wahrheitsstrenge zum mindesten die Vermutung von sehr geheimnisvollen Hintergründen zu.

Von leerer Schwärmerei und verblasenem Phantasiespuk konnte nicht die Rede sein. Hätte die Gefahr bestanden, im Beginn vielleicht, wo der Anblick eines brennend auf seinem Wege hinstürmenden Temperaments und die etwas naive Vorstellung des liberalen Bildungsmenschen vom Wesen einer Priesterin der Kunst den Blick trübten, so hätten die Erlebnisse dreier Tage genügt, sie zu zerstreuen, und das schon ist eine ausreichend lange Frist, zu lang, um aus einem im Staub knienden Anbeter nichts weiter als einen Bewunderer zu machen, wie sie jeder Thespiskarren schockweise hinter sich her schleift.

Halten wir uns vor Augen, daß der Anlaß, Beziehung zu Luise Dercum zu schaffen, der Tod eines wunderbaren jungen Menschen gewesen war. Um die düstern Grübeleien des Freundes, des Vaters, zu beenden, den an allem menschlichen Geistes- und Herzensgut sich ohnmächtig vergreifenden Groll zu mildern, auch um die eigene quälende Unruhe zu beschwichtigen und dabei im Ganzen wie unter einem höheren Gebot handelnd, war er in den Kreis dieser Frau getreten. Sie hatte ihm willfährig Auskunft erteilt. Es waren gar keine umständlichen Nachforschungen erforderlich gewesen. Anscheinend eine simple Geschichte. Eine gar zu simple Geschichte, wenn man näher zusah. Glaubte er sie? War kein Argwohn in ihm? Nahm er sie von A bis Z für bare Münze? Es ist kaum festzustellen, doch wahrscheinlich würden wir dem gewiegten Juristen Unrecht tun, wenn wir annähmen, daß sich hinter seiner einschmeichelnden Artigkeit sowohl beim ersten Hören wie bei seinem weiteren Verhalten nicht der seinem Tun und Lassen von je verbrüderte Zweifel stärker und stärker geregt und fernerhin auf Posten gestanden hätte. Freilich ist nicht zu vergessen, daß er schon bei jener ersten Begegnung unter dem Eindruck einer ihn vollkommen überwältigenden Leistung oder Darbietung sich befand und daß dieser Eindruck sich nicht nur nicht verringerte, sondern von Mal zu Mal, von Tag zu Tag, von Begegnung zu Begegnung an Umfang und Nachhaltigkeit gesteigert wurde und daß ihn diese andauernde innere Überwältigung seiner im tiefsten bescheidenen Natur, die jede fremde Überlegenheit freudig, ja fast mit einer Art von Demut anerkannte, äußerlich zur Scheu, zur Rücksicht und zur steten Respektserweisung zwang.

Dann kamen aber die Zuflüsterungen; von allen Seiten. Dagegen wäre er zur Not gewappnet gewesen. Er atmete ja seit zwanzig Jahren in einem beständigen Wirbel der Verleumdung. Was Menschen über Menschen redeten und was anzuhören sein Geschäft war, hatte das ganze Dasein längst in einen schmutzigen Tümpel verwandelt und drang als konzentriertes Gift auch durch die dichtvernieteten Fugen des Privatlebens, wenn es etwas dem Ähnliches noch für ihn gab. Aber der Augenschein, mit unbarmherziger Allmählichkeit sich enthüllend; das Selbstsehen und Selbsthören; die gewonnene Kenntnis von Dingen in den Mienen der Zuläufer und Herumsitzer, Schmarotzer und Lobhudler, Dinge, die dort eine nicht mehr des Aufhebens werte Lappalie waren, ihm aber entgingen und mit solcher Selbstverständlichkeit vorenthalten wurden wie einem Knaben die Abendvergnügungen von Lebemännern. Woran lag denn das? mußte er sich fragen, da er offenbar nicht wußte, daß die Untadeligen einen Panzer haben, der sie hermetisch abschließt gegen die Besudelten, die sich um so rascher miteinander verständigen, als sie gewöhnlich alle denselben Kehrichthaufen bewohnen. Viel schlimmer und auch sonderbarer war jedoch der Verrat, den Luise an sich selbst beging, dieser leichtfertige, lachende, zynische Verrat, der sich aus Vergeßlichkeit, Neugier, Übermut und Herausforderung zusammensetzte. Nicht erfindlich, weshalb sie das wagte, seine Ehrfurcht und Verehrung drangab und hinwarf, sein Zutrauen in den Wind schlug; warum? Einem Kitzel zuliebe? Als ob sie sich nicht im mindesten achtete, das Magische, das Göttliche in ihrer Seele, als ob dies was sei, was man mit Füßen treten könne und was bloß als Beifallsgeklatsch, Zeitungsschreiberei und die Rekordhöhe der Gage zu belangvoller Erscheinung wurde.

Nicht dies allein machte ihn trübe, eigentümlich versonnen, eigentümlich brüchig in seiner Führung und immer mehr im Gesamten der Existenz. Einsicht in die Lüge und Wissen um die Lüge sind nicht schlimm, meine Guten, ihr, meine spärlichen Freunde, und du, Pia, und ihr, Töchter, und du, kleiner Sohn, nicht geradezu zerstörend, auch wenn Lüge uns so umstrickt, daß wir gleichsam ein Teil von ihr werden; schlimm ist nur die mutlose Unterwerfung, in die sie uns mit listiger Achtlosigkeit, Fädchen bei Fädchen, hineinspinnt, liebenswürdig spielend und, Gott bewahre uns vor dem Übel, von einem zauberischen Element getragen.

Lüge, wenn sie sagte: Ich bin im Kaffeehaus gewesen. Sie war bei der Modeausstellung. Lüge, wenn sie sagte: Ich war bei der Modeausstellung. Sie hat eine Autofahrt mit irgendeinem reichen Gimpel gemacht, den sie köderte. Lüge, wenn sie berichtet: Auf der Straße hat ein Mann einen andern geohrfeigt. Es war kaum ein erheblicher Wortwechsel. In der Nacht sei ihr schlecht gewesen; sie habe den Arzt rufen lassen. Lüge. Sie habe den und den interessanten Roman gelesen und sich das und das dabei gedacht. Lüge; sie hatte nicht die Geduld, einen Brief von anderthalb Seiten zu lesen, um wieviel weniger ein Buch. Ein Gastspiel in Amerika sei ihr angeboten worden. Kein wahres Wort. Den smaragdbesetzten Platinring an ihrer Hand habe sie von ihrer Großmutter geerbt. Purer Schwindel. Ihre Großmutter war ein Aufwaschweib in Olmütz gewesen. Sie erzählt von ihrer Jugend: sieben Geschwister, alle kränklich, in drei Jahren riß der Tod drei von ihnen ins Grab; der Vater hochbegabter Brückenbauingenieur, durch die Verfolgung eines unerbittlichen Feindes um Amt, Karriere und Brot gebracht und beim Alkohol Trost suchend; die Mutter eine ehemals europäisch berühmte Tänzerin, von fabelhafter Schönheit, von einem Liebhaber auf offener Bühne in die Hüfte geschossen und dadurch zeitlebens zur Krüppelhaftigkeit verurteilt. Alles aus dem Ärmel geschüttelte Erfindung. Ein paar Tage später bezeichnet sie den Vater als Besitzer eines Zirkus und die Mutter als geborene Baronin Schlichtenfels oder ähnlich. Kein Vorfall, den sie aus ihrer Vergangenheit mitteilt, stimmt auch nur annähernd. Soll, beim unbeträchtlichsten Faktum, der Beweis erbracht werden, etwa zum Zweck einer Amtshandlung oder weil ein Paß neu ausgestellt werden muß, der Taufschein verloren ist und sie eine prächtige Stadt als Geburtsort angegeben hat und nicht das elende Dorf, wo ihre Wiege gestanden, so muß sie sich selber Lügen strafen, und sie tut es mit der Anmut einer Fee, die ihre Lippen niemals mit einer Unwahrheit befleckt hat, und mit einem Lächeln, als habe sie dem andern zu verzeihen, daß er ihr fünf Minuten lang geglaubt hat.

Doch auch in höhere Regionen ging's, wo Stichprobe und Ertappung ihres Ziels verfehlten. Gott und die Religion sind ein Teil ihres Herzens; ergreifende Hingebung, mit der sie von den heiligen Sakramenten spricht, Beichte und Kommunion. Man kann sie in der Kirche beten sehen; sie wirft sich auf die Fliesen nieder und vergräbt, wie Italienerinnen es tun, das Haupt zwischen weit vorgestreckten Armen. Sie reicht dem Bettler an der Straßenekke Almosen; nach zwanzig Schritten kehrt sie um und gibt noch einmal; es war zu wenig, sie war zerstreut. Unnachahmlicher Augenaufschlag; kann Mitleid sich inkarnieren, sie ist die Inkarnation. Das Leiden der Welt, es dringt ihr ins Mark, es raubt ihr den Schlummer. Doch war sie nicht gestern noch steinernes Bild der Gleichgültigkeit, als die kleine Markmann schluchzend vor ihrer Garderobentür stand, weil die gefeierte und allmächtige Luise sich weigerte, mit ihr als Partnerin zu spielen, ohne Grund, ohne Erklärung, aus dunklem Haß von Weib gegen Weib? Sie ist für Aufteilung der irdischen Güter; der kommunistische Gedanke reißt sie zu prophetischer Beredsamkeit hin, und keine Blutgreuel, die sie um dieses erhabenen Menschentraumes willen nicht entschuldigte, ja anpriese; was nicht hindert, daß sie an Gold und Seide, Brokat und Spitzen nicht satt werden kann, unermeßlich viel Geld sinnlos verschleudert, jede Verstimmung wie jede zarte Regung des Gefühls in Champagner ertränkt und aus der richterlichen Heldentat der Charlotte Corday einen Sensationsfilm zu machen gedenkt.

Aber sie weiß wahrscheinlich so gut wie nichts von Charlotte Corday. Ein Literat mag ihr den Stoff eingegeben haben.

Wie sie für Freundschaft glüht; die schmelzendsten Versicherungen, die feurigsten Schwüre bewegen das Herz dessen, der sich ihr anschließt, der ihr gefällt, Mann oder Weib. Aber es kann sein, daß sie vierundzwanzig Stunden danach an derselben Person ohne zu grüßen vorübergeht, weil sie sich einfach ihrer nicht mehr erinnert. Zwei oder drei Frauen haben in ihrem Leben eine Rolle gespielt, fünf oder sechs Männer; denen bewahrt sie eine nur ihr eigene Art von Treue, eine animalische Dankbarkeit, die zumeist darauf beruht, daß das betreffende Individuum ihr gegenüber auf jede Willensäußerung verzichtet, ihr wie ein Gerät zu Diensten steht, wenn sie es fordert, ihre Langeweile vertreibt, ihren Ärger besänftigt und sich unter Umständen auch von ihr mißhandeln läßt. Mit der Mehrzahl ihrer Liebhaber verfährt sie wie mit dem unnützen Kram, den sie manchmal in ihren Schubladen aufstöbert, um Platz für neuen Kram zu schaffen; eins oder das andere war jeweils zu irgend etwas gut, schmeichelte der Eitelkeit, versüßte eine fade Stunde, befriedigte eine Laune oder durstige Regung, Ungeduld des Fleisches. Anspruch gab es keinen. Eine liebeswilde Nacht; am Morgen war er schon ein fremder Herr.

Das alles wußte Laudin, hatte es erkannt, erspäht, erspürt, hatte schweigend seine Beobachtungen zusammengefügt und ohne Illusion die Summe gezogen. Auch ihm hat sie Freundschaft geschworen, Freundschaft bis in den Tod. Sie hat sich im Überschwang ihrer Erkenntlichkeit und beinah unterwürfigen Anhänglichkeit bis zu dem Wort verstiegen, bei ihm wolle sie für alle Zukunft ihr Herz verpfänden und erst seit dem Umgang mit ihm habe sie einen Begriff davon, was ein wirklicher Mann sei und bedeute. Sie hätte nicht die ausdrucksgewaltige Künstlerin sein müssen, die sie war, die Frau, deren bloße Stimme das Innerste der Seele bewegte, wenn er dabei kalt geblieben wäre. Aber er wußte, daß sie ihn brauchte. Er wußte, daß er ihr in gewisser Hinsicht unentbehrlich geworden war. Er wußte ferner, daß sie sich in ihrer eigenen Rede badete wie in einem wohlriechenden Wasser und den Klang ihres Organs genoß wie Geigenspiel. Er wußte, daß ihre Versprechungen Luft waren, die Abmachungen, die man mit ihr traf, in der nächsten Minute keine Gültigkeit mehr besaßen, daß sie ihn schon belog, wenn sie nichts weiter sagte als: Morgen wollen wir eine Viertelstunde lang allein sein, oder: Gestern hab ich an meinen Bruder über sie geschrieben (wahrscheinlich hatte sie überhaupt keinen Bruder), und daß es nicht im geringsten von Belang war, wenn sie sich zärtlich, töchterlich, zart-verführerisch an seine Schulter schmiegte und mit gefalteten Händen glücklich lächelnd zu ihm aufsah; am andern Tag wird sie ihn ohne mit der Wimper zu zucken verleugnen.

In ihrem Gedächtnis wird ausgelöscht, was täglich mit ihr geschehen ist und immerfort um sie vorgeht. Sie bewahrt kein Bild in sich auf; keines, das sie produziert, behält seine Züge, seine Farbe, seine Gliederung auch nur eine Stunde lang. Sie tauscht Erlebnisse, tauscht Menschen gegeneinander aus wie Spielkarten, von einem Klang bestochen, von einer Assoziation verführt. Sie stürzt sich für einen Feuerwehrmann in überflüssige Kosten der Koketterie und ist unverschämt mit Leuten, denen sie Erkenntlichkeit schuldet. Warum? Es gibt keinen Grund. Niemand vermag einen zu finden. Sie ist imstande, einem Ehrenmann Dinge nachzusagen, daß er wie ein abgefeimter Schurke dasteht; sie verfolgt eigentlich keine Absicht damit; es schlüpft ihr aus den Lippen; der Anlaß gefällt ihr, die Szene gefällt ihr, die Überraschung in den Mienen der Zuhörer gefällt ihr, und während sie mit melancholischem Augenaufschlag die Arbeit einer Giftmischerin verrichtet, sieht sie aus wie ein unschuldig staunendes Kind, das die Stoffhülle seiner Puppe zerreißt und die Sägespäne herausfließen sieht. Wie sie es beherrscht, das Staunen, harmloses und erschrockenes Staunen, wie sie die halben, kleinen, süßen Zwischenregungen beherrscht, das Unentschiedene, Zweifelnde, Fragende, Hilflose, alles Noch-nicht-Weibliche, Nicht-mehr-Jungfräuliche, wie sie jeder Haltung den absolut meisterhaften, schlechthin einzigartigen, nur ihrer Person möglichen Ausdruck verleiht, der Trauer, der Furcht, dem Übermut, dem Spott, das mußte man erfahren haben, dem mußte man unterlegen sein; wie sie Geist hat, wenn Geist erwartet wird, und treuherzige Unbildung, wenn die angenehm wirkt; wie sie gelehrig ist oder verstockt, je nach Bedarf, züchtig oder frech, je nach dem Echo, das zu ihr zurückkehrt und dem sie gehorcht. Sie schlüpft in das Wort hinein, das Wort dehnt sich aus wie eine Gummihaut, und sie empfängt von ihm alles, was sie braucht; was eine Sekunde vorher noch nicht da war, ist sie plötzlich, weil sie es kann. Heute ist sie ein kleines, armes, beladenes Geschöpf, das man auf Händen tragen muß, damit es sich wieder ein wenig mit der Welt versöhnt; so gering ist sie; man muß ihr Selbstbewußtsein einträufeln wie eine Arznei; morgen, ei was, morgen, eine Stunde später, vor einem neuen Publikum oder auch vor demselben, je nachdem, ist sie der Engel mit dem feurigen Schwert, die tragische Muse, die Rebellin und Jakobinerin, je nachdem, wahrscheinlich gerade die Figur, die der gläubigste, der nützlichste unter den Anwesenden, den sie mit untrüglichem Instinkt aufs Korn nimmt, in ihr zu sehen wünscht ...

So weit war er nun gelangt, Schritt für Schritt, wie ein Mann, der sich mit dem Faschinenmesser in der Hand durch Bambusdickicht einen Pfad bahnt, – nicht ohne sich die Hand blutig zu reißen. Und dennoch, dennoch ...

Da eben begannen die Hintergründe.

44

Als er am Nachmittag in die Kanzlei kam, lag eine Visitenkarte auf dem Tisch. Er las: Arnold Keller. Die Hand, die die Karte hielt, zitterte. Sie irrte zum elektrischen Knopf. »Verbinden Sie mich sofort mit der Nummer sechzehnsechsachtundzwanzig«, befahl er der eintretenden Sekretärin. Es war Luises Nummer. »Die Dame ist nicht zu Hause«, meldete das Fräulein alsbald. »Rufen Sie das Theater an«, gebot er. Die Dame sei nicht im Theater, hieß es wieder nach einer Weile. »Telephonieren Sie zu Ernevoldts, ob Fräulein May zu sprechen ist.« Fräulein Ernevoldt war ausgegangen.

Er griff wieder nach der Karte. »Sie muß es heute noch erfahren«, murmelte er. Er ging zur Tür. »Rüdiger!« Der Diener tauchte aus dem Zwielicht des Vorzimmers. »Herr Doktor befehlen?« Laudin hielt die Karte hoch. »Wann war der Herr hier?« Ungefähr vor einer Stunde, war die Auskunft. Er sah auf die Uhr. Es war zwanzig Minuten nach vier. »Mein Auto«, rief er. Es erwies sich, daß Frau Dercum den Wagen, den er ihr vormittags überlassen, noch nicht zurückgeschickt hatte. Er selbst war über Mittag in der Stadt geblieben. Er bestellte einen Taxameter. Als er im Begriff war zu gehen, wurde er von Pia angerufen. Sie telephonierte nicht selbst, sie ließ nur durch das Mädchen fragen, ob sie für zwei Stunden den Wagen haben könne, sie wolle mit der Frau Hofrätin eine Besorgung machen. Er antwortete, es tue ihm leid, das Auto sei nicht frei, er habe es einem Klienten zur Verfügung gestellt.

Dann fuhr er in die Annagasse, zu Luises Wohnung.

45

Das Atelier war voller Menschen. Es wurde eine Filmszene geprobt. Sämtliche Möbel waren in eine Ecke verstaut, so daß der Raum doppelt so groß schien. Ein blatternarbiger Mensch führte Regie. Er brüllte sich die Stimme aus dem Hals. Sechs oder acht Statistinnen, bloßfüßig, nur mit Hemd und Unterrock bekleidet, hatten sich wie eine Gänseherde am Fenster zusammengedrängt und schnatterten. Eine ebenfalls halbnackte Schauspielerin, Haare wirr, Zigarette im Mund, mühte sich mit einer Pose ab, die ihr der Blatternarbige vormachte. Der Operateur schimpfte über den ausgeliehenen Apparat. Jemand stand auf einer Leiter und befestigte eine Lichtblende überm Fenster.

Laudins Eintreten fand nicht die geringste Beachtung. Es kamen und gingen manche. Er wandte sich höflich an einen älteren Herrn, der einen grell bemalten Kulissenaspekt entrollte, und fragte nach Luise. Die Antwort war, sie müsse bald kommen, man warte auf sie. Laudin wollte wissen, wo sie sei. Achselzucken. Er sah sich ratlos um. Geruch von Schweiß und Puder belästigte ihn. Die nackten Gliedmaßen und Rümpfe der Damen hatten etwas kreidig Schales. Von dem Geschrei des Blatternarbigen gellten ihm die Ohren. Auch der erboste sich nun über die unzulänglichen Hilfsmittel. Beim Film müsse alles »eins prima« sein, sagte er; die genialste Dichtung und die genialste Künstlerin, eine Dercum nicht ausgenommen, schmissen sonst um. Er röchelte nur noch.

Laudin begab sich in den Flur. Ein Tischler hämmerte ein Gestell. Die Tür zu den Nebengemächern ging auf, und die Jungfer erschien. Als sie Laudins ansichtig wurde, wandte sie sich erbittert und hilfesuchend an ihn. Sie halte die Wirtschaft nicht aus; sie sei nicht zu einer Budenbesitzerin in Dienst getreten; sie packe ihre Sachen und gehe; es sei überhaupt kein Haus für sie; jede Nacht bis um vier Uhr Krawall; die ganze Wohnung voller Bettgeher wie in einem Asyl für Obdachlose; und wenn sie sonst reden wolle; nein, Schluß damit.

Der Tischler unterbrach sein Gehämmer, blickte empor und feixte. Laudin knöpfte seinen Mantel zu. »Seien Sie so freundlich, Ihrer Herrin auszurichten, daß ich in dringender Angelegenheit hier war«, sagte er, zog die Brieftasche und drückte der Rebellin einen Geldschein in die Hand. Es war vielleicht eine Handlung der Feigheit, vielleicht eine aus Widerwillen geborene. Keinesfalls wollte er sich etwas dafür erkaufen, sondern nur eine Entfernung schaffen, von der er fürchtete, sie werde nicht eingehalten werden.

Das Mädchen nahm zögernd das Geld. Gleichsam gerührt oder doch verwundert, wiederholte sie leise: »Ja, Herr Doktor, wenn ich reden wollte ...«

Er wehrte mit der Hand ab und verließ den Flur. Es trieb ihn zu May. Er fuhr zu Ernevoldts. Es war halb sechs Uhr, als er an der Villa läutete. Ein Gärtnerbursche öffnete ihm, verstand nicht seine Frage, ließ ihn ins Haus. Er wartete. Niemand kam. Er schritt durch einige Zimmer und sah niemand. Er war schon einmal mit Bernt Ernevoldt hier gewesen. Er glaubte sich die Freiheit der Nachschau nehmen zu dürfen, auch machte ihn vermutlich die Unruhe zwangloser. So kühl ihn Ernevoldts Depesche gelassen hatte, die Tatsache von Arnold Kellers persönlichem Erscheinen hatte Bestürzung in ihm erregt.

Indem er auch hier wieder wartete, ohne Grund noch Sinn eigentlich, wuchs die Unruhe, vermehrt um etwas Drückendes wie Heimlosigkeit, das über den niedrigen und engen Räumen düsterte. Vernachlässigung, als klebe Schimmel an den Dingen. Möbel, Teppiche, Bilder trugen das Gepräge des Luxus und gleichzeitig des Verfalls. Da war eine Türklinke schadhaft, da klaffte die Tapete; die Vergoldung von einem Rahmen war abgebröckelt, alte Asche lag im Kamin, wochenalter Staub auf der Tischplatte. Es war etwas Seelisches dabei, Verstörung, nicht nur wochenalte, sondern jahrealte. Räume bewahren nicht so sehr auf, was Menschen tun als was sie sind.

Mit dem Entschluß fortzugehen erhob er sich endlich, schritt aber noch einmal durch die nebenan gelegenen Zimmer und betrat eines, an dessen Schwelle er vorher umgekehrt war. Durch eine Glastür gewahrte er zwei alte Frauen kartenspielend an einem Tisch. Eine dritte, die einen grünen Schirm über den Augen trug, saß in einem Lehnstuhl daneben und schlief. Es waren die Tanten und die Mutter von May und Bernt. Das Bild hatte nichts Friedliches; die drei alten hageren Damen, mit weißen Häubchen auf dem Kopf, zwei von ihnen seltsam lautlos Karten auf den Tisch werfend, sahen fast gespenstisch aus. Als er sich abwandte und wieder in den ersten Raum kam, es war eine Art Schreibzimmer, wie in einer Familienpension etwa, trat May durch die Tür gegenüber.

Dämmerung war eingebrochen; er konnte kaum ihr Gesicht erkennen. Nur die silbrigen Haare leuchteten. Ein braunes knappsitzendes Straßenkleid machte die Gestalt karger und kleiner. An der linken Hand trug sie noch den Handschuh; im Begriff, ihn abzustreifen, vergaß sie es beim Erblicken Laudins. »Was ist geschehen? Weshalb sind Sie hier?« fragte sie halblaut.

Er ging auf sie zu, verneigte sich und antwortete mit seiner dunklen wohlklingenden Stimme, er bitte um Verzeihung, daß er sie aufgesucht; er sei bereits bei Luise gewesen, habe sie nicht angetroffen, habe hier auf May gewartet und wolle mit ihr ein Ereignis besprechen, das für Luise nicht belanglos sein könne. Er erzählte von dem Besuch Arnold Kellers in der Kanzlei.

May schwieg eine Weile. Er konnte nicht sehen, was in ihrem Gesicht vorging. Sie sagte endlich, gepreßt: »Man muß es ihr mitteilen. So bald wie möglich. Ich weiß nicht, was daraus entstehen kann. Ich weiß nicht, wie sie es aufnehmen wird. Ich kenne den Mann nicht. Ich weiß nicht viel von ihm. Ich denke, er ist ein schlechter Mensch, möglicherweise ein gefährlicher. Was denken Sie?«

Er habe, erwiderte er, so wenig genauen Einblick wie May und könne sich nur an Luises Berichte halten, doch scheine es ihm unerläßlich, Vorsichtsmaßregeln zu treffen. Nicht abzusehen, was so ein Mann im Sinn habe. Befremdend genug sein unvermutetes Auftauchen.

»Lu spielt heute abend«, sagte May. »Vorher darf man ihr die Nachricht nicht bringen. Nach dem zweiten Akt ist sie frei. Um neun Uhr.«

»Ich werde um neun Uhr im Theater sein«, versetzte Laudin; »ich begleite Luise dann nach Hause, und Sie erwarten uns vielleicht dort. Es muß jemand da sein, der den Menschen allenfalls verhindert, ihre Wohnung zu belagern. Wann kehrt Ihr Bruder zurück?«

Sie wisse es nicht, flüsterte May. Seltsam, daß sie nicht daran dachte, Licht zu machen. Auch er dachte nicht daran. Es war, als dürfte keiner des andern Miene beobachten, als hätten sie das Licht zu fürchten.

»Es ist ohne meine Schuld, daß er weggereist ist«, fuhr May fort; »ich habe ja gleich gesagt, daß ich mit dem Geld nichts zu schaffen haben will. Wenn Bernt Geld in Händen hat, ist er nicht mehr zurechnungsfähig. Es war schon vor Zeiten so. Hatte er noch ein einziges Goldstück, so war er Kavalier und Mäzen; hatte er nichts mehr, so brach er zusammen. Er kann keiner Versuchung widerstehn; die Vernunft läßt ihn im Stich. Ich habe ja gesagt, ich will nicht. Jetzt bin ich verantwortlich. Ich fühle es, daß Sie mich verantwortlich machen; sprechen Sie es nur aus.«

»Nichts liegt mir ferner«, murmelte Laudin; »beruhigen Sie sich, liebe May.«

Sie schüttelte den Kopf. Die Stirn gesenkt, die Arme schlaff gesenkt, mit trüber Stimme, kaum vernehmlich, sprach sie weiter: »Es ist Ihnen nur nicht bewußt. Sie fordern Verantwortung von mir und fordern Wahrheit von mir. Ich spür es. Sie brauchen mich bloß anzuschauen, so spür ich's. Es quält mich. Manchmal hab ich mich schon gefragt, ob ich das von Lu abgelöste Gewissen bin. Vielleicht bin ich's. Lu hat kein Gewissen. Ich bin das Gewissen. Ich bin verurteilt, neben ihr herzugehen und zu leiden.« Sie rang die Hände; Laudin schwieg betroffen.

»Aber ebenso verurteilt bin ich zu schweigen«, fuhr das junge Mädchen in unveränderter Haltung fort, »das heißt, bis heute, bis heute. Heute verlangen Sie mein Reden so gebieterisch, daß ich am liebsten aus dem Zimmer laufen möchte. Schon damals ... Sie haben mich nach Nikolaus gefragt ... wie konnten Sie das tun. Die Wahrheit, ach Gott ... wenn die Toten zu einem kommen, verlangen sie, daß man ihnen alle Schulden bezahlt. Immer seh ich ihn, wie er die Arme ausstreckt nach Lu, immer vergeblich. Sie lacht nur, die Furchtbare, lacht, als ob er ihr Possenreißer gewesen wäre; und ich, ich seh ihn, jede Nacht beinah erscheint er mit seiner Wunde im Fleisch –«

»Was sagen Sie da, May!« rief Laudin heiser und packte sie so stark am Handgelenk, daß sie sich bücken mußte.

Im fahlen Schein, der durch die Fenster fiel, sah er, daß ihre Augen geschlossen waren. Mit dem Zeigefinger der freien Hand deutete sie ins Leere und sagte fast singend, im Ton sonderbarer, erschreckender Harmlosigkeit, wie ein wahnsinniges kleines Kind: »Ja. Natürlich. Das hat sie mir doch erzählt. Jubelnd mir erzählt. Daß sie gezweifelt hat an ihm. Daß sie ihm seine Liebe nicht mehr glauben wollte. Nein, nicht so, nicht so. Es war nur Spiel. Sie wollte mit ihm spielen. Sie glaubte natürlich, aber sie hatte sich vorgenommen, ihn auf die Probe zu stellen. Wie weit ein Mensch in der Leidenschaft gehen kann, hat sie erproben wollen. Spielen, spielen. Kennt denn Lu Grenzen? Lu kennt keine Grenzen. Er ist zu ihren Füßen gelegen und hat gebettelt, weil doch alles von einem Tag zum andern immer anders war. Sie wollte nichts mehr von ihm wissen, spielte sie. Sie hatte den Feuerhaken in der Hand und drehte ihn wie zerstreut im Kaminfeuer herum und reizt den Verzweifelten mit Spottreden auf. Spiel, alles Spiel. Dann zieht sie das glühende Eisen aus dem Feuer und hält es ihm hin und fragt: Wenn du nicht bloß ein verliebter Schwachkopf bist, so leg dir das glühende Eisen an deine Brust. Und er, denken Sie nur, er gehorcht. Er drückt sich das glühende Eisen in die Brust hinein. Es zischt, es raucht. So hat es mir Lu erzählt. Sie sagte, daraus ist die schönste Nacht ihres Lebens geworden. Denken Sie nur!«

Laudin war drei Schritte zurückgewichen. Er tastete mit einem Arm um sich, er packte eine Stuhllehne und sank auf den Sessel. Kalter Schweiß brach an seinem ganzen Körper hervor. »Sie reden irre, May«, stammelte er. »Sie verlieren sich in Spukgeschichten. Mit Schreckbildern von Dämonen und Theaterteufeln wollen wir uns nicht befassen. Kommen Sie zur Besinnung. Ich will nichts gehört haben. Ich will vergessen, was ich gehört habe.«

»Ja, glauben Sie denn, das ist alles?« schrie May weinend auf und preßte beide Hände an ihre Stirn.

Mit äußerster Selbstbeherrschung zwang sich Laudin zur Ruhe. »Genug, beste May«, sagte er anscheinend freundlich und erhob sich, »ich denke, es ist am besten, ich lasse Sie jetzt allein. Sie befinden sich gewiß in einem überreizten Nervenzustand. Haben Sie die Güte, Licht zu machen. Ich finde den Schalter nicht. Ich habe da irgendwo Hut und Mantel hingelegt. Ich will dann gehen. Ich habe noch zu tun.«

May schritt zur Wand. Die elektrischen Birnen flammten auf. Totenbleich, verkroch sie sich gleichsam in einem Winkel. »Bitte, bleiben Sie noch«, flehte sie, »zehn Minuten noch. Ich fürchte mich vor dem Alleinsein.«

Laudin zögerte, überlegte , blieb. Das mächtige Haupt vorgeneigt, mit nervös zuckendem Unterkiefer, stand er am Tische und trommelte mit den Fingern mechanisch auf einem Buchdeckel.

May hatte die zusammengelegten Hände zwischen die Knie geschoben. »Nein, da ist wirklich nichts von Teufel oder Dämon«, flüsterte sie, »man liest von solchen Frauen in Büchern, ich weiß, aber das ist hier ganz anders. Man kann es nicht erklären. Alles ist so schrecklich, so lächerlich anders. Wissen möcht ich nur eins«, und sie erhob Blick und Stimme ein wenig, ohne sich der Schüchternheit und Gedrücktheit zu entledigen, die, seit das Licht brannte, über sie gekommen waren, »wissen möcht ich nur, was Sie, Doktor Laudin, zu Lu hinzieht oder an ihr lockt, oder wie soll man's nennen. Ein Mann wie Sie. Es ist mir so sehr rätselhaft. Wenn ich das wüßte, es wäre wie eine Erleuchtung für mich.«

Laudin sah rasch empor. Zuerst blitzte Unwille in seinen Augen, dann verriet der Blick jene Unschlüssigkeit, die sich zeigt, wenn man jemand Rede stehen soll, dessen man nicht vollkommen sicher ist. Doch war es vielleicht zur Stunde so mit ihm bestellt, daß der Zuhörer weniger Bedeutung hatte als die dargebotene Gelegenheit zur Selbstforschung. Eine Not war da, finstere, unermeßliche Not, und vom Wort her, wurde es auch nur dem eigenen Sinn verständlich, konnte Erleichterung kommen.

Er begann, Hände auf dem Rücken, unablässig auf und ab zu gehen.

46

Er leugnet nicht: die Frage hat ihn irritiert. Doch ist es ja seines Amtes, auf Fragen zu antworten. Im Grunde war es nicht May, die gefragt hat, es war nur ihre Stimme. Gefragt hat die Welt; vielleicht auch einer von oben. Er kommt sich vor wie an die Wand gedrängt und als sei ihm so lang der Weg verbarrikadiert, bis er geantwortet hat. Um klar und genau zu sein, müßte er eigentlich weit in die Vergangenheit zurückgreifen, aber er würde daran schnell müde werden. Er ist ohnehin schon in mancher Hinsicht müde. Ungewiß auch, ob es nicht ein Versuch am untauglichen Objekt wäre. Menschen seiner Art bestehen, grausam es zu sagen, aber es ist so, letztlich durch einen Gedächtnisdefekt, durch den sie gezwungen sind, immerfort gegenwärtig zu sein, bei Tag wie bei Nacht, im Handeln wie im Ruhen. Das Übermaß von Gegenwart schlägt alles hinter einem liegende Leben in Trümmer. Ärger noch, es entheiligt es. Er hat nur seine Gegenwart, nichts sonst; er produziert nur Gegenwart, nichts sonst. Oben, unten, vorne, hinten, rechts, links: schauderhaft leerer Raum.

Er kann den Zeitpunkt nicht bezeichnen, von welchem ab in seinem Geist die Sehnsucht geboren wurde, ein anderer zu sein als er ist. Das fühlbare Erlebnis davon: Überdruß am eigenen Wesen, an dem stahlhart und unveränderlich Dauernden, das man den Charakter nennt, das Soundsosein, einmalig, unverrückbar, fortsetzungslos, entwicklungslos. Es mag mit seinem Tun und Verrichten zusammenhängen, der seelischen Totengräberarbeit, zu der ihn Leben und Beruf verpflichtet; daß er immer nur die starre Seelenmasse der Menschen in die Hand bekam, und was niemals eins geworden, noch je hätte eins werden können, noch je in schmiegsamen Fluß geraten, noch auch willens dazu gewesen, von Natur und Bestimmung nicht und durch Erkenntnis und sittliches Verlangen nicht, daß er dies auseinander hat reißen müssen, wodurch es Stückwerk vom Stückwerk wurde, Konglomeratabfall. Nichts hat werden können im Schoß dieser Gesellschaft und Menschheit, nichts hat entstehen können, vor seinen Augen nicht, unter seinen Händen nicht. Das hat sich zurückgeworfen in die Nacht des inneren Seins; gegen die Erstarrung im Charakter, Charakter im weitesten Sinn, hat sich der zermalmte Mensch drinnen zur Wehr gesetzt und wollte verwandelt werden; im Traum ist ihm das eigene Ich als Mörder entgegengetreten, und er hat mit ihm um sein Leben gerungen, ums irdische Teil gefeilscht, ums gegenwärtige, einsame, verlorene Teil. Und anders dann, wachend, vor dem Tatenspiegel, ums künftige, ums auferstandene, oder ums vergangene seinetwegen, ums verlorene. Ist doch am Ende jeder selber sein verlorener Sohn und kehrt zurück ins Vaterhaus, wenn ihm die Flügel gebrochen sind.

So also. Laudin, unlöslich in seiner Starrheit, unerlöst von sich selber, trifft am Kreuzweg Luise Dercum, die ewig Verwandelte, die täglich Verwandelbare. Wunder des Geschickes; da ist nichts von Charakter; da ist alles löslich und erlöst. Da ist keine Ursache, da ist keine Wirkung; da ist kein Grund, da ist keine Folge. Ein Leib nur. Doch der Leib ist fast ohne Gesetz. Seele? Kann man Seele heißen, was von tausend Seelen her in ein Becken geronnen ist, um, wie in der Alchimistenretorte, plötzlich einen neuen, geisterhaften Stoff zu bilden? Ist da Lüge, wo niemals Wahrheit war, Wahrheit nicht begriffen wird und gar nicht sein kann? Alle Kräfte und Blutströme, Ahnentum und dunkles Naturtreiben schmelzen bei ihr im Augenblick göttlicher Selbstliebe und Selbsttrunkenheit zur Gestalt zusammen, und wieder ist Gestalt nur Bildnis und Gleichnis, fortrinnendes Element; zeugendes und verwandeltes. Ist nicht mehr da, wenn man sie fassen will, hat nicht Gesicht noch Auge, steht nur im Zauberkreis vor den an sich selbst geketteten Millionen Laudins und zerfällt in nichts, in unbestimmte Eigenschaften und Begierden, wenn sie ins Leben herabsteigt. Umarme sie; du drückst einen Schatten an deine Brust; nimm sie für einen Menschen; du mühst dich, Wasser in der hohlen Hand zur Kugel zu ballen; stelle sie vor Nein und Ja und zwei mal zwei: das Wort wird Gespenst und die Zahl Gelächter.

Und so ist Laudin an sein Schicksal geraten, als sei es von tausend Jahren her vom spekulativsten Kopf über den Sphären errechnet und als habe die Parze Fäden von den äußersten Enden der Spule tiefsinnig ineinanderschlingen wollen, um zu prüfen, was für ein absonderliches Geflechte daraus würde, Gott oder dem Teufel ein Wohlgefallen. Er muß es aushalten. Er muß sich beugen. Er kann nichts anderes tun als von Weile zu Weile in die Höhe blicken und rufen: Was soll's. Herr? Wohin führst du mich? Was hast du vor mit deinem Knecht? Vergeblicher Aufblick, vergeblicher Ruf, wie zu befürchten ist, denn er und seinesgleichen haben den Herrn, der da hören soll, längst um dreißig Silberlinge verschachert.

Er stand noch einige Minuten, knöpfte den langen Gehrock sorgfältig zu, sah die Mondsteinaugen des jungen Mädchens saugend auf sich gerichtet, nahm Mantel und Hut und verließ abschiedslos das Zimmer.

47

Es war zwei Uhr nachts, als er heimkam. Er ging zuerst in die Bibliothek, machte Licht, öffnete ein Bücherpaket, das gebracht worden war, sah der Reihe nach die Titel der Bücher an, legte einige, die er lesen wollte, beiseite und stellte die andern ins Regal. Darauf räumte er bedachtsam Packpapier und Einbindschnur weg, kehrte mit einer Bürste den Tisch sauber und schickte sich an, in sein Schlafgemach zu gehen. Auf der Schwelle besann er sich, ging zurück, setzte sich auf eine Holzbank neben dem Ofen und zog die Stiefel aus, die über und über kotig waren, da er heute nicht in der Stadt drinnen, sondern das letzte Stück vor dem Haus, auf lehmigen, durchweichten Wegen, zu Fuß gegangen war. Zerstreut griff er nach einem der Bücher auf dem Lesetisch und erschrak zugleich; an seiner Hand war Kot von den Schuhen kleben geblieben, und im Greifen hatte er den weißen Umschlag des Buches befleckt.

Lange Zeit starrte er verstört auf den häßlichen braunen Fleck.

Auf Strümpfen ging er ins Schlafzimmer, schlüpfte in die Hausschuhe, wusch sich die Hände. Im Spiegel über dem Waschtisch gewahrte er sein Bild und sagte laut, doch in beiläufigem Ton: »Wie fahl du bist, Mann? Was bist du so fahl?«

Er konnte sich nicht entschließen, sich auszuziehen. Erst wanderte er hin und her, dann verließ er plötzlich das Zimmer und ging zu Pias Schlafzimmer hinüber. Aber er blieb vor der Tür stehen und lauschte. Er hatte die Klinke in der Hand und drückte sie nicht nieder. Er konnte nicht wissen, daß drinnen die Frau mit offenen Augen lag und daß sie mit überwachen Ohren seinen sich nähernden dumpfen Schritt vernommen hatte. Er konnte nicht wissen, daß sie wartete, Zähne zusammengebissen, die Finger in die Decke gekrampft, zitternd wie Gras, bevor es gemäht wird, wartete, daß sich die Tür auftue, wartete, wie sie nie zuvor im Leben gewartet hatte. Er konnte es unmöglich wissen. Er mußte glauben, daß sie schlief. Er hätte vielleicht ihr Warten gespürt, tagelanges Warten übrigens, wochenlanges, aufquellendes gleichsam, schmerz- und schmerzhafter gewordenes, aus der Schale, die die Dinge gezimmert, angstvoll hervorbrechendes, er hätte es vielleicht gespürt, sagen wir, wenn ... ja, wenn er nicht zufällig das Buch mit dem weißen Einband besudelt hätte.

So kehrte er wieder um.

Und draußen, auf der Stiege zum Oberstock, stand im weißen Nachtkleid, kerzengerade, traumwandlerisch horchend, in ihrer jungen Seele wesenlos und ahnungsschwer besorgt, Relly. Wie das? Wie kommt Relly mitten in der Nacht auf die Stiege? Was hat ihr den Schlaf genommen? Oder ist auch sie schlaflos gelegen, hat gewartet, bis der Schlüssel im Torschloß sich drehte und der Schritt des Vaters im Flur erschallte? Warum steht sie da, frierend und mit ängstlich großen Augen?

Nun, das ist Rellys Geheimnis.

Dritter Teil

48

Die schöne Fräuleinstirn hatte ihre Klarheit verloren. Sie glich einem behauchten Spiegel. Bisher war sie alterslos gewesen, jetzt zeigten sich auf einmal Rillen der Jahre.

Pia war nicht nur an Schweigsamkeit gewöhnt und hatte sich dazu erzogen, sie hatte auch gar nicht die Gabe, sich mitzuteilen. Sie besaß das Wort nicht. Sie hatte im allgemeinen bloß die Worte für Tatsachen und für die kleinen Notwendigkeiten des Lebens. Diese Worte waren im Lauf der Zeit, mit der unabänderlichen Wiederkehr der gleichen Tagespflichten, förmlich zu Gebrauchsgegenständen geworden und stellten keinerlei Ansprüche mehr an Denken und Fühlen.

So geschah es, oder es war ihr wenigstens so zumut manchmal, daß alles Denken und Fühlen vor ihren eigenen sehenden Augen gleichsam in einen tiefen Schacht hinuntersank. Darüber lagerten dann, wie eine ständig sich vergrößernde Sandsäule: der Haushalt, die Wirtschaft, die Küche; die Bedürfnisse eines jeden; die Anschaffungen; die Rechnungsbücher, die Säuberungsarbeiten, die Erziehungssorgen, die Einteilung der Obliegenheiten eines jeden und was für den Tisch, den Schlaf, das Behagen und die Gesundheit sämtlicher Hausgenossen erforderlich war.

Sie hatte keine Freundin. In ihrer Existenz war kein Platz für Freundschaft. Sie hatte unter diesem Mangel nie gelitten; es war keine Entbehrung für sie gewesen, erstens wegen jener natürlichen Verschlossenheit, besser gesagt Zugeschlossenheit ihres Charakters, und dann, weil ihr nichts anderes in der Welt wichtig war als ihr Mann und ihre Kinder. Denen gehörte sie mit Leib und Seele, und das war so selbstverständlich, wie daß ihre Arme und ihre Beine ihr gehörten. Pia, Friedrich, Marlene, Relly und Hubert, das war eine untrennbare Einheit. Hierüber dachte sie so wenig nach wie über sich selbst.

Zu ihrer Mutter hatte sie kein Herzensverhältnis und gestand es sich ruhig ein. Offene Zuneigung hatte es zu keiner Zeit zwischen ihnen gegeben; die Interessen der Hofrätin hatten sich stets auf ihre eigene Person beschränkt; mit den Jahren war ihr lebloser Egoismus nicht bloß versteinert, sondern sie war dabei auch immer mürrischer und zänkischer geworden. Alle im Haus behandelten sie wie ein Requisit, das geschont werden muß, oder wie eine lästige Unvermeidlichkeit, der man aus dem Weg zu gehen hat.

So spielte die äußere Welt nur als soziale Macht und soziale Pflicht in Pias Bezirk hinein. Besuche mußte sie ziemlich häufig empfangen; sie zu erwidern, kostete sie manchmal große Überwindung. Aber Laudin hätte es ihr verübelt, wenn sie es unterlassen hätte. Er ging selten in Gesellschaft, doch in den vergangenen Jahren hatten Pia und er immerhin einmal in jedem Monat der Einladung einer befreundeten Familie Folge geleistet. Das hatte jetzt aufgehört.

In den früheren Jahren hatten auch sie selbst während des Herbstes und Winters Gesellschaften gegeben, an jedem zweiten Sonntag gewöhnlich; diese Abende hatten sich wegen der geschmackvollen Zusammenstellung von Menschen und des geistig anregenden Tones eines gewissen Rufs erfreut, und es galt als eine Auszeichnung, bei Laudins geladen zu sein. Mit dieser Gepflogenheit war gleichfalls, ohne Verabredung zwischen den Gatten, doch zweifellos, weil Laudin sie nicht mehr aufzunehmen wünschte, gebrochen worden.

Er äußerte nicht mehr das Verlangen, mit ihr ein Konzert, die Oper, ein Theater, ein Museum zu besuchen; er hatte sogar auf die gemeinsamen Spaziergänge nach und nach verzichtet, zu denen er sie an jedem Sonntagvormittag ermunterte und während welcher er, wuchtete auch die Arbeitslast noch so drückend auf seinen Schultern, stets wohlgelaunt und von der ritterlichsten Aufmerksamkeit gegen sie gewesen war, so daß die in der umgebenden Landschaft mit ihm verbrachten Stunden zu ihren schönsten Erinnerungen zählten. Still ging sie des Wegs an seiner Seite, hörte lächelnd zu, wenn er sprach, schwieg lächelnd, wenn er schwieg. Eben dies Stillesein schien ihm zu gefallen, dies Ruhen neben ihm schien ihm Heiterkeit einzuflößen, und kehrten sie heim, so hatten sie sich innerlich miteinander verständigt, ohne über etwas anderes als über Alltäglichkeiten geredet zu haben.

Es war vorüber. In Pias ganzer Veranlagung war es begründet, daß es ihr lange Zeit, die langen Wintermonate hindurch, kaum zu Bewußtsein kam. Von einem Tag zum nächsten vielleicht begriff sie es, im Zurückschauen, im Umsichherschauen. Begriff es, verarbeitete es, wunderte sich und fing an zu grübeln.

Auffallend, daß Bekannte, die sie traf, eine beflissenere Art zu grüßen hatten. Andere wieder, denn sie hatte viele Bekannte, und einem Teil von ihnen abwechselnd zu begegnen, mußte sie bei ihren häufigen Fahrten in die Stadt und den Gängen durch die Straßen beinahe mit Sicherheit gewärtig sein, andere wieder hatten etwas Vertrauliches in ihrem Benehmen, andere etwas übertrieben Rücksichtsvolles, andere etwas sonderbar Neugieriges oder sogar Mitleidiges. Allmählich wurde sie schon nervös, wenn sie einen von fern gewahrte, und bog, um auszuweichen, in eine Seitengasse. Eine Dame zum Beispiel, mit der sie gezwungen war, stehen zu bleiben, erkundigte sich mit außerordentlich liebevollem Nachdruck, wie es dem Herrn Gemahl gehe, begnügte sich bei der trockenen Auskunft Pias nicht, sondern fragte ein zweitesmal. Eine andere, der sie eine lange verschobene Visite machen mußte, erging sich in pythisch dunklen, deshalb aber um nichts weniger taktlosen Andeutungen über das Schicksal, von welchem auch die untadeligsten und hingebendsten Frauen eines Tages ereilt würden, indem der Mann einfach über sie hinwegtrete, und nicht, um in höhere Regionen zu gelangen, sondern in tiefere, durchaus und unbestreitbar in tiefere. Pia schaute sie ziemlich verdutzt an und begann vom Wetter zu sprechen. Es war kein Wunder, daß sie in der ihr gleichgeordneten Gesellschafsschicht für ungebildet und etwas simpel galt; nur darum verziehen ihr die Frauen ihre reizenden Manieren und ihr jugendlich schönes Gesicht. Eine weit unangenehmere Wirkung übte es auf sie, die merken zu lassen sie sich aber wohl hütete, als ihr ein alter Herr, gewesener Minister, dessen Leidenschaft das Theater war, mit freundlicher Geschwätzigkeit berichtete, er habe Laudin nun zum drittenmal bei ein und derselben Vorstellung getroffen. »Was ich ihm nicht verdenken kann«, fügte er begeistert hinzu, »denn der Abend ist ein Erlebnis, gnädigste Frau, schlechthin eine Unvergleichlichkeit.«

Laudin hatte von diesem »Erlebnis« niemals mit Pia gesprochen. Keine Frage, daß es auch für ihn eines war; was hätte ihn sonst bewegen sollen, es dreimal zu erproben?

Zu dem Gerüchtewesen, das sie drohend wie Nachtgetier umschwirrte, nichts war zu greifen, gesellten sich dann die telephonischen Treibereien Brigitte Hartmanns, von denen Trübes verblieb, wie immer sie sich stellen mochte; Unheimliches sogar, trotz der ätzenden Schärfe, mit der sich Laudin darüber geäußert. Eine Zeitlang hörte sie nichts mehr von der Frau; eines Nachmittags im März kam sie nach Hause, und es wurde ihr gesagt, eine Dame mit zwei Kindern warte auf sie. Als sie in das Zimmer trat, erhob sich die Besucherin, machte einen halben Knicks, packte mit jeder Hand einen der beiden Knaben, die am Fenster standen und ihre Nasen an die Scheiben drückten, schritt auf sie zu und sagte: »Erlauben Frau Doktor, daß ich mich bekannt mache, ich bin die Brigitte Hartmann, und das da sind meine zwei Waisen, das heißt Vaterwaisen, hoffentlich stör ich die Frau Doktor nicht.«

Pia war sprachlos. Nicht einmal die Frage nach dem Begehren der dreisten Eindringlingin vermochte sie zu stammeln. Sie blieb stehen, und die Vaterwaisen, sonntäglich staffiert, gleichwohl nicht recht gewaschen, stierten sie offenen Mundes an.

»Geht ein wenig in den Garten hinaus, Buben«, wandte sich Brigitte Hartmann in süßlich zärtlichem Ton an die Sprößlinge, »ich habe mit der Frau Doktor zu reden; ich wollte nur, daß euch die Frau Doktor sieht. Ihr habt ja schon den schönen Garten bewundert; vielleicht spielen die Töchterchen von Frau Doktor ein bißchen mit euch, Frau Doktor wird nichts dagegen haben.«

Die Sprößlinge gehorchten zögernd. Einer stolperte über den Teppich, weil er die Augen noch immer nicht von Pia losreißen konnte.

»Frau Doktor erlauben, daß ich mich setze?« girrte Brigitte Hartmann schmeichlerisch und zog dabei seltsamerweise die Handschuhe an, die sie auf die Lehne des Fauteuils gelegt hatte.

Endlich faßte sich Pia. »Ich wüßte nicht, was wir miteinander zu verhandeln hätten, Frau Hartmann«, sagte sie abweisend, »sehr sonderbar, daß Sie, nach alledem, noch wagen ... ich müßte meinen Mann in Kenntnis setzen ...«

Brigitte Hartmann hob beschwörend die Arme. »Ihren Mann, Frau Doktor, den Herrn Doktor, Frau Doktor ... Ach nein, tun Sie das nicht«, versetzte sie halb erschrokken, halb hämisch, »den können wir absolut nicht brauchen. Ich bin ja froh, daß wir unter uns sind, bitte. Wir müssen uns einmal gegenseitig aussprechen, Frau Doktor. Das heißt, ich will mich aussprechen. Und wenn Sie auch nicht erbaut sind von meinem Herkommen, das muß ja, leider Gottes, ein Blinder sehn, so kann ich mir eben nicht anders helfen. Ich bin ein Mensch, der nicht lügen kann, bitte, und wo Lügen sind, da muß ich meinen Mund zum Bösen auftun, komme, was da wolle. Also.«

Darauf folgte, so rasch einsetzend und anschwellend, daß kein hemmender und haltgebietender Laut der regungslos dastehenden Pia hätte Platz finden können, ein wahrer Kraterausbruch von Worten. Und was für Worten! Das Zimmer verfinsterte sich vor Pia, der Himmel verfinsterte sich, das Innere der Brust verfinsterte sich. Sie konnte nicht fliehen; etwas, das stärker war als ihr Widerwille, ihr körperlicher Abscheu, hielt sie fest, als wären ihre Füße an den Boden genagelt, und während ihre Wangen mit jeder Sekunde bleicher wurden, die Augen rund und ausdruckslos, erhob sich Brigitte Hartmann wieder von ihrem Stuhl und stellte sich gestikulierend und die Zahnlücke im Mund mehr und mehr entblößend dicht vor sie hin.

Der Herr Doktor hätt es verhüten können. Ein gutes Wort von ihm, und sie hätte geschwiegen wie das Grab. Kein Mensch auf der Welt stehe ihr so hoch wie der Herr Doktor Laudin. Anstatt aber sich an sie zu halten, wo sie es ihm doch dutzendmal zu verstehen gegeben, habe er sie bis aufs Blut gereizt. Nun solle er sehen, wo er bleibe. Auch der Wurm krümmt sich, wenn er getreten wird.

Gegen sie habe sich freilich alles verschworen. Andere Lieder seien ihr an der Wiege gesungen worden. Hoch hinaus habe sie gewollt und den Anspruch habe sie darauf gehabt. Wenn einer meine, sie habe ihren Schiller und Goethe nicht im Kasten, oder den Lenau, der so unglücklich gewesen, so könne sie ihm seinen Irrtum mit Glanz benehmen. Zu prahlen damit habe sie allerdings nie verstanden, Bescheidenheit sei ihr erstes, da wolle sie sich lieber in die Nase beißen als ihre Bildung herauskehren. Nicht einmal vor der Frau Doktor. Obwohl, wenn Frau Doktor wüßte, wie ihr mitgespielt worden sei. Ein Eheleben, daß Gott erbarm. Wie sie den Mann geliebt habe. Jeden Wunsch von den Augen abgelesen. Die Leute hätten sich bloß gewundert. Und wie dann die schlaue Kanaille, die Lanz, ihn im Kopf total verrückt gemacht und er die Scheidung verlangt, habe sie ihm gesagt: Schön, geh deiner Wege, will nichts mehr wissen vor dir, und dein Geld brauch ich auch nicht, kannst alles deinem Weibsbild vererben, bitte, denn sie sei sich über seinen baldigen Tod im klaren gewesen, habe er doch längst aus dem letzten Loch gepfiffen, was niemand verwundert hätte, solche Ausschweifungen bei vorgerückten Jahren. Und so sei es auch gekommen. Auf einmal sei dann die Kebse mit dem Bankert angerückt, Frau Doktor werde schon entschuldigen, aber wenn einem die Menschen die Seele aus dem Leib folterten, könne man nicht Süßholz raspeln, sei ihr ins Haus gefallen, um das Testament zu holen. Da sei sie wie vom Schlag gerührt gewesen. Testament? Auf der Stelle verrecken wolle sie, wenn sie je ein Testament erblickt. Aber dann sei der Herr Doktor gekommen, habe ihr angst und bang gemacht, ihr Erbteil hätte sie gar noch herausgeben sollen, heilige Mutter Gottes, das habe sie nicht ruhen lassen, und die schlechte Meinung nicht, die er von ihr gefaßt, da sei sie zu ihm in die Kanzlei gegangen, kniefällig, mit aufgehobenen Händen habe sie ihn angefleht, ihr zu glauben. Er sei ganz erschüttert davon gewesen und habe ihr geglaubt, habe ihr alles Unrecht abgebeten, aber da habe sich die Lanz, das Luder, hinter die Dercum gesteckt, und die Dercum wieder habe dem Herrn Doktor die Hölle heiß gemacht, begreiflicherweise, sei ihr doch von den Lanzischen ein

Anteil an dem Raub versprochen worden. Da habe denn der Herr Doktor umgeschwenkt, der engelsgute Mann sei zum Teufel geworden, und seitdem zwicke und zwacke man sie, daß sie bereits des Lebens überdrüssig sei. Und wisse denn die Frau Doktor, wer die Dercum sei? Wisse sie denn, daß das eine stadtbekannte, na, sie wolle nicht sagen was, sei? Wisse sie denn, daß der Herr Doktor, der Doktor Laudin, bitte, bei so einer die halben Nächte zubringe? In der Spiel- und Saufhöhle dort, mit Komödianten und Huren die halben Nächte? Oh, davon habe sie die Beweise, bitte. Aufgelauert habe sie ihm, zur Rede gestellt habe sie ihn, ins Gewissen geredet habe sie ihm, an die Frau Doktor habe sie ihn gemahnt, an die holden Kinderchen; nichts genützt habe es. Angeschnauzt habe er sie; wie einen Schuhfetzen behandelt. Wo er doch soviel Butter auf dem Kopf habe. Wo er die Milliarden nur so hinschmeiße in den Rachen der besoffenen Hexe, der. Die Marktweiber in den Tschecherln unterhielten sich bereits darüber. Füllt den Beutel von solcher Komödiantin, die die Mannsbilder verschluckt als wären's Indianerkrapfen. Hallo, hier Frau Hartmann, bitte. Ergebenste Dienerin. Habe nichts zu bedeuten. Bitte. Bitte schön ...

Mit einem heiseren Aufschrei stürzte sie hart zu Boden. Schaum quoll aus ihrem Mund. Die Glieder zuckten. Der Rumpf wand sich epileptisch. Der blumengeschmückte Hut war auf das eine Ohr geglitten, so daß sie bei aller Grausigkeit einen lächerlichen Anblick bot. Und ob, bei aller erschreckenden Grausigkeit, der Anfall nicht auf Simulation beruhte, wenngleich auf einer, die wieder in heilloser Verdunkelung des Gemüts wurzelte, dies schien sich Pia zu fragen, als sie sich der hingestreckten Gestalt langsam näherte, sich herabbeugte, auf die Knie niederließ und dumpfe, wehrende, ekelnde, mitleidige Worte flüsterte. Und wie sie dann hinausgehen wollte, um Hilfe zu holen, richtete sich Brigitte Hartmann empor und ächzte: »Helfen Sie mir auf, Frau Doktor. Das Herz, ach Gott, das Herz. Meine armen Waisen. Es ist schon besser, bitte. Nichts für ungut, Frau Doktor. Danke, Frau Doktor. Nun war ich doch bei Ihnen und hab Sie gesehen. Tragen Sie mir um aller Heiligen willen nichts nach. Erzählen Sie nichts dem Herrn Doktor, tun Sie's nicht ...«

Sie wischte mit der immer noch behandschuhten Rechten den Rock sauber, sah sich trübselig um, starrte auf Pias Hände, dann in Pias Gesicht, murmelte: »Eine liebe Dame sind Sie, Frau Doktor, eine sehr liebe Dame«, knickste wieder halb und ging. Draußen hörte sie Pia die Sprößlinge rufen und hörte das Gartentor zuschlagen; sie setzte sich still in eine Ecke.

Hat sie denn der Eröffnungen dieser vom Wahn geschlagenen und gezeichneten Frau bedurft, deren Gehaben beinahe ein klinisches Bild aufwies, hat sie deren bedurft, um zu sehen und zu erkennen? Mag immerhin auf dem Weg durch das trübe Medium Wahrheit sich in Lüge verwandeln und Zeugnis in Halluzination, Pias Herz gleicht einer photographischen Platte, die aufnimmt und zur Wahrnehmung bringt, was das schärfste Auge nicht zu erspähen vermag. Es ist überflüssig, daß man sie mit anonymen Briefen behelligt, aus derselben Quelle wahrscheinlich, oder aus benachbarter, wie der von Laudin verächtlich fortgeworfene. Es ist überflüssig, sie durch Neugier auszukundschaften, durch Andeutungen zu wecken, durch Mitleid zu kränken. Sie hat geahnt; sie hat die Ahnung bekämpft, der Kampf war vergeblich, auf einmal stand das Wissen da.

Was aber wird geschehen, wenn sie sich eines Tages mit dem bloßen Wissen nicht mehr begnügen kann? Darüber ist sie sich nicht klar. Sie kann es nicht vorher berechnen, in keiner Weise. Sie gehört nicht zu den Menschen, die sich sogenannte Richtlinien vorzeichnen. Sie muß warten, bis es reift. Solang wird sie still im Haus walten, wird den Töchtern bei ihren Schularbeiten helfen, soweit ihre Befähigung reicht, wird sich mit den vielen Dingen plagen, wird zuschauen, wie Laudin stumm und stummer, trüb und trüber, rastloser und rastloser wird, und wird manchmal in aller Heimlichkeit, sogar von Rellys Späherblicken unbemerkt, den kleinen Hubert leidvoll, mit geschlossenen Lidern, an ihre Brust drücken. Der blüht ja nun langsam zum Menschen auf; erst war er nur ein Wesen, jetzt wird er ein Sohn. Was für ein wundervolles Wort: Sohn.

49

»Bitte Platz zu nehmen, Herr Keller«, sagte Laudin, als der Schauspieler die Doppeltür geschlossen hatte, deren innerer Teil dick gepolstert war.

Keller setzte sich stumm, mit hackender Dankgebärde. Seine Gestalt war schlotterig-hager, der Kopf schmal wie ein Fischkopf und das ganze Gesicht in lächerlich häßlicher Weise nach vorn geschoben; sogar die Augen mit den beständig blinzelnden Lidern quollen knotig hervor; nur die Stirn floh wie erschrocken gegen den mit spärlichem Rothaar bewachsenen Schädel zurück. Laudin bemerkte alsbald den scheuen und mißtrauischen Ausdruck, mit dem er um sich schaute und der zweifellos von dem langen Aufenthalt in der Anstalt herrührte. Es war, als erwarte er jeden Augenblick das Erscheinen des Wärters oder des visitierenden Arztes. Abgesehen von diesem beinahe rührenden Lauern war sein Wesen ruhig und von jener gemütlichen Allerweltskollegialität, wie sie Schauspieler oft an sich haben. Nicht das geringste Merkmal deutete auf Störung des geistigen Gleichgewichts; nur die nervöse Angst war in seinen Mienen, daß man ihn daraufhin betrachten könnte, und Laudin, der sich auf den Umgang mit jeder Spezies von Menschen verstand, richtete sein Benehmen so ein, daß er dem unsicheren Mann Sicherheit einflößte.

Nach verschiedentlichen Wechselreden, die das Mitzuteilende noch in der Schwebe ließen, sagte Arnold Keller mit seiner rasselnden, berlinischen, von komischen Brechungen durchsetzten Baßstimme: »Ja, sehen Sie mal, Herr Doktor, ich bin in ’ner verdammt verzwickten Lage. Ich komme da her, na, und ich bin da. Na, und Lu, die macht sich dünne. Ich will mich ja nicht aufdrängen, um keinen Preis, obwohl ich doch nun mal der angetraute Gatte bin. Aber da kann man freilich gegen einwenden, daß sie sich meiner auf nicht sehr faire Art entledigt hat. Gar nicht. Da hatten sie mir aufgeschwatzt: Heilanstalt und so. Entziehungskur und so. Kaputt mit den Nerven war ich ja; fertig. Aber Heilanstalt; tut sich was. Greulich, Herr Doktor, über die Maßen greulich. Lassen Sie sich mal in so ’ne Bude sperren, und ich setze meine

Stiebel gegen Ihre Krawattennadel zum Pfand, daß Sie nach zwei Stunden selber an Ihrem Verstande irre werden. Und denn kommt es so weit, daß man sagen kann: et secum petulans amentia certat*. Darf ich mir eine Zigarre ins Gesicht stecken?«

Laudin beeilte sich, sein Etui hinzureichen. Das lateinische Zitat hatte ihn verwundert emporschauen lassen. Es klang ein wenig pomphaft in diesem Mund; jedenfalls war man nicht darauf gefaßt. »Ich schmeichle mir nämlich, im Hinblick auf die ollen Römer ein Kenner zu sein«, fuhr der Schauspieler mit einer Dummen-August-Grimasse fort, »aber um Ihre Zeit nicht ungebührlich in Anspruch zu nehmen, Herr Doktor, brevity is bekanntlich the soul of wit**, Sie sind ja nun der Sachwalter von Lu. Schwierige Waltung, beim Gotte Thor, wer sollte es besser wissen als ich, um also kurz zu sein, so möchte ich Ihre gütige Vermittlung in Anspruch nehmen.«

»Inwiefern? Wollen Sie sich bestimmter erklären?«

»Mit Vergnügen. Das heißt, nicht mit besonderem Vergnügen. Aber mit oder ohne, dazu bin ich schließlich erschienen. Lassen Sie es mich in aller Ruhe auseinandersetzen. Male cuncta ministrat impetus***, wie es bei Quintus Curtius heißt.«

Er räusperte sich, machte wieder die unsäglich alberne Grimasse, Mittelding zwischen Luftschnappen und Zähnefletschen, und begann von neuem: »Ich habe bisher nicht gewagt, Lu unter die Augen zu treten. Sie fragen mich nach dem Grund. Sehr einfach: sie hat so niederträchtig an mir gehandelt, daß sie keinen Wert darauf legen kann, mich in Seh- und Reichweite zu haben. Gestern und vorgestern hab ich so zwei-, dreimal 'nen Anlauf genommen; bis zur Stiege; dabei blieb's; ihr soviel Unrecht auf zwei Beinen vor Augen zu führen, hatt ich nicht den Mut. Ein hamletisches Paradox, mein Herr. Das Heldenhafte ist, wie Sie hieraus leicht schließen werden, nicht mein Fach. Hätt ich im grauesten Altertum das Schwert statt heute die Fackel Melpomenes geschwun-

* Und mit sich selbst kämpft munter der Wahn.
** In der Kürze liegt (bekanntlich) die Würze.
*** Leidenschaft ist für alles ein schlechter Ratgeber.

gen, das Horazische vixere fortes ante Agamemnona* fände keine Anwendung auf mich. Dennoch, ich bin kein Schwätzer, Herr Doktor, Beweis dessen stürze ich mich ins Thema. Sie haben also vielleicht die Gewogenheit, Lu zu sagen oder bemerklich zu machen oder zu versichern, wie Sie es für passend finden, daß ich ihr nichts nachtrage, vorausgesetzt, daß sie ihrerseits mir die Gemeinheit oder Schofligkeit oder das Verbrechen, ganz nach Belieben, nennen wir es ein Verbrechen, denn es ist eines, Herr Doktor, daß sie, Lu also, mir dieses ihr Verbrechen nicht weiter verübelt. Und ich lasse sie bitten, ja: ausdrücklich bitten, oder wenn Sie wollen: ersuchen, oder was Ihnen sonst aus dem Synonymen-Lexikon schätzbar dünkt, daß sie mich fernerhin nicht mehr wegen der Scheidung harangieren oder drangsalieren, oder sonstwas dergleichen soll, da ich, um es kurz zu machen, nicht ohne sie leben kann. Kurz genug, Herr Doktor? Nicht ohne sie leben. Ich bin ein Künstler. Zugegeben. Ich hätte die Kunst. Oder die Kunst hätte mich. Doch hier heißt es: Nulla ars in se versatur**. Nicht ohne sie leben, das ist es, in möglichster Kürze. Ich müßte, wenn Sie gestatten, wenn ein so leichtfertiges Wort in diesen dem Recht geweihten Räumen erlaubt ist, ein Ende mit mir machen. Aber dies, Herr Doktor, unter uns, im Vertrauen, von Mann zu Mann. Es soll keine seelische Erpressung sein. Eine kalte, blöde, rechtwinklige Tatsache.«

Sehr sonderbar berührt, mit einem Ruck seines Kopfes, blickte Laudin in das Gesicht des Schauspielers. Er sah keinen expressiven Ernst darin, er sah nicht Scherz noch Sarkasmus, es begegnete ihm zum drittenmal die Grimasse, die alles von jener Sorte von Gefühlen prompt verschluckte. Aber kraft seiner Menschenkenntnis wurde ihm klar, daß es sich hier nicht um die prahlerische Drohung und Ballspiel mit Worten eines Schmierenkomödianten handelte, sondern daß sich da, durch Gestrüpp und allerlei schamhaft verschränkte Selbsthemmung, eine schicksalsvolle Unabänderlichkeit verkündigte.

Er schwieg und stützte den Ellbogen auf den Schreib-

* Vor Agamemnon lebte schon mancher Held.
** Keine Kunst lebt von sich selbst.

tisch, den Kopf in die Hand, während Arnold Keller mit seinem Komikerbaß und der scheinbaren Gemütlichkeit fortfuhr: »Eine Reminiszenz, wertgeschätzter Herr. Die Sache will's. Ich habe diese Lu aus dem Dreck gezogen, sit venia verbo*. Ich habe sie in der Gosse aufgelesen. Es gibt da einen gewissen Ernevoldt, mag sein, ein Mann von Genie, mag sein, ein Mann von Charakter, die Genies und die Charaktere werfen sich ihn seit Jahren verzweifelt einander zu, weil keiner was mit ihm anfangen kann, dieser nun brüstet sich, Lu entdeckt zu haben. Kein Gedanke, daß ich ihm die Großtat streitig mache. Nur hat er, ich will mich mal vorsichtig ausdrücken, seinen damaligen Fund auf Nutznießung gestellt, und als er nach 'ner Weile annehmen mußte, es sei nichts mehr zu holen, schlug er sich seitwärts in die Büsche, um erst wieder zum Vorschein zu kommen, als es die Leiter wieder rauf ging. Lu, die fürs Moralische kein Organ hat und gern mit Adonisköpfen ihre Boudoirs schmückt, ist ihm selig in die Arme gefallen und war froh über den schönen Briefträger und Türaufmacher. Na. Kommen wir auf besagte Gosse zurück. Ich würde unverschämte Ansprüche an Ihre Phantasie stellen, würd ich Sie auffordern, sich die Schlamastik vorzustellen, worin die gute Lu steckte, als ich ihr die Hand reichte. Mir selber schauderte die Haut dabei. Keinen ganzen Strumpf, kein ungeflicktes Hemd, nicht Brot auf Hosen, Kameradschaften bloß mit abgeriebenen und -getriebenen Spitzbuben, ausgesogen bis zum Weißbluten von einem Strauchdieb von Tingeltangelmenschen, Seelenverkäufer draußen an der Ackerstraße, Sie werden ja ungefähr wissen, was Ackerstraße ist, gleich neben Gehenna, zu dienen; ob sie nicht krätzig und verlaust war, mein Gott, beschwören will ich's nicht. Na. Ich stieg rin in den Pfuhl und hole mir das Mädchen raus. Da konnte man wohl sagen: Luise, du bist blaß; Deiwel auch. Zuvörderst mußte sie geatzt werden. Hernach mußte sie gekleidet werden. Und im Ganzen mußte sie wieder zu 'nem menschlichen Wesen gemacht werden. Und denn sah ich erst, was mit der Person los war. Und denn nahm ich mir sie vor. Es war glanzvoll, was da

* Man verzeihe den Ausdruck.

zutage trat, Herr Doktor, das können Sie mir glauben, und das wissen Sie wohl auch, heut, wo es die Welt weiß. Aber eine Narrenmüh hat's gekostet, den Diamanten zu schleifen. Erinnere mich nicht, daß ich jemals an eine Sache soviel Blut und Schweiß gesetzt hätte. Aber im Buch des Schicksals stand geschrieben, daß es noch mehr kosten sollte; Blut wenigstens. Hatte mir eigentlich nichts Böses bei der Geschichte gedacht, will sagen nichts von der Art, daß ich hängen bleiben würde. Wir Leute vom Theater haben ein Herz füreinander, mögen die vorm Zaun draußen noch soviel schwadronieren von Eifersucht und Neid; schön, Eifersucht und Neid; keiner will sich auf die Fresse treten lassen, und das Rampenlicht ist ein Teufelsfeuer. Aber geht's einem unter uns schlecht, so sind zwanzig Hände da, und geschieht mehr edles Opfer im Schatten als bei euch, na, wie betitl ich die Herrschaften, sagen wir: Zuschauern. Doch aus der bloßen schönen Kameraderie mit Lu wurde eben was anders. Daß wir alsbald heirateten, war, wie wenn man Salz aufs Butterbrot streut. Ich wollt es. Ich dachte, sie sei mir sicherer. Und wenn ich Ihnen nun von dieser Ehe erzählen wollte, so müßt ich noch erheblich unverschämtere Ansprüche an Ihre Einbildungskraft oder Ihre Gutgläubigkeit stellen als vorhin. Manche sagen, es wäre 'ne Posse gewesen. Immerhin, 'ne traurige Posse. Manche wieder hielten's für 'n Trauerspiel. Besonders solche, die mich näher kannten. Die hatten die bessere Witterung. Haben Sie schon mal beobachtet, lieber Herr, was eine Katze mit der Maus treibt, wenn sie ihr schon den Genickfang versetzt hat? Sie gibt ihr so kleine drollige Ohrfeigen, von rechts und links, so graziöse Stüber, nicht wahr? Aber jeder solcher entzückende Klaps bringt die arme Maus ein bißchen mehr zum Krepieren. Na. Da hätten wir ja die lachhafte Tragödie oder die triste Posse. Knalleffekt war da und da. Einzelheiten verlangen Sie wohl kaum. Was sollen Einzelheiten? Eine allein bezeugt nichts, alle zusammen sind das Rad, auf das man geflochten wird. Es ging mir wie dem berühmten Mann, der mit seinem Pferd bei Nacht in den Sumpf gerät. Von Ehe konnte eigentlich nicht die Rede sein. Da waren zuviel Türen im Schlafzimmer; die Männlein meldeten sich, als ob sie 'n Abonnement genommen hätten. Liebschaft konnte man's auch nicht nennen, da wir ja rechtens verheiratet waren. Also sagen wir mal Ehe mit Leidenschaft; das Gefährlichste, was es gibt; mit einseitiger Leidenschaft, mit hoffnungsloser, mit solcher, die den Menschen um Würde und Ehre bringt, ihn zum Hund erniedrigt, zum Bettler und Herzenskrüppel macht. Was soll ich's verschweigen? Ist ja mal so. Und wenn Sie mich fragen: Wie hält ein Mann das aus, Tag für Tag mit dem Damoklesschwert über dem Haupt und mit den Fußtritten im Hintern und mit der vollkommenen Überzeugung, daß er betackelt und betrogen und geschuhriegelt und verhöhnt wird, so muß ich wieder mit einem Zitat antworten, und zwar mit dem Catull, Carmen Nummer ich weiß nicht wieviel, wo es heißt: Si furtiva dedit nigra munuscula nocte*. Sie werden mich verstehn. Das Fleisch. Immer mal wieder so 'n Bissen. Nicht zum Sattwerden, bloß zum Zähmen, wie's die Dresseure machen, und wenn der Stank zu skandalös wurde, weil man dann Furcht hatte. So 'n Schaf von Mann, man weiß nicht, eines Tages wird's wild und rast. Und deshalb und weil ich sonst auch 'n bißchen überflüssig war, da meine Gage jetzt nicht mehr in Betracht kam, wurde das mit der Anstalt eingefädelt. Schlaue Sache. Verflucht gemeine Sache. Half kein Um-mich-Schlagen, wie ich mal drin war, kein Bitten und Rekriminieren. Säß heute noch drin, hätt sich nicht 'ne rote Zeitung toll für mich ins Zeug gelegt. Na, und so bin ich hier. Nicht um meine Rechte zu wahren, wie man sich auszudrücken pflegt; beileibe; wo gäb's denn da Rechte, wo ist überhaupt Recht; bloß zu 'ner Art Friedensschluß möcht ich gelangen, und daß ich mich auf vierzehn Punkte versteife, ist nicht zu besorgen, obgleich die ja auch in Rauch aufgegangen sind, alle vierzehn. Nur um einen Punkt handelt sich's. Nur daß mich Lu, wie sag ich, daß sie mich duldet, nicht um sich duldet, nur so ... duldet. Ist ja nicht notwendig, daß sie mit mir lebt. Sie soll nur, wie sag ich, die Dinge lassen, wie sie sind. Sie soll mir zehn Tage im Jahr, nein, sagen wir acht Tage im Jahr ... also sagen wir: konzedieren. Ge-

* Wenn sie in dunkler Nacht heimliche Geschenke bringt.

ben Sie ihr das zu verstehen, Herr Doktor. Acht Tage im Jahr. Nicht vielleicht acht Nächte, so frech bin ich nicht. Bloß daß ich kommen darf, daß ich dasein darf. Daß ich sie sehen und hören darf. Verachten Sie mich nicht meiner Heillosigkeit wegen, tun Sie's nicht, wohledler Herr, der Sie bis jetzt die Geduld hatten, mir zuzuhören. Bedenken Sie, es ist das Gift, das im Blute sitzt. Schauen Sie mich an; eine Ruine. Acht Tage im Jahr, Herr Doktor. Machen Sie es Lu mundgerecht, irgendwie; sagen Sie ihr, daß es sich um Leben und Tod handelt. Was kann ihr an den acht Tagen im Jahr gelegen sein? Darf ich mir noch so 'nen Glimmstengel anzünden? Danke sehr.«

Laudin blickte wortlos auf den Tisch nieder. Nach einer Weile begann er zu husten. Ein Knäuel war in seinem Hals und verrammelte die Luftwege. Er stand auf, ging zum Mitteltisch, schenkte sich aus einer Karaffe Wasser in ein Glas und trank das Glas zweimal gierig leer, als sei ihm der Gaumen verbrannt. Das Weiße in seinen Augen war gerötet, die Lider waren angeschwollen, der Unterkiefer bebte. Er sah sich um, als wären ihm die Wände lästig, und endlich sagte er: »Sie wissen, daß sich Frau Lu heute abend auf eine Gastspieltournee begibt? Daß sie erst in einer Woche zurückkehrt?«

»Ich werde die Woche über warten. Es kommt darauf nicht an, Herr Doktor. Galgenfrist.«

Laudin nickte. »Heute haben wir den dreiundzwanzigsten März«, sagte er, sein Notizbuch zur Hand nehmend, »seien Sie am zweiten April nachmittag um fünf Uhr wieder hier.«

Der Schauspieler erhob sich. »Ich kann also hoffen, daß Sie ...«

»Ich will den Versuch unternehmen«, sagte Laudin düster; »mit welchem Erfolg, läßt sich nicht bestimmen. Es ist ein Wagnis. Die bloße Diskussion darüber ist ein Wagnis.«

»Gewiß, ich verstehe. Neque enim disputari sine reprehensione potest*. Aber ich habe großes Vertrauen zu Ihnen, Herr Doktor. Meine Adresse ist vorkommendenfalls Hotel Drei Raben.« Er nahm seinen schwarzen steifen

* Denn ohne Widerlegung kann man nicht diskutieren.

Hut, auf dessen Rand die gelbledernen Handschuhe lagen, verbeugte sich tief und ging.

50

Verweilen wir noch ein wenig in dieser Camera obscura des Lebens, und wir sehen eine Frau hereintreten, gedrückten Wesens, vierzig Jahre alt, unauffällig, doch gut gekleidet, und sie erzählt Laudin ihre Geschichte, die zusammen mit dem, was er von dem Schauspieler gehört hat, auf seiner Stirn den Gedanken tönend macht: Es ist zuviel, es kann nicht mehr ertragen werden.

Der Name der Frau ist Annette Gmelius. Sie ist seit achtzehn Jahren verheiratet mit einem Kaufmann, der um drei Jahre jünger ist als sie. Die Ehe ist kinderlos geblieben. Sie hatte dem Mann unverbrüchliche Treue gehalten, trotzdem er sich schon in den ersten Jahren andern Frauen zugewandt hatte. Er ist dabei immer auf heimlichen Wegen gegangen; sie hat es jedesmal erst gespürt, dann an vielen Zeichen erraten, dann war es nicht mehr zu verbergen, dann ist es zur Auseinandersetzung gekommen, dann hat er zerknirscht und reumütig ihre Verzeihung erbettelt, und nach Wochen, oder auch nach Monaten hat alles von vorn begonnen. Sie ist dessen allgemach müde geworden, wie sich denken läßt, hat die Hoffnung verloren und darauf verzichtet, ihn wieder zu gewinnen. Nicht, daß er sie ganz vernachlässigt hätte; zu einem ist eine Frau immer gut, das nimmt man noch mit, es kommt ja bloß auf das Vergnügen an, das er hat, nach ihrem fragt er nicht groß; daß sich's die Frau nur gerade gefallen läßt, merkt er nicht, daß sie sich gedemütigt fühlt und ihre Sympathie sich in Gleichgültigkeit, die Gleichgültigkeit sich schließlich in Widerwillen verwandelt, merkt er auch nicht. Warum soll er darauf acht haben? Eine ist für ihn wie die andre, die Hauptsache ist, daß es immer eine andre ist, und die Ehefrau ist schließlich bequem. So ist sie nach und nach verdrossen geworden; verdrossen ist das rechte Wort; nichts hat sie mehr gefreut, das Lachen hat sie verlernt. Nun, und eines Tages hat er von Scheidung gesprochen. Sie hat ihm rundweg erklärt, das tue sie nicht. Sie hat nicht weiter nach Gründen gesucht, sie hat ihm bloß zu verstehen gegeben: nein, auf keinen Fall, nie. Warum aber? Warum die Verweigerung, die so unvernünftig scheint und, wie sie wohl begreift, bloß zu ewigem Hader und Verbitterung führt? Weil sie es so billig haben, darum. Er kann ein neues Leben anfangen, das ihre ist aus. Für ihn ist nichts gewesen, er hat soundsoviel Jahre eine folgsame Wirtschafterin und Bettgenossin gehabt, jetzt, mit seinen sechs- oder siebenunddreißig Jahren, ist er noch wie mit zwanzig; sie hingegen ist müd und verbraucht, hat nichts mehr zu erwarten, hat keinen Auftrieb mehr und ist bloß noch gut, um sich hinzulegen und zu sterben. Da will man auch seine Genugtuung haben und verbeißt sich in das bißchen Machtgefühl und Trotz. Ein paarmal noch bemühte er sich, sie umzustimmen, dann gab er es auf und schien sich drein zu finden. Eines Tages bringt er einen jungen Angestellten seines Geschäfts ins Haus, einen hübschen, lustigen Menschen. Sie unterhalten sich ganz gut zu dreien: der junge Mensch mißfällt ihr nicht, auch sie scheint Eindruck auf ihn gemacht zu haben. Davon liefert er auch bald den Beweis; er schickt ihr Blumen, er schreibt ihr kleine zärtliche Briefe, und während Gmelius verreist ist, bringt er Theaterkarten; sie geht mit ihm ins Theater, nach dem Theater soupieren sie zusammen, am andern Tag wieder, am dritten wieder. Ihr ist, als ob die Jugend in ihr aufwachte, so schmerzlich glücklich ist ihr zu Sinn, sie hat nicht geglaubt, daß solche Gefühle noch in ihr sind, wie wenn alles Eis um einen schmilzt, sagt sie, und als der junge Mensch sie immer mehr bestürmt und immer leidenschaftlicher wird, da denkt sie: Ach, einmal will ich's auch noch gut haben, es ist bloß ein Geringes gegen das, was mir der Mann angetan hat, und gibt sich hin. Da zeigt sich's, daß das Ganze ein schändliches Komplott war. Der junge Mensch, Schurke bis ins Herz hinein, hat ein verabredetes Zeichen gegeben; der Mann steht vor der Tür. Alles war verabredet, und an dem nicht genug, der junge Mensch war von Gmelius gezahlt; hat sich vom Ehegatten kaufen lassen, damit die Frau in flagranti ertappt und die Scheidung durchgeführt werden kann. Er hat sich kaufen lassen; so war es; Gmelius hat ihn gekauft; ganz einfach. Jetzt ist sie die Schuldige, man braucht ihr weder Abfindung noch Alimente zu bewilligen.

»So ist mir mitgespielt worden«, schloß die Frau ihren Bericht, »und nun will ich wissen, ob ich das erleiden muß, was mir noch aufgehalst werden soll, und ob ich nichts dagegen tun kann.«

»Beispiellos«, murmelte Laudin, »beispiellos.«

»Ja, beispiellos«, sagte die Frau bitter, »aber Sie sehen, man braucht das Beispiel nicht.«

Er entließ sie, mit der Zusicherung, sich der Sache annehmen zu wollen, und als sie draußen war, wurde das »Zuviel, zuviel, es ist kaum mehr zu ertragen« aus einem gedachten zu einem gesprochenen Wort.

51

Da ihm May hatte mitteilen lassen, sie sei bettlägerig, ging er am nächsten Tag zu ihr. Sein Geist war benommen, und körperlich fühlte er sich wie jemand, der einen schweren Fall getan hat.

Als er kam, verließen gerade sechs oder sieben Personen ihr Zimmer, Männer und Frauen. Es war ein Greis darunter, eine ältere Dame und zwei sehr junge Leute. Sie fielen ihm allesamt durch ihre friedlichen, heiteren, fast verklärten Mienen auf. Etwas Unschuldvolles war in ihrem Gehaben, und sie sprachen leise und zart miteinander, als fürchteten sie, laute Worte seien verletzend. Ein Mann in mittleren Jahren mit einem braunen Vollbart und einer Brille hatte ein so kindlich reines, förmlich entlastetes Gesicht, daß Laudin seinen Schritt im Vorübergehen unwillkürlich hemmte und ihn erstaunt anblickte.

Es waren Freunde von May, Erleuchtete.

»Wie erlangt man Eintritt in die Gemeinde?« fragte er, als er an Mays Bett saß.

»Man muß den Glauben haben«, antwortete sie.

»Den Glauben? Welchen Glauben?«

»Man muß an das ewige, unzerstörbare Wesen glauben.«

»An Gott, meinen Sie?«

»Der Gottesbegriff hängt vorläufig noch mit irgendeiner bestehenden Religion zusammen. Wir haben aber mit keiner dieser Religionen etwas zu schaffen, denn wir haben keine Dogmen, keine Lehrsätze und keine Kirche. Wir erkennen das Wesen nur durch Verinnerlichung und Versenkung.«

»Gut, aber wie erwirbt man den Glauben?«

»Durch Entsagung, durch Keuschheit und Geduld.«

»Leben alle diese Männer und Frauen keusch?«

»Alle.«

Er sah sie stumm an. Ihr stets entfärbtes Gesicht überflammte sich. Sie sprach stockend: »Wenn uns eine Elementarmacht in den unvollkommenen Zustand niederzwingt, wächst die Kraft der Sehnsucht. Das feindliche Prinzip kann wie ein Gewitter in der Seele wirken.«

»Darin liegt viel fromme Heuchelei«, antwortete Laudin; »wir machen uns manche Dinge nur deshalb klar, weil wir gegen die Stimme des Gewissens gerüstet sein wollen. Oder die des Blutes.«

Mit abirrendem Blick sagte May: »Oft denk ich an Sie wie an einen allwissenden Arzt. Dann wünsch ich mir, in Ihre Hand gegeben zu sein.«

Laudin schüttelte trübe den Kopf. Sie schwiegen eine Weile.

»Ich wollte Ihnen schon lange von Edmund erzählen«, nahm May wieder das Wort; »um so mehr, als ich mich innerlich noch nicht zurechtgefunden habe, ob ich nicht doch mitschuldig bin an dem Zusammenbruch seiner Ehe. Wenn überhaupt da von Schuld gesprochen werden kann. Das Verhältnis war ja morsch. Er hat es gewußt, sie nicht. Ich habe anfangs sogar noch zu stützen gesucht. Ich hatte eine heilige Scheu davor, zwischen zwei Menschen zu treten, die in einer Ehe verbunden sind. Es war etwas Unantastbares für mich. Auch Edmund, als ich ihn kennenlernte, betrachtete die Ehe als ein Sakrament. Nicht aus kirchlichen und religiösen Gründen, sondern aus seiner ganzen Beziehung zur Welt. Er hing sehr an seinen Kindern; ich habe selten einen Mann gesehen, der die Pflichten eines Vaters so ernst nahm; doch über das Pflichtgefühl hinaus war noch die zärtlichste Liebe in ihm; er hat mir erzählt, daß er in den ersten Lebensjahren der Kinder eine Zeitlang Nacht für Nacht ein- oder zweimal an ihre Betten gegangen ist; er konnte nicht ruhig schlafen, wenn er es unterließ. Es war soviel Ehrfurcht vor den Kindern in ihm; eigentlich hatte er insgeheim beständig Angst um sie. Und da ist wahrscheinlich etwas Sonderbares geschehen; die Angst hat sich damals auf Konstanze übertragen; aber weil sie eine durch und durch rationalistische Natur ist, verwandelte sich bei ihr die Furcht vor dem Schicksal sogleich in Wahn und Aberglauben. Statt sich dem Unerforschlichen zu beugen, wollte sie ihm zuvorkommen und hatte für alle Übel ihre Rezepte, bis sie schließlich auf die gefährlichsten Quacksalbereien verfiel, in jeder Hinsicht.«

»Aber das ist ja nur eine von den vielen Verfallserscheinungen, an denen gerade diese Ehe so reich war«, schaltete Laudin ein, »je mehr ich darüber nachdenke und je mehr ich von Ihnen höre, desto mehr kommt mir die Altachersche Ehe wie ein Paradigma vor. Es steckt alles im Keim drin und wird an zwei typischen Vertretern vorexperimentiert, was gesetzmäßig festzustellen dringend nottut.«

»Sie haben recht«, antwortete May. »Vor allem eins, und davon hat auch Edmund gesprochen. Er sagte: Das ganze Problem der Ehe ist eine Frage des Tempos. Aus der Tempoverschiedenheit erwuchs auch ein großer Teil seiner Qualen, angefangen von den alltäglichen Selbstverständlichkeiten, wo Verabredungen eingehalten werden müssen und das Essen pünktlich auf den Tisch kommen muß, bis zu ... nun, bis zu dem, was zwei Menschen nur allein voneinander wissen. Aber es hängt auch davon ab, in welchem Schritt sie zusammen auf der Straße gehen. Meinen Sie nicht? Ich habe beobachtet, daß, wenn zwei in gleichem Takt marschieren, immer der zuerst müde wird, der besser und schneller geht. Der andere, kann er seinen eigenen Takt nicht durchsetzen, hilft sich mit seiner Schwäche, bleibt beleidigt zurück – und ruht sich aus. Aber die Müdigkeit von dem, der schnell schreitet, ist geistig; eines Tages sieht er, daß er nicht bloß schneller gegangen, sondern daß er geflohen ist, um nicht mehr durch das tödliche Tempo gelähmt zu werden, und sein

Gefährte ist weit hinter ihm zurückgeblieben. Das klingt alles so unscheinbar, und doch ist es so wichtig. Edmund konnte stundenlang davon sprechen, so sehr hat es ihn beschäftigt. Konstanzes Verhängnis war, daß sie bei allen solchen Gelegenheiten seinen guten Willen verdächtigte, als ob er wohl anders gekonnt hätte, aber von vornherein sie vergewaltigen wollte. Sie redete sich immer hartnäckiger in die Vorstellung hinein, daß sie sein Opfer war; in Wirklichkeit verhielt es sich so, daß sie ihn durch eine Art von Herrschsucht, die in der Welt nicht zum zweitenmal vorkommen dürfte, von Tag zu Tag mehr unterjochte. Das muß ich Ihnen erklären, denn es ist höchst merkwürdig. Ich habe ja viel über Konstanze nachgedacht. Ich wollte sie verstehen, schon weil ich Edmund helfen wollte, der an nichts so sehr litt als daran, daß er mit seiner Phantasie unablässig in dieser Frau drinnen war und im Grunde nie ganz von ihr loskommen konnte, mehr von dem Schatten, den sie warf, als von ihr selber. Sie kannte aber auch die Macht, die sie über ihn besaß, und nutzte sie gehörig aus. Ein willensschwacher Mann, werden Sie sagen. Das ist es nicht. Ich könnte Ihnen Vorfälle erzählen, bei denen Sie sogar sagen würden: ein feiger Mann. Und doch ist es nicht so. Jede Ehe wird durch die festgehaltene Richtung des einen Teiles bestimmt, scheint mir. Der Stärkere ist, wer eine Eigenschaft, gut oder schlecht, das ist egal, so in sich entwickeln kann, daß er damit den andern in ein Schuldverhältnis bringt. Ich weiß nicht, ob ich mich deutlich ausdrücke. Nun ist Konstanze eine Frau von außergewöhnlicher Leidenschaftlichkeit, bis zur Wildheit, bis zur Selbstvergessenheit, und hat vom ersten Tag an, sicher nicht planmäßig, sie ist eben, wie sie ist, Edmund mit der phantastischen Überzeugung erfüllt, daß sie bloß durch ihn existiere, daß sie gleichsam durch höheren Beschluß an ihn gebunden sei. Eine seltsame Art von Liebe, eine Besessenheit fast. Freilich weiß sie stets, was sie tut. Man mußte nur hören, wenn sie sagte: mein Mann. Mein! Da lag alles drin; als hätte sie ihn verschlungen. So hatte es aber Edmund nicht gemeint, als er die Ehe schloß. So hatte er sein Leben ganz und gar nicht anlegen gewollt. Er war wie überrumpelt, und das dauerte viele Jahre, ohne daß es ihm bewußt wurde. Er hätte einen freien Menschen neben sich gebraucht, einen, dem die geistigen Dinge *wirklich* waren, nicht nur schöner Schein. So wurde er nach und nach erdrosselt durch die unbedingte Abhängigkeitserklärung. Es war eine wunderliche und auch gefährliche Verdrehung des Besitzrechtes, wodurch er eben ein Eigentum wurde und sich auch so fühlte. Sie begreifen, was für eine Unterlegenheit hieraus entstehen mußte, wieviel Unrast, wieviel Flucht und innerer Konflikt, besonders wenn Empfindung und Berechnung, Ekstase und Vernünftelei so unlöslich ineinander verquickt sind wie bei Konstanze. Sie hat ihn in der Hand gehabt, hat ihn sozusagen auf Distanz regiert, auch dann, wenn er ihr zuwiderhandelte, und aus besserer Einsicht, aus Sehnsucht nach Freiheit und Bewegung zuwiderhandelte. Es war wie eine seelische Gefangenschaft, und ganz, ganz allmählich nur versuchte er den Bann zu brechen. Was ich da mitgemacht habe. Wie verstört er manchmal kam, mit abgerissener Haut förmlich; die vergeblichen Worte, die er gesagt, hingen wie Dornen an ihm. Ich weiß, daß er nächtelang an ihrem Bett gestanden ist, um sie zu trösten, aufzurichten, zu beschwichtigen, zu lehren. Bis zum Morgengrauen mühte er sich, die Zusammenhänge wieder herzustellen, zwischen ihr und ihm, ihr und den Menschen, ihm und seinen Freunden, alles, was sie verzweifelt und erbittert in ihrem Gemüt zerstört hatte. Weil aber meistens Erbärmlichkeiten der Anlaß waren, nicht zu fassen und nicht zu sagen was für welche, ein verlegter Brief vielleicht oder ein Schmutzfleck auf dem Teppich oder ein mißverstandenes Wort, merkten sie alle zwei nicht, wie tief es ging. Oder wollten es nicht sehen, er nicht in seiner bangen Knechtschaft und um die Töchter nicht zu verlieren und aus Angst vor Entschlüssen, die seine Existenz umwälzen mußten, und vor allem aus Mitleid mit ihr, mit ihrer unglücklichen Natur; sie nicht aus ihrer schrecklichen Verblendung und in ihrem Leid. Denn wie muß sie gelitten haben, auch sie! Wie ein Hund. Sie hat sich ja nicht selber geschaffen, sie ist ja auch da wie wir alle und handelt nach ihrem Gesetz und liebt nach ihrem Gesetz. Und das wußte und fühlte Edmund, und es lähmte ihn wie mit Ketten. Wie fremd einander die

Nahen sind und wie immer das Verwandelte das Unverwandelte mitreißen und in seine Influenz hüllen will und wie unmöglich es doch ist!«

Laudin saß da, als hörte er nicht. Ein Zug von Geistesabwesenheit lag auf seinem Gesicht. Nach langem, beinahe peinlichem Schweigen und indem er sich einen Ruck gab, sagte er: »Ich muß immer an das Wort Ihres toten Freundes denken, daß die Institution der Ehe nicht mehr tragfähig, nicht mehr lebensfähig ist. Es wird mir täglich mehr zur Wahrheit. Wenn ich mir so die Menschen ansehe und miterlebe, was sie tun und wirken und beschließen und wie sie gegeneinander wüten und einander zerfleischen, und am meisten in dem einen, wo sie alles auf das sogenannte Glück stellen, auf den Bund innerhalb der Gesellschaft zum Schutz gegen die Gesellschaft wie zur Förderung der Gesellschaft, auf die eigene soziale Sicherheit wie auf das Gedeihen der kommenden Generationen, wenn ich mir das ansehe und mir vor Augen halte, was statt dessen täglich und stündlich geschieht, an Sünden, die zum Himmel schreien, an unausmeßlicher Torheit und Schlechtigkeit und Blindheit, so sage ich: das kann keinen Bestand haben. So sage ich: da muß aufgeräumt werden. Besser Anarchie, besser das Chaos, besser das Nichts als das. Weg damit und von vorn anfangen. Mit irgend etwas neu beginnen, nur fort mit dieser Lüge, dieser Fratze, dieser Weltschande, diesem unseligen Gemengsel von Zwang und Ausbrecherei, von öffentlicher Moral und nicht weniger öffentlichem Laster, das einmal, in schamhafter Vorzeit, heimlich war. Es macht die Menschen böse, es macht sie verstockt und gemein, von Tag zu Tag mehr.«

Er hatte ruhig gesprochen, in einem sonderbar träumerischen Ton, mit gefalteten Händen. May richtete sich erschrocken auf und fragte, die verschleierten Mondsteinaugen groß öffnend: »Aber sollen sie denn zusammenleben wie Tiere?«

»Ich gestehe, es kostet einige Überwindung, sich einzubilden, daß sie momentan etwas anderes tun«, erwiderte Laudin; »außerdem würde ich fürchten, die Tiere ungebührlich herabzusetzen, wollt ich den Vergleich als zutreffend anerkennen. Auch die niedrigsten Arten vermischen sich nach den weisen Gesetzen, die ihnen die Natur vorschreibt.«

»Aber das ist doch keine Anschauung, über die sich rechten läßt; es ist ein Verzweiflungsausbruch.«

»Mag sein, mag sein, gute May.«

»Dabei kann sich ein Mann wie Sie nicht beruhigen. Was schwebt Ihnen vor?«

Laudin beugte sich weit vornüber. »Es schwebt mir vor«, entgegnete er, immer in demselben träumerischen Ton, »eine große Sklavenbefreiung. Eine große Ruhepause in der Ausübung der Gesetze, ja ihre vollständige Annullierung. Dann, nach einem Jahrzehnt oder zweien, müßte man sie sich neu bilden lassen; ich sage bilden lassen, nicht fabrizieren; das heißt, sie müßten von einem Areopag der besten, einsichtsvollsten und tiefsten Geister aller Nationen nach den neuen Erfahrungstatsachen und im Sinn einer hohen sittlichen Erkenntnis in vorsichtiger Weise neu formuliert werden. Haben Sie mal etwas von der sogenannten sibirischen Ehe gehört? Es ist dort üblich, daß sich ein Mann und eine Frau einzig nach den Gesichtspunkten freier Wahl und freien Entschlusses verbünden, ohne den Segen der Kirche und ohne behördliche Gutheißung. Es ist das, was wir mit einem deprekativen Ausdruck, den unsere gesetzgeberischen Moralhüter erfunden haben, Konkubinat nennen. Überraschenderweise hat sich herausgestellt, daß solche Verbindungen nicht bloß viel dauerhafter sind als die unter staatlicher oder priesterlicher Vormundschaft geschlossenen, sondern daß die beiden Partner, da ja ihr Beieinanderbleiben lediglich auf der Freiwilligkeit eines jeden beruht, in der Mehrzahl der Fälle, auch unter ganz einfachen Leuten, in ihrem gegenseitigen Verkehr sich voller Rücksicht und Schonung zeigen. Aber es schwebt mir noch etwas anderes vor ...«

Er machte eine Pause, strich über die Stirn und fuhr fort: »Es schwebt mir etwas vor wie die Umbildung eines Gesellschafts-Ideals. Ein Gedanke, mit dem ich viel gerungen habe und der immer wiedergekehrt ist, in allerlei Formen. Immer ging es um das Ich, immer um das Selbst; weil wir doch in Selbstheit und Selbsttum ertrinken. Bald handelt es sich um die Auslöschung des Ichs, bald um seine Sprengung, bald um sein Hinüberfließen in andere Gestalt. Ist ein Individuum in seiner Daseinsform unbefriedigt, so sucht es eine neue, ihm gemäßere und wahrscheinlich auch freudigere. Ich kann den Glauben nicht mehr von mir weisen, daß die Einzelpersönlichkeit infolge der modernen Überbetonung und seit dem Christentum keine praktische Wirksamkeit mehr zukommt, ihre Bedeutung eingebüßt hat. Es muß erst wieder Humus dafür geschaffen werden; Menschenhumus. Ich finde, der einzelne ist nicht mehr wichtig für die Gesamtheit, soweit ihre seelische und sittliche Verfassung in Frage steht. Wichtig ist nur das Paar. Für jedes männliche und weibliche Individuum gibt es nur eine einzig mögliche Ergänzung, davon bin ich durchdrungen. Was die menschliche Gesellschaft durch die beständige Zunahme wirklich zusammengehöriger Paarwesen gewänne, an Frieden, an Lust, an Schwung, an Reinheit und an Reinlichkeit, ist kaum auszudenken. Daher sollte man alle Beschränkungen in der Wahl fallen lassen; Männer wie Frauen dürften nicht gehindert werden, weder durch das moralische Odium noch durch die Paternitätslast, weder durch Mutterschaft noch durch die Tugendprämie, alle im Bereich ihres Wunsches und ihrer Phantasie stehenden Erscheinungs- und Erlebnisformen der Liebe durchzuproben und auszuleben. Besitzen sie Instinkt, so werden sie ihn schärfen; regt sich in ihnen ein Wille zur Gemeinschaft, so wird er sie an ein Ziel führen. Nur nicht das, was jetzt Ehe heißt. Alles, nur nicht das. Besorge man nicht Verwilderung der Sitten oder gänzliche Auflösung. Was kann Schlimmeres kommen nach dem, was uns die Brust beschwert und den Geist verdüstert? Kein Preis ist zu hoch, selbst für den bloßen Versuch zur Wandlung. In jedem Menschen, auch im scheinbar gesetzlosesten, ist eine natürliche Neigung zur Gleichgewichtslage vorhanden. Die wird und muß über die Entartungen schließlich siegen. Ein hysterischer Krampf verkittet unsre Welt mit Bräuchen und Gesetzen, die einmal sinnvoll und notwendig waren, von denen aber heute nur die leeren Hülsen übrig geblieben sind. Seit wir die Todesstrafe abgeschafft haben, gibt es nicht etwa mehr Mörder, sondern weniger. Delikte erziehen Verbrecher, Strafen erzeugen Verbrechen. Es ist etwas im Menschen, etwas Wundersames: eine unauslöschliche Sehnsucht, daß dem Guten in ihm Vertrauen geschenkt wird, auch wenn von dem Guten nur ein winziges Korn da ist. Aber schließlich, wozu das alles?« Seufzend stand er auf. »Es sind Blasen, Schäume.«

»Nein, vielleicht doch nicht«, sagte May versonnen, »vielleicht schlummert der Gedanke in vielen Seelen. Vielleicht muß man ihn nur einmal aussprechen und verkündigen ...«

»Die Erfahrung hat mich gelehrt, daß das Ausgesprochene und Verkündigte zwei Tage, nachdem es ausgesprochen und verkündigt ist, nichts mehr bedeutet«, versetzte Laudin. »Es wird zur Theorie, und wenn die Theorie gehörig beschwatzt ist, macht man einen Gemeinplatz daraus.«

»Paarwesen ...«, murmelte May versonnen, »es klingt nach etwas Hohem, aber wird es denn in der Wirklichkeit bestehen? Die Geburt jedes Kindes verändert die Verpflichtungen, die zwei Menschen gegeneinander haben. Zieht nicht das Kind die Mutter vom Vater weg? Ich habe die glücklichsten Vereinigungen gesehen, und wenn dann die Kinder da waren, wurde alles grau und schwer. Die Frauen können wenig dazu tun, das Glücksniveau zu halten; sie haben es nicht in der Hand. Die Männer haben es in der Hand, bis zu einem gewissen Grad jedenfalls, aber sie geben nicht acht darauf. Entweder wird ihnen jedes Jahr ein neues Wurm geboren, das ihnen den Lebenskampf erschwert und sich wie ein Keil zwischen die verschwisterten Seelen der Gatten schiebt, oder sie müssen sich darauf verlegen, die keimenden Leben zu töten. Das geschieht ja nun meistens, es ist so gewöhnlich geworden, daß man kaum mehr darüber spricht, aber wie sieht denn eigentlich der Himmel über einer solchen Ehe dann aus? Es ist soviel geheimnisvolle Schuld zusammengeronnen; kein Wunder, wenn die zwei Leute einander spinnefeind werden und nicht einmal wissen warum. Man sieht Frauen, die aus lauter Traurigkeit häßlich werden; eben aus dem Grund; sie haben selber keine Ahnung von dem Grund; sie quälen sich ab und wissen nicht, was sie verbrochen haben oder was sie an sich haben geschehen lassen. Was sollen sie aber tun? Sollen sie alle vierzehn Monate ein Kind gebären? Und was soll unsere Gesellschaft mit all den Kindern anfangen, wo sie doch schon jetzt nicht mehr weiß, wohin mit dem ungesegneten Überfluß. So sieht es aus mit der Wirklichkeit.«

»Wir wollen die Wirklichkeit nicht zum Maßstab der Möglichkeit machen, sonst müßte ja das ganze Getriebe still stehen«, sagte Laudin matt.

May sah ihn aufmerksam an und sagte stockend: »Aber wenn das, was Ihnen vorschwebt, dieser Traum, diese Schimäre ... wenn sie Wirklichkeit enthält ... ich meine, wenn die Idee mit dem Paarwesen, mit der einzig möglichen Ergänzung, wenn sie zum Beispiel auf Sie selbst angewendet werden sollte, auf das, zum Beispiel, was Sie mir neulich ... Sie erinnern sich ...«

Laudin unterbrach sie mit hastig abwehrender Handbewegung; sein Gesicht wurde bleich. »Nicht das«, stieß er schroff hervor, »keine Beispiele. Keine Anwendungen. Für diesen Fall wenigstens keine. Ich bitte. Ich bitte sehr ...« Mit gesenktem Blick reichte er ihr die Hand, um sich zu verabschieden. Da ihm May in ihrer Bestürzung plötzlich leid tat, zwang er sich, ihr freundlich zuzulächeln, und erwähnte wie beiläufig das Gespräch, das er mit dem Schauspieler Keller in seiner Kanzlei gehabt; er werde ihr nächstens mehr davon berichten, fügte er hinzu.

»Es sieht aus, als käme ein Unglück von dorther«, sagte May.

»Ja. Für einen der Beteiligten wird es unglücklich enden«, erwiderte er und verließ sie schweren Schrittes.

52

Will er, auf der Straße stehend, den einen Fuß schon auf dem Trittbrett des Autos, noch einmal umkehren? Hat er etwas vergessen bei May? Es sieht so aus. Vielleicht will er an May noch eine Frage richten: Was war das neulich, was meinten Sie mit dem »Ja, glauben Sie denn, das ist alles?«

An jenem Abend hat er ihr die Rede abgeschnitten.

Nicht das allein, er hat die Flucht davor ergriffen, mit der panischen Eile eines Menschen etwa, der in der Dunkelheit auf einen Schienenweg geraten ist und fünfzig Meter vor sich die Laternen einer Schnellzugslokomotive gewahrt. Nicht hören, nicht erfassen, nicht wissen; ist das Laudinsche Art? Vermutlich aber hat die Panik in seinem Gehirn fortgewirkt, und es kann geschehen, daß er aus dem Schlaf auffahrend mit verstörten Augen um sich schaut und zaghaft vor sich hin fragt: Was denn noch? Was noch, wenn das nicht alles ist? Daß er darauf im Augenblick keine Antwort erhalten kann, ist das einzig Tröstliche bei der Sache, die einzige Möglichkeit, noch einen Rest von Schlaf zu finden.

Auch das ist nicht Laudinsche Art. Was wäre überhaupt noch von dieser Art vorhanden, der rühmenswerten und oft gerühmten? Hätte er es ehedem über sich gebracht, korrekt, warmherzig und seinen Versprechungen getreu, wie ihn alle Welt kannte, den Freund wochenlang zu meiden und ohne Nachricht zu lassen, den einsamen Mann da hinten in der Sechsschimmelgasse, im vierten Stock einer Mietskaserne, der einem Schatten nachtrauert und sich die Miene des eisigen Stoikers gibt? Es ist, als fürchte er dessen Antlitz nicht weniger als die Antwort auf jenes »Was noch, wenn das nicht alles ist?«

Er hat einige Male den Versuch unternommen, an Fraundorfer zu schreiben. Das geschriebene Wort kann mehrdeutiger geformt werden als das gesprochene mit seinem Aug-in-Aug-Sein, mit dem Verrat in Miene, Blick und Ton. Es läßt sich breiter und allgemeiner fassen, und man kann sorgfältiger überlegen, bevor man es anwendet. Er hat also ungefähr geschrieben, Egyd Fraundorfer möge ihm die berufliche Verhinderung zugute halten, auch eine gewisse geistige Benommenheit, die in diesen Tagen Herrschaft über ihn erlangt habe; es dränge ihn aber und so weiter; er werde bei der nächsten sich bietenden Gelegenheit und so weiter. Es klang, als Ausflucht, ein wenig abgeschmackt und billig; darum hieß es in einem andern Konzept, er müsse gestehen, er habe sich in seinen ursprünglichen Voraussetzungen geirrt; durch ein Spiel unvermuteter Umstände habe die traurige Angelegenheit einen neuen Aspekt gewonnen, aber sein Urteil könne noch kein endgültiges sein, er mahne zur Geduld und so weiter. Keiner von diesen Briefen wurde abgeschickt. Sie lagen in einer Mappe, und die Mappe zu öffnen wurde ihrem Verfasser nach und nach zur Pein. Was tut man mit einer Mappe, deren Anblick lästig wird? Man versperrt sie in einer Schublade und übergibt sie dem Staub.

Nicht so kann man mit dem lebendigen Bild des Menschen verfahren. Wahrscheinlich, um ihm auszuweichen und seiner stummen Forderung durch ein sichtbares Bemühen zu genügen, tritt Laudin an manchen Tagen den Weg zur Behausung des Freundes an. Einmal ist er sogar bis zum Toreingang gekommen. Allein dort ist er umgekehrt. Er ist die Straße weitergegangen mit einer Miene, als graue ihm. Ohne Zweifel graute ihm; vor der Stiege; vor dem schrittweisen Emporklimmen auf der öden alten kalten Stiege; vor den Flurwänden mit ihrem rissigen Kalkbewurf und vor dem Fenster, das im vierten Stock offen steht, damit man aus der Tiefe und dem Rund der Höfe das Schwatzen der Mägde, das Klirren von Geschirr und das Rauschen von Wasserleitungen um so deutlicher vernehmen kann. So wie es damals gewesen ist, als er, vor dem toten Jünglingskörper, mit lauter Stimme: Warum? gefragt hat.

Dann muß man oben läuten; dann erscheint, schwarz und hager, Frau Blum und beginnt indiskret-diskret zu raunen; aus der Küche schwelt Fettgeruch; aus den Wohnräumen dringt bleiern-übernächtige Luft, und alle Gegenstände springen wollend, fordernd, vorwurfsvoll auf den Besucher zu, den Säumer. Nein. Das ist Grauen.

Wenn es nur zu Hause anders wäre. Nicht gerade, als ob auch dort das Grauen läge; es ist doch das Heim, das behütete Asyl, der wohlbereitete Friede. Aber etwas dem Grauen Verwandtes muß es sein, wie wenn ein tiefes, dämmeriges, zwiespältiges Licht über allem flimmerte. Dasselbe Licht, das manchmal in Lu Dercums Augen ist, wenn das Goldbraune verschwimmt, das lebensvoll Feurige, und etwas Blasses dahinter hervorquillt, etwas Gelbliches und Abgelebtes, als ob man träumte, man sei unter Wasser und der Sonnenschein zerspalte sich in fasriges Gespinst.

Da ist Marlene mit ihrer leuchtenden Geschäftigkeit;

aber von ihm abgewandt. Wie wenn sie sich im stillen gesagt hätte: den Vater, den wollen wir einmal für eine Weile streichen. Es liegt beinahe etwas Feindliches darin, wie sie sich munter mit gleichgültigen Personen unterhält, ein trotzig-überlegenes: ich brauche dich nicht; bei aller Artigkeit, die sie ihm bezeigt. Aber diese Artigkeit hat keine auf ihn gerichteten Augen.

Und da ist Relly, wachsam und ernst, verläßlich und geschwind. Sie hat es im Nu erspäht, wenn das Salz auf dem Tisch fehlt; flitzt hinaus und ist im Nu mit dem Salzfaß wieder da. Aber weshalb schaut sie ihn so forschend an? Es besteht kein Grund zu so forschendem Blick, wenn man das Salzfaß auf den Tisch stellt. Was willst du, Relly? Willst du etwas? Nein, nichts. Treuherzig verwundert klingt dies, aber dahinter ist eine Verlegenheit, eine Beklommenheit, eine unabänderliche, nie verstummende Frage.

Wie erwachsen sie wird; es ist, als sähe man sie täglich um ein Stück größer werden. Marlene erzählt, daß sie im Bad die Zehen beider Füße aneinanderlegt, in einer Reihe, wobei sie die Fersen nach auswärts hält und tiefsinnig sagt: »Zehn muß unbedingt mehr sein als zwei mal fünf.« Aber schon ringt sich in Rumpf und Gliedern das Weib vom Kinde los; auf der Stirn zittert ahnungsvoll die Unruhe des Geschlechts.

Das eben ist das Gefährliche an diesen Wesen, das Werden und Herankommen, Selbstwerden und Selbstsein. Bald reckt sich die Pranke, die sie hinüberschleudern wird zu den Fertigen; zu den Gewordenen; also zu den Verlorenen. Derlei Bedrückungen bleiben fern, wenn er den kleinen Hubert auf dem Arm hält; das Tor der Welt schlägt zu, man tritt in ein märchenhaftes Reich, wo Lachen und Weinen so nah beieinander sind wie Daumen und Zeigefinger und Liebkosungen den Zaubermitteln ähneln, durch die man Vergessen erlangt. Es ist so angenehm, den nackten Körper zu berühren; der ganze Leib gleicht einem seltsamen warmen Juwel, einem lebendigen Edelstein, und er kann es nicht wagen zu glauben, daß es das nämliche starke, dauerhafte, sich selbst bestimmende Leben ist, das in ihm und denen seiner Art wohnt, Männern und Frauen. Vater wie Mutter spielen eine sonderbar ohnmächtige Rolle demgegenüber; sie wollen einen Stoff formen und einen Geist bilden, der fremden Gesetzen gehorcht, noch nicht ergründeten, und wenn eines Tages Stoff und Geist beginnen, sich in ihre züchtende Hand zu schmiegen, ist das Geheimnishafte vielleicht, das von unschuldiger Urwelt stammt, bereits davon abgestreift.

Laudin spricht mit Pia darüber. Pia hört zu und scheint nichts begriffen zu haben. Kann sein, daß sie an eine zerrissene Vorhangschnur denkt. Das Töchterchen des Gärtners hat durch einen ungeschickten Wurf mit dem Ball eines der Terrassenfenster zerbrochen; kann sein, daß sie daran denkt. Laudins Worte bekommen einen ermüdeten Klang. Pia steht auf und macht sich im Zimmer zu schaffen. Ihre Gebärden sind aber noch bei ihm, und sie sagt etwas, in ihrem klaren, leichten Ton, was ihn ermuntern soll, fortzufahren, was jedoch keinen Zusammenhang mit seinen geäußerten Gedanken hat. Sie ist offenbar zerstreut. »Hast du Rot aufgelegt, Pia?« fragt Laudin mit scheu-überraschtem Lächeln, indem er sich ihr nähert. »Bemerkst du es erst heute?« versetzt sie, ebenfalls lächelnd, doch seltsam zurückweichend, »ich tue es seit einiger Zeit schon, ich mag nicht so blaß sein des Morgens.« Alles an ihr weicht zurück, ihre Hände, ihre Augen; sie scheint es selbst nicht zu wissen. Sie vermeidet es, ihm zu nahe zu kommen; sie lehnt sich nicht mehr auf seine Schulter, wenn er am Sonntagvormittag ihre Wochenrechnungen durchsieht. Ihr Gesicht ist nicht mehr das gleiche, wenn sie sich umwendet, wie wenn sie vor ihm steht. Er hat nicht acht darauf. Sie steht mit dem Rücken gegen ihn, und in dem Rücken ist etwas Widerstrebendes, ein Unbehagen, eine Fluchtbewegung. Er achtet es nicht. Er spürt nicht die Gewalt, mit der sie sich hält, den Entschluß nicht, mit dem sie ihn freundlich begrüßt, er kann natürlich auch nicht sehen, daß ihr Gesicht in den Schatten taucht, wenn sie hinter sich die Tür des Zimmers schließt, in dem er sich befindet.

Sie ist die gewohnte Erscheinung. Alles, was Gewohnheit im Leben ist, regelmäßige Wiederkehr des Gleichen, verkörpert sie. Daß sie da ist, daß sie kommt und geht, ist selbstverständlich geworden. Er weiß, wie sie sitzt, wie sie aufsteht, wie sie den Kopf zur Seite neigt, wenn sie bestimmte Dinge sagt, und welcher Worte sie sich mit Vorliebe bedient. Er kennt ihre Art zu denken und Schlüsse zu ziehen, ihre einfachen, nie tief dringenden, aber auch niemals schiefen Urteile über Menschen, und er weiß am Beginn jedes Gespräches mit ihr, wie es enden wird; er kennt das Wort, das Lächeln, den aufmerksam harrenden Blick. Er kennt und weiß es nicht bloß zur gegebenen Zeit, er glaubt es für alle Zeiten zu wissen. Die Möglichkeit einer Veränderung liegt nicht im Bereich seiner Vorstellungskraft.

Nach wie vor zeigt er sich höflich und ritterlich im Umgang mit ihr. Aber es ist etwas Gespanntes und zugleich Mechanisches in der altgeübten Form; man weiß nie genau, was sie verbirgt, und es gibt Augenblicke, wo sie wie ein Firnis wirkt, der Sprünge bekommen hat. Er zeigt ja auch einen gewissen Sachrespekt gegenüber seinem Schreibtisch, seiner Zigarrenkiste und seinem Papiermesser, und es gibt Augenblicke, wo es ihm keinen Unterschied zu machen scheint, ob er mit Menschen oder mit Sachen verkehrt. Mit seiner angenehmen Würde bei Tisch präsidierend, versinkt er plötzlich in ein Schweigen, das allen wie Zentnerlast spürbar wird, die Stirn ist bewölkt, der vom Schnurrbart dick umbuschte Mund preßt sich zusammen, die Augen blicken stier, die Haltung ist erschöpft. Marlene und Relly wagen nicht, von einer Osterreise zu sprechen, die sie schon lange planen und auf die sie sich klopfenden Herzens freuen; er hat sich in letzter Zeit häufig über die wachsenden Ausgaben des Haushalts tadelnd geäußert, einmal sogar mit einer Miene, bei der ihnen angst und bang geworden ist, geäußert wie ein Mann, der sich verzweifelt umschaut, ob ihm keine Hilfe wird gegen die Peitschenschläge, die auf seine Schultern niedersausen. Vielleicht ist es düstere Reminiszenz an das Wort vom Zugochsen, das er im Gespräch mit Fraundorfer einst gebraucht hat.

Bei alledem ist ihm aber zumute, als ob ihn Pia verfolge; nicht in Wirklichkeit verfolge, sondern wie ein Geist. Er legt sich keine Rechenschaft darüber ab, verzichtet auf die Prüfung des Tatsächlichen; er beläßt es bei der schürfenden Empfindung. Da dünkt ihm, Pia habe sich vervielfältigt, gehe bald in der, bald in jener Verkleidung hinter ihm her; ihre großen grauen Augen sind immerfort still auf ihn gerichtet, der Blick will bis auf den Grund seiner Seele dringen; er wehrt sich; schließt sich zu; flieht; verkriecht sich; aber es gibt kein Entweichen; sie ist immer da, in der Kanzlei, im Theater, im Auto, bei Gericht, bei den Konferenzen, im Wachen, im Schlaf, im Traum, unablässig will der große stille Blick leidenschaftlich ernst in den Grund seiner Seele eindringen; deshalb senkt er so scheu die Lider, wenn die wirkliche Pia ihm gegenübersteht oder -sitzt, und seine Züge verkrampfen sich zu einer Pein, von der er glaubt, daß sie sich demnächst in einem Aufschrei, einem ratlos-erbitterten und gequälten »Laß mich, Frau!« wird Luft verschaffen müssen.

In einer Sturmnacht, vier Tage nach dem letzten Gespräch mit May, kam er spät nach Hause. Er hatte bis Mitternacht allein in der Kanzlei gearbeitet, dann hatte er ein kleines Vorstadtcafé aufgesucht und dort anderthalb Stunden vor sich hingebrütet. Als er die Tür seines Schlafzimmers aufmachte, sah er eine Gestalt in der Dunkelheit sich erheben und in lautloser Eile durch die Tür zur Bibliothek entschwinden. Sie war offenbar am Tisch gesessen, so in Sinnen verloren, daß sie seinen Schritt im Flur überhört hatte. Er drehte den Schalter auf, aber von der Gestalt, es konnte niemand anders als Pia sein, war nichts mehr zu sehen und zu hören.

Er verblieb ein paar Sekunden lang an der Tür. Dann ging er, zögernd, gesenkten Kopfes durch die finstere Bibliothek und noch zwei finstere Räume zu Pias Schlafzimmer. Er klopfte leise. Es kam keine Antwort. Er drückte auf die Klinke. Die Tür war von innen zugesperrt.

53

Er kehrte in die Bibliothek zurück, sehr blaß, machte Licht, setzte sich an den Schreibtisch und stützte den Kopf in die Hand, genauso, wie er in dem kleinen Vorstadtcafé gesessen war. Nach einer Weile blickte er empor. Er hörte auf der Straße, dicht vor den Fenstern, einen regelmäßig auf- und abgehenden Schritt. Er glaubte zuerst, es sei ein patrouillierender Schutzmann, aber da sich die Schritte nicht vom Haus, kaum vom Bereich der Fenster entfernten, erhob er sich, schob den Vorhang beiseite und blickte hinaus. Eben ging der nächtliche Wanderer vorüber, blieb stehen und sah herauf. Im Schein der Laterne, die vor der Tür des schmalen Vorgartens stand, war er zu erkennen; Egyd Fraundorfer. Auf seinem Kopf saß ein Schlapphut mit ungeheurem Rand; Laudin kannte den Hut; eine Zigarre glomm im Mundwinkel; unten, neben den riesigen Füßen, bewegte sich wie ein winziger weißer Schatten Herr Schmitt.

In nervöser Hast öffnete Laudin das Fenster. »Du, Egyd?«

»Freilich ich, wer sonst«, krächzte die vom Trinken und Rauchen landsknechthaft rauhe Stimme des nächtlichen Wanderers.

»So spät ... Was ... ist etwas geschehen? Und warum gehst du denn auf der Straße auf und ab –?«

»Schwierig, um zwei Uhr nachts in ein Haus zu gelangen, ohne von seinen sämtlichen Bewohnern für einen verdächtigen Narren angesehen und verwünscht zu werden, mein Bester. Ich ging da so ein bißchen spazieren, damit der Herr Schmitt einmal Luft schnappen kann. Da führte mich denn der Weg wie von selbst in deine Gegend. Ist ziemlich weit, gewiß. Aber man hat ja seine Gedanken bei sich. Und weil ich in deinem Zimmer Licht sah, dachte ich mir: Könntest dich mal wieder dem Dyskolos in Erinnerung bringen.«

»Willst du nicht hereinkommen?«

»Wenn es dir nicht unbequem ist ... darüber ließe sich reden. Mit der heutigen Nacht ist ohnehin nicht mehr viel anzufangen. Hopp, Herr Schmitt. Entschließen Sie sich.«

Laudin ging leise hinaus, öffnete leise Haus- und Gartentor und führte Fraundorfer herein, nachdem er ihn stumm ermahnt hatte, ebenfalls leise zu sein. Mantel, Stock und Hut nahm er ihm erst in der Bibliothek ab. Der Sturm hatte das Fenster zugeschlagen, riß es jetzt lärmend wieder auf; er ging hin und klinkte es vorsichtig ein. Dann sagte er zu Fraundorfer, er könne ihm nur Kognak anbieten, wenn er damit vorlieb nehmen wolle.

»Nur ist gut«, meckerte Fraundorfer, der sich tief in die Ecke des Ledersofas geworfen und Herrn Schmitt einen Platz neben seinem Oberschenkel angewiesen hatte.

Laudin holte die Kognakflasche und schenkte ein. »Wie lebst du? Was treibst du?« fragte er mit erzwungener Unbefangenheit.

»Wie ich lebe?« erwiderte Fraundorfer und kratzte sich den Kopf. »Das weiß ich wahrhaftig nicht. Wie soll ich das wissen? Gestern war ein Herr bei mir; Verleger. Hatte gehört, daß ich ein Buch schreibe. Wollte es haben. Anständige Bedingungen. Aber er redete und redete, mir wurde schwül im Magen, und schließlich sagte ich ihm: ›Nun sind Sie ja bereits eine gute Weile hier, lieber Herr, jetzt könnten Sie eigentlich wieder fortgehn.‹ Er wurde rot vor Zorn, sprang auf und schrie erbost: ›Zum Kukkuck, Doktor, die Leute haben recht, Sie sind nicht bei Verstande.‹ Da siehst du. Da hast du die Meinung der Welt über mich. Zuletzt vielleicht auch meine eigene.« Er lehnte sich zurück, starrte auf die Zimmerdecke und drehte die Daumen umeinander.

Da Laudin nicht antwortete, sagte er nach langem Drehen: »Ganz gut. Laß uns schweigen. Bis einem von beiden was Nennenswertes einfällt, wird geschwiegen. Einzig richtige Lösung des Problems.« Seine Stimme klang hart und fast verächtlich. Wieder nach einer Pause warf er den Zigarrenstummel auf den Teppich und fing an, leise vor sich hinzuträllern und mit den Stiefelspitzen den Takt am Tischbein dazu zu schlagen.

Laudin hob den Stummel auf und warf ihn in den Ofen. Noch zu dem Heizloch herabgebeugt und in das schwarze Ofeninnere blickend, als läse er dort die Worte, sagte er: »Ich nehme natürlich nicht an, Egyd, daß dich Zufall oder Ungefähr ans Haus geführt hat. Ich glaube mich nicht zu täuschen, wenn ich eine Absicht darin vermute. Ich will's nicht untersuchen. Die Stunde ist sonderbar gewählt. Du konntest nicht darauf rechnen, mich wach zu finden, noch weniger, zu einer Unterhaltung bereit zu finden. Ich bin müde. Ich bin durchwegs müde. Wenn ich noch nicht zu Bett gegangen bin, ist der Grund einfach der, daß ich zu müde dazu bin. Und daß ich den Schlaf fürchte, einen Schlaf, der den Namen verhöhnt. Du bist nun hier, Egyd. Ich betrachte es als eine Art Fügung. Ich möchte dir, damit du ein für alle Male informiert bist, reinen Wein über mich einschenken.«

»Sprich, Sohn der Themis«, sagte Fraundorfer trocken und tat, als unterdrücke er ein Gähnen.

Laudin erhob sich. Er ging zur Tür gegen den Korridor, öffnete sie unhörbar und lauschte hinaus; er ging zur Tür ins Nebenzimmer und tat das Gleiche. Sodann schritt er wieder zum Ofen, ließ sich auf die geschnitzte Bank nieder und begann: »Seit ich das letztemal bei dir war, haben sich Dinge ereignet, die mir den Weg zu dir unmöglich gemacht haben. Es wäre in jedem Fall ein schwerer Gang für mich gewesen und, da ich dir den Bescheid nicht bringen konnte, den du von mir erwarten durftest, auch ein demütigender Gang. Darum demütigend, weil ich eine Einsicht gewonnen hatte, nicht auf einmal, sondern allmählich, mit der ich mich dir gegenüber ins Unrecht gesetzt sah, ohne daß ich andererseits die Kraft und den Mut hatte, dir diese Einsicht, diese Kenntnis, wenn du willst, zu vermitteln. Ich habe mich in der dazwischenliegenden Zeit jammervoll verstrickt. Ich habe ... ich ... nun, ich leiste Verzicht auf das schmükkende Mäntelchen, ich habe meine Selbstachtung verloren. Wär's nur das. Ich fürchte, es ist mehr. Ich fürchte, ich habe mich selbst verloren. Du lächelst so merkwürdig. Du meinst offenbar, das hätte ich ja gewollt und erstrebt. Nein, lieber Freund. Verlieren? Nein. Sein Selbst verlieren oder gar es wegwerfen bedeutet nicht, sich seiner zu entledigen, bedeutet nicht: ein neues, ein andres, vielleicht höheres eintauschen, bedeutet nur grenzenlos, über jeden Begriff und jede Vorstellung hinaus arm werden. Und was es noch bedeutet! Es ist, als ob du mit der rechten deine linke und mit der linken die rechte Hand nähmst, um sie beide aus den Gelenken zu reißen. Unter anderm nur. Es gab keine Rettung vor der Frau. Ohne Zweifel hast du die Lage vom ersten Augenblick an richtig eingeschätzt. Ich war verblendet und wollte es sein. Die schmerzlichen Ursachen laß ich beiseite. Es handelt sich jetzt nicht um die Analyse meiner Existenz, dieser Zermalmung zwischen den beiden Mühlrädern Recht und Gesellschaft. Das führt zu weit. An einem bestimmten Punkt verfiel ich dieser Frau, mußte ihr verfallen. Es ist eine Leidenschaft, ich erkenne es mit Entsetzen, wie sie verhängnisvoller nicht gedacht werden kann. Ich habe mich erniedrigt. Ich habe mich befleckt. Ich habe mich in Geschäfte verstrickt, bei deren bloßer Erwähnung mir früher die Schamröte aufgestiegen wäre. Ich habe Prozesse übernommen und führe Streitfälle, daß mich in Stunden der Besinnung die Lust befällt, über den Ozean zu fliehen und mich auf einer einsamen Insel zu vergraben. Ich bin genötigt, mir von den übelberufensten Vertretern meines Standes Unverblümtheiten sagen zu lassen, bei denen mir kalt ums Herz wird und die mir jeden Bissen Speise vergiften. Ich pflege Umgang mit Menschen und drücke ihnen achtungsvoll die Hand, die nur das Glück oder ihre Unverschämtheit vor dem Zuchthaus bewahrt haben. Ich sinke zum Laufburschen in Alkovenangelegenheiten herab und zum Geldgeber in fragwürdigen Projekten. Ich bin das Gespött meiner Beamten und das Bedauern meiner ehemaligen Freunde. Ich fürchte den Blick meiner Töchter, zittere vor jeder Begegnung mit meiner Frau und fühle mich fremd in meinem Haus. Ich weiß es und kann es nicht ändern. Für ein Lächeln von Lu würde ich vielleicht, wie die Dinge stehen, zum Verbrecher werden: Wenn sie von der Bühne kommt und ihr Genie um sie flammt und der Schmerz oder der Jubel ihrer Stimme mich getroffen hat, die Wahrheit der erdichteten Gestalt mich aus allen Fugen gerissen hat, vergesse ich, was sie ist oder was sie nicht ist, was sie tut und was sie sinnt, und die ganze Welt scheint mir aus Silber gebaut. Es ist eine Faszination. So nennt man es wohl, wenn man um Bezeichnungen verlegen ist. Aber ich habe noch nicht einen Finger ihrer Hand anders berührt als in Ehrfurcht. Der Gedanke an sinnliche Gewährung und Beziehung ... ich weiß nicht, ob ich ihn je gehegt habe. Er hat etwas Schauriges für mich, wie das Ende vom Ende, wie eine Art von Tod, die man noch nicht kennt, oder Umsturz aller Lebenselemente. Lache über mich, lache. Und ich könnte lachen, wenn ich nicht Angst hätte, daß was Bedenklicheres draus wird als Lachen. Denn eins kommt ja noch hinzu. Ich sehe. Es sind keine farbigen Schleier mehr vor meinen Augen. Wahrheit und Unschuld, ha ha, schön, brechen wir in das Gelächter aus, wenn es uns kitzelt im Hals. Und trotzdem. Aber ist es richtig zu sagen: trotzdem? Ich will lieber sagen: deshalb. Hattest du, wenn dich ein Mensch beharrlich und ohne Unterlaß belogen und betrogen hat, nie das Gefühl, du müßtest hingehen und ihm die Brust aufschlitzen, um endlich doch die Wahrheit aus ihm herauszuholen? Ist nie der Trieb in dir gewesen, dieser fürchterliche Trieb, dem verworfenen Menschen nachzufolgen und ihn um- und umzukehren, bis er seine Schlechtigkeit abtut und sich verwandelt? Auch das ist eine Faszination, und vielleicht die unheilbarste, weil das Mittel, sie auszutilgen, an der Natur selbst scheitert.«

Er schwieg, stand auf, atmete tief, setzte sich wieder hin und drückte die Hände vor die Augen.

»Hm«, sagte Fraundorfer; dann lange Zeit nichts mehr.

Dann erhob er sich schwerfällig, zog schnaufend den Mantel an, setzte den Schlapphut auf, ergriff den Stock.

»Gehst du?« fragte Laudin tonlos.

»Drei Uhr vorüber«, sagte Fraundorfer.

»Ich verstehe, daß du genug hast«, erwiderte die tonlose Stimme.

»Wir könnten ja gelegentlich das Roß anders aufzäumen«, krächzte Fraundorfer, indem er sich mit beiden Händen auf den Stock stützte und einen Buckel machte. »Ich meine, was das Heilmittel betrifft. Wobei sich's allerdings fragt, bis zu welcher Grenze die Erweiterung des Erkenntnisfehlers sich noch mit jener traurigen Sorte von ... wie beliebtest du's zu nennen? von Faszination verträgt.«

»Wo willst du hinaus?«

»Vor etlichen Wochen war dein Kollege bei mir. Heimeran oder wie er heißt. Eitler Geselle übrigens. Habt ihr denn nur noch Friseurgeister auf Lager? Der machte mich auf Weitbrecht aufmerksam. Wegen Nikolaus.«

»Weitbrecht –?«

»Du kennst doch Weitbrecht? Natürlich. Eben der. Nikolaus war bei ihm. Zwei Tage ... vorher. Begreifst du noch nichts?«

»Nichts. Willst du damit sagen, daß ...?«

»Was sollt ich anderes sagen wollen –?«

»... sagen, daß ...?« Die Stimmen drangen wie zwei Messer aufeinander ein.

»Halte vor allem einmal fest, unbestechlicher Sohn der Themis, daß mir Nikolaus noch Anfang August das Geständnis gemacht hat, ein für seine Jahre und unser Verhältnis immerhin bemerkenswertes Geständnis, daß er bis dahin noch keine Frau berührt hatte. Er kam eines Nachts später, als es seine Gewohnheit war, nach Hause. Ich weiß nicht mehr, welcher Teufel mich damals ritt oder was für Mucken mir im Kopfe saßen, genug an dem, ich ging hinüber zu ihm, hielt ihm eine kleine väterliche Predigt, im Sinne der Sanität etwa, und sprach von der Gefahr, die ein junger Mensch unter gewissen Umständen laufe. Ganz gemütlich. Ganz kameradschaftlich. Er lag im Bett und las, den Arm aufgestützt, ich seh ihn noch vor mir, und schaut auf und mustert mich ein bißchen ironisch und wird rot und sagt, wörtlich: ›Du hast vorläufig keinen Grund, dich zu sorgen, Vater; ich bin noch so, wie ich am Tag meiner Konfirmation war.‹ Da stand ich da, blamiert, riß das Maul auf und konnte mich wieder trollen. Muß ich noch deutlicher sein, damit du endlich begreifst –?«

Laudins Gesicht sah aus wie das einer Leiche. Er schien ganz langsam nur, Laut für Laut, zu fassen, was er gehört hatte. Dann reckte er sich auf. Er lächelte seltsam hochmütig und sagte in eisigem Ton: »Erlaube mir um unserer alten Freundschaft willen, daß ich diese Ungeheuerlichkeit ad acta lege. Ich kann sie nicht notieren. Ich bin, wie ich inne werde, der Menschheit in mir noch einen Überrest von Respekt und Glauben schuldig. Ich bin weit genug gegangen in dem, was ich dir entschleiert habe. In das Jauchengebiet der unbewiesenen verleumderischen Gerüchte kann ich dir nicht folgen. Es ist Selbsterhaltungstrieb. Ich nehme natürlich an, daß du nur das gutgläubige Opfer bist.«

Fraundorfer, noch immer auf den Stock gestützt und nach vorn gekrümmt, wobei sein massiger Körper ein wenig schwankte, sah ihn mit einer hämischen und finstern Neugier an. »Schön«, sagte er, »nimm es also an. Nimm es bis auf weiteres an. Bis auf Widerruf. Einigen wir uns dahin: bis auf Widerruf. Herr Schmitt weiß, daß ich gegen Widerruf nichts zu erinnern habe. Ich möchte nur noch folgendes feststellen. Ich habe den Besuch bei jenem Professor Weitbrecht bis dato unterlassen. Warum? Na, von wegen Widerruf. Oder besser, von wegen der Unwiderruflichkeit. Ich hatte bis dato eine verdammte Scheu davor. Ich werde mich aber nunmehr doch zu dem Mann verfrachten müssen. Vielleicht nicht gleich. Vielleicht nicht morgen. Pedanterie, gleich morgen etwas tun zu wollen, was man sich heute vornimmt. Vielleicht in drei, vielleicht in vier Tagen. Möglicherweise aber doch morgen; wer kann's wissen. Wenn ich aber einmal bei ihm gewesen bin, Freund Laudin, und wenn der Würfel gefallen ist, ich meine, wenn da nicht bloß ein verleumderisches Gerücht, sondern eine ... eine Unwiderruflichkeit resultiert, dann ... nun, vielleicht schaff ich dann meinerseits auch mal eine Unwiderruflichkeit. Gute Nacht. Du tust mir leid, Dyskolos. Allons, Herr Schmitt!«

Er drehte sich um. Laudin begleitete ihn stumm hinaus.

54

Am Morgen erschien Pia nicht beim Frühstück. Sie habe mit den beiden Fräuleins bereits gefrühstückt, berichtete das Mädchen, und habe sie ein Stück Wegs zur Schule begleitet.

Da strahlendes Frühlingswetter war, wunderte sich Laudin nicht. Aber als er sich erhob, um aufzubrechen, trat Pia ins Zimmer. »Hast du noch fünf Minuten Zeit für mich, Friedrich?« fragte sie heiter.

»Gewiß, meine Teure«, antwortete er und setzte sich wieder.

Sie nahm gleichfalls Platz, ihm gegenüber, legte die Unterarme auf den Tisch, beugte sich leicht nach vorn und sagte in demselben heiteren Ton: »Ich möchte dir den Vorschlag machen, Lieber, daß du für die nächste Zeit in die Stadt übersiedelst. Ich glaube, es ist das einzig Richtige für dich unter den momentanen Umständen. Für dich und für uns, ich meine für mich und die Kinder. Es sind keine Schwierigkeiten dabei. Wir werden als Grund angeben, daß dich deine Geschäfte eine Weile zwingen, näher bei der Kanzlei zu wohnen. Daß dich die täglichen Fahrten, besonders wenn es so spät wird wie jetzt immer, zu sehr anstrengen. Was die Wohnungsfrage betrifft, die hab ich schon gelöst. Ich habe um halb acht mit Frau von Damrosch telephoniert. Sie ist ja eine verständige und würdige alte Dame, und ihr verstorbener Mann hat dich gern gehabt. Das vergißt sie dir nicht. Sie hat Platz in ihrer Wohnung, übergenug, und ist mit Freuden bereit, dich aufzunehmen. Wie denkst du darüber, Friedrich? Du könntest heute noch zu ihr ziehen. Deine Sachen würde ich natürlich packen, und am Abend kannst du schon dort in der Löbelstraße schlafen. Ist es nicht das Beste so?«

Sie sah ihn mit aufmunterndem Lächeln an. Kein Zug ihres Gesichts verriet etwas anderes als herzliche Besorgnis, Eifer, ihm zu dienen, und das Bestreben, ihre Worte als unerheblich und nur von einer praktischen Notwendigkeit eingegeben erscheinen zu lassen. Und doch gewahrte Laudin, der einer Erwiderung nicht gleich mächtig war und einen Augenblick das Gefühl hatte, als drehe sich das Zimmer um ihn im Kreis, etwas Neues in ihrem Antlitz, das bestürztes Erstaunen in ihm hervorrief: eine unbedingte, unbeirrbare Entschlossenheit. Er nahm die Serviette, rollte sie zusammen, schob sie in den silbernen Ring und bemühte sich umsonst, irgend etwas zu sagen.

»Selbstverständlich ist es nur was Vorläufiges«, fuhr Pia fort. »Man muß dann sehen, was weiter geschieht und darüber einig werden. Aber vorläufig ist es wohl das Einfachste und Ratsamste, denkst du nicht auch?«

Laudin schluckte ein paarmal, knipste mit den Fingerspitzen ein paar Brotsamen, die aus der Serviette gefallen waren, von seinem Knie und erwiderte: »Ich denke, du hast recht, Pia. Da du eine Notwendigkeit und für mich eine Erleichterung darin erblickst, wird es wohl das Angemessene sein. Ich habe nichts dagegen einzuwenden. Ich füge mich in diesem Fall ganz deinem Willen.«

Pia schien es nicht anders erwartet zu haben. Sie nickte. »Und nun noch etwas«, begann sie wieder und errötete flüchtig, was ihr offenbar unbehaglich war, denn sie wandte, über sich selbst geärgert, das Gesicht zur Seite, »ich möchte dir sagen, Friedrich, daß du keinerlei Rücksicht auf mich zu nehmen hast. Du bist frei. Du bist ein vollständig freier Mann. Ich stelle, was meine Person betrifft, nicht die geringste Forderung an dich, nicht die allergeringste. Handle so, wie du es für gut findest, und du kannst in jedem Punkt, im allergeringsten wie im allerwichtigsten, meiner Zustimmung sicher sein. Wir brauchen darüber kein Wort mehr zu verlieren. Kehre dich nicht an mich. Tu, was du tun mußt, ich vertraue dir. Du bist frei.«

Ehe Laudin noch antworten konnte, auch wenn es ihm möglich gewesen wäre, eine Antwort zu finden, hatte sie sich erhoben und mit einem abermaligen freundlichen Nicken das Zimmer verlassen.

Er saß noch eine Weile, tief in sich gekehrt, dann fuhr er in die Stadt.

Am Nachmittag stattete er Frau von Damrosch einen Besuch ab. Sie war eine siebzigjährige Greisin, etwas taub, und hatte die angenehmen Umgangsformen und die Haltung aus einer verschwundenen Zeit. Ihres Gatten, der Präsident des obersten Gerichtshofes gewesen war, erinnerte er sich gut. Er hatte ihn hoch geschätzt.

Der umfängliche Koffer mit seinen Sachen stand bereits in einem der ihm angewiesenen Räume. »Also das ist Pia«, murmelte er mit dem Ausdruck bestürzten Erstaunens vor sich hin.

Als er in die Kanzlei zurückkam, wartete Luise Dercum auf ihn.

55

Sie war nicht in den Parteienraum gegangen. Als ihr der Diener Rüdiger versichert hatte, Laudin müsse jeden Augenblick kommen, drang sie eigenmächtig in sein Sprechzimmer, ohne sich um die Bestürzung des alten Faktotums zu kümmern. Dort ging sie ungeduldig auf und ab.

»Sie hier, Lu?« rief Laudin überrascht, als er eintrat. Er schritt mit ausgestreckten Händen auf sie zu.

Ja, sie sei um drei Tage früher zurückgekehrt. Sie habe das Gastspiel abgebrochen. Sie habe Ärger und Unannehmlichkeiten gehabt. Überdies sei sie nicht in Stimmung gewesen. Sie habe gespielt wie ein Schwein. Sie sei in eine Affäre geraten. Sie habe ihm telegraphieren wollen, habe sich aber dann kurz entschlossen, selber zu kommen. Der Impresario und die Agenten rasen natürlich. Gut, mögen sie rasen. Es macht Spaß, wenn die Dummköpfe aus der Haut fahren; sie sind dann so leicht kenntlich. Die Affäre? Es handle sich um Geld; wieder einmal um Geld. Sie brauche bis sieben Uhr abends vierhundert Millionen.

Sie lehnte in spöttischer Pose am Pfosten des Bücherregals. Die Finger der rechten Hand spielten nervös mit der goldenen Kette am Gelenk der linken. Wie immer, wenn sie von Geldangelegenheiten sprach, veränderte sich etwas in den Augen; der goldbraune Untergrundsschimmer wurde grünlich. Der rasch wechselnde Ausdruck der Züge, von leidenschaftlicher Gereiztheit zu beobachtender Ruhe, von verhohlener Unbändigkeit zur Schmiegsamkeit, übertrug sich auf den ganzen Körper, auf ein Rascheln des Kleides, eine jähe Drehung der Schulter, ein blitzartiges Sichumwenden, ein hurtig hämmerndes Wippen der Fußspitze. Alles war in unaufhörlicher, durch alle Glieder rinnender Bewegung. Die Bewegung zu meistern, war dann Genuß.

»Wozu eine so bedeutende Summe und wozu die Dringlichkeit?« fragte Laudin stockend.

Wozu! wozu! Das ist eben die Art und Weise der »Affären«. Sie sind Abenteuer und Gefahr. Sie hat vor vierzehn Tagen beim Juwelier Eßlinger ein Smaragdgehänge gekauft, aber nicht bezahlt. Vor ihrer Reise hat sie Geld gebraucht, um einen andern Manichäer zu befriedigen. Sie hat den Schmuck verpfändet. Wie es zugegangen ist, mag der Teufel wissen, doch Eßlinger hat von der Pfändung Wind bekommen und die Frechheit gehabt, ihr zu depeschieren, wenn er bis zu der und der Stunde an dem und dem Tag nicht Schmuck oder Geld in Händen hat, wird er die polizeiliche Anzeige wegen betrügerischer Herauslockung erstatten. Man denke. Man stelle sich das vor. Ihr, Luise Dercum, dies! »Sie sehen also, wozu, liebster Freund!«

Laudin verfärbte sich. Er hatte sich hingesetzt und sah stumm zu Boden.

Sie näherte sich ihm. Plötzlich schluchzte sie auf. Sie drückte die Wange an seine Haare, durch die Gestalt lief ein Erbeben. »Bin ich denn nicht Laudins Lu, und soll ich mich nicht an ihn wenden dürfen, wenn sich mir die ganze Welt verfinstert?« rief sie mit dem Schmerz eines mißhandelten Kindes und klammerte sich mit beiden Händen an seine Schulter.

Bin ich denn nicht Laudins Lu! Wer hätte dem widerstehen sollen? Und die Tränen; das wehe Zucken des knabenhaft schlanken Leibes; das Übergossensein von Scham, Entrüstung, Reue; die wunderbare, flehende Hand, flehentlich in jeder Regung; was konnte daran gespielt sein; wo war da noch Kunst oder Lüge, Verstellung oder gelernte, geübte Gebärde? Bin ich denn nicht Laudins Lu! Und die Stimme: melodische Verwirklichung; wie wenn in einem beängstigenden Traum eine farbige Fontäne emporlodert.

Laudin nahm die Hand und drückte sie inbrünstig an die Lippen. Er blickte zu ihr auf wie zu einem unendlich hoch über ihm stehenden Wesen. Er sagte, furchtsam fast: »Es ist unmöglich, das Geld heute noch zu beschaffen, Lu. Vier Uhr vorüber. Es ist zu spät.«

»Man kann zu Eßlinger gehen und bürgen«, sagte Lu. »Wenn Laudin bürgt, ist alles in Ordnung.«

Er erschrak. »Auch das ist unmöglich, Lu. Persönliche Einmischung in diesem Fall ... Ich setze zuviel aufs Spiel. Sie müssen das verstehen.«

Lu preßte die Lippen zusammen. »Ich verstehe«, sagte sie frostig und stellte sich gerade. »Standesrücksichten. Der gute Ruf. Verstehe schon. Da muß ich eben sehn, wie ich mir helfe.« Achselzuckend griff sie nach dem Mantel.

»Einen Augenblick«, sagte Laudin und erhob sich. »Ich habe Ihnen meinen Beistand nicht verweigert, Lu. Es wird sich ein Ausweg finden lassen, obschon ich nicht leugne, daß es mich in ernstliche Verlegenheit bringt. Aber zuvor muß noch etwas anderes zwischen uns erledigt werden.«

Lu sah ihm kalt und gespannt ins Gesicht.

Er fuhr fort: »Ich habe schon einmal bei einer ähnlichen Gelegenheit den Versuch gemacht, eine Gegenleistung von Ihnen zu erlangen, Lu. Ein peinliches Präjudiz. Es sieht ein wenig wie Wurst wider Wurst aus, oder: schenkst du mir, schenk ich dir. Es handelt sich aber nicht wie damals um bloße Information, um mich advokatisch auszudrücken, eine Information zudem, bei der Sie mir leider zu entschlüpfen wußten; es geht um einen lebendigen Menschen heute, um das Leben, das von Ihrem Entschluß abhängig gemachte Leben eines Unglücklichen. Das zwingt mich, über die Peinlichkeit hinwegzusehen ...«

»Nun? Was? Was denn?« forschte Lu in äußerster Ungeduld, mit zusammengezogenen Brauen.

»Arnold Keller war bei mir, Lu.«

»Ah!« machte sie und warf den Kopf zurück. Ihre Züge verhärteten sich.

»Wenn ich für einige, vielleicht nicht ganz unerhebliche Dienste, die ich Ihnen leisten durfte, teure Lu, und für andere, die ich noch zu leisten hoffe –«

»Kein Wort weiter!« schnitt sie ihm die Rede ab. »Ich kenne das. Ich weiß, was das unappetitliche Scheusal will. Seit einer Woche bombardiert er mich mit Briefen, der Narr. Kommen Sie mir damit, so haben wir einander nichts mehr zu sagen, Doktor.«

»Ich wiederhole, es geht um sein Leben«, versetzte Laudin ruhig und fest. »Ich hatte aus seinen Erzählungen den wahrsten Eindruck. Es ist mir nah gegangen, Lu, es hat mich erschüttert wie wenig Dinge zuvor ...«

Lu verzog in Ekel das Gesicht. »Die Solidarität mit diesem Schmutzfinken macht Ihnen keine Ehre«, stieß sie verächtlich hervor. »Genug von ihm. Genug von seinesgleichen. Nicht die Fingerspitze von mir. Geben Sie sich keine Mühe.«

»Ich habe es ihm versprochen, ich habe ihm mein Fürwort zugesichert«, sagte Laudin mit einer Stimme und Haltung, in denen die Loyalität und Lauterkeit von zwanzig Jahren Sach- und Menschendienst lagen. »Sie dürfen ihn nicht zertreten.«

»Ei, warum nicht gar! Was soll man denn mit einem Reptil anderes tun?«

»Und wenn Ihnen seine Existenz noch so lästig, noch

so hassenswert erscheint, da ist ein Mensch, da ist ein Leben, und Sie besitzen nicht das Recht, das Leben eines Menschen zu vernichten.«

Lu brach in Gelächter aus. »Wirklich?« fragte sie und blickte Laudin mit herausfordernden und funkelnden Augen neugierig ins Gesicht. »Wenn ich mir aber das Recht trotzdem nehme?«

»Ein Mensch, der nichts von Ihnen verlangt als toleriert zu werden«, fuhr Laudin eindringlich fort. »Wie sagte er doch ... was kann ihr denn an acht Tagen im Jahr gelegen sein? Er würde sich damit begnügen, wie ein Hund vor Ihrer Schwelle zu kauern. Mein Gott. Es ist eine fixe Idee, eine traurige, eine unnatürliche, es liegt etwas Sinnloses und Würdeloses darin, wahr, wahr, aber wer von uns hängt nicht unter Umständen sein Seelenheil an eine fixe Idee? Haben Sie Mitleid, Lu. Mitleid mit sich selber. Nehmen Sie die Verantwortung nicht auf sich; dieser Mensch macht Ernst. Schließen Sie Frieden mit ihm; Sie stehen in seiner Schuld. Soll ich daran glauben, daß ich irgend etwas für Sie bin, daß Sie eine Spur von Freundschaft für mich empfinden, so lassen Sie mich jetzt nicht vergebens gesprochen haben.« Er versuchte ein gütiges, gütig-bittendes Lächeln, das, schon im Versuch, von seiner abgründigen Bezauberung Zeugnis gab. Es verging im Entstehen, denn Lu, mit einer Pantherkatzenbewegung, Hals und Kopf vorgestreckt, konnte nicht erwarten, ihm zu antworten.

»Meinen Sie denn, sein Leben bedeutet mir was?« fragte sie böse triumphierend. »Meinen Sie denn, irgendeines Mannes Leben bedeutet mir was? Nicht so viel!« Sie knipste mit den Fingern. »Nicht so viel, wie unter den Nagel geht.«

Nun kam es wie Sturzflut, aus einem Mund, den die Worte gleichsam zerrissen, weil er sie nicht auf einmal fassen konnte. Angesammeltes von Jahren, hervorbrechend mit Wildheit. Da mischte sich Rohes und Niedriges mit Absurdem und Ursprünglichem, und mitten in blendendes Theater fiel ein Aufschrei wie aus der Tiefe des Volkes.

Laudin rang mit dem entfesselten Element; das Gefühl der Ohnmacht hinderte ihn nicht daran, es dämmen und niederzwingen zu wollen; das Gefühl der Bewunderung nicht, Bewunderung wie bei einem Vulkanausbruch, sich des Übermaßes in einer Regung von Scham zu erwehren. Er rang mit Miene und Gebärde, mit Blick und beschwörendem Stammeln. Er rang um jenes Leben, um jenen lebendigen Menschen, der ihm fremd war und zu dessen Anwalt er sich gemacht, und sah dabei aus, als sei er sich selber fremd, als stehe er auf einer halluzinierten Bühne und spiele als stumme Figur in einem Schauspiel, von dessen Inhalt er nur diese eine Szene erfuhr.

Schwer, wenn nicht unmöglich, zu ergründen, was Luise Dercum gerade in diesem Moment und bei dieser ihr im Innersten vielleicht ganz gleichgültigen Veranlassung so aus aller Form und Beherrschung trieb. Es konnte eine Laune sein; Anreiz von einem Erlebnis her, das mit dieser Sache gar nichts zu schaffen hatte; Bedürfnis, sich zu hören und zu spüren; Verlockung zur Mystifikation; das Gefallen, das sie bisweilen daran fand, die Oberfläche ihres Wesens zu trüben und undurchsichtig zu machen. Das Komplizierteste wie das Primitivste konnte Ursache sein, und ohne Zweifel wagte sie viel dabei, da sie gewissermaßen die ihr von ihrem Talent und ihrer Natur gezogenen Grenzen überschritt; ihr lag mehr das Rührende, Schmelzende, idyllisch Versunkene, träumerisch Beseelte und auf der andern Seite dann das Trotzige, Flinke, Funkelnde, pagenhaft Energische; das war ihr Register, nicht Sturm und Raserei. Aber diese Geschöpfe sind letzten Endes unberechenbar und unerforschlich; unter Umständen riskieren sie sogar einen handgreiflichen Vorteil, um die wollustspendende Kraft zu erproben, von der sie sich getragen fühlen.

Mitleid forderte Laudin? Die Erfahrungen haben ihr kein Mitleid übrig gelassen. Sie hat keinen Platz dafür. Sie hat Jugend und Blüte drangegeben. Damit hat sie bezahlt. Männer; sie kennt das Geschlecht. Sie ist durch die ganze Spießrutengasse gehetzt worden und ist aller Illusionen bar. Sie weiß nichts mehr von ihrem Vater (eine neue Variante der Vergangenheit!); Brüder hat sie nie gehabt (ebenfalls neu); das halbe Dutzend Freunde will sie ausnehmen, obwohl auch die manchmal die weißen Raben nicht waren, als die sie sich gegeben; aber die andern. Sie kennt die Physiognomien, die Allüren, die Lockspeisen, die Märchen, die Masken; sie kennt die Krämer und die Prinzen, die Börsenjobber und die Generäle, die Minister und Weinreisenden, Beamten und Pfaffen, Schriftsteller und Diplomaten, Tänzer und Professoren. Sie kennt die Biedern, die Derben, die Feinen, die Frommen, die Idealisten, die Heuchler, die Schwindler, die Perversen, die Geizhälse, die Verschwender, die Gecken, die Familienväter, die grünen Jungen, die Lämmer und die Wölfe. Was kennte sie nicht? Wimmeln sie doch um sie wie die Küchenschaben. Einige machen sich kostbar. Sie sind es nicht. Einige machen sich dämonisch. Das sind noch die Amüsantesten, wenn auch unfreiwillig. Einige schwören, daß sie vor Liebe sterben. Nimmt man sie beim Wort, so stellen sie sich dumm. Einige sterben wirklich. Mit denen hat man die meiste Schererei, und wozu wäre ihr Leben nütze gewesen, das sie hinwerfen wie einen alten Stiefel, weil man sich von ihnen nicht will mürb machen lassen? Jeden kann man mit falscher Münze kaufen, einem unverschämten kleinen Betrug von Vergnügen, so plump, daß man staunen müßte, graute einem nicht insgeheim davor. Wenn sie zurückblickt, hat sie nichts in der Hand; sie haben ihr die Seele aus dem Leib gestohlen und haben damit das Weite gesucht. Ein Weib wie sie kann niemals Mutter werden; das Erdreich ist verdorben bis tief hinunter. Sie kann auch eigentlich nicht mehr achten; die Männer haben sie den Menschen abspenstig gemacht. Sie kommt sich manchmal vor wie ein Stück Wild auf der Treibjagd; will sie durch die Kette brechen, muß sie ihre eingelernten Kunststücke zeigen. Sie erinnert sich an eine Nacht in Posen. Es war während des Krieges. Die Offiziere kamen ausgehungert von der Front; eine Gesellschaft halbbetrunkener Laffen stürmt ihre Wohnung, zwingt sie aus dem Bett, kaum hat sie Zeit, einen Fetzen umzuwerfen, unter Gejohle schleppen sie sie in das sogenannte Grand Hotel, und sie muß bei ihnen sitzen und soll ihnen Mätzchen vormachen bis in die Morgenfrühe, und sie geraten in Tobsucht, als sie sich ihnen nicht ausliefern will und ihnen den Papiergeldhaufen, den sie vor ihr ausschütten, vor die Füße wirft; dazu die Zigeunermusik und ein paar armselige polnische Jüdinnen, die den

Kerlen ihre Verzweiflung vortanzen. Was noch? Was verlangt Laudin noch? Oh, sie kann ihn bedienen; von solcher Ware kann er haben, soviel er will. Soll sie sich schrecken lassen, wenn einer aus dem Treibergesindel, dem es zufällig gelungen ist, sie an den Ehepflock zu binden, wenn der mit weinerlichem Gefasel Rechte geltend macht und sich noch was drauf zugute tut, daß er das Bett ausnimmt und bloß den Tisch beansprucht? Soll sie etwa Tränen darüber vergießen? Zehn von solchen Leben wie seines in die eine Waagschale und noch nicht eine einzige Nacht von ihr in die andere! Acht Tage! Acht Tage können acht Jahrhunderte sein. In acht Tagen kann einen der Ekel umbringen. Für sie gibt es nicht kurze Zeit und lange Zeit, für sie gibt es nur volle und leere Zeit; Zeit, in der sie wächst, und Zeit, in der sie welkt. Sie wirft ihr Herz in die Sekunden, und das ist ihre Ewigkeit. So ist sie, so ist sie beschaffen, keiner weiß es, keiner hat es noch entdeckt, und kein Preis ist so hoch, daß sie das dafür hingeben möchte, was keiner noch von ihr besessen hat. Weiter hat sie nichts zu sagen. Auf Wiedersehen.

Bei den letzten Worten war sie eidechsenflink in den Mantel geschlüpft, und ehe Laudin ihr in den Weg hatte treten können, war sie draußen.

Es war ein unvergleichlicher Abgang. Auf der Stiege raffte sie sich hochaufatmend und lächelte im Genuß ihrer selbst und als fragte sie sich: Was wird er jetzt tun?

Sie ihrerseits begab sich sogleich zum Juwelier Eßlinger, den sie mit dem Hinweis auf den Advokaten Laudin ohne sonderliche Mühe zu bewegen wußte, ihr zwei Tage Frist zu geben.

56

Zehn Minuten, nachdem sie gegangen, verließ auch Laudin die Kanzlei. Er fuhr in die Bank. Die Schalter waren geschlossen. Er ließ sich im Sekretariat anmelden und erkundigte sich, ob keine Möglichkeit sei, heute noch vierhundert Millionen zu beheben. Man bedauerte. Er wußte, daß er die Summe nicht in barem Geld liegen hatte, und ließ sich das Verzeichnis seiner Effekten bringen. Als er die Kurse nachsah, erkannte er, daß er nur mit erheblichen Verlusten verkaufen könne. Er zögerte, den Auftrag zu geben, und sagte, er werde morgen zur Börsenzeit telephonieren. Da er heute das Geld nicht mehr haben konnte, war es gleichgültig, zu welcher Stunde er es morgen flüssig machte. Aber seine Miene drückte aus, daß er es heute noch haben mußte und daß er entschlossen war, es zu erlangen. Er fuhr zu einem ihm bekannten Bankier, der eine Wechselstube am Ring besaß. Das Bureau war noch geöffnet, der Mann war aber nicht anwesend, und da Laudin dem stellvertretenden Beamten sagte, er habe in unaufschiebbarer Angelegenheit mit dem Chef zu sprechen, wurde dieser telephonisch in allen Himmelsrichtungen gesucht. Laudin wartete, die Finger beständig an der Handfläche reibend, als seien sie eingeschlafen, mit den Zähnen an der Lippe nagend. Endlich kam der Mann. Sie gingen in sein Privatbureau. Auch hier Bedauern, ehrliches Bedauern. Die Kassa sei heute stark beansprucht gewesen, man habe nicht mehr soviel vorrätig, am Morgen stehe Laudin jede beliebige Summe zur Verfügung.

Er warf sich wieder in sein Auto und fuhr in die Kanzlei zurück. Sein Gesicht war wächsern; die Augen glänzten fiebrig. Er hatte offenbar seine ganze innere Freiheit und Überlegungskraft eingebüßt. Die Sonderbarkeit, daß er bei seinen Mitteln in drangvoller Situation nicht innerhalb von Stunden einer Geldsumme, die zur gewissen Stunde nötig war, habhaft werden konnte, schmeckte nach Gefahr und glich einem albern bösen Traum. »Man muß nun doch zum Juwelier«, murmelte er vor sich hin, als er sein Sprechzimmer betrat. Doch dies schien ihm ein verzweifelter Schritt, gegen den er sich wehrte, wie ihm anzumerken war. Da schlug er sich mit der Hand an die Stirn. Er sperrte den Wertheimschrank auf. Um elf Uhr vormittags hatte ein Klient, ein Großindustrieller, für den er einen Steuerprozeß geführt, sechshundert Millionen erlegt. Er hatte Doktor Kappusch ersuchen wollen, das Geld zu übernehmen und es heute noch bei der amtlichen Stelle einzuzahlen. Er hatte es vergessen. Nun lag es da. Seine Hände zitterten, als er die acht mit Schleifen versehenen Pakete herausnahm. Die Hände zitterten, weil er sich wie ein Defraudant vorkam. Vermutlich war ihm in diesem Augenblick nicht bewußt, daß er das Geld in jedem Moment ersetzen konnte und daß er nur Geld gegen Geld tauschte; die Gebärde selbst dünkte ihn verbrecherisch; dieses Geld, das in seinem Gewahrsam war und weil es in seinem Gewahrsam war, erschien ihm als fremdes Geld; auch wenn er anderes dafür hintun konnte; die Nacht, die verging, ehe er die Entnahme ungeschehen machte, war eine Nacht der Ehrlosigkeit und der Strafwürdigkeit. Unter dem Druck von außen und von der zerrissenen Vorstellungswelt her erzeugte sein Gemüt nur noch grelle Visionen, der Geist nur ungenügendes Licht.

Er verschloß den Schrank. Die Schlüssel entfielen ihm zweimal. Er hatte Hut und Mantel nicht abgelegt und verließ den Raum, nachdem er die Geldpakete zusammengelegt und in seiner Aktentasche untergebracht hatte. Kaum hatte er die Schwelle überschritten, so bewegte sich mit aufgehobenen Händen eine Frauengestalt auf ihn zu, von Rüdiger am Ärmel festgehalten. Er wich zurück, bebte zurück, als sei er noch in der zerrissenen Vorstellungswelt mit dem ungenügenden Licht, denn die Frau war leichenfahl, ihre Augen waren vor Verhärmtheit erloschen. »Herr Doktor, um Gottes-Christi willen!« stammelte sie. Und Laudin: »Wer sind Sie, was wünschen Sie? Ich habe durchaus keine Zeit ...« Und die Frau, beschwörend: »Herr Doktor, es ist etwas Entsetzliches passiert, mein Bruder ...« Noch schroffer Laudin: »Sie hören doch, daß ich keine Minute Zeit habe!« Darauf die wankende Gestalt: »Ich bin die Karoline Lanz.« Laudin wehrte mit beiden Händen. »Morgen!« rief er ihr zu und war schon an ihr vorüber.

Aber das verhärmte, leichenfahle Gesicht wollte nicht von seinen Augen weg.

»In die Annagasse«, befahl er dem Chauffeur.

Es war sieben Uhr, als er vor der Atelierwohnung läutete. Die gnädige Frau könne nicht empfangen, sagte die Zofe, es war nicht mehr dieselbe, der er neulich Geld gegeben, die gnädige Frau fahre in einer Viertelstunde ins Theater und sei bei der Toilette. Er werde warten, bis die gnädige Frau fertig sei, erwiderte Laudin. Die gnädige Frau sei, bevor sie spiele, niemals zu sprechen, wandte die Zofe etwas süffisant ein. Er werde trotzdem warten, beharrte Laudin und ging in den Atelierraum.

Die Zofe zuckte die Achseln und schloß die Tür. Er wanderte mit großen Schritten auf und ab. Bisweilen sah er sich scheu um, als der Übeltäter und in der zerrissenen Vorstellungswelt schon verfolgte Defraudant, als der er sich fühlte. Nach einer Weile vernahm er Getuschel und Kleiderrauschen. Dann wurde die Eingangstür zugeschlagen. Er wartete noch ein paar Sekunden, und da alles still blieb, ging er hinaus. Leichter Parfümduft lag im Vorzimmer; Lus Parfüm. Geräuschlos kam die Zofe zum Vorschein. Sie meldete, abermals achselzuckend, mit einem Ton wie »Ich habe meine Schuldigkeit getan«, die gnädige Frau sei soeben weggefahren.

Langsam, sich manchmal am Geländer festhaltend als schwindle ihm, stieg er die Treppe hinab. Unschlüssig stand er im Torweg, die Tasche unterm Arm, und blickte sich verstört um. Das verhärmte Gesicht tauchte wieder auf. Er schüttelte ein wenig den Kopf und schaute in eine andere Richtung, wo es nicht mehr war. Vielleicht kam es ihm vor, als finge die Aktentasche unter dem linken Arm an zu brennen, denn er schob sie hastig unter den rechten. Er sah den verwunderten Blick des Chauffeurs auf sich ruhen, gab sich plötzlich einen Ruck und sagte: »Zum Theater.«

Als er dort den Wagen verließ, warf er einen Blick auf den Zettel, der an der Mauer neben dem Bühneneingang hing, und hatte in der nächsten Sekunde den Titel des Stückes vergessen. Er wußte nur, daß Lu in dem angezeigten Stück bis zum Schluß beschäftigt war.

Er ging in dem steinernen Korridor, der zu den Garderoben führte, auf und ab. Arbeiter in blauen Kitteln begegneten ihm oder überholten ihn. Aus einem Schacht drang befehlendes Geschrei. Zwei Feuerwehrmänner waren in eine schläfrige Unterhaltung vertieft. Mehrere junge Mädchen kamen unter Streiten und lautem Gelächter eine Treppe herunter.

Die Frist, die Lu genannt und bis zu der sie das Geld gebraucht hätte, war verstrichen. Dessen war sich Laudin ohne Zweifel bewußt. Es hatte keine praktische Wirksamkeit mehr, wenn er ihr die vierhundert Millionen noch an diesem Abend aushändigte; er konnte ebensogut den andern Tag abwarten. Er hätte am nächsten Tag die Summe flüssig machen und Lu einen Scheck übermitteln können. Es wäre dann nicht nötig gewesen, daß er hier im düster beleuchteten Korridor des Theaters mit einer Aktentasche voll Papiergeld auf und ab marschierte. Aber offenbar lagen die Dinge so, daß ihm der Gedanke unerträglich war, Lu könne sich von ihm im Stich gelassen fühlen. Da sie in einer unvergeßbaren Entäußerung, bei welcher sie ihm einen Blick in ihr geheimstes Wesen aufgetan (wie er zu dieser Stunde noch fest glaubte), auf seine Hilfeleistung verzichtet hatte, schien es ihm nächste und dringende Pflicht, sie von seiner Freundschaft und Bereitwilligkeit zu überzeugen und alle Hindernisse aus dem Weg zu räumen, um ihr zu dienen. Das Geld in der Aktentasche war der sichtbare Beweis davon; ein kleiner Berg von Geld, das Sichtbare, das Greifbare. Daß er sich darauf stützte und verließ, deutete auf ein instinktives Verstehen der Natur der Schauspielerin hin, das ihn vielleicht erschreckt hätte, wenn es ihm ganz klar geworden wäre. Begehrtes sehen und greifen, das ist das Unwiderstehliche, das den Stolz nicht nur von Dirnen besiegt.

Durch eine nur angelehnte eiserne Tür hörte er minutenlang dauerndes Beifallsklatschen. Es klang wie Steinrutsch auf einer Geröllhalde. Der Akt war zu Ende. Er blieb stehen und überlegte. Er sagte zu sich selbst: ich will den nächsten Aktschluß abwarten. Er trat auf die Straße und setzte sich auf die Bank neben dem Eingang. Es verfloß eine halbe Stunde. Er erhob sich wieder und ging einige Male um das ganze Theater herum. Ein Zeitungsausrufer bot ihm ein Abendblatt an. Er kaufte es und schob es in die Rocktasche. Dann kehrte er in den Korridor zurück, ging aber diesmal bis zu den Garderoben. Er wußte, wo Lus Garderobe war, und ging vor der Tür auf und ab. Die Aufseherin, die ihn kannte, eine ältere Frau mit einem weißen Häubchen auf dem Kopf, kam aus einer Tür, die zur Bühne führte, grüßte und sah ihn fragend an. Er sagte, er habe Frau Dercum eine wichtige Nachricht zu überbringen, keine unangenehme, fügte er mit fast servilem Lächeln hinzu, als er die bedenkliche Miene der Frau gewahrte. Hier waren natürlich alle dienstbaren Geister über die zu schonenden Eigentümlichkeiten der Diva hinlänglich unterrichtet. Die Frau bot ihm einen Stuhl an. Er dankte und setzte sich. Er machte ein paarmal Bewegungen mit den Lippen, als schmecke ihm der Speichel im Munde bitter. Der Fremdeste konnte beobachten, daß er unter einem Gefühl der Erniedrigung bis zu körperlichem Schmerz litt.

Er nahm das Abendblatt zur Hand. Das erste, worauf sein Blick fiel, war der fettgedruckte Titel: Ein Student wegen Banknotenfälschung verhaftet. Er las den Namen Konrad Lanz. Er ließ das Blatt sinken und drückte die linke Hand vor die Augen. Das leichenfahle, verhärmte Antlitz erschien. Eine Weile verharrte er benommen, dann überflog er den Artikel, in welchem der Tatbestand mit ziemlicher Ausführlichkeit berichtet war.

Seit einigen Monaten, so hieß es in dem Bericht, sei der Behörde zur Kenntnis gelangt, daß in einer bestimmten Gegend der Stadt in regelmäßigen Zeitabständen falsche Noten in Verkehr gesetzt würden, und zwar Halbmillionenkronenscheine. Es seien eifrige Nachforschungen veranstaltet worden, die Verdachtsmomente hätten sich langsam verdichtet und heute habe man den Fälscher in der Person des Studenten und Doktoranden der Chemie, Konrad Lanz, festnehmen können. Der junge Mensch hause seit Jahren in einer ärmlichen Mansardenwohnung; er habe stets zurückgezogen und einfach gelebt und sich bei den Nachbarn wegen seiner Bescheidenheit und seines Fleißes großer Beliebtheit erfreut. Früher habe er die Zweizimmerwohnung ganz allein innegehabt, aber seit dem Herbst habe er seine Schwester und deren uneheliches Kind zu sich genommen und von seinem Verdienst, der in letzter Zeit verbrecherischer Art gewesen, während er sich vordem anständig, wenngleich mühevoll durch Stundengeben erhalten, auch die Existenz dieser beiden bestritten. Nachfragen in der Universität und im Laboratorium, bei Professoren und Kollegen, hätten das günstigste Ergebnis gehabt. Seine Führung sei untadelig gewesen, seiner wissenschaftlichen Begabung habe man hohes Lob gezollt, er habe mehrere Arbeiten in Fachzeitschriften veröffentlicht, die die Aufmerksamkeit der Gelehrten erregt, und in den Kreisen der Akademiker habe man sogar erzählt, daß er einer epochemachenden Entdeckung, von größter Tragweite für Industrie und Wirtschaft, auf der Spur sei. Um so unfaßlicher die Verirrung, die ihn in die Hände der Justiz geliefert.

Des weiteren berichtete der Reporter, daß die falschen Noten mit den primitivsten Hilfsmitteln der Maschinentechnik und Lithographie, zugleich jedoch mit einer so außerordentlichen Geschicklichkeit und zeichnerischen Präzision hergestellt waren, daß es in einzelnen Fällen nicht ganz leicht war, die Fälschung zu erkennen. Das Seltsamste aber war, daß Konrad Lanz, obwohl er aus dieser relativen Vollkommenheit seiner Falsifikate ganz andern Vorteil hätte ziehen und den Staat um gewaltige Summen hätte schädigen können, sich darauf beschränkt hatte, in jedem Monat nur drei gefälschte Noten zu verausgaben, genausoviel wie er für seinen und den Lebensunterhalt seiner Schwester und ihres Kindes unbedingt brauchte, genausoviel wie ihm nötig war, um seine Studien fortsetzen und seine Doktorarbeit beendigen zu können. Die Verlockung zu schnell erworbenem Reichtum und bequemem Leben war nach alledem für ihn nicht vorhanden; er wollte sich nur über Wasser halten, so lautete auch sein erstes Geständnis, um dann, wenn er an sein Ziel gelangt war, nach der entbehrungsreichsten Jugend, die sich erdenken läßt, eine seinen Fähigkeiten würdige Stellung zu erhalten und diesen sträflichen Teil seiner Existenz zu vergessen. Daß er jedem Anreiz, seine Fälscherkunst in gefährlichem Umfang zu mißbrauchen, widerstanden hatte, war schon jetzt mit einiger Sicherheit erwiesen, vor allem durch seine Schwester, die mit hingebender Treue an ihm hing, mit ihm und für ihn zitterte, die Nächte, die er der Erzeugung der falschen Noten widmen mußte, an seiner Seite verbrachte und bis auf den Heller über das verausgabte Geld Buch geführt hatte. Sie war vorläufig auf freiem Fuß belassen worden.

Mit eng zusammengezogenen Brauen, so daß sich über der Nasenwurzel drei tiefe Kerben bildeten, sah Laudin eine Weile ins Leere, dann las er den ganzen Bericht vom ersten bis zum letzten Wort noch einmal, fast mechanisch; wie überhaupt von diesem Moment an etwas Mechanisches in Bewegung und Haltung mehr und mehr hervortrat, als ob er mit gemindertem Bewußtsein, mit schwindendem jeweils, denke und handle und nur noch auf gewisse äußere Eindrücke oder zurückliegende Beschlüsse automatisch reagiere. Die Aktentasche lag auf seinen Knien. Sie schien ihm allmählich schwerer zu werden. Er betrachtete sie mit geistesabwesender Scheu, mit einer Art von Furcht; sie hätte ein Granitblock sein können, den man auf ihn gewälzt. Er betrachtete sie, wie wenn das Leder transparent wäre und die acht Geldpakete darin etwas Schreckenerregendes. Dachte er vielleicht an die Not des Studenten Lanz, an dessen jahrelange Herzensqualen und das vergebliche Empor ehrgeiziger Pläne und Gedanken, und verglich er dies mit dem kleinen Berg von Geld auf seinen Knien, den er mit magischer Eile einer Komödiantin zur Befriedigung flüchtiger Lüste zugetragen? Ging sein Denken so weit? Oder trieb es sich nur hektisch und irrlichternd in der zerrissenen Vorstellungswelt umher?

Näher, sausender, dauernder erhob sich das Beifallsklatschen. Gestalten stürmten von der Bühne her. »Vorhang auf!« brüllte jemand. Geschminkte Gesichter, bunte Gewänder tauchten auf, verschwanden, kamen wieder. Lachen, Durcheinanderreden, Schimpfen, Kommandorufe, Stimmen im Baß, Tenor, Diskant. Plötzlich stand Lu vor ihm. In ihren Augen war der Ausdruck sonderbarer schlüpfriger Neugier. Nickte sie ihm zu? Er sah schärfer hin. Er stand auf; er verneigte sich. Er sagte etwas in heiserem Ton, mit überartiger Miene. »Vorhang!« brüllte abermals jemand. Lu verschwand. Er stand noch immer mit derselben überartigen Miene. Es war nun deutlich das Mechanische, das ihn regierte. Lu kam wieder, stürzte in ihre Garderobe, rief einen Namen, steckte den Kopf zur Tür heraus, nickte Laudin ohne Lächeln zu, geringschätzig fast, mit fließendem Spott und jenem Schlüpfrigen, Lüsternen in den Augen, das aber ohne banalen sinnlichen Bezug war. Das braune, bewegliche, kühne Knabengesicht war nicht mehr kenntlich unter der Bemalung von Schminke und Puder, unter der fremdartigen Perücke. »Ah, Sie bringen das Versprochene, Doktor«, sagte sie mit klirrender Stimme und einer oberflächlichen, seltsam zweideutigen Verbindlichkeit, während sie der Garderobiere, die hinter ihr stand und eine Frage an sie richtete, zuwinkte, sie solle schweigen. »Aber hier kann ich doch nichts damit anfangen, allerschätzbarster Freund. Was soll ich hier damit machen?« Sie lachte erregt; durch ihr ganzes Wesen zitterte die Bühnenaufregung, etwas unwahr Lohendes, beinahe Wahnwitziges. »Sie wollen herein zu mir? (Laudin hatte gar kein Verlangen danach gezeigt.) Nein, das geht absolut nicht. Aber Sie sind wahrhaftig ein Engel, Doktor, ein Engel von einem Mann. Ach, da ist Ortelli«, sie wies auf den eleganten, beflissen lächelnden Chef des Inseratenbureaus, der jetzt in den schmalen, von allerlei Menschen erfüllten Raum trat. »Max, du wirst gefälligst die Tasche von Doktor Laudin übernehmen und hier warten, bis wir zusammen nach Hause gehn. Hörst du, mein Lieber? Und Sie, Doktor, Sie kommen abends noch zu mir. Ich erwarte Sie bestimmt. Übrigens, warum sind Sie denn so bleich? So sieht man doch nicht aus. Einen Moment, bitte, einen Moment.«

Sie lief hurtig in die Garderobe, kam mit dem Schminktopf in der Hand ebenso rasch wieder, tauchte den Finger in die Schminke und malte, herzlich lachend und ehe sich Laudin dessen zu erwehren vermochte, zwei rote Flecke auf seine beiden Wangen. »Sie kommen also ganz bestimmt, Doktor«, sagte sie dabei schmeichelnd, »ab halb elf Uhr, ganz bestimmt.« Sie schlug die Tür der Garderobe zu.

Laudin stand vor der Tür. Die Aktentasche hatte er, mechanisch, dem beflissen lächelnden Ortelli übergeben.

Es überflutete ihn ein solches Gefühl siedendheißer Scham, er fühlte sich derart beschmutzt, über und über besudelt, daß er jedes erdenkliche Opfer an Leib, Gut und Leben gebracht hätte, wenn er sich in dieser Sekunde durch irgendein Mirakel hätte unsichtbar machen können.

Gleichwohl wußte er in finsterem Fatalismus, daß er kommen würde, so sicher, als ob sie ihm den Wunsch oder Befehl ins Hirn gebrannt hätte. Unsicheren Schrittes entfernte er sich durch den steinernen, tunnelähnlichen

Korridor, und als er auf der Straße stand, blickte er zum dumpfrot gefärbten Himmel empor, diesem verlagerten Himmel der Schlöte und der unreinen Leidenschaften über einer Stadt, und fragte erstaunt, zögernd, ungläubig: »Ich?«

57

Indessen war es bereits halb ein Uhr nachts, als er an Luises Wohnung läutete.

Er war in die Kanzlei gefahren, hatte den Chauffeur nach Hause geschickt, war in sein Sprechzimmer gegangen, hatte sich, ohne Licht zu machen, auf das Ledersofa geworfen und war mit offenen Augen drei Stunden lang gelegen wie ein gefällter Baum. Er fühlte nicht, er dachte nicht, er blickte nicht, es war ihm, als läge er auf dem Grunde des Meeres in dunkelgrüner, lautloser Dämmerung. Fische schwammen über ihm, Fische in allen möglichen Formen und Gestalten; paarweise zogen sie einher; ihr Aussehen war mürrisch, einfältig und drohend; der ganze Raum bis zur Oberfläche des Meeres füllte sich mit Fischpaaren; unten spielten die Schuppenleiber in glühenden Farben, purpurn, blau, rot und gelb, nach oben wurden sie blasser, und die höchsten, fernsten erschienen in durchsichtigem Weiß. Doch in der Richtung, in der der ungeheure, in Achterschleifen gewundene Zug schwamm, war ein riesiges offenes Maul, der Rachen einer Krake. Dorthin schwammen sie ahnungslos, und das Maul verschlang sie, unersättlich, während oben die im gläsern Weißen, entfernt von der Gefahr, noch lustvoll spielten.

Als er sich erhob und auf die Uhr schaute, erschrak er wie ein Soldat, der den Rapport versäumt hat. Doch ging er zu Fuß durch die Straßen, obwohl es angefangen hatte zu regnen.

Schon im Vorzimmer vernahm er den betäubenden Lärm einer großen Gesellschaft. Bleich und entschlußlos stand er da. Er zählte die Mäntel und die Hüte, die an den Haken hingen, und begann immer wieder von vorn zu zählen. Da trat May heraus. Sie nickte Laudin etwas verwundert zu und suchte ihren Mantel. Es hatte den Anschein, als flüchte sie. »Ich fahre nach Hause«, sagte sie. »Es ist ... es ist zu widerwärtig ... Ich kann nicht mehr ... daß Sie noch so spät kommen ...«

Laudin sah sie an, als bemühte er sich, in seinem Gedächtnis etwas Bestimmtes zu finden, was mit ihr zusammenhing. »Richtig, liebe May«, sagte er dann wie erlöst, »morgen haben wir die erste Tagsatzung in Sachen Altacher. Ihr persönliches Erscheinen wird kaum zu umgehen sein.« Eine bürokratische Anrede, die das Mechanische in ihm produzierte.

May schaute langsam empor. Ihr Blickpaar schwamm fischhaft über sein Gesicht. »Bis morgen ist noch ein weiter Weg«, sagte sie und sah ihn mit den Mondsteinaugen an, als wisse sie alles, was in ihm vorging und was ihm bevorstand. »Gute Nacht.«

Im Atelierraum lagen die Rauchschwaden so dicht, daß er beim Eintreten die Gesichter zunächst nicht unterscheiden konnte, auch selbst eine Weile unbemerkt blieb. Um den runden Tisch saßen etwa zwölf Personen, Männer und Frauen, trinkend, rauchend, durcheinander redend, schreiend und lachend; im Ofenwinkel schlief ein etwas lächerlich livrierter Boy (er trug eine Art Theaterkostüm), dem vermutlich die Bedienung obgelegen hatte; man hatte auf seine Dienste verzichtet. Dutzende von Wein-, Schnaps- und Champagnerflaschen standen auf dem Tisch nebst einem Heer von Gläsern in allen Größen und Formen. Es sollte offenbar Poker gespielt werden; Ortelli mischte die Karten. Die Damen, es waren Kolleginnen Lus, auch eine bekannte Filmdarstellerin, befanden sich meist in derangiertem Aufzug; die Augen in den übermäßig geröteten Gesichtern hatten das eigentümlich Blinde, das sich bei Frauen zeigt, wenn der Trieb über sie Gewalt erlangt. Laudin erkannte einige Schauspieler, neben dem ewig lächelnden Ortelli den unvermeidlichen Baron, dessen Namen er nie behalten konnte, und den Filmregisseur, den er schon neulich hier getroffen hatte. Aber als sein dumpf prüfender Blick weiter in die Runde glitt, zuckte er plötzlich zusammen, als habe man ihm einen Schlag in den Nacken versetzt. Er schien seinen Augen nicht zu trauen. Da saß Arnold Keller.

Er saß neben Lu. Er saß vornübergebeugt, wie in Gedanken verloren, die Miene grüblerisch, doch unerregt, als wäre es das Selbstverständlichste von der Welt, daß ihm der Platz neben der vergötterten Frau eingeräumt war. Auch Lu sah aus, als wäre alles selbstverständlich und in schönster Ordnung und nicht, als habe sie sich wenige Stunden vorher noch gebärdet, wie wenn der bloße Anblick dieses Mannes sie vor Widerwillen und Haß töten würde. Laudin konnte den Blick nicht von den beiden wenden. Hatten sie sich ausgesprochen und versöhnt? Aber wann? Und wenn Aussprache und Versöhnung im Bereich des Möglichen gewesen, warum die unerhörte Feuersbrunst der Leidenschaft dort, vor wenigen Stunden?

Er wußte nicht, daß Keller einfach heraufgekommen war, nichts sonst. Daß er wieder einmal einen Versuch gemacht hatte, ohne Hoffnung und Erwartung vielleicht. Daß ihn aber Lu wider alle Erwartung und Voraussicht, als sie vom Theater nach Hause gekommen und ihn im Vorzimmer stehen sah, freundlich begrüßt und ihn eingeladen hatte, den Abend mit ihr und ihren Gästen zu verbringen. Der Anlaß? Es gab keinen besonderen. Vielleicht war sie der Zwietracht müde. Vielleicht wollte sie für eine Weile Ruhe haben. Vielleicht hatte sie auch den ganzen Hader vergessen oder wollte ihn heute vergessen. Vielleicht erinnerte sie sich ihres Widerwillens und Hasses gar nicht mehr. Vielleicht hatte sie die Kraft dieses Hasses und Abscheus in jener Feuersbrunst der Leidenschaft ausgegeben, und es war nichts mehr davon übrig. Vielleicht hatte sie der Erfolg auf der Bühne und die Begeisterung des Publikums mild und weich gestimmt, und sie spielte mit Genuß die Rolle der Edelmütigen, zu der Laudin immerhin Anreger gewesen. Das alles war möglich, beim einen oder andern war die Wahrscheinlichkeit größer oder geringer, keinesfalls war es etwas Merkwürdiges und Auffallendes, und niemand von der Gesellschaft schien es merkwürdig und auffallend zu finden. Der Mann war ins Irrenhaus gesteckt worden; die Frau hatte sich seiner auf diese Weise entledigt; er kam zurück; sie waren, vorläufig, wieder ein Herz und eine Seele; dabei war nichts Merkwürdiges und Auffallendes.

Nur Laudin stand da, zwei Schritte vom Tischrund, und traute seinen Augen nicht. Endlich gewahrte ihn Ortelli, beugte sich zu Lu hinüber und machte sie auf ihn aufmerksam. Gleichzeitig erhob er sich und verneigte sich ein wenig; diesem Mann gegenüber wagte er nicht, wie gegen die übrigen des Kreises, kameradschaftlich salopp zu sein. Auch Arnold Keller schaute hin. Auch er erhob sich sofort, aber seine Verbeugung war tief und feierlich. Ortelli und er waren die einzigen, die noch halbwegs nüchtern waren. Die andern Gäste beachteten das Erscheinen Laudins überhaupt nicht. Was Lu betraf, so winkte sie ihm mit senkrecht in die Luft gestrecktem Arm zu, bedeutete ihm, irgendwo Platz zu nehmen, und hielt Ortelli ihr Sektglas hin. Sie lachte ununterbrochen; sie hatte einen Blätterkranz im Haar; ihre Gebärden, ihr ganzes Wesen hatte etwas gleichsam Geöffnetes und Entkettetes; wie zum Zeichen dessen war über der einen Schulter das Band ihres Kleides zerrissen, sie war in Abendtoilette, und die linke Brust war beinahe entblößt. Die Stimme war heiser und tief, oft von gurgelndem Klang; der braune Hals war bald nach der, bald nach jener Seite gereckt; die Augen hatten einen mänadisch tobenden Glanz. Mitten in der Erzählung einer Geschichte, die schlechtweg eine Cochonnerie war, obschon eine reizend vorgebrachte, fühlte sie Laudins starrprüfenden Blick auf sich gerichtet; sie erzählte hastig zu Ende, und während die Zuhörer in dröhnendes Gelächter ausbrachen (es handelte sich um einen Mann, den offenbar alle kannten, der benebelt heimgekommen war, sich zu seiner Frau ins Bett legen wollte und, da er die Bettdecke zurückschlug, zwei Frauen vor sich liegen sah, worüber er zu jammern begann, in der Meinung, er sähe doppelt), während sich also alle, mit Ausnahme Kellers, der stockernst blieb, einer orgiastischen Heiterkeit überließen, sprang sie auf, stampfte mit den Füßen und rief: »Das ist stupid; das ist gänzlich stupid!« Mit einer Geste befahl sie Laudin zu sich. Er gehorchte. Stupid sei, daß er wie der Kommendatore dastehe; das gehe nicht an; er dürfe nicht den Freudengeist der Versammlung stören; er müsse trinken. Sie ließ sich den Sektkelch wieder von Ortelli füllen, schüttete selbst Kognak dazu und reichte Laudin das

Glas. »Austrinken!« herrschte sie und legte ihm den nackten Arm um die Schulter.

Er gehorchte.

Von neuem füllte sie das Glas, in derselben Weise; und wieder befahl sie, er müsse austrinken. Diesmal schmiegte sie sich enger an ihn, so daß er ihre Brüste spüren konnte, und umklammerte seinen Hals mit beiden Armen, als er das Glas genommen hatte. Er mußte, um trinken zu können, den Kopf nach hinten biegen; sein Gesicht war vollkommen farblos geworden, fast welk, aber er lächelte; es war ein willenloses, entseeltes, kränkliches Lächeln. Ob es die Brüste waren, die er spürte, die Haut, die er spürte, den verwilderten Hauch von Haar und Leib, den er einatmete, er gehorchte, gehorchte und sah dabei die grinsenden, anerkennenden, zynischen, neugierigen, gleichgültigen Mienen ringsum. Als er den Kopf ein wenig wandte, sagte er auf einmal erschrocken und mit seltsam dünner Stimme: »Ich bitte; einen Augenblick, ich bitte ...« und schaute in die Richtung der Tür, die sich geöffnet hatte.

Es war jemand eingetreten. Dieser Jemand war Fraundorfer.

58

Fraundorfer und hinter ihm Herr Schmitt.

Er stand da im Mantel, den Schlapphut auf dem Kopf, den dicken Stock in der Hand, genau wie er vierundzwanzig Stunden vorher sich aus Laudins Haus entfernt hatte. Sein Gesicht hatte das Tückisch-Schläfrige im Ausdruck; der Blick war schräg zur Erde gekehrt; unter dem Hut hingen unordentlich, tagelang nicht gekämmt, die heufarbenen Haare hervor; auch war er seit Tagen nicht rasiert, und besonders das Kinn stand voll grauer Stoppeln. Die enorme Gestalt füllte den Türrahmen; Herr Schmitt sah wie ein weißes Insekt daneben aus.

Seiner Miene war nicht zu entnehmen, warum er, einmal eingetreten, solange an der Tür verharrte. Schwerlich war der Grund der, daß er erst die allgemeine Aufmerksamkeit auf sich lenken oder sich über die kartenspielende Gesellschaft orientieren wollte. Auch lag es nicht in seiner Gepflogenheit, einen berechneten Effekt hervorzubringen und sich an der Steigerung zu ergötzen. Im Gegenteil, alles an ihm verriet äußerste Unlust, fast ingrimmiges Unbehagen. Er liebte nicht dramatische Situationen und gespannte Momente. Er hatte tiefe Verachtung gegen alles, was im gemeinen Leben an Szene und Theater erinnerte. Menschen zu stellen war ihm ein Greuel, sich selber den Menschen zu stellen, verwehrten ihm geistiger Hochmut und die Gewohnheit der Einsamkeit. Wie Außerordentliches ihn veranlaßt hatte, über diese Schwelle zu treten, war es auch vermutlich Einflüsterung höherer Kenntnis, die ihn zaudern machte. Ein letztes Licht mußte gleichsam erst erlöschen.

Herr Schmitt rieb leise jaulend die Schnauze an seinem Bein; er nickte dem Hündchen zu und bewegte sich gegen den Tischbord. Der Baron und die Filmdarstellerin rückten jäh auseinander. Das Gelächter, trunkenes Gelall und Geschrei hatten aufgehört. Verwunderte, unsichere, ängstliche Blicke richteten sich auf den Koloß. Daß er immer noch den Schlapphut auf dem Kopf hatte, wirkte unheimlich. Er ergriff den Stock in der Mitte, kehrte ihn um, klopfte mit dem Knauf dreimal auf die Tischplatte, daß die Flaschen klapperten und die Gläser und Spielkarten tanzten, streckte den linken Zeigefinger in die Richtung aus, wo Laudin stand, und sagte mit seinem gequetschten Baß: »Ich hab es nun doch nicht länger aufgeschoben, Dyskolos. Herr Schmitt und ich waren heute bei dem Bonzen. Und deswegen sind wir jetzt hier, Herr Schmitt und ich.«

Keiner von der Tafelrunde schien das Unverständliche dieser Worte oder den Mann selbst erheiternd oder komisch zu finden. Sie sahen ihn alle an, als ob sein Gesicht ein Magnet und ihre Blicke Eisenspäne wären. Es wurde mit jeder Sekunde stiller. Alle spürten, daß sich etwas Ungewöhnliches vorbereite. Lu stand hinter ihrem Stuhl, den leeren Sektkelch noch in der Rechten, und schaute mit zusammengezogenen Brauen, die linke Hand unwillkürlich an ihre nackte Brust pressend, bald auf ihre Gäste, bald auf Laudin, bald auf den Unbekannten im

Schlapphut, der überlebensgroß zwei Schritte von ihr entfernt wie ein Turm ragte.

Laudin rührte sich nicht. Seine Augen waren zu Boden gekehrt wie die von Fraundorfer. Und Fraundorfer, auch jetzt ohne den Freund anzusehen, mit der einen Hand den Stock umklammernd, die andere in die Richtung gestreckt, wo Laudin stand, begann wieder: »Du mußt ihr sagen, wer ich bin, Dyskolos. Sag dem Weibsbild, wer ich bin!« Lähmende Stille. »Du sagst es nicht? Sie scheint es nicht zu wissen. Sie scheint nicht zu wissen, daß ich der Fraundorfer bin.«

Lu wich einen Schritt zurück. Ihr Gesicht zuckte. Furcht, Zorn und Entrüstung rannen in den Augen zusammen. Sie versuchte zu sprechen. Da ertönte ein betäubender Schlag, Fraundorfer hatte mit dem Stock auf den Tisch geschlagen; mit aller Gewalt seines mächtigen Arms. Zwei Gläser zersplitterten. Er hob die Lider; der Blick traf stählern die bleichgewordene Lu. »Du hast ihn mit deiner vergifteten Umarmung hin gemacht, du Laster!« schrie er ihr zu.

Sie wich weiter zurück, mit aufgerissenen Augen, den Sektkelch wie eine Waffe vor sich haltend.

»Gesteh!« brüllte er mit Mark und Bein durchdringender Stimme. »Gesteh, Kreatur. Gesteh, sonst erwürg ich dich wie eine wütige Katze. Gesteh, daß du ihm die Seuche eingeträufelt hast, verworfenes Mensch. Gesteh, daß du ihn mir genommen hast, Hure, gesteh!«

Der kostümierte Boy war aus dem Schlaf gefahren; er stand mit offenem Mund und erhobenen Händen an der Wand. Die ganze Runde an der Tafel sah aus wie eine Versammlung von Wachsfiguren.

Mit Lu geschah eine seltsame Verwandlung. Sei es, daß Grauen und Angst sich gänzlich ihrer bemächtigt hatten, sei es, daß der rein körperliche Eindruck des ungeheuren Richters und Rechenschaftsforderers sie aus allen Wehren und Gittern trieb, sei es schließlich, daß die Maßlosigkeit der Drohung, das Unausdenkliche einer Züchtigung sie fast um den Verstand brachte (da mochten sich düsterste Bilder aus früher Vergangenheit vor ihr erheben), genug, sie fing an, wie Espenlaub zu zittern, ließ das Glas auf den Teppich fallen, beugte den Kopf, legte ihn in die Hände und begann zu flennen wie ein Schulmädchen.

»Gut, gut«, höhnte Fraundorfer, »das Unmensch präsentiert einen Wechsel auf Rührung. Wer ihn ausgestellt und unterschrieben hat, soll ihn einlösen. Herrschaften, hat niemand Lust? Je nun, ihr wißt, warum ihr die Taschen zuhaltet. Falscher Wechsel. Falsche Unterschrift. Urkundenfälschung. Du siehst, Dyskolos, du hörst. Was willst du noch für Beweise?«

Und sich wieder an Lu wendend, fragte er mit schrecklicher Unerbittlichkeit im Ton: »Warum hast du es so weit kommen lassen, infernalische Bestie? Steh Rede!«

Lauter flennend zog Lu den Kopf zwischen die Schultern.

»Warum die Blüte zerstampft?« fuhr Fraundorfer mit einer Stimme fort, die sich schrill überschlug. »Warum dem Vater seinen Sohn massakriert? Warum ihm sein Einziges in Sündenfrechheit weggestohlen? Warum, Weib? Warum, du Spottbild von einem Menschenwesen, warum der Welt einen Menschen entrissen? Hat sie denn Überfluß davon, die bedreckte Sauwelt? Warum kein Erbarmen gehabt, Weib? Warum einen mit der Pestilenz beschenkt, die ihn hinaustrieb aus dem Leben? Warum, frag ich?« Diese letzte Frage klang donnernd; er schüttelte die Faust in der Luft; dicke Wülste hingen wie Geschwüre um die farblosen Augen, und aus den zerfurchten Lidern, es kann nicht verhehlt werden, brachen Tränen.

So standen auf einmal beide weinend voreinander, jeder wie an einem Pol der Welt.

Lu hob das schneeweiße Gesicht und stotterte kaum vernehmlich: »Er hat es gewußt.« Es war klar, daß sie log, daß sie nicht glaubte, man würde ihr glauben, und daß sie nur um jeden Preis einen Ausweg finden wollte.

Da stand Arnold Keller langsam auf. Es war, als habe er einen Toast zu halten oder als trete er vor den Vorhang, um dem Publikum eine Umänderung des Programms mitzuteilen. Er legte die Zigarre auf die Aschenschale, räusperte sich kurz und sagte: »Verzeihung, Herr. Ich darf wohl darauf aufmerksam machen, daß hier kein Schwurgericht mit Verhör und Urteil ist. Es ist auch nicht würdig, sich in solcher injuriösen Weise zu erhitzen. Besonnenheit würde ich empfehlen. Denken Sie an das Wort des Seneca: Magnus animus remissius loquitur*. Ist denn die Bedauernswerte mit jenem Gebrechen zur Welt gekommen? frage ich Sie. Hat sie es etwa aus ihrem eigenen Leibe und aus Boshaftigkeit erzeugt? Oder ist sie nicht auch ihrerseits das unschuldige Opfer? Ihr laßt den Armen schuldig werden, heißt es; und an anderer, noch ehrwürdigerer Stelle: Erlöse uns von dem Übel. Also sachte, geehrter Herr, und bei aller gebührenden Rücksicht auf Ihren Schmerz: respektieren Sie den Genius in dieser Frau, machen Sie halt vor einer Seele, die tabu ist.«

Ein kollerndes Gelächter Fraundorfers war die Antwort. Er kehrte sich zur Seite und krächzte, stoßhaft weiterlachend: »Herr Schmitt, Sie verstehen das ... Hilfe, Herr Schmitt ... ich muß an Sie appellieren, Herr Schmitt, es würgt mich ... es verschlägt einem die Luft ...«

Indem er das gegen den Boden hinabschrie, und es machte den Eindruck, als geschehe es in körperlichem Schmerz, hatte Lu sich auf die Knie niedergelassen, hatte nach Arnold Kellers Hand gehascht und drückte sie an ihre Brust. Das emporgewandte, schneeweiße Gesicht hatte den Ausdruck der büßenden Magdalena. Der Baron, der wie einige andere des Kreises den lähmenden Bann allmählich weichen fühlte, ließ ein entzücktes Murmeln hören, der Filmregisseur aber, vollständig betrunken, erhob sich, schlug taktmäßig in die Hände, wie er zu tun pflegte, wenn eine Pose zu seiner Zufriedenheit ausfiel, und sagte glucksend: »Bravo. Gut. Gut. Aufnahme! Drehn! Aufnahme!«

Der Ausruf in seiner grenzenlos naiven Roheit hatte etwas Offenbarendes. Er legte ein so diabolisch vernesteltes Gewebe von Verschlagenheit, Selbstbetrug, komödiantischer Schaustellung, Hingabe an Schall und Augenblick, Vergessen aller Wirklichkeit und Nichtwissen von ihr so von allen Seiten bloß, daß Fraundorfer, nachdem er einige Sekunden hindurch finster gestutzt hatte, plötzlich die Krempe seines Hutes packte, sie fast bis über die Augen herunterzog und, sich gegen Laudin kehrend, mit wunderlicher Freundlichkeit sagte: »Dyskolos, ich werde

* Ein großer Geist spricht leidenschaftslos.

jetzt einmal gehen und den Pflastersteinen drunten auf der Straße eine Predigt halten.«

Laudin trat zu ihm. »Ja, Egyd, es ist Zeit zu gehen«, sagte er. »Erlaube mir, daß ich dich begleite.«

Was war das aber für ein Mann, der dieses sprach? Er hatte eine befremdliche Stimme und ein nicht minder befremdliches Aussehen. Erlaube mir, daß ich dich begleite; es klang wie Zweifel, ob die Erlaubnis gewährt werden könne. Das Gesicht war gealtert und sah feuchtfahl aus. Die Hände machten zwecklose Gebärden. Beim Überschreiten der Schwelle stolperte er. Im Vorraum konnte er erst den Mantel nicht finden, dann ihn nicht umtun. Fraundorfer mußte ihm helfen. Das Zuknöpfen des Mantels dauerte Minuten.

Man hatte ihnen zum Hinabgehen eine Kerze gereicht. Fraundorfer hielt sie und schritt voran. Sein ungeheurer Schatten bedeckte das ganze Stiegenhaus. Unten sagte Laudin: »Zu wissen, daß man zum letztenmal eine Stiege hinuntergeht, das gehört zu den vielen Kommunikationen mit dem Tod, die das Leben bietet.«

»Woher weißt du, daß es zum letztenmal ist?« fragte Fraundorfer hart und in die Luft hinein.

»Woher weißt du, daß du mit einem Buch fertig bist, wenn du die letzte Seite umgeschlagen hast? Woher weißt du, daß du ein Glas nie wieder in die Hand nehmen wirst, wenn es zertrümmert ist? Das sind unsere Abschiede. Die Stiege, nun ja, die Stiege ist eine Hyperbel. Aber nicht alle Dinge versinken hinter uns ins Nichts, wenn wir sie endgültig verlassen. Ein Glas, ein Buch und eine Stiege können nicht so nichtig werden wie ein Mensch, der abgetrennt dasteht von Menschheit, Gott und Erde und von dessen Nichtigkeit, o gibt es denn kein stärkeres Wort, warum sind denn alle Worte so nichtig? Von dessen Nichtigkeit wir so wenig begreifen, daß wir sie erst zu ahnen beginnen, wenn wir auf die Uhr unseres Herzens sehen und bemerken, daß sie keine Zeit mehr angibt.« Er drückte die Stirn auf das Geländer, schämte sich aber sogleich dieser Schwäche und nahm wieder seine rückensteife Haltung an.

»Du phantasierst, Bruder, komm«, sagte Fraundorfer unbewegt.

Sie traten auf die Straße. »Also, jetzt könnte man mal das mit den Pflastersteinen probieren«, rief Fraundorfer kaustisch und stieß den Stock so heftig gegen den Boden, daß Herr Schmitt erschrocken winselnd zurücksprang und hierauf seinen Meister vorwurfsvoll anblickte. »Schau dir diese Verachtung an«, sagte Fraundorfer und wies auf den Hund, »schau dir an, was in dem Tier für eine Verachtung steckt. Trauriges Pack ihr, spricht er zu uns, traurige Hungerleider der Illusion, traurige Vagabunden auf einem traurigen Jahrmarkt.«

»Auch du phantasierst, Egyd«, sagte Laudin, wieder in geduckter Haltung.

»Ich wohne nicht mehr in meinem Hause«, sagte er dann. »Ich wohne seit heute bei Frau von Damrosch. Pia hat es veranlaßt. Pia und ich werden wohl auseinandergehen.«

Fraundorfer brummte etwas Unverständliches. Sie gingen schweigend den kurzen Weg bis zur Löbelstraße, aber Laudin hatte sichtlich Mühe zu gehen. »Mir ist kalt«, sagte er. Dann machte er Fraundorfer den schüchternen Vorschlag, er möge bei ihm bleiben. Es war, wenn man schärfer hinhörte, eine dringliche Bitte. Fraundorfer knurrte wieder, aber das Knurren war Einwilligung. Am Morgen müsse er mit einem Untersuchungsgefangenen konferieren, fuhr Laudin in demselben gedrückten, überbescheidenen Ton fort; es sei ein Student, jemand, den er unverantwortlich habe verkommen lassen. Jemand, dessen Schicksal er mitverschuldet habe. Den müsse er sprechen. Dann müsse er noch einen Gang tun. Dann habe er, um elf Uhr, einen wichtigen Termin bei Gericht. Zu dem Konrad Lanz wolle er schon um acht Uhr, und er müsse vorher noch den Untersuchungsrichter aufsuchen oder telephonisch seiner habhaft werden, da er die Legitimation brauche. Es handle sich also nur um ein paar Stunden, für die er Fraundorfers Gesellschaft in Anspruch nähme.

Alle diese Reden schienen Fraundorfers Bedenken wachzurufen. Er schob seinen Arm in den Laudins und schleppte den schwer Gehenden weiter. Die Straßen waren wie ausgestorben.

Als sie endlich in Laudins neuer Behausung angelangt

waren, nicht ohne Schwierigkeit hatten sie mit den verschiedenen Schlüsseln hantiert, sah sich Laudin in dem mit blauem Stoff behangenen Zimmer besinnend um. Am Fußende des Bettes stand der Koffer, den Pia geschickt. Und wie am Nachmittag, kaum umfaßbares Leben, das seit jener Stunde und der jetzigen verflossen war, murmelte Laudin, wie vom selben Objekt mechanisch zur selben Äußerung gedrängt: »Also das ist Pia ...«

Er entledigte sich des Mantels und ließ sich in einen Lehnstuhl fallen. Fraundorfer tat ebenfalls den Mantel ab, warf den Schlapphut auf den Boden, räkelte sich in einen andern Stuhl und stützte, massig nach vorn gebeugt, das Kinn auf seinen Stock.

Herr Schmitt, geräuschlos wie immer, den in Ergebenheit schwimmenden Blick auf den Meister gerichtet, lagerte zwischen ihnen.

Stunden vergingen, die Dämmerung kam, der Tag brach an, die Sonne begann zu scheinen, keiner von beiden Männern schlief, keiner von beiden sprach.

59

Um halb neun Uhr betrat Laudin den Raum, in welchem Konrad Lanz inhaftiert war. Er hatte bereits mit dem Untersuchungsrichter gesprochen. Da ein Verteidiger weder von Amts wegen bestellt noch von dem Verhafteten bis zur Stunde verlangt worden war, bedurfte es nicht einmal des Gewichts seines Namens, um Laudin den Weg zu Konrad Lanz zu öffnen. Der Richter bezeigte sich entgegenkommend und hatte ihm auch den Einblick in die bisherigen Aussagen des Häftlings gewährt.

Schmales, düsteres Gelaß. Die eiserne Bettstelle war von einer nicht ganz sauberen Matte bedeckt. Das vergitterte Fenster stand offen. Es ging nach dem Hof des riesigen Gebäudekomplexes. Abgesehen von dem fernklingenden Brodeln frühen Stadtlärms war es still.

Lanz saß neben einem gebrechlichen Tischchen. Ein aufgeschlagenes Buch lag vor ihm. Sein Gesicht war derart abgemagert, daß die Backenknochen eckig hervorragten und die Wangen nur aus Höhlungen bestanden. Sogar die bartlosen Lippen schienen eingesunken. Ein Asketengesicht, streng und stumm, nicht mehr das Bittstellergesicht, das Laudin in Erinnerung hatte. Schon dadurch wurde dem Gespräch eine Bahn gewiesen, die sich nicht hatte vorbestimmen lassen, die aber dem Antrieb, unter dem Laudin gehandelt, erst die Bestätigung verlieh.

Er sagte, er sei vollkommen informiert. Er sei willens und entschlossen, Lanz seine Rechtshilfe zu gewähren. Zwar fielen strafrechtliche Fälle nur noch selten in sein Ressort, trotzdem wolle er sich dieser Angelegenheit mit allen seinen Kräften widmen, wenn auch nicht in allen Stadien persönlich; er wisse heute noch nicht, ob er dazu imstande sein werde, es habe sich Verschiedenes in seinem Leben ereignet, was ihn zu durchgreifender, obschon in keiner Weise noch überblickbarer Veränderung seiner Dispositionen zwingen könne; wenn auch nicht persönlich also, könne er doch als Konsulent und spiritus rector durch einen umfassend bevollmächtigten Mittler wirken. Er erachte es als seine Pflicht. Es sei nicht äußerlich berufliches Interesse dabei im Spiel, es seien andere Motive. Sie zu erklären, erübrige sich. Zu beachten bitte er, daß er nicht erschienen sei, um als soziale Macht dem sozial Gestürzten und Entwaffneten eine Gunst zu gewähren, sondern aus einem inneren Bedürfnis und, dies kam zögernd, aus einem inneren Schuld- und Mitschuldgefühl.

Lanz schien überrascht; nicht allzusehr überrascht, nur obenhin. Vielleicht weil ihn alles, was jetzt von Menschen zu ihm gelangte, nur obenhin streifte. Viel mehr überrascht war Laudin, als der junge Mann, nachdem er bohrenden Blicks eine Weile vor sich hingestarrt, sein Anerbieten ablehnte. Da Laudin sich nach dem Grund der Ablehnung erkundigte, gab jener zur Antwort, der Gedanke an eine Verteidigung verursache ihm überhaupt Unbehagen; ginge es nach seinem Bedünken und Wünschen, so würde jede Art von Verteidigung unterbleiben. Die von ihm geschätzte, ja verehrte Person des Doktor Laudin in seine Sache zu verwickeln, diese durch und durch verlorene Sache, bereite ihm nur Qual, überflüssige Qual. Er habe sich abgefunden. Er sei mit sich ganz und gar im reinen. Das Schicksal sei besiegelt, die Existenz verwirkt. Art der Strafe, Dauer der Strafe, das habe keine Bedeutung mehr für ihn.

Die seelische Harakiristimmung, in der er augenblicklich befangen sei, könne nicht maßgeblich sein für den ferneren Verlauf seines Lebens, wandte Laudin ein. Der Geist habe seine Ebbe, habe seine Flut.

Lanz schüttelte den Kopf. Was er gesagt, sei maßgeblich. Längst sei er sich über die Folgen klar; mit der Stunde des Beginns. Er habe gefährliches Spiel getrieben. Der Einsatz war sein Kopf. Was hat es für einen Sinn, wenn der Kopf fällt, Arme und Beine retten zu wollen?

Mit verschleiertem Blick entgegnete Laudin, durch solche Gefühlslogik unterhöhle man den gesamten Bau des Rechts, nicht bloß des bestehenden, wie er zugebe mangelhaften, sondern auch des in der Idee möglichen höheren.

Lanz darauf: Er glaube nicht an höheres Recht, glaube an keine Entwicklung.

Die Antwort Laudins war keine routinierte Floskel. Das Terrain wurde unsicher. Er selbst hatte den Boden gelockert. Heimlich allerdings. Die Zahl eigener Gebundenheiten bemerkt man erst, wenn andere anfangen, die ihren zu lösen.

Sein größter Frevel sei gewesen, daß er mit einem Wunder gerechnet habe, sagte Lanz. Zuletzt sei es auf Messers Schneide gestanden: Wohltäter der Menschheit und Leuchte der Wissenschaft oder überführter Fälscher und Zuchthäusler. Sich auf längere Wege und Entscheidungen einzulassen, habe er keine Zeit gehabt. Er gleiche einem Wettläufer, der dicht vorm Ziel, eh ihm der Atem brach, sich auf ein Automobil geschwungen und gehofft habe, man werde es nicht bemerken. »Ungeduld ist immer einfältig«, fügte er hinzu, aber auf dem Punkt, wo die Wissenschaft jetzt stehe, eilten Hunderte zu demselben Ziel, und wer es zuerst erreiche, sei nicht immer der Auserwählte, sondern der Entschlossenste und Kaltblütigste.

Seine Rede hatte etwas trocken Registrierendes. Er sei im Begriff gewesen, die künstliche Erzeugung von Zukker zu finden, sagte er in einem Ton, als setze er voraus, Laudin wisse zu würdigen, welch ungeheuern Inhalt das

Wort hatte. Er ließ etwa durchblicken: Umwälzung aller Wirtschaft. Aber er lag doch nun zu Tode getroffen auf dem Schlachtfeld; auch das war drin. Was er äußerte, hatte den selbstverständlichen Stolz des Unbedingten. Wie in vielen Gelehrten war in ihm die unbedingte Vergötterung der Wissenschaft und der unbedingte Glaube daran. Als ihm Laudin schüchtern entgegenhielt, gerade die Importanz des Zweckes hätte ihn in der Wahl des Mittels vorsichtig machen müssen, schoß jähe Röte über seine hageren Züge und er fing an, in sonderbar zerschnittenen Sätzen von seinem Leben zu sprechen, dessen ganze Unterlage nach seiner Bezeichnung makaber war. Er wolle vom Hunger nicht reden, von der unaufhörlichen Demütigung nicht. Immer als ob man sich nächtlicherweile durch Zaunlatten auf ein fremdes Grundstück schleiche. Immer an die Mauer gedrückt, im Gymnasium, an der Universität, im Laboratorium. Immer von zufälliger Gnade abhängig. Jedes Retortenglas Gnade, jedes Buch Gnade. Jedes Semester mit Bittgesuchen und Bittbesuchen beginnen. Unaufhörlich sich klein machen, würdig machen und gleichsam beteuern, daß man ein anständiger Mitgeher, aber beileibe niemals ein Zuhochhinauswoller sein werde; sei doch die ganze Gesellschaft durchtränkt von der Angst, daß einer die Landstraße verlasse und neue Wege einschlage. Das Ärgste der Brotverdienst; Schreiber; Instruktor; Einpauker. Jede Stunde, die ihm auf diese Art abhanden gekommen, habe ihn schließlich geschmerzt wie ein abgehackter Finger. Das Gefühl: die Zeit rennt dir davon, sei schlimmer als Not. Täglich dehne sich das von andern gewonnene Gebiet aus; täglich wachse Erkenntnis, ändere sich Anschauung und Urteil; gewaltige Geister seien ununterbrochen am Werk; das Übersehen eines unscheinbaren Faktums könne einen ins Hintertreffen bringen und in die Lage eines Menschen versetzen, der das Pulver noch einmal erfinden will. Die Natur steht da, beladen mit Geheimnissen; ein einzelnes zu enträtseln, kostet oft alle Jahre des Menschen: Sie aber, die Natur, trotzig und geizig, gibt nichts heraus, wenn man sie nicht umbuhlt und ihr sein Herzblut verschreibt. Das hat er denn auch getan, das kann er mit ruhigem Gewissen behaupten.

Vielleicht stellte Laudin, abgerückt von sich selber, wie auf einer rotierenden Platte oberhalb der Lebensspiele, eine stille Betrachtung an über den Zusammenhang zwischen der Leidenschaft des Geistes und der der Sinne und der Seele, und über die Wege, die von da zur Verzauberung und von da zur manischen Verstrickung laufen. Er wagte keinen Einwurf. Er fand nur, daß das Menschentreiben ein sonderbares Spiegelbildwesen ist, unerhört aufklärend, wenn zwei einander begegnen, die von Bruderdämonen geschlagen worden sind und nun einander anschauen; nichts weiter als anschauen.

Die Frage sei freilich, was das Herzblut wert sei, fuhr Konrad Lanz eintönig fort, es sei kein Handelsartikel und habe für die Gesellschaft keinen Preis. Trotzdem habe er sich angemaßt, eine Leistung, die noch keinen Tauschwert besessen, aus eigenem Beschluß in blanke Münze umzusetzen. Er habe ihre Marktgängigkeit antizipiert. Er habe ein Darlehen darauf aufnehmen wollen. Er habe ein Haus, von dem freilich erst die Grundmauern standen, mit einer Hypothek belastet, die er hätte einlösen können, wäre es ihm gelungen, es unter Dach zu bringen. Er habe bei der bürgerlichen Gesellschaft eine Anleihe gemacht, Kreditgeschäft ohne Deckung allerdings. Er habe dem Staat, dem größten und gewissenlosesten aller Notenfälscher, ins Handwerk gepfuscht und die Milliarden von Papierfetzen, hinter denen nichts stehe als ein lügenhaftes Versprechen, um eineinviertel Dutzend Stück vermehrt. Die Vorstellung erlahme beim Vergleich. Es sei, wie wenn einer zur Rechenschaft gezogen würde, weil er mit fünfzehn Kieselsteinen den Gaurisankar bombardiere und dadurch angeblich die Gefahr eines Erdbebens heraufbeschwöre. Oh, natürlich, er wisse, was Doktor Laudin entgegnen wolle und entgegnen müsse; wenn alle Bürger des Staats sich des nämlichen Tuns unterfingen, zerfalle alles in Atome, jeder wäre ein Morgan und ein Bettler zugleich, die Kuh fresse sich selber statt das Gras. Die Ordnung gegenwärtiger Welt bringe es mit sich, daß in solchem Fall wie seinem das Gesetz zum Furor werde und den Übertreter um so gnadenloser richte, als die leiseste Regung von Milde sofort die ganze Konstruktion ad absurdum führe. Da hieße es, entweder ganz verdammt, oder, da doch genau besehen das Delikt vor einem göttlichen Forum sozusagen nicht stichhaltig, vielleicht überhaupt keines sei, ganz ledig. Wenn das Gesetz auf der einen Seite nicht bloß ignoriere, sondern beschütze, was es auf der andern mit grausamer Strafe verfolge, müsse das Rechtsgefühl in jedem Bürger erkranken oder verdorren. »Außen also ist man gerichtet, innen ist man freigesprochen, irgendwie, von irgendeiner Stimme frei- und losgesprochen, was für ein Zustand! Der geschriebene Buchstabe verfemt mich auf ewig, nimmt mir Arbeit, Ehre und Lohn; der lebendige Geist in mir schreit: Es geschieht Unrecht, Unrecht am Leben, Unrecht am Geist.«

Dennoch beugt er sich. Dennoch hat er gegen die Gesamtheit gefrevelt. Er erkennt es. Nur vermag er die Grenzlinie nicht zu bestimmen zwischen seinem inneren Recht und äußeren Unrecht. Er sitzt da und zermartert sich das Hirn. »Wo ist die Wahrheit? In meiner Verzweiflung und Notwehr, in der Angst um meine Sendung und der Abhilfe, die ich gesucht, oder im unerbittlichen Buchstaben des Gesetzes, in diesem versteinerten Recht, das meine Existenz schon zermalmt hat, indem es den Arm nach mir ausgestreckt, und mich vernichtet, gleichgültig, ob es drakonisch straft oder sich Milderungen abschmeicheln läßt.« Auf die Nuancen legt er kein Gewicht. Sie können ihm nicht mehr dienen.

Er war in unerhörter Weise innerlich zerquält und aufgewühlt. Ein gebrochener Mann, so saß er vor Laudin da und suchte, den Weg abgehend, den er zurückgelegt, mit verstörtem, höchst beunruhigtem Gewissen die Trümmer seiner selbst zusammen. Es war, als rede er auch nur zu sich allein. »Sie sind nun hier, Herr Doktor«, begann er stockend wieder, »haben sich freundlich herbemüht ... es ist so sonderbar ... als Sie zur Tür hereintraten, war mir's, als ob Sie bloß eine kleine Weile fortgewesen wären. Es war nämlich ... ich habe heute nacht schon ... Sie waren fast wie wirklich da. Ich bin kein Phantast, kein Geisterseher, im Gegenteil. In mir ist's immer hart auf hart gegangen, für Träumereien war kein Platz. Freilich, diese letzte Zeit ... Um zu sparen, um die gefälschten Scheine nur für das Unerläßlichste zu benutzen, hab ich fast nur noch von Brot und Kartoffeln gelebt. Oft war mir zumut, als hätt ich gar kein richtiges Blut mehr in den Adern. Wie ich nun gestern abend vom Verhör kam und auf das Bett fiel, wurde mir schwarz vor den Augen. Ich dachte, ich werde ohnmächtig, aber das war's nicht. Aus dem Schwarzen hob sich ein leuchtender Kreis, und ich befand mich plötzlich in einem unermeßlich großen Raum, der überwölbt war von einer unermeßlich hohen und weiten Kuppel. Gegen Süden, Westen und Norden öffneten sich drei mächtige Rundtore, in der östlichen Richtung stand ein Thron, und darauf saß eine majestätische Gestalt, ganz in Purpur eingehüllt, und statt des Gesichts erblickte man eine goldene Maske. Ich wußte: das ist der Richter. Durch jedes der drei Tore aber zogen unabsehbare Scharen von Menschen in den Raum; ich war mitten unter ihnen. Es waren Menschen aller Stände und Klassen, aller Völker und Zonen, Männer, Weiber, Kinder, Greise, Jünglinge und Mädchen. Sie gaben keinen Laut von sich, kein Gemurmel war zu hören, aber alle, und auch ich, waren von demselben Gefühl durchdrungen. Was für ein Gefühl es war, kann ich nicht bezeichnen. Auf jeden Fall war es ein gewaltiges, zusammengesetzt aus Ehrfurcht und Flehen. Wir alle glaubten an die Gestalt in Purpur; unser ganzes Schicksal hing an ihr; es erfüllte uns ein Vertrauen von religiöser Tiefe. Ich war unter den Vordersten, und als wir dem Thron nahe kamen, warfen wir uns auf die Knie, und die Tausende und Abertausende hinter uns folgten unserm Beispiel. Jetzt löste sich aus den Tausenden und Tausenden von Kehlen ein einziger Schrei: Gerechtigkeit! Ein ungeheures Bangen und Verlangen war in dem Schrei, eine Sehnsucht und zuversichtliche Erwartung, so erschütternd, wie ich nichts vorher verspürt. Die Gestalt blieb stumm. Keine Falte des purpurnen Gewands regte sich. Und wieder, nach herzzerreißender Pause, der herzzerreißende Schrei: Gerechtigkeit! Keine Antwort von da oben. Und ich, ich ertrug es nicht länger. Ich wußte, daß alle diese Menschen von der Angst hierhergetrieben waren, Angst vor etwas Gräßlichem, dem sie entflohen waren und das sie mit Sicherheit ereilte, wenn ihnen nicht gegeben wurde, worum sie flehten. Mich erfaßte Erbitterung gegen die stumme Gestalt in Purpur, ich griff zu dem Mantel empor und zerrte ihn weg. Zugleich fiel auch die goldene Maske herab, und vor uns stand ein Skelett. Da fing eine Stimme an zu sprechen, und das ist das Seltsame, es war Ihre Stimme, Herr Doktor Laudin. Aber es war nun nicht mehr der gewaltige Kuppelraum, es war ein ganz gewöhnlicher Hörsaal; ich saß mit andern Studenten im Kolleg bei Ihnen. Sie deuteten auf das Skelett, der Purpurmantel lag zu Ihren Füßen, und Sie sagten: Die Zeit ist vorüber, wo dieses tote Gebein ein richterlicher Gott war. Dieser Gott ist, wie ihr seht, verwest, und sein lebendiges Gesetz ist vermodert. Wir haben vergessen, ihn mit unserer lebendigen Seele zu speisen, darum steht er jetzt als Knochengerüst vor uns. Wir haben verabsäumt, dem erstarrten Körper neuen Odem einzublasen, darum das Leiden, der Zweifel und die Verzweiflung. So sprachen Sie mit Ihrer gewöhnlichen, alltäglichen Stimme, ich habe die Stimme noch jetzt im Ohr, und ich wußte, daß mir nicht mehr zu helfen ist.«

Er schwieg. Der Ausdruck seiner Züge hatte etwas Seherisches und zugleich Erloschenes. Da Laudin beklommen und ebenfalls schweigend vor sich hinsah, murmelte er: »Es war kein Traum. Es war so wirklich, wie daß Sie selber hier sitzen.«

Laudin sagte: »Ich nehme an, daß es kein Traum war. So allegorisch pflegen Träume nicht zu sein. Ein Wahrgesicht, wollen wir annehmen. Ähnliches könnte ich schließlich äußern ... oder denken. In jedem Fall könnte es ein Fingerzeig sein. Vorausgesetzt, daß man an die Auferstehung dieses ... Gottes zu glauben vermöchte. Es sind Möglichkeiten, die, erachte ich, dem Jetztlebenden verschlossen sind, es sei denn, er bräche mit allem, was hinter ihm liegt. Ein gar zu umfassendes Ding: Gerechtigkeit. Eine Idee. Recht, das ist etwas anderes. Recht ist ein Werkzeug. Sehr irdisch. Sehr zugänglich. Sehr formbar. Aber das Recht in ein Verhältnis zum Gesetz zu bringen, ist so schwer, wie die Strafe in ein Verhältnis zur Schuld. Es will und soll gültig sein und ist voller Widerspruch. Es will und soll lauter sein und ist voller Schlakke. Allzu rigorose Rechtsforderungen zerstören die Humanität genauso wie Vernachlässigung oder Käuflichkeit und Bestechlichkeit. Feindlich steht das Gewordene wider das Entstehende. Ich könnte mir eine Zeit vorstellen, eine sehr ferne freilich, wo der Begriff Strafe so entlegen und barbarisch klingt wie heute der Begriff Folter. Auch zu mir sind viele gekommen, ihr Recht zu finden, Unzählige. Ich mußte sie vertrösten, durfte mich nicht an dem Purpur vergreifen. Ich mußte sie hinhalten mit Formeln, mit Vorläufigkeiten, mit Velleitäten. Der Mensch gewöhnt sich an nichts so schnell wie an das Unzulängliche. Aber Ihre Vision, oder wie Sie es nennen wollen, könnte ein Fingerzeig sein. Ob für mich, das ist die Frage. Für mich ist es wahrscheinlich zu spät.«

Er erhob sich, und tief aufatmend fügte er hinzu: »Jedes geschehene, jedes vollzogene Recht ist eigentlich nur das wider unsere menschliche Absicht durchgedrungene Mitleid eines höheren Wesens, das in uns wirkt.«

»Ein hoffnungsloses Wort«, sagte Konrad Lanz trübe.

»Ich wüßte keines, das mehr Hoffnung enthält«, versetzte Laudin, wider seine Absicht doppelsinnig.

Damit ging er und mit dem stummen Vorsatz, den Unglücklichen, sei es auch gegen dessen Willen, in den Kreis der Betreuungen einzuschließen, die ihm noch blieben.

60

Eine Viertelstunde später befand er sich in dem Haus Langegasse 20, in welchem Brigitte Hartmann wohnte. Da ihm die Adresse entfallen war, hatte er zuvor die Kanzlei anrufen müssen.

Er wurde von einer schmutzig aussehenden Aufwärterin in einen großen öden Raum geführt, der offenbar als Salon und Kinderzimmer zugleich diente, wie aus allerlei Spielzeug zu ersehen war, schlaff hängenden Gummiballons, Bilderbüchern und Papierhelmen, die auf den mit grünem Rips überzogenen Stühlen und auf dem dünnen Warenhausteppich herumlagen.

Die Tür öffnete sich. Brigitte Hartmann trat auf dic Schwelle. Kaum hatte sie den Besucher erkannt, so stieß sie einen Schrei aus und verschwand. Erst nach einigen Minuten erschien sie wieder, diesmal mit einem buntfarbigen Schal um die Schultern und einem lächerlich wirkenden Silberband über der Stirn, das die Haare zusammenhielt. Sie hatte sich, nach dem zehnjährigen Exil im Hartmannshof, völlig in städtische Sitte und Mode gefunden, freilich nach ihrer besonderen Art.

Bestürzung, scheue Freude, unruhige Verwunderung, böses Gewissen irrten über die groben Züge. Sie stammelte nur. Sie stellte einen Stuhl in die Mitte des Zimmers und wischte eifrig über das Polster. Sie ging zum Fenster, zog am Vorhang, kehrte zurück, schob den Stuhl an einen andern Platz, sagte etwas von Krankheit, Nichterwartethaben, früher Stunde und vermied bei alledem ängstlich, den Besucher anzusehen. Ihre Erregung wuchs. Schließlich fragte sie in unnatürlich lautem Ton, ob sie dem Herrn Doktor etwas anbieten dürfe, eine Kleinigkeit, ein Butterbrot, ein Gläschen Sliwowitz, es werde sofort beschafft sein, es koste sie nicht die geringste Mühe, es mache ihr das größte Vergnügen.

Laudin sagte: »Lassen sie uns die Zeit nicht mit Nebensächlichem verlieren, Frau Hartmann. Der Grund meines Hierseins ist bald erklärt. Ich weiß nicht einmal, ob eine Erklärung notwendig ist. Sie werden ja indessen gehört oder gelesen haben, was sich mit Konrad Lanz ereignet hat.«

In Brigitte Hartmanns Gesicht leuchtete es verstehend auf. Gewiß, Herr Doktor. Natürlich, Herr Doktor. Natürlich habe sie gelesen. Den ganzen Abend habe sie gestern mit ihrer Kusine davon gesprochen. Sie schien von einem Alp befreit. Das böse Gewissen verflüchtigte sich, und sie blickte Laudin mit strahlendem Triumph an. Nun, was sage der Herr Doktor dazu? Banknoten fälschen! So ein Lump. So ein Halunke. Hat sie nicht richtig prophezeit, daß es mit den Leuten ein schlimmes Ende nehmen wird? Oh, sie hat ihre Nase; die Sorte kennt sie; in der Beziehung macht man ihr keinen Plemblem vor. Jetzt ist doch alles sonnenklar. Jetzt steht sie doch reingewaschen da vor dem Herrn Doktor. Jetzt muß er doch einsehen, wie bitteres Unrecht er ihr getan hat. Sie ist ja ganz glücklich. Überglücklich ist sie. Weinen könnte sie vor Glück. Es klingt ja ein wenig herzlos, gewiß. Das fremde Unglück soll man achten, aber da sich doch nun,

Gott und alle Heiligen seien bedankt, eine Kerze will sie bei den Piaristen drüben stiften, obwohl sie sonst keine von den Allerfrömmsten ist, von den Bigotten schon gar nicht, da sich doch nun ihre Unschuld herausgestellt, darf man ihr das bißchen Freude nicht verübeln. Wie meinten der Herr Doktor? Bitte ... bitte ...

Der Redefluß erstarb. Die in die Hüften gestemmten Arme fielen am Leib herunter. Der Blick irrte in die Ekken des Raumes, kam wie befohlen wieder, floh abermals, fand keinen Halt, heftete sich feig und bang in den Blick des Mannes.

Laudin hatte ihr beide Hände auf die Schultern gelegt. Nichts anderes. Er schaute sie an. Nichts anderes. Sein Gesicht hatte den Ausdruck tiefen, heiligen, schmerzlichen Ernstes. Der Druck und die Last der auf ihren Schultern ruhenden Hände des Mannes schienen eine zerbrechende Wirkung auf Brigitte Hartmann auszuüben. Wir gehen vielleicht nicht zu weit, wenn wir sie als eine vom Seelengebiet ins Sinnengebiet hinübergreifende vollkommene Bewältigung und Entwaffnung bezeichnen.

»Als Sie damals das Testament aus dem Schreibtisch Ihres Gatten entwendeten«, sagte Laudin in flüsterndem, nichtsdestoweniger die Worte scharf bringendem Ton, »war Ihnen da nicht bewußt, Brigitte Hartmann, daß Sie mit dieser Tat die bürgerliche Existenz zweier Menschen, Mutter und Kind, vernichteten?«

Brigitte Hartmanns Gesicht wurde gelb wie Stroh. »Ich ... ich ... ich ...«, stotterte sie, ebenfalls flüsternd, und kam nicht weiter.

»Und wenn Sie schon stark oder unempfindlich genug waren, über dieses Todesurteil sich hinwegzusetzen«, fuhr Laudin zu flüstern fort, »wie konnten Sie den Mut aufbringen, mir unter die Augen zu treten und meinen Schutz anzurufen?«

»Ich ... ich ... ich ...«, stotterte die Frau, und jetzt drang das Gelbe auch in ihre Augen.

»Die Untat kann nicht wieder gut gemacht, aber sie kann gesühnt werden«, sagte Laudin, und seine beiden Hände wuchteten wie Mühlsteine auf den Schultern der Frau. »Ich schätze, es lebt in Ihnen der Wunsch, daß ich

Sie als ein gleichgeordnetes Menschenwesen betrachten und würdigen soll, Brigitte Hartmann. Ich habe diesen Eindruck. Ich will Ihnen den Weg zeigen, den Sie gehen müssen, um vor mir, um vor sich selbst als eine Frau dazustehen, die teil hat an der Achtung der Welt.«

Vermutlich hatte Brigitte Hartmann derlei Worte in ihrem Leben nie vernommen. Man kann annehmen, daß das stumme Geständnis in ihren Mienen, die verstörte Willigkeit, die in ihrer Haltung zum Ausdruck kam, viel weniger von einem moralischen Zusammenbruch herrührte, auch nicht von der niederzwingenden moralischen Kraft, die auf sie wirkte, sondern daß sie von einer Traumhysterie ausging; wobei diese freilich wieder eine Folge jener Herzensdürre, eisigen Frostes, Entfernung von aller Zärtlichkeit, aller Reverenz und freundlichen Bindung darstellt, die für Frauen ihrer Art und ihrer Schicht zu gewöhnlich geworden sind, als daß es ihnen jemals beifiele, sich darüber nur Gedanken zu machen, geschweige denn, sich beim Schicksal zu beklagen.

»Was muß ich tun, Herr Doktor?« hauchte sie. »Was verlangen Sie von mir. Ich will alles tun ...«

»Ich verlange, daß das Hinterlassenschaftsvermögen Ihres Mannes zwischen Ihnen und Karoline Lanz geteilt werde. Es ist ein billiges Verlangen, dünkt mich. Sie werden, in meiner Gegenwart, an die Bank schreiben und die entsprechende Summe an meine Kanzlei überweisen lassen. Die Aufhebung der Sperre wird noch heute verfügt. Den Brief werde ich Ihnen diktieren.«

Er entnahm der Aktentasche, die er auf den Tisch gelegt, Füllfeder und einen Bogen Papier, Brigitte Hartmann setzte sich mit marionettenhaftem Gehorsam an den Tisch, ergriff die Feder und schrieb, indes ihre Hand zitterte, was er ihr langsam vorsprach. Als sie ihren Namen unterzeichnet hatte, faltete er den Brief zusammen, steckte ihn in die Brusttasche und sagte, sich verneigend, als nehme er in Gesellschaft von einer Dame Abschied: »Dies war wohl die letzte Episode unserer Bekanntschaft, Frau Hartmann, und wir haben Ursache, uns beide zu beglückwünschen, daß unsere Beziehungen auf solche Weise ihren Abschluß gefunden haben. Leben Sie wohl.«

Diese dürr gesetzte und pedantische Phrase erfüllte ungefähr die Funktion eines Spazierstocks, auf den sich ein vollkommen erschöpfter Mensch stützen muß, wenn er genötigt ist, einer äußeren Form zu genügen.

Brigitte Hartmann sah ihm mit glasig erstaunten Augen nach. Sie lauschte den verhallenden Schritten, dann stieß sie ein kurzes, ein wenig irr klingendes Gelächter aus, das an das Glucksen eines Huhns erinnerte, und sank auf einen Stuhl.

61

Ungeachtet seiner Erschöpfung fand Laudin noch Kraft zu dem einen, das ihm an diesem Tag zu tun übrigblieb und das ihm vermutlich als das Unerläßlichste von allem erschien.

Kein Zweifel, er hätte einen andern Weg wählen können, um den Zweck zu erreichen, der ihm vorschwebte und von dem er sich allerdings genaue Rechenschaft aus irgendwelchen Gründen nicht ablegte. Einen minder öffentlichen, minder provokanten und geschäftig übelwollender Nachrede minder ausgesetzten Weg. In einer gleichmütigeren, sozusagen trivialeren oder in gewisser Hinsicht weltlicheren Verfassung hätte er sicher denselben Bedenken Raum gegeben, deren sich, nachher freilich, auch die bestgesinnten unter seinen Freunden nicht entschlagen konnten.

Es ist damals über den Fall viel geredet und geschrieben worden. So ungewöhnlich der Vorgang an sich war, daß ein Anwalt von Ruf und bedeutender Wirksamkeit am Tage der Verhandlung und im Gerichtssaal die Vertretung seines Klienten niederlegte, haftete ihm doch andererseits eine eigentümliche Aktualität an, da sich wenige Wochen zuvor bei einem großen Betrugsprozeß in Rom genau das nämliche ereignet hatte. Auch dort hatte ein Verteidiger von Rang und Namen im letzten Moment erklärt, er sei nicht imstande, die Interessen seines Klienten in wünschbarer Weise zu vertreten, da er nach neuerlichem sorgfältigen Studium der Akten und nach Prüfung seines Gewissens nicht mit jener Überzeugung plädieren könne, die er von sich selber, die sein Schutzbefohlener von ihm fordern müsse. Zu gleicher Zeit und ganz unabhängig von dieser wirklichen Begebenheit machte ein Schauspiel Aufsehen, das über viele in- und ausländische Bühnen ging und worin derselbe seelisch-geistige Konflikt den Charakter einer Problemstellung angenommen hatte.

Gegenstand allgemeiner Debatte war vornehmlich, ob ein Advokat vom menschlichen wie vom beruflichen Standpunkt aus das Recht zu solcher Handlung habe, schon gar in einem so gefährlichen, für die Nächstbeteiligten geradezu verhängnisvollen Moment, wie der Beginn der Gerichtssitzung einer ist. Obwohl die Angelegenheit, der sich Laudin im letzten Augenblick versagte, anfangs durchaus kein sensationelles Gepräge trug, ein einfacher Zivilprozeß um Geld- und Nachlaßstreitigkeiten, wirbelte sein überraschendes und, wie man fand, etwas theatralisches Auftreten viel Staub auf. Das Publikum äußerte sich teils mit Entrüstung, teils mit Befremden über die unerhörte Begebenheit. Man brachte sie in Zusammenhang mit nicht sehr ehrenvollen Gerüchten, die über Laudin liefen und die jetzt aus der Heimlichkeit hervorbrachen wie Ungeziefer aus einem baufälligen Haus. Später beschäftigte sich auch die Advokatenkammer mit der Sache und produzierte eine stattliche Anzahl von gelehrten Gutachten und Deduktionen.

Laudin selbst dachte nicht an die Folgen seines Tuns. Am Tag und zur Stunde des Geschehens waren keinerlei Gedanken oder Betrachtungen in ihm. Vielleicht hatte er noch nie derart unter dem Eindruck einer Zwangsvorstellung gehandelt. Es war wie der unabänderliche Räderlauf eines Mechanismus, der dann auf einmal stillsteht, wenn das Triebwerk seine vorbestimmte Aufgabe gelöst hat. Es ging nicht um das einzelne, an diesem Termin zur Verhandlung anberaumte Faktum. Der besondere Rechtsfall Altacher kontra Ernevoldt war völlig gleichgültig. Von Belang war die Szene; mehr noch das ins Gehirn geätzte Bild von ihr; Unscheinbarkeiten gaben stärkeren Ausschlag, als was unmittelbar vor der Entscheidung stand; das Haus, die Amtsstuben überschwemmten den Geist mit freudlosen Erinnerungen. Die staub- und modergeschwängerte Luft, hatte sie nicht zahllose Male den Aufschwung gelähmt, das reinere Wollen erstickt? Die Nummern und Namen an den Türen, die gedruckten Anzeigen an den Mauern der Korridore, unzählige Male ist das Auge darüber hinweggeglitten und hat einen Eindruck von uralt Verlebtem und von hoffnungsloser Wiederholung mit fortgenommen. Da ist eine Siebzehn. Sie sieht aus und hat stets so ausgesehen wie ein krummgeschlagener Mensch, der sich an einem Pfahl festhält. Seit Ewigkeiten (obwohl sie vielleicht nicht länger als ein Jahr da hängt) zeigt die magistratische Kundmachung einen widerlichen braunen Fleck mitten im Text. Die vierte Treppe auf der Stiege zum zweiten Stock ist hohler ausgetreten als die übrigen. Man hat sich zahllose Male darüber geärgert, daß das Geländer an einer bestimmten Stelle splissig ist und die Hand ritzt, wenn sie daran entlang gleitet. Die Gesichter von Amtsdienern, die sich niemals verändern; die Schreiber und Sekretäre, die auf eine wichtige Manier vertraulich sind; das Fenster eines gegenüberliegenden Hauses, an dem seit vielen Jahren ein bärtiger Mann mit einem Käppchen steht und die Pfeife stopft, als ob er niemals, zu keiner Zeit seines Lebens, etwas anderes getan und seit seiner Geburt so ausgesehen hätte wie jetzt.

In den zwielichtigen Gängen sitzen die Parteien, still, geduldig, bescheiden, resigniert. Es scheint, als hätten die gleichen Menschen seit vielen Jahren hier ihre Wohnstätten errichtet, um zu warten, bloß um zu warten. Es ist wie eine Vorhölle, Hölle des Wartens. Das Warten verleiht ihnen den spezifischen Ausdruck des Grams, der in allen Gesichtern ist, vom Warten sind sie müde, gleichgültig und seelenlos geworden. Warten ist ihr Schicksal. Sie sehen die Nummern an, Nummer siebzehn, oder Nummer sechsundvierzig (die aussieht wie eine gichtische alte Frau, die sich auf einen Stuhl setzen will), die Namen der Referenten, Sekretäre, Richter, die Anzeigen und Aufschriften, und ihre Phantasie und ihre Lebenslust sind daran langsam verdorrt.

Es ist Laudin zumut, wie wenn er durch ein Spalier von Klienten und Klientinnen ginge; eine Reihe ohne Ende. Sie haben sich alle versammelt wie bei einer Gedenkfeier; schattenhaft stehen sie da, schattenhaft er selber, geht er vorüber. Alle blicken ihn mit erwartungsvoller Miene an; alle fordern von ihm die Ordnung ihrer Existenz, gerechtes Maß und genügenden Teil. Aber er ist nicht der Richter; er hat keine Gewalt über das Gesetz. Er verhehlt ihnen seine Ohnmacht nicht, Unzulänglichkeit des Mittlers und Maklers. Doch sie schütteln den Kopf und finden, daß er um ihret-, das heißt jeder um seinetwillen, dem Gesetz ein Schnippchen schlagen, den erlösenden Spruch beschleunigen könne. Ihre dreiste Illusion verletzt ihn, die tausendmal wiederholte Forderung langweilt ihn; er ist trotzdem höflich, hilfsbereit, auswegkundig, denn er weiß, sie warten, warten. Worauf? Bis sich drinnen im Zimmer Nummer zwanzig eine träge Masse regt; bis unzählige Papiere überprüft, unsinniges Menschenleid Buchstabe bei Buchstabe registriert ist. Man muß glauben, daß auch die Engel im Himmel und die Teufel in der Hölle nichts anderes tun als warten, während dort die Seelen um Einlaß flehen und hier im Feuerkessel schmoren.

Ist denn das alles, was er seit zwanzig und mehr Jahren vollbracht hat: mit den Wartenden warten? Und dafür gesichertes Auskommen, Effekten auf der Bank, Villa und Automobil, Ansehen und Zulauf?

Es geht nicht an, Geld zu verdienen mit dem Halbrecht, mit dem Mißrecht, mit dem Fehlrecht, mit dem Unrecht. Wenn er sich auch einbilden darf, daß er die Unwissenden und die Wehrlosen gegen die Ein- und Übergriffe der tönernen Gewalten nach bestem Vornehmen geschützt hat, so war er selber doch allzusehr das Opfer, um sich weiterhin in diesem Trost mit einigem Anstand halten zu können.

Wo wollte das hin?

Er erinnert sich plötzlich, auf dem Stück Flur zwischen Nummer zweiundsechzig und vierundzwanzig (äußerst sonderbar, daß es gerade diese nicht sehr bedeutende, nicht sehr merkwürdige Erinnerung ist, die ihn hier überfällt), daß vor acht oder neun Jahren an derselben Stelle einer seiner Klienten erregt auf ihn zugetreten ist, um ihm zu sagen: »Legen Sie es doch dem Richter nahe, daß es das ist und nichts anderes, was mir Leben und Glück zerstört hat, das und nichts anderes: die herunterhängenden Strümpfe. Vor der Welt war sie eine Modedame; trug nur die neuesten Pariser Toiletten; zu Hause ging sie mit herunterhängenden Strümpfen herum. Ich kann es nicht länger ertragen; ich werde wahnsinnig, wenn ich die Strümpfe sehe, die faltig über die Knöchel hängen.« Natürlich wurde der Mann mit seinem Scheidungsbegehren abgewiesen. Er war vielleicht schon immer verrückt gewesen, da er einen andern Grund für seinen krankhaften Widerwillen nicht hatte nennen können. Aber tags darauf brachte er sich um; wegen der herunterhängenden Strümpfe. Aber die Strümpfe sind nur ein Zeichen für vieles Nichtige und Lächerliche, woran Leben und Freiheit genauso zuschanden werden wie an offiziell gewürdigter Tragik mit Betrug und Mord.

Er hat nichts in der Hand als diese Fakten und die Kette seiner halben Niederlagen vor ihrer brutalen Realität. Vieles getan, nichts gewirkt; rechtschaffen gewollt, schlechtschaffen bestanden; immer bloß Teil für Teil, nie Ganzes für Ganzes; dem Purpur Proselyten geworben, das Skelett dahinter verheimlicht; denn er, wenn keiner sonst, er mußte wissen, daß das Skelett dahinter war. (Man bemerkt, wie er das fremde Wahr- und Wachgesicht, verwirrt durch eigenes Erlebnis, sich zu eigen gemacht hat.) Somit hatte das Geschick eine diamantene Logik bewiesen, als es ihn Kopf und Herz an der menschgewordenen Lüge zerschellen ließ und die giftige Seuche in ihr, die einem strahlend Emporsteigenden leiblich den Tod gebracht, ihm, dem Hinabgehenden, den Geist zerfressen und den Weg auf ewig verfinstert hat.

Das Urteil war gefällt und rechtskräftig geworden.

Seine Traurigkeit war so tief wie ein Brunnen. Sie ging immer tiefer hinunter, immer tiefer, bis dorthin, wo nichts mehr war als die Schwärze des Todes.

Als er, am Anwaltstisch stehend, in militärisch aufrechter Haltung, das Gesicht weiß wie eine Gipsmaske, seinen inhaltsschweren Entschluß verkündigte, war es, als rede er nicht zum Gericht, sondern ausschließlich zu dem ihm wuchtig und triumphierend gegenüberstehenden Doktor David Kerkowetz, und als sei die Lostrennung von dieser Sache in Wahrheit nichts anderes als die endgültige Lostrennung von dessen Person und Bereich.

May Ernevoldt war nicht erschienen. Bernt Ernevoldt war nicht einmal für die amtliche Zustellung erreichbar gewesen.

Unfern von Kerkowetz saß Konstanze Altacher, schwarz gekleidet, den schwarzen Schleier über die Stirn gehoben, Laudin mit großen, dringlichen, unruhigen, wahrheitslosen Dulderinnenaugen anschauend. Da war es nun, das Phänomen, leibhaftig; da war der Dünkel, Dünkel des Schmerzes, des Besser- und des Überwissens, sich selbst hätschelnde, die Menschen verwirrende Dünkel, der Haß gebärende, Völker verdummende, Nationen erniedrigende, der blicklose, spiegellose, strahllose und unbekämpfbare Dünkel, siegreich am Ende, wenigstens dem Scheine nach und hier mit Laudins Zutun und durch seinen Entschluß.

Hier konnte nur der Besiegte Sieger sein.

Er fuhr dann nach Hause, will sagen in die Wohnung der Frau von Damrosch und legte sich fiebernd zu Bett. Es gelang ihm, seinen Zustand vor seiner Hauswirtin zu verbergen. Am Abend, es mochte schon ziemlich spät sein, das bleierne Hindämmern war einem leeren Hinträumen gewichen, klopfte es behutsam an die Tür.

Es war Pia, die von Egyd Fraundorfer kam.

62

Den ganzen Nachmittag über war sie im Hause herumgegangen, rastlos von Raum zu Raum. Es war eine Art stumme Auseinandersetzung, die sie hatte; ein Erwägen und Anschauen, das sie beschäftigte. Vielleicht erwog sie, was ihr alle diese Gelasse und die Sachenkomplexe in ihnen an Leben und Freiheit geraubt hatten. Vielleicht suchte sie sich zu vergewissern, ob sie nicht zuviel drangegeben, oder wußte schon um das Zuviel und maß, schätzte, wunderte sich und bedauerte. In ihrem Wesen lag etwas von Verabschiedung und Abschied, als wolle sie sagen: Genug jetzt, beginnen wir mit etwas anderm. Auch in den Keller, auf den Dachboden und in die Rumpelkammern ging sie und wunderte sich über die Fülle der aufgestapelten toten Dinge. Es kam ihr womöglich vor, wie wenn jede Frau diese Masse von weggeworfenem, unbrauchbarem, im Warten auf Verwertung rostendem oder moderndem Material auf ihrem Rücken schleppte. Sie spürte es nicht, weil es mit so tückischer Allmählichkeit mehr wurde, aber sie brach doch eines schönen Tages darunter zusammen. Ganz bescheiden, still und verwundert erstickte sie eines schönen Tages unter dem Gewicht solchen unwürdigen und undankbaren Plunders; wie zum Beispiel Kisten, angestopft mit Zeitungen, zerbrochenem Spielzeug, Photographierahmen, schadhaft gewordenem Porzellan und löcherigen Tintenfässern; kleinen Tischchen, die nur noch drei Beine haben, und Puppen, denen der Kopf fehlt; Lampenstürzen, ausgedienten Reisekoffern, alten Kalendern, zerrissenen Stiefeln, leeren Fässern, abgelegten Kleidern, vom Mottenfraß angerührten Decken, verrunzelten Gießkannen, wurmstichigen Truhen und erblindeten Spiegeln. Alles dieses hatte einmal seine Gegenwart, seine berechtigten Ansprüche, seine Sprache, und ist jetzt betrübte, unwürdige Last, ein Kirchhof, den man trägt mit einem törichten Gefühl von Pflicht, als ob Skelette zu betreuen eine vertraglich gewährleistete Arbeit sei, als ob Gerümpel auferstehen und sich zu neuer Lustbarkeit und neuem Nutzen anbieten könne, als ob droben am Himmel keine Sterne wären.

Aber auch alles andere löst sich ab, schält sich gleichsam von der Haut weg. Ein Verhältnis von Unabhängigkeit stellt sich her, ein mit grüblerischem Erstaunen verbundener Zustand richtigen Schauens. Jegliches Ding im Gesichtskreis gewinnt eine natürliche Distanz, und dies allgemeine Zurechtrücken und In-Proportion-Treten geht nicht ohne wunderlichen Schmerz vonstatten, nicht ohne nagende Reue, nicht ohne kummervolles Wissen um Versäumtes, das nie mehr einzuholen ist.

Während all der Stunden war Relly beständig hinter der Mutter her. Sie hatte schulfrei und behauptete, ihr Aufgabenpensum erledigt zu haben. Sie machte sich bald da, bald dort zu schaffen, dabei aber immer Pias Nähe suchend. Doch hütete sie sich, eine Frage an sie zu richten, und sandte nur bisweilen einen verstohlen prüfenden

Blick zu ihr hin. »Du könntest auch was Gescheiteres tun, Relly, als wie ein Hündchen mir um die Beine laufen«, sagte Pia einmal. »Was Gescheiteres?« versetzte Relly, schnippisch zweifelnd. »Es gibt nicht soviel Gescheites für mich, und das Dumme ist oft gerade das Hübsche.« Am Abend dann, bei Tisch, blickte sie auf den Stuhl ihres Vaters, wurde plötzlich blaß im Gesicht und sagte, an einem Stück Kartoffel würgend, wie wenn sie es zu heiß in den Mund gesteckt hätte: »Ich habe schon die ganze Woche das Gefühl von Verreistsein, wenn ich an ihn denke.« Sie kam ins Husten, und Marlene, die verlegen und etwas streng auf ihren Teller geschaut, klopfte ihr mit einem Anflug von Tadel und Überlegenheit den Rücken. Marlene war von einer glasklaren Empfindung der Wirklichkeit beherrscht und gab in ihrem Innern der Ahnung nicht mehr Raum, als es sich mit erlebtem Bild und bedachtem Tun vertrug.

Die Schwestern verabschiedeten sich zur Nacht von der Mutter, aber wenige Minuten später schlüpfte Relly noch einmal ins Zimmer, blieb mit gereckt niederhängenden Armen und seltsam blinzelnden Augen an der Tür stehen und stürzte plötzlich unter einem Strom von Tränen an Pias Hals. Nach einem scheu-stolzen und halb unwilligen Zurückweichen wollte Pia das erregte Kind beruhigen, aber Relly hatte sich schon wieder aufgerichtet, wischte hastig mit den Händen über das nasse Gesicht, eilte zur Tür und sagte, sich dort umdrehend, mit mutigem, versicherndem Ton und zärtlich zuredendem Lächeln: »Das eine darfst du nicht vergessen, Mutter: Auf mich kannst du dich unter allen Umständen verlassen.«

Eine halbe Stunde darauf, es war dreiviertel neun, machte sich Pia zum Ausgehen fertig. Sie verließ das Haus, ging durch die verödete Vorstadtstraße zur Haltestelle der Elektrischen und fuhr, eingekeilt zwischen Betrunkenen, die von den Weinschenken kamen, bis zum Gürtel, von wo es nur ein paar hundert Schritte zum Hause Fraundorfers waren. Da der Besuch das Ergebnis eines wohlgereiften Entschlusses war, zeigte sich weder in ihrem Gang noch in ihrem Mienenspiel das geringste Zaudern oder irgendeine Ängstlichkeit.

Sie wurde in das unordentliche Arbeitszimmer geführt,

von Fraundorfer mit einer Mischung von gespreiztem Zeremoniell und knurriger Einsilbigkeit, von Herrn Schmitt als eine nicht gerade vertraute, aber der Witterung nicht fremde Persönlichkeit mit dementsprechend unentschiedener Haltung empfangen. Fraundorfer stak in einem schmierigen, von Fett- und Tintenflecken besäten Schlafrock, der, weil er jede Gliederung seines Leibes verwischte, ihn einer kolossalen Roßhaarmatratze ähnlich machte. Das Gesicht war zerfurcht, verdrossen, voller feindseliger Zuckungen und sardonischer Unausgesprochenheiten. Um die Stirn war ein weißes Tuch gebunden. Er sagte, er leide an Kopfneuralgie. Die weißen Zipfel des Tuches starrten aus dem heufarbenen Haarwust hervor wie zwei Segel, die ins Binsendickicht geraten sind. Pia fand ihn unsäglich alt aussehend. Sie erschrak im ersten Augenblick, hatte auch dann noch Mühe, ihr einfaches und leicht verständliches Anliegen vorzubringen.

Fraundorfer ließ sich nicht bitten. Die Rückhaltlosigkeit, mit der er ihr den Zustand Laudins, den geistigen wie den seelischen, die Geschichte seiner sogenannten Faszination und seines weit zurückgehenden Lebenszwiespaltes enthüllte, hatte etwas eisig Grausames, ja Hohnvolles. Er sprach, als handle es sich um die minuziöse Charakteristik einer historischen Figur. Er schonte den Abwesenden nicht, er schonte die Zuhörerin nicht, er schonte schließlich sich selbst nicht. Er lachte ein paarmal gellend auf und kehrte sich beifallhaschend zu Herrn Schmitt, wenn er eine besonders schneidende und vernichtende Wendung gebraucht hatte. Es überlief Pia heiß und kalt bei dieser mitleidlosen und leidenschaftlichen Analyse, die im Grunde eine Selbstzerfleischung war und ein mühsam gebändigter Verzweiflungsausbruch über den noch immer nicht verwundenen und nie zu verwindenden Verlust des Sohnes. Zum Schluß änderte er den Ton und berichtete kalt und präzis die Ereignisse der vergangenen Nacht.

Nach langem Schweigen flüsterte Pia: »Das ist freilich schlimmer, als ich mir's gedacht.«

»Ei ja, das will ich meinen«, pflichtete Fraundorfer trocken bei. »Es ist, kommt mir vor, eine Krankheit, von der man nicht genest.«

Pia zuckte zusammen. »Nein«, sagte sie dann mit sonderbar mattem und zerstreutem Lächeln, »ich denke nicht. Ich denke nicht, daß es eine unheilbare Krankheit ist.«

»Wie man's nimmt, Dame Pia«, sagte Fraundorfer unwirsch; der Widerspruch einer Frau erschien ihm stets als etwas nicht Gehöriges. »In Ansehung der Natur unseres Dyskolos habe ich meine Bedenken. Er ist einer von denen, die mit der Unbeirrbarkeit eines dressierten Wolfshundes auf einer Fährte bleiben. Wenigstens in der Idee. Er hat eine verbissene Folgerichtigkeit an sich. Das zeigt sich wieder bei dieser Sache da, von der die Abendblätter voll sind –«

»Welche Sache? Ich weiß nichts, ich habe nichts gelesen«, fiel Pia erschrocken ein.

Fraundorfer griff nach der Zeitung auf dem Tisch. »Hier: Frau Blum hat sich bemüßigt gefunden, mir die Nouveauté brühwarm vorzusetzen.« Und während Pia nicht bloß mit den Augen, sondern mit allen Nerven den immerhin reichlich aufgebauschten Artikel las, der die heutige Szene im Verhandlungssaal beschrieb, fuhr er rasselnd fort: »Zugegeben, es hat Cachet. Bis zu einem gewissen Grade imponiert es mir sogar. Den Suppentopf vom Herd nehmen und ihn den Herrschaften ins Gesicht schmeißen, das hat etwas. Aber wozu? Was soll's? Leere Demonstration. Und naiv. So naiv und donquichottisch wie das mit der Komödiantin. Na ja, Herr Schmitt, ganz richtig. Es ist besser, wir halten in dieser Hinsicht das Maul. Denn wir haben uns ja selber besagtes Maul verbrannt. Wir haben uns ja selber unverzeihlich eselhaft aufgeführt. Olymp und Walhall müssen sich über unsere Eselhaftigkeit vor Lachen den Bauch gehalten haben.«

Pia vernahm diese Reden nicht. Sie hatte das Zeitungsblatt auf die Knie sinken lassen, und ihr Blick, von innen her erglühend, drang in eine fremde, neue Welt ein.

»Ach, Dame Pia, es ist ein Jammer«, perorierte Fraundorfer indessen weiter. »Der Autor der Geschichte der menschlichen Dummheit ist unter die erbärmlichsten und törichtesten seiner Subjekte herabgestiegen. Er hat sich als Romantiker entpuppt. Er ist ausgegangen, mit der verschlagenen Mystik im Leibe, um jüngstes Gericht zu spielen. So ein gemogelter Mansch von Ethos, Literatur und Schwachsinn! Selbstbefriedigung mittels der Phantasie! Den Leuten mit der Phantasie ins Haus fallen! Oh! Oh! Keine Nüchternheit! Kein Humor! Kein Realismus! Oh, oh!«

Zweifelsohne hatte er bereits weit über das Bekömmliche dem Alkohol gehuldigt. Eine dickbauchige Flasche stand geleert auf dem Tischbord. Pia erhob sich. Er bemerkte und hörte es kaum, als sie sich mit leisem Gruß entfernte. Nur Herr Schmitt gab ihr bis zur Schwelle das Geleit. Eine Weile saß er finster stierend, dann stand er schwerfällig auf. Er schnaufte tief, schüttelte sich, zündete eine der mächtigen Zigarren an und setzte sich brummend an den Schreibtisch, wo das voluminöse Manuskript lag. Er betrachtete spöttisch den Titel, schlug die Titelseite um, legte ein frisches Blatt ein und schrieb:

Egyd Fraundorfer
Mitbürger und Zeitgenosse wider Willen
widmet
dieses unvollendete und nie zu vollendende Werk
seinem sehr geliebten Freund
Friedrich Laudin
dem wegwissenden Irrgänger
dem hilflosen Helfer
dem Selbst-, Sach- und Menschenwalter.

63

Zwei Tage und zwei Nächte lag Pia der Pflege Laudins ob. Sie rief keinen Arzt, weil Laudin sie gebeten hatte, davon abzusehen, und weil sie außerdem erkannte, daß es sich nur um einen Erschöpfungs- und Depressionszustand handelte, für den Ruhe das beste Heilmittel war. Mit dem Haus und mit den Kindern hatte sie sich telephonisch in Verbindung gesetzt, die ihr notwendigen Gegenstände ließ sie sich vom Stubenmädchen bringen, auch die Kanzlei benachrichtigte sie durch das Telephon. Frau von Damrosch bot ihr mehrmals ihre Hilfe an, aber sie schlug es dankend ab. Zweimal des Tages kamen Marlene und Relly, immer nach Schulschluß, ehe sie heimfuhren. Pia ließ sie nicht ins Zimmer des Vaters, wechselte draußen nur wenige Worte mit ihnen, sie in heiterer und überlegener Weise beruhigend.

Von ebensolcher Heiterkeit waren die Handreichungen getragen, die sie Laudin leistete, die kurzen Fragen, die sie an ihn richtete, die Antworten, die sie auf seine Fragen gab. Meist saß sie mit einer Stickarbeit am offenen Fenster, bisweilen auch mit einem Buch. Wenn sie den Blick erhob, ließ sie ihn nachdenklich über die im ersten Grün stehenden Baumwipfel des Parks gegenüber schweifen. Wenn die Mahlzeitstunden nahten, ging sie in die Küche und brachte die von ihr bestellten und nach ihrer Anweisung zubereiteten Speisen selbst an Laudins Bett. Nachher aß sie allein im Nebenzimmer.

Schweigend verfolgte Laudin ihr Hin- und Hergehen. Schweigend ruhten seine Augen auf ihr, wenn sie am Fenster saß oder abends bei der verhängten Stehlampe. Er sah ihre edelgewölbte Fräuleinstirn an, ihre klaren Züge, das goldfarbene glatte Haar, die junge, schmiegsame Gestalt, und er schien zu suchen, irgend etwas zu suchen. Zu keiner Stunde hatte das zwischen ihnen herrschende sonderbare Schweigen etwas Peinliches oder Gedrücktes, wohl aber etwas Abwartendes und auf bedeutungsvolle Sammlung Weisendes.

Endlich, am Abend des zweiten Tages, zu vorgerückter Zeit schon, Pia schickte sich eben an, verschiedene Vorbereitungen für die Nacht zu treffen, richtete sich Laudin ein wenig aus den Kissen empor, stützte den Kopf auf den Arm und sagte: »Wir müssen nun unsere Entschlüsse fassen, Pia. Was wir tun müssen, kann nun nicht länger aufgeschoben werden.«

»Hast du denn deinen Entschluß noch nicht gefaßt?« fragte Pia etwas verwundert, oder scheinbar verwundert, und strich mit den Fingerspitzen ihrer linken Hand über die linke Schläfe, eine häufige Bewegung von ihr, besonders wenn sie, wie jetzt, zu einem Gespräch Platz nahm. »Ich war der Meinung, du bist längst mit dir im reinen. Schließlich, was gibt es da auch viel zu reden? Ich vermute, du hast dir deinen Weg vorgezeichnet, Friedrich. Was mich betrifft, ich habe mich bloß zu fügen. Das habe ich dir ja gesagt, und daran hat sich nichts geändert. Nimm an, du hast eine Klientin vor dir. Die Situation ist dir doch nichts Neues. Du sagst ihr: Das und das muß geschehen. Ich, deine Klientin also, folge dir blind.«

Laudin schaute sie forschend an. »Das klingt sehr verständig, Pia«, antwortete er; »sehr rücksichtsvoll auch, und im Grunde sehr stolz. Ja, es ist nicht wenig Stolz dabei im Spiel, wenn man sagt: Verfüge über mich, ich tue, was du willst. Es ist der Stolz von der andern Seite, der Stolz des Verzichts, die Ergebung, durch die man den Gegner, verzeih dieses Wort, aber die Tatsache solcher Auseinandersetzung bewirkt schon Gegnerschaft, durch die man den Gegner beschämt und entwaffnet. Ich möchte aber von dir nicht beschämt und nicht entwaffnet werden. Ich möchte mich mit dir verständigen, aufrichtig und offen, wie es sich für so gute alte Gefährten ziemt. Ich weiß nicht, wie es um dich bestellt ist. Ich weiß nicht, mit welchem Sinn du mir entgegentrittst, mit welchen Vorbehalten du dich, anscheinend so vertrauensvoll, in Wirklichkeit so karg, so zugeschlossen, in meine Hände gibst.«

»Vorbehalte? Ich habe keine Vorbehalte, Friedrich, bei Gott nicht«, versicherte Pia erstaunt.

Mit seiner warmen, eindringlichen Stimme fuhr Laudin fort: »Du sollst nicht glauben, ich will mir nun, nach allem Vorgefallenen, den bequemen männlichen Luxus vergönnen, daß du mir zu einem reinen Gewissen verhilfst und sozusagen den blauen Himmel der Freundschaft über uns beide spannst. Ich habe zuviel Erfahrung in diesen Dingen, ach, die grauenhafte, die unerbittliche Erfahrung, Pia! Zuviel Erfahrung, um nicht zu wissen, was für Trostlügen, Fluchtlügen und Aufschublügen bei Entscheidungen von unserer Art das Wort Freundschaft verbirgt. Wäre es Freundschaft, wozu dann Entscheidung? Freundschaft braucht nicht Entscheidungen. Das alles hast du also nicht zu fürchten, nicht die schmerzlichen Aufenthalte bei Begriffen, an denen überall Mißverständnis und Trug klebt. Aber ich möchte klar sehen. Ich möchte deine Beweggründe kennen, deine Beurteilung, deine Gemütslage, damit ich mich, innerlich und äußerlich, danach einrichten kann.«

Pia machte eine ratlose Handbewegung. »Was soll ich dir darauf erwidern?« fragte sie. »Du weißt es doch; du mußt es wissen. Ich will kein Hindernis sein. Wenn du dein Leben ändern, dein Schicksal neu gestalten willst, will ich nicht zwischen dir und deinem Vorsatz stehen. Ich könnte mir das nie verzeihen. Nie könnt ich dir ehrlich in die Augen sehn. Stolz? O ja, es ist vielleicht auch Stolz dabei. Verübelst du mir den Stolz, der mich davor schützen muß, daß ich mich selber verachte, wenn ich dein Hindernis bin?«

Ihre Augen strahlten in die eigene Tiefe hinein. Laudin konnte den Blick nicht von ihr abwenden. Eine wachsende Spannung und Neugier ergriff Besitz von ihm. Es waren nicht ihre Worte, die ihn aus der Ruhe aufrüttelten, einer trostlosen und fatalistischen Ruhe übrigens, sondern der Ton, das Echo im Ton, die Erfülltheit, die neben dem Gesprochenen das Verhaltene ahnen ließ, wodurch es in einem schönen Sinn nicht ganz aufrichtig wurde. Er wünschte zu fragen. Da sie sich nicht frei und von selber geben konnte, wollte er sie aus sich herausholen. Es schien ihm wichtig, über alles wichtig. Er fragte: »Darf ich ein paar Fragen an dich stellen?« Sie hatte natürlich nichts dawider. Es dünkte ihr die einfachste Lösung, wenn er fragte und sie antwortete. Dabei beobachtete sie mit Verwunderung seine Neugier, seine Spannung, die plötzliche Belebtheit, die Unruhe. Sie sah an sich herab, ob etwas an ihr fremd oder anders sei. Frauen haben manchmal das geheimnisvolle Gefühl, wie wenn sie sich innerhalb weniger Minuten vor den schauenden Augen eines Mannes gänzlich verwandelten, oder sie erhalten von geschehener Verwandlung da erst Bestätigung und Gewißheit.

Er glaubte nur zwei oder drei Fragen stellen zu müssen, aber es wurden deren viele. Es wurden so viele, daß es den Anschein gewann, als hätte er Pia seit Jahren nicht gesehen und seit Jahren nichts von ihr gehört. Eine löste die andere ab, und Pia suchte jede einzelne so gut wie möglich zu beantworten, sorgsam auf Genauigkeit bedacht und dabei immer mehr Mut zu Laudins Blick und Auge fassend. Zuerst fragte er, ob sie bereits den ganzen Umfang des Unheils gekannt, als sie ihm nahegelegt hatte, vom Hause wegzuziehen. – Nein, noch nicht den ganzen, sagte sie, nur was ihr die Leute zugetragen, was sie aus Brigitte Hartmanns boshaften Entstellungen herausgenommen und hauptsächlich, was ihr sein eigenes Wesen verraten. Das habe ihr genügen müssen. Das Eigentliche habe sie erst von Fraundorfer erfahren, doch merkwürdigerweise habe es sie nicht so sehr überrascht, nicht so schwer getroffen, wie man denken sollte; er wolle wissen, warum; das könne sie nicht erklären; es sei eben schon früher alles dagewesen, in ihr drin gewesen.

Habe sie denn begriffen, wie groß das Unglück war, fuhr er fort, wie über alle Maßen groß? – Sie denke, ja, erwiderte sie fast bescheiden, es habe sich wie ein Berg über sie gewälzt. – Und daß es nicht ein einseitig begrenztes Unglück gewesen, nicht ein zufälliges, keins, das von einer Begegnung abgehangen, von einer Libertinage verursacht worden, sondern ein gesetzhaftes, ein geisthaftes, eins, das die Existenz selber ausgebrütet? – Auch das habe sie geahnt; jetzt wisse sie es; nur verstehen könne sie es noch nicht ganz. – Sie senkte den Blick, um ihn gleich wieder auf ihn zu richten, aufmerksam und bereitwillig. Und er: Wenn sie an jenem Morgen schon von Fraundorfer wäre aufgeklärt gewesen, hätte sie dann auch nicht anders gesprochen als sie getan, in derselben moderierten und freundlich besonnenen Weise? – Zweifellos, um nichts anders. – Und hätte ihn so, genauso in der Schwebe gelassen über das, was sie wußte, ob sie nun Vermutung und Argwohn hegte oder eine sein Bild verdunkelnde Gewißheit mit sich herumtrug? – Sein Bild sei nicht verdunkelt gewesen (nach sekundenkurzem Zögern), könne nicht verdunkelt werden. – Da sie aber eingestandenermaßen voll Unruhe und halber Kenntnis gewesen, warum sei sie nicht zu ihm gekommen und habe ihn zur Rede gestellt? – Dergleichen läge ihr nicht; das könne sie nicht. – So viel Vertrauen hätte sie ihm aber schenken müssen. – Da er nicht von selbst gesprochen, hätte sie es für einen Übergriff gehalten, wenn sie ihn dazu veranlaßt. – Einen Übergriff? Wie denn? Vielleicht hätte er darauf gewartet. – »Nein, darauf hast du bestimmt nicht gewartet, Friedrich.« – Vielleicht hätte es ihn gerettet, vielleicht hätte sie ihm geholfen damit? – So hätten er und sie das Leben nicht geführt, versetzte sie, auf Aussprache sei es niemals angekommen, habe sie doch gewußt und sich früher schon darin zurechtgefunden, daß sein ganzes Tun und Wirken von Aussprache, vergeblicher Aussprache der Menschen untereinander gefährdet gewesen sei; alles sei in ihr, beizeiten schon, darauf angelegt gewesen, still zu sein und nicht zu stören.

Er staunte mehr und mehr. Er hatte einen Ausdruck im Gesicht, als könne er es nicht fassen, daß sie es wirklich war, Pia, die da vor ihm saß, dieselbe Pia, die seit sechzehn Jahren lächelnd, ordnend, schonend, verwaltend, wortlos fast und bei alledem unbekannt, wie sich jetzt herausstellte, an seiner Seite gegangen war. Das ist also Pia, schien er sich zu sagen, mit derselben Bestürzung, die ihn erfaßt hatte, als er den Koffer angestarrt, nur diesmal unter der Macht einer lebendigeren Offenbarung. Er legte sich in die Kissen zurück, preßte die Hand auf die Stirn und grübelte. Indessen rückte Pia ihren Stuhl ein wenig näher zu seinem Bett. Nach einer Weile richtete er sich von neuem auf.

Ob sie sich denn nicht von ihm verraten gefühlt habe? wollte er wissen. – Nein; sie habe ihn niemals für fähig gehalten, einen Menschen oder eine Sache zu verraten. Wenn das, was er getan, oder besser gesagt, was er erlitten, ihr als Verrat erschienen wäre, das heißt, wenn sie dabei an seiner Ehre und Ehrenhaftigkeit gezweifelt hätte, dann hätte sie nicht *ihn* gebeten, das Haus zu verlassen, dann wäre sie selber aus dem Haus gegangen. Dabei lächelte sie eigentümlich und rückte noch ein wenig näher. Laudin aber stutzte. Den Unterschied hatte er sich in seiner Männerrobustheit nicht klar gemacht; er gewährte ihm einen Blick in die Feinheit und Kraft ihrer Empfindung. Aber, wandte er ein, wie um sie tiefer und tiefer zu prüfen und sich selbst höhere und stärkere Gewißheiten zu verschaffen, ein derartiger Zweifel sei ihr unter solchen Umständen erlaubt gewesen. – Weshalb rüttle er an etwas, woran sie selber nie zu rütteln gewagt? fragte sie erstaunt. – Weil er sich von Schuld nicht freisprechen könne, weil er die verdammte Pflicht gehabt habe, sich ihr zu eröffnen, war die Antwort. Sie schüttelte den Kopf. Wenn er anfange, von Schuld zu reden, kämen sie ins Aschgraue, sagte sie noch ernster und rückte jetzt ganz nah an den Rand seines Bettes. Er habe sie durch all die Jahre daran gewöhnt und dazu erzogen, daß sie mit sich allein und er mit sich allein fertig werde; wäre es nicht so gewesen, nicht so gehalten worden, so wäre keiner von ihnen beiden mit sich und seinen Dingen fertig geworden. – »Aber wir haben die stillschweigende Übereinkunft bis zum verhängnisvollen Extrem getrieben!« rief Laudin aus. »Was hast du dir gedacht? Was hast du dir vorgestellt? Wie hast du dich innerlich zurechtgefunden?« – »Zurechtgefunden hab ich mich zum Schluß freilich nicht mehr,« sagte sie, »aber da wir doch nicht als siamesische Zwillinge auf die Welt gekommen sind, so mußt ich auf ein Auseinandergehn gefaßt sein; und weil es Treue nur gibt, weil Treue nur dann etwas bedeutet, wenn die Versuchungen, sie zu brechen, wirkungslos bleiben, dacht ich, meine Zeit ist vorüber, und du wärst nur zu artig, zu rücksichtsvoll und vielleicht auch ein bißchen zu feig, es dir und mir zu gestehen. Und hauptsächlich hatt ich das Gefühl, du hättest mich irgendwo und irgendwann auf deinem Weg verloren und hättest es selbst nicht bemerkt oder zu spät bemerkt und hättest schon vollständig vergessen, daß ich da war. Daran aber war ich wirklich auch schuld, weil ich mich mit Absicht und Mühe immer klein gemacht habe, mich in die Winkel versteckt habe, hinter lauter Sachen, weißt du, lauter dumme, stumme Sachen, und ich konnte schließlich nicht mehr von dir erwarten, daß du mich suchst oder gar, daß du mich findest und hervorholst.« Sie lächelte, aber das Lächeln geriet ein wenig weh. »Vor allem hab ich mir dann gesagt: nur kein Geschrei«, schloß sie mit einer Geste, als ob sie ein sauberes Tuch über etwas breite, was nicht ganz präsentabel war, »nur kein Geschrei, nur nicht sich wichtig machen und aufblasen. Ich weiß ja, wie das ist und daß alle um dich herumstehen mit ihrem Jammer.« Sie schwieg und sah ihn an.

»Nun, und jetzt? Und heute?« fragte er mit gedämpfter Stimme und streckte zaghaft die Hand nach ihr aus.

Sie sah ihn an. Er getraute sich nicht, die Frage zu wiederholen. Sie schien überrascht. Möglicherweise dünkte ihr die Frage in diesem Augenblick unzart, ein

Überfall, der sie ängstigte und verwirrte. Laudin spürte es, und mit Reue, wie ihm anzumerken war. Aber das allein konnte es kaum sein, was seine Züge gleichsam von einer Nebelschicht befreite, um sie der immer stärker werdenden Strahlung einer heimlichen Lichtquelle auszusetzen. Indem er Pia mit gespannter Schärfe im Blick hielt, trat das Unbekannte an ihr mit jäher Deutlichkeit für ihn in Erscheinung. Nicht das, was sich ihm in der wiederkehrenden Alltäglichkeit und bequemen Gewöhnung nach und nach entzogen hatte; nicht was einmal gewesen war an Jugendschmelz und früher Zierlichkeit und Flor der ersten Jahre und was für ewig dahin war, so daß er nur das Opfer eines sinnlichen Trugbildes geworden wäre, hätte er es, von der kurzen Täuschung geschmeichelt, fassen wollen; nicht das, sondern etwas anderes, ganz Neues, neue Gestalt, neues Auge, neues Antlitz, neuer Sinn, ohne sein Wissen und Zutun gewachsen und zwischen Augenblick und Augenblick, abgelebtem Leben und neuem, an entscheidender Wegstelle sich zu ihm gesellend.

Wie vertraut ihm auch die Unzahl der Ursachen war, die den Niedergang und Zerfall von Ehen verschuldeten, so hatte er doch allzusehr in der vergifteten und stürmischen Atmosphäre von Katastrophen gelebt, um seine Aufmerksamkeit den zarten und hohen Entwicklungen zuwenden zu können, die sich, selbst über die kultiviertesten Schichten der Mitlebenden noch erhoben, in einigen erlesenen und durch das Schicksal mit Wandlungsfähigkeit begnadeten Seelen ereignen. Bei aller Verästelung ins Schwierige und oft bis zur Subtilität gesteigerten Verstrickung problematischer, ja tragischer Charaktere hatte letzten Endes doch nur das Grobe, Brutale, Exaltierte, Unbändige, Leidenschaftliche und Abnorme den Ausschlag gegeben, meist auch den Anstoß. Obschon es ihm vielleicht zu gewissen Zeiten fühlbar geworden, hatte er es doch nicht immer festzuhalten oder als Richte zu wahren vermocht, welch ungeheure Rolle im dauernden und durch inneres Gesetz gewollten Zusammenleben von Mann und Weib das Miteinandergehen auf derselben Ebene und auf derselben Stufe bildet. Im Anfang sind sie einander sinnlich-leiblich nahe; alle; stets; sie gehen und sie gehen, und sie glauben einander zu halten und sind längst nicht mehr einer beim andern. Statt des Begleiters ist nur sein Schatten noch da; jeder geht seinen Weg, und jeder glaubt, der Schatten neben ihm sei der andere wirklich. Sie haben einander verloren, reden aber doch noch zu- und miteinander; wie im Traum; wie Leute, die um keinen Preis auf eine Traumillusion verzichten wollen, und weder ein menschlicher noch ein göttlicher Geist könnte an einem von beiden eine Schuld ausfindig machen. Das war das Seltene; der schmerzliche Konflikt der Seltenen; soweit hat Laudin bisweilen noch schauen können; doch daß der abgelöste Teil, der verlorene und vergessene, wie sich Pia ausgedrückt, das Schattendasein nur wie eine Verkleidung wählt, in rätselhafter Scham, tiefem Gefühl von sich und seinem Wert, freiwillig sich entfernt, um dann, wenn die Zeit erfüllt ist, auf der höheren Ebene und höheren Stufe vollendeter, zur Kameradschaft reifer, im Menschlichen süßer, in der Beziehung zur Welt veredelter wiederzukehren, das hatte er nicht gewußt, nicht erfahren und auch nicht für möglich gehalten. Wenn es nun dennoch möglich, ja sogar geschehen war, so mußten davor die »Phantome« zerrinnen, seine Phantome, seine Phänomene, seine Erinnyen, so ließ sich glauben (hier stockten seine Gedanken vermutlich, wie Vögel, die sich über ihre Flugkraft hinaufschwingen), ließ sich glauben, daß das wunderbare Doppelwesen, über das er sich in mutlosen Phantasien ergangen, das gepaarte Eins, in seiner schweren und so lange finster gewesenen Existenz zur Wahrheit im Fleisch geworden war ...

Ließ sich dies glauben?

»Du fragst mich, was jetzt werden soll«, hörte er Pia sagen. »Ich habe darüber nachgedacht. In den letzten Tagen habe ich eigentlich nichts anderes mehr getan als darüber nachgedacht. Ich will dir sagen, was meine Ansicht ist. Ich will dir antworten.« Nun erst ergriff sie seine Hand, die sich nach ihrer ausgestreckt hatte.

Er hörte sie weitersprechen, und was sie vorbrachte, war aus ihm, aus seinem Denken, aus seinen Kämpfen. Was er nicht gewagt sich einzugestehen, sprach sie mutig, ja mit einer Art von Arglosigkeit aus:

»Du mußt aufhören so zu leben, wie du bisher gelebt

hast. Es ist nicht der rechte Weg, auf dem du gehst. Du wirst kein Anwalt mehr sein. Du wirst keine Prozesse mehr führen. Du wirst nicht mehr mit Parteien verhandeln. Du wirst nicht mehr bei Gericht plädieren. Du wirst die Kanzlei aufgeben, verkaufen meinetwegen, was du willst. Das vor allem ist notwendig. Diesen Beruf mußt du verlassen. Es ist keiner für dich. Oder seit einer gewissen Zeit, ich weiß nicht genau seit wann, keiner mehr für dich ...«

»Dies, meine liebe Pia, ist kühn«, erwiderte er heiß erschrocken und doch mit einem heimlichen, heimlich entzückten, der Befreiungsmöglichkeit noch nicht trauenden Aufatmen, »eine kühne Diagnose, ein waghalsiges Diktat. Kann man einen Beruf einfach von sich werfen? Einen Beruf wie den? Wird ein richtiger Mann nicht mit seinem Beruf geboren, und deckt er sich auch nicht immer mit der Berufung, schmiedet ihn das Leben nicht an ihn an? Er ist der Hebel der Existenz, ihr Triebwerk. Was soll ich sonst auf der Welt tun? Wozu sonst bin ich gut?«

Das möge er ihr nicht sagen, ließ sich Pia vernehmen, er sei zu ganz anderem gut. Sie weiß, daß höhere Eigenschaften in ihm liegen als die, die er in der täglichen Fron verwertet. Sie drückte es so einfach wie zuversichtlich aus. Er hat ja einmal gesagt, allerdings schon vor Jahren, seine eigentliche Lebensarbeit und -aufgabe habe er verpaßt. Wann? fragte er betroffen, wann habe er das geäußert, bei welcher Gelegenheit? Das kann sie so präzis nicht beantworten, um die Zeit jenes großen Prozesses wegen Kindesunterschiebung war es, er muß sich erinnern, er ist damals ungemein deprimiert gewesen. Jawohl, unterbrach er sie, er erinnere sich, der Knoten habe sich nicht lösen gewollt, und die verworrenen Fäden hätten Richter und Anwälte umstrickt. Eben, bestätigte sie, und da habe er es ausgesprochen: Seine Mission hätte es sein können, die Grundlagen zu einer neuen Gesetzgebung zu schaffen. Sie habe sich das gut gemerkt. Es sei ihm auch nicht zu spät erschienen, daß man die Richtung ändere; er ist vor ihr gestanden und hat gesagt: »Nur so könnte ich meinem Land und meinem Volk dienen.« »Vielleicht ist es aber jetzt zu spät,« warf er ein. – »Wie soll es denn zu spät sein, wenn man ernstlich entschlossen ist und wenn es die höchste Notwendigkeit ist!« – »Du hältst es also für eine Notwendigkeit, und sogar für eine höchste?« fragte er mit eigentümlich erwartungsvollem Lauern. – »Ja, das tu ich.« – »Aber man ist verkettet, an tausend Pflichten gebunden, an soundsoviele Geschäfte, soundsoviele Schicksale, das Wort ist verpfändet, der persönliche Kredit steht auf dem Spiel ...« Oh, Pia weiß, was auf dem Spiel steht, viel mehr, als er zugibt, steht wahrscheinlich auf dem Spiel, allein es ist ja auch etwas Großes; das will erstritten werden, muß, muß, muß. Sie drückt die rechte Faust in die linke Handfläche. »Muß, Pia?« – »Prüfe dich doch, ob es kein Muß ist; ehrlich, verfahre ganz ehrlich mit dir, Friedrich, mit dir und mit mir.« Was für eine Kraft der Beschwörung in der Wortarmen! Ja, er begreift, er sieht ein. Doch werden Menschen wider ihn aufstehen und ihn der Fahnenflucht bezichtigen. – »Laß sie aufstehen, du weißt es besser.« – »Sie werden sagen, dem Laudin ist die Geschichte über den Kopf gewachsen, er hat das bequemere Teil erwählt und lebt seinem Vergnügen.« – »Mann!« rief Pia aus, »die dich kennen, werden das nicht sagen, die wissen, daß dein Vergnügen am Leben leider nicht besonders groß ist und nicht einmal dein Talent, zu leben.« – Ei, die Lustige. Ein Lächeln zuckt über Laudins angegriffene Züge. »Immerhin, die Welt sorgt dafür, daß wir uns ihr nicht unbeschmutzt entziehen«, sagte er. »Bedenke auch: unsere Existenz ist auf einen gewissen Standard zugeschnitten. Die Kinder; das Haus ...« – »Nun ja, da sind wir also am gefährlichen Punkt«, antwortete Pia. »Du sollst mir nicht die Versorgung mit dem andern verquicken, ich weiß nicht, wie ich's nennen soll. Selbstverständlich muß man die ganze Wirtschaft umstellen. Der Verbrauch muß eingeschränkt werden, und zwar ganz bedeutend. Die Villa werden wir verkaufen oder vermieten und eine kleine Wohnung nehmen oder Relly und Marlene in Pension geben und uns aufs Land zurückziehn, du allein oder ich mit dir, je nachdem, das muß man prüfen und abwarten. Du mußt zur Ruhe kommen. Das ist eine Arbeit für dich so gut wie eine andere. Es kommt mir vor, als ob du auf die Jagd gehen müßtest, auf die Jagd nach dir selber, aber du mußt dich fangen, und du wirst dich fangen.«

»Pia!« rief Laudin erschüttert.

»Du bist noch nicht achtundvierzig Jahre alt, du kannst noch einmal von vorn anfangen, du sollst es, du wirst es. Und wenn du es willst und wenn du mich als Gefährtin dazu haben willst, aber *nur dazu*, dann ...«

Sie brach plötzlich vornüber, lautlos. Ihr Kopf fiel an seine Brust.

Er legte beide Hände auf ihren Scheitel.

64

An einem der letzten Tage des Monats berief der anonyme Vorstand des Bundes von der Flamme seine inzwischen recht zahlreich gewordenen Mitglieder zu einer Versammlung. Als Treffort war der Garten der Laudinschen Villa bestimmt. Marlene hatte es gewünscht, und da der Erfüllung ihrer Bitte nichts im Wege lag, hatte man es beschlossen. Der Tag war zugleich der letzte, an dem die Familie des ehemaligen Advokaten das schöne und geräumige Haus bewohnte; die Villa war für die Dauer von drei Jahren an ein amerikanisches Ehepaar vermietet, das am andern Morgen schon einziehen sollte.

Marlenes geheime Absicht war es auch, die allgemeine Feier mit einer besonderen zu verbinden, von der nur die nächsten Freunde erfahren sollten, wie es ja auch nur sie und die nächsten anging. In ihrem Sinn weihte sie den Tag dem Gedanken an einen Toten, und sie glaubte damit das Vergangene ans Zukünftige zu binden, zugleich jenes abzuschließen und dieses würdiger einzuleiten. In ihr war das Gefühl für Lebensepochen sehr stark entwickelt, was natürlich mit ihren Jahren zusammenhing, andererseits aber doch Ergebnis besonderer Zucht und einer besonderen Einstellung zur Welt war. Es kam vor, daß sie lachend sagte: »Heute hat der Wecker geläutet.« Damit meinte sie nicht eine wirkliche Weckeruhr, sondern daß sie mit irgendeiner Sache von Belang innerlich fertig geworden war und gewissermaßen durch ein aufgetanes Tor in einen andern Raum des Daseins treten konnte. Das Programmatische daran störte sie nicht weiter, und es kümmerte sie auch nicht, wenn man es belächelte. Die Tage waren ihr noch weit voneinander gerückt, die Nächte unermeßlich lange Korridore von einem Tag zum andern, und das Jahr eine herzerfrischende Unendlichkeit.

Einer ihrer jungen Freunde war angehender Bildhauer; dem gab sie eine Photographie von Nikolaus Fraundorfer, und nach diesem Bild verfertigte er, geschickt und flink, eine Büste aus Ton, eine Herme. Als er sie am Mittag des festlichen Tages brachte, waren sowohl Marlene wie auch Relly erstaunt über die Ähnlichkeit und Lebenstreue, und Relly, in ihrem impulsiven Entzücken, fiel sogar dem Künstler um den Hals. Das Werk wurde im Garten aufgestellt. Als Postament wurde eine schmale hohe Kiste benutzt, und bis zum Eintreffen ihrer Gäste waren die Schwestern damit beschäftigt, kleine Bretteretagen zu bauen und dann das Gebäude in vorher geplanter Weise mit Blumen zu schmücken, Töpfen und Gebinden, hauptsächlich Flieder und Monatsrosen, auch einigen weißen und gelben Chrysanthemen aus dem Glashaus. Es war, nach einer Regenperiode, ein wolkenloser Tag, und die Farben der Blüten leuchteten in ungewöhnlicher Kraft und Reinheit.

Unter den jungen Leuten, die sich gegen fünf Uhr nachmittags in dem ziemlich weitläufigen Garten zusammenfanden, war es kein Geheimnis, daß Laudins im Begriffe waren, ihre luxuriöse Villa zu verlassen und gegen ein ungleich einfacheres Domizil in der Stadt einzutauschen. Aber nicht nur die Tatsache war ihnen bekannt, sonderbarerweise waren sie auch ziemlich genau über die Umstände unterrichtet, die zu so auffälliger Veränderung geführt hatten. Es war da etwas Unfaßbares im Spiel, jene rätselhafte Vereinigung von Stimmen, im einzelnen kaum vernehmbar, im ganzen von unwiderstehlicher Gewalt, die einen Menschen auf einmal, und meist nach einer Periode der Mißkennung, über seinesgleichen emporhebt und seinen Namen, sein Wirken, seine Gestalt plötzlich in einem Grad wie nie zuvor mit dem Schimmer des Respekts und der Zuneigung umgibt.

So war es nun für Laudin selbst überraschend, daß sich alle Blicke auf ihn richteten und ein tiefes Schweigen sich über die Gesellschaft breitete, als er, bei hinabsinkender Sonne, aus dem Innern des Hauses auf die breite Freitreppe trat, freundlich und in straffer Haltung, um das Auge über den Garten und seine grüne und blühende Üppigkeit schweifen zu lassen. Es wunderte ihn, daß die bisher so lebhaft durcheinander bewegten Paare und Gruppen plötzlich regungslos standen. Die vielen jungen Gesichter, die gegen ihn gekehrt waren, frappierten ihn. Etwas verlegen rückte er an seiner Hutkrempe und stieg die Stufen hinab. Da kam Marlene auf ihn zu, faßte ihn lächelnd bei der Hand und zog ihn zu der in Blumen beinahe begrabenen Herme Nikolaus Fraundorfers.

Betroffen blieb er stehen; langsam griff er zum Kopf und nahm den Hut ab. Marlene schaute anmutig spähend zu ihm empor. Ihr Gesicht erglühte, als sie abermals seine Hand nahm und an ihre Lippen zog. Die Jünglinge und Mädchen hatten sich dicht um Vater und Tochter geschart. Oben auf der Freitreppe erschien Pia, den Arm um Rellys Schulter gelegt; sie sah froh aus und absolut achtzehnjährig, wie Relly nicht müde wurde, enthusiastisch zu versichern.

All diese Jugend, die da Laudin umstand, still und mit verhaltener Begierde, glaubte, daß er zu ihnen sprechen werde. Aber er brach nur einen Fliederzweig ab und sagte zu Marlene: »Es ist wie ein Frühling des Todes. Doch wir wollen uns von diesem Wort nicht verführen lassen, Marlene, da du mich«, seine Blicke gingen über den Kreis der aufmerksamen Gesichter, »mitten in einen so strahlenden Lebensfrühling gestellt hast.«

Nachwort

Auf halbem Wege dieser Lebensreise
Fand ich in einem dunklen Walde mich
Weil ich verirrt war von dem rechten Gleise ...

Dante, ›Göttliche Komödie‹

Spricht man von den großen Romanen der modernen Literatur, so pflegt man deren Handlungsarmut zu betonen, eine gewisse Nebensächlichkeit der Fabel: »Die Geschichte dieses Romans kommt darauf hinaus« – lautet eine Notiz Robert Musils zu seinem Roman ›Der Mann ohne Eigenschaften‹ –, »daß die Geschichte, die in ihm erzählt werden sollte, nicht erzählt wird.« Die Romane Jakob Wassermanns, obgleich zur selben Zeit entstanden und publiziert, sind da von ganz anderer Art. Hier hat man es – so scheint es wenigstens – mit einem »geborenen Fabulisten« (Stefan Zweig) zu tun, dessen außerordentliches Erzähltalent sich um dergleichen Tendenzen wenig schert. Die »Bravour seiner Romantechnik« (Hermann Hesse) freilich mutete in dieser Zeit bereits etwas anachronistisch an, sie erinnere gelegentlich (so Thomas Mann über seinen »Brudergeist«) an Kunstgeschicklichkeit, Kolportagegeschichten und niedere Unterhaltungslektüre: Artistisches statt Avantgarde, Modisch-Literarisches statt moderner Literatur. Nach der Niederschrift des Romans ›Laudin und die Seinen‹, dessen Vorabdruck am 16. August 1925 in der ›Vossischen Zeitung‹ beginnt (im Oktober erscheint der Roman dann auch als Buch), bemerkt Wassermann in einem Brief, als denke er die Reaktionen seiner Kollegen bereits mit: »Gestern bin ich mit dem Laudin fertig geworden. Großes Aufatmen, große Leere. Es war aber auch eine wahrhafte Explosion. In fünfthalb Monaten fast 500 Druckseiten. Wie es wohl sein mag, das Ganze, wie, ich meine, wie es vor der Zeiten Schau dastehen wird ...«

Derlei Sorgen waren zunächst unbegründet, der Erfolg hingegen beträchtlich, bot dieser Roman doch auch, was

Wassermanns Entwicklung als Schriftsteller betraf, etwas durchaus Neues: die Abkehr nämlich von historischen Stoffen einerseits (›Caspar Hauser‹, 1908) und einer gewissen provinziellen Regionalität andererseits (›Das Gänsemännchen‹, 1915). Hier, beim ›Laudin‹ nun, setzte sich die Hinwendung zum – wie er selbst betonte – »Urbanen« durch, zum »Gegenwartsbild, zur Spiegelung der mich umgebenden Welt«. Romane wie ›Der Moloch‹ (1902), ›Christian Wahnschaffe‹ (1919) sowie die Novellen und kleinen Romane des ›Wendekreis‹-Zyklus (1920–24), die der Konzeption des ›Laudin‹ zeitlich unmittelbar vorangehen, hatten diese Entwicklung zum Zeitroman bereits angedeutet: »Der Romancier ohne solche Heutigkeit war für mich ein Unding, ein Petrefakt.«

Zwei Themenkreise sind es vor allem, mit denen Wassermann diesem Heutigen seine Reverenz erwies: Es handelt sich zum einen um die Justizkritik und zum anderen – damit verbunden und gleichsam diese exemplifizierend – die Kritik der bürgerlichen Lebensform Ehe. Beides sind Themen, die uns bei Wassermann nicht zum erstenmal begegnen, beides überdies sind Probleme, um deren dringliche Behandlung und Bedeutung er sich mit den hervorragenden Autoren seiner Zeit einig wußte. Daß Gerechtigkeit eine »Idee«, Recht hingegen ein »Werkzeug« sei, daß Erfahrung und Buchstabe bei justiziablen Angelegenheiten mehr und mehr auseinanderklaffen, muß dem Rechtsanwalt Friedrich Laudin schmerzlich bewußt werden: »Eine verteufelt windige und unehrliche Sache, im Namen von Gesetzen zu reden und zu handeln, die nur geschrieben sind und nie gelebt werden.« Offenbar und ganz besonders betroffen von diesem Faktum ist die »höchst fragwürdige Institution« der bürgerlichen Ehe: Auch ihre Formen »entsprechen dem Leben nicht mehr«, sie ist darum auch »nicht mehr lebensfähig«.

In einem offenen Brief zu diesem Thema an den Philosophen Hermann Graf Keyserling, der den Autor zur Mitwirkung an einem Buch über die Ehe aufgerufen hatte, spezifizierte Wassermann – ausdrücklich mit Bezug auf und Zitaten aus dem soeben beendeten Roman – seine Sicht der Dinge: »Ehemals waren tief unter der Oberfläche des bürgerlichen Lebens mythische, religiöse, kirchliche, priesterliche Einflüsse und Mächte wirksam, die der Gesellschaft wie auch dem Individuum die Daseinsform vorschrieben, ja aufzwangen.« In dem Maße jedoch, wie diese Traditionen fragwürdig wurden und der Prozeß der Säkularisation der Ehe sich beschleunigte, sind die »alten Bindungen verloren gegangen und neue noch nicht gefunden«. Dies ist eine durch die Probleme der Nachkriegszeit verschärfte Entwicklung, die zu einem »Übergangszustand«, einer »Zwischenphase« geführt hat, deren Leerstellen nunmehr »die Wurzeln von unser aller Existenz bedrohen«. – »Die gefährliche Schwebe, in welcher sich die Institution gegenwärtig befindet« – so Wassermanns abschließendes Urteil –, »ist in jeder bürgerlichen Familie zu spüren.« Damit ist nicht allein die Ehekrise seines Titelhelden gemeint, sondern – und hier zeigt sich die private Seite des Romans: 1919 hatte sich Wassermann von seiner ersten Frau Julie Wassermann-Speyer getrennt, wenige Monate nach Erscheinen des Romans, im Frühjahr 1926, sollte diese Ehe dann geschieden werden und er eine zweite Ehe mit Marta Karlweis eingehen. So ist dieser Roman auch persönliches Dokument, und all die in ihm vorkommenden Fallstudien, die der Hartmanns, Keller-Dercums, Altachers und Gmelius' (um nur die wichtigsten zu nennen), mögen auch Spiegelungen seiner eigenen Begegnung mit Anwälten, Scheidung und Ehefragen gewesen sein. Nicht zu Unrecht hat Thomas Mann das Leben seines Freundes als einen »Wassermannschen Roman mit allen pathetischen ›Verstrickungen‹ eines solchen« genannt.

Das klassische Vorbild des Eheromans, Goethes ›Wahlverwandtschaften‹, in dem sich der nunmehr bedrohte »Zustand bürgerlicher Gesittung« erst konstituierte, hatte Wassermann vormals ausgiebig studiert: » ... daraus lernte ich, was der Roman sein kann.« Ergebnis dieser Beschäftigung und in bewußter Anspielung auf Goethe hatte er 1913 einen kleinen Roman geschrieben, den er zu seinen Versuchs- und Erprobungswerken zählte und der den Titel trägt ›Der Mann von vierzig Jahren‹. Ein Ehe- und Rechtsroman ist auch dieser, und die Krise des dortigen Helden trägt verwandte Züge mit derjenigen, die der 48jährige Laudin erleiden wird. Denn ein Eheroman ist der ›Laudin‹ nur zum Teil. Die Identitätskrise des Titelhelden existiert unabhängig von Rechtsproblematik und Ehemüdigkeit, zugleich aber ist auch sie, wie diese Phänomene auch, Teil der allgemeinen Auflösungstendenzen einer aus den bürgerlichen Fugen geratenen Gesellschaft. »Wie lästig und zu gleicher Zeit auch beängstigend, immerfort und ein ganzes Leben lang ein und dasselbe Individuum vorstellen zu müssen« – das sind »Worte eines Bürgers, der aus seiner Region einen Ausweg sucht«. Denn der Überdruß am eigenen Wesen ist zugleich ein Überdruß am bürgerlichen Stand: »Und dafür gesichertes Auskommen, Effekten auf der Bank, Villa und Automobil, Ansehen und Zulauf.« Kein Wunder, daß Laudin da »den alten, müden, verbrauchten Menschen« abwerfen will, kein Zweifel aber auch, daß wir es hier mit der Beschreibung einer Krise zu tun haben, die einer bestimmten Lebensepoche zukommt, der Lebensmitte, in der sich dieser Mann befindet und die ihn mit den Grenzen seiner Existenz, den eigenen wie denjenigen der anderen Bekanntschaft schließen läßt. Die »späte Leidenschaft des alternden Mannes« für die schillernde Figur der Schauspielerin Luise Dercum ist letztlich nur eine der möglichen Folgen, nicht Auslöser seiner moralischen und – wenn man so will – auch »biologischen« Krise.

Daß der Autor bei der Analyse solcher Krisensymptome von den psychologischen Erkenntnissen profitiert, die ihm seine Zeit zuträgt – schließlich spielt das Geschehen im Wien Freuds –, ist dabei unübersehbar. »Die Notwendigkeit des Ichseins«, schreibt Wassermann gelegentlich, »ist eine fortwährende innere Belastung: eine Erkenntnis, die zu den wesentlichsten der neueren Psychologie gehört.« Träume spielen infolgedessen eine ebenso erhellende Rolle wie die Beschreibung moralischer Mißstände zuweilen zur Darstellung »klinischer« Bilder gerät. Von Zwangsvorstellungen, Traumhysterien und Depressionszuständen ist da die Rede. Laudins Wechsel von »eukolischen«, will sagen, heiteren Gemütszuständen zu denen der »Dyskolie«, der Schwermut, wird ja von seinem besten Freund Egyd, der sich in den »Schlupfwinkeln des menschlichen Hirns« bestens auskennt (schließlich ist er der Verfasser einer Geschichte der menschlichen Dummheit), ausdrücklich vermerkt. Der Erzähler dieses Romans weiß aber auch vom modischen Mißbrauch der »fortgeschrittenen Schüler der Epoche« zu berichten, die nicht müde werden, »ihre Beziehungen zu analysieren und sich gegenseitig die Blößen vom Leib zu reißen«. Auch die Wissenschaft von der Psyche bleibt letztlich nur ein »dürftiges Lämpchen« bei der Beleuchtung der terra incognita des inneren Menschen.

Neu und damit eine Bereicherung des traditionellen literarischen Personals ist in diesem Roman nicht allein die Personifikation der Lebensmitte, neuartig ist auch die Gestaltung der Lebenswelt der Jugendlichen. Obschon erst fünfzehn oder sechzehn Jahre alt, sind es bereits »fertige Menschen«, die auf ihre Weise nach dem rechten Leben fragen. Die »Seinen« Laudins sind hier zunächst gemeint, die Töchter Marlene und Relly, später dann auch die Mitglieder des »Bundes von der Flamme«, einer Art Jugendbewegung, deren mit lakonischer Pathetik vorgetragenes Programm lautet: »Wir wollen's einmal selber in die Hand nehmen; das wollen freilich alle; aber uns selber zuerst; das ist bis jetzt nicht probiert worden.« Es sind tragische Figuren darunter, der unglückliche Sohn Fraundorfers zum Beispiel, Nikolaus, oder jene Maria Fellner, die aus Lebensangst sich das Leben nimmt. Auch die Person des Studenten Konrad Lanz ist in diesem Zusammenhang zu nennen, der vom Bittsteller zum Ankläger der Gesellschaft wird, deren schuldhaft schuldloses Opfer er ist. Der geläuterte Laudin wird sich seiner nicht allein als Rechtsanwalt annehmen, »sondern aus einem inneren Bedürfnis und, dies kam zögernd, aus einem inneren Schuld- und Mitschuldgefühl«. Es sind dies Figuren und Szenen, die bereits auf spätere Romane Wassermanns verweisen: ›Der Fall Maurizius‹ (1928), ›Etzel Andergast‹ (1931), ›Joseph Kerkhovens dritte Existenz‹ (1934) und zu denen sich der ›Laudin‹ wie eine »Vorhalle« zu einem »Haus« verhält. »Als ich im Sommer 1925 den Laudin-Roman beendet hatte«, kommentiert Wassermann, »war der Fall Maurizius geistig schon konzipiert. In dem Gespräch zwischen Laudin und dem Notenfälscher Lanz stecken schon die Elemente des Maurizius-Romans.« Dort wird das Gerechtigkeitsthema dann explizit als Generationskonflikt verhandelt, aus dem »schuldigen« Anwalt ist ein zu richtender Richter und Vater geworden. Hier wie dort aber begreift der Roman sich nicht mehr allein als »Spiegelung der Zeitrealität«, sondern – und mit dem ›Laudin‹ setzte sich diese moralisch-pädagogische Tendenz im Romanwerk Wassermanns endgültig durch – zugleich als ein Mittel zur »Sinngebung der Zeit«. Wassermann selbst sprach davon, daß er bei der Arbeit am ›Laudin‹ »wie noch bei keinem Buch vorher das Gefühl einer ihm aufgetragenen Sendung« hatte. Seine Aufgabe als Schriftsteller sei es, »die in die Menschengemüter eingebrochene Verwirrung und Ratlosigkeit durch Bild und Wegweisung« aufzuheben, mit Hilfe der Phantasie die Verwandlung des Menschen zu fördern. Die »Gestalt« der Romane, ihre »Form« – beides sind dies Begriffe, denen in Wassermanns Denken geradezu metaphysische Bedeutung zukommt – kann damit nichts Nebensächliches mehr sein, gilt es doch, die Leser zu »fesseln, wie der verbrauchte Tropus lautet«, um sie mittels Interesse, Spannung, Ergriffenheit zu wandeln und damit »vom Schlechten abzubringen«. Es wundert nicht, daß Wassermann im Hinblick auf solche Wirkungen auf die zusammenfassende Fiktion eines geschlossenen Handlungsaufbaus seiner Romane, eben auf die Fabel, die ihm Inbegriff und Urgrund allen Erzählens war, nicht verzichten wollte: Seine Arbeit für eine Erneuerung der gesellschaftlichen »Auflösung der Form« (so der Titel eines programmatischen Aufsatzes) erfährt hier ihre ästhetische Begründung.

Seiner diesbezüglichen Unzeitgemäßheit war sich Wassermann wohl bewußt, und obschon die Avantgarde der Moderne nicht in seinem Sinne schrieb, fand er anerkennende und auch bewundernde Worte, handelte es sich nun um das Werk von Thomas Mann, Alfred Döblin, Hermann Broch und vor allem Kafka, den er »genial veranlagt« nannte. Bewußt war er sich auch – sein Aufsatz ›Kolportage und Entfabelung‹ handelt davon –, daß der Abschied der Fabel aus der modernen Literatur und ihr Abstieg in die Niederungen der Kolportage, jeden, und also auch ihn, in Mißkredit bringen mußte, wenn er sich ihr – auch als »echtes Kunstmittel« – bedienen sollte. In einem Brief an seinen Verleger Samuel Fischer, geschrieben in der Entstehungszeit des ›Laudin‹, schwingt solche Sorge mit: »Es fehlt meinen Büchern – weißt du was? der Schuß ehrbarer Langeweile, den der Deutsche braucht, wenn er respektieren soll. Kann ich nicht ein wenig langweiliger werden, so hab ich's bei unseren Ästheten und Professoren verpatzt.«

Die Praxis seiner Romane freilich ist vielschichtiger als seine theoretischen Ausführungen es erahnen lassen. Dafür sorgt schon die überaus skrupulöse Arbeitsweise Wassermanns, der das Geschaffene in zahllosen Fassungen immer wieder umschrieb, dabei »Form über Form« zerbrechend. Schließlich wird dasjenige, was erzählt werden soll, nicht einfach erzählt. Die Darstellung des ›Laudin‹ ist keineswegs linear; sie lebt vielmehr durch eine virtuose Verknüpfungs- und Verwicklungstechnik, das flächige Nacheinander wird möglichst ausgespart. Zwar gibt es auch in diesem Roman noch einen alles übergreifenden Erzähler, dieser liebt es jedoch, seine Figuren selbst berichten zu lassen – auch dieser Perspektivismus widerstrebt einer naiven Wiedergabe der Handlung. Und diese, die Fabel, lebt sie nicht von Erzählelementen, die andere Autoren vor Wassermann bereits entwickelt hatten und die er in Dienst nehmen darf, weil es ihm um anderes, Wesentlicheres zu tun ist? Eine Gestalt wie die dämonische Lu verweist schon durch ihren Namen auf Wedekind, der Fall eines Bürgers in derartige Netze auf Heinrich Mann, und die humorige Gestalt Fraundorfers ist an sich eine Kunstfigur wie die des gleichermaßen kriminalistisch kompetenten Stopfkuchen Wilhelm Raabes. Weit weniger scheint es hier ums Originale zu gehen als um die originelle Verwendung des Vorhandenen.

Dies alles sind Momente, die das Spätwerk noch verstärkt entwickeln wird. Dort dann, im herrlichen ›Kerkhoven‹-Roman, tritt zu diesen stilerweiternden Tendenzen noch das bizarre Element einer außergewöhnlichen Autobiographik hinzu, »ein Stück Autopsychologie« (Tucholsky). Auch in diesem Roman geht es ein letztes Mal um die Ehe, aber fast ohne sich des verklärenden Mittels fiktionaler Brechung zu bedienen, berichtet Wassermann en detail die Tragödie seiner ersten Ehe – Werk und Existenz verschmelzen hier in eine nicht mehr zu trennende Einheit. Es war dieser letzte große Roman Wassermanns, der für Döblin den Punkt »auch formaler Neuerung« bezeichnete, die auf eine tendenzielle »Abwendung sogar von dem eisernen Gesetz der Fabel und ihrem Monopol« hinzuweisen schien. Wohlgemerkt, es handelt sich um Tendenzen, ein vorhandener Stil wird bis an seine Grenzen gewandelt, ein avantgardistischer Stilbruch ist nicht, was angestrebt wurde. Gleichwohl ist auch dieser Stilwandel eine mögliche Antwort auf die Krise des Romans in der Moderne – wenngleich sie eine konservative ist, wie Thomas Mann über Jakob Wassermann treffend sagte: »Er ist in gewisser Beziehung ein konservativer Künstler, als Künstler konservativ, man muß das betonen, denn in anderer Beziehung auf ihn angewandt, würde das Wort falsche Vorstellungen erwecken. Er ist ein Moralist, und wie könnte ein solcher konservativ sein?«

Stephan Koranyi

Heinrich Böll im dtv

Foto: Isolde Ohlbaum

»Man kann eine Grenze nur erkennen, wenn man sie zu überschreiten versucht.« (Heinrich Böll)

Irisches Tagebuch · dtv 1

Zum Tee bei Dr. Borsig
Hörspiele · dtv 200

Wanderer, kommst du nach Spa...
Erzählungen · dtv 437

Der Zug war pünktlich
Erzählung · dtv 818

Wo warst du, Adam?
Roman · dtv 856

Die verlorene Ehre der Katharina Blum oder: Wie Gewalt entstehen und wohin sie führen kann
Erzählung
dtv 1150
dtv großdruck 25001

Das Brot der frühen Jahre
Erzählung · dtv 1374

Ein Tag wie sonst
Hörspiele · dtv 1536

Haus ohne Hüter
Roman · dtv 1631

Du fährst zu oft nach Heidelberg und andere Erzählungen · dtv 1725

Fürsorgliche Belagerung
Roman
dtv 10001

Das Heinrich Böll Lesebuch
Herausgegeben von Viktor Böll
dtv 10031

Was soll aus dem Jungen bloß werden? Oder: Irgendwas mit Büchern · dtv 10169

Das Vermächtnis
Erzählung · dtv 10326

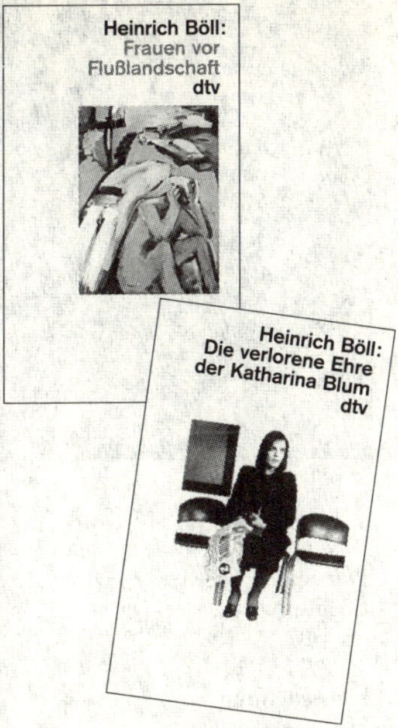

Die Verwundung und andere frühe Erzählungen
dtv 10472

Frauen vor Flußlandschaft
Roman
dtv 11196

Eine deutsche Erinnerung
Interview mit René Wintzen
dtv 11385

Rom auf den ersten Blick
Landschaften · Städte · Reisen
dtv 11393

Nicht nur zur Weihnachtszeit
Erzählungen
dtv 11591

Unberechenbare Gäste
Erzählungen
dtv 11592

Entfernung von der Truppe
Erzählungen
dtv 11593

In eigener und anderer Sache
Schriften und Reden
1952 – 1985
9 Bände in Kassette
dtv 5962
In Einzelbänden
dtv 10601 – 10609

Heinrich Böll /
Heinrich Vormweg:
Weil die Stadt so fremd geworden ist …
dtv 10754

NiemandsLand
Kindheitserinnerungen an die Jahre 1945 bis 1949
Herausgegeben von Heinrich Böll
dtv 10787

Über Heinrich Böll:

Marcel Reich-Ranicki:
Mehr als ein Dichter
Über Heinrich Böll
dtv 11907

James H. Reid:
Heinrich Böll
Ein Zeuge seiner Zeit
dtv 4533

Siegfried Lenz
im dtv

Foto: Klaus Morgenstern

»Siegfried Lenz gehört nicht nur zu den ohnehin raren großen Erzählern in deutscher Sprache, sondern darüber hinaus auch noch zu den ganz wenigen, die Humor haben…«
(Rudolf Walter Leonhardt)

Der Mann im Strom
Roman
dtv 102

Brot und Spiele
Roman
dtv 233

Jäger des Spotts
Geschichten aus dieser Zeit
dtv 276

Stadtgespräch
Roman
dtv 303

Das Feuerschiff
Erzählungen
dtv 336

Es waren Habichte in der Luft
Roman
dtv 542

Der Spielverderber
Erzählungen
dtv 600

Haussuchung
Hörspiele
dtv 664

Beziehungen
Ansichten und Bekenntnisse zur Literatur
dtv 800

Deutschstunde
Roman
dtv 944 / dtv großdruck 25057

Einstein überquert die Elbe bei Hamburg
Erzählungen
dtv 1381 / dtv großdruck 2576

Das Vorbild
Roman
dtv 1423

Günter Grass im dtv

Foto: Klaus Morgenstern

Die Blechtrommel
Die Autobiographie des Oskar Matzerath, der Wirklichkeit ertrommeln und Glas zersingen kann
dtv 11821

Katz und Maus
Sein abnormer Adamsapfel macht Mahlke zum Helden wider Willen und führt seinen Untergang herbei
dtv 11822

Hundejahre
Der Roman über die Danziger Kleinbürgerwelt in der Zeit von Faschismus und Krieg
dtv 11823

Der Butt
»...eine Geschichte vom Fehlen und Verfehlen... eine Geschichte mit verzweifelt utopischem Ende...«
dtv 11824

Ein Schnäppchen namens DDR
Gesammelte Reden des »vaterlandslosen Gesellen« Günter Grass, gehalten im Jahr 1990
dtv 11825

Unkenrufe
Eine deutsch-polnische Liebesgeschichte, erzählt mit leiser Ironie und satirischer Schärfe
dtv 11846

Peter Härtling im dtv

Nachgetragene Liebe
dtv 11827

Die Geschichte einer Kindheit – und die Geschichte eines Vaters.

Hölderlin
Ein Roman
dtv 11828

Härtling folgt den Lebensspuren des deutschen Dichters Friedrich Hölderlin.

Niembsch oder Der Stillstand
Eine Suite
dtv 11835

Ein erotischer Roman um den Dichter Nikolaus Lenau.

Ein Abend, eine Nacht, ein Morgen
Eine Geschichte
dtv 11837

Eine Liebesgeschichte als Grundlage einer Geschichte.

Eine Frau
Roman · dtv 11933

Die Geschichte einer Frau – ein Roman über das deutsche Bürgertum.

Der spanische Soldat
Frankfurter Poetik-Vorlesungen
dtv 11993

Härtlings Poetik-Vorlesungen aus dem Jahr 1984.

Felix Guttmann
Roman · dtv 11995

Der Lebensroman eines jüdischen Rechtsanwalts.

Schubert
Roman · dtv 12000

Ein empfindsamer Schubert-Roman von großer Musikalität der Sprache.

Zwei Briefe an meine Kinder
dtv 12067

Zwei Briefe von einem Vater, der seinen Kindern Rede und Antwort steht.

Herzwand
Mein Roman
dtv 12090

Ein autobiographisches Buch, dessen Anlaß eine Herzuntersuchung ist.